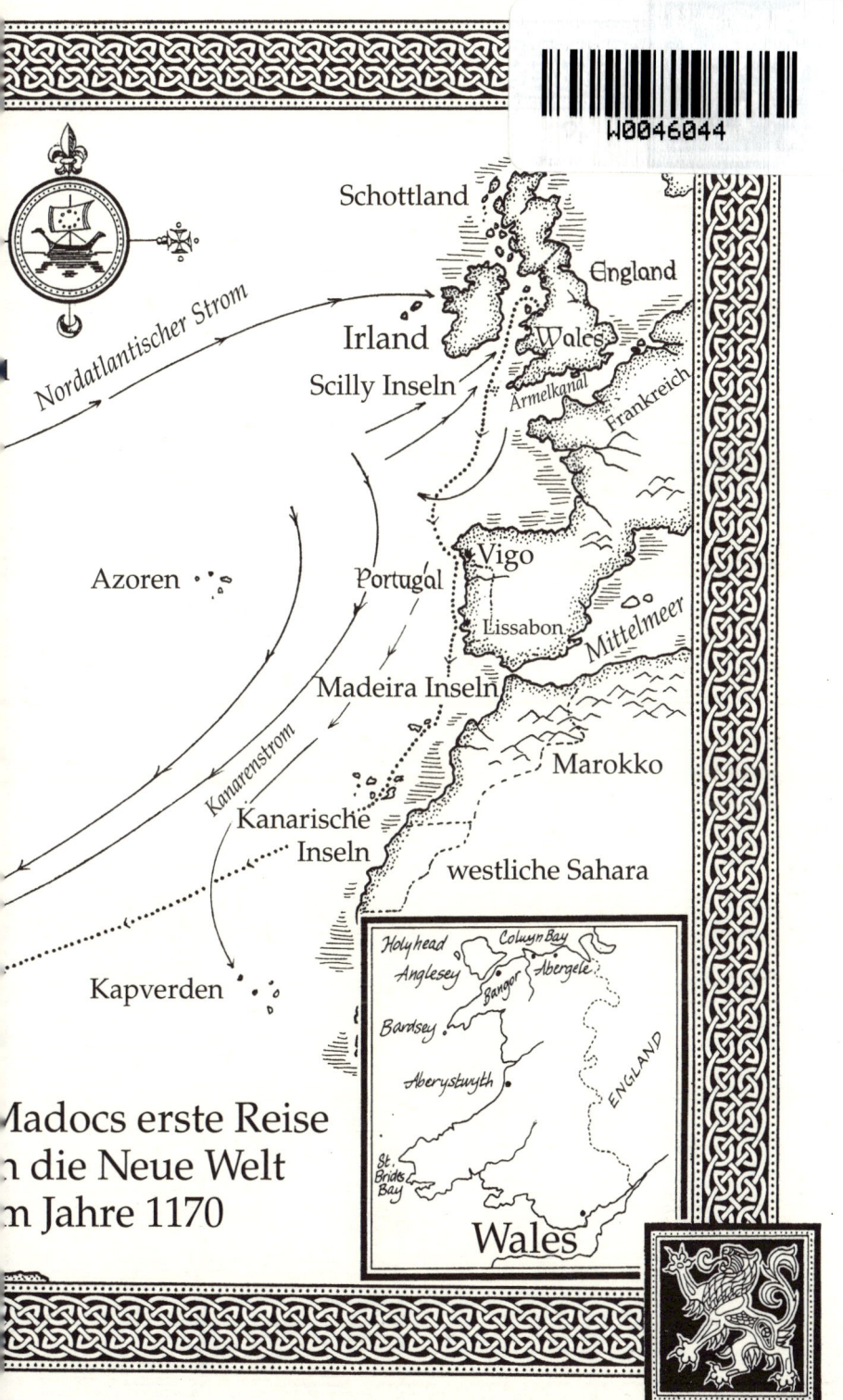

Schottland

England

Irland

Wales

Scilly Inseln

Armelkanal

Frankreich

Nordatlantischer Strom

Azoren

Portugal

Vigo

Lissabon

Mittelmeer

Madeira Inseln

Kanarenstrom

Marokko

Kanarische Inseln

westliche Sahara

Kapverden

Holyhead

Colwyn Bay

Anglesey

Bangor

Abergele

Bardsey

Aberystwyth

ENGLAND

St. Brids Bay

Wales

Madocs erste Reise
in die Neue Welt
im Jahre 1170

Anna Lee Waldo
Im Zeichen der Sterne

Anna Lee Waldo

Im Zeichen der Sterne

Roman

Aus dem Amerikanischen von
Gaby Wurster

Krüger Verlag
Frankfurt am Main

Die Originalausgabe erschien 2001 unter dem Titel
»Circle of Stars«
im Verlag St. Martin's Press, New York, N.Y.
© 2001 by Anna Lee Waldo
Kartenillustration: Ellisa Mitchell
Deutsche Ausgabe:
© Wolfgang Krüger Verlag, Frankfurt am Main 2002
Satz: Fotosatz Otto Gutfreund, Darmstadt
Druck und Bindung: Clausen & Bosse, Leck
Printed in Germany 2002
ISBN 3-8105-2338-0

Dieses Buch widme ich in Liebe Sara,
einst »Kaulquappe« genannt, nun eine beliebte Medizinfrau, und meinem Bruder Eugene (1928–1996),
der am Two Medicine Lake im Glacier National Park
auf der *Sinopah* und der *Rising Wolf* Kapitän war.

Inhalt

Teil Drei

Vorwort

Das andere Ende des Ozeans

Was ist Kultur? Selbst Anthropologen haben Schwierigkeiten mit diesem Begriff. Nahrung, Kleidung, Werkzeuge, Wohnstätten, Gesetze, Bräuche, Kunst, Mythen – Kultur kann beschrieben werden als Ausdruck menschlicher Existenz, der von einer Generation an die nächste weitergegeben wird, als ein Fundus kollektiven Denkens und kollektiver Erinnerung.
William Allen, Voices of the World

Die alte Frau hatte eine dunkle Haut, schwarzes Haar und braune Augen; sie war kaum drei Ellen groß. Seit drei Tagen suchte sie im Treibgut, das der Sturm ans Land gespült hatte, mit klopfendem Herzen nach ihrem Mann. Vor dem Sturm hatte sie noch mit ihm auf den zusammengerollten Schlafmatten vor der Hütte gesessen und zugesehen, wie die schnell ziehenden, schwarzen Wolken über die gischtende See gekommen waren. Die Sommerhütte war ein offener Raum aus harzigen Kiefernplanken, die in der Erde steckten; das spitz zulaufende Dach bestand aus einer dichten Schicht Palmblätter, die auf einem Gebälk aus jungen Baumtrieben lagen und auf beiden Seiten von parallel angebrachten Balken festgehalten wurden. Der gestampfte Erdboden war mit Seegrasmatten bedeckt. Die Kochstelle war draußen, in einem Kreis aus sieben Steinen.

Nun war das Feuer verschwunden, der tosende Wind hatte es weggefegt wie ein Spiel, das Kinder für einen

Nachmittag aufgestellt hatten. Eine zerschlissene Matte hing im Baum, die Steine des Feuerkreises lagen verstreut im Gras. Ungläubig und zitternd hatte die alte Frau die Löcher der fehlenden Steine im Boden betrachtet und daran gedacht, wie sie ihrem Mann zum Schutz vor dem Regen eine Strohdecke um die breiten Schultern und über die kräftigen Beine gelegt und sich an ihn gedrückt hatte. Er hatte tröstlich gegluckst wie ein Wasserhuhn, das im Sumpf nach Nahrung pickt. Der pfeifende Wind hatte ihr eine Ecke der Decke ins Gesicht geweht, sie hatte gespürt, wie ihr Mann sich an einen Pfosten der Hütte geklammert hatte, als der Regen schräg hereingepeitscht und laut heruntergeprasselt war. Dann hatte der Wind die Decke vor ihrem Gesicht wieder angehoben und zusammen mit Fetzen ihres flatternden Rocks in die Luft geschleudert. Den Rock hatte sie am Vortag aus dem krausen grauen Moos gewoben, das am Rand der Sümpfe von den Bäumen hing. Sie hatte befürchtet, der Wind könne ihr einen Streich spielen und ihr die Mokassins entreißen, und so hatte sie sich zur Seite gebeugt und die Beine untergeschlagen. Der Wind war so stark gewesen, dass sie fast umgefallen wäre. Als sie ihr Gleichgewicht wieder gefunden hatte, war ihr der Wind so hart ins Gesicht geschlagen, dass sie sich vor Angst ganz gekrümmt und verkrampft hatte und kaum die Augen offen halten konnte. Vorsichtig hatte sie die Hand gehoben und sich vergewissert, dass der Wind ihr nicht die Haare vom Kopf gerissen hatte. Sie hatte das Kinn auf die Brust gepresst und gebetet, der Wind möge mit diesem Spiel aufhören, dessen Spielregeln sie nicht kannte. Doch der Wind hatte ihre Worte mit sich genommen und sich bitterkalt zwischen Rockbund und Lederweste auf ihren nackten Rücken gestürzt. Einen Moment lang hatte sie den Kopf gehoben und gesehen, wie sich der Sand bewegte und über den Boden kroch wie ein Lebewesen. Sie wusste, dass das Leben des Sands vom Wind abhing, es war ein Ding von Flüchtigkeit. Plötzlich hatte sich eine Sandhose drei, vier Meter hoch in die Luft geschraubt, die Sonne schien durch ein Wolkenloch auf den wirbelnden Sand und offenbarte ein dunstiges Prisma buntester Farben. Die Schönheit dieses Naturschauspiels ließ sie erschaudern, und sie hatte sich gefragt, warum gerade ihr dieses Geheimnis enthüllt wurde – vielleicht war es ein Zeichen, dass sich etwas Gewaltiges ereignen würde. Sie hatte den Kopf wieder gesenkt, als die dunklen Wolken die Sonne verdeckt und der Sand in Richtung Wellen davongestoben war. Der Wind hatte ihr heftig in den Rücken gedrückt, sie hatte sich zusammengekauert und gehofft, er würde endlich aufhören. Bei jeder Bö war der Regen schräg in Strömen gefallen, aber nach einer Weile waren die Tropfen auf ihrem Arm weich und sanft geworden. Schon hatte die Nacht den Tag verschlungen und die Geräusche gedämpft. Vielleicht hatte der Wind ja ihr Gebet erhört, und laut hatte sie gesagt: »Danke.«

Sie vermisste das Vogelgezwitscher. Während sie nach ihrem Mann suchte, begann es wieder heftig zu regnen. Um besser sehen zu können, wischte sie sich das Wasser aus dem Gesicht. Vielleicht saß er ja in einer trockenen Hütte am Feuer und spielte mit seinen Freunden das Stockspiel. Doch statt ihres Mannes und der Hütte fand sie nur verwirrte Menschen, die herumirrten und über Leichen stiegen. Zwischen den Toten lagen Haufen von Lehm und Stroh, die Pfosten waren wie Treibgut an eine Baumreihe geschwemmt worden. Sie erkannte einige der Frauen, die die blutigen Leichen im Sand gar nicht beachteten, sondern nur die Pfosten hervorzogen, um sie als Stützen für eine neue Gestrüpphütte zu verwenden. Die Frauen nickten ihr zu und grüßten: »Großmutter!« Einen Tag nach dem Sturm suchten sie auf allen vieren Schindeln und Palmwedel aus dem Rispengras und deckten damit ihre Hütten, sodass ihre Kinder es trocken hätten.

»Ich helfe euch«, sagte Großmutter und nahm einen Arm voll feuchter, glitschiger Palmwedel. »Habt ihr meinen Mann gesehen? Ihr wisst doch – Biberzahn. Eben saß er noch neben mir und dann – piff –, weg war er. Auch unser Dach, die Matten, die Körbe mit Lebensmitteln und Kleidern sind weg. Wo sind sie?« Sie wedelte mit der Hand und fragte sich, ob Biberzahn mit den schillernden Farben des Sands verschwunden war. »Ein wütender, wild gewordener Wind riss alles mit sich. In meinem ganzen Leben habe ich so etwas noch nicht gesehen. In einem einzigen Augenblick wurden so viele Opfer gebracht, dass alle Geister, die ich kenne, besänftigt sein müssen.«

»Ja. Mir ist das Gleiche passiert«, sagte Kleine Mutter. Sie hatte einen Säugling auf dem Arm. »Als der Sturm aufkam, klammerte sich meine Schwester an mich, und plötzlich war sie auch weg – fortgeweht. Ich hörte sie aus einem Büschel Gras unter einem Balken rufen. Ich suchte verzweifelt, doch ich konnte sie nicht finden. Vielleicht hatte der Wind mit ihrer Stimme gesprochen.« Sie schluchzte und drückte ihre Finger auf die Lider. »Ich suchte stundenlang den Strand ab, dann sah ich plötzlich Schwärme von dunklen, glänzenden Fliegen auf einem Ding im feuchten, braunen Sand krabbeln. Ich beugte mich vor und sah genauer hin. Die Schmeißfliegen flogen auf und unter der dichten Wolke aus Fliegen sah ich das Gesicht meiner Schwester, so weiß wie eine Flockenblume. Ich berührte ihre Wange, sie war kalt wie Stein. Mein Magen zog sich zusammen, als ich sah, wie ihr grauer Mund halb offen stand und lächelte. Ihre Augen waren aufgerissen und starrten wie ein toter Fisch. Ich würgte, mir war so schlecht, dass ich gehen musste. Später ging ich zurück, wusch sie und drückte ihr den Mund zu. Ich schüttelte den Sand aus ihrem Hemd und bürstete ihr Haar mit einem rauen Stein. Sie soll glücklich werden, egal, wo sie ist, sagte ich und schleifte ihre Leiche zu den anderen, die ebenfalls auf das Begräbnis warten. Es fiel mir schwer, sie zu verlassen. Ich wollte mich neben sie legen, meine Augen schließen und auch für immer einschlafen. Doch dann dachte ich an mein Kind, an Otterjunge. Er braucht mich.«

»Es tut mir so Leid«, sagte Großmutter. »Wie kann man so einen wütenden Wind besänftigen? Wahrscheinlich gar nicht. Nun hat er sich aus unserem Dorf seinen Anteil geholt. Sieh dir die Leichen an, sie liegen so still da, als würden sie schlummern. Das ist kein normales Herbstopfer.«

Kleine Mutter wischte ihre Tränen von Otterjunges dünner, geflochtener Grasdecke, die sowieso schon nass war vom Regen. »Ich kann gar nicht mehr denken. Meine Gedanken sind Blasen, sie platzen, bevor ich noch hineinsehen kann. Aber ich weiß, dass du Recht hast – dieser Wind hat mehr als ein normales Opfer gefordert.«

»Sieh zu, dass Otterjunge nicht im Regen ist«, sagte Großmutter, »er hat schon geniest. Ich suche einen trockenen Platz, dann bauen wir eine Hütte für uns drei. Sag, wo ist denn dein Mann?«

»Ich hatte nie einen. Ich lief zwei Sommer einem Jungen hinterher, dem meine Mutter drei Geweihstangen für meine Dehnungs-Zeremonie gegeben hatte. Ich war danach nicht zufrieden, ein starkes Gefühl ist in mir erwacht. Ich wollte – nein, ich begehrte seinen Stab. Aber heute glaube ich, dass ein Mädchen von zehn, zwölf Sommern die Gefühle von Mann und Frau noch nicht kennen muss. Die Mütter von Töchtern sollten der Dehnungs-Zeremonie ein Ende machen. Wann hat das denn angefangen?«

»Das ist so, seit ich denken kann«, sagte Großmutter und tippte sich an die Schläfe. »Man sagt, die erste Dehnung macht es dem Kind leichter herauszugleiten.«

»Ich denke, es ist andersherum – der Mann hat es leichter hineinzugleiten«, gab Kleine Mutter zurück. »Wahrscheinlich begründeten die Männer in der alten Zeit diese Zeremonie, und die Frauen folgten ihnen wie die Gänse. Vor zwölf oder dreizehn Monden lagen dieser Junge und ich eines Nachmittags auf der Wiese und wir zermalmten die roten Wildblumen unter uns. Am nächsten Tag ging er mit seinem Onkel auf Tauschfahrt, seitdem habe ich ihn nicht mehr gesehen. Also schlich ich mich immer nachts aus der Hütte und traf mich hier in Sandpiper Point mit Jungen, die das gleiche Verlangen hatten wie ich. Mutter sagte, das sei die Strafe dafür, dass Vater auf der Jagd vom Baum fiel und starb. Mutter bekam letzten Winter den Husten und starb auch. Im Sturm wurde meine Schwester ins Wasser gestoßen oder gezogen, auch sie ist jetzt tot. Und ich stehe mit einem Kind da! Die Dehnungs-Zeremonie hat mich wahrlich verdorben. Otterjunge hat mir fast den Schoß zerfetzt, als er herauskam, ich blutete wie ein abgestochenes Stück Wild, ich hatte schreckliche Schmerzen und wurde fast verrückt vor Angst. Da sagte jemand, ich solle nicht klagen, so sei eben das Leben einer Frau. Und ich sagte, das Leben einer Frau sei zu kurz, um voller Angst und Schmerz zu sein.«

»Wenn du nicht nachgeholfen hast, ist es nicht deine Schuld, dass dein Vater vom Baum fiel, deine Mutter sich zu Tode hustete und deine Schwester ertrank. Das Härteste im Leben ist, mit ansehen zu müssen, wie die geliebten Menschen sterben. Aber das müssen alle mitmachen. – Sieh, hier, Kleine Mutter, kannst du das glauben? Ein Loch, wo einer meiner großen Steine vor dem Feuerkreis lag, bevor der Wind verrückt gespielt hat.« Sie deutete auf die Stelle. Dann zog sie eine zerrissene Matte vom Baum, schüttelte sie aus und kleidete das Loch damit aus. »Leg Otterjunge hinein, ich baue ihm ein spitzes Dach aus Rinde und Palmwedeln. Gleich wird er sich wohl fühlen.«

Eine Hütte zu bauen war seit Anbeginn der Zeiten Frauenarbeit. Beide waren geschickt darin, die Balken in den sandigen Boden zu treiben und ein Gestrüppdach zu bauen, unter dem sie vor dem Regen geschützt waren. Nach getaner Arbeit besahen sie sich andere Hütten. Die alte Frau sagte: »Wir haben eine gute Hütte. Bleib hier, ich suche etwas Trockenes, mit dem wir den Kleinen zudecken können. Mach Feuer und trockne deine Kleider.«

Am Nachmittag hörte es auf zu regnen, der Himmel war jedoch immer noch wolkenverhangen. »Hm.« Kleine Mutter tastete im Lederbeutel an ihrer Taille nach Feuersteinen. »Habe ich sie meiner Schwester gegeben? Nein, ich glaube, ich habe sie im Sturm verloren. Das ganze Holz ist feucht – wenn es irgendwo ein Kochfeuer gäbe, könnte ich ein Stück Kohle borgen, aber es gibt nichts. So können wir kein Feuer machen.«

Großmutter kramte in ihrem Beutel und zog zwei Feuersteine und trockene Rinde heraus. Sie rieb die Steine über der Rinde, und als ein Funke kam und eine Flamme entfachte, schickte sie Kleine Mutter die trockensten Holzstückchen suchen, die sie finden konnte.

Die meisten Kochfeuer waren erloschen, die Nahrungsmittel lagen herum, alles war voller Sand und Sandfliegen. In einem Korb fand Großmutter einen Fladen, sie hatte Glück, der Korb war unten sandig, doch das Brot war einigermaßen sauber. Sie bog die geflochtenen Stränge auf und schüttelte vorsichtig Sand und Fliegen aus. Das Brot müssten sie essen, bevor sich schwarzer Moder und blauer, pelziger Schimmel bildeten.

Sie ging an zwei Eckpfosten vorbei, die größer waren als ein Mann, und dachte: Heute musste ich erfahren, dass für einen wütenden Wind nichts zu schwer ist. In den Eckpfosten erkannte sie die Dachstützen ihrer Sommerhütte. Biberzahn hatte Schnitzereien angebracht, er war so stolz darauf gewesen und hatte gesagt, er wolle sie auch mit ins Winterlager nehmen und als Eckpfosten benutzen. Er war für seine Schnitzkunst bekannt. Sie hatte ihn geneckt und gesagt, er sei nicht mehr so kräftig wie früher und könne diese schweren Balken nicht ohne Hilfe tragen. Sie würde ihm nicht helfen, das sei ihr zu viel. Lächelnd hatte er zugegeben, dass er tatsächlich nicht mehr so stark sei, aber noch genauso klug. Er hatte einen schönen hellbraunen Hund erworben und wollte ihm ein Geschirr bauen, damit er das Holz ziehen konnte.

Den Hund fand sie verdreckt im Gras liegend, an seiner linken Schulter war eine tiefe Wunde, in die die Schmeißfliegen schon ihre Eier legten. Das Gras war zertrampelt, die Erde aufgewühlt und blutig. Im Hals des Hundes steckte ein Stock, der ihn an den Boden nagelte. Er hatte noch versucht, sich zu befreien. Großmutter stellte den Korb mit dem Fladen ab und zog den Stock heraus. Aus der Wunde kam kein Blut, der Hund atmete nicht mehr, sie konnte auch seinen Herzschlag nicht mehr fühlen. Sie wusste genau, dass der Hund tot war, und grub mit dem Stock ein Stück Erde auf. Dort legte sie ihn hinein, die blutige Erde und die abgebrochenen Wildblumen schob sie behutsam über den Kadaver. Sie hörte sich selbst klagen, als sie darüber nachdachte, wie sie Biberzahn das beibringen sollte. Sie hielt eine Weile den Atem an, wisperte und sagte dann laut:»Ein Hundeleben – ein Hundetod. Ein Hundeleben ist kurz.« Was er wohl tut, wenn er vom Tod seines hellbraunen Hundes erfährt? Tränen brannten ihr in den Augen. Tränen helfen doch nichts, sagte sie sich und wischte sie mit der Faust weg. »Biberzahn! Biber!«, schrie sie. Doch nur die Brandung des Meeres rauschte über dem Sand. Als sie bei dem großen Haufen Treibholz ankam, dachte sie, vielleicht hat er unter dem Stapel ein warmes und trockenes Plätzchen gefunden und spielt mit seinen Freunden das Handspiel. Sie hockte sich hin und stocherte herum, wich zurück und rief wieder, doch es kam keine Antwort, nur die erstickten Klagen derer, die ihre Angehörigen hinter Felsen, unter Treibholz und in den Dünen gefunden hatten.

»Ohne Vorwarnung«, sagte jemand so laut, dass Großmutter es hören konnte, »kam der Sturm aus dem grauen Meer. Hast du das gesehen?«

»Ich sah das Wasser aufspritzen und den Sand übers Land wirbeln«, sagte eine andere Stimme. »In Sandpiper Point steht keine Hütte und es singt kein Vogel mehr. Zeit, den Namen des Dorfs zu ändern. Was meinst du?«

»Ja, nennen wir es doch einfach Sandpoint«, sagte Großmutter.

Niemand reagierte auf diesen traurigen Scherz.

Aber von diesem Tag an hieß das kleine Dorf mit dem großen, großen Grabhügel Sandpoint.

In jener Nacht legte sich Großmutter, geschützt vor dem Wind und den Gezeiten, neben das Treibgut, doch sie fand keinen Schlaf. Sie dachte an die Farben, die die Sonne auf den wirbelnden Sand gezaubert hatte, und lauschte – vielleicht rief ihr Mann ja nach Hilfe. Doch sie hörte nur das Weinen der kleinen Kinder und den Wind über den Sand fegen, der sich mit dem Tosen des Meeres mischte.

Am Morgen sah sie Einbäume, die der Wind an Land geweht und unter Dünen begraben hatte. Einige waren zerbrochen und hingen zusammen mit den Überresten von Zelthäuten, Lendenschurzen und Binsenkörben in den

Bäumen. Sie zog ein paar Fetzen herunter und setzte sich neben Kleine Mutter in die Hütte. Sie wickelte Otterjunge aus der feuchten Decke und hüllte ihn in trockene Fetzen. Er hörte zwar auf zu zittern, wimmerte aber weiter. Großmutter lächelte, das Feuer schwelte noch, und sie legte Holz auf, bis es wieder aufflammte und ein paar dicke Holzklötze brannten.

Sie aßen den nassen Fladen. Kleine Mutter gab Otterjunge die Brust, er hörte auf zu jammern und schlief ein.

»Welch eine Mühe, sich um ein Kleinkind zu kümmern!«, sagte sie zu Großmutter. »Ich dachte immer, ein Kind sei ein kostbares Geschenk und es sei ein Privileg und eine Freude, für so ein kleines, hilfloses Wesen zu sorgen. Ich träume immer, ich müsste aufpassen, dass ich ihm nicht versehentlich die dünnen Knochen breche und die zarte Haut aufschürfe, wenn ich ihn bade und in saubere, warme Tücher wickle.« Sie schlug die Hand vor den Mund und sah sich um. »Aber es ist nur ein Traum. Und dann erst das Stillen! Ein Kind saugt stärker als ein Dutzend Egel. Und irgendwann wachsen die scharfen Zähnchen! Wenn Otterjunge mich beißt, erwürge ich ihn!«

Großmutter presste die Lippen zusammen und flüsterte: »Die Waagschale zwischen Leben und Tod ist ausgeglichen, Kleine Mutter. Der Vater deines Kindes ist zwar weg, deine Mutter, dein Vater und deine Schwester sind tot. Aber du bist trotzdem nicht allein – du hast etwas sehr Wertvolles, ein wachsendes Leben, das deinen Geist erneuern wird.«

Für den Rest des Tages war der Himmel klar. Die Nachmittagssonne nahm dem Wind die Kälte. Großmutter vermisste die Seevogelschwärme.

Am nächsten Tag regnete es wieder so stark, dass sie keine Nahrung suchen konnten. Großmutter wusste nicht, ob es der Regen oder ihre Tränen waren, die ihr übers Gesicht rannen. Viele Leute waren erkältet und krank. Großmutter hoffte immer noch, ihren Mann zu finden, und half, die aufgedunsenen Leichen in eine große Gestrüpphütte zu ziehen, die ein paar Frauen und Mädchen gebaut hatten, als sie in der Nacht nicht schlafen konnten. In zwei Leichen steckten Dachsparren, die der Wind in sie hineingetrieben hatte. Drei Leichen waren von Pfählen durchbohrt, sie waren in der Flut ertrunken oder in einer Sandlawine erstickt. Viele hatten schwarze Wunden, aus denen kein Blut mehr quoll. Die Leichen begannen jetzt zu verwesen und zu stinken.

Schlangenstern, der Häuptling, kam barfuß, in Beinlingen und in einem Lederkittel mit Kapuze aus seiner Hütte und verkündete:»Das halbe Dorf ist tot. Die Bestattung wird verschoben, bis der Regen aufhört.« Großmutter hob ihre Hand.»Die Bestattungszeremonie ist wichtig und längst überfällig. Unsere Toten waren Wind und Regen zu lange ausgesetzt. Ratten und Krähen streiten sich schon um das weiche Fleisch. Wir sollten einen Scheiterhaufen aus Treibholz errichten und die Luft mit einem großen Feuer reinigen.«

»Schande über dich!«, sagte der Häuptling.»Du willst die Geister der Toten verbrennen? Sollen sie zu Asche werden?«

»Das kannst du nicht wissen, weil wir es noch nie getan haben«, widersprach Großmutter.

»Das ist ungeheuerlich! Wir warten, bis der Regen vorüber ist, dann begraben wir die Toten, wir dürfen sie nicht verbrennen. Schluck deine Worte, Alte, wenn du nicht willst, dass man dich wie einen Eber auf einen Stock steckt und über dem Feuer röstet! Störenfriede wie dich sollte man aus Sandpoint verbannen!«

Männer und Frauen klagten laut, wippten in der Hocke vor und zurück, schmierten sich Trauerstreifen ins Gesicht und schauten Großmutter böse an. Niemand wagte es, die Toten zu bestatten, bevor der Häuptling die Zeit nicht für reif hielt.

Die Frauen schnitten sich das Haar, bemalten ihre Gesichter mit einer Farbe aus Holzkohle und Fett, saßen in ihren Hütten und klagten lauter als die Männer.

Die Trauer lastete schwer auf Großmutter. Seit dem Sturm vor drei Tagen hatte sie nur wenig geschlafen, sie war müde bis auf die Knochen, ihre Augen waren rot und geschwollen, das braune, ledrige Gesicht von tiefen Furchen durchzogen. Ihre Kleider waren feucht, zerrissen und dreckig. Mit der scharfen Kante einer Muschel, die sie am Strand gefunden hatte, schnitt sie sich das Haar und wollte sich auch noch die Stoppeln ausreißen, um so den wütenden Geist des Windes zu besänftigen – ob sie ihren Mann nun tot oder lebend wieder fand. Beim Anblick der rußgeschwärzten Kleinen Mutter, die Otterjunge an die Brust drückte, musste sie an die Zeiten denken, da ihr Mann an ihrer Brust geschlafen hatte, und sie betete inständig, dass sie ihn wohlbehalten wiederbekam. Sie liebte Biberzahn mehr als jeden anderen Menschen und alles andere auf dieser Welt. Da hörte sie plötzlich einen schrillen Schrei, es hörte sich an wie eine hysterische Frau, aber sie war sicher, dass es ein Silberlöwe war. Der Hunger hatte das Tier aus den Bergen hierher getrieben, und bei den vielen Leichen am Strand könnte er ihn ein paar Mal gut stillen. Vielleicht würde er ja auch noch seine Familie und seine Freunde zum Festschmaus holen. Beklommen ging sie zum Treibholzhaufen und packte den Erstbesten, den sie traf, einen alten Mann mit gebeugten Schultern, langem Hals und langem grauen Haar, das er mit einem Palmzweig im Nacken zusammengebunden hatte. »Der Regen ist vorüber«, sagte sie. »Komm! Wir können die Toten noch vor Sonnenuntergang begraben. Wenn wir bis morgen warten, wird der Gestank unerträglich, von den Schmeißfliegen gar nicht zu reden. Außerdem habe ich einen Silberlöwen gehört, das ist ein schlechtes Zeichen. Wenn er seine Freunde holt, dann schnüffeln und scharren sie herum und pinkeln auf die Leichen. Für sie sind die Kranken und Verwundeten ein Festmahl. Hast du noch Pfeil und Bogen?«

Er sah sie an, rieb sich die Augen und blickte sie wieder an. Im wolkengrauen Licht versuchte er, sie zu erkennen. Dann nickte er. »Ah, Großmutter, bist du das wirklich unter dem Schlamm, dem Schmodder und den Grasflecken? Bist du das mit diesen rot geränderten Augen und den Tränensäcken? Dein Haar – wie der Rücken einer Sandratte! Ha, das ist lustig, so ungepflegt habe ich dich noch nie gesehen, ich erkenne dich nur an der Stimme. Dieser Sturm hat alles durcheinander gebracht, aber natürlich habe ich einen guten Bogen und noch eine Menge spitzer Pfeile.«

»Dann solltest du einen Pfeil darauf verwenden, den Silberlöwen zu zeigen, was passiert, wenn sie in unsere Nähe kommen.«

»Keine Sorge«, sagte Silberreiher, »mit einem Silberlöwen werde ich schon fertig! Und ob! – Weißt du, dass ich heute Morgen deinen Mann gefunden habe? Er steckte mit dem Kopf in einer Düne, braune Scheiße am Hintern. Ich habe ihn an den nackten Füßen herausgezogen und ihm den Sand aus Nase und Ohren gepult, aber er hat nicht mehr geatmet. Ich mochte ihn sehr, es tut mir so Leid.« Er berührte ihren Arm und ging davon, damit sie seine Tränen nicht sah.

Arme Frau, dachte er, sie war einmal das schönste Mädchen im Dorf und heute ist sie die beste Frau in Sandpoint, auch wenn sie aussieht wie ein altes Weib, das seine Anmut verloren hat und die Welt wahrscheinlich so schnell verlassen könnte, wie sie sich das Gesicht wäscht. Die Arme vermisst ihren Mann. Ich würde ihr gerne das Gesicht waschen und sehen, ob sie immer noch schön ist. Bestimmt! Darauf wette ich mein einziges gutes Paar Mokassins! Großer Geist, ich habe sie geliebt, bevor Biberzahn sie überhaupt gesehen hat. Und dann ließ er mich wissen, dass sie ihm gehört, ansonsten würde er mir die Zähne ausschlagen. Oh, wie gemein er war, und sie war so nett und lieb. Ich glaube, zu ihr war er nicht gemein. Als ich ihn dann richtig kennen lernte, mochte ich ihn auch.

Großmutter saß am Strand und sah die hohen Wellen heranrollen, ihren weißen Kamm kippen und sich in unzähligen Blasen brechen. Sie hörte, wie das Tosen der Brecher sich mit ihrem Schluchzen mischte, und dachte an die wechselnde Schönheit des Wassers und der Erde und an das Geheimnis des Lebens. Sie fasste sich an den Kopf und verfluchte die Geister, weil sie ihren Mann getötet und sie selbst am Leben gelassen hatten.
»Ihr Dummköpfe, ihr wisst doch, dass Biberzahn immer netter und versöhnlicher war als ich!«, sagte sie laut. »Geister – Fratzen, das seid ihr! Ich glaube, dass ihr keinen Deut wisst über uns! Ihr seid nichts als brauner Schleim, weil ihr diesen Sturm hier habt toben lassen, ohne mit der Wimper eurer gelben, fauligen Augen zu zucken! Einer von euch hätte dem Wind sagen können, er soll sich ein bisschen weiter aufs Meer hinaus verziehen und Sandpoint verschonen. Ihr faulen Geister, wacht auf! Seht euch an, was ihr gemacht habt! Warum sollte ich euch huldigen? Sagt mir dafür auch nur einen Grund! Pfui!« Sie spie aus, der Wind wehte die Spucke an ihre Brust zurück, und sie wischte sich mit einer Hand voll Sand ab.
Leute mit verzerrten, ängstlichen Gesichtern schlurften vorbei und riefen Großmutters Namen zum Gruß, doch

keiner blieb stehen. Sie verstanden, dass sie in ihrer Trauer allein sein wollte. Sie war nicht die Einzige, die darüber klagte, dass sie überlebt hatte, sie war nicht die Einzige mit einem überquellenden, traurigen Herzen.

Sie stand auf und ging zu der großen Hütte, wo immer noch die Toten lagen und darauf warteten, dass der Häuptling die Bestattungszeremonie freigab. Sie hielt die Luft nicht an und atmete den Gestank ein, als sei dies die natürlichste Sache der Welt. Ganz oben auf dem letzten Haufen fand sie schließlich ihren Mann. Sie umarmte ihn, drückte ihn so fest an sich, wie sie nur konnte, und ließ ihren Tränen freien Lauf. »Ich will bei dir sein«, schluchzte sie an seiner kalten Brust.

Nach einer Weile gab ihr jemand ein Büschel trockenes Moos. »Du hast Recht – es ist Zeit, die Toten zu begraben.«

Sie sah nicht auf, aber sie erkannte Silberreihers gedämpfte Stimme. Sie wischte ihre Tränen ab und rieb sich das Gesicht. Ihren Mann wusch und trocknete sie und band ihm einen Lendenschurz um, den sie im Geäst gefunden hatte. Sie stellte sich vor, dass sein Geist bei ihr wäre, und sagte: »Ich weiß nicht, was ich jetzt ohne dich anfangen soll. Erst habe ich deinen schönen, hellbraunen Hund begraben und nun helfe ich einer jungen Mutter und ihrem Kind, einem süßen Jungen mit rundem Gesicht und großen Augen. Er erinnert mich an … nun, du weißt schon. Dieses Kind weckt starke Erinnerungen. Jahrelang habe ich mich danach gesehnt, einen solch kleinen Jungen zu halten. Ich darf gar nicht daran denken; er ist nun ein Mann, und ich weiß noch nicht einmal, wie er aussieht. Der Junge mit den großen Augen heißt Otterjunge. Er hat noch keine Zähne, aber seine Mutter fürchtet sich jetzt schon vor dem Tag, an dem sie wachsen. Hör zu – die Kleine Mutter und ich könnten so dreist sein und den

Häuptling auffordern, die Dehnungs-Zeremonie abzuschaffen. Was sagst du dazu? Sie glaubt auch, dass die Zeremonie für junge Mädchen nichts taugt. Stell dir vor – ich sage dem Häuptling die Meinung!« Sie kicherte wie ein Mädchen.

Dann hörte sie wieder diesen hohen Schrei und sie wusste, dass er aus dem Treibholz kam. Sie wünschte, Silberreiher wäre mit Pfeil und Bogen zur Stelle. Doch sie könnte sich auch so hinstellen, dass der Silberlöwe sie anspringen würde und die Leute sie sehen und schreien hören könnten. Dann würden sie angelaufen kommen und das Tier totprügeln. Wenn man einen hungrigen Silberlöwen tötete, rettete man Leben, und um das Leben der Kinder zu retten, lohnte es sich, gekratzt und gebissen zu werden. Was macht es schon, wenn ich sterbe? Ich will bei Biberzahn sein, ja, das will ich, o ja! Es wäre gut, wenn ich ein paar Kinder und Kranke davor bewahren könnte, dass der Silberlöwe sie bei lebendigem Leib auffrisst. Genau das wollen die Geister. Also sind sie doch nicht so dumm, wie ich dachte.»Na gut, ich entschuldige mich, dass ich euch so beschimpft habe, Geister. Ich habe mich geirrt, das habt ihr nicht verdient.«

Sie ging zu dem hohen Haufen aus glatten, grauen Stämmen, und stellte sich neben einen entwurzelten Baum, der immer noch seine raue Rinde trug, doch seine Äste waren für den Bau einer Hütte oder für ein Feuer abgehackt worden. Sie hörte ein paar hohe, schnell aufeinander folgende Töne. Was war das? Einen Silberlöwen mit Schluckauf hatte sie noch nie erlebt. Dann – ein Weinen. Entweder ist da jemand, oder der Silberlöwe spielt meinen Ohren einen Streich. Egal! Sie beugte sich vor und spähte ins Treibholz, doch dort war alles dunkel. Wieder ein Schrei, leiser diesmal, als wollte das Tier sie anlocken. Sie wich zurück und sah Silberreiher mit einem großen Stein herankommen.

Das wurde aber auch Zeit!, dachte sie. Gut. Sie bückte sich wieder und rief:»Komm raus, Silberlöwe, und kämpfe wie ein richtiger Krieger!«

Der nächste Schrei war jämmerlich dünn. Sie zwängte sich zwischen zwei glatte Hölzer und tastete herum. Sie rechnete damit, dass der Silberlöwe seine Zähne in ihre Hand schlagen würde, doch sie spürte nur feuchtes, klebriges Moos und fliehende Hände oder Füße. Vielleicht eine Sandkrabbe – nein, eine Maus in einem Nest. Der Silberlöwe wechselt geschickt seine Gestalt, dachte sie. Sie ließ die ausgerissenen Haare fallen und langte ganz tief hinein. Da war wieder dieses weiche Moos. Oder war es das verfilzte Fell des Silberlöwen? Sie wich zurück und fuhr sich mit dem Finger über die Kehle, für Silberreiher ein Zeichen, den Stein zu werfen.»Halte das Holz hier hoch«, sie deutete darauf,»damit ich darunterkriechen kann. Irgendwas ist hier drin und es lebt.«

»Pass auf, Großmutter!«, Silberreiher grinste schief.»Es könnte eine Wasserschlange sein oder sonst etwas Giftiges. Halte du lieber den Prügel, und ich werfe den Stein hinein.«

»Nein, nein! Du hältst das Holz, ich gehe hinein. Ich bin kleiner und kann drinnen den Stein werfen. Gib her!« Sie zwängte sich wieder in den Haufen.»Höher halten! Ich kann es sehen – es hat große Augen und weiße Zähne. Oh!« Ihre Beine waren ganz steif vom Knien. Sie krabbelte zurück und ließ den Stein los. Silberreiher wollte schon ihre Stümperei verfluchen, doch sie schnitt ihm das Wort ab:»Wo sind denn deine schönen Pfeile und dein Bogen?«

»Ich weiß nicht, in dem ganzen Durcheinander konnte ich nichts finden.«

Auf ihren Armen schob sie sich wieder ins Loch.»Komm her, komm zu Großmutter!«, flüsterte sie.»Hier bin ich.«

25

Sie schlug die Beine unter und saß mit gekrümmtem Rücken da. Sie hob das verschreckte Ding hoch und drückte es an ihre Brust. Silberreiher sah, dass es etwas Dunkles, Schmutziges war und dass es sich bewegte. Um den dreckigen Hals war ein Band aus fest geflochtenen bunten Perlen gewickelt. Wenn die Perlen wieder sauber wären, würden sie wie die Regenbogenfarben leuchten, die Großmutter in der Sonne durch die aufspritzenden Quarzprismen des Sandes gesehen hatte. Das hielt sie für ein gutes Zeichen. Sie legte die Hand auf den Mund des Kleinen, damit es nicht schrie. Plötzlich hielt sie die Luft an und wusste, was Kleine Mutter gemeint hatte: Das Kind hatte scharfe Zähnchen. Es hatte oben eine zusätzliche Zahnreihe. Großmutter hatte so etwas erst einmal gesehen und zwar bei Silberreiher, der auch doppelte Zähne hatte! Sie würde ihm nicht verraten, dass das Kleine sie mit seinen scharfen, weißen Zähnchen in die Hand gebissen hatte. Sie leckte das Blut von ihrer Hand, wartete eine Weile, bis es nicht mehr blutete, und kroch mit eingezogenem Kopf vorsichtig wieder hinaus.

Der Gestank schlug Silberreiher ins Gesicht. »Ist es tot?«

»Nein!«, schrie sie.

»Halte dieses stinkende Vieh von dir fern.« Seine braunen Augen weiteten sich, er verzog den Mund, als er sich wegdrehte und Luft holte. »Dieses kleine Scheißvieh ist krank! Selbst wenn es nur ein Silberlöwenjunges ist, kann es schrecklich beißen. Und dann kann dich keine Rassel eines Medizinmanns und kein Kräutertrunk vor dem Tod bewahren. Du hältst es zu dicht. Wenn sein Speichel schäumt, beißt dir das wilde Ding eine Brustwarze ab und macht sich dann über die andere her. Du wirst verbluten.« Er hob einen großen Stein auf.

Beim Blick in seine runden braunen Augen dachte Großmutter, dass er dieses Schauspiel wahrscheinlich genießen würde. Doch er war in Todesangst, dass ihr etwas Schlimmes zustoßen könnte, und er hätte das Drecksvieh gerne aus ihren schützenden Armen geschlagen.

Wie stur Frauen sein können, dachte er, vor allem diese hier. Sie hatte schon immer ihren eigenen Kopf und sie hatte auch das Zweite Gesicht, sie sah Dinge, bevor andere sie sahen. Warum schützte sie dieses schmutzige Silberlöwenjunge? Vielleicht weil sie in Zukunft etwas zum Füttern und Streicheln brauchte, weil sie keinen Mann mehr hatte, den sie verwöhnen konnte.

»Die Frauen des Dorfs und der Medizinmann kümmern sich um die Verwundeten«, sagte er. »Wenn du gebissen wirst, bekommen erst die anderen Heilkräuter und Lieder. Lass also das Tier jetzt los, zerstampf es! Glaub mir, es wird noch tiefer beißen als nur in deine Warzen!«

»Ach was!«, fuhr sie ihn an. »Ich halte ein Kind, ein Kind, das ein Mensch geboren hat. Das Kleine braucht ein Bad, die Wärme eines prasselnden Feuers und liebende Arme, wo es sich geborgen fühlt.«

»Pah! Es fehlt kein Kind«, sagte Silberreiher. »Du weißt doch, dass Schlangenstern eine Zählung im Dorf durchgeführt hat. Ich weiß nicht, woher dieses Ding da kommt. Ich glaube, es ist ein Silberlöwe, der eine andere Gestalt angenommen hat.«

»Und wenn? Ich habe es gefunden, ich werde für es sorgen.«

»Aber ich sage dir doch: Die Kinder sind alle erfasst, die toten und die lebenden. Der Häuptling hat die Striche heute Morgen in eine Haut gekerbt. Dieses Kind hier ist ein wildes Tier, das unter dem Holz seine Erscheinung verändert hat. Heute Nacht frisst er dich auf, Freundin, glaub mir.«

Das Kind schluchzte an Großmutters Schulter und preßte Finger, die so kräftig waren wie Lianen, in Großmutters Oberarme.

»Jetzt gib her, und ich tunke es kopfüber in den Bach, das war's dann«, forderte Silberreiher. »Und wenn ich es aus dem Wasser hole, wird es sich wieder in einen wirklichen Silberlöwen zurückverwandeln. Das ist so bei diesen listigen Viechern.«

»Rühr es nicht an!« Großmutter wich zurück. »Ich nehme das Risiko auf mich. Vielleicht wurde es an Land gespült, nachdem das Fischerboot seiner Eltern gekentert ist. Wer weiß, zu wem es gehört und woher es kam?«

»Es wurden keine Leichen an Land gespült, meine Liebe, auch keine fremden Kanus.« Silberreiher ließ den Stein fallen und kickte ihn weg. Die Geister hatten ihr mit dem Halsband des Kindes ein untrügliches, gutes Zeichen gesendet, und sie sagte: »Es ist ein Mädchen. Und von nun an wirst du ›Großmutter‹ zu mir sagen – ich bin nicht ›deine Liebe‹. Und mein Kind wird Cougar, die Silberlöwin, heißen, das ist doch ein passender Name.«

Weiter weg als ein Mensch sehen konnte, weit hinter dem großen Meer im Osten, lag nordöstlich des Calusa-Dorfs Sandpoint eine Insel namens Irland oder Eire. Im Jahr 1151 wussten die Calusa und die Iren nicht das Geringste voneinander. Jedes Volk hatte eigene, tief verwurzelte Sitten und Gebräuche, eine eigene Sprache, eine andere Religion und ein eigenes Gemeinwesen, doch bei allen Unterschieden strebten beide nach Verständnis, Sicherheit, Liebe und Anerkennung.

Dornoll war ein klein gewachsenes Mädchen mit dunklen Haaren und blauen Augen. Die Vierzehnjährige war die Frau eines irischen Schäfers. Sie wusch gerade Kleider am steinigen Bachsaum, da hörte sie den schrillen Schrei der Todesfee – ein weiblicher Geist, der eine Todeswarnung ausstieß. Sie drückte ihr Kreuz durch, das ganz steif geworden war, reckte sich und spähte vorsichtig den Bach hinauf und hinunter. »Hau ab!«, brüllte sie. »Wir wollen in unserer Familie keine Warnung einer Geisterfee. Zieh weiter!« Sie strich über die schwarzen Strähnen, die aus ihrer Sonnenhaube lugten, und sah zu den Schafen und Ziegen, die hinter der Kate grasten und nun lauschend die Köpfe gehoben hatten.

Aus dem Haselhain drang der nächste gellende Schrei, der ihr die Haare zu Berge stehen ließ. Sie lief so schnell, dass sie gar nicht auf spitze Steine oder Blindschleichen achtete. Ihre Füße schwammen in den großen Bundschuhen. »Seth!«, schrie sie. »Seth ap Rees, komm, nimm einen Prügel und komm!«

Seth, der ein wenig größer war als Dornoll, hatte breite Schultern, seine Haut war vom rauen irischen Wetter gegerbt und gebräunt. Vor der mit Lehm verputzten Kate aus Weidengeflecht wichste er seine Stiefel mit Schaftalg, damit sie wasserdicht wurden. Er erschrak, als er seine Frau so aufgeregt schreien hörte, und rappelte sich auf. »Was jammerst du denn, Mädchen, ist dir die Wäsche in den Bach gefallen und in die Haselbüsche abgetrieben?« Er kicherte in seine starke Brust hinein. »Immer mit der Ruhe. Nur ein leichtes Herz lebt lange«, zitierte er ein altes gälisches Sprichwort.

»Nimm einen Knüppel und folge mir!« Dornoll keuchte so, dass sie kaum sprechen konnte, und deutete hinter sich.

Seth nahm die Doppelaxt vom Haken an der Vorderwand der Kate und folgte ihr zu einem Schwarm kleiner Fliegen; sie schwebten über der Wäsche, die darauf wartete, auf den Ginsterbüschen ausgebreitet zu werden.

»Stell dich hierher und horche!«, flüsterte sie.

Doch es war nichts zu hören außer dem Plätschern des Bachs und Seth, der nach den Fliegen schlug.

Er legte den Arm um seine mollige Frau. »Du hast deine Knochen für nichts und wieder nichts geschunden. Häng lieber die Wäsche auf, bevor unser Kleines aufwacht und schreit wie ein hungriges Bärchen.« Liebevoll drückte er ihr einen Kuss auf beide Wangen und ging zurück zu Stiefeln und Talg.

Dornoll breitete die Wäschestücke aus, bis alle Büsche mit ausgebleichten blauen und braunen Leinentüchern bedeckt waren. Sie besah sich ihr Werk und wünschte sich einen neuen blauen Kittel für die kleine Wyn. Dann hörte sie wieder einen Schrei, der wie das Heulen ihrer kleinen Tochter klang, wenn sie Hunger hatte oder fror. Sicher eine Todesfee, die gekommen ist, um mich vor etwas Schrecklichem zu warnen, dachte sie. Auf Zehenspitzen schlich sie zum Haselhain – das Heulen erstarb. Dann ging sie durchs Gebüsch zum moosigen Ufer des Bachs, der sich friedlich unter hängenden Weiden hindurch schlängelte. Im stillen Tümpel sah sie ihr Spiegelbild. »Wenn du in dieses Wasser gehst, bekommst du Runzeln wie deine geliebte Großmutter«, sagte sie sich und dachte, sie hätte einen grünen Waldspecht schreien hören. »Du dumme Gans!« Sie lachte und spähte in die Büsche nach dem Vogel mit dem roten Schopf und dem gelben Bürzel – ein Omen für kommendes Glück. Wieder ein Schrei. Sie fuhr herum und sah ein rundliches Boot aus wasserdichter Haut, die über einen Rahmen aus Gerten gespannt war. Es trieb wie ein großer Wäschekorb zwischen den Weiden und schaukelte immer, wenn seine Fracht einen Laut von sich gab. Sie stellte sich so hin, dass die Sonne sie nicht blendete, und sah über dem grünen Wasser ein Kind. Es hatte sich aus den Tüchern gewickelt und strampelte mit den nackten Füßchen, die kleinen Fäuste wedelten in der Luft.

»Du liebe Güte!« Sie zog Haube, Kittel und Schuhe aus,

watete ins kalte Wasser und spähte über den Rand des kleinen Boots. »Ein Wikingerkind mit blonden Haaren und Augenbrauen so fein wie Spinnfäden.« Sie schnüffelte. »Du riechst wie ein aufgescheuchtes Stinktier!« Das Kind saugte das Wasser von Dornolls Fingern, als sie sein Gesicht streichelte. Sie befühlte Ärmchen und Beinchen, um sich zu vergewissern, dass es keine Geistererscheinung war. Sie paddelte mit den Beinen und schob das Boot vor sich her zum Ufer. Der faulig riechende Kahn war so leicht, dass sie ihn auf dem Kopf tragen konnte. Sie stellte ihn vor Seth ab. »Schau, was da geschrien hat!«

Erst sah er das Kind an, dann seine Frau und sagte: »Hast du es gebadet? Es riecht so, als solltest du es nochmal tun.«

»Oh, du Dummkopf! Jemand liebt dieses Kind und hat das Boot mit Stinktierfett abgerieben, um die Wölfe fern zu halten. Sieh doch, wie es seine Fäuste in den Mund steckt!« Mit überkreuzten Beinen saß sie auf dem Boden in der Kate und nahm das Kind aus dem Boot. Sie breitete eine weiße Decke über ihren Schoß, wiegte und stillte das Kind. »Langsam, mein Kleiner«, flüsterte sie, »du musst mit deiner Schwester Wyn teilen.«

Seth trug den stinkenden Nachen hinter die Kate, während Dornoll das Kind mit sauberem Moos wickelte. »Die Götter haben uns heute gesegnet«, sagte sie, als Seth wieder hereinkam. »Nun hat Wyn ein Brüderchen – Brawd.«

»Wahrscheinlich sind seine Eltern in Schwierigkeiten geraten und wollten das Kind retten. Früher, als die Nordländer in irische Häfen einfielen, versteckten Mütter ihre Kinder im Röhricht und hofften, Überlebende würden sie finden und aufziehen.« Seth nahm das Kind in seine großen Hände und untersuchte es eingehend. »Keine Male. Eines Tages holen ihn seine Eltern wieder.«

»Seine Windel war mit einer Silberfibel zusammengesteckt«, sagte Dornoll.

Seth trug die Spange zum offenen Fenster und betrachtete sie im Licht. »Drei Löwen in einem geschlossenen Kreis – das Symbol für ewiges Leben; so etwas machen Druiden.«

»Nein, so feine Tuche haben Druiden nicht. So feine, weiße Wolle habe ich noch nie gesehen. Ich bade den Kleinen in Essig, damit dieser ranzige Geruch verschwindet. Der kleine Glückspilz ist von königlichem Geblüt.« Sie küsste das Füßchen. »Woher kommst du?«

»Der Junge wurde ausgesetzt, wir haben ihn gefunden«, meinte Seth. »Er gehört uns.«

Dornoll nannte den Jungen Brawd, »Bruder«. Sein helles Haar und die Augenbrauen wurden zu funkelndem Gold, seine Augenfarbe änderte sich je nach seiner Stimmung. War er glücklich, so waren seine Augen himmelblau wie der klare irische Himmel, war er zornig, wurden sie blaugrau wie die tosende Irische See, war er bedrückt, schimmerten sie blaugrün wie Sommergras. Er machte Seth und Dornoll genauso viel Freude wie Wyn, ihr leibliches Töchterchen. Die Eltern erzählten den beiden alle Geschichten, die sie aus ihrer eigenen Kindheit kannten, und Seth zog sie auf, wie Druiden alle Ziehkinder aufzogen. Am Morgen erzählte er ihnen Geschichten und nach dem Essen lehrte er sie Lesen, Schreiben und Rechnen. Brawd war jünger als Wyn, aber er stellte die scharfsinnigeren Fragen. Als er fünf war, gab Seth ihm ein Paddel mit eingravierten Spiralen am Blatt. Brawd ließ den Nachen an einer Stelle zu Wasser, wo es am schnellsten floss, und freute sich am Paddel, das in der Sonne aufblitzte, wenn er es eintauchte, zog und wieder hob. Irgendwann baute er einen wackligen Mast und setzte Seths alten Kittel als Segel.

Brawd und Wyn paddelten oft bachaufwärts, besahen sich die Waldreben, die sich um die Eichen schlangen, und die Vögel, die von einem Ast zum anderen flogen. Eines Tages sahen sie unterhalb eines Hügelkamms fremde Männer in Kapuzenkitteln, die still neben gekalkten Katen arbeiteten. Zu Hause fragte Brawd seinen Ziehvater:»Wer sind die Männer auf dem Hügelkamm?«
»Taliesin-Druiden des Dritten Rangs, mein Sohn.«
»Was sind Druiden des Dritten Rangs?«
»Vor vielen Jahrhunderten nannte unser Volk sich Kelten und sie teilten sich in vier Ränge. Drei Ränge hielten nichts vom Krieg, sie waren Mystiker und Realisten zugleich, sie glaubten an die Brüderlichkeit unter den Menschen und nannten sich selbst Druiden. Heutzutage hat jeder, der Druiden kennt, eine eigene Einteilung. Es gibt Barden, Dichter, Sänger, Harfner und jene, die die Geschichten und das Wissen um die Welt und die Anderswelt überliefern. Sie sind Richter, Räte, Rechtsgelehrte, sie waren gerechte und treue Berater der Herren und Könige und konnten einem Krieg mitten in der Schlacht Einhalt gebieten. Die irischen Taliesin-Druiden des Dritten Rangs sind Heiler und sie beschäftigen sich mit der Natur, machen weise Voraussagen und deuten die Zeichen für glückliche und unglückliche Tage.«
Im Alter von sieben Jahren hockte Brawd neben Seth und fragte:»Erinnerst du dich an die Geschichte des weisen Mannes namens Jesus, die du uns erzählt hast und der vor langer, langer Zeit in einem fernen Land wohnte? Wissen die Druiden, die so klug sind und so vieles wissen, von diesem Jesus?«
Wenn Brawds Fragen schwierig zu beantworten waren, zwirbelte Seth immer seinen Schnauzbart und nahm sich Zeit zum Nachdenken.»Vor langer Zeit konnten die Druiden vorhersagen, dass der liebe Gott – das größte Geheim-

nis der Welt, denn Er ist unter uns und wohnt gleichzeitig im Himmel – bald einen Sohn haben würde. Das Christkind wurde wie vorhergesagt unter einem hellen Stern geboren. Drei Weise – sie waren Druiden – folgten dem Stern bis in das Dorf Bethlehem und beschenkten das Kind reich. Die Weisen waren froh und traurig zugleich, als sie die Prophezeiung hörten: Jesus sollte der größte Lehrer der Menschen sein, aber er sollte in jungen Jahren gekreuzigt werden.«

»Ist seiner Mutter das Herz gebrochen?«

»Ich glaube, die drei Weisen haben es ihr nicht gesagt. Manchmal ist es besser, wenn man nicht weiß, was die Zukunft bringt.«

Einige Tage danach fragte Brawd: »Schreiben die Druiden wie die christlichen Mönche ihre Lehren von einer Rolle auf eine andere ab, um sie zu bewahren?«

»Nein«, antwortete Seth. »Druiden verlassen sich nicht auf Buchrollen, die durch Feuer, Wasser oder Schädlinge zerstört werden können. Sie lernen, das Wissen in ihren Köpfen zu speichern, und sie wissen mehr über die Geheimnisse der Welt als andere Menschen.«

»Ich würde gerne mal einen Druiden zu den Seeungeheuern und dem schwarzen Abgrund hinter der Kante des Meers befragen.« Und Brawds Augen schimmerten wie Sommergras.

Seth holte tief Luft und ballte die Fäuste, um die Halbmonde zu verbergen, die Druidenmale, die an seinen Nagelbetten mit blauem Waid tätowiert waren. »Es gibt Männer, die wissen über diese Dinge besser Bescheid als ich.« Er war sich nicht sicher, ob er weiterhin Brawds vielen Fragen gewachsen wäre.

Am Abend schlug er Dornoll vor, den Jungen von den Taliesin-Druiden aufziehen zu lassen, die seine Fragen richtig beantworten könnten.

Dornoll wandte sich ab und schlug die Hände vors Gesicht. Sie nahm die Silberfibel aus dem Kasten und betrachtete sie im Kerzenschein. Vielleicht war dort ein Zeichen, das sie übersehen hatte! Aber sie entdeckte nichts Neues.

Im Mai legte Brawd geschorene Vliese im Schuppen zum Trocknen aus. Da sah er über den Fellen einen Dunst, wie Flaum an einer Frucht. Die Felle zitterten und gaben leise Laute von sich, als würden sie atmen. »Leben Felle denn? Wie ein Geist? Eine Flamme?«, flüsterte er.

Seth sagte: »Ich habe noch nie einen Geist gesehen und weiß nicht, wie ein Geist lebt.«

Brawd mit seiner scharfen Beobachtungsgabe bemerkte: »Eine Flamme isst Kerzen.«

Dornoll stimmte ihm zu. »Ich habe auch schon einmal gesehen, wie eine kleine Flamme gewachsen ist, nachdem sie von Baum zu Baum gewandert war und einen ganzen Wald aufgefressen hat.«

»Flammen bewegen sich mit dem Wind«, meinte Seth, »aber ich bin nicht sicher, wie Flammen wachsen, sterben oder gar geboren werden.« Und er fragte seinen Ziehsohn: »Lebt denn eine Feder, die ein Vogel verliert?«

»Nein, ich glaube nicht. Aber sie bewegt sich im leisesten Windhauch.« Brawd runzelte die Stirn. »Ist das die Erklärung für die zitternden Vliese?«

»Ja, mein Sohn. Wolle ist wie eine Feder. Die Fasern sind miteinander verbunden, und wenn die geschorenen Vliese abkühlen, lösen sich die Fasern und es sieht aus, als würden sie sich bewegen. Du siehst, es gibt für jedes vertrackte Rätsel eine Lösung.« Er hielt kurz die Luft an und fügte dann hinzu: »Dornoll und ich können nicht mehr alle deine Fragen beantworten. Ich muss etwas tun.«

»Was willst du tun?«, fragte Brawd.

»Ich will dich zu den Druiden schicken; dort gibt es Antworten auf deine Fragen und dort lernst du auch, dich richtig auszudrücken.«

»Ich bin stolz darauf, so zu sprechen wie mein Papa. Ich will das beibehalten, denn dann habe ich immer etwas von dir bei mir.«

Brawd sah, dass Dornoll plötzlich Tränen in die Augen stiegen.

Am nächsten Morgen, Wyn und er waren noch nicht aufgestanden, hörte er die Eltern sprechen.

»Es ist nicht richtig, wenn ich, ein Schaf- und Ziegenhirte, und du, die Tochter eines Kleinbauern, den wissbegierigen Jungen weiter aufziehen, er weiß schon mehr als du und ich«, sagte Seth. »Ich bin Druide, aber ich bin schon ewig nicht mehr bei ihnen gewesen. Vielleicht sollte ich den Jungen begleiten und mein altes Wissen auffrischen und etwas Neues dazulernen.«

»Nein, ihr bleibt beide hier! Ich liebe euch doch so! Brawd ist unser einziger Sohn. Wyn wird ohne ihn so alleine sein. Er kümmert sich um sie, auch wenn sie zwei Jahre älter ist als er«, flüsterte Dornoll.

Was sie da sagten, beflügelte Brawds Geist, doch sein Herz wurde schwer. »Jetzt bin ich glücklich und traurig zugleich«, sagte er bei sich.

Teil Eins

So lauscht der Mär aus alter Zeit...
Und hört von diesem Madoc,
Der von der Küste Britanniens
Hinaus ins Abenteuer fuhr.
Er fand die Wege übers Meer...
Und ging an Land
In einer anderen Welt als Sieger.
Robert Southey, Madoc. An Epic Poem; Pat Winter, Madoc

Ich stand an Deck und spähte,
Doch so voll war mein Herz,
Als das ferne Land meergrau
Am Morgen als Wolke sich erhob...
Wir mit schnellem Schlag
Über die seichten Wellen ruderten
Und standen in einer anderen Welt als Sieger.
Robert Southey, Madoc. An Epic Poem; Richard Deacon,
Madoc and the Discovery of America

I

Cougar, die Silberlöwin

Florida, Westküste, 1155–1168 A. D.

Einige Sprachen, die früher im Südosten [der U.S.A.] gesprochen wurden, sind heute ausgestorben. Über manche Sprachen, wie die der Avoyel, Taensa, Koroa, Grigra, Tiu, Yamasee, Ais, Tekesta, Calusa und zahlloser anderer Stämme, gibt es keinerlei Aufzeichnungen.

Charles Hudson, The Southeastern Indians

Nach dem großen Sturm zogen einige Leute von Sandpoint in andere Calusa-Dörfer, die nicht auf einem Fleckchen Erde lagen, das ins Meer ragte und die Stürme anzog. Silberreiher blieb, weil auch der Häuptling und seine drei Frauen blieben. Großmutter blieb, weil sie den Gebeinen ihres Mannes nahe sein wollte. Es gab viel Treibholz, um eine große Hütte bauen zu können, man kannte sich untereinander, und die Fischgründe waren gut. Kleine Mutter blieb bei Großmutter, weil sie Otterjunge an einem Ort aufziehen wollte, wo es Süßwasser gab und Wildfrüchte und Gemüse wuchsen.

Sechs Sommer lang saßen Großmutter und Cougar jeden Tag nach dem Holzsammeln zusammen, plauderten und freuten sich über die Gesellschaft der jeweils anderen. Großmutter liebte Cougar mit jedem Tag mehr, auch wenn sie in jüngster Zeit manchmal anstrengend war, denn sie war nicht mehr das süße, lächelnde und bedürftige Kleinkind. Sie war nun ein freundliches, aber unabhängiges Mädchen, das viele Fragen stellte und nicht immer auf Großmutter hörte. Und wenn Cougar nicht gehorchte, geriet in Großmutters Kopf alles durcheinander, und sie hatte das Gefühl, mitten in einem schrecklichen Traum zu sein.

Sie sah, wie das Kind am Strand entlangging, und dachte an die Zeit, als sie selbst ein junges Mädchen gewesen war. Damals lebte sie in Gulltown im Süden der Bird Bay. Eines Morgens gingen ihre Eltern mit dem Einbaum auf Alligatorenfang in die Sümpfe und wollten Fleisch und Häute besorgen, doch sie kehrten nie wieder zurück. Die Suche der Männer von Gulltown verlief ergebnislos.

Das Mädchen wuchs schnell heran und wirkte älter, als es war. Sie lebte allein, kochte allein, baute sich eine schöne Hütte und war ordentlich und sauber. Immer wieder durchsuchte sie die Sümpfe, und eines Tages fand sie auch einen morschen Einbaum, aber sie wusste nicht, ob es das Kanu ihrer Eltern war.

Damals lernte sie Silberreiher kennen, der auf Handelsfahrt war. Sie saß in der Sonne, sang und flocht Binsenkörbe, die sie gegen Nahrung und Kleidung tauschte. Und immer wenn er ins Dorf kam, lud sie ihn in ihre Hütte ein. Das Leben veränderte sich. Sie hatte jemanden, der ihre Haare wusch, der für sie sorgte und der sie glücklich machte.

Sie erblühte zu einer schönen jungen Frau. Alle dachten, dass Silberreiher sie zur Frau nehmen würde, wenn er als Händler ein großes Kanu erwerben würde. Bei der Dehnungs-Zeremonie machte sie nie mit, um sich auf eine Heirat vorzubereiten. Sie wurde schwanger, aber sie heiratete Silberreiher trotzdem nicht. Es kam der Winter mit schlimmen Regenfällen, und sie gebar einen Jungen. Das Wetter war so schlecht, dass niemand ausfuhr, um Meeräschen oder Schnapperfische zu fangen, und niemand wagte es, im Bach zu angeln, der über die Ufer getreten war und verfaulte tote Barsche und Welse an Land gespült hatte. Nahrung und Wasser wurden knapp, die Milch des Mädchens floss dünn und spärlich. Ständig jammerte und weinte das Kind.

Silberreiher war tatsächlich nicht verheiratet, doch als ein Unwetter kam, war er im Norden, wo er Fischerhaken gegen Schildpattkämme tauschte. Er konnte nicht nach Gulltown kommen, weil das Hochwasser die Pfade überschwemmt und ausgespült hatte. In Sandpoint erfuhr er schließlich, dass Gulltown in den Fluten untergegangen war. »Keiner hat überlebt«, sagte Schlangenstern. Silberreiher war traurig und er fühlte sich einsam ohne dieses hübsche Mädchen. Doch er glaubte, dass sie ertrunken war, und heiratete im darauf folgenden Frühjahr eine Witwe.

Für die junge Mutter wurde es ein betrübliches Jahr in Gulltown. Die Frauen machten sich über sie lustig, weil sie nicht an der Dehnungs-Zeremonie teilgenommen und doch ein Kind bekommen hatte. Sechseinhalb Monde lang betete sie zu den Geistern, damit sie ihr halfen, ihren geliebten Kleinen vor dem Hungertod zu bewahren. Doch die Geister gaben ihr kein Zeichen, keine Nahrung und auch kein Wasser. Ihre Milch hörte auf zu fließen. Sie hatte nichts, mit dem sie ihr Kind füttern konnte, auch sie selbst hatte nur wenig zu essen. Sie konnte ihr Kind nicht schreien hören und tat, was sie für das Beste hielt: Sie gab den Kleinen zu einer verheirateten Frau, die ihr Kind kurz zuvor verloren hatte und deren Brüste noch voll und schwer mit Milch waren. Danach trauerte sie so um ihr Kind, dass sie ganz matt und welk wurde. Ihre Haut wurde schlaff und fahl, sie rieb sich Asche ins Haar und sah so alt aus, dass man sie Großmutter nannte. Sie verließ

Gulltown und zog auf der Suche nach Silberreiher nach Norden. Es war eine lange Wanderung. Sie musste Muschelgürtel, Ohrstecker und Halsketten machen und sie gegen Kanufahrten von Insel zu Insel tauschen. Als sie schließlich in Sandpoint ankam, hatte Silberreiher schon eine andere Frau. Sie baute eine Hütte am Rande des Dorfs und lebte allein. Biberzahn, ein Mann mit ganz langem Haar, das er zusammenrollte und im Nacken mit einem dünnen Knochen zusammensteckte, erfuhr, dass sie gut kochte und eine liebenswürdige kluge Frau war. Und als sie ihm bewies, dass sie in der halben Zeit, die andere Frauen brauchten, eine Sommerhütte oder eine Gestrüpphütte bauen konnte, sagte er:»Du bist meine Frau.« Er brachte ihr viel Fleisch und Fisch, und sie legte ein bisschen Gewicht zu, er wusch ihr auch die Asche aus dem langen schwarzen Haar und sie erblühte wieder zu einer schönen Frau.

Einige Jahre später starb Silberreihers Frau am Husten. Nach den Trauerwochen riss er sich die Barthaare aus, schrubbte sein Gesicht mit Sand, badete im Bach und fettete sein schwarzes Haar mit Bärentalg ein, legte einen Lendenschurz und ein Mooshemd an, das nach Rauch roch, so wie er es mochte. Alle Kleidungsstücke aus dem krausen grauen Moos wurden ein, zwei Tage in den Rauch von schwelendem feuchten Holz gehängt, um die Milben abzutöten, die auf der Haut juckende Pusteln verursachten. Es war Zeit, Großmutter zu erklären, warum er damals nicht nach Gulltown zurückgekommen war. Großmutter lud ihn gerne in ihre Hütte ein und sagte gleich, sie habe ihm schon vor Jahren verziehen, dass er eine andere Frau genommen hatte. Er sagte, er sei froh, dass sie nicht ertrunken war und dass er wieder ihr Freund sein wollte. Biberzahn aber sagte ihm, Großmutter sei jetzt seine Frau und sie brauche Silberreihers Freundschaft nicht. Es dauerte viele Monde, bis Biberzahn sich mit ihm angefreundet hatte und die beiden zusammen fischen gingen.

Großmutter dachte nicht mehr an längst vergangene Zeiten, sondern eher an glückliche Tage in den letzten Jahren. Seit dem großen Sturm versorgte Silberreiher sie mit Enten, Gänsen, Obst und Gemüse. Im Alter von fünf Sommern half Cougar ihr, Häute für die Hüttenwände zu gerben. Später lernte sie, Palmwedel fürs Dach zu schneiden und zu binden, und Großmutter brachte ihr bei, an seichten Stellen mit dem Netz Kammmuscheln und Krabben vom Grund zu fischen und Meeräschen und Garnelen zu fangen.

Die Netze flocht Großmutter aus den Fasern einer Pflanze, die im Brackwasser wuchs und deren Blätter geformt waren wie Pfeilspitzen. Ihre Netze waren robuster als die der Männer, und im Dorf war man froh, dass Großmutter sie gegen Wild- und Alligatorenhäute tauschte; sie nähte Kleider und Mokassins und flickte die Hüttenwände damit.

Ihre braune Haut wurde so runzlig wie die Rinde eines alten Stechpalmenbaums, doch ihre Stimme war immer noch tief und kräftig. Manchmal erzählte sie Cougar und Otterjunge von ihrer Heimat Gulltown. Einmal wanderte sie mit dem Mädchen sogar dorthin. Das Kind tauschte bei den Frauen ihren Vorrat an Salzfisch gegen Mais und Kürbissamen, und die Samen tauschte sie in Sandpoint gegen Tonschüsseln für Großmutter. Die Frauen fanden es besser, zu pflanzen und Gärten anzulegen, als in den Sümpfen voller Schlangen und Alligatoren nach Wurzeln zu graben. Schlangenstern besuchte die beiden Frauen und sagte ihnen, es sei nicht normal, dass die Frauen des Volkes zu Hause blieben und im Garten arbeiteten, immer seien sie ausgezogen, um wildes Gemüse und Früchte zu sammeln, bis Cougar ihnen gezeigt hätte, wie man Samen pflanzt. Großmutter meinte, sie sei ein kluges Mädchen und Schlangenstern ein Störenfried.

Mit acht Sommern flocht Cougar Körbe aus den biegsamen Halmen der Igel- und Rohrkolben der Süßwassermarschen. Im Einbaum fuhr sie mit Großmutter nach Gulltown und tauschte wieder Samen, dann ruderten sie weiter nach Süden zu den Dörfern der Ais. Großmutter verstand ihre Sprache nicht und verständigte sich mit Handzeichen und Bildern, die sie in den feuchten Sand zeichnete. Cougar meinte, es sei einfacher, die Sprache zu lernen, aber Großmutter wusste nicht, wie sie das so schnell anstellen sollte. Das Mädchen sagte, sie hätte sich erst die Namen der Dinge gemerkt, mit denen sie gemeinsam zu tun hatten, zum Beispiel die Wörter für die Tauschwaren. Dann lernte sie Begriffe für Bewegungen – rennen, gehen, springen, schwimmen –, für Laute – sprechen, rufen, summen, schreien –, und die Bezeichnungen der Gefühle – Ärger, Liebe, Trauer, Glück. Die Worte reihte sie aneinander wie Perlen auf einer Schnur. Einige Wörter klangen wie Grunzer oder tiefe Atemzüge, doch sie hörte zu, wenn die Ais miteinander sprachen, und konnte die Laute bald an der richtigen Stelle einfügen. Großmutter lernte mit Cougar neue Wörter, doch sie ließ immer das Mädchen übersetzen, wenn sie mit den Ais-Frauen sprechen wollte.

»Ich höre zu und vergewissere mich, dass die Ais nicht betrügen«, sagte Großmutter.

»Du hast die Ais doch noch nie des Betrugs beschuldigt«, meinte Cougar. »Vielleicht hat der Gott der Zunge verschiedene Sprachen erfunden, damit die Menschen nicht so leicht streiten können.«

Sie tauschten Salzfisch, Netze und Körbe gegen Bohnensamen, Häute und Pflanzenfasern, die sie zu Nähgarn sponnen. Der Handel lief gut. Alle profitierten davon, und

die Leute vertrauten einem Händler, der ihre Sprache
sprach.

»Nächstes Frühjahr nach dem Regen«, sagte Großmutter,
»gehen wir zum großen Zypressensumpf in die Tekesta-
Dörfer. Dann sehe ich ja, wie schnell du eine Sprache lernen kannst, die hauptsächlich aus Gejaule und Gebell besteht.«

Cougar fand damals heraus, dass die Sumpf-Tekesta mit
ihren Jaulern und Bellern ausdrückten, dass sie mit dem
Tausch oder dem Wetter zufrieden waren oder dass sie jemanden als Freund ansahen. Es waren keine Wörter im
eigentlichen Sinn, es klang mehr wie ein Flüstern. Wenn
Cougar genau hinhörte, stellte sie fest, dass sie vielen Ca-
lusa-Wörtern ähnlich waren. Der Tausch war so erfolg-
reich wie nie. Oft unterhielt sich Cougar mit den Mädchen
ihres Alters und in drei, vier Tagen hatte sie die Tekesta-
Wörter für die alltäglichen Dinge gelernt, für Kochge-
schirr, Kleider, Körperteile, Lebensmittel und Jagdausrüs-
tung. Nach ihrem siebentägigen Aufenthalt benutzte sie
schon weit weniger Handzeichen und sie konnte gut verstehen, was man ihr zuflüsterte. Großmutter war erstaunt,
wie schnell Cougar eine Sprache lernte und beschreibende
Wörter in eine andere Kategorie setzte als Bezeichnungen
von Dingen. Cougar hatte selbst eine Methode gefunden,
den Lernprozess zu beschleunigen. Sie kannte nun auch
den Unterschied zwischen Königspalmen, Kokospalmen
und Sago-Palmen, sie lernte Magnolien kennen, Hickory-
bäume und Mahagoni und aß zum ersten Mal in ihrem
Leben Wassersalat und Wasserlinsen.

Eines Abends beim Essen sagte Großmutter: »Cougar hat
die Tekesta-Sprache genauso gut und so schnell gelernt
wie letztes Jahr die Ais-Sprache. Sie ist die geborene Händlerin. Die Leute mögen sie, sie handelt gut, sie spricht mit

den Kindern, und die Kleinen wiederum beschwatzen die Eltern, mit uns zu handeln. Sogar die Männer vertrauen ihr. Sie wird einmal die beste Händlerin, die die Calusa je hatten.«

Zaunkönig hatte Kleine Mutter zur Frau genommen. Er war ein groß gewachsener junger Mann mit einem dicken Bauch und weichem schwarzen Haar, das er mit einem Streifen Wildhaut hinter die Ohren gebunden hatte. Er gab einen Grunzer von sich, der wie das Bellen eines verärgerten Tekesta klang.

Da Zaunkönig mitaß, war Cougar gehemmt, sie hielt den Kopf gesenkt, musste jedoch ab und zu lächeln. »Lieber wäre ich Geschichtenerzählerin«, sagte sie leise.

»Als Händlerin kannst du reich werden«, meinte Großmutter.

»Ich würde nicht zulassen, dass meine Frau Händlerin wird.« Zaunkönig presste die Lippen zusammen.

»Findest du das richtig?« Cougar vergaß ihre Scheu. Sie sah auf und wies ihn auf den Widerspruch zwischen seinen Worten und seinen Taten hin: »Du hast uns vom Salzfisch deiner Frau gegeben, und wir tauschten dafür Moos, das eine Woche geräuchert worden war und keine einzige Milbe mehr hatte. Das saubere Moos tauschten wir gegen zwei Federumhänge. Ich glaube, wenn wir dir wertvolle Dinge bringen wie diesen Federumhang, den du trägst, dürfen wir ihren Fisch tauschen. Die Leute mögen den Fisch deiner Frau.«

Zaunkönig machte ein finsteres Gesicht. Es passte ihm nicht, dass er zurechtgewiesen wurde, vor allem nicht von einem Weib. »Ich krieg dich noch dran, wenn du mich als Dummkopf hinstellen willst! Ich erlaube dir nicht länger, mit den Sachen meiner Frau zu handeln, wenn überhaupt jemand das tut, dann bin ich das!«

Eines Abends saßen Cougar und die anderen, die zum Haushalt gehörten, nach dem Essen zusammen. Sie zählte nun zwölf Sommer, und sie hatte ihnen versprochen, eine schöne Geschichte zu erzählen, die sie selbst erfunden hatte.

Danach sagte Zaunkönig: »Für Cougar ist es wohl Zeit, darüber nachzudenken, mit welchem Jungen sie an der Dehnungs-Zeremonie teilnehmen will.« Er grinste, seine Zähne glänzten im Feuerschein. »Wenn ihr niemand einfällt, mach ich's.«

Kleine Mutter und Großmutter schnappten kopfschüttelnd nach Luft.

»Sie ist noch nicht alt genug«, sagte Großmutter.

»Sie wirkt älter, weil sie so schnell lernt«, meinte Kleine Mutter. »Aber glaub mir, sie ist zu jung für die Dehnungs-Zeremonie.« Und mit rotem Kopf fuhr sie fort: »Wir Frauen erkennen die Zeichen. Sie ist noch nicht so weit.«

»Ha!«, machte Zaunkönig. »Wir Männer riechen es, wenn ein Weib aufblüht, und glaub mir, sie ist reif für einen Mann.«

»Ich rieche nichts«, sagte Silberreiher, der oft zum Essen kam. Er schnupperte an Cougars Kinn und zuckte mit den Achseln. »Aber bei Frauen täusche ich mich grundsätzlich, ich kann nie sagen, wann und wofür sie reif sind.«

An jenem Tag hatte Cougar mit ein paar Mädchen aus dem Dorf über die Dehnungs-Zeremonie gesprochen. Sie glaubte, Zaunkönig wollte sie drankriegen, wie er es ihr damals angedroht hatte. Er hegte seinen Groll und vergaß es nie, wenn jemand sein Selbstwertgefühl verletzt hatte. Sie sah Zaunkönig in die Augen. »Dazu werde ich niemals alt genug sein. Wenn ich einen Mann finde, heirate ich ihn, und das wird noch Jahre dauern. Dich und eine Zeremonie brauche ich dazu nicht.«

47

»Sag das mal dem Häuptling«, Zaunkönig sog an seiner
Oberlippe. »Er wird dir sagen, dass du für ein Weib etwas
zu viel denkst. Wenn du ihm nicht gehorchst, wird er dich
aus Sandpoint und vom Calusa-Volk verbannen – nachdem er dich gedehnt hat.« Und er erzählte von einer Frau,
die aus ihrem Dorf verbannt wurde, weil sie sich der Zeremonie nicht unterworfen hatte und später mit einem
Mann lebte, der ihr einen neu ausgehöhlten, wertvollen
Einbaum zum Fischen geschenkt hatte.

Großmutter blickte ihn finster an und erinnerte daran,
dass dieses Thema Frauensache sei. Zaunkönig biss sich
auf die Lippe.

Kleine Mutter, die an der Wand lehnte, sah ihren Mann an
und schwieg. Plötzlich sackte sie nach vorn, ihre Arme fielen von ihrem Schoß, sie starrte mit leerem Blick ins Kochfeuer.

Zaunkönig erschrak, als seine Frau erschlaffte. Er beschuldigte Cougar, einen bösen Zauber auszuüben. »Wenn du
das warst, wenn du ihr etwas angetan hast, werde ich
dich den Alligatoren zum Fraß vorwerfen!«

Das brachte Cougar ganz aus der Fassung – nicht, weil sie
ihm glaubte, sondern weil auch sie über den Vorfall erschrocken war. »Das wirst du nicht! Es ist doch nicht
meine Schuld, wenn sie mit offenen Augen auf dem Boden schläft. Vielleicht macht sie das ja immer so. Das
musst du doch wissen, sie ist ja schließlich deine Frau!«
Kaum waren die Worte heraus, wusste sie auch schon,
dass sie zu viel gesagt hatte.

Alle verstummten und starrten sie an wie eine faulige
Auster, die man auf den höchsten Abfallhaufen werfen
sollte.

Großmutter sagte schließlich: »Kleine Mutter steht im
Bann der Muschel. Sie ist wie eine Muschel, sie kann nicht
sprechen, sie kann niemanden anschauen, sie kann nicht

hören, was wir sagen, und sie kann auch nicht aufstehen.«

Cougar stand auf und räumte die Holzteller zusammen. Ein Teller fiel ihr aus der Hand. »Ach, was bin ich ungeschickt!« Sie sah nach, ob sie Kleine Mutter geweckt hatte.

»Pst, lass sie!«, sagte Großmutter. »Ihre Seele besucht die Seele ihrer Schwester, vielleicht auch die Seelen ihrer Eltern. Sie muss ab und zu eine Weile mit ihrer Familie zusammen sein.«

»Warum denn das?«, fragte Cougar leise, als sie mit dem Stapel sauberer Teller zurückkam. Sie schielte zu Wren hinüber und mochte ihn genauso wenig wie zuvor. Ich habe ihm Unrecht getan und war unnötig frech, dachte sie. Aber er kann mich auch nicht leiden. Sie sah Zaunkönig geradewegs ins Gesicht – es tut mir Leid, dass ich so vorlaut war, dachte sie, ich habe gesprochen, ohne dass ich etwas Gutes zu sagen hatte. Ich bin dumm! Sosehr sie sich auch mühte, doch die Worte wollten ihr nicht aus dem Mund kommen, und Wren konnte nichts hören.

Er wurde rot, als könne er ihre Gedanken lesen. Cougar wandte den Blick ab. Sie fragte sich, ob ihr so mulmig war, weil sie hoffte, Zaunkönig würde sie bitten, seine Zweite Frau zu sein. Kleiner Mutter wäre ich gerne nahe, dachte sie, aber ihm nicht. Ich will noch nicht heiraten. Wenn Zaunkönig mich fragt, werde ich nein sagen.

Alle schwiegen, bis Großmutter ihre Frage beantwortete. »Für Kleine Mutter war die Dehnungs-Zeremonie die Hölle gewesen. Ich glaube, es hat ihre Seele fürchterlich erschreckt und sie hat ihren Leib verlassen, als ich davon sprach. Nun sucht sie Trost bei ihresgleichen. Es tut mir Leid, dass ich so unbedacht daherredete. Schau sie dir an! Da kannst du sehen, wie schwach ein Leib ohne Seele ist.«

Das Haar von Kleiner Mutter war zerzaust und hing in voller Länge über ihren Rücken, ihr sonst so braunes Gesicht war ganz fahl. Cougar wünschte, sie könnte sich genauso leicht entschuldigen wie Großmutter.

»War die Dehnungs-Zeremonie so schrecklich für sie?«, fragte Cougar.

»Nein, aber danach war es schlimm.«

»War es für dich auch schlimm?«

»Nein. Ich nahm nie teil.«

»Der Häuptling hätte dich zwingen können«, sagte Zaunkönig. »Es ist die Pflicht eines Mädchens.«

Großmutter wünschte, Cougar würde nicht so viele Fragen stellen. »Das ist lange her. Die Leute in Gulltown haben es längst vergessen.«

Otterjunge erinnerte sich an einen Mann, der kopfüber von seiner Hütte gefallen war. Danach konnte er nicht mehr sprechen und er erinnerte sich an nichts mehr. Die Leute behaupteten, er würde mit den Seelen und den Geistern sprechen. Was wäre, wenn seine Mutter nun für immer so bliebe. Er fragte: »Kommt ihre Seele zurück?«

»Ihr Körper wartet, bis die Seele wieder zurückkommt«, sagte Großmutter. »Legen wir sie auf ihr Lager, dann geht es ihr am Morgen sicherlich wieder besser. Und wenn nicht, fragen wir eine weise Frau, wie wir den Bann brechen und in Zukunft so etwas verhindern können.«

Zaunkönig brachte die Strohmatte von Kleiner Mutter, und mit Cougars Hilfe legte er sie aufs Lager, dabei war sie nicht einmal so schwer wie ein Zicklein.

Cougar mischte sich wieder in die Unterhaltung ein. Sie flüsterte: »Ich lasse niemals zu, dass ein Junge oder ein Mann ohne meine Erlaubnis seinen Stab in mich hineinsteckt. Ich kann es nicht mehr hören, wenn Mädchen und ihre Mütter von der Dehnungs-Zeremonie sprechen, als sei es die schönste Sache der Welt. Kleine Mutter sagt, es brenne mehr, als wenn man auf einem Ameisenhaufen sitzt, und dann blutet es zum Beweis, dass der Stab eines Mannes spitzer ist als ein Kaktusstachel.«

Zaunkönig lachte. »Kleine Mutter redet zu viel, und du musst noch eine Menge lernen. Wir sind alle froh, wenn du erst einmal groß bist und bei jemand anderem lebst.«

»Ich nicht!«, widersprach Großmutter.

Am nächsten Morgen ging es Kleiner Mutter besser. Großmutter sang ein altes Lied für sie. Otterjunge saß neben Cougar und sagte: »Wenn ich groß bin, kann ich es mit dir machen. Dann musst du dich nicht mit jemandem abgeben, den du nicht willst und den du nicht kennst. Ich tu dir auch nicht weh, mein Stab ist nicht spitz.«

»Nein!« Sie lehnte sich an ihn. »Du weißt zu viel über mich, und ich weiß zu viel über dich. Wir sind Bruder und Schwester, und Geschwister dürfen es nicht miteinander tun. Sie können nur heiraten, wenn der Bruder ein Häuptling oder Oberhäuptling ist. Ha, ich wickle dich so gerne in warme Decken und kitzle dich bis du kicherst. Ich sehe gerne, wie du über Felsen kletterst, und einen Gipfel bezwingst. Ich schaudere vor Glück, wenn du deine Arme um mich legst und mich ganz fest drückst. Ich erzähle dir gerne Geschichten und singe dich in den Schlaf. Du bist mein geliebter Bruder. Ich sorge dafür, dass ältere Jungen wie Zaunkönig dich nicht ausnützen, weil du so ein gutes Herz hast. Erinnerst du dich, wie er dich um dein weiches Hemd gebeten hat? Du hast es ihm gegeben und gesagt, Großmutter hätte es aus neuen Häuten genäht und er solle darauf aufpassen. War Großmutter wütend?«

»O ja!« Otterjunge rollte mit den Augen und sah zu der Decke aus gekreuzten Ästen und geflochtenem Schilf. »So wütend, dass sie sagte, ich sei ein Kind und noch zu jung, um bei der Totem-Traumzeremonie der Knaben mitzumachen. Dann wurde ich wütend und sagte, das sei mir egal. Am nächsten Tag tat es ihr Leid, sie sagte, sie liebe mich und das Hemd sei ein besonderes Geschenk, sie wollte, dass ich es trug und dass ich ehrte, was sie gemacht hatte. Gleichzeitig freute sie sich, weil ich den gierigen Zaunkönig so gern hatte, dass ich etwas Kostbares mit ihm teilte. Ich sagte Großmutter, dass ich bei der Traumzeremonie von meinem Totemtier, dem Otter, träumen wollte, damit ich meinen Namen nicht ändern müsse. Aber Großmutter wusste sowieso, dass ich mitmachen würde.«

»Natürlich«, sagte Cougar. »Im nächsten Sommer gehst du zur Totemzeremonie und wirst Otter heißen. Deine Mutter war so klug, dir diesen Namen zu geben.« Dann dämpfte sie die Stimme, damit nur noch Otterjunge sie hören konnte: »Nachdem Großmutter mit dir gesprochen hatte, sagte sie, sie würde dafür sorgen, dass Zaunkönig seine Habgier ablegt, ob es ihm passt oder nicht. Sie wollte nicht mit ansehen, wie der Mann von Kleiner Mutter ein Raffzahn wird.« Sie hielt Otterjunges Hand. »Ich werde nie an der Dehnungs-Zeremonie teilnehmen, egal, wie alt ich bin. Wenn deine Mutter und meine Großmutter mich hinschicken, laufe ich weg, oder ich werde so krank, dass niemand mich anrührt. Und wenn dein Stab mich berührt, bekommst du rote, juckende Pusteln, deine Haut wird so heiß wie ein Topf mit kochender Suppe und drei Tage später wirst du kalt sein wie Stein.«

»Du machst Scherze!« Doch seine Lippe zitterte, weil er sich nicht sicher war, wozu Cougar fähig wäre. »Das kannst du nicht, oder? Du bist doch ein Mädchen.«

»Vielleicht kann ich es gerade deshalb, weil ich ein Mädchen bin!« Sie lachte, als Otterjunges Augen sich mit Tränen füllten. Das Gefühl, Macht über einen anderen Menschen zu haben, war unwiderstehlich. »Großmutter hat Recht, du führst dich auf wie ein Kleinkind«, neckte sie ihn. Dann überkamen sie Schuldgefühle. »Hör zu, ich habe nicht mehr Macht als du, aber wenn du daran glaubst, dass ich tun kann, was ich sage, gibst du mir Macht. Ich liebe dich am meisten, wenn du keine Angst vor mir hast, kleiner Bruder.« Sie umarmte ihn. »Geh zu den Jungen am Strand.«

Otterjunge blieb eine Weile stehen und musterte sie. Sie sah reifer aus seit dem letzten Winter, ihre Brüste waren nun wie zwei kleine, spitze Tipis. Für ihn war sie das aufregendste Mädchen, das er kannte. Sie konnte Geschichten erzählen wie kein anderer. Es verletzte ihn, dass sie ihn nie zum Wurzelngraben mitnahm. »Das ist Frauenarbeit«, sagte sie immer. »Geh du mit den Männern fischen.«

Seine Mutter hatte ihm erklärt: »Mädchen durchlaufen eine Periode, und in dieser Zeit kommandieren sie die Leute herum, die sie am meisten lieben. Bald ist Cougar wieder ganz die Alte und nimmt wieder Rücksicht auf dich. Du wirst schon sehen.«

Als er Cougar später angeschaut hatte, bemerkte er in ihrem Gesicht etwas, das er noch nie zuvor gesehen hatte, und er hatte sich gefragt, ob seine Mutter und Großmutter es auch schon gesehen hatten: die doppelte Zahnreihe. Es war ihm erst aufgefallen, als sie ganz breit lächelte. Wenn der Medizinmann Gedanken aus der Geisterwelt heraufbeschwor, konnte man am Leuchten seiner Augen erkennen, dass er neues Wissen gewonnen hatte. Cougar lächelte und ihre Augen leuchteten, wenn sie ihm von Pflanzen und Tieren erzählte, die außer ihr niemand kannte, und er hatte keine Ahnung, woher sie das alles wusste. Nun kam ihm der Gedanke, dass sie vielleicht auch mit den Geistern reden konnte, jedoch schlau genug war, sich nicht in deren Bann ziehen zu lassen wie seine Mutter. Und wenn Cougar sagte, sie würde nicht den überlieferten Bräuchen der Calusa folgen, dann meinte sie das ernst. Er war sich nun sicher, dass sie eine dieser Frauen war, die wussten, was sie wollten und die einen starken Willen hatten, stärker noch als die meisten Männer. Sie war hartnäckig. Sie war ein Mensch, den die einen bewundern und die anderen fürchten würden. Er würde sie im Auge behalten.

Am Abend fragte Cougar Großmutter wieder, was sie von der Dehnungs-Zeremonie halte.

»Wenn man keinen Ärger will, sollte man den Bräuchen des Dorfes folgen«, sagte sie. »Du kannst denken, was du willst, aber behalte es für dich. Wir können darüber reden, aber deine Worte verlassen diese Hütte nicht.«

»Dich liebe ich am meisten«, sagte Cougar, »danach kommt Kleine Mutter. Und Otterjunge und Silberreiher liebe ich auch. Meine Freundinnen sagen, Jungen hätten Zecken im Haar, aber ich schaue Otterjunge an und denke nicht, dass er Zecken im Haar hat. Doch bei dem schönen Zaunkönig kann ich die Zecken im Haar fast sehen. Ich will nur, dass er Kleiner Mutter ein guter Mann ist, ich will ihn nicht zwischen meinen Beinen haben und ich will auch nicht, dass er mir sein drittes Auge an seinem Stab zeigt. Otterjunges Stab sehe ich fast jeden Tag, es ist nichts, worum man so ein Aufhebens machen müsste. Ich will einen Mann, der mich so liebt, wie Biberzahn dich geliebt hat.« Sie rechnete damit, dass Großmutter sagen würde, sie sei stur und dickfellig.

Doch zu ihrer Überraschung lächelte Großmutter. »Ich bin so stolz auf dein Wissen, dass ich es mit Worten gar nicht ausdrücken kann. Es ist schwierig, sich gegen die Sitten des Dorfs zu stellen. Ich weiß natürlich, dass viele Bräuche einem Dorf nicht zum Ruhm gereichen, aber ich weiß auch, dass du Ärger bekommen wirst, wenn du dich widersetzt. Ich will, dass du glücklich bist und in Sicherheit lebst. Vielleicht kann ich deinen Ansprüchen nicht ge-

54

nügen, aber ich werde dich immer lieben. Es ist dein Leben. Finde einen Mann, der das Gegenteil von dir ist, einen, der nicht zulässt, dass du große Risiken eingehst. Habe Kinder, ziehe sie groß, liebe sie. Dann wirst du verstehen, was ich meine.«

»Weißt du, wer der Vater deines Kindes war?«

»Ja.« Großmutter hob eine Braue und presste die Lippen zusammen.

Cougar wusste, dass sie nun kein Wort mehr sagen würde.

Am nächsten Nachmittag zogen Großmutter und Cougar das schwere Netz an Land, es war voller Austern. Sie sammelten die Muscheln ein, spülten den Sand ab und legten sie in einen Korb. Großmutter sagte, wenn sie nochmal ins Wasser gehen und das Netz im seichten Bett am Grund auslegen würden, hätten sie genügend Muscheln für alle im Dorf. Am Abend würde die Dehnungs-Zeremonie stattfinden, und wenn der Tag anbrach, würden alle hungrig sein. Sie legten das Netz aus, beschwerten es mit großen Steinen und banden das Seil an ein großes Stück silbergraues Treibholz, dann gingen sie nach Hause.

Am Abend ging Cougar zum Zeremonienplatz. Sie setzte sich hinter die Trommler, denn sie ging davon aus, dass dort niemand auf sie achten würde. Ein halbes Dutzend Mädchen in bunt gefärbten Moos- und Grashemden standen zusammen, nickten und kicherten und nahmen die Augen nicht von den Jungen und Männern in Lendenschurzen, die sie sich als Partner ausgesucht hatten und die auf der anderen Seite des mit Stein gefassten Kreises standen. In der Mitte der Tanzfläche brannte ein kleines Feuer. Plötzlich schlugen die Trommler einen langsamen Takt an, und aus östlicher Richtung kam eine Gestalt mit einem Latz aus weißen Federn unterm Kinn. Über dem

Schurz trug er ein Federhemd, Bänder mit weißen Federn schmückten auch Ellbogen, Handgelenke, Knie und Knöchel. Über dem Gesicht trug er eine Kranich-Maske. Der Schnabel wurde mit Fäden bewegt, die der Träger der Maske in einer Hand hielt. Je schneller sich der Schnabel schloss, desto lauter klapperte er.

Cougar sah langes, schwarzgraues Haar unter der Maske hervorquellen, sie war sicher, es war Schlangenstern, der Häuptling. Er schlurfte um die Steine und klapperte im Takt der Trommeln mit dem Schnabel. Nacheinander forderte er die Männer auf, hinter ihm herzuschlurfen, dann wurden die Trommeln lauter, und die Mädchen wurden vom Kranich in den Reigen geführt. Die Trommel setzte aus, jemand legte Feuerholz nach. Cougar sah, dass die Paare ihre Körper eingeölt hatten, sie glänzten im Feuerschein, Funken flogen in den Himmel, an dem groß und hell die Sterne standen.

Der Mond lugte über die Muschelhaufen, wo Großmutter, Kleine Mutter und die anderen Frauen Austern für das Fest in der Frühe brieten. Bislang machte das ganze Schauspiel keinen besonderen Eindruck auf Cougar. Sie dachte, sie könne genauso gut auch zu den Frauen gehen und helfen, doch dann sah sie, wie die Männer von Angesicht zu Angesicht mit den Mädchen tanzten. Die Männer zogen langsam ihre Schurze aus und legten sie in den Steinkreis. Beim Tanzen traten die Muskeln ihrer Schenkel und Schultern hervor. Die Sänger summten leise. Der Kranich wurde lebhafter und tanzte vor den Mädchen, er wirbelte herum, sein Schurz glitt auf die Seite und bot einen interessanten Anblick. Sanft kniff er die Mädchen in die Brüste, was sinnliches Stöhnen und nervöses Lachen hervorrief. Die Männer lösten die Röcke der Frauen und legten sie neben ihre eigenen Schurze. Die Trommeln wurden schneller, das Summen lauter. Die eingeölten Körper funkelten im Schein

56

des Feuers. Nackte Brüste hüpften beim schnellen Tanz. Die Männer stießen ihr rotes Auge zwischen die Schenkel ihrer Partnerinnen. Das war also Sinn und Zweck des Tanzes, dachte Cougar: die Leute zu erregen. Ein Mann, vielleicht Zaunkönig, trat mit einer verzierten Tonschüssel in den Kreis und goss Wasser ins Feuer. Durch den Dampf konnte Cougar kaum mehr sehen, was die Paare taten, doch sie wusste, dass sie auf Schilfmatten lagen. Das Summen wurde zu einem Stöhnen. Ihre Augen gewöhnten sich an die Dunkelheit. Sie sah, wie die Paare ihre Körper erkundeten, Zungen berührten Mund und Brustwarzen, Hände glitten tiefer. Dann kopulierten sie wie Tiere – das Mädchen auf allen vieren, der Mann bestieg sie von hinten. Das Trommeln und Summen ging weiter und weiter. Cougar sah, wie einige Paare aus dem Publikum am Kreis vorbei auf die andere Seite der Wiese gingen. Sie krümmte sich, ihr Schoß brannte so heftig, dass sie am liebsten auch auf die Wiese gegangen wäre, doch sie blieb sitzen und hielt sich die Ohren zu gegen das beharrliche Stöhnen und Trommeln. Als sie sich wieder unter Kontrolle hatte, blickte sie sich um – außer den Sängern und Trommlern war sie als Einzige noch da. Neben ihr hatte Schlangenstern die Maske abgelegt und löste mit einem breiten Lächeln seinen Lendenschurz. Dann war er hinter ihr, und sie spürte sein feuchtes rotes Auge an ihrem nackten Rücken. Sie wollte aufspringen, doch er hatte schon die Arme um ihre Taille geschlungen und ihr den Rock über die Hüften gezogen. Die Trommeln und der Gesang waren so laut, dass niemand sie schreien hörte. »Nein! Nein!« Sie drehte sich um und sah ihm ins Gesicht. Er lachte. »Das willst du doch!« Seine schweren Schultern drückten sie auf den Boden. Er spreizte ihre Beine und drang in sie ein. Der Schmerz war schrecklich, aber sie gab keinen Laut von sich, sie biss ihn nur in die Schulter. Er grunzte und stöhnte ihr ins Ohr. Sie hatte den Eindruck, er würde sich durch ihren ganzen Körper bis zur Kehle bohren. Sie biss noch einmal fest in seine Schulter, doch er saugte weiter an ihren Brüsten. Dann zog er seinen Schurz wieder an, setzte die Maske wieder auf und schob die Federn zurecht. Als er sich umdrehte, stellte sie ihm ein Bein, und er fiel gegen ein paar Steine. Sie kickte ihm Sand auf die Maske und hoffte, seine Augen zu treffen. Schlangenstern rollte zum Feuer und kam mit einem glühenden Stock im Schnabel wieder zurück. Sie sprang auf und rannte. Ihr Schoß fühlte sich an wie mit glühenden Kohlen gefüllt. Etwas Warmes rann ihr am Bein hinunter, sie dachte, sie hätte sich angepinkelt, also rannte sie zum Meer, legte sich ins seichte Wasser und ließ die Wellen über sich laufen. Das Salzwasser brannte, sie fror im Wind. Ihr Rock lag im Zeremonienkreis, sie konnte ihn nicht holen, sie konnte auch nicht zum Feuer gehen und Austernschalen auf einen Haufen werfen wie alle anderen.

Sie ging nach Hause. Bebend, beschämt und krank legte sie sich aufs Lager. Erst als das erste Morgenlicht den Sternenschein dämpfte, schlief sie ein.

II

Brawd

»Is beag an rud is buaine na an duine. – Das kleinste aller
Teilchen überlebt den Menschen.«
Eine Erinnerung an die Vergänglichkeit des Lebens ... Unsere
Vorfahren hinterließen Dinge, die nicht nur sie selbst überlebten,
sondern auch kommende Generationen überleben werden ...
Die ersten Siedler und Bauern [kamen] um
3000 v. Chr. [nach Irland und Wales] ... und hinterließen
große Steingräber, die wir heute *court-cairns, portal-tombs*
(Dolmen mit Vorhof, Portaldolmen [Dolmen mit Vorbau und
Deckstein]) und *passage-tombs* (Galerie- oder Ganggräber)
nennen.
Liam Mac Con Iomaire, Ireland of the Proverb

Am ersten Juni, genau sieben Jahre, nachdem Brawd ge-
funden worden war, machten sich der Schafhirte, seine
Frau und die beiden Kinder auf den Weg zur Druidensiedlung auf dem Hügel. Trotz der warmen Jahreszeit
wehte ein kalter Wind in heftigen Böen durch die Täler.
Die Wolken hingen tief und schwer am Himmel.
Wyn ging an Brawds Hand und gab ihm schwesterliche
Ratschläge. »Sei nicht frech zu Älteren. Tu munter deine
Pflicht. Und wenn ein Druide ein Wort gegen dich sagt,
dann schick ihn zu mir, und ich reiße ihm die Zunge
aus.«
»Das weiß ich«, sagte Brawd. »Ich komme zurück und
bringe dir alles bei, was du von den Druiden wissen

willst. Du musst dich nicht ärgern, Druiden ziehen auch Mädchen auf.«

Brawd blieb stehen und ging ein Stück Weg zurück. Mit Beklemmung sah er, dass Dornoll erhobenen Hauptes ging, damit der Wind ihre Tränen trocknen konnte. Er lief zu ihr hin. »Ich werde dich immer mehr lieben als jede andere.« Mit dem Handrücken rieb sie sich die Augen und tätschelte ihm lächelnd den Kopf.

Er rannte wieder los und war vor Wyn auf dem Hügelkamm. Mit glühenden Wangen wartete er auf sie. Sie schielte ihn an und küsste ihn unbeholfen auf die Backe. Er wurde verlegen. »Geh mit Mama! Papa und ich gehen zusammen.«

Sein, ein gelenkiger Mann mit tief liegenden Augen, die aussahen wie polierte Türkise, und roten Haaren, die sein Gesicht wie einen Flammenkranz umgaben, hatte die Familie vom Bach heraufkommen sehen. Er stand auf einem flachen Stein und erwartete sie. Der Wind peitschte ihm den Regen ins Gesicht. Er konnte die Augen nicht von dem blonden blauäugigen Jungen nehmen. Er sah, dass der Junge gerne draußen war, er war gebräunt, seine Knie waren wund und aufgeschürft, und er hielt den Kopf so hoch, als wollte er den Regen trinken. Die anderen hatten sich in ihre Umhänge vergraben und folgten Sein in die erste Kate.

Brawd kam als Letzter herein, er lächelte. »Ich bin Brawd ap Seth«, sagte er mit klarer Stimme. Er strich eine blonde Locke zurück, wischte die Hand an einer Ecke seines Umhangs und streckte sie so dreist aus, dass er selbst staunen musste.

Sein ergriff die Hand. »Ich bin Sein ap Connoll, von der Sippe des Lugh.« Er sah das breite Lächeln des Jungen und dachte: Er heißt also Brawd. Er ist frank und frei wie sein leiblicher Vater, doch die Augen und der Mund, die Empfindsamkeit und Nachdenklichkeit stammen von seiner leiblichen Mutter Brenda. Wie stolz sie auf ihn wäre!

»Das ist meine Schwester Wyn, meine Mutter Dornoll und mein Vater Seth, ein Schaf- und Ziegenhirte. War dein Vater auch Hirte?«

»Ja.«

»Ich mag Hirten und habe viele Fragen.«

Sein verstand nicht. »Welche Fragen?«

»Nun, ich frage mich zum Beispiel, warum der Himmel blau ist und warum die Sterne sich bewegen. Oder warum füllen sich Schiffe nicht mit Wasser und sinken? Gibt es Land auf der anderen Seite des Meeres? Leben dort Menschen? Menschen wie wir?«

Sein war angenehm überrascht von der Wissbegierde des Jungen. Er nahm die nassen Umhänge und hängte sie über eine Bank am Feuer.

Seth räusperte sich. »Wir wollten Euch fragen, ob Ihr unseren Sohn aufziehen würdet. Wir bringen Euch dafür zweimal im Jahr Ziegenkäse.«

»Dann könnten wir ihn auch besuchen«, fügte Dornoll hinzu und schlug sich mit der Hand auf den zitternden Mund.

»Das ist angemessen«. Sein hatte Ehrenmale aus blauem Waid an den Nagelbetten, auf einem Handrücken prangten Spiralen, auf dem anderen rankende Pflanzen.

»Habt Ihr auch andere Ziehkinder?«, fragte Seth und sah sich um.

»Ein halbes Dutzend Kinder lernt die Worte Taliesins aus dem *Tuath for Meilyr*, weitere sechs lernen Schreiben.«

»Ich kenne die Sage von Cessair und den Frauen, die vor der Flut nach Irland kamen«, sagte Brawd. »Fintan, Cessairs Geliebter, ertrank als Einziger nicht im Blut, denn er nahm die Gestalt eines Lachses an. Wyn kann auch Sagen erzählen. Sie spielt die Leier und singt gereimte Geschichten. Die Reime helfen ihr, sich zu erinnern.«

»Kluges Mädchen«, sagte Sein. »Wusstest du, dass die Barden genau aus diesem Grund die Geschichte unseres Volkes in Reimen aufsagen und besingen? Die Anhänger der neuen Religion können uns nichts wegnehmen, was wir im Gedächtnis verwahren; Reim und Versmaß helfen den Barden, sich zu erinnern.«

»Das wusste ich nicht«, sagte Brawd.

»Du hast deinen Kindern vieles beigebracht«, sagte Sein zu Seth.

»Nun«, sagte Seth mit flackerndem Blick, »ein Hirte hat nicht viel zu tun; wenn der Schnee tief ist und der Wind heult, kann er an Winterabenden Harfe spielen, Geschichten erzählen und singen.«

Sein legte zwei Finger der rechten Hand an Seths rechten Ellbogen, die Begrüßungsgeste der Druiden. »Bruder, deine Kinder können sich glücklich schätzen, einen so klugen Vater zu haben, der dem alten Glauben anhängt.«

Seth war froh, dass er Dornoll überredet hatte, ihren Sohn hierher zu bringen.

Dornoll gab Seth das Leinenbündel mit Brawds Kleidern und ein zusätzliches Paar Stiefel. Sie gelobte, niemandem zu sagen, dass ihr Sohn ein Findelkind ist. Sie würde den Nachen verbrennen, die Decke und die Spange verstecken.

Sein lobte Dornolls Geschicklichkeit in der Handarbeit. »So fest gesponnene Wolle wie die von Brawds grauem Umhang habe ich noch nie gesehen.«

Dornoll lächelte. »Heute ist Brawds siebter Geburtstag.«

»Möge er so lange leben, wie er will, und solange er lebt, niemals Not leiden!«, wünschte Sein. Er sah, dass Wyn sich hinter den Röcken ihrer Mutter versteckte. Sanft legte er die Hand auf ihre Schulter und führte sie zu Eira, einer Heilerin, die so rabenschwarze Haare hatte wie Wyn.

Eira ging mit ihr in die Küche und holte aus einem Schrank einen Klumpen Brotteig, der zum Aufgehen auf einem Brett saß. Sie gab ein wenig Salz und weiteres Mehl hinzu, damit er fester wurde, und bat Wyn, eine Katze daraus zu formen. Wyns blaue Augen strahlten – sie wusste, was sie tun musste. Sie drückte und knetete den Teig wie den feuchten Schlamm aus dem Bach. Schließlich stieß sie Eira an und sagte, die Katze sei ein Wildkaninchen, ihr Lieblingstier. Sie brach einen Strohhalm in Stücke und steckte sie ihm als Haare ans Maul. Eira fand den Teighasen mit den großen Ohren vollkommen.

Wyn rannte zu ihrer Mutter und flüsterte aufgeregt: »Man kann nicht nur aus Schlamm, sondern auch aus Brotteig Tiere formen.«

»Pst, mein Schatz! Hast du der Frau gesagt, dass du mir schon kleine Tiere aus Schlamm gemacht hast, kaum dass du laufen konntest?«

Eira sagte: »Euer Mädchen hat eine seltene Gabe. Wenn Ihr mir Wyns Tontiere bringt, verkaufe ich sie in Dubh Linn; sie gehen bestimmt weg wie warmer Gerstenkuchen. Ihr bekommt zwei Drittel des Erlöses.«

Dornoll wusste nicht, was sie sagen sollte.

»Besprecht es mit Eurem Mann und mit Wyn. Wie immer Ihr Euch entscheidet – der Große Gott wird wissen, warum.«

Brawd stand in der Tür und gab Wyn vorsichtig die Hand, damit er den Hasen nicht zerdrückte. Dornoll durfte ihn auf die Stirn küssen, dann ergriff er Seths Hand und sagte: »Keine Sorge. Es wird mir hier gut gehen.«

Er sah ihnen nach, wie sie zur Kuppe gingen. Keiner blickte zurück. Besser so! Er wollte nicht sehen, wie sie sich die Tränen aus dem Gesicht wischten. Er lief ihnen nach bis zum Grat und wollte winken, aber sie waren schon weg. Er blickte in den Himmel, die niederen Wolken zogen nach Osten, die hohen, schwarzen Wolken blieben zurück. Er wusste, dass dies ein Zeichen dafür war, dass es noch lange regnen würde.

Während der Regenperiode sangen und dichteten die Druiden in der Siedlung, sie flickten Bettzeug, Kleider und Zaumzeug, sie schliffen Messer und Äxte, sie kämmten Wolle, sie sortierten und beschrifteten Kräuter. Am vierzehnten Tag des Regens kamen sie alle an langen Tischen im Speisesaal zusammen und lauschten Liam, einem weißhaarigen, kräftigen Mann, der zu den Wettergöttern über die längste Regenzeit sang, an die er sich entsinnen konnte. Das Lied war voller Kraft und Frohlocken. Doch dann hob er den Blick und betete zu den Göttern, sie möchten ihn erhören und den Regen stoppen. »Der Regen hat den Punkt überschritten, wo er Bäumen und Gräsern gut tut, nun bahnt er sich einen Weg der Zerstörung.«

Brawd riss die Augen auf, ihm war ganz mulmig, so als würde etwas Schreckliches auf sie zukommen.

Liam, von dem einige glaubten, dass er das dritte Auge des Hellsehers hätte, schloss die Augen, senkte den Kopf und flüsterte: »Der Fluss wird anschwellen, tosen und schäumen. Und bevor er wieder zur Ruhe kommt, wird er in schlimmer Wut alles verschlingen.« Er ließ die Schultern hängen, legte seine Hände auf den Tisch und öffnete wieder die Augen.

Brawd war kreideweiß vor Angst.

»So ist es«, sagte der alte glatzköpfige Kerry. »Ich bin nicht abergläubisch, aber ich weiß, dass Liam in die Mysterien eingeweiht ist. Er kann Ereignisse vorhersagen, wenn es die Umstände zulassen.«

Sein deutete auf den alten Kerry. »Du und Chonroy bringt morgen den Hirten Seth und seine Familie in die Höhlen am Hügel – wenn sie nicht schon dort sind.«

Brawd seufzte. Er vertraute Sein, alles würde gut werden.

In der Nacht waren die Tiere unruhig und die Hunde bellten. Der Regen ließ erst am Morgen nach, das Gras glitzerte in der Sonne wie mit Glasperlen überzogen, die Stehenden Steine schimmerten, als hätte man sie mit Bienenwachs poliert. Sein schickte Brawd und ein paar andere Jungen seines Alters über den teilweise ausgewaschenen Pfad den Hügelhang hinunter, damit sie die beiden neugeborenen Lämmer und ein Mutterschaf suchten, die in der Nacht entlaufen waren. Die Jungen waren nun so lange in den Katen eingesperrt gewesen, dass selbst der Hunger zur Mittagszeit ihren Bewegungsdrang nicht mindern konnte. Am Nachmittag fanden sie die Kadaver der beiden Lämmer in einem Tal zwischen entwurzelten Haselbüschen. Die Jungen schrien und brüllten und machten sich gegenseitig Mut, um die toten Lämmer zu bergen. Ein Schwarm schwarzer Fliegen hinderte sie allerdings daran, näher zu gehen. Ein dünner, dunkelhaariger Junge namens Conlaf schlug mit einem Stock an einen rostigen Eisenkessel, der im Schlamm am Ufer steckte.

»Lass mal sehen«, sagte Brawd. »Sieht aus wie der Kessel, der bei meiner Mutter immer über dem Torffeuer hing.«

»Jeder hat so einen Kessel«, gab Conlaf zurück. »Das Ding da hat jemand weggeworfen. Vielleicht kann Eira ihn brauchen.«

»Gib her!«, forderte Brawd. »Siehst du die Kerbe hier? Der gehört ganz bestimmt meiner Mutter!« Er packte den Griff mit beiden Händen, zog und zerrte so lange, bis er sich mit einem saugenden Geräusch aus dem Schlamm löste. Conlaf half ihm, den Deckel abzunehmen und an der Robbenhaut zu ziehen, die darüber gespannt war. Brawd dachte, dass es ein wasserdichtes Behältnis für die Äpfel sein mußte, die seine Mutter eingelagert hatte. Die anderen Jungen standen wartend in Kreis und leckten sich die Lippen. Im Kessel lag eine ganze Sammlung kleiner lebensechter Tontiere – Hunde, Katzen, Pferde, Ziegen, Schafe, Kühe, Kaninchen, Wölfe, Füchse, Rehe, Wiesel, Moorhühner, Frösche und sogar Grillen. »Die hat meine Schwester gemacht«, sagte Brawd stolz.

»Mädchenkram!«, meinte Conlaf.

»Schlimmer als ein Kessel voller Kuhfladen!«, sagte der blonde Llyn.

Die Jungen veranstalteten einen Höllenlärm und warfen Schlammklumpen nach Brawd, der die Arme um den Kessel geschlungen hatte. Schließlich verzogen sie sich und ließen ihn verweint und voller Dreck zurück.

Er wischte sich das Gesicht mit dem Ärmel und sagte leise: »Wyn, deine Tiere sind bei mir sicher.« Den kleinen Frosch steckte er in die Tasche, legte den Deckel wieder auf den Kessel und beschwerte ihn mit Steinen, damit der Regen nicht eindringen und niemand ihn entdecken konnte. Er hörte die anderen auf der Suche nach dem verlorenen Mutterschaf blöken. Er stapfte ihnen nach. »Wir sind in der Nähe meines Elternhauses. Ja, der Haselhain muss da drüben sein.« Er deutete auf die Stelle und kämpfte sich durch den Morast. Dann blieb er stehen und sah sich um. Die Angst schnürte ihm die Kehle zu, sodass er kaum schlucken konnte. An einigen Stellen hatte sich der Bach ein neues Bett gegraben. Entwurzelte Bäume lagen übereinander. »Mutter! Vater! Wyn!«, schrie er mit schriller Stimme. Doch es kam keine Antwort. Seine Augen füllten sich mit Tränen. Der Bach rauschte, der Wind pfiff, ein Roter Milan segelte in einer Bö und zeigte seinen gegabelten, zerfledderten Schwanz und seine dünnen Schwingen. Conlaf rief nach Brawd; sie wollten zurück zur Druidensiedlung gehen. Doch Brawd suchte nach vertrauten Zeichen. Er rutschte auf einem Felsvorsprung aus, fiel auf die Nase und riss sich den Hemdsärmel auf. Er rannte an einem Weißdorn vorbei, dem Baum des Glücks, aber er schenkte ihm keine Beachtung. Auf der Schafweide waren keine Schafe, es gab keinen Haselhain, keine Kate, keinen Stall. Er war verwirrt, er versuchte, klar zu denken: Das Wasser konnte doch nicht einfach eine Einfriedung aus Stein, einen Stall mit Schafen und Ziegen und sein Elternhaus spurlos verschwinden lassen! Doch in der Nacht hatte der verdammte, hinterhältige Bach alles mit sich gerissen und wie ein Trupp skrupelloser Soldaten hilflose Geiseln verschleppt. Das Wasser hatte seine Opfer gefordert.

Allein ging er durchs Dickicht, lief zwischen Bäumen hindurch, durch Laub und Morast zu der Stelle, wo er den Kessel mit den Tieren versteckt hatte. Er ruhte sich auf einem entwurzelten Baum aus, der quer über dem Bach lag, und ließ ein Bein im Wasser baumeln, während er die wirbelnden Strudel betrachtete, die immer wieder weiß gischteten. Und da sah er, dass es kein Schaum war – es war etwas, das ein Strudel mit sich geschleift und am anderen Ufer ausgespuckt hatte, nur damit es wieder in einen anderen Strudel geriet und neben seinem Fuß landete. Er schob sich Zoll für Zoll über den Baumstamm, bis er sich vorbeugen und das weiße Ding aus dem Wasser holen konnte. Eine Wolldecke, die das Wasser ganz verzogen hatte. Eine Ecke war in der Mitte der Decke mit einer schweren Silberfibel festgesteckt – die war aus dem Kasten seiner Mutter. Er wrang die Decke aus und sah wieder ins Wasser. Wyns Augen starrten ihn vom Grund des Gumpens an. Das Wasser hatte das Blau ihrer Augen so ausgewaschen, dass sie wie fahle Fischaugen aussahen. Ihr schwarzes Haar driftete über ihren Augen, als wollte es sie vor der Sonne schützen. Ihre Haut war gespenstisch weiß. In den Ästen am Grund steckten auch die Überreste des Nachens, ein gebrochener Rumpf und zerfetzte Häute. Der ovale Rahmen war noch ganz, Holzzapfen hielten ihn zusammen. Vielleicht wollte Wyn in dem runden Boot fliehen, als das Wasser kam, dachte Brawd. Seiner Kehle entfuhr ein Schrei:»O Lugh! Großer Gott!« Er packte den Rahmen mit einer Hand, mit der anderen hielt er sich am Baum fest und zog sich hastig ans schlammige Ufer zurück. Er wusste, was er tun musste, auch wenn er Angst hatte. Er schluckte hart, zog Stiefel und Hosen aus, holte tief Luft und tauchte ins Wasser. Die Strömung war stark, er schwamm hinaus, um seine Schwester ans Ufer zu holen. Arme und Beine schmerzten vor Kälte. Er tauchte auf, holte wieder Luft, aber seine Hände waren leer, er versuchte es wieder. Dieses Mal zog er ihre Leiche unter dem Haselstamm hervor, die Äste schwangen im Strudel vor und zurück. Sein Herz raste. Er hob den Stamm an und schob ihn weg. Das Wasser wurde ganz schlammig, als die Leiche wegrollte. Er griff nach seiner Schwester, doch seine Lungen barsten fast, und das Wasser wurde schwarz wie die Nacht. Er trieb nach oben und schwamm aus der Strömung heraus. Er war ohnmächtig gewesen, vielleicht hatte er Wasser geschluckt, als er so benommen war. Er legte sich ans Ufer, bis er sich wieder besser fühlte. Als er in den Gumpen blickte, war die Leiche weg. Die Sonne ging über den Hügeln unter. Bachabwärts sah er Wyns nackte Füße im seichten Wasser, ihr Nachthemd bauschte sich wie ein Segel im Wind.

Brawd zog seine Schwester auf die überschwemmte Wiese, wo einst sein Elternhaus gestanden hatte. Er häufte Steine auf, um die Wölfe fern zu halten. Wenn er zu Hause gewesen wäre, hätte er sie aus den Fluten ziehen können, und sie wäre noch am Leben, dachte er. Er trat gegen die Steine und gab sich selbst die Schuld an Wyns Tod. Doch dann wunderte er sich, dass seine Eltern ihr erlaubt hatten, den Nachen zu nehmen. »Aha!«, sagte er laut. »Sie hat es ohne Erlaubnis getan! Sie wollte mich retten. O meine liebste Wyn!« Er weinte und weinte, und als seine Tränen versiegt waren, dachte er an seine Eltern, deren Herz sicherlich gebrochen war. Er zog seine schlammigen Hosen an, nahm die Stiefel in die Hand und summte ein Lied, das Wyns Geist auf der Reise in die Anderswelt begleiten sollte. Die flachen Strahlen der Sonne färbten die Wolken leuchtend rosa, als er sich zur Druidensiedlung zurückschleppte.

Sein machte sich Sorgen, weil Brawd nicht mit den anderen Jungen zurückgekommen war, und vor allem, weil Conlaf ihm von dem Kessel mit den Tontierchen erzählt hatte. Er schickte den alten Kerry auf die Weide, um Ausschau nach Brawd zu halten, er selbst setzte sich an den Grat des Hügelkamms. Sein Herz schlug schneller, als er Brawd im Mondschein den Hang heraufstolpern sah, er trug einen nassen Schal und ein ovales Ding. Sein ging dem Jungen entgegen, drückte ihn an die Brust und spürte, wie Brawds Schultern zuckten. Sie setzten sich auf den Boden, und Sein wiegte ihn in den Armen. Bald kamen Chonroy und der alte Kerry herauf. Sie berichteten, dass sie die Leichen von Dornoll und Seth gefunden hatten; sie waren in den Wurzeln eines Haselbuschs verkeilt, der an die Böschung geschwemmt worden war. Brawds Tränen tränkten Seins Hemd. Nach einer Weile holte er den Tonfrosch aus der Tasche, streichelte ihn und erzählte Sein, dass er seine Schwester gefunden und ihre Leiche unter Steinen begraben hatte. Er sang das traurige Lied, bis die rote Sonne aufging. »Sie wollte mit dem Nachen zu mir.« Um das Schluchzen zu unterdrücken, hielt er die Luft an, er legte die Stiefel zur Seite und rieb sich den nackten, aufgeschürften Fuß.

»Warum bist du denn barfuß gelaufen?«, fragte Sein.

»Ich habe die Stiefel ausgezogen, als ich in den Bach getaucht bin. Sie hätten mich hinuntergezogen, und ich wäre nicht mehr hochgekommen.«

Sein trug Brawd zum Schlaflager und gab Salbe auf Schürfwunden und Kratzer. Dann ging er in die Küche und bereitete ihm einen Schlaftrunk. Als er zurückkam, hatte sich der Junge eng zusammengerollt und die Knie ans Kinn gezogen, seine Augen waren groß, aber er weinte nicht. Mit zitternder Stimme sagte er: »Ich kann mich gar nicht mehr an ihre Gesichter erinnern. Heißt das, dass alle drei nun wirklich in der Anderswelt sind?«

»Morgen hole ich mit dem alten Kerry die drei Leichen mit einem Karren«, sagte Sein. »Trink das, dann siehst du ihre Gesichter im Schlaf.«

Sein konnte nicht schlafen. Er machte sich Vorwürfe, weil er Brawd an den reißenden Bach hatte gehen lassen. Sein Druidenwissen sagte ihm, dass dies eines der Geheimnisse des Lebens war: etwas geschah, und kein Mensch konnte es ändern.

Irgendwann kroch Brawd zu Sein ins Bett. Die beiden schliefen, bis die Sonne hoch am Himmel stand. Brawd wachte auf und strich über Seins Bartstoppeln.

Sein lächelte. »Woher wusste ich, dass du es bist? Ich bin es nicht gewohnt, jemanden im Bett zu haben.«

»Das kann man wohl sagen!«, keuchte der grauhaarige Finn vom anderen Ende des Raums. Er saß auf dem Lager und hielt sich eine Pfanne voll dampfender Kräuter unter die Nase. »Du solltest ab und zu nach Dubh Linn gehen und eine Frau nehmen.«

Sein warf einen Schuh nach Finn, dem Druidenführer, aber er traf nicht. Brawd lutschte am Daumen und kuschelte sich an Sein, doch Sein sagte, es sei Zeit zum Aufstehen. Er zog erst sich, dann Brawd an und ging mit ihm in die

Küche, wo Vivian, die Kräuterfrau mit den blauen Augen, schon Hafersuppe gekocht hatte. Brawd beobachtete, wie sie immer wieder in das birnenförmige, modrige Kellerloch ging. Ihr kastanienbrauner Zopf schwang an ihrem Rücken, während sie aus den Vorräten des letzten Winters verdorbene Früchte und fauliges Gemüse aussortierte. Einmal trafen sich ihre Blicke, seine Lippen zitterten, er wollte etwas sagen, aber er war sich nicht sicher, ob man einem Waisenjungen Gehör schenken würde.

Sein ermunterte ihn zum Essen, doch Brawd schüttelte den Kopf und presste die Lippen zusammen. Vielleicht waren seine Eltern gar nicht tot, vielleicht schliefen sie nur in den Wurzeln des Haselbuschs. Er stand auf und ging zur Tür. Vivian polierte einen Apfel an ihrem Schurz und hielt ihn dem Jungen hin. Er wich zurück, als wäre es etwas Fremdes und nicht etwas ganz Alltägliches.

»Er ist nicht vergiftet«, sagte Vivian. »Bewahr ihn für später auf.«

Er steckte den Apfel in die Tasche und folgte Sein über den Hof zum Steinkreis. Dort lehnte er sich an einen Stein, in dessen Seiten alte Ogham-Inschriften graviert waren, und ließ sich auf den Boden gleiten, der voller weißer Quarzsplitter war.

Sein setzte sich neben ihn. »Hierher komme ich oft, wenn ich meine Gedanken ordnen und dem Leben ins Gesicht sehen will.«

Brawd kniff die Augen zusammen und sagte langsam: »Wenn es stimmt, was du gestern gesagt hast, dann bin ich eine Waise. Doch wenn du mich angelogen hast, dann werde ich dir die Zunge mit einer Fackel versengen, das schwöre ich dir.« Seine Augen waren blaugrau, sein Mund war ein dünne, gerade Linie. »Hast du gehört?«

»Ja.« Sein wollte den Arm um den Jungen legen, doch er besann sich eines Besseren. »Du hast deine Eltern gesucht,

71

doch um deine leiblichen Eltern zu finden, hast du am falschen Ort geschaut. Du bist kein Waisenkind.«

»Ha, ich wusste doch, dass du gelogen hast!« Brawd rannte aus dem Steinkreis zu einer Wand aus Fackelstöcken, deren Spitzen mit Moos umwickelt und mit Pech getränkt waren.

Sein lief ihm nach, er wollte ihm erklären, dass es sich um ein Missverständnis handelte. »Hör mir zu! Der Fürst von Gwynedd in Wales ist dein leiblicher Vater.«

Brawd stand auf und hielt eine Fackel ins schwelende Feuer.

Sein fuhr fort. »Dein Vater Owain ap Gruffudd ap Cynan ap Iago ist ein Nachfahre des berühmten Rhodri Mawr. Iago lernte in der Druidenschule von Glastonbury, wo der heilige Eichenhain steht.«

Brawd scharrte mit den Absätzen in der Erde und fuhr sich mit der Zunge über die Lippen. »Seth, mein Vater, hat mir von der Schule in Glastonbury erzählt. Die gibt es schon lange nicht mehr! Woher willst du also wissen, wo dein blöder Iago gelernt hat?«

Diese logische Schlussfolgerung überraschte Sein. Der Junge war klüger, als es seinem Alter entsprach. Wie konnte er ihm sagen, wer er wirklich war, und ihn dennoch trösten? »Cynan floh aus Wales nach Irland, er nahm Raghnell zur Frau, die Tochter König Olafs von Dubh Linn und Nachfahrin von Harald Schönhaar. Er war der erste König der Norweger, der von Dänemark aus nach Schottland und Irland einfiel. Dein Großvater Gruffudd nahm die schwarzhaarige Waliserin Angharad zur Frau, ihr Sohn Owain ist dein leiblicher Vater. Das weiß ich von dem Barden Llywarch, einem Harfner und Chronisten aus Gwynedd, der uns immer wieder besucht. Er hat die Geschichte deiner Familie im Kopf und überliefert sie in einem Lied.«

»Nein! Ich will kein Familienlied!« Brawd warf die brennende Fackel ins Feuer und baute sich vor Sein auf. »Ich bin Brawd ap Seth ap Rees, mein Vater und mein Großvater waren Hirten. Meine Mutter Dornoll ist die Tochter eines irischen Katners! Ich bin nicht mit irgendwelchen barbarischen Nordmännern verwandt, die mit den Schotten und mit meinen irischen Vorfahren Krieg führten! Du weißt ja nicht, was du sagst!« Er stellte sich hinter einen Stehenden Stein und ließ Sein nicht aus den Augen. Von Schluchzern geschüttelt sagte er: »Ich will nicht in Gwynedd leben! Dort herrschen Not und Schrecken. Mein Vater Seth hat gesagt, dass die Waliser gegen ihre eigenen Brüder und Väter kämpfen, wo sie sich doch besser um die Schafe kümmern, Fische fangen oder aufs Meer hinausfahren sollten! Wales ist ein unheimliches, fürchterliches Land, die Anhänger der neuen Religion wollen die Anhänger der alten Religion ausrotten, sie nennen sie Heiden und schlagen ihnen die Köpfe ab!«

Das stimmte. Ruhig fuhr Sein fort. »Vor sieben Jahren geschah es in Gwynedd, dass drei Knaben in der gleichen Nacht geboren wurden. Einer starb, und der zweite gilt auch als tot, doch seine Mutter hat ihn hierher gebracht. Und dieser Knabe bist du.«

Brawds Kopf schmerzte. Ihm fiel nichts dazu ein. Er nahm eine Hand voll Steine und ließ sie auf Sein prasseln, der das still über sich ergehen ließ.

Mit finsterem Gesicht kam Brawd schließlich hinter dem Stein hervor und stellte sich vor Sein. »Ich hasse den walisischen Fürsten!« Er fuchtelte mit geballten Fäusten vor Seins Nase herum. »Wäre er hier, dann würde ich, Brawd ap Seth, ihm die Nase einschlagen!«

»Was weißt du über die beiden Sachen, die du gestern gebracht hast, die weiße Decke und den Rahmen des Nachens?«

Brawd senkte den Kopf und starrte auf seine Fäuste. Gestern, das war lange her. Er wollte weder über seine Säuglingsdecke noch über den kleinen Nachen sprechen, mit dem er und seine Schwester immer gespielt hatten. »Sie gehören mir, mehr gibt es dazu nicht zu sagen.« Sein sagte ganz sanft: »Deine Mutter und dein Vater sind genauso lebendig wie du und ich.« Brawd fuchtelte wild. »Hör auf, darüber Scherze zu machen! Was du sagst, hat mit mir nichts zu tun. Deine Zunge wird schwarz werden und ausfallen!« Sein packte ihn am Kragen. »Jetzt hör mal zu, Junge: Brenda, deine Mutter, und du, ihr hab über ein Jahr lang hier in der Siedlung gelebt, dann schickte Fürst Owain Soldaten nach ihr aus, die sie zurück nach Wales bringen mussten. Sie durfte die Soldaten nicht wissen lassen, dass du hier bist, sonst hätten sie dich ertränkt oder deinen Schädel am nächstbesten Baum zertrümmert. Der Bach trug dich zu Dornoll und Seth, sie nannten dich Brawd und liebten dich wie ihren eigenen Sohn.« Sein wippte auf seinen Fersen.

Brawd schnappte nach Luft. »Willst du damit sagen, dass ich nicht Brawd ap Seth bin? Und dass ich das Kind dieser Brenda bin? Dass ich schon mal hier gelebt habe? Wie heiße ich denn dann wirklich?«

»Dein Name ist Madoc. Du bist wirklich der uneheliche Sohn des Fürsten von Gwynedd. Du wurdest unter den Schleiern eines außergewöhnlich strahlenden Nordlichts gezeugt, und die Götter haben dir das Los beschieden, ein neuer Druidenführer zu werden.«

Der Junge wurde schneeweiß. »Nein!«

»Die Silberfibel an deiner Säuglingsdecke trägt das Siegel derer von Gwynedd – drei Löwen in einem Kreis.«

»Ich kenne das Siegel derer von Gwynedd nicht.« Brawd zitterte wie Espenlaub. »Du denkst, ich sei Madoc ap

Owain, der Sohn eines verdammten walisischen Barbaren! Nein, das bin ich nicht!« Er ging auf Sein los, Sein verlor das Gleichgewicht und fiel mit der Nase in die Quarzkiesel. Brawd traktierte Sein mit harten Fäusten, bis dieser auf die andere Seite rollte und brummte:»Hör auf! Du hast Glück, dass du nicht in Gwynedd lebst!« Er packte Brawds wedelnde Arme und drückte ihn an seine Brust. »Du bist hier und du bist mein *mabmaeth*, mein Ziehsohn, ich bin dein *tadmaeth*, dein Ziehvater.«

»Diese Brenda ... kommt sie ... kommt sie mich holen?« Er wollte auf Seins Brust trommeln.»Ich will sie nicht sehen! Sie hat mich wie Abschaum in einen Bach geworfen!« Er trat gegen Seins Bein und schlug seine Zähne in dessen Schulter. Sein lockerte den Griff, der Junge wand sich heraus und rannte wie von Sinnen zwischen den Stehenden Steinen vorbei zum Grat.»Ich hasse dich!«, brüllte er.»Ich werde niemandes Führer sein und ich lasse mich auch nicht an ein Kreuz schlagen! Ich segle zu unbekannten Ufern in weiter, weiter Ferne!«

Mit einer Hand hielt sich Sein die schmerzende Schulter, während er Brawd folgte.»Die Prophezeiung sagt nicht, dass du gekreuzigt wirst, auch wenn ich das im Moment verdammt gerne tun würde! Hör zu – deine Mutter kommt nicht hierher. Sie lebt in Gwynedd, zur Zeit ist sie am Wintersitz zu Aberffraw unter dem Schutz deines Vaters, und er behandelt sie gut. Im Sommer zieht sie in die Berge nach Dolwyddelan.«

»Ist sie seine Frau?«

»Owain hat eine Gemahlin, sie ist krank. Er hat viele Nebenfrauen, Freundinnen und Geliebte.«

Brawd quollen fast die Augen heraus.»Ich habe Brüder und Schwestern?«, krächzte er.

»Du hast einen Blutsbruder, Riryd, er ist doppelt so alt wie du und lebt in Clochran bei seinem Großvater Howyl, dem König von Carno. Du hast auch eine Schwester, Goeral, sie ist zwei Jahre jünger als Riryd. Des weiteren hast du noch ein Dutzend Halbbrüder von anderen Müttern. Howell von Pyfog, Iorwerth von Gladys, Maelgwyn, Cadwallon und Rhodri von Christiannt. Dein gleichaltriger Halbbruder Dafydd ist offiziell Gladys' Sohn, doch in Wahrheit hat Christiannt ihn geboren; das ist ein Geheimnis, darüber darfst du nie sprechen. Und verlange nicht, dass ich dir noch mehr Namen nenne, meine Zunge ist schon ganz lahm.«

Das war schrecklich für den siebenjährigen Brawd. Er steckte den Daumen in den Mund, aber er konnte nicht aufhören zu weinen. Er wollte nicht Madoc heißen! Er riss sich los und rannte wie ein geölter Blitz den Pfad hinunter zu dem angeschwollenen Bach. Er kletterte über Felsen und versteckte sich in einer Höhle aus Weiden und Ginster hinter einer entwurzelten Eiche. Schluchzend und zitternd vergrub er den Kopf in seinen zerkratzten Armen.

Als Sein ihn schließlich fand, lag er zusammengerollt da wie ein kleiner Ball. Langsam trottete er wieder zum Hügelkamm hinauf, ging in die Küche und goss sich einen ganzen Becher voll Met ein.

Als die Sonne hinter den Horizont glitt, beruhigte sich Brawd, doch die Tränen flossen weiter. Als er aufwachte, aß er den Apfel mitsamt dem Butzen und sagte sich, dass er keine Wahl hatte – er musste Sein glauben. Das war sein Los. Er sagte neunmal seinen neuen Namen, damit er ihm leicht von den Lippen ging, und spähte durchs Gebüsch.

Sein saß mit untergeschlagenen Beinen vor der Küchenkate und pulte mit ein paar Mädchen und Jungen Erbsen fürs Abendessen. Brawd setzte sich dazu; er nahm eine Hand voll Schoten aus dem Eimer und gab die Erbsen in einen Topf, um zu zeigen, dass er nicht mehr wütend war.

In der Nacht trugen die Frauen der Siedlung in weißen Gewändern die Leichen von Seth, Dornoll und Wyn in die Senke hinter dem Steinkreis und bedeckten sie mit neun heiligen Eichenzweigen. Vor Mitternacht bewegten sich Männer in grauen Roben summend im Turnus der Sonne. Der alte Kerry sang auf Gälisch. »Nun setzt den Haufen in Brand!« Eira stellte eine brennende Fackel an die Stämme. Im Morgengrauen war der Haufen zu Asche heruntergebrannt.

Sein setzte sich an die Kante von Brawds Lager und schüttelte ihn sanft. Brawds Augen flackerten, als Sein ihm sagte, dass er einen heiligen Ritus vollziehen müsse. »Zieh einen sauberen Kittel an, nimm deinen Umhang und die Stiefel und kämme dein Haar.«
Brawd trat von einem Bein aufs andere.
»Geh raus, hinter die Schlafkate.« Sein lächelte.
Als Brawd zurückkam, schlüpfte er wieder ins Bett und zog die Knie ans Kinn. »Ich kann mich nicht anziehen, mir geht es nicht gut.«
Sein fühlte Brawds Stirn – er hatte kein Fieber. »Ich verstehe, dass dir nicht wohl ist. Aber, sieh – wenn du dort im Wasser gewesen wärst, würde Wyn dir dann nicht die letzte Ehre erweisen und dir einen letzten Gruß entbieten?«
»Doch.« Brawds Augen brannten von all den Tränen, die er zurückhielt.
»Dann komm. So wird man erwachsen.« Sachte schob ihm Sein die Stiefel hin.
Brawd zog sich an und holte den Tonfrosch zwischen den Laken hervor, steckte ihn in die Tasche und ging sich wa-

schen. Er schüttete sich eine Hand voll Wasser ins Gesicht und kämmte sein Haar mit nassen Fingern. Dann ging er mit Sein, der zwei Urnen übereinander trug, Brawd trug die dritte. Sie gingen an den singenden Frauen vorbei und verstreuten ein wenig Asche. Die Frauen blieben stehen und verbeugten sich zum Zeichen des Respekts vor dem Mann und dem Jungen. Brawd nickte. Er roch Geißblatt, das am Pfad auf dem Hügel wuchs. Gelbe Schlüsselblumen und blaue Glockenblumen blühten im Gras. Der Pfad führte zu einem Steinhügel. Sie gingen um die Einfriedung herum, in die Spiralen und Kreise mit einem Punkt in der Mitte eingraviert waren. Vor Jahrhunderten war dieses Galeriegrab für ein einmaliges Begräbnis errichtet worden, nun diente es als allgemeine Grabstätte.

»Ist das alles, was von meiner Schwester übrig geblieben ist?«, fragte Brawd mit der Urne in der Hand.

»Des Menschen Fleisch besteht aus Knochen und Wasser. Was bleibt von der Feige, die in der Sonne dörrt?«

»Nicht viel; sie ist leicht und verschrumpelt.« Brawd blieb am Eingang stehen. »Hat der Wind ihren Geist davongetragen?«

»Das weiß ich nicht, ich habe noch nie einen Geist gesehen. Hast du schon vom Elfenvolk und den Geistwesen gehört?«

Brawd nickte. »Dornoll hat sie schon gesehen, aber Seth nicht.«

»Ich habe noch nie eine Elfe oder einen Geist gesehen.« Sein nahm Brawds Hand und bückte sich, bevor er in den dunklen, niedrigen Gang trat; er war von großen Steinen gesäumt, die eingepasst und mit kleinen Steinen ausgefugt waren. Nach einer Weile hatten sich ihre Augen an die Dunkelheit gewöhnt. Die Decke bestand aus Stürzen, die über die hohen Steine gelegt waren, auch sie waren mit Spiralen und Punkten verziert. Auf einem Stein war eine

Reihe langer und kurzer Linien. »Das sind Wörter«, sagte Sein. Er betrachtete die Ogham-Zeichen und übersetzte laut: »Wenn der Tod kommt, wird er nicht mit leeren Händen gehen, in diesem Grab sind gute Erinnerungen aufbewahrt. Lächle, solange du lebst.«

Brawd lief ein Schauder über den Rücken, als würden alte Augen ihn beobachten. Der Gang weitete sich zu einer Kammer mit einem kleinen niedrigen Innenfenster. Er traute sich kaum zu atmen, als er die kleinen Aschehäufchen auf den Kalksteinsimsen sah. Da war auch eine kleine Halskette aus Stein und Bein, die einmal ein Kind getragen hatte; eine Doppelaxt, die einem alten Holzfäller gehört hatte. Auf der Höhe seiner Schulter lag eine silberne Fibel, mit Einlagen aus rotem Email und poliertem Bernstein. Sein Herz drohte, ihm aus dem Leib zu springen und in tausend Stücke zu bersten. »Ich habe keine Grabbeigabe«, sagte er. »Meine Schwester mochte bunte Dinge.«

»Gib ihre Asche hier in die Nische zwischen ihre Eltern«, sagte Sein. »Wir pflücken Blumen für sie. Alle Mädchen lieben Blumen.«

Brawds Gesicht hellte sich auf. Sein hatte Recht. Wyn liebte Glockenblumen. Mit einem Strauß zierlicher hellblauer Blumen kam er zurück.

Für Seth und Dornoll pflückte Sein Glockenblumen, Gänseblümchen und Geißblattzweige. Unter seinem Umhang holte er den Rahmen des Nachen hervor und legte ihn um die drei Urnen.

»Werden sie wissen, dass wir es waren?«, fragte Brawd.

»Ja.«

Brawd sog die modrige Luft ein, trat einen Schritt vor und berührte den Rahmen. Auf die Glockenblumen stellte er den Tonfrosch. »Sie werden wissen, dass ich an sie denke.«

Sie gingen wieder in die Sonne hinaus. Die Blumen schienen lebendiger zu sein als zuvor. »Ich renne voraus!« Er lief los, sah aber nicht zurück, ob Sein ihm nachrannte. Sein lächelte, er dachte an Brenda und wie stolz sie auf ihren Sohn wäre. Er strich mit der Hand über einen Buchenstamm, als würde er das Leben darin aufsteigen spüren, und betete, Brenda möge ihren Sohn besuchen, bevor er erwachsen wäre. Mit großen vergnügten Schritten lief er zur Siedlung, seine Arme schwangen anmutig mit. Eine Amsel saß auf einem Felsen und sang ein kehliges, fröhliches Lied.

III

Sterne

Um 1168–1169 A.D.

Eine Ausnahme von der Regel der Exogamie machten die
Calusa. Die Häuptlinge heirateten offensichtlich ihre Bluts-
schwestern. Diesen Brauch der Schwesternehelichung gab es
auch anderswo auf der Welt, wiewohl selten, dann vor allem
aber in der Oberschicht streng hierarchischer Gesellschaften.
Soweit wir wissen, folgten im Südosten aber nur die Calusa
diesem Brauch.

Charles Hudson, The Southeastern Indians

Cougar legte grünes Moos vom Bachufer auf einen flachen Holzteller. Bei Großmutters Sachen fand sie den
bläulichen Puder in einem kleinen Lederbeutel, gab Wasser dazu und mischte eine dicke Paste. Sie tunkte das zer-
faserte Ende einer grünen Weidengerte hinein und be-
malte die Innenseite von Großmutters Schüsseln. Als die
Farbe trocken war, legte sie sie umgedreht auf das Moos.
Nach ein paar Tagen war das Moos gelb. Sie dachte eine
Weile drüber nach. Dann holte sie am Strand ein paar
glatte, fast durchsichtige Kiesel und klebte sie mit auf-
gelöstem Eichelmehl in die Schüsseln, wo sie wie Sterne
in der Sonne funkelten. Vielleicht speichern sie das Licht,
dachte sie. Zufrieden ließ sie Wasser auf das Moos regnen
und bedeckte es mit den Schüsseln. Als sie die Schüsseln
wieder entfernte, war das Moos dürr und modrig. Unter
den Schüsseln war es dunkel, ihre Sternensteine schienen
und glitzerten nicht wie richtige Sterne. Enttäuscht lief sie

zu Silberreiher und zeigte ihm, was sie gemacht hatte. »Woraus bestehen Sterne? Wenn der Himmel eine Schüssel ist, die die Erde bedeckt, warum klappt das dann nicht mit meiner kleinen Erde und meinem kleinen Himmel? Die Steine speichern weder das Licht der Sonne noch ihre Wärme.« Silberreiher lächelte. »Du fragst Dinge, nach denen noch nicht mal unser Häuptling gefragt hat. Du bist etwas Besonderes. Ich kannte nur ein Mädchen, das so wagemutig war.«

»Und wer war das?«

»Großmutter. Und was hat es ihr genützt? Sie wurde nie eine Häuptlingsfrau.«

»Sie sagt, ich soll so viel lernen, wie ich nur kann. Je mehr man weiß, desto interessanter ist das Leben.«

»Ja, das sagt sie.« Silberreiher zeigte dem Mädchen, dass der Garten in der Schüssel zu viel Wasser und zu wenig Sonne bekam. »Damit Pflanzen richtig gedeihen, brauchen sie richtiges Sonnenlicht.«

»Und wie kann ich ein Stück Sonne unter die Schüssel bringen? Was ist denn Sonnenlicht überhaupt?«

»Wirf die Schüssel weg!« Silberreiher klang gereizt. »Sonnenlicht ist heiß wie Feuer, aber wenn du in die Sonne siehst, blendet sie dich, die Sonne ist anders als das Feuer, aber ich weiß nicht, worin der Unterschied besteht, ich weiß auch nicht, wie etwas am Himmel bleiben kann, ohne herunterzufallen. Das sind blöde Fragen.«

»Großmutter sagt, der Mond sei kalt. Woher bekommt er sein Licht? Halten die Geister Sonne und Mond am Himmel?«

»Ich glaube, Großmutter hat Recht; vielleicht zeigt der Mond den Widerschein der Sonne, das habe ich jedenfalls schon gehört. Aber wen interessiert das?«

»Sterne erinnern mich an die Stücke eines Blitzes.«

»Und was ist ein Blitz? Kannst du mir das sagen?« Silberreiher kratzte sich am Kopf.

»Nein. Wie können wir das herausfinden? Gibt es eine Möglichkeit, den Blitz einzufangen und in unsere Hütte zu bringen?«

»Nicht, dass ich wüsste. Warum stellst du so viele Fragen?«

»Großmutter sagt, die Geister wissen alles, aber sie sagen es mir nicht.«

»Vielleicht sagen sie es dir, wenn die Zeit dafür reif ist.«

»Reif für sie oder reif für mich?«

»Hm.« Die Kinder heutzutage sind einfach viel zu neugierig!, dachte er. Geschieht ihnen recht, dass sie Kopfschmerzen bekommen, wenn sie erst mal so alt sind wie ich!

Kurz vor Sonnenuntergang verließ Cougar Silberreiher und ging zur Hütte. Auf halbem Weg sah sie Kleine Mutter, mit einer Hand stützte sie ihr Kreuz, mit der anderen hielt sie ihren geschwollenen Bauch. »Bitte, hilf mir, Großmutter ist nicht zu Hause«, rief sie.

»Ich weiß, dass Großmutter nicht zu Hause ist«, sagte Cougar. »Vor ein paar Nächten sagte sie, der Hundsstern sei zurück und die Luft werde kühler über der Flussmündung. Am nächsten Morgen nahm sie alle Netze, die sie im Sommer gewebt hatte, und ging nach Gulltown. Sie sagt, zu dieser Jahreszeit sei das Wasser in den Buchten, Kanälen und Seitenarmen kälter und so voll von den verschiedensten Fischen, dass einem die Augen überlaufen. Die Seevögel haben ihre Freude, und die robustesten Netze werden zum Bersten voll.«

Kleine Mutter wankte, sie musste sich an einem Stück Treibholz festhalten, um das Gleichgewicht nicht zu verlieren. Cougar dachte, sie hätte wieder einen Anfall, und eilte ihr zu Hilfe.

»Großmutter weiß, dass das Kind jeden Tag kommen kann«, sagte Kleine Mutter. »Warum ist sie weggegangen?«

»Ich sag dir doch, sie ist mit einem Arm voll Fischernetze nach Gulltown gegangen. Die Leute dort wissen, dass ihre Netze die reißfestesten sind. Sie tauscht sie gegen Federn und Stachelschweinborsten, dann zeigt sie uns, wie wir sie färben und damit unsere Kleider schmücken können. Die jüngste Frau des Häuptlings und ich haben immer nach Federn und Stachelschweinborsten gefragt. Wahrscheinlich ist sie nach Gulltown gegangen, damit wir endlich den Mund halten«, sagte Cougar. »Keine Sorge – sie kommt zurück, bevor das Wetter stürmisch und unberechenbar wird. Sag dem Kind, es soll noch ein paar Tage warten.«

»Das geht nicht.« Kleine Mutter blickte sie verächtlich an. »Wie oft warst du schon mit Großmutter bei einer Geburt? Du weißt, was du tun musst.« Sie krümmte sich vor Schmerz. »Ich will das Kind nicht vor aller Augen bekommen. O weh! Mein Bauch kneift so! Mein Rücken bringt mich um!«

»Komm schon! Lauf zwischen den Wehen«, befahl Cougar. »Beug dich vor, vielleicht hält sich das Kind, bis wir zu Hause sind.«

In der Hütte sagte sie zu Zaunkönig: »Geh raus und suche Otterjunge. Es bringt Unglück, wenn ein Mann bei einer Geburt dabei ist. Silberreiher kocht für dich, wenn du ihm ein Kaninchen bringst. Otterjunge hat gestern gejagt, die Tiere hängen noch ungesalzen am Firstbalken, sie halten nur ein paar Tage.«

Es gefiel Zaunkönig nicht, dass sie wusste, was in seiner Hütte vor sich ging, und es gefiel ihm auch nicht, dass sie ihn herumkommandierte. Doch im Moment konnte er nichts tun, außer ein Kaninchen von seinem eigenen Firstbalken nehmen, Otterjunge suchen und zu Silberreiher gehen.

Cougar zündete das Feuer in der Mitte der Hütte an und stellte eine Tonschüssel mit Salzwasser und einen Topf mit Süßwasser auf einen flachen Stein. Auf einen anderen Stein legte sie eine kleine rote Matte, die sie Kleiner Mutter an den Rücken band, als sie warm war. Kleine Mutter stand mit gespreizten Beinen da und stöhnte leise. Wenn die Wehen am stärksten waren, lehnte sie sich an einen der dicken Pfähle, die das Dach trugen. Sie schnappte nach Luft und keuchte. Als es immer schlimmer wurde, biss sie die Zähne zusammen und zerrte an einem Seil, das am Pfahl befestigt war. Plötzlich schrie sie auf:»Au!«, und hielt den Atem an.

»Atmen!« Cougar lag zwischen den Beinen von Kleiner Mutter auf dem Boden, wie sie es bei Großmutter gesehen hatte.»Da kommt Wasser.« Sie schob sich aus der blutigen Lache und zog Kleine Mutter an den Knöcheln einen Schritt vor.»Nun kommt die zweite Hälfte, wie Großmutter sagt. Wenn das Wasser kommt, kommt auch das Baby. Die zweite Hälfte geht normalerweise schneller als die erste.« Sie griff in den Schoß von Kleiner Mutter und versuchte, dem Kind mit ihren kleinen Händen herauszuhelfen. Doch sie spürte nichts als feuchte Wärme. Was hätte Großmutter gesagt, was hätte sie getan? Sie sah auf.»Hoffentlich kommen die Füße nicht als Erstes heraus!«

Kleine Mutter holte tief Luft, hielt sie an und presste, dann entspannte sie sich wieder und machte zwei Atemzüge.

»Gut so!«, sagte Cougar.»Es würde Großmutter gefallen, wie du mit dem Atem drückst.«

Kleine Mutter verzog stöhnend den Mund und schloss die Augen.

Cougar erinnerte sich, wie Großmutter die Gebärenden ermutigte. »Streng dich an! Nochmal pressen! Gut so! Komm, komm, nochmal, du kannst es!« Sie schob ihre Finger wieder in den Schoß und spürte etwas Rundes, Hartes wie ein Kürbis. »Der Kopf kommt!« Sie wischte sich die blutige Hand an einem Fetzen geräuchertem Moos. »Drück nochmal! Ja!« Sie sah das feuchte schwarze Haar, fasste den Kopf mit zwei Händen und blickte in klare dunkelblaue Augen, auch das Weiß trug einen Schatten von Blau; dann kamen eine winzige Nase und rosa Lippen zum Vorschein, es folgte die rechte Schulter und die linke, schließlich war das ganze Kind mit der dunkelroten Nabelschnur da. Das Kind drückte das Kreuz durch und schrie. Cougar setzte sich auf. Sie hielt einen blutigen, aber gesunden Jungen an ihre Brust und biss die Nabelschnur durch. Dann riss sie sich ein paar Strähnen ihres langen schwarzen Haars aus und wickelte sie fest um den Stummel, um die Blutung zu stillen.

Sie wiegte das Kind in den Armen und bat Kleine Mutter, sich hinzuknien und auf die Nachgeburt zu warten. In das Salzwasser tauchte sie einen Strang Moos, schwang ihn in der Luft, damit er abkühlte, und rieb damit die käsige Schicht von dem Kind, das sich schreiend wand. Dann legte sie es auf eine Matte vors glimmende Feuer. Es war schon ein Wunder – ihre Freundin hatte alle Kraft zusammengenommen und einen echten, lebenden Menschen aus sich herausgepresst!

Kleine Mutter lag mit geschlossenen Augen auf der Seite, während Cougar die Nachgeburt hinter der Hütte vergrub. Es musste schnell passieren, damit kein böser Geist das Neugeborene fand, sich in einen Wurm verwandelte, in den Bauch des Kleinen kroch und ihn Tag und Nacht unter Krämpfen weinen ließ. Als sie zurückkam, band sie den Rest der Nabelschnur mit Pflanzenfasern noch dichter am Bauch des Kleinen ab, kaute das überstehende Stück ab, spuckte es in ihre Hand und wickelte die Pflanzenfaser wieder ab. Dann weckte sie Kleine Mutter, bat sie, weiterzukauen und den Rest zu schlucken. Mit zerknülltem Moos, das sie ins Süßwasser getaucht hatte, wischte sie sich den blutigen Mund. Sie war so fröhlich, dass sie lachen musste, als Kleine Mutter sagte: »Du siehst wirklich aus wie eine echte Silberlöwin, die ein Stück Wild gerissen, die Haut abgezogen und sein blutendes Herz gefressen hat.«

»Großmutter sagt, es nimmt den Schmerz, wenn man ein Stück Nabelschnur isst, und es hilft der Mutter, Ruhe zu finden. Ich weiß nicht, ob es stimmt, aber du solltest auf Großmutter hören, es tut nicht weh.« Leise summend badete sie das Kind in warmem Wasser. Anschließend wickelte sie es mit einer Mooswindel, deckte es mit einer dünnen Decke aus Gras zu und gab Kleiner Mutter das Bündel. Cougar wusch ihr Blut und Schleim ab, legte ihr eine dicke Moosbinde zwischen die Beine und befestigte sie an der Taille. »Ich sehe in einer Weile nach, ob die Blutung aufgehört hat«, sagte sie. »Hoffentlich habe ich nichts Wichtiges vergessen.« Die zusammengefaltete rote Matte zog sie unter Kleiner Mutter hervor, rollte sie zusammen und warf sie ins Feuer. Die Flammen leckten darüber, sie zischte und verbannte mit einem beißenden, unangenehmen Geruch. Während sie Kleiner Mutter eine saubere Schlafmatte unterschob, sagte diese ganz schläfrig: »Cougar, du hast vergessen, mir zu sagen, was es ist – ein Junge oder ein Mädchen?«

»Ich dachte, das hättest du schon gesehen, bevor ich ihn gewickelt habe.« Cougar grinste. »Sieh dir seine dunkelblauen Augen an; in zwei, drei Tagen sind sie so braun wie deine. Du hast Glück, es war alles ganz einfach. Ich konnte Großmutter sagen hören: Kein Grund zur Aufregung – das kann jede Mutter alleine bewältigen. Du

kannst es ihr nur leichter machen. Du bist wirklich von den Geistern gesegnet, Kleine Mutter, dass die Geburt leicht war und du keinen Anfall bekommen hast.«
»Du hast gut reden! Mein Rücken ist noch ganz steif und wund!«
»Du bist, was Großmutter eine ›geborene Mutter‹ nennt.«
»Erinnerst du dich an den Kolibri, der mir zur Hütte folgte, als die Wehen kamen? Ich glaube, es ist ein Zeichen, der Kolibri will mein Kind beschützen. Ich nenne es also Kolibri.« Erschöpft und zufrieden schlief sie ein.
Cougar fegte den Schmutz zusammen, gab ihn in einen Tonkrug und streute frischen Sand. Dann ging sie in ihre Hütte und schlief auch.

Großmutter kam am nächsten Tag mit einem Bündel Federn, Stachelschweinborsten und Lederbeuteln mit zerstoßenem Farbpulver zurück. Dass Cougar Kleiner Mutter ganz allein geholfen hat, so einen hübschen Jungen zu entbinden, überraschte sie nicht, sie hatte das Mädchen schon eine Zeit lang beobachtet, hatte darauf geachtet, wie sie ihren Kopf trug, wie sie ihre Schultern reckte und ihren schlanken Körper bewegte. Cougar ging selbstbewusst durch die Welt, sie kannte ihren Weg. Großmutter war stolz auf das Mädchen, aber manchmal fragte sie sich, was passieren würde, wenn ihr Zögling den falschen Weg einschlug; sie würde niemals zugeben, dass sie sich geirrt hatte.
Eines Tages sagte sie zu ihr:»Wie schön wäre es, wenn du noch ein kleines Würmchen wärst und ich selbst jünger wäre! Hätte ich dich doch gefunden, als du erst zwei Tage alt warst und nicht schon fast zwei Sommer! Ich hätte dich gerne als gewickelten Säugling in den Armen gehalten, dein erstes Lachen gesehen, den ersten Zahn gespürt, deine ersten Schritte begleitet.«

»Großmutter! Du hast doch den kleinen Kolibri, den du verhätscheln kannst.«

»Wenn wir doch wieder auf die Hügel steigen und durch die Bäche waten könnten wie früher! Du hast im Bach getanzt wie ein Wassergeist, während wir mit dem Netz aus Palmwedeln kleine Fische fingen. Einmal sahen wir einen Braunbär beim Fischen. Du standest ganz still da und machtest mir ein Zeichen, dass ich aufhören sollte zu plantschen. Der Bär hat uns nicht bemerkt, er ging einfach mit einem Fisch im Maul davon und streckte sich an einer Kiefer zu voller Länge aus, er war so groß wie wir beide zusammen. Ich hatte Angst, der Bär könnte mich wittern oder sehen – du nicht; du bist ans Ufer gelaufen, hast dich auf einen Stein gestellt, die Arme ausgestreckt und gesungen. Der Bär habe im Takt mit dem Kopf gewackelt, sagtest du. Du bist anders als andere Menschen. Kein Bär und auch kein anderes Tier hat dir jemals etwas angetan. Adler und große Falken stießen herunter und sahen dich an, aber sie berührten dich nie mit ihren Schnäbeln oder Klauen. Du kanntest keine Angst vor Taranteln oder Skorpionen, sie haben dich nie gestochen, auch Moskitos und andere Stechmücken ließen dich immer in Ruhe.«

»Vielleicht weil ich sie in Ruhe lasse«, sagte Cougar.

Großmutter, Zaunkönig und Otterjunge fischten einen ganzen Tag lang Austern. Das Muschelfleisch war nun nicht mehr schleimig wie im Sommer, sondern fest und wohlschmeckend. Es würde ein Fest geben, um Kolibri bei den Calusa willkommen zu heißen.

Doch kurz nach dem Festschmaus wurden viele Calusa krank. Auch Großmutter musste immer wieder zur Kloake außerhalb des Dorfs. Silberreiher, auch er schwach und zittrig, sang Großmutter die alten Lieder, die sie liebte, doch sie hörte kaum hin.

Der Medizinmann des Dorfs war ganz aufgeregt. Mit einer Hand hielt er sich den rumorenden Bauch, in der anderen hielt er das Gebiss einer Klapperschlange und strich damit über Großmutter, damit der Durchfall aufhörte. Dasselbe hatte er auch bei Schlangenstern und zwei seiner drei Schwestergemahlinnen getan. »Froschauge hat Würmer«, sagte er. »Die hatte sie schon vor dem Festmahl, wahrscheinlich hat sie aus schmutzigen Holzschüsseln gegessen. Diese Frauen sind unbesonnen, sie sind faul und schrubben das Geschirr nicht mit Sand. Schlangenstern hätte sich Frauen aus einer anderen Familie nehmen sollen, es ist nicht gut, wenn ein Mann seine eigenen drei Schwestern nimmt. Und keine bekommt ein Kind. Außerdem glaube ich, dass die Austern dieses Jahr verdorben sind; die Stechmücken müssten zwar zu dieser Jahreszeit abgetötet sein, aber sie sind immer noch da.«

Nachdem der Medizinmann gegangen war, sagte Großmutter: »Er hat Unrecht – außer was die Stechmücken angeht. Die Frauen des Häuptlings bekommen keine Kinder, weil sie den Häuptling ihr ganzes Leben lang wie ein Kind behandelt haben. Dass die Schwestern unbesonnen sind, kann ich nicht behaupten, allerdings können sie nicht gut kochen. Letzten Herbst brachten Froschauge und Regenwolke noch halb rohen, gewürzten Eichelbrei zum Erntefest und strichen ihn über die Austern. Doch Eicheln muss man lange kochen, fast einen ganzen Tag, damit sie ihre Bitterkeit verlieren. Jeder weiß, dass es sonst tödlich ist. Aber wenn man faul ist und den Brei zu früh vom Feuer nimmt und isst – das kann das Ende sein.«

Kleine Mutter, die auch ganz geschwächt war, weil sie sich so oft erbrochen hatte, bis sie nichts mehr im Magen hatte und nur noch würgen konnte, saß neben Großmutter und wischte sich das Gesicht mit feuchten kühlen Blättern. Sie phantasierte über die Zukunft ihres Kleinen – in ihren

Träumen wuchs er heran und nahm das schönste Mädchen im Dorf zur Frau. Dann wären sie eine richtige Familie. Er würde lange leben und so beliebt sein wie Silberreiher.

Am Nachmittag ließen die Bauchkrämpfe bei Kleiner Mutter nach, nachdem sie ein wenig Klapperschlangenfleisch gegessen hatte. Sie hatte Otterjunge gebeten, eine Schlange zu fangen, denn das Fleisch linderte die Übelkeit sofort. Auch dem Häuptling und seinen drei Schwestergemahlinnen schickte sie Schlangenfleisch.

Am nächsten Tag kam Ibis, die jüngste Schwester des Häuptlings, und sagte, Froschauge und Regenwolke hätten nichts zu sich genommen, doch sie selbst und Schlangenstern hätten nun keine Bauchschmerzen mehr. Ibis war klein und sah jünger aus, als sie war. Ihr langes schwarzes Haar flocht sie zu einem einzelnen Zopf, der ihr über den Rücken hing und hin und her schwang wie ein Pferdeschwanz. »Gib Großmutter das übrige Klapperschlangenfleisch«, sagte sie zu Kleiner Mutter und wackelte mit dem Kopf. »Aber nicht zu viel, hörst du! Zu viel Schlangenfleisch macht nervös.«

Also gab Cougar Großmutter einen Happen gekochtes Klapperschlangenfleisch und betete, sie möge wieder gesund werden.

»Hat es Großmutter geholfen?«, fragte Ibis, als sie Cougar das nächste Mal sah.

»Wer weiß? Großmutter sagt, es gehe ihr gut; sie klagt nicht, wenn sie krank ist.«

Froschauge und Regenwolke verweigerten auch in den folgenden Tagen die Nahrung. Eines Morgens fand Schlangenstern sie auf ihrem Lager; beide atmeten nicht mehr.

Zum Zeichen der Trauer schor Schlangenstern sein Haar, malte sich schwarze und weiße Streifen ins Gesicht und setzte sich alleine ans moosige Ufer des Bachs.

Ibis musste ihre toten Schwestern waschen und in Tücher wickeln. Doch sie konnte es nicht alleine erledigen, und weil sie dachte, dass Großmutter immer noch krank wäre, bat sie Cougar um Hilfe.

»Ich kann dir helfen, wenn Großmutter mir sagt, was ich tun soll.«

»Es ist nicht schwierig. Aber wenn du noch nie eine Leiche gewaschen hast, ist es vielleicht schaurig für dich. Ich komme besser mit.«

»Es ist nicht schaurig, wenn du mir sagst, was ich tun muss«, beharrte Cougar.

Großmutter schüttelte den Kopf und zog sich den Kittel über den Kopf. »Für mich ist es einfacher, und es geht schneller. Ich muss nur meine Mokassins finden.«

»Meinst du wirklich, du solltest aufstehen?«, fragte Cougar. »Das ist nicht gut, du hast in den letzten Tagen nicht viel gegessen. Ich gehe – Ibis hat mich gefragt!«

»Dann geh, aber komm bald wieder.« Großmutter zog ihre geschwollenen Beine wieder unter die Decke. »Eine Leiche zu waschen, ist auch nicht sehr anders, als einen Lebenden zu waschen, nur, die Toten sind kalt, und sie geben keine Antwort.«

Ibis musste so weinen, dass sie nichts tun konnte. Cougar wusch die toten Schwestern und gab Salbei in die Leichentücher. Dann legte sie einen Arm um Ibis und machte ihr klar, dass sie nun aufhören müsse zu weinen, damit ihre Schwestern in Frieden im Grabhügel ruhen konnten. Das verstand Ibis; sie holte tief Luft, tupfte ihre roten, geschwollenen Augen mit Moos ab und trug die Leichen mit Cougar zum Grabhügel.

Nur wenige wohnten der Bestattung bei. Der Medizinmann, der selbst noch krank war, vollzog schnell die Riten. Er hielt sich den Kopf und tanzte sehr spärlich, schlug aber mit den beinernen Rasseln. Schlangenstern war auch anwesend, doch er war so schwach, dass er sich noch vor dem Totentanz setzen musste.

Als er später mit Ibis allein war, sagte er:»Cougar ist am Tod von Froschauge und Regenwolke schuld, schließlich hat sie die Austern gebraten. Und sie ist gar kein richtiger Mensch. Ihr Gebiss ist so scharf wie das eines Krokodils, und sie hat so viele Zähne, dass man sie gar nicht zählen kann. Ich traue ihr nicht, ich spreche nie wieder mit ihr.«

Ibis erzählte Cougar, was ihr Mann gesagt hatte, und meinte, seine Trauer sei schuld.

Großmutter hörte es und sagte zu Cougar:»Es ist nicht nur die Trauer, er sagt auch die Unwahrheit. Und die Unwahrheit überhört man am besten.«

Doch Cougar machte sich Sorgen. Wie konnte sie ein Gerücht überhören? Sie wollte nett zum Häuptling sein und brachte ihm Kaktusfeigen, Seetrauben und Eichhörnchen und hoffte, wenn sie freundlich zu ihm wäre, würde er aufhören, sie zu beschuldigen. Schlangenstern nahm die Gaben, aber er sah ihr nicht ins Gesicht.

Doch eines Tages sah er sie an und sprach wieder mit ihr.

»Du bist nicht krank geworden von den Austern, die Geister haben dich gesegnet. Warum?«

»Ich habe keine Austern gegessen. Ich war zu sehr mit dem kleinen Kolibri beschäftigt, ich musste auf ihn aufpassen, während Großmutter und Kleine Mutter den Besuch der anderen Frauen empfingen.« Sie lächelte breit, damit er ihre Zähne auch gut sehen konnte.

Seitdem lächelte er immer als Erster, wenn er sie sah. Seine Zähne waren länger, und er glaubte, sie könnten jeden Bann brechen, den Cougars kleine zusammengedrängte Zähne auf ihn ausüben könnten.

Einmal blieb er stehen und sagte ihr:»Ich schicke Zaunkönig in die Dörfer auf den Inseln, er soll herausfinden, wie die Leute dort die Austernkrankheit heilen. Wenn ihm etwas zustoßen sollte, kümmere ich mich um seine Frau; das will ich auch für dich tun, wenn Großmutter etwas passiert.« Lächelnd tätschelte er ihre Schulter. »Wenn du bei mir lebst, musst du dich um nichts sorgen.«

»Warum schickst du nicht den Medizinmann auf die Inseln, damit er ein Heilmittel findet?« Sie zuckte mit den Achseln; damit wollte sie ausdrücken, dass es ihr egal war, was Zaunkönig herausfand, und dass es eigentlich die Aufgabe des Medizinmanns wäre. Ihr wurde ganz flau im Magen, als sie hörte, dass Schlangenstern sie und Kleine Mutter als Frauen wollte. Sie fürchtete, er könne noch mehr sagen, und wollte schnell weitergehen.

Doch wie aufs Stichwort sagte Schlangenstern: »Zaunkönig wird schon ein Mittel finden. Ich werde es einnehmen, und dann geht es mir wieder gut genug, um zwei andere Frauen zu nehmen.« Er sah sie an und leckte sich die Lippen.

Sie schüttelte den Kopf und murmelte etwas wie: Er würde eine weitaus bessere Frau verdienen als jede im Dorf. Dann ging sie so schnell weiter, wie es die Ehrerbietung erlaubte.

Zaunkönig kam mit der Nachricht zurück, dass niemand krank sei in den Dörfern, die er besucht hatte. »Keiner weiß genau, wie man die Austernkrankheit heilen kann. Nur ein Häuptling dort schien eine Menge über die Heilkunde zu wissen. Er sagte mir, gegen die meisten Krankheiten hilft, wenn man sich in Grasdecken wickelt und in die Sonne legt, bis das Gesicht von Schweiß überzogen ist, und dann gleich ins kalte Wasser springt.«

Das fand Schlangenstern einfach. Am Nachmittag war er ganz erhitzt und verschwitzt. Er warf seine Decken fort und sprang ins kalte Wasser. Gleich darauf schoß ein unerträglicher Schmerz durch seine Brust. Otterjunge zog ihn aus dem Fluss; die Beine des Häuptlings waren so schwach, dass er nicht mehr stehen konnte. Er legte sich in den Sand, und plötzlich blieb sein Herz stehen. Die Leute im Dorf hörten die ganze Nacht lang Ibis' schmerzerfüllte Klage.

Großmutter war zu krank und zu erschöpft zum Weinen. Aber sie sagte zu Cougar: »Schrecklich, einen Häuptling zu verlieren, egal, ob es ein guter oder schlechter Mann war! Aber trotz allem war Schlangenstern immer gut zu mir.«

»Meinst du?« Der Tod des Häuptlings hatte eine fürchterliche Schuld von Cougars Seele genommen. Nun musste sie nicht mehr fürchten, dass er jemandem von ihrer doppelten Zahnreihe erzählte oder behauptete, sie hätte nach der Dehnungs-Zeremonie auf ihn gewartet, auch wenn das nicht stimmte.

»Ja«, sagte Großmutter. »Er hat dafür gesorgt, dass Zaunkönig mir zwei Felle, eine Alligatorhaut und einen Korb voll flauschiger Silberreiherfedern gab, als er Kleine Mutter zur Frau nahm. Schließlich war ich wie eine Mutter zu ihr, während sie bei uns lebte.«

Mitten in der Nacht rief Großmutter nach Cougar. »Wenn ich im Jenseits die Geister deiner Eltern treffe – was soll ich ihnen sagen?«

Cougar legte sich neben sie. »Sag ihnen, dass du mich geliebt hast und mir die beste Fürsorge geschenkt hast.« Ihre Gedanken überschlugen sich, am liebsten hätte sie hinausgeschrien, dass Großmutter nicht ins Jenseits gehen dürfte, aber ihre Kehle war wie zugeschnürt.

Schließlich drehte sich Großmutter auf die Seite und sagte leise: »Ich erzähle ihnen, was für eine Freude du in mein Leben gebracht hast, und dass du eine ganz wichtige Calusa-Frau wirst. Ich sage ihnen, dass du eine Augenweide bist, dass du die alten Geschichten so schön erzählst und so eine gute Händlerin bist. Du kannst gesunde Kinder entbinden, und du denkst mit deinem eigenen Kopf – das heißt, du bist interessant, freundlich, schöpferisch und so stur und verschlossen wie eine Muschel.« Cougars Kehle ging plötzlich auf und sie schrie: »Ich verbiete dir, ins Jenseits zu gehen! Ich brauche dich hier!«

»Schande über dich! Genau das meinte ich mit deiner Sturheit! Du hast kein Recht, mir zu verbieten, ins Jenseits zu gehen, wenn meine Zeit gekommen ist. Biberzahn, mein geliebter Mann, wartet auf mich.« Sie schloss die Augen und hielt einen Moment inne, dann schlug sie die Augen wieder auf und sagte: »Ich denke schon die ganze Zeit über eine Sache nach: Wer wird Schlangensterns Platz einnehmen? Insgeheim glaube ich, du könntest das. Otterjunge wäre der beste männliche Nachfolger. Aber der Rat wird sagen, du bist eine Frau und Otterjunge ist zu jung. Vielleicht treffe ich den Geist der Schwester von Kleiner Mutter und bitte ihn, Otterjunge Kraft zu schenken, damit er der nächste Häuptling wird, bevor der gierige Zaunkönig erfährt, dass die Wahl von Schlangenstern auf ihn gefallen war.«

»Du machst Scherze, Großmutter. Morgen lachen wir über deine Worte. Oh, ich liebe dich von ganzem Herzen!«

»Hole meinen geheimen Beutel, den wir vor ein paar Tagen mit roten Stachelschweinborsten verziert haben.«

»Es ist mitten in der Nacht, kann das nicht bis morgen warten?«

»Nein, ich kann nicht warten. In dem Beutel ist die Halskette, die du getragen hast, als ich dich fand. Sie hat eine große Macht. Die Steine mit den Regenbogenfarben haben so viel Macht wie der Wind, der den Sand hoch aufwirbelt und die Farben schillern lässt. Die Halskette gehört dir, sie hielt dich am Leben, bis ich dich fand. Sie wird dich weiterhin beschützen. Später wirst du sie vielleicht deiner Tochter schenken, wenn du je eine haben solltest. Die Kette beweist, dass du etwas Besonderes bist und dass dein Leben große Bedeutung für das Volk haben wird. Ich hätte gerne meinen Sohn gesucht, er war ein hübscher Junge. Dass ich ihn einer anderen Mutter geben musste, weil ich selbst keine Milch hatte, war das Traurigste in meinem Leben. Ich habe mich immer gefragt, ob er auch eine doppelte Zahnreihe hat wie Silberreiher.«

»Du meinst ... Zähne wie ich? Silberreiher hat solche Zähne wie ich?«

»O ja. Ich glaube, die Geister kennzeichnen besondere Menschen, und eine doppelte Zahnreihe ist so ein Zeichen.«

Cougar wandte das Gesicht ab. Sie war sich nicht sicher, ob die Geister zu so etwas in der Lage wären. Sie wollte zu Großmutter sagen: Du wirst alt und dumm. Doch als sie die Halskette betrachtete, sah sie, dass sie ganz anders war, als sie gedacht hatte. Sie bestand aus kleinen, durchscheinenden bunten Steinen auf einer festen, aber fast unsichtbaren Kordel. Cougar war wie geblendet von so viel Schönheit und vergaß, was sie sagen wollte. Sie hielt die Kette hoch. Wer hatte einem Kind so einen wertvollen Gegenstand umgelegt? Die Kette war so schön, dass sie der Ersten Frau eines Oberhäuptlings gebührt hätte. Lange hielt sie die funkelnden Steine in der Hand, dann steckte sie die Kette in die Tasche. Sie musste an die Sternbilder am westlichen Himmel denken, die den Winter ankündigten. Mit Tränen in den Augen befühlte sie die Sandkörner, die innen an ihrer Himmelsschüssel klebten, doch als sie Großmutter ansah, musste sie lächeln.

Großmutter atmete durch den Mund und starrte die gekreuzten Stöcke an, die das Dach hielten; das Muster war ein angenehmer Anblick. Sie schob sich ans Ende des Lagers und richtete sich langsam auf.

Cougar sah, wie sich ihre Hände um die Kanten des Lagers krallten. Sie wollte ihr helfen, das Gleichgewicht zu halten, doch Großmutter wandte sich ab und bat sie, ihr das dünne, graue Haar zu kämmen. Danach küsste Cougar sie auf beide Wangen; ihre Haut war fast durchsichtig und mit kleinen braunen Punkten übersät wie ein Stück Birkenrinde.

»Großmutter«, sagte sie leise, »wie dünn du geworden bist! Aber keine Angst, ich werde immer für dich sorgen. Eines Tages finde ich deinen Sohn und bringe ihn zu dir«, versprach sie.

»Ach, wenn das nur möglich wäre! Sag ihm, ich habe ihn immer geliebt. Und dass ich ihn aus Liebe weggegeben habe, dass ich es nicht mit ansehen konnte, wie er verhungerte.«

Danach sagte keine der beiden etwas. Das Schweigen in der Hütte war angenehm, draußen redeten Dutzende von Leuten, Fliegen summten, Vögel sangen, Hunde bellten, Kinder lachten. Cougar dachte an Großmutters Sohn. Es war das erste Mal, dass sie von ihm hörte. Und dass Silberreiher eine doppelte Zahnreihe hatte, hatte sie auch nicht gewusst. Sie müsste richtig hinsehen, wenn sie ihn das nächste Mal traf.

Plötzlich schnappte Großmutter mit einem leisen Schrei nach Luft. Ihre Augen waren geschlossen, sie atmete durch den Mund, doch ihr Atem war ganz flach. Cougar legte sie auf den Rücken und hielt ihr Gesicht ganz nah an Großmutters Mund – da war kein Atem mehr, kein Flüstern, nichts. Sie legte das Ohr auf Großmutters hagere, knochige Brust. Ja, ihr Herz schlug! »Atme!«, schrie sie. Der Herzschlag war schwach und unregelmäßig, dann war alles still. »O nein!« Sie sagte sich, sie müsse jetzt tapfer sein, aber sie wünschte sich, sie könnte weinen wie Ibis. Sie sah sich in der Hütte um. Großmutters Kittel hing an einem Holzhaken. Darunter standen die Lederbehälter mit dem wilden Getreide, mit Wurzeln und Salzfisch. Auf den Behältern lag eine Hand voll kleiner Muscheln, die Großmutter aufbewahrt hatte, weil sie so schön aussahen. Rosa und Dunkelrot und Weiß wirkten beruhigend, sagte Großmutter immer. Doch das stimmte nicht; Cougar fand keine Ruhe. Die Hütte, das Dorf – nichts würde je wieder so sein wie zuvor. Was diesen Ort ausgemacht hatte, war nun verschwunden. Sie wusste nicht, wie lange sie neben Großmutter gesessen und ihre Gedanken hatte schweifen lassen.

Nach einer Weile spürte sie den Atem von Kleiner Mutter an ihrer Wange, eine Hand legte sich auf ihre Hand. Sie zog ihre Hand weg, sie hatte das Gefühl, eingesperrt zu sein wie eine kleine Krähe in einen Käfig. Sie nickte ihrer weinenden Freundin zu und ging zur offenen Türklappe. Die Leute gingen ihren Beschäftigungen nach, sie wussten nicht, dass Großmutter nicht mehr länger unter ihnen war, ihnen mit Rat und Tat zur Seite stehen und ihnen Trost spenden würde. Unterhalb eines Entenschwarms, der auf Futtersuche dicht übers Meer zum Land flog, sah Cougar den schwarzen Kopf einer Robbe. Plötzlich schoss sie hoch und packte eine ahnungslose Ente und verschwand mit vollem Maul. Die überlebenden Enten schlugen wild mit den Flügeln, flatterten hoch hinauf und sammelten sich wieder dicht über dem Wasser in ihrer Formation. Es gab kein Zeichen des Kampfes mehr, die See wogte so gelassen wie zuvor.

Wortlos wuschen Kleine Mutter und Cougar die Tote und zogen ihr den Lederkittel und den Moosrock an. Sie beugten Großmutters Knie, sodass sie aussah wie ein schlafendes Kind, und wickelten sie in ihre Decke ein, die sie selbst gewebt hatte. Mit einer scharfen Muschel schnitten sie ihr das Haar über den Ohren und mit derselben Muschel schürften sie die Haut an ihren Armen auf, bis sie ganz blutig waren. Dann stellten sie sich vor die Hütte und weinten. Am Abend hob Silberreiher ein rechteckiges Loch neben Biberzahns Grab aus und fasste es mit flachen Steinen ein. Sie trugen Großmutter zu dem heiligen Bestattungsplatz.

»Hat ihr Geist die Reise ins Jenseits schon angetreten?«, fragte Kleine Mutter.

»Ich glaube ja.« Cougar spürte die bunten Steine an ihrem Hals.

Am nächsten Morgen gingen Zaunkönig und Otterjunge zu Silberreiher und sagten, sie hätten beide beschlossen, der nächste Häuptling von Sandpoint zu sein.

»Genau das habe ich von klugen jungen Männern auch erwartet.«

Kleine Mutter war so stolz auf ihren Mann, dass sie die Brust reckte, was mit einem schlafenden Kind auf dem Arm ein wenig schwierig war.

Als Silberreiher später Cougar davon erzählte, sagte sie: »Großmutter wäre stolz gewesen; sie meinte, Otterjunge sollte der nächste Häuptling sein, aber er ist zu jung, und so wird es wohl Zaunkönig. Die Leute finden, er ist groß und schön.«

Cougar, Silberreiher und Kleine Mutter hatten keine Zeit, an einer einsamen Stelle am Fluss zu trauern, denn sie mussten warten, was Zaunkönig und Otterjunge über die Häuptlingsnachfolge zu berichten hatten.

Zaunkönig erzählte den Leuten vom Dorf, dass Schlangenstern ihn als Nachfolger gewollt hätte. In der Nacht sei er aufgewacht, die Sterne hätten hell geschienen, doch einer hätte heller als alle anderen geschienen. Da kam ihm die Idee, dass dies ein sicheres Zeichen sein müsse, dass er der hellste Stern und der wahre nächste Häuptling wäre.

Er versicherte den Leuten, dass er die Calusa-Sitten wahren und zusätzlich auch ein paar neue Bräuche einführen wollte. Welche neuen Bräuche das sein sollten, sagte er nicht, aber alle Sitten sollten nach seiner Vorstellung befolgt werden. Wer sich widersetzte, müsste mit entsprechenden Strafen rechnen.

Ibis unterbrach ihn:»Du kannst dann auch mehr als nur eine Frau haben, ich bin sicher, Kleine Mutter hat nichts dagegen. Der neue Häuptling nimmt normalerweise die Frau des toten Häuptlings, und wenn ich eine Schwester hätte, könntest du auch sie nehmen. So hat jede Frau weniger zu tun, und alle sind glücklich. Kleine Mutter hat eine Schwester – Cougar, das heißt, die beiden, lebten bei Großmutter, sie sind fast wie Geschwister. Kleine Mutter und ich lieben sie.«

Kleine Mutter musste lächeln.»Es ist mir egal, wenn mein Mann Ibis und Cougar als Frauen nimmt. Es sind gute Frauen. Wir werden wie Schwestern und Freundinnen sein.«

Cougar ballte die Fäuste, sie sah Kleine Mutter und Ibis nicht an, aber sie flüsterte Silberreiher zu:»Ich will Sandpoint eine Zeit lang verlassen, ich will nicht Zaunkönigs Frau sein.«

Silberreiher hob eine Augenbraue.

Zaunkönig setzte sich auf, reckte sich und dankte Ibis und Kleiner Mutter.»Vielleicht nehme ich noch eine Frau oder zwei.« Er räusperte sich.»Alle Mädchen, die nun zwölf Sommer zählen, müssen an der Dehnungs-Zeremonie teilnehmen. Und wer sich drückt, kommt das nächste Mal dran.« Er zögerte einen Moment, sah Cougar an und sagte dann:»Ich nehme Ibis zur Frau und will noch eine dritte Frau. Hab Geduld.«

Manche kicherten und sogen scharf die Luft ein.

Cougar dachte: Sicherlich weiß er von Schlangenstern und

mir, und er will damit allen sagen, dass ich zur Frau gemacht werden kann – zu seiner Frau. Aber da mache ich nicht mit!

»Als neuer Häuptling werde ich meinen Beitrag leisten und allen Mädchen sagen, wie sie einen Calusa-Mann glücklich machen können.« Wieder sah er Cougar an. »Die anderen Sitten werden wie früher befolgt. Von zehn Fischen, die ein Mann fängt, gibt er einen dem Häuptling und einen jeder Familie ohne Mann oder mit einem kranken Mann. Wer ein Stück Wild erlegt, gibt dem Häuptling eine Hinterkeule, die andere Hinterkeule wird unter den Familien ohne Familienoberhaupt aufgeteilt. Der Häuptling kann von den Männern des Dorfs auch verlangen, dass sie ihm eine neue Hütte und einen großen Ratssaal bauen.« Zaunkönig wartete, bis der Beifall verebbte, und setzte sich dann neben Otterjunge.

Otterjunge stand auf und stellte sich vor die Menge. »Ich werde nicht an der Dehnungs-Zeremonie teilnehmen, wenn ich Häuptling bin. Den Tanz soll eine Frau anführen, auch die Sänger und Trommler sollen Frauen sein, teilnehmen können nur Frauen. Eine alte, weise Frau gibt Ratschläge und bringt einem Mädchen ihre Rolle als Frau eines Calusa-Manns bei. Außerdem sollen alle Jungen von zwölf Sommern an der Totem-Traumzeremonie teilnehmen. Nur Männer und Jungen sind dabei. Es gibt auch ein Fest für den Handel im Sommer und ein Erntefest von einer Woche; dies alles sind alte Bräuche, die seit dem großen Sturm nicht mehr befolgt wurden. Ich will auch andere Menschen nach Sandpoint einladen, sie sollen hier leben und aus dem Dorf einen wichtigen Handelsplatz machen.«

Alle stampften mit den Füßen und brüllten begeistert: »Ja! Hey ja!«

»Den Sternen müssen wir mehr Beachtung schenken. Wir sollten einen Wettbewerb machen, bei dem das Sternbild benannt wird, das immer vor dem kalten Wetter am Himmel im Osten steht, und bei dem ein Name gefunden wird für den roten Stern, der das Sternbild ersetzt und verkündet, dass Stürme bevorstehen. Wir geben dem Rahmen des Sternbilds Drei Perlen einen Namen; wenn es am Himmel steht, wissen wir, dass es lange kalt sein wird und die Steckmücken abgetötet werden. Wenn ihr wollt, können wir auch die vier Sterne taufen, die die vier Ecken des Rahmens bilden, vor allem den obersten rötlichen Stern und den bläulichen am unteren Ende. Wenn der Hundsstern aufgeht, wissen wir, dass die Vögel zurückkommen zu ihren Nestern an den Tümpeln und Seen. Im Frühjahr heißen wir die Gänse und Enten wieder willkommen.«

Die Leute spendeten lauten Beifall, schüttelten Otterjunge die Hand und sagten, er wäre sicherlich ihr bester Häuptling – wenn er erst einmal älter wäre.

Nun war Zaunkönig der gewählte Häuptling. Er grinste breit, und jeder sah, dass er geschmeichelt war.

Zu Hause sagte Zaunkönig zu Kleiner Mutter, er würde Otterjunge so erziehen, dass er niemals Häuptling werden wollte. Kleine Mutter wollte ihn besänftigen, nannte ihn »Häuptling Zaunkönig« und schlug vor, dass Otterjunge die Jagd führen, Hüttenreparaturen anleiten und Ritualfeuer aufschichten sollte.

Cougar ging in ihre Hütte. Sie lehnte sich an die Wand und dachte an einen Sommertag vor vielen Jahren. Damals hatte Großmutter von der Zeit gesprochen, da sie und Kleine Mutter dreist genug waren, zu dem dickbäuchigen Schlangenstern zu gehen und ihm vorzuschlagen, die Dehnungs-Zeremonie abzuschaffen oder nur für Freiwillige auszurichten.

Schlangenstern hätte sie angestarrt, als seien sie ein Haufen Dreck, und gesagt, eine Zeremonie von Zeit zu Zeit sei für alle gut. »Und er hatte Recht«, hatte Großmutter gesagt. »Das gehört zum Leben. Wenn wir uns kleiden und schminken, tut uns das gut, wir können mit Freunden zusammentreffen, essen, tratschen, singen und tanzen. Ich habe meine Meinung geändert, ich glaube inzwischen, dass die Dehnungs-Zeremonie für die Mädchen genauso wichtig ist wie die Totem-Traumzeremonie für die Jungen ab zwölf Sommern. Ein Mädchen braucht einen Mann, der für sie jagt, Baumaterial bringt und sie und ihre Kinder beschützt. Der Vogel oder das Tier, von dem ein Junge träumt, nachdem er den heiligen Schwarzen Trunk zu sich genommen hat, ist sein Totem, sein Beschützer und Helfer. Sein Leben lang braucht er diese Hilfe, damit sein Fischerboot nicht sinkt, selbst wenn es leck ist. Und wenn ein Sturm aufzieht, führt ihn sein Totem an Land, wo er den Sturm in Sicherheit abwarten kann.«

Großmutter hatte gesagt, sie habe Schlangenstern an das Jahr des großen Sturms erinnert. Er hatte den Bewohnern von Sandpoint versprochen, niemals die Familien zu vergessen, die einen geliebten Menschen verloren hatten. Doch an jenem Tag, da Großmutter und Kleine Mutter mit ihm gesprochen hatten, konnte er sich nicht erinnern, dass sein Dorf vom Wind getötet worden war. Großmutter schilderte das Durcheinander, den Schlamm, die gebrochenen Dachbalken und die entwurzelten Palmen, sie erinnerte ihn an die gesplitterten, geborstenen Kanus, die Scherben der Tontöpfe und die stinkenden Leichen. Sie hatte ihn gefragt, wo denn die Totems gewesen wären, an die die Männer geglaubt hätten. Hätten die Totems im Sturm denn jemandem geholfen? Schlangenstern hatte sie angestarrt, als wäre sie ein Kaktus mit spitzen Stacheln, der drauf und dran war, in seinen Lendenschurz zu springen.

Cougar hatte zu Großmutter gesagt, sie glaube nicht an diese Zeremonien. Wie sollte ein Tier, das in einem Traum erschienen war, in Wirklichkeit und in der Not helfen? Die

104

Leute müssten sich auf ihre eigene Kraft verlassen. Sie hatte Großmutter nie sagen können, was bei der Dehnungs-Zeremonie passiert war. Sie hatte in der Angst gelebt, Schlangenstern würde damit angeben. Vielleicht hatte er es Zaunkönig erzählt, schließlich waren die beiden ja befreundet gewesen.

Dann dachte sie an etwas anderes: Sie hatte Großmutter oft von ihrem Totem-Traum erzählt. Im Traum hatte Cougar einen Mann gesehen, dessen Haare die Farbe fahlen, sonnengelben Grases hatten, auch auf Wangen und Kinn hatte er helle Haare. Seine Augen hatten die Farbe von Lupinen, seine Haut war hell wie die Innenseite einer Muschel. Schön war er. Sie liebte ihn, und er liebte sie. Er hatte sie nie berührt. Er war klug und beredt. Er lebte immer noch in ihrer Erinnerung, aber er konnte in einem Sturm oder bei einem Buschfeuer, bei einem Erdbeben oder einer Springflut nicht helfen. Doch es half ihr, an ihn zu denken, dann konnte sie sich überlegen, was er sagen würde, wenn er wirklich wäre. Er war ihr Totem.

Großmutter hatte nach dieser Geschichte gelacht! Aber sie selbst hatte Cougar doch diesen Mann in den Kopf gesetzt, als sie noch so klein gewesen war, dass sie an heißen Tagen keine Kleider tragen musste. Großmutter hatte gesagt, sie solle sich einen Mann suchen, der das Gegenteil von ihr wäre. Cougar hatte gelächelt und sich den blonden Freund vorgestellt. Mit blitzenden Augen hatte Großmutter herzlich und liebevoll gelacht und gesagt: »Was du dir so vorstellst! Aber egal, das macht etwas Besonderes aus dir. Schlangenstern hat keine Phantasie, er ist stumpfer als Schlamm. Das bringt mein Blut zum Kochen. Er hat keine Ahnung, wie Frauen denken, und er weiß auch nicht, dass sie Angst haben, wenn sie in eine neue Situation gestoßen werden. Ich glaube, seine Schwestern haben ihn herumkommandiert, er war ihr kleiner Bruder. Er hat sie machen

lassen und sich um das verschlafene Dorf gekümmert. Keiner hat ihn je kritisiert, er war sicher.«
»Er war ein Bärenarsch«, hatte Cougar zurückgegeben. Sie hatte wieder Mut gefasst, denn sein Tod hatte sie erleichtert. Nun konnte er keine Mädchen mehr verletzen oder böse Gerüchte in die Welt setzen! Nun kümmerten sich die Geister um ihn! Sie dachte daran, dass Großmutter ihr gesagt hatte, die meisten Frauen im Dorf würden die alten Vorstellungen schlucken, die vor langer Zeit erfunden worden waren, als die Leute noch nicht so viel wussten. »Jeden Tag lernen wir etwas Neues. Ich selbst habe eine Schlange mit zwei Köpfen und einem Schwanz gesehen, so eine Schlange kann schnell ihren Bauch füllen und muss nie Hunger leiden. Keiner außer dir würde mir das glauben, selbst wenn ich ihm die Schlange zeigen würde.«
Cougar war aufgestanden, hatte das erlöschende Feuer betrachtet und gesagt, sie wolle Scheite holen. Sie war hinausgegangen zum Holzstapel und hatte sich Zeit gelassen, denn sie wollte es auskosten, dass sie Schlangenstern nicht so blauäugig betrachtet hatte wie alle anderen. Was war sie? Dickköpfig.
Großmutter hatte einmal gesagt, sie sei ein Geschenk der Geister, denn sie sei mit zwei Sommern geboren worden. Großmutter war sich sicher, dass ich nicht normal geboren wurde wie alle anderen Leute, dachte sie. Bin ich eine Wildkatze mit komischen Zähnen und kann ich eine andere Gestalt annehmen? Verwandle ich mich eines Tages wieder zurück in einen richtigen Puma? Nein, das will ich nicht – nie und nimmer! Niemand hat mich gesehen, bevor Großmutter mich in dem großen Holzhaufen fand. Oder etwa doch? Silberreiher hat mich ein paar Mal so komisch angeschaut, als würde er mich wiedererkennen. Nein, Blödsinn! Silberreiher hat mich angesehen, weil ich Großmutters Mädchen war.

Als sie schließlich mit dem Scheit wieder in die Hütte gegangen war, hatte sie gesagt, sie wolle mit Silberreiher reden, vielleicht wüsste er, woraus die Sterne bestanden.

Großmutter hatte mit der Zunge geschnalzt und gemeint, das sei zu hoffen. Silberreiher war älter und erfahren. Cougar hatte Großmutters Blick auf sich gespürt, als sie am Strand entlanggegangen war und ihr offenes Haar um ihre Taille geschwungen hatte.

Nun ging sie auch zu Silberreiher, und Großmutters Blick fehlte ihr. Einige Jungen folgten ihr. Sie lachte und sagte, sie sollten sich davonscheren. Es machte ihr Sorge, dass die älteren Männer sie aus den Augenwinkeln anschielten.

Silberreiher lächelte, als er sah, wie sie schnell an den Männern vorbeiging. Er kam aus seiner Hütte und lud sie ein. »Sie wetten schon, wen du als Mann nimmst. Da du so oft kommst, denken die meisten, ich sei es.«

»Meine Kindheit ist vorbei, ich muss nun nachdenken, bevor ich eine Frau werde. Ich will Sandpoint verlassen und Großmutters Sohn suchen, er soll wissen, wie wunderbar seine leibliche Mutter war, die er nie kennen lernte und die ihn so vermisste. Kommst du mit?«

»Zwischen den Dörfern der Calusa liegen große Entfernungen und weites Sumpfland. Wir brauchen ein großes Kanu, einen Einbaum, das braucht Zeit. Vielleicht sollten wir erst die Frau suchen, die den Jungen aufgezogen hat.«

»Kennst du ein Mädchen, das nicht an der Dehnungs-Zeremonie teilgenommen und Schwierigkeiten bekommen hat?«

»Nein. Großmutter hat nicht mitgemacht, aber sie hat es im Geheimen getan und dann das Kind bekommen, das sie weggeben musste.« Silberreiher nahm ihre Hand und sah sie an. »Schade, dass ich Großmutters Kind nie gesehen habe«, sagte er leise. »Nun bin ich ein neugieriger alter Mann und suche diesen Jungen – meinen Sohn. Es wäre klug, wenn wir vor den Frühjahrsregen aufbrächen.«

Cougar war zufrieden mit dieser Antwort. Sie hatte schon geahnt, dass Silberreiher etwas mit diesem Kind zu tun hatte. Jeder wusste, dass er Großmutter geliebt hatte und Großmutter für ihn einen besonderen Platz in ihrem Herzen gehabt hatte. Später könnte sie noch mehr Fragen stellen, so fragte sie jetzt nur: »Warum spritzt die Brandung die Gischt am Tag gegen die Sonne und macht einen Regenbogen, und warum gibt es in der Nacht bei Mondschein keinen Regenbogen?«

»So war es immer. Es gibt eine Antwort, aber ich bin nicht so klug, um alles zu wissen. Du warst wirklich schon eine Nervensäge, als du erst vier Sommer alt warst. Immer hast du gefragt: Warum? Warum fliegen die Gänse in jedem Frühjahr in einer Keilformation nach Norden? Warum kommen sie in derselben Formation im Herbst in die Sümpfe zurück? Wo waren sie? Weißt du eigentlich, dass ich ein scharfer Beobachter geworden bin, nur um deine dummen Fragen beantworten zu können? Du hast mein Leben interessant gemacht. Aber du bist immer noch eine schreckliche Nervensäge! Was starrst du mich denn so an?«

»Deine Zähne – du hast die gleichen Zähne wie ich.«

Silberreiher tat so, als wäre das nichts Besonderes. »Ach, das wissen Großmutter und ich schon lange.«

Nach dem Herbstregen ging Cougar mit Kolibri zu Silberreiher.

»Ich habe vergessen, Großmutter nach dem Namen der Frau zu fragen, die ihren Sohn aufgenommen hat. Wie sie

108

wohl aussieht, die zweite Mutter?« Sie ging hin und her, um das Kind zu beruhigen. »Wo lebt sie?«

»Das weiß ich nicht. Ich weiß nur, dass Großmutter in der Nähe von Gulltown lebte, als sie das Kind bekam.«

»Sie fehlt mir.«

»Mir auch. Als wir jung waren, gingen wir zum Bach, wuschen unser Haar und beobachteten, wie unser Zweites Ich Grimassen schnitt. Dann kämmte ich sie, und sie flocht mein Haar. Ach, waren das Zeiten!«

»Hast du sie geliebt?«

»Ja, ich liebe sie immer noch.«

»Und du hast sie Biberzahn überlassen?«

»Manche Dinge kann man eben nicht bekommen, wann man sie will. Damit muss man eben leben.«

»Hättest du sie gerne zur Frau genommen?«

»Bist du gekommen, um mir diese Frage zu stellen?«

»Nein. Wie wurde vor langer Zeit das Feuer von einem Lager zum anderen getragen?«

»Die Leute gaben glühende Kohlen in ein gelöchertes Tongeschirr mit Asche. Das trugen sie in einem Lederbeutel, weil es so heiß war. Einer wurde zum Feuerträger gewählt.«

»Wir brauchen einen Feuerträger auf unserer Reise«, sagte Cougar.

»Ich hoffe, ich bin diesen Winter nicht schon zu alt zum Reisen«, sagte Silberreiher. »Du wirst Orte und Dinge sehen, von denen dein Volk keine Vorstellung hat. Bevor ich zu alt bin, werde ich dir auch helfen, den richtigen Mann zu finden. Willst du?«

»Nein. Ich kann auf mich selber aufpassen. Auch Großmutter hat in meinem Alter schon alleine gelebt.« Sie legte Kolibri auf Silberreihers Arm und lief zu einem Loch im Sand, das die Flut in der Nacht gegraben hatte. Sie sah Krähenspuren, die Schwingen hatten in einigem Abstand

zu den breiten Krallenabdrücken schwache Spuren hinterlassen, daneben waren Abdrücke von Möwenschwimm-
häuten. Dahinter war der Sand jungfräulich, die Vögel waren schon mit ihrer Beute aufgeflogen. Sie starrte übers
Meer zum Horizont, als würde sie dort etwas erwarten.
Großmutter hatte gesagt: »Jugend und Unschuld werden
dich nicht immer schützen.« Und dann hatte sie dieses
prickelnde Gefühl, dass etwas passieren würde, doch der
Gedanke entschlüpfte ihr, bevor sie ihn richtig fassen
konnte. Sie fragte sich, ob auch sie eine leibliche Mutter
hatte oder ob ein Puma sie geboren hatte. Oder hatten die
Geister sie zu den Calusa gebracht, als sie gerade zwei
Jahre alt war? Das Zischen des Sands mischte sich mit
dem Tosen der See, doch es antwortete nicht auf ihre
Frage.

IV

Waid

1157–1168 A.D.

Die Briten tätowierten sich mit Waid. Die blaue Farbe gewannen
sie aus den Blättern im ersten Jahr der zweijährigen Pflanze.
Auch die Eisleichen keltischer Krieger aus der Eisenzeit,
die man in Sibirien fand, hatten Tattoos mit ähnlich
wundervollen Mustern.
*Peter J. Reynolds, »The Material Culture of the Pagan Celtic
Period«, in: Robert O'Driscoll (Hg.), The Celtic Consciousness*

Eines Morgens fragte Sein seinen Ziehsohn Brawd, der die
einzige römische Schriftrolle im Besitz der Druiden bekommen hatte: »Warum hast du denn *Cäsars Feldzüge in
Britannien* nicht auswendig gelernt? Das solltest du schleu-
nigst tun und dann die Rolle zurückgeben. Bist du mit
dem Lateinischen doch nicht so vertraut, wie du dachtest?«

»Nun, ich habe meine Zeit auf die Aufdeckung des ›Ge-
heimnisses der Heiligen Neun‹ verwendet – so nenne ich
es. Neun ist die heilige Zahl der Druiden. Komm, ich
brauche einen Stock. Denk dir eine große Zahl aus, zum
Beispiel 8792, dreh sie um zu 2978, zieh die kleinere Zahl
von der größeren ab und du bekommst 5814.« Er ritzte die
Zahlen in die harte Erde. »Dann zählst du die Ziffern zusammen, 5 + 8 + 1 + 4, das gibt 18. Addiere 1 + 8, gleich 9.
Das geht mit jeder Zahl, die mindestens dreistellig ist.« Er
sprach schnell, damit Sein gar nicht erst auf die Idee kam,
ihn mit dem Stock zu schlagen. Er wusste, dass die Drui-

den die Rute nahmen, wenn ihre Ziehkinder ihre Aufgaben vernachlässigten.»Das ist eine tolle Entdeckung! Probier es selbst aus – du wirst sehen, dass ich Recht habe.«

»Der Grieche Pythagoras hat das schon vor mehr als fünfhundert Jahren herausgefunden.« Sein nahm den Stock und schlug Brawd über den nackten Rist.

Brawd presste die Lippen gegen den brennenden Schmerz zusammen. Die Erniedrigung war schlimmer als die körperliche Züchtigung. Er wollte sein Gesicht wahren, also stand er ruhig und mit erhobenem Kopf da und sagte: »Übermorgen kann ich Cäsar auswendig. Ich schreibe die *Feldzüge* noch diese Woche ab. Versprochen.«

So ruhig wie möglich sagte Sein:»Cäsar selbst sagte, mit dem geschriebenen Wort verliert das Auswendiglernen die Genauigkeit. Bleib auf deinem Lager und lerne auswendig.«

Einige Wochen zuvor hatte Sein drei Druiden von der Werft in Dubh Linn – Gorlyn, Conn und Sigurd – gut zugeredet, abwechselnd einmal die Woche zu kommen und Brawd die Gesetze der See und des Schiffbaus beizubringen. Heute war Brawds Lieblingslehrer Sigurd an der Reihe, und der Gedanke, ihn zu verpassen, war Brawd unerträglich. Er sah Sein in die Augen.»Warum hasst du mich?«

»Bei Lugh! Ich habe dich vom ersten Moment an geliebt, als ich dich und deine Mutter sah!«

»Dann hindere mich nicht am Lernen!«

»Ich hindere dich nicht, ich hasse dich auch nicht. Du bist der beste Junge, den ich kenne. Aber da ist etwas, das du nicht weißt: Was du glaubst, dass ich für dich empfinde, hat nichts mit mir zu tun, es ist das, was du für dich selbst empfindest.«

Brawd strich sich die widerspenstigen blonden Locken aus der Stirn, überlegte einen Moment und sagte dann:

»Ich stelle mir gerne Formen vor. Über die Messungen der Unterschiede im Gezeitenzyklus kann ich mir die unterschiedlichen Formationen des Meeresbodens vorstellen. Sigurd sagte mir, worauf ein Seefahrer achten muss. Lange Wellen zerstören Schiffe nicht, denn im Vergleich zur Länge des Schiffs ist die Wellenlänge groß. Brecher jedoch zerstören Schiffe. Die besten Schiffe sind so gebaut, dass sie kleinstmögliche Wellen bilden. Ich denke gerne über die See und die Schiffe nach, die sie befahren. Doch wenn ich an Männer denke, die auf ein Metfest gehen, um sich Mut anzutrinken, wird mir das Herz schwer. Und wenn ich an Feldzüge im Krieg denke, denke ich an tote, verkrüppelte Männer und bin todtraurig. Ich glaube, ein Landesherr kann einem anderen Landesherrn seine Unzufriedenheit vernünftig klarmachen, zusammen können sie zu einer Verständigung gelangen und einen Krieg vermeiden. Ich kann die Schlachten auswendig lernen, aber das ist nicht gerade meine Lieblingsbeschäftigung.«

»Hass ist leicht zu lernen, doch Liebe ist schwieriger zu überwinden. Manchmal handelst du überschwänglich, ziehst voreilige Schlüsse, aber ich gebe dir mein Wort, dass du alles lernen wirst, was nur in deinen Kopf passt. Sigurd kommt nächste Woche wieder. Nun aber musst du lernen. Würde Pythagoras heute noch leben, würde ich dich nach Griechenland schicken, wo du Mathematik, Astronomie und Gezeitenkunde studieren könntest.«

Brawd blieb der Mund offen stehen. »Ich hätte nie gedacht, dass du so etwas sagen würdest!« Plötzlich war Sein ein leibhaftiger Gott für ihn. »Von nun an sei ich Madoc, nicht mehr Brawd!«

Um Seins Mund spielte ein Lächeln.

In den darauf folgenden Jahren war Madoc begierig auf alles, was mit Schifffahrt und fernen Ländern zu tun hatte.

Von Conn, dem Mann mit dem widerspenstigen blonden Haar, lernte er, Himmelskarten zu zeichnen. Wenn ein Schiff nach Norden fuhr, lag der Nordstern höher, fuhr es nach Süden, lag er tiefer, und mit der Messung dieser Differenz konnte er berechnen, wie weit südlich oder nördlich das Schiff gefahren war. Gorlyn, den Vater seiner Freundin Eira, fragte er, welche Schiffe nach Thule fuhren, das Land im Eis, wo Jagd und Fischfang im Sommer unübertroffen waren. Er baute Modelle von Kauffahrteischiffen mit übereinander greifenden Außenplanken und von lederbespannten Currachs und ließ sie im Bach unterhalb der Druidensiedlung zu Wasser. Zu Sigurd, dessen Hände schwarz waren vom Teer, mit dem er seine blauen Ehrenmale verdeckte, sagte Madoc, dass er den nordischen Knorr bevorzugte, der normalerweise vier Ruderer pro Seite, ein viereckiges Segel und einen tiefen Kiel hatte, der ihn auch in schwerer See leichtgängig machte.

Mit dreizehn schickte Sein ihn in die Siedlung der Prydian-Druiden außerhalb von Aberffraw an der Südwestküste von Anglesey, damals bekannt unter dem Namen Mon, wo er von Erzdruide Llieu unterwiesen wurde und Unterricht bekam bei dem bekannten Sterndeuter, dem schwarzhaarigen Waliser Caradoc. Auch Madocs besten Freund schickte Sein zu den walisischen Druiden. Conlaf hatte schwarze Haare, dunkle Augen, er war ein Spaßvogel und hatte gute Voraussetzungen, Arzt zu werden; er sollte bei Llieu, dem besten Heiler, lernen. Llyn, ein schlaksiger Junge mit rotblondem Haar, der einen Sinn hatte für Gedichte und Lieder, sollte sich bei dem berühmten Barden Llywarch weiterbilden, der auf Owains Burg lebte.

Die drei Jungen machten nur halbherzige Versuche, die Unterschiede zwischen der irischen und walisischen Sprache zu lernen, denn sie waren zu aufgeregt, um allzu genau auf Seins Aussprache zu achten.

Llyn dichtete ein Lied.
Wir sehen die fünf Gipfel der Snow Dun, weiß und rein,
An ihrem Fuße liegen grüne Wiesen und neblige Seen.

Madoc umarmte die Bäume und betete leise, Sein möge
an ihn denken. Er sagte dem Bach, den Feldern, den Schafen Lebewohl und versprach, Sein nie zu vergessen. Um
es zu bekräftigen, warf er Steine in den Bach und kaute
Grashalme.

Am Tag vor der Reise sagte Sein zu Madoc:»Solltest du
zufällig Brenda sehen, deine liebe Mutter, und solltest du
sie auch sprechen können, so sag ihr ... sag ihr, ich vermisse sie.« Um nicht zu zeigen, dass ihm beim Aufbruch
der Jungen das Herz brach, verabschiedete er sie mit dem
volkstümlichen irischen Gruß:»Geht, bevor die gestutzte
schwarze Muttersau den Letzten frisst!«

Die Überfahrt von Dubh Linn nach Aberffraw verlief ohne
Zwischenfälle, wenn man einmal von Llyns Gesängen und
von der Behandlung einiger Fälle von Nesselsucht bei den
Bootsjungen absah, bei denen Conlaf sein medizinisches
Wissen unter Beweis stellen konnte.

Die drei Jungen waren überrascht von der Druidensiedlung. Sie lag am Strand, war von einem tiefen Graben und
einem dünnen Palisadenzaun umgeben und sah ungast-
lich aus. Es gab keine Bäume, die Schatten spendeten oder
Schutz vor Stürmen boten. Vor dem Eingangstor, das mit
Eberschädeln geschmückt war, sahen sie Seevögel ins
Meer tauchen. Beim ersten Blick auf sein neues Zuhause
rutschte Madoc das Herz in die Hose und er befürchtete
schon, dass die walisischen Druiden womöglich wie die
Wilden lebten.

Die Frühlingsregen setzten ein, das Gras wurde grün, die
Vögel balzten. Der Duft der warmen, feuchten Erde, von

Geißblatt und Apfelblüte lag in der Luft. Madoc konnte es nicht erwarten, mit seinem Lehrer Caradoc in See zu stechen. Madoc hatte gelernt, dass es am oberen und unteren Ende der Erde ein Anschwellen der Gezeiten gab. Er fragte Caradoc, ob auch die Erde zum Mond strebte wie das Meer. Caradoc kratzte sich am Kopf und meinte, der Schüler würde mehr Fragen stellen, als er beantworten könnte. Er erzählte Madoc, dass die Dänen in den letzten zwei Jahren in bestens gebauten Knorrs von den Orkneys und den Hebriden an die Küste von Mon kamen, um zu handeln und zu marodieren, wie es ihre Vorfahren Hunderte von Jahren zuvor an der irischen Küste getan hätten. Madoc erzählte Conlaf und Llyn davon; das Wort »marodieren« ging ihm nicht mehr aus dem Kopf.

Die Schüler der Prydian-Druiden wurden darin unterwiesen, bei Soldaten, Bauern und allen anderen Kranken ärztliche Hilfe zu leisten. Es war seit keltischer Zeit Tradition, dass sich die Druiden ohne Ansehen der Person um Kranke und Verwundete kümmerten. Conlaf war hellauf begeistert von seiner Ausbildung. Er behandelte jeden, der ihm in die Finger fiel. Auch Madoc war begierig darauf, mit seinem Lehrer Caradoc sein Können beim Rudern verschiedener Currachs zu testen. Er wollte gerne Kaufmann werden, fremde Völker und fremde Länder kennen lernen. Llyn klimperte auf seiner Leier, während er am Ufer entlang und durch die Dünen wanderte. Oft blieb er tagelang bei Llywarch, dann dichteten die beiden Verse auf die Helden von Gwynedd. Es gab keine Hinweise auf umherziehende Dänen, und so fühlte er sich sicher, wenn er sich zum Geschrei der Seevögel und dem Pfeifen des Winds Melodien ausdachte.

Eines Abends erschien Llyn nicht zum Abendessen. Madoc und Conlaf suchten in der Dämmerung in den Dünen. Madoc meinte, er sei sicherlich im Burghof, wo er zu den

Primeln sang, doch kaum hatte er es ausgesprochen, wurden sie von einem fürchterlichen Grauen gepackt, als sie Llyn mit abgeschlagenem Kopf am Strand entdeckten. Bei dem schrecklichen Anblick drehte es den Jungen den Magen um, sprachlos starrten sie auf das blutige, zerfetzte Fleisch über dem Kragen der braunen Kutte. Die Leier lag zersplittert daneben. Sie sahen sich um, aber da lauerte niemand im Ginster; nicht einmal Llyns Kopf fanden sie. Conlaf ging zur Siedlung und holte einen Karren, Madoc starrte immer noch in die Gegend, bis sein Blick verschwamm und ihn fast eine Ohnmacht überkam. Dann hörte er Conlaf brüllen, Madoc solle ihm helfen, Llyn auf den Karren zu laden. Madoc holte tief Luft, er wollte keine Leiche anfassen, vor allem nicht die Leiche eines Freundes. Ohne hinzusehen zerrte er den steifen, kalten Körper auf den Karren. Caradoc und andere Druiden untersuchten den Fundort. Sie fanden eine Stelle, wo zwei Kielboote auf Stämmen an Land gezogen worden waren und ein Kochfeuer geschwelt hatte. Doch Llyns Kopf blieb spurlos verschwunden. Am nächsten Morgen kleideten sie Llyns Leiche in das Federgewand eines Harfners und verbrannten ihn zusammen mit seiner zerbrochenen Leier. Madoc und Conlaf verstreuten die Asche in den Dünen. Madoc wurde die Brust so eng, dass er kaum atmen konnte. Er stand auf einem Hügel aus weichem Heidekraut und deklamierte Llyns letztes Gedicht auf den tiefblauen Himmel. Dann weinten Conlaf und Madoc.
Um sich von Furcht und Trauer abzulenken, lernte Madoc die Namen der Sternbilder auswendig. Caradoc zeichnete mit Holzkohle die jahreszeitlich verschiedenen Windrichtungen, die Sterne, Sonne, Mond und auch die Venus, die ähnliche Phasen durchlief wie der Mond. Conlaf studierte mit Hilfe der Diagramme an der Wand von Llieus Kate den Körperbau des Menschen. Der Erzdruide trug immer

graue Arbeitskittel und Bernsteinschmuck, doch die Ziehkinder sollten keine langen Druidengewänder anziehen. »Tragt Hose, Hemd und Kittel und geht nie alleine in die Dünen.«

Im Winter verleitete Conlaf seinen Freund Madoc zu wilden Jungenspielen. Sie fingen Feldmäuse und zerlegten sie, um mehr über deren Anatomie zu erfahren. Conlaf versprach Madoc eine wunderschöne Muschelsammlung, wenn er ihm einen Hund besorgte, damit er die Lage seiner Innereien studieren konnte. Madoc bekam vom Koch der Siedlung einen Haufen Welpen; er fand es besser, dass Conlaf damit Studien trieb, als dass sie zu Fleischpasteten verarbeitet wurden.
»Was haben diese feinen Kerlchen denn gekostet?«, wollte Conlaf wissen.
»Einen vollen Krug aus Llieus Kasten. Llieu dachte, es sei für dich, und gab Vogelbeerentee in den Krug.«
»Dann bekam der Koch ein Abführmittel statt eines guten Tröpfchens!« Conlaf lachte. »Den Armen wird's ganz schön erwischen!«
Er hielt den Hunden die Schnauze zu, bis sie aufhörten, sich im Sand zu winden, und still da lagen. Mit dem beinernen Messer schnitt er ihnen die Bäuche auf, hielt die Wunde mit Buchenrinde auf und befestigte sie mit Dornen. Er zeigte Madoc, wo die verschiedenen Organe, Muskeln und Blutgefäße lagen. Dann stemmte er die Schädel auf und zeigte ihm, wie das Gehirn aussah.
Die Jungen entwickelten langsam Zuneigung und Wertschätzung für die walisischen Druiden. Mit vierzehn lernte Madoc mit Hilfe von Llywarch an Samhain seine leibliche Mutter Brenda kennen und war angetan von ihrer Klugheit und Schönheit. Die beiden wurden enge Verbündete. Aber es dauerte noch Jahre, bis seine Mutter ihm bei einem

Treffen mit Llywarch, wo sie frei reden konnten, erklärte, warum sie damals an den Hof von Gwynedd zurückgegangen war und ihn in Irland gelassen hatte.

Llywarch war noch nicht zu Hause. Auf leisen Sohlen schlichen sie in seine Hütte. Vorsichtig wie Jäger auf der Pirsch schritten sie über die Binsen auf dem Boden, damit sie nicht raschelten. Sie rührten nichts an, nur in der Ecke, wo sie sich an die Wand lehnten, fegten sie ein paar Spinnweben weg. Sie zogen die Umhänge aus und warteten.

»Sag Owain kein Wort davon, dass du sein Sohn bist. Wenn er das erfährt, muss er uns beide, Llywarch und die Druiden töten, die dich versteckt und dein Leben gerettet haben.«

Madoc atmete schwer und dachte über Brendas Worte nach. Als sich ihre Augen an das Mondlicht gewöhnt hatten, das durch das einzige, mit einem Wachstuch abgedeckte Fenster fiel, kam Llywarch. Er war nicht erstaunt, Brenda und Madoc bei sich zu sehen. »Mir ist eiskalt, und ich bin müde bis auf die Knochen.« Er rollte seine Decken aus, zog die Stiefel aus und schlüpfte zwischen die Quilts.

»Ich wollte Euch sagen, welchen Rat ich Owain gegeben habe, damit er die jungen Halunken aus dem Dorf in Zaum hält.« Brenda entfachte ein kleines Feuer in der Mitte der Hütte und setzte Teewasser auf. »Und Madoc ist mitgekommen, weil er mich fragen wollte, wieso ich ihn in Irland ließ und mit den Soldaten nach Wales zurückging, die Owain nach mir geschickt hatte. Ich denke, wir sollten es ihm sagen.«

Madoc sah, dass Llywarch auf seinem Lager zitterte. »Ich kann ein andermal wiederkommen«, sagte er.

»Nein, nein! Was Brenda zu sagen hat, wird mich wärmen, und dann beantworten wir deine Fragen. Owain ließ mich fast den ganzen Abend draußen Wache stehen, damit diese Herumtreiber nicht zurückkommen und noch mehr Grabsteine verwüsten. Er hat nie über die Kälte geklagt, aber ich bin fast erfroren, während ich auf diese widerwärtigen Schurken wartete. Doch sie waren so klug, zu Hause am Feuer zu bleiben. Owain sollte Brenda fragen, wie wir sie bestrafen können.«

»Das wollte ich Euch sagen.« Sie zog die Haube aus und strich sich das Haar aus den Augen. »Vor ein paar Tagen rief mich Owain in sein Gemach und wollte mit mir über das Verhalten gewisser Jungen im Dorf sprechen, zu ihnen gehört auch sein Sohn Dafydd.«

»Als ich jung war, waren wir nicht so unverschämt«, sagte Llywarch. »Ich kann gar nicht glauben, dass die heutige Jugend heilige Stätten, Friedhöfe und Grabhügel schändet. Letzte Woche sah ich Dafydd und seine Freunde hinter der Kirche, sie schrien, warfen mit einem großen Ball und schlurften durch die heiligen weißen Quarzkiesel. Sie kickten sie überall hin und verschwendeten keinen Gedanken daran, dass der Quarz an den Gräbern und Cairns unser Angedenken an tote Freunde und Verwandte reinigt. Sie warfen Schiefertafeln um, damit die Worte und Symbole nicht mehr zu sehen waren, einige zerbrachen. Und kein einziger Vater schalt seinen Sohn, stattdessen gingen einige Eltern sogar zu Fürst Owain und baten *ihn*, dem wilden Treiben ihrer Kinder ein Ende zu machen.«

»Owains Soldaten könnten mit den Jungen sprechen«, meinte Madoc. »Vielleicht kommen sie dann wieder zur Vernunft.«

»Als die Eltern gegangen waren, kam Owain zu mir«, sagte Brenda. »Ich fragte ihn, warum er dachte, dass Dafydd mit von der Partie sei. Er sagte, Dafydd sei nun in einem Alter, in dem alle Jungen einen kleinen Stich haben, mit der Zeit aber lege sich das wieder.«

»Ha, Zeit haben diese Teufel, aber sie fangen nichts damit an«, sagte Llywarch.

Brenda stand auf und sagte: »Genau das habe ich auch zu Owain gesagt: Er soll die Eltern zur Verantwortung ziehen, sie sind nachlässig, denn sie sind schuld am Benehmen ihrer Kinder. Ich sagte ihm, er soll die Eltern an einen Baum mitten im Dorf binden und sie von Sonnenaufgang bis Sonnenuntergang den Blicken der anderen aussetzen, und zwar jedes Mal, wenn die Jungen oder Mädchen die geschriebenen und ungeschriebenen Gesetze des Hywel Dada brechen, die hier im Fürstentum gelten und die im Dorf alle kennen.«

Madoc konnte gar nicht glauben, dass seine Mutter so frei heraus ihre Meinung sagte. »Meinst du, der Fürst wird deine Vorschläge aufnehmen? Meinst du, er lässt seine Gemahlin an einen Baum binden, weil sie schuld ist an Dafydds Fehlverhalten?«

»Vielleicht nicht. Gladys geht es nicht gut, aber seine Base Christiannt ist für den Jungen verantwortlich«, sagte Brenda.

»Heute Nachmittag war ich draußen und spielte auf meiner Leier, ich sah, wie die Soldaten Zeichen an großen Bäumen anbrachten, die als Pranger benutzt werden sollen.« Llywarch zog die Decke ans Kinn. »Ich habe mich gefragt, wozu das alles gut sein soll.«

»Christiannt wird Gift und Galle spucken«, sagte Brenda.

»Wahrlich!«, lachte Madoc. »Meine Mutter sagt dem Fürsten, wie er sein Land regieren soll!«

»Deine Mutter ist klug«, Llywarch schlug die Decken zurück. »Du wirst schon sehen – der Fürst, der selbst ein nachlässiger Vater ist, wird sich mit Christiannt und anderen Eltern an einen Baum binden lassen. Die Leute im Dorf werden ihn deswegen lieben. Er wird Dafydd öffentlich auspeitschen lassen und drohen, ihm das Erbrecht zu entziehen, und dann werden die Jungen nicht mehr im Dorf herumtoben. Ich sage euch voraus, dass die Jungen Soldaten werden, nur damit sie dem elterlichen Joch und den strengen Strafen entfliehen können. Und Soldaten lernen Disziplin. Du siehst, Brendas Vorschlag hat die Sache getroffen, sie versteht etwas von den Menschen.«

»Wissen die Leute von Gwynedd, dass eine Frau dem Fürsten sagt, was er tun soll?«, fragte Madoc.

»Natürlich nicht«, gab Brenda zurück. »Und du wirst schön den Mund halten!«

»Es würde dir sowieso niemand glauben«, sagte Llywarch.

»Nun ist mir wärmer. Madoc, was willst du fragen?«

»Was veranlasste meine Mutter, zu Fürst Owain zurückzugehen und mich als hilfloses Baby in Irland zu lassen?« Madocs Stimme war gedämpft. »Ich will nicht jammern, ich will nur wissen, was in meiner Mutter vorging.«

»Du warst mein geliebtes Kind«, sagte Brenda. »Ich habe dich tief geliebt.«

»Ich glaube, das Gewissen hat deine Mutter getrieben.« Llywarchs Stimme wurde durch die Laken gedämpft, aber er konnte ein Kichern nicht unterdrücken.

»Gewissen? Ihr meint, das Gewissen, an das die Druiden glauben – dass Gottes Auge im Herzen eines Menschen alles sieht, was wahrnehmbar ist, die richtige Form, den richtigen Ort, die richtige Zeit, Ursache und Zweck?«

»Ja. Vor vielen Jahren, bevor Owain alt, vergesslich und starrsinnig wurde, liebte Brenda ihn, und er liebte sie. Er liebt sie immer noch, er wird sie lieben bis zu seinem letzten Tag. Für sie ist er nur noch ein lieber Freund. Während sie mit dir bei den Druiden in Irland lebte, fühlte sie sich zu einem Mann von großer Klugheit und festem Charakter hingezogen. Er wurde ihr Lehrer.«

Brenda wurde rot. »Llywarch – bitte! Es schickt sich nicht, dass Ihr erzählt, was Ihr über mich wisst oder denkt.«

»Ist Sein, mein zweiter Ziehvater, dieser Lehrer?«, fragte Madoc.

»Ja«, antwortete Llywarch. »Ein weiser Druide weiß, dass die Wahrheit die Wissenschaft der Weisheit ist und durch das Gewissen in Erinnerung bleibt. So ist Brenda: willensstark, sehr weise und liebend.«

Brenda seufzte. Llywarch zog sich die Decke übers Gesicht.

»Was aber hat das damit zu tun, dass du mich verlassen hast, Mutter? Wie konntest du das tun? Ich weiß fast gar nichts über dich. Ich weiß nur, dass ich einen älteren Bruder und eine ältere Schwester in Irland habe, ich kenne sie aber nicht, habe sie nie gesehen. Ich kenne Sein, einen Druidenheiler, ich liebte ihn. Wenn er dich geliebt hat, so hat er es mir jedenfalls nie gesagt. Er sagte, du seist schön und du würdest mich nie vergessen. Aber ich habe nie begriffen, warum du mich verlassen hast. Bevor ich zu Sein kam, dachte ich, ich sei der leibliche Sohn eines wunderbaren Hirten und seiner Frau, ich hatte eine Schwester, ich liebte diese Menschen, sie waren meine Familie, bis ich sieben war. Dann sagte Sein, Fürst Owain sei mein leiblicher Vater und Lady Brenda meine Mutter. Ich hasste ihn dafür, ich hasste dich und Owain, wochenlang glaubte ich Sein kein Wort. Doch nach einer Weile lernte ich Sein lieben und glaubte ihm. Als ich vierzehn war, schickte mich Sein nach Wales, wo ich die Sterne und die Seefahrt studieren sollte. Und dort traf ich meine richtige Mutter und meinen richtigen Vater. Nun will ich verstehen, warum du nicht bei mir in Irland geblieben bist?«

Brendas Herz war schwer, sie wollte, dass ihr Sohn sie liebte. »Owain glaubte, du seist im Bad ertrunken, als du erst einen Tag alt warst. Ich hatte einmal gelobt, ihn nie zu verlassen, ich musste zurückgehen.«

»Ich bin aber nicht ertrunken.«

»Du lebst, weil du eine kluge Mutter mit einer schnellen Auffassungsgabe hast«, sagte Llywarch. »Um dein Leben zu retten, brachte sie dich weg von Owain. Und als du weg warst, konnte Owains Base Christiannt ihr Kind behalten.« Llywarch setzte sich auf und rieb sein graues Gesicht. »Sicherlich hat man dir erzählt, dass du und zwei andere Knaben am Hof von Gwynedd unter dem gleichen Stern geboren wurden. Sie hatten denselben Vater: Fürst Owain. Doch männliche Nachkommen streiten sich immer um das Erbe, und Owain hasst solche Streitereien wie die Pest. Nun, in deiner Geburtsnacht erzählte ich die Sage eines Mannes, dem ein Zauberer prophezeite, er würde von seinem eigenen Enkel getötet werden. Als seine Tochter Drillinge gebar, befahl der Mann, dass alle ertränkt werden sollten. Ein Kind jedoch fiel aus den Tüchern, der Mann fand es, zog es auf und nannte den Knaben Lugh. Eines Tages half Lugh seinem Großvater Äpfel zu schälen, der Großvater wurde ohnmächtig, packte Lugh im Fallen und stürzte in dessen Messer, erstach mit seinem Messer jedoch auch Lugh, als er ihn an der Hüfte packte. Als ich die tragische Geschichte zu Ende erzählt hatte, spielte ich eine leise Melodie auf meiner Harfe und sagte im Sprechgesang, dass jedes Wort wahr werden würde, das im Saal gesprochen wird, bevor die Sanduhr abgelaufen sei. Owain sprang auf. ›Der Teufel soll dich holen! Sollten mir drei Söhne unter demselben Mond geboren werden, würde ich alle bis auf einen ertränken!‹ Owain hatte gesprochen, bevor die Stunde zu Ende war, also musste er tun, was er gesagt hatte.«

Madoc nickte.

»Owain hatte einen Schwur geleistet. Als er später von der dreifachen Geburt erfuhr, konnte er nur ein Kind am Leben lassen. Owains kränkliche Frau Gladys hatte eine Totgeburt. Christiannt und Brenda, Owains Lieblingsfrau, hatten beide einen gesunden Jungen zur Welt gebracht. Owain wollte nur Brendas Kind behalten und ihn Gladys zur Aufzucht geben. Christiannts Kind wollte er ersäufen. Doch dann ging das Gerücht, Brendas Junge sei ertrunken und in ihrer Trauer sei sie nach Dubh Linn geflüchtet. Owain gab der Fürstin Christiannts Sohn, die ihn Dafydd nannte. Gladys liebt ihn abgöttisch und hat ihn ganz schrecklich verzogen. Schon damals wäre es eine gerechte Strafe gewesen, wenn man sie an einen Baum gebunden hätte, weil sie ihren Sprössling nicht unter Kontrolle hatte.«

»Dann hast du also die Geschichte, dass ich ertrunken sei, erfunden, um zwei Kinder zu retten?«, fragte Madoc seine Mutter. »Das hast du gut gemacht. Damit kann ich leben. Eine wunderbare Geschichte – eine Lüge aus gutem Grund. Jetzt fühle ich mich schon besser.«

»Für Brendas ›totes Kind‹ habe ich auf dem Hof neben dem tot Geborenen einen kleinen Cairn errichtet. Zur selben Stunde wickelte Brenda dich in ein Kleiderbündel und versteckte dich unter ihrem Umhang«, sagte Llywarch.

»Ich saß hinter Llywarch auf dem Pferd und ritt mit ihm vom Hof und durch Aberffraw«, sagte Brenda. »Llywarch wanderte zurück zu seiner Hütte, ich ritt weiter nach Degannwy, wo ich einen Schiffsführer traf, der nach Dubh Linn übersetzte. Christiannt wurde Dafydds Kindermädchen. Und als ich nach Gwynedd zurückkam, wurde ich Owains Beraterin.«

»Du bist das Kind, das uns vor Hunderten von Jahren verheißen wurde, Madoc, du bist der Erretter der Druiden«, sagte Llywarch. »Dein Name war ein geheiligtes Geheimnis, er durfte nie laut ausgesprochen werden.«

»Ich?« Llywarch wollte ihn wohl zum Besten halten!

»Die Druiden sagen, dass du unter einem ungewöhnlich schillernden Nordlicht gezeugt wurdest«, erklärte Llywarch. »Rote, violette, gelbe Schleier leuchteten am Himmel, das

Licht pulsierte schnell und mit lautem Zischen. Die Aurora war bedeutungsvoll.«

»Die Lichtbänder waren so nah, dass ich dachte, ich könnte sie greifen«, sagte Brenda. »Es war wirklich eine göttliche Erscheinung.«

»Die Druiden sagen, es war eine kosmische Erfahrung, Furcht und Ehrfurcht gebietend zugleich«, ergänzte Llywarch, »so kündigen die Geister der Toten ein besonderes Weltereignis an. Neun Monate später wurden unter einem vollen, roten Herbstmond, der von drei Wolkenstreifen durchzogen war, am Hof zu Gwynedd ein Triskeles von Jungen geboren. Deine Geburt, Madoc, stand im Zeichen der längsten Wolke und damit hatte sich die alte Prophezeiung erfüllt, nach der ein starker Junge die verfolgten Druiden an neue Gestade führen wird. Dort sollen sie Freiheit und ein langes Leben finden. Die Geschichte deiner Geburt wurde schon so oft erzählt, dass sie zur Legende geworden ist, und ich denke, dass die Geschichte deines Lebens in neun Generationen eine walisische Sage sein wird. Druiden haben Vorahnungen von den Dingen, bevor sie passieren.«

»Ich dachte immer, Sein hätte die Geschichte erfunden, damit ich nicht glaubte, man hätte mich im Stich gelassen. Dann war *ich* also wirklich dieses Kind? Ich fühle mich aber gar nicht als jemand Besonderer.«

»O doch, das bist du!«, sagte Llywarch. »Jahre später wusste deine Mutter, dass du Owain helfen konntest, und deshalb durftest du als Gesandter von Gwynedd nach Frankreich reisen.«

Madoc bekam kaum Luft. Er nickte und sah im schummrigen Mondschein, der durch das Wachstuch drang, Llywarch und seine Mutter lächeln. »Ich wusste nicht, dass Owain mich aufgrund der Empfehlung meiner Mutter gewählt hat. Sie kannte mich doch damals kaum!«

»Brenda wußte sehr genau, dass ihr Letztgeborener klüger war als die anderen«, sagte Llywarch. »Und Owain weiß, dass Brendas Vorschläge die besten Ratschläge sind.«

»Ich glaube, Owain hatte an eurer Rückkehr gezweifelt«, meinte Brenda.

Madoc küsste Brenda auf die Wange. »Aber meine Mutter hatte keine Zweifel.«

»Ich auch nicht«, sagte Llywarch. »Ich sage doch, Druiden haben den siebten Sinn.«

»Dein Vater wollte Druide werden, und deine Mutter denkt wie eine Druidin.« Brenda grinste und drückte Madoc an sich.

»Danke!«, sagte Madoc. »Euch beiden verdanke ich mein Leben.«

Er dachte über die Tatsache nach, dass Druiden lesen und schreiben konnten; das war Teil der ersten neun Jahre ihrer Ausbildung, in den folgenden zwölf Jahren lernten sie für gewöhnlich den Stoff ihres Wahlfachs. Wenn sie das 21. Lebensjahr vollendet hatten, galten sie als voll ausgebildete Druiden. Sie speicherten das Wissen in ihrem Kopf, weil alles zerstört werden konnte, was auf Stein, Rinde oder Velin niedergeschrieben war. Fürst Owain hatte ihm einmal gesagt, dass die Anhänger des neuen Glaubens wichtige druidische Handschriften vernichtet hätten – mit Feuer, Wasser, Steinhämmern und Insekten. Und nun gab es keine neuen Bücher aus Velin, weil die Druiden alles auswendig lernten.

Fürst Owain hatte sich so über das Schreiben des französischen Königs gefreut, dass er Madoc die alte walisische Flotte gab, die auf dem Trockendock am Afon Ganol in der Nähe der Abtei von Landrillo lag. »Vor Jahren heuerte ich Händler an, die mit diesen Kähnen auf Fahrt gehen sollten, doch sie verließen Wales, und wir legten die

Schiffe trocken. Du hast die Sterne und die Meere studiert und bei Sigurd und Caradoc Schiffsbau gelernt. Mach aus den alten Wracks zwei gute Schiffe und geh damit auf Handelsfahrt«, hatte Owain gesagt. »Du liebst die See so sehr wie ich und du wirst ein guter Kaufmann sein.« Madoc konnte sein Glück kaum fassen. Und wollte sich gleich auf den Weg machen.

Am letzten Tag des großen Jahrmarkts gingen Madoc und Conlaf durch die Hauptstraße von Aberffraw. Madoc hoffte, Annesta zu treffen, Llywarchs Enkelin, die als Christiannts Kammerzofe am Hof von Gwynedd im Gesindehaus der Mägde lebte. Zusammen mit den anderen Mägden besuchte sie ihn oft, dann spielten sie zusammen ein Brettspiel nach ähnlichen Regeln wie Schach.

Madoc hätte nie zugegeben, dass er verliebt war. Doch Annesta mit dem lockigen braunen Haar und den dunklen Augen war das Mädchen, das er sich immer vorgestellt hatte. Oft hing er dem Traum nach, den Rest seines Lebens mit ihr und einem Schwarm rotbackiger, fröhlicher Kinder zu verbringen.

Als die zwei Jungen sich von Llywarch verabschiedeten, bat er sie: »Sucht einen Koch namens Clare in einer der Garküchen auf dem Markt; er ist mein Freund, er ist Schiffsbauer. Grüßt ihn von mir und gebt ihm diese Handschuhe aus grober Wolle. Damit kann er seine Ehrenmale verbergen. Henrys Soldaten töten immer mehr Druiden. Und redet nicht unnötig mit den Leuten.«

Der Tag war kühl und windig, die Straßen waren voller Leute, die sich dick eingepackt hatten gegen die Kälte und gegen Hexen, die auf Unheil sannen. Ein Händler verkaufte Federn, Tintenfässchen und Velin-Rollen. Ein anderer schwenkte Weihrauchfässchen mit Kräutertran, der aus dem Wollfett der Anglesey-Schafe gewonnen wurde. »Gegen Jähzorn und Rheuma!«, schwor der Mann. Conlaf schüttelte seinen schwarzen Schopf und brüllte vor Lachen. Sie hielten an einer Bude, wo es Lammbraten mit Kräutern am Spieß gab. Der Koch sah halb erfroren aus, aber bei näherem Hinsehen wurde klar, dass seine Lippen blau tätowiert waren. »Ich komme von der Isle of Man, dort haben die Katzen Knoten statt Schwänze«, sagte er und wedelte mit den Händen. Seine Nagelbetten waren voller Waidmale, auf den Handrücken hatte er blaue Spiralen. Er lachte und steckte seine Hände schnell wieder in die Taschen. »Ich bin Clare und komme mit der Flut bei Vollmond, dass ihr mein Lamm kosten könnt; es wird euch auf der Zunge zergehen wie Butter mit Minze. Um ehrlich zu sein, ich würde lieber den Schiffszimmerleuten beibringen, wie man Eisen kocht, aber meine Vorräte sind kärglich, und ich musste meine Bestände an Widdern und Schafen angreifen.«

»Du verstehst etwas von Schiffen, den Gezeiten, dem Wetter, von Werg und Flachs, mit dem man Segel flicken kann?«, fragte Madoc.

Clare lachte. »Das ist für mich weniger geheimnisvoll als die Frage, welche Kräuter ich mit welchem Fleisch kochen soll. Ihr zwei tragt komische Kutten, Ihr seht aus wie Mönche.« Er dämpfte seine Stimme zu einem Flüstern. »Ich habe das Gefühl, ihr tragt diese Kutten zur Sicherheit, darunter verbergt ihr eure goldenen Druidenarmreife. Seid auch ihr Freunde des alten Llywarch und Anhänger der alten Religion?«

Madoc sah sich um, bevor er antwortete. »Wir tragen keine goldenen Armreife, aber wir schützen uns vor den Anhängern des neuen Glaubens, Mönchen tun sie nämlich nichts«, flüsterte er. »Wenn du Clare bist, dann lässt Llywarch dir Handschuhe schicken. Bedecke deine Ehrenmale.« Und laut sagte er: »Wir sind halb verhungert und würden es dir danken, wenn du ein paar Fleischstücke für uns hättest, die sich nicht verkaufen lassen.« Ihre Blicke trafen sich für die Dauer von neun Atemzügen.

Clare packte Madocs rechten Arm und berührte in Druidenart seinen Ellbogen. »*Quisque sous partimur manes.*«

»Die Wahl unserer Götter bestimmt unser Schicksal«, übersetzte Conlaf, bevor Madoc noch einen Ton herausbringen konnte.

Clare grinste, zog die Handschuhe an und gab jedem einen Spieß mit einer großzügigen Portion Lammbraten. »Vorsicht – heiß; ihr werdet euch die Zunge verbrennen.« Und dann murmelte er noch etwas in sich hinein.

»Danke«, sagte Madoc. »Wenn ich mal ein Handelsschiff habe, lasse ich bei dir die Eisenbeschläge machen.«

»Wenn du mal ein Handelsschiff fährst, dann fahre ich, der Eisenarbeiter, sofort mit!« Er hielt die behandschuhte Hand hoch, nickte ein paar Kunden zu und gab ihnen zu verstehen, dass er sie gleich bedienen würde. »Wie gerne würde ich mal wieder etwas anderes sehen und riechen als blökende Schafe, brutzelnde Hammel und die Ausrottung der Heiden.« Er berührte Madocs Stirn mit den Spitzen der Handschuhe. »Bis bald!« Er schloss die Lider und stand neun Herzschläge lang reglos da wie ein Stein. Dann öffnete er den Mund und sagte leise und heiser. »Ich weiß etwas, das du nicht weißt. Du wirst ein Handelsschiff haben. Ich sehe dich mit einer kleinen Flotte, an Bord sind die Anhänger der alten Religion. Wer aber gibt dir Schiffe? Und warum?«

Madoc antwortete auf diese geheimnisvolle Frage mit einer Gegenfrage. »Warum löscht Wasser Feuer? Warum ist ein Mann groß und der andere klein? Warum sagen manche, das Unmögliche sei die Wahrheit? Glaube mir, Clare, Hammelkoch, ich sage dir nicht die Unwahrheit. Ich bin niemand, ich habe nicht mal einen kleinen Currach. Ich habe wirklich kein Schiff. Es tut mir Leid, wenn ich dir Hoffnungen gemacht habe; ich habe geredet, ohne nachzudenken, es kam mir einfach so über die Lippen, ich weiß nicht, warum. Vielleicht weil du über Schiffe und Metalle mehr weißt als andere. Ich habe eine Schwäche für Segelschiffe, vielleicht werden wir Freunde.«

»Im Leben ist alles miteinander verbunden«, sagte Clare. »Alles, was passiert, ist von Bedeutung.«

Conlaf drängte sich vor die Leute, die auf ihren Braten warteten, er langte über die raue Tischplatte, berührte Clares Arm und sagte: »Danke und viel Glück.«

»Bis zum nächsten Mal«, gab Clare zurück und sagte mit so leiser Stimme, dass nur Madoc und Conlaf es hören konnten: »Jeder ist Teil des Plans der Götter!« Er sah Madoc an, beugte sich vor, holte tief Luft und fuhr fort: »Ich sehe einen Druiden vor mir, gezeugt auf einem umgestürzten, kalten Fersenstein unter einem schillernden Himmelsschleier, der gesäumt war von bunten Flackerbögen, und hineingeboren in ein Triskeles aus Jungen. Deine Mutter hat dich gerettet, damit du ein verdienstvoller Retter der Druiden wirst.«

»Clare hat Stroh im Kopf«, sagte Conlaf, als sie an einem Händler vorbeigingen, der ein Büschel Heu vom Kirchhof St. Eden's in Dyfed in der Hand hielt und rief, der Absud dieses Grases helfe gegen Tollwut.

Madoc flüsterte: »Clare kann überhaupt nichts von meiner Zeugung und Geburt und auch nichts von diesen alten Wracks wissen, die mein Vater mir geschenkt hat und die wahrscheinlich so morsch sind, dass sie schon auseinander fallen. Das alles ist ein Geheimnis, ich hätte es dir nie erzählen dürfen.«

»Ich bin dein bester Freund«, flüsterte Conlaf. »Ich würde nie ein Geheimnis ausplaudern, das weißt du!«

»Dann hat eine Nixe Clares Hirn verhext«, meinte Madoc und leckte sich die Finger. »Ich frage mich, warum der Fürst mir mit morschen Kähnen eine Freude machen will. Er weiß nicht, dass ich sein Sohn bin, sonst hätte er auch mir Geld gegeben.«

»Warum bauen wir nicht einfach ein Schiff aus diesen nutzlosen Wracks?«, fragte Conlaf.

»Ich kann mir wirklich nicht vorstellen, was ich mit einer Flotte von Segelschiffen soll«, gab Madoc zurück. »Warum wollte Llywarch, dass wir diesen Clare treffen? Um seinen Hammelbraten zu probieren? Oder weil er ein Hellseher ist?«

»Damit wir ihm die Handschuhe geben, mit denen er seine Waidmale verbergen kann«, sagte Conlaf. »Llywarch denkt an solche Dinge. Hast du eigentlich gehört, dass auch wir Ehrenmale bekommen sollen? Das haben wir uns doch immer gewünscht.«

»Ehrenmale? Bald?« Ein Schauder lief Madoc über den Rücken, als er Conlaf bei der Druidensiedlung verabschiedete und weiterging zu Llywarch, um ihm zu sagen, dass sie Clare getroffen und ihm die Handschuhe gegeben hatten.

Kaum war Madoc in Llywarchs Hütte, klopfte sein Herz auch schon schneller. Llywarchs Enkelin Annesta war da, sie war so zierlich und dunkelhaarig wie ihre keltischen Vorfahren. Außer Atem und mit roten Backen sagte sie: »Ich habe mit angehört, wie einer von Owains Soldaten sagte, der Fürst sei zu krank, um seine Truppen zu führen. Und Dafydd marschiert an vorderster Front mit seinen Kriegern auf die Burg zu! Er trägt ein Wappenschild mit einem Eber am Helm und hat sich gelbe Ringe um die Augen gemalt. Der nackte Oberkörper seiner Mannen ist bunt angemalt, sie haben Äxte und Keulen, tragen Furcht erregende Masken und sind ganz versessen auf die Schlacht.«

Madoc brachte kein Wort heraus.

»Ach, ach, ach!«, stöhnte Llywarch, der es müde war, dass Söhne ihre Väter bekämpften, um an die Macht zu kommen. Nach seiner Meinung waren die meisten von Madocs Halbbrüdern richtige Halunken, die von der friedvollen Führung eines großen walisischen Fürstentums genauso wenig Ahnung hatten wie ein Fisch. Er deutete auf Madoc und sagte: »Es ist nur zu deinem Guten, dass deine Brüder nicht wissen, wo diese alten Kähne sind. Baue so schnell wie möglich ein Schiff, dann treibe Handel in Gwynedd und baue das nächste. Glaub mir, wir werden Schiffe brauchen!«

Madoc räusperte sich.

Annesta kam ihm zuvor: »Schiffe? Handel? Aber du wirst doch nicht wieder weggehen, Madoc! Du bist ja erst aus Frankreich zurückgekommen!«

»Ich bin nur ein, vielleicht auch zwei Monate weg«, sagte Madoc, aber eigentlich wusste er nicht, wie lange er brauchen würde, um diese Schiffe zu reparieren. Machte es seiner Annesta wirklich etwas aus, wenn er wieder ging?

»Zwei Monate! Und dabei bist du erst wieder aus – wissen die Götter, wo du warst! – zurückgekehrt!«, rief sie aus.

»Zwei, drei Monate, das ist doch nicht lang.« Madoc war aufgefallen, dass sie Grübchen in den Wangen hatte, wenn sie lächelte.

Annesta war zerknirscht, doch in ihren schönen Augen, die ihm die Knie weich werden ließen, saß der Schalk. »Natürlich! Für Männer vergeht die Zeit ja schneller! Wenn ich doch nur mit dir gehen könnte, damit auch für mich die Zeit schneller vergeht.« Ihre Augen trafen sich, und Annestas Blick war so durchdringend, dass es ihm fast den Boden unter den Füßen wegzog. Sie legte ihre Hand in seine Hand und je länger sie sich hielten, desto mehr fürchtete er, zu platzen. Doch er musste warten.

Llywarch warf Annesta einen strengen Blick zu. Annesta lächelte ihm zu und zog ihre Hand weg.

»Geh mit Madoc zur Druidensiedlung und lass dir von Lleu sagen, wo genau das Sichere Lager ist. Und komm schnell wieder zurück!«

»Das Sichere Lager?« Vor Angst riss sie die Augen weit auf.

»Ein Ort, wo die Anhänger der alten Religion sicher sind vor den christlichen Soldaten, die Angst und Schrecken verbreiten, weil sie dem Irrtum unterliegen, jeden köpfen zu müssen, der an mehr als an nur einen Gott glaubt.« Und als wäre sie ein Kind, erklärte er ihr: »Wir glauben an einen Großen Gott, und es ist nur normal, dass Er kleinere Götter hat, die Ihm helfen. Aber die Christen kennen nicht einmal diese Wahrheit.«

Madoc sah Annesta an, sie war schlank und hübsch wie eine Lerche und sie sang auch so klar. Wenn sie sich mit der Hand durch ihr langes dunkles Haar fuhr, verströmte es den Duft von Rosenblättern. Seine Brust fühlte sich zu eng an, um sein pochendes Herz zu fassen. Er wandte sich an Llywarch: »Ich nehme sie gleich mit zur Druidensiedlung, morgen früh breche ich zum Afon Ganol auf. Ihr werdet der Erste sein, der den Namen meines Schiffes erfährt.«

»Clare wird es auch wissen«, Llywarch lächelte, »er ist ein richtiger Zauberer. Nun, wenn ich an Zauberei glauben würde, hätte ich dir einen Ring mit einem kostbaren Stein gegeben, der dich vor allen Wunden schützt, die dir ein Schwert, ein Pfeil oder ein Stein zufügen kann. Aber das ist ein Wunschdenken, sonst hätte Fürst Owain schon längst so einen Ring.« Versonnen legte er den Arm um Annesta. »*Merch*«, sagte er auf Walisisch, »Mädchen, ich spüre, dass deine Hochzeit bevorsteht. Weh mir!«

»Ich will meinen Mann selbst aussuchen, Großvater, und

ich möchte, dass du mich verheiratest.« Sie schmiegte ihr Gesicht an sein Stoppelkinn, aber ihre Augen ruhten auf Madoc. Sie küsste den Großvater auf die Lider.

Er küsste seine Enkelin auf die Wange und murmelte etwas, das sie rot werden ließ.

Madoc hätte gerne Annestas Hand gehalten, aber er traute sich nicht unter den Augen des Großvaters.

Als sie auf den Burghof traten, sahen sie, dass vor jeder Kate, jeder Stube und jedem Schuppen ein bewaffneter Soldat stand. Männer mit Scramasäxten mit breiten einschneidigen Klingen von achtzehn Daumen Länge standen in regelmäßigen Abständen im Inneren des Hofs vor dem Palisadenzaun. Owains Mannen waren auf Dafydds Angriff vorbereitet.

Madoc und Annesta eilten über den Hof und aus dem schweren Tor hinunter ins Dorf. In den Katen war es dunkel und still, nur ein paar Hunde bellten und Kinder schrien. Die beiden sangen laut, damit sich keine herumstreunenden Geister näherten. Madoc nahm Annestas Hand, schnell gingen sie an einer Gruppe Furcht erregender Dragoner in schwarzen Waffenröcken und gelb-rot gestreiften Backen vorbei. Die Schwarzen hielten lichterloh brennende Holzscheite in der Hand und riefen einer Gruppe Blauröcke etwas zu. Die Blauen antworteten mit wildem Zungenschnalzen. Annesta schauderte, sie flüsterte Madoc zu, die Schwarzen seien Dafydds Mannen, die Blauen Howells Soldaten – und beide waren Owains Söhne.

Pferde wieherten und bäumten sich wild auf. Ein Mann mit einem Helmbusch schnitt ein Pferd vom Hals bis zum Bauch auf und lachte, als Blut und Eingeweide herausquollen. Madocs Herz schlug schneller, das Blut seiner aufgebissenen Lippen schmeckte salzig. Er zog Annesta hinter einen Busch neben einer Kate. Sie schlang ihre

Arme so fest um ihn, dass er kaum Luft bekam. Waffen schlugen auf Lederschilde. Einige von Dafydds Mannen verloren ihre Pferde, Speere mit Widerhaken, die nicht mehr herausgezogen werden konnten, bohrten sich durch die Lederrüstung in ihre Bäuche. Staub, Sand und Asche drang Madoc in die Nase, er zog Annesta durch die engen Gassen weiter. In dem rauchigen, öligen Gestank musste er husten. Er empfand nur noch Angst, Entsetzen und Abscheu. Annesta klammerte sich an seine Hand, mit der anderen Hand hielt sie sich die Augen zu.

»Verlassen die Seelen die Toten sofort?«, fragte sie. »Wie weit ist der Weg der Seele in die Anderswelt?«

»Ich verstehe nicht viel von den Wegen des Lebens und noch weniger von den Wegen der Seele. Ich verstehe, dass jemand seine Ehre verteidigen will, indem er sein Land verteidigt, aber ich verstehe nicht, wie jemand an diesem grausamen Gemetzel Vergnügen finden kann, in dem Soldaten nur den Tod finden. Doch auch für sein Land zu sterben, finde ich schlimm, es sei denn, es setzt dem Krieg ein Ende.«

»Meinst du, Soldaten töten auch hilflose Leute wie uns?«, stammelte Annesta.

»Es ist feige, jemanden zu töten, der unbewaffnet ist. Komm schon! Ich sehe doch aus wie ein Priester, oder? Sie tun uns sicherlich nichts.« Er führte sie zum Nordtor des Dorfs, wo flackernd eine Fackel brannte. Die Wache ließ sie passieren und meinte, der Kampf würde wohl abebben.

Erzdruide Llieu freute sich, die beiden zu sehen. Annesta fragte nach dem Sicheren Lager.

»Es ist in den Kalksteinhöhlen außerhalb von Dubh Linn. Llywarch weiß, wo. Aber du kannst jetzt nicht allein durchs Dorf zurückgehen, erst müssen die Soldaten abziehen.«

Madoc bot an, Annesta am nächsten Morgen zu begleiten. »Wahrscheinlich wird sich dein Großvater sorgen, wenn du zu lange ausbleibst, aber es ist wirklich zu gefährlich für ein Mädchen, alleine zu gehen.«

»Madoc, erst grämst du dich wegen des Blutvergießens und jetzt bekommst du Liebeskummer. Bloß nicht!« Llieu kniff seine blauen Augen zusammen und schüttelte sein blondes Haupt. »Du siehst Annesta noch lange genug, wenn die Zeit reif ist. Solange du Schiffe baust, bist du abgelenkt. Ich schicke Conlaf mit dem Mädchen.« Er kicherte. »Kaum zu glauben – aber ich war auch mal jung und hatte eine Frau. Die Leute sagten, ich würde nichts und niemanden lieben außer der Heilkunde. Aber das war nur die halbe Wahrheit. Auch meine Flura liebte die Heilkunde, sie war meine Verbündete im Kampf gegen das Siechtum. Unsere Beziehung war ein unlösbares Band, das uns mehr einte, als es die Liebe der Herzen jemals vermag.« Er sah Madoc lange an. Dann entblößte er seine weißen Zähne und lachte, ein Lachen, das tief aus seinem Bauch kam.

Madoc spürte, dass er rot wurde.

»Als sie starb, war ich am Boden zerstört.«

»Ich kann mir dich gar nicht mit einer Frau vorstellen«, sagte Madoc, und wusste auch gleich, dass er zu viel gesagt hatte. Er wurde puterrot. »Tut mir Leid, ich rede dummes Zeug«, flüsterte er.

»Allerdings!« Llieu zwinkerte ihm zu. »In einer schwachen Stunde haben Caradoc und ich beschlossen, dass ihr Druiden werden solltet. Ihr habt euch als walisische Gesandte offenbar gut geschlagen. Sprich vor dem Abendessen mit Caradoc. Wenn du einverstanden bist, fangen wir gleich mit den Einweihungsriten an.«

Die Sonne ging schon fast unter, als Madoc zu Caradocs Kate ging.

»Hast du schon gegessen?«, fragte Caradoc.

»Nein.«

Caradoc rieb die Narbe an seiner Schläfe, bot ihm aber nichts zu essen oder zu trinken an. »Du musst ein Logbuch führen und alle Einzelheiten des Schiffsbaus eintragen. Schreibe über deine Fahrten, die Stellung der Sterne und beschreibe auch den Geruch und das Aussehen der Länder, die du bereist, und vergleiche jeden Tag. Niedergeschriebene Aufzeichnungen können vernichtet werden, aber auch ein Mensch kann vernichtet werden, und dann ist für immer verloren, was er in seinem Kopf gespeichert hatte. Schiffsbauer und Seefahrer werden eines Tages vielleicht viel für deine Pläne geben. Und wenn du Karten zeichnest, kann ein Seefahrer unabhängig von der Sprache deine Handelsrouten nachvollziehen.«

»Die französischen Baumeister machen es genauso. Sie zeichnen Pläne, nach denen andere Baumeister an anderen Orten bauen. Aber ich, ich bin kein wichtiger Schiffbauer oder Seefahrer.«

»Mach dich nicht selber klein«, sagte Caradoc. »Wichtig ist, was ein Mensch tut. Überlege dir, was du tust, handle nicht vorschnell. Sei rechtschaffen als Händler und du wirst mit einem Erkennungszeichen geehrt, vielleicht bekommst du ein Schiff mit einem viereckigen Segel aufs Handgelenk tätowiert.« Caradoc zog den Kittel aus, band sein Hemd auf und zeigte Madoc die blauen Karten, die auf Brust und Rücken tätowiert waren und die genaue Stellung der Sterne zeigten. Auf dem rechten Arm hatte er ein Schiff mit viereckigem Segel, auf dem linken Arm ein Pferd. Blaue Schnörkel zierten die Nagelbetten. »Bist du einverstanden, dass wir heute Nacht deine ersten Weihen zur Aufnahme in die Bruderschaft der Druiden vollziehen? Antworte mit Ja oder Nein.«

Madoc erinnerte sich, dass er Seins blaue Zeichen an den

Nägeln zum ersten Mal bei der Schafschur gesehen hatte. Nun stellte er sich vor, dass Sein auch am ganzen Körper tätowiert war, und Owain bedachte er mit einem geheimnisvollen Fisch vom Knöchel bis zum Knie seines rechten Beins. »Ja«, sagte er, und ein Schauder lief ihm über den Rücken. »Ich weiß, dass Conlaf heute Nacht auch eingeweiht wird. Aber was ist mit Troyes? Er hat Conlaf und mich gerettet, sonst würden wir den Rest unseres Lebens in Paris im Zuchthaus verbringen, und nun kann er nicht mehr in seine Heimat zurück, weil man ihn dort als Verräter verbrennen würde. Er verdient die gleiche Ehre, dieselbe Anerkennung. Sein Vater war Druide.«

»Ihr drei habt eure Tapferkeit und eure Klugheit bewiesen«, sagte Caradoc. »Aber wir brauchen noch Zeit, um Troyes' Fähigkeiten und Absichten zu beobachten. Er bekommt seine Ehrenmale später. Für dich aber wird die Zugehörigkeit zu den Druiden alle Türen öffnen, du wirst mit anderen zusammen sein, die die gleichen Male tragen. Der Preis deiner Ehre wird steigen.«

»Ich habe keinen Besitz und ich habe keinen Rang in Gwynedd. Wie kann ich da einen Preis haben?«

»Jeder Freie hat einen Preis, und dieser Preis steigt, wenn sein Vermögen größer oder sein Rang höher wird, umgekehrt sinkt er, wenn der Freie ein Gesetz bricht oder auf andere Weise seinen Namen besudelt. Ich habe schon Männer vor Schande krank werden und sterben sehen.« Er rieb Madocs Handfläche und hielt seine warme Hand an Madocs Wange. »Kaum zu glauben, aber ich bin stolz, dich meinen Schüler zu nennen.« Er zog seine Hand weg und bog die Finger durch.

»Und ich bin stolz, dich meinen Lehrer zu nennen.«

»Genug! Mehr Worte stehen dem Anwärter nicht zu. Ich bin der siebte Sohn eines siebten Sohns.« Caradoc trommelte mit den Fingern auf dem Tisch.

Madoc konnte es nicht mit ansehen, er war ganz benommen. Er schluckte trocken, damit die Schwingungen des Tischs sich nicht auf seine Brust übertrugen.

»Ich habe die Gabe des siebten Sinns und kann die guten Geister anrufen.« Er schloss die Augen und trommelte sich selbst in Trance. »Ich sehe vor meinem geistigen Auge, dass du ein Schiff mit einem viereckigen Segel führst – ich sehe eine ganze Flotte, einen Kreis aus neun Schiffen, die ein zehntes Schiff umgeben, das Schiff des Kapitäns. Die neun Schiffe werden deinem Schiff folgen, als wäre es der Königsstein. Die Schiffe fahren an Gestade, die ich nicht kenne.«

Clare, der Mann, der den köstlich zarten Lammbraten gemacht hatte, hatte Madoc ebenfalls gesagt, er würde Schiffsführer, vielleicht sogar Händler werden.

Und als könnte Caradoc Madocs Gedanken lesen, sagt er: »Ich sehe nicht, dass du sehr lange Händler bist. Zehn Schiffe werden *Cymru* verlassen, an Bord sind Druiden, darunter auch ich. Dein Name steht in blauem Waid auf dem rechten Schenkel deiner Anhänger geschrieben.«

»Du meinst, innen am rechten Handgelenk?«

»Nein, auf dem Schenkel. Sprich nicht! Was mir bedeutet wurde, geht über mein Verständnis. Die Götter lieben dich. Du wurdest vor langer Zeit auserwählt. Dein Schicksal ist durch eine alte Prophezeiung der Druiden vorherbestimmt.«

Madoc war verwundert. Er konnte kaum glauben, dass alle Druiden wussten, was er, ein ganz gewöhnlicher Mann, in Gwynedd tun würde.

Plötzlich wurde Caradoc ganz blass. »Nach der Zeremonie wirst du das Zentrum dessen umkreisen, woher du kommst und wohin du gehst.« Ein lauter Schrei entfuhr ihm. »Was du tust, wird dir große Freude bringen, aber noch größere Trauer.« Caradocs Hände bewegten sich nicht, seine Augen waren offen, aber er war ganz zittrig.

Madoc führte ihn zu seinem schmalen Lager. Vielleicht hatte der Blick in die Zukunft an seinen Kräften gezehrt.

»Meine Kräfte sind nicht angegriffen«, sagte Caradoc. »Ich war in einer Traumzeit ohne Vergangenheit, ohne Gegenwart und ohne Zukunft, alles ist im Fluss. Ich bin nur ein wenig benommen.«

»Alles ist im Fluss?« Das verwirrte Madoc.

»Der Fluss des Wissens. Ein Kind weint, es ist nicht hungrig, es ist sauber und trocken, aber es wedelt mit den Armen, strampelt mit den Beinen und schreit. Damit markiert es seinen eigenen Bereich, diesen Bereich sieht es hinter den Augen, er wird die ganze Zeit mit ihm sein, und wenn der Mensch erwachsen ist, findet er sich in diesem Bereich wieder. Ich war in deinem Bereich, ich sah dich auf einem Schiff; verwundet. Eine Wunde im Herzen, sie braucht lange, um zu heilen. Ich blickte über das Meer an unentdeckte Gestade. Du bist nicht schuld, wenn ein Schiff oder ein Leben verloren geht.« Caradoc erbebte. »Ich sah bekannte Gesichter und dunkelhäutige Fremde, ich sah einen Jungen mit dunkelbraunen Augen, er blickte dich an, ich sah fremde Länder, fremde Meere, Tag und Nacht, Glück und Unglück, Gefühl und Verstand, Leben und Tod, Gut und Schlecht. Ich wollte verstehen, aber ich konnte es nicht begreifen.«

Madocs Knie wurden weich. Er setzte sich neben Caradoc und sagte leise: »Meister, es gibt keinen praktischen und auch keinen logischen Grund zu glauben, dass einer von uns Teil eines solchen Bildes ist.«

»Wir beide, du und ich, und noch viele andere, die uns nahe sind. Die Gesichter waren dort«, flüsterte Caradoc geheimnisvoll. »Und jetzt geh zu Llieu.«

Llieu machte Madocs Oberkörper frei, führte ihn in den Kreis der neun Stehenden Steine, gab ihm einen Becher und sagte leise: »Das ist ein Trank aus Rotwein, zerstoßenem Mohnsamen und Alraune, das wird den Schmerz des Tätowierens betäuben. Trink ihn aus!«

Andere Druiden standen in weißen Gewändern mit verschränkten Armen singend außerhalb des Steinkreises. Madoc sah Llorfa und den alten Gwalchmai, Llywarch aber sah er zu seiner Verwunderung nicht. Er blickte nach Osten und trank den Becher aus. Er wurde ein bisschen benommen und wiegte sich mit dem Gesang. Llieu stach mit einem scharfen, ausgehöhlten Knochensplitter, der in eine tintenblaue Lösung getaucht war, erst in die Haut um Madocs Daumennagel, dann in die vier anderen Nagelbetten, und wiederholte alles an der anderen Hand. Jeder Stich tat so höllisch weh, dass Madoc sich verkrampfte und das Gesicht verzog. Llieu sprach so leise, dass die Worte kaum zu hören waren. Madoc versuchte, an einen schönen Ort seiner Kindheit zu denken, er wollte nicht ohnmächtig werden.

Da fragte eine Stimme: »Was wünschst du dir am meisten?«

»Dass mich mein Vater aufrichtig liebt.«

»Dein zweiter Wunsch?«

»Dass mich eine Göttin liebt.«

»Komisch! Willst du denn kein Führer werden, ein Führer, der die See liebt?«

»Doch, ich liebe die See schon immer. Aber mein Vater weiß nicht, dass ich sein Sohn bin, und deshalb liebt er mich auch nicht. Ich liebe ihn und ich liebe die Göttin. Liebt sie mich? Ich wünsche mir am meisten ...«

»Ha, sag den Göttern nie, was du dir am meisten wünschst! Denn wenn du es bekommst, lassen dich die Götter dafür bezahlen. Sag mir nun: Was willst du?«

»Nichts«, kam die Antwort ohne Zögern.

»Sag es, und du bekommst es – den Preis setzen die Götter fest. Aber deine innigsten Wünsche musst du verstecken wie eine Muschel ihre Perle.«

Madoc stellte sich vor, er wäre ein hungriger Reiher, der alles auffraß, was er in den Marschen fand. Dann sah er, wie sein Körper abdriftete wie ein Nachen. Seine Hände waren ausgestreckt wie Paddel. Er hörte seinen Namen und drehte den Kopf, damit ihn die helle Fackel nicht blendete. Summend wischte Llorfa ihm mit einem nassen Tuch den Schweiß von der Stirn. Seine Finger brannten schlimmer, als wenn er ein heißes Eisen gehalten hätte. Jemand massierte ihm Nacken und Rücken. Da hörte er wieder seinen Namen im Lied der Druiden: »Die Wahrheit liegt in Madocs Herzen, die Kraft ist in seinen Armen, die Erfüllung liegt ihm auf der Zunge.«

Caradoc legte die Hand auf Madocs Schulter und hob sein Gesicht zum Himmel im Westen. Die Sterne leuchteten, es war kühl, der Mond stand über dem Horizont. Der Gesang verstummte, die Wolken zogen vor den Mond. Caradocs grauer Schopf wehte wie eine dichte Mähne im Wind. Er rezitierte eine nie gehörte Triade:

Drei berühmte Männer sind verschwunden aus dem Reich der Welschen.

Der Erste war Gavran mit seinen Mannen, er suchte das Grüne Land in den Fluten und ward nie mehr gesehen.

Der Zweite war Merddin, der Barde von Emrys, und seine neun Gehilfen,

Mit einem Glashaus fuhr er zur See an einen fernen, unbekannten Ort,

Und blieb für immer dort.

Der Dritte ist Madoc, der Sohn des Owain, des Fürsten von Gwynedd.

Mit dreihundert Seelen auf zehn Schiffen sticht er in See, aber der Ort, zu dem er fährt, hat keinen Namen.

Madocs Hände brannten teuflisch. Llieu legte seine Hand an Madocs Ellbogen und sagte: »Sei gesegnet, mein Ziehsohn. Wir haben an dir gefressen wie Teufel, die deine Seele holen wollen, aber du hast standgehalten. Das Bild deiner mannhaften Tugend behalten wir im Herzen. Wir loben dich, wir preisen den einen Gott und danken den anderen Göttern, die gelobt haben, dich zu schützen.« Madoc war erstaunt und ergriffen. Er war Druide.

V

Vier Druiden

Die Druiden in Britannien waren große Hellseher, sie glaubten
an die göttliche Vorsehung, mit der sie angeblich Wunder
schufen. Naturerscheinungen waren für sie ein Zugang zum
Ratschluss der Götter, sie sagten künftige Ereignisse voraus oder
beurteilten Erfolg oder Misserfolg öffentlicher oder privater
Unternehmungen ... Nach druidischer Weltsicht war es
verboten, den Göttern Tempel zu errichten und ihnen in
geschlossenen Räumen zu huldigen ... Laut Plinius verehrten
die Druiden vor allem den Eichenbaum und sie vollzogen
selbst weniger bedeutende Riten nur, wenn sie mit
Eichenblättern bekränzt waren.
John Matthews (Hg.), A Celtic Reader

Es war ein klarer Frühlingstag. Annesta wollte Brot und
Käse mit an den Strand nehmen, Madoc sollte ihr Schwimmen beibringen. Sie lernte schnell, mit kräftigen Armbe-
wegungen voranzukommen und mit den Beinen nachzuhelfen. Hungrig, zitternd und mit blauen Lippen kamen
sie aus dem Wasser, aber sie lachten fröhlich.
»Renn mir nach, dann wird dir warm«, sagte er und lief
über Felsen und durchs Gebüsch.
Als er stehen blieb, streichelte sie seine warme Haut. »Ich
habe Angst, dass du ganz plötzlich verschwinden könntest.«
Er sah sie überrascht an. »Meinst du, ich gehe, ohne dir
Bescheid zu sagen? Das würde ich nie tun!«

»Ich möchte mit dir gehen, egal wohin. Ich will immer mit dir zusammen sein.«

»Ich werde Händler, und du bleibst zu Hause und kümmerst dich um unsere Kleinen.«

»Unsere Kleinen!« Sie sah zu den Felsen und zum Sandstrand hinüber.

Ihr Haar trocknete im Wind und wellte sich. Ihr Rücken war so gerade wie ein Zollstock, sie war so groß wie ein Busch Heckenrosen, Schultern und Hüften waren gerade so breit wie ein Schwellenstein, und sie hatte wunderschöne weiße Zähne.

Er legte den Arm um ihre Taille. »Du bist genau richtig – für mich!« Es überraschte ihn selbst, dass er das gesagt hatte.

Sie erschrak und zuckte zusammen.

Sein Herz klopfte, ein Schauder lief ihm den Rücken hinunter und durch die Lenden. Er wollte sie an sich drücken und ihre runden, festen Brüste an seinem Oberkörper spüren, wollte ihr die Hand auf den Rücken legen und sie in den warmen Sand ziehen, wollte seine Männlichkeit in ihren Schoß pressen.

»Hier sind gar keine Bäume«, sagte sie. »Da, die Möwen fliegen über die Felsen und in die Büsche.«

Strand, Sand, Felsen, Möwen, Wasser – alles verschwamm ihm vor den Augen. Er drückte sich an sie und küsste ihre Stirn.

Sie war ganz durcheinander, als hätte sie die Fassung verloren und wüsste nicht, was tun, um sie wieder zu finden. Er ging in die Knie, fasste sie unterm Kinn und küsste ihr Gesicht. Seine Bartstoppeln kitzelten angenehm an ihrem Kinn, sie rieb ihr Gesicht an seinen Wangen. »Ich will dich«, flüsterte sie ganz atemlos.

Er schlang die Arme um ihren Hals, küsste die salzige Haut ihrer Schulter und spürte, wie sie zitterte. Ihr Haar

146

war warm und weich. Ihre Hände strichen über seinen Rücken. »Ja, ich will dich auch.« Mit zitternden Händen fasste er sie an der Taille und hauchte ihr ins Ohr: »Ich will dich wirklich, ganz nah.«

Er sah zum Gebüsch und zu den niedrigen Dünen hinüber. »Aber heute ist nicht der richtige Tag.« Seufzend strich er durch ihr warmes Haar.

»Warum nicht? Hier ist niemand, nur wir und die Sandkrabben. Zeig mir, wie's geht. Zeig mir, was ich mit meinen Armen machen muss.« Sie kicherte und ließ die Arme auf seiner Schulter liegen. Er mochte es, wenn sie gluckste wie ein Gebirgsbach.

»Willst du wirklich?«, fragte er leise und wartete auf ihre Antwort.

»Ja.« Sie küsste seinen Hals.

Plötzlich fühlte er sich ihr innerlich ganz nah und drückte sie an seine Brust. Die Sandkrabben hüpften um sie herum. »Wo hast du unser Essen abgestellt?«

»Sch! Das Essen kann warten.« Sie bewegte sich nicht, sie entzog sich ihm nicht, sie blickte nur über die Felsen und das Gebüsch zu einer Stelle, wo die Möwen sich versammelt hatten. »O Lugh!«, schrie sie und wedelte mit den Armen. »Die Möwen haben unser Brot gefunden!«

»Bei Lugh! Wir scheinen ja besondere Glückspilze zu sein!« Er nahm sie an der Hand und führte sie über die Felsen und durchs Gebüsch zurück. Die Möwen, die sich an Brot und Käse satt gegessen hatten, flogen auf.

Lachend schüttelten sie den Sand aus ihren Kleidern und zogen sich an. Ihren Leichtsinn müssten sie nur Brenda und Llywarch erklären, da waren sie sich einig.

»Das Essen ist weg, aber wir haben etwas, worauf wir uns freuen können«, sagte Annesta, als würde sie über die Tagundnachtgleiche im Herbst sprechen.

»Ja.« Madoc zwinkerte ihr zu und wurde rot. »Das nächste Mal wird es spannend.«

Am nächsten Morgen ging Madoc zu Llieu und bot an, Annesta ins Gesindehaus der Mägde zurückzubringen. Er wollte sie vor den Soldaten schützen, die in den Straßen von Aberffraw und in der Nähe der Burg lauerten.
Tagelang hatten die beiden darauf gewartet, wieder miteinander allein sein zu können.
Als Madoc Annesta schließlich auf dem Weg ins Dorf traf, sagte sie: »Ich kann es gar nicht erwarten, bis du dein Schiff und gar eine ganze Handelsflotte gebaut hast!«
»Ich bete dich an!«, sagte er.
Sie hielten sich wie ungestüme Kinder an den Händen. »Ich werde nur ein paar Monate fort sein, und ich werde immer an dich denken.«
»Ich werde von dir träumen.«
An der alten heiligen Quelle, wo den ganzen Sommer über Schafe grasten, machten sie Rast, tranken und aßen ein Stück trockenes Brot. »Willst du mich nach Druidenart heiraten?«, fragte er. »Nur wir beide, heute ist ein guter Tag. Was hältst du von dem alten Druidenbrauch? Du würdest zu den Sternen fliegen und sanft wieder zurückfallen«, sagte Madoc. »Glaub mir. Ich zeig's dir.«
Sie sah skeptisch aus. Sie streifte die Schuhe ab und setzte sich ins Moos. Da seine frisch tätowierten Hände schmerzten, half sie ihm, die Stiefel auszuziehen. Er legte den Kopf in ihren Schoß und erklärte ihr den alten Brauch, nach dem Druiden die Heirat selbst vollzogen. Sie fuhr durch sein blondes Haar. »Das ist eine wunderbare und heilige Erfahrung«, sagte er mit gedämpfter Stimme, als wolle er die Götter nicht erschrecken oder die Schafe aufscheuchen.
Er begehrte Annesta schon lange zur Frau. Mit den ver-

bundenen Händen band er ungeschickt ihre Bluse auf und löste die Kordel von Rock und Unterrock. Annesta zog ihm das Hemd und die Hosen aus, dann legte sie sich neben ihn ins kühle Moos. Sie küssten sich leidenschaftlich, ihre nackte weiße Haut leuchtete in der Sonne und er war so erregt, dass ihn schwindelte. Mit seinen schmerzenden Händen umschloss er ihre Brüste, und sein Verlangen wurde so heftig, dass er sich nur mühsam beherrschen konnte.

Er fand es herrlich, wie Annesta ihr Gesicht an seinen Hals schmiegte. Sie atmete heftig, hob den Kopf und küsste ihn auf den Mund. »Du bist der Einzige, dem ich vertraue und den ich von ganzem Herzen liebe«, wisperte sie. »Nie wird es für mich einen anderen geben.«

Annesta wollte ihn, sie brauchte ihn; sie hatte solches Verlangen, ihn zum Mann zu nehmen, und auch Madoc spürte den Schmerz in seinen Händen nicht mehr. Beide waren so erregt, dass sie nichts mehr dachten, sie spürten nur noch diese überwältigende Lust und genossen das Auf und Ab ihres Liebesfiebers und den Sinnentaumel, der Mann und Frau vereinte.

Die Zeit hatte keine Bedeutung mehr. Und so hatten sie, bevor sie nach Aberffraw zurückkamen, einverständig nach altem Druidenbrauch Hochzeit gehalten, indem sie sich an einer heiligen Quelle geliebt hatten.

Madoc schwor, er hätte die Sterne berührt.

Mit Tränen in den Augen sagte Annesta: »Ich will es wieder tun. Bau dein Schiff und komm wieder zurück! Ich sehne mich nach deinen Küssen. Wenn ich darauf verzichten muss, werde ich sterben!«

Madoc küsste sie begierig. Er fragte sich, ob er überhaupt ohne sie sein könnte – so lange wie es brauchte, ein oder zwei Schiffe zu bauen.

Brenda sagte nichts, sie hatte die Druidenhochzeit früher

oder später erwartet. Madoc gab Annesta seine restlichen Münzen, die er noch von seiner letzten Heuer übrig hatte. Llywarch lächelte, als Madoc sagte, er wolle Kauffahrer werden und für seine Frau sorgen, so gut es ging. Er wollte Annesta seine Liebe erklären, aber er fand keine Worte, um dieses starke Herzensgefühl zu beschreiben.

Zwei Tage nach seinem Aufbruch zum Afon Ganol schmerzten Madocs Hände nicht mehr, er nahm die Verbände ab und trug Handschuhe. Mit seinem Wollumhang um die Schultern und einer Decke unterm Arm war er fast die ganze erste Nacht und bis zum nächsten Nachmittag gewandert, dann verlangsamte er seinen Schritt.

Madoc konnte nur an seine Frau denken. Sie hatte ihn mit Versen und Liedern erfreut und ihn mit ihren Grimassen zum Lachen gebracht. Wenn sie ihn ansah, leuchteten ihre Augen, es war wie eine Berührung.

Wäre Annesta jetzt bei ihm, würde er die Hände nicht von ihr lassen können. Er stellte sich vor, wie sie ihm vorausrannte, wie ihre langen, schlanken Beine sich bewegten und ihr langes, dunkles Haar hinter ihr herflatterte. Sie würde sich umdrehen und ihm lächelnd zuwinken, dass er sich beeilen möge. Und sie würde mit ihm schlafen, das wusste er. So sang er immer nur: »Ich bin verrückt nach Annesta, ich bin verrückt nach Annesta«, bis er ganz benommen war.

Ein einsamer Zaunkönig flatterte vor ihm her und führte ihn immer weiter weg von seiner Liebe. Auf einer Hügelkuppe blieb Madoc stehen und besah sich eine kleine Wiese mit Sumpfläusekraut, das der Frost verschont hatte. Die Blüten hatten einen Mund mit vier Zähnen und zwei blaue Lippen, die Oberlippe war geschürzt, als würden sie auf den Kuss des Liebsten warten. Annesta! Wie gerne würde er jetzt ihre warmen, süßen Lippen küssen. Dieser

Gedanke machte ihn schwindlig. Er kroch in eine verlassene Gestrüpphütte. Insekten krabbelten unter sein Hemd und stachen ihn in den Bauch, aber er war zu müde, um darauf zu achten. Er legte sich hin, schloss die Augen und stellte sich vor, er hielte Annesta im Arm, ganz nah, Mund an Mund. Der Hunger verging ihm, stattdessen spürte er dieses herrliche Glühen in seinen Lenden und träumte von den vergangenen Tagen mit ihr.

Als er erwachte, war der nächste Tag mit dichtem Nebel angebrochen. Er aß ein wenig trockenes Brot und fragte sich, ob Annesta nun gerade ihrem Großvater saubere Wäsche brachte, ob sie später Christiannts Gemach auskehrte oder vielleicht mit seiner Mutter im Saal wäre. Zum Schutz vor dem feuchten Nebel legte er den Umhang um den Kopf. Die welken rosa Kleeblüten zog er aus dem Hochzeitsband, das Annesta geflochten hatte, das Band behielt er am Handgelenk. Im grauen Regen verlor er jedes Zeitgefühl, und wenn er an Annesta dachte, spürte er ein angenehmes Kribbeln im Bauch.

Am späten Nachmittag war der Nebel in der Sonne verdampft. Er rieb sich die Arme, um sich zu wärmen, da sah er den weißen Ring auf seinem Oberarm – Llieu hatte sein Armband an sich genommen und gesagt, wenn er draußen an den Schiffen arbeitete, würde der weiße Ring verschwinden. Madoc wusste, dass es zwei Dinge waren, die für einen Anhänger der Neuen Religion Grund genug waren, ihm den Kopf abzuschlagen: die weiße Stelle an seinem Arm und die Ehrenmale an den Fingern. Beim Gedanken an Kopfjäger blickte er sich beklommen um und vergewisserte sich, dass ihm niemand folgte. Man konnte sich nie sicher sein ...

In der Nacht schlief er in einem kleinen Tal, das von Steinhaufen gesäumt war. Er dachte, nun, da er Druide geworden war und geheiratet hatte, war das in doppelter Hinsicht ein Neuanfang. Er war nicht mehr Owains Gesandter in Frankreich oder ein Bootsjunge auf einem Handelsschiff, er war ein künftiger Seefahrer und trug Verantwortung für eine Frau.

Am Morgen schien eine fahle Sonne. Er stieg auf in die Wälder an der Küste, wo dichter Ginster wuchs, und wanderte pfeifend durch eine felsige Landschaft, die von Bachbetten durchzogen war. Er querte sumpfige Marschen, sah verkohlte Bäume und schwarze, rußige Getreidefelder, die schon vor längerer Zeit gebrannt hatten, und er dachte an seinen Vater, der jeden Tag schwächer wurde.

Owain redete oft wirr. Er vergaß Namen von Menschen, die er gekannt, und von Orten, an denen er gewesen war, und er wusste nicht mehr, was er tat. Er bewegte sich nicht mehr viel, er sah nicht mehr gut, und seine Blase war unberechenbar geworden.

Plötzlich musste Madoc an seinen Halbbruder Dafydd denken, einen Anhänger des neuen Glaubens, der verkündete, er werde König, noch bevor Owain tot wäre. Schlimmer noch war, dass der englische König ihn in seinem Ansinnen unterstützte. Dafydd verachtete die alten Gesetze des Hywel Dada, die den Walisern persönliche Freiheiten einräumten, und wollte sie durch Unterjochung und Knechtung ersetzen.

Madoc hatte plötzlich das Gefühl, das er nicht allein wäre, und sah sich um. Es waren keine Soldaten in Sicht, dennoch spürte er überall ihre Gegenwart. Er pfiff nur mehr leise getragene Melodien und vor seinem geistigen Auge tanzten Bilder von Annesta.

Am Hafen von Fair Marsh heuerte er einen Currach, der ihn durch die Straße von Menai nach Bangor bringen sollte. Das gelbe Gras, das einst eine kniehohe Weide für unzählige Rinderherden gewesen war, war unter einer

Haut aus gefrierendem Regen kurz und brüchig. Er trat gegen einen Haufen auseinander gefallener Rinderskelette. Unter den kantigen alten Gebeinen waren auch abgenagte Knochen jüngeren Datums. Rinder gab es keine mehr; Dafydds Soldaten, die nur die besten durchwachsenen und saftigen Stücke aßen, hatten sie geschlachtet. Madoc schlief ein paar Stunden in einem offenen Schuppen und träumte, dass Annesta bei ihm wäre. Ihre dunkelbraunen Locken wehten wie ein Banner im Wind. Ihr Gesicht strahlte, ihre Augen leuchteten, und ihr Mund lächelte breit, während sie ihm ein Liebeslied sang.

In der Nacht hörte er etwas in dem Dach aus Grassoden wuseln. Vielleicht eine Maus, die Schutz vor der Kälte suchte. Beim Erwachen sagte er: »Schwester Maus, ich überlasse dir diesen Schuppen.« Und weil er an das neue Leben dachte, das er begonnen hatte, fügte er hinzu: »Wenn sich das Leben ändert, passieren interessante Dinge.«

Die Salzmarschen waren gefroren. Eine schimmernde gläserne Schicht überzog die Büsche, Grashalme glänzten im Morgenlicht; es stahl sich durch dunkle Wolken, die aus einem Elfenland heraufzuziehen schienen. Eissplitter fielen klirrend von den Büschen, wenn er sie streifte, in engen, waldigen Tälern brach er durch knirschendes Eis, er rutschte über die eisigen und felsigen Hügel, die die Conwy Bay säumten, und immer wünschte er sich, Annesta wäre bei ihm. Zum Schutz vor Schneeregen und schneidendem Wind flüchtete er sich unter ein strohgedecktes Dach. Tränen stiegen ihm in die Augen, aber daran war nicht nur der Wind schuld. Er weinte nicht aus Selbstmitleid – im Vergleich zu den meisten Menschen hatte er ein gutes Leben –, nein, tief in seinem Inneren hatte er dieses seltene Gefühl, das Menschen überkommt, wenn sie Zeuge eines Naturereignisses werden; das Sonnenlicht tanzte in Regenbogenfarben auf den Eiskristallen, wenn er sie aus verschiedenen Blickwinkeln betrachtete.

Er blies warmen Atem in seine Handschuhe. Wenn Annesta hier wäre, würden sie dieses wunderbare Naturschauspiel verfolgen, bis es dunkel wäre, dann würden sie sich gegenseitig mit den Freuden der Liebe wärmen. Im Schneetreiben umwanderte er Degannwy und überquerte die Klippen von Great Ormes Head und Little Ormes Head.

Kerzenschein drang aus ein paar Katen am Strand. Madoc verbrachte die Nacht in einer niedrigen Höhle. Er dachte, Abergele liege nur ein Stück landeinwärts an der Mündung des kleinen Flusses Afon Ganol, der sich wie ein Fächer ausbreitete, bevor er sich im salzigen Meer verlor. Dort in der Nähe müsse auch die kleine Ortschaft Rhos-on-Sea liegen.

Im klaren Morgenlicht wirkten die funkelnden schneebedeckten Berge im Süden ganz nah. Abergele war eine Siedlung aus einem Dutzend Katen, zwischen denen Schafe weideten. An der Flussmündung lag Rhos; dort gab es einen gemauerten Kai an einem Kanal mit eisigem Süßwasser, der, wenn man ihn aushob, tief genug wäre für ein Segelschiff. Er setzte sich in den Windschatten am Kai und stellte sich das geschäftige Treiben der Currachs und anderer Schiffe in der wärmeren Jahreszeit vor. Da sah er die Spanten eines Wracks aus dem Schnee im Dock ragen. Als er näher ging, sah er, dass es nicht nur aus nackten Spanten mit angetrocknetem Schlick bestand, wie er zuerst gedacht hatte, nein, es war klinkerweise mit Eichenholz verplankt und mit Kuhhaaren kalfatert, die zu einer Art Wolle gesponnen waren. Madoc wusste, dass es eines seiner Schiffe war – es hatte einige Reparaturen nötig. »Im Leben gibt es nicht nur Not, auch Freude findet man«, sang er.

Die Decksplanken waren lose. Die brüchigen Eisennägel hatten große rostbraune Flecken hinterlassen, daher wollte er bei seinen Schiffen Nägel aus Horn verwenden und kein Eisen. Mittschiffs saß ein Nachen mit breitem Bug und breitem Querschiff, der Rahmen war oval, der Rumpf, ein Flechtwerk aus Weidengerten, war mit Ochsenhäuten überzogen. Er war so klein, dass ein Mann ihn kieloben über dem Kopf tragen oder damit in Küstennähe fischen konnte. Er schien in gutem Zustand zu sein, vielleicht war er an den Nähten leck, doch er könnte ihn mit Teer abdichten, und dann würde er wieder leicht wie eine Möwe auf den Wellen tanzen.

Der Mast lag zerbrochen an Deck. Einst steckte er in einer Fischung, gesichert von zwei Wanten, und konnte mit der morschen Stag, die immer noch am Bug befestigt war, gesetzt oder gelegt werden. Das Ledersegel lag zusammengefaltet und gefroren unter dem Nachen. Er merkte sich, was reparaturbedürftig war; es wäre nicht einfach, das Schiff wieder seetüchtig zu machen, aber es war machbar. Begeistert klatschte Madoc in die Hände. Im klammen Wind lief seine Nase, er schniefte, wischte sich mit einem Zipfel seines Umhang das Gesicht und setzte sich unter das graue, verwitterte Dollbord. Die Sonne schien durch die Wolken, er hörte die klagenden Schreie der Silbermöwen, die über den gefrorenen Salzfeldern kreisten, und das leise, dumpfe Grollen der Wellen, die im graugrünen Meer weiß aufgischteten.

Auf der sonnenwarmen Seite des Decks brach Madoc mit seinen Stiefeln durch die gefrorene Salzkruste. Fluchend zog er seine Füße mit einem lauten Schmatzen wieder heraus. Plötzlich meinte er, Rauch zu riechen, er blickte sich um, sah aber nichts und dachte, er hätte sich getäuscht. Er schaute in den blauen Himmel und freute sich, dass keine Wolken die Sonne verdunkelten, wusste aber wohl, dass ein hellblauer Himmel in dieser Jahreszeit Kälte ankündigte. In der Bilge fand er ein eisnasses Rohlederseil; es war zerschlissen, aber nicht morsch. Er band es am Bug fest und versuchte, das alte Schiff mit aller Kraft durch das halb gefrorene Dock in der Marsch zu ziehen. Schnee und Eis wären ihm vielleicht eine Hilfe, und der Kiel würde wie eine Kufe gleiten, nachdem er Steuerbord und Backbord befestigt hatte, damit das Schiff nicht kippte. Doch in der Nachmittagssonne schmolz der Schnee. Den ganzen Tag über zog und schob er, um das Schiff aus dem Sumpf und ans Ufer unter die kahlen Weiden zu bewegen. Doch alle Arbeit war vergebens. Er brauchte Hilfe. Er ruhte sich aus, blickte auf die rollenden weißen Schaumkronen und spürte die beißende Kälte auf seinen Wangen. Er zog die Handschuhe an, wanderte umher und erkundete die Gegend. Im Fluss entdeckte er eine Reuse. »Jawoll!«, rief er. Jemand musste die Reuse ja ausgelegt haben ...

Hinter einem kahlen Weidenhain stand eine Blockhütte, die mit Flussschlamm verputzt war. Rauch stieg aus dem gemauerten Kamin und verwehte im Wind. Vom Dachtrauf tropfte Schmelzwasser, mit gedämpftem Klatschen fielen feuchte Schneeklumpen vom Dach und von den Ästen der Buchen, deren Rinde grünlich und glatt war. Die niedrige Türklappe aus Ochsenhaut wurde angehoben, und vier Männer traten in die Sonne; sie waren klein und dunkelhaarig wie richtige Waliser und trugen lange, dunkle Kutten wie Mönche. Madoc lief zurück zum Schiff, rollte seine Decke aus, nahm das Holzkreuz und die schwarze Kutte heraus, die er als Owains Gesandter in Frankreich getragen hatte. Er zog sich an, band seine blonden Locken zusammen und ging zu den vier Mönchen; er hoffte, er wäre nicht zu aufgeregt und würde die richtigen Worte finden. Die vier Männer sagten nichts, sie winkten ihn nur in die Hütte.

Der einzige Raum wurde von den tanzenden Flammen eines Feuers erhellt. Die Wände waren verputzt und gekalkt. Ein Bündel Trockenheringe hing an einer Schnur von der Decke, daneben ein Strauß getrockneter Rotklee, der als Tee aufgegossen wurde. Madoc fuhr der scharfe Gestank von Urin in die Nase, der gleich von dem stärkeren Geruch der modrigen, glitschigen Binsen auf dem Lehmboden und dem leichten Duft eines Gemüseeintopfs überlagert wurde, der in einem Kessel über der verrußten Feuerstelle köchelte.

Morgan stellte sich als Erster vor; er hatte keine Zähne mehr, doch das hinderte ihn nicht am Sprechen. Glyn hatte keine Zunge und konnte nichts sagen. Rhan fehlte das rechte Bein. Efyn, der Alchimist, war vom Quecksilberdampf blind geworden. Er konnte den leisesten Luftzug und die geringste Temperaturschwankung spüren, und die Leute merkten oft gar nicht, dass er blind war.

Dass die vier Mönche Owain kannten und wussten, dass er das alte Langschiff und andere Wracks verschenkt hatte, kam Madoc komisch vor; so eine Hellsicht hatten eher Druiden als Christen. Madoc sagte zu Morgan, er brauche Hilfe, um das große Schiff ans Ufer und hinter ein paar Bäume zu ziehen, wo es Wind und Wetter nicht so ausgesetzt wäre.

Glyn nickte. Er zeichnete eine Karte und zeigte Madoc, dass flussaufwärts noch andere Schiffe lagen. Auf der Skizze legte er auch dar, dass die Flut den schlammigen Fluss zu bestimmten Zeiten so ansteigen ließ, dass die Schiffe ins Meer auslaufen konnten. Er zog seine Handschuhe aus und fuchtelte mit den Armen, was bedeuten sollte, dass sich seit langer Zeit niemand mehr für die Wracks interessiert hatte. Dann formte er seine Hände zu Nachen, die er auf dem Fluss seiner Zeichnung fahren ließ. Seine Hände waren voller Teer, aber Madoc war überzeugt, dass darunter blaue Waidmale schimmerten.

»Kannst du mir helfen, das alte Schiff zu bewegen und wieder in Stand zu setzen?«, fragte Madoc an Glyn gewandt. »Ich würde dich auch für deine Arbeit bezahlen.« Er streckte eine Hand voll Münzen aus, um das Geschäft zu besiegeln.

Glyn fuhr mit seinen knochigen Fingern in die Münzen wie ein Basstölpel, der vom Himmel geschossen kam und mit seinem langen Schnabel einen Fisch aus dem Meer angelte, doch dann legte er die Münzen zurück in Madocs Hand.

Morgan kicherte. »Wir brauchen kein Geld. Die Weisen sagen: ›Nur was man selbst erlebt und gesehen hat, ist bewiesen.‹ Von nun an leben wir zusammen, bis jemand uns trennt. Wenn sich das Leben auch nur geringfügig verändert, passieren interessante Dinge.«

Das habe ich doch schon mal gehört, dachte Madoc. Die Worte kleben an mir wie Eisenspäne in einem schwarzen Suppentopf: Nur was man selbst erlebt und gesehen hat, ist bewiesen. In der gemauerten Feuerstelle hing ein schwarzer Topf an einem Dreifuß. Madoc vermutete darin Hafersuppe, die die Nacht über erkaltet war und nun aufgewärmt und mit ein wenig Wasser, Mehl und Gemüse, vielleicht Erbsen, gestreckt wurde.

Neben dem Herd war ein Bord aus ungehobeltem Holz, darauf standen vier gläserne Suppenschalen, vier Gläser und ein Krug mit Teersalbe. An der gegenüberliegenden Wand waren vier Schlafmatten in Decken aus ungebleichter Wolle aufgerollt, auf dem Boden lagen Ballen von Moschusochsenhäuten und kurze Elfenbeinstücke mit unterschiedlich fortgeschrittenen Gravuren. Morgan erzählte, sie hätten in Dubh Linn einst einen Currach gekauft und seien fast erfroren, als sie damit zu dem Land fuhren, das von driftenden Kristallsäulen umgeben war, und dort Waid und Segeltuch gegen Häute und Elfenbein getauscht hatten.

Madoc fragte sich, ob diese Männer wussten, dass auch er schon in Island gewesen war.

Rhan setzte sich an den Tisch, auf dem eine Apparatur zum Glasblasen stand. Unter dem Saum von Rhans langer Kutte lugte neben einer Lederschlappe ein Kantholz heraus. Es sah aus wie ein Tischbein, aber die Unterseite war mit Leder überzogen, sodass das Holz nicht abrieb oder splitterte, wenn Rhan darauf trat. Efyn erklärte Madoc, dass Rhan sein Bein an einen Hai verloren und Glyn ihm das Holzbein gezimmert hatte. In einem offenen Kohleofen hielt Efyn durch den feinfühligen Einsatz eines Blasebalgs unter blassblauen Flammen rote Glut am Brennen. Rhan drehte geschickt seine Hand mit dem Blasrohr und durchstach den Boden eines halb fertigen Glases, dann blies er ein paar Mal schnell ins Rohr, an dem das heiße Glas hing – und wie ein Wunder entstand daraus ein Trinkglas. Es war für Madoc.

Madoc nickte und kratzte sich an Brust und Rücken. Die Flöhe, die er sich auf der Wanderung im Stroh von Schuppen und Ställen geholt hatte, hüpften nun lebhaft in der Wärme.

»Hach! Ich mag den Fürsten!«, sagte Morgan. »Wahrscheinlich hat er dir gesagt, dass du so aussiehst, wie er selbst vor fünfundzwanzig Jahren ausgesehen hat.«

Madoc wusste nicht, was er von den Mönchen halten sollte; sie trugen Ehrenmale und wussten eine Menge über alles, was ihn betraf. »Fürst Owain weiß nicht, dass ich zur Familie gehöre. Er will, dass ich die Schiffe wieder seetüchtig mache und für Gwynedd Handel treibe.«

»Von einem muselmanischen Händler hörten wir, dass Owain schwer krank ist und nicht mehr gesund wird«, sagte Morgan. »Bei der nächsten Sonnenfinsternis wird er sein Leben aushauchen. Hast du das auch gehört?«

»Nein, davon weiß ich nichts. Wer soll dieser muselmanische Händler sein?«

»Kabyle aus Al Jazair. Kennst du ihn?«

Und ob! Kabyle hatte ihm und Conlaf beim Ausbruch aus dem Pariser Zuchthaus geholfen. »Ja«, sagte Madoc nur, »ich habe ihn in Paris getroffen.«

Es war nicht gerade alltäglich, dass jemand Frankreich bereist hatte, aber die vier Mönche schienen keineswegs überrascht zu sein. Vielleicht hat Kabyle euch ja auch gesagt, was wir angestellt hatten, um ins Zuchthaus zu kommen, dachte Madoc.

Morgan sagte: »Kabyle sagte uns, Owains Sohn Cadwallon sei zum Abt von Bardsey geweiht und von Robert, seinem Vorgänger, geblendet worden. Owain sei aus Wut und Trauer über den Verlust eines weiteren Sohnes durch die Schuld der verdammten Engländer zusammengebrochen.«

»Wenn das der Robert ist, den auch ich kenne, so ist er Henrys Spitzel, ein widerwärtiger Heuchler und Hochstapler«, sagte Madoc. Das schreckliche Schicksal seines Halbbruders war eine weitere Warnung für die Waliser, dass der König von England einen langen Arm hatte und jeden erwischte. Madoc wurden die Knie weich, er setzte sich auf den Boden, umschlang mit beiden Armen seine Beine und fragte: »Wo ist er? Wo ist dieser Robert?«

»Abgehauen wie ein Hund, auf einem englischen Freibeuterschiff«, sagte Morgan.

Mit diesem verfluchten Geistlichen war ich auf einem Schiff, dachte Madoc, ich sah ihn im Verlies von Lundy, in den Straßen von Paris, und immer nahm er Geld von der Krone. Er ist die schlimmste Sorte Christ. Madocs Mund wurde trocken. »Und Cadwallon? Ist er immer noch Abt in Bardsey?«

»Er erlag seinen Verletzungen. Patrick ist nun Abteivorsteher. Kennst du ihn?«

Natürlich kenne ich ihn!, dachte Madoc. »Ja. Kann ich Wasser haben?«

Efyn streckte sich. »Wir arbeiteten früher auf der Werft in Dubh Linn, doch die Anhänger der neuen Religion steckten unseren Currach in Brand und jagten uns aufs Meer hinaus, weil wir zu Lugh beten und nicht zum lieben Gott. Zum Glück war Owain dort; er hat ihnen gesagt, wir seien gläubige Männer und würden bald vom Tode auferstehen und sie heimsuchen. Owain rettete uns mit einem Fischerboot. Wenn die Anhänger des neuen Glaubens je herausfinden, dass wir leben, werden sie vor Wut so schwarz wie ein Kalkofen und schäumen wie Essig auf Kalk. Wir haben mit Owain die Abmachung getroffen, dass wir dem Mann helfen, den er zum Schiffsbauer und Händler ernennt und der irgendwann kommt, um die alten Handelsschiffe zu reparieren.«

»Wer sind die besten Schiffsbauer?« Madocs Zunge war ganz pelzig.

»Glyn und ich«, sagte Efyn. »Wir sind so gut wie alle anderen, die du hier finden kannst.«

Das bedrückte Madoc. »Wer sind die besten Schiffsbauer überhaupt?«

»Drei Männer aus Dubh Linn – Sigurd, Conn und Gorlyn. Für sie haben wir gearbeitet.«

»Aha.« Madoc holte tief Luft. »Hab ich mir's doch gedacht! Ihr tut nur so, als seid ihr Mönche, ihr seid Lügner!«

»Sieh dich doch selbst an!« Morgan zwinkerte ihm zu. »Du hast eine Mönchskutte an und trägst ein Hochzeitsband am rechten Handgelenk. Du bist bei gebildeten Menschen aufgewachsen und redest doch daher wie ein Katner! Ich hoffe, du hast Humor.«

Glyn gluckste.

»Man muss den Humor erkennen, den uns die Götter schenken«, meinte Efyn.

Madoc musste grinsen.

Efyn legte seinen Blasebalg beiseite und legte die Hand auf Madocs Schulter, sie glitt über Madocs Rücken und fasste nach seiner Hand. Er fuhr mit dem Daumen über Madocs schwielige Handfläche, die Fingerspitzen strichen über Madocs Nägel und Fingerkuppen. Dann zog er plötzlich schwer atmend seine Hand zurück, als hätte ihn eine Biene gestochen. »Ich spüre stolzes Fleisch.« Er grinste. »Dann ist es also wahr! Du trägst eine Kutte und hast frische Male an den Fingern. Keiner von uns ist ein Mönch!«

Die vier Männer lachten und zeigten ihre Ehrenmale. Madoc vergaß fast, dass sein Halbbruder Cadwallon tot war.

Efyn schürte die Kohlen unter dem Eisenkessel mit Hafersuppe und häufte die heiße Asche auf den Lachs, der in Buchenblätter gewickelt war. »Für die hiesigen Bauern, Fischer und Dörfler sind wir Mönche. Die Leute aus Abergele und Degannwy kaufen unsere Gläser, Schüsseln und Flaschen. Vor uns haben richtige Mönche hier gelebt und den Ort ›Abtei von Llandrillo‹ genannt. Und so wirken wir ganz normal – und es ist klüger normal zu sein und sich anzupassen, als zu behaupten, man unterscheide sich von anderen. Morgen begutachten wir das Schiff und kümmern uns um die Reparaturen. Unsere Lachsreuse hast du gesehen – nun gibt es Abendessen.«

Seit Madoc Aberffraw verlassen hatte, hatte er nicht mehr so gut gegessen. Ihm war, als würde er diese Männer schon immer kennen.

»Nordwales ist ein Pulverfass, das jeden Augenblick in die Luft gehen kann«, berichtete Madoc. »Dafydd hält sich nur zurück, solange Owain noch lebt.«

Rhan sang ein Schlachtenlied über Owain und klopfte mit seinem Holzbein den Takt, während er Teller und Löffel mit Asche schrubbte und mit Wasser abspülte.

Glyn legte Scheite nach, die Männer saßen auf dem Boden und wollten alles Mögliche von Madoc wissen.

»Ist Owain mehr Druide als Christ?«, fragte Efyn.

»Das sagt man.«

»Wird er nach seinem Tod von Druiden an einem Ehrenplatz bestattet?«, wollte Morgan wissen.

»Owains Gemahlin und Dafydd wollen ihn in der Kirche von Bangor beisetzen.« Madoc aß Lachsstücke, die er in einer Falte seiner Kutte verstaut hatte, und leckte sich die Finger. Er wunderte sich, woher die Männer so vieles wussten. »Owain glaubt, dass der Mensch die Wahrheit mit dem Verstand und nicht durch seinen Glauben herausfindet. Er ist es gewöhnt, sein Ziel durch Vernunft zu erreichen. Wenn man ihm sagt, er könne etwas nicht haben, zum Beispiel eine Bestattung nach christlichen Riten, dann bekommt er sie trotzdem, nicht durch den Glauben, sondern indem er einsichtige Gründe vorbringt.«

»Du glaubst also, der Fürst ist kein alter Dummkopf, obwohl er grau und spindeldürr ist«, wusste Rhan. »Das ist gut!«

»Um ehrlich zu sein, wenn die Anhänger des neuen Glaubens sich durchsetzen, bestatten sie ihn wie einen Vogelfreien außerhalb des Kirchhofs«, meinte Madoc.

»Erzähl uns von deiner Frau«, sagte Rhan.

»Nun, also … sie ist zierlich, ein dunkelhaariges Walisermädchen mit großen, leuchtenden Augen. Sie ist klug und treu.«

»Ich mag kluge Mädchen«, mümmelte Morgan. »Und wie ist es denn so – du weißt, was ich meine … frisch verheiratet zu sein?«

Glyn lächelte und rückte näher zu Madoc.

»Ah, ja!«, sagte der blinde Efyn. »Sag mir, ob ich Recht habe: Ihr seid dorthin gegangen, wo Farne selten werden und dafür Steinbrech und Platterbsen wachsen, deren hellblaue und lila Blüten im hohen Gras leuchten. Auch Goldrute, Geißblatt und Rotklee stehen am moosigen Ufer eines Bachs, der durch ein Kalksteinbett fließt. Sie saß am Ufer im Schatten der Buchen und zog sich aus. Und dann sahen deine Augen zum ersten Mal –«

Madoc wurde rot. »Du hast nicht gesehen, was ich gesehen habe, also sei still! Es geht dich nichts an, was ich mit meiner Frau im Moos getan habe!«

»Schade, aber du hast ja Recht«, gestand Efyn zu. »Doch wir sind hier unter Männern und wollen wissen, ob es stimmt, was ich mir vorstelle, was ich vor meinem geistigen Auge sehe. Wusstest du, dass deine Aura blau und golden ist? Also, lass mich ausreden. Wir wissen, dass sie die Freude deiner Sinne ist. Leugne nicht – du wolltest, dass die Lust ewig dauert, dass sie dich immer durchströmt, aber dann hast du kaum mehr Luft bekommen, und die Lust hat sich in einem großen Beben verflüchtigt. Und was ist mit deiner Liebsten, deiner zierlichen Frau? Ich sage dir, was ich sehe: Sie braucht eine stete Flamme, und sie darf am Anfang nicht zu heiß sein, um ihre Lust zum Fließen zu bringen. Ich glaube, du hast keine Erfahrung und weißt nicht, wie man eine starke Frau behandelt. Sie will auf den Gipfel kommen und diese Ekstase jedes Mal genießen. Hier also mein Rat: Nimm dir Zeit, mach langsam; lerne, dich zu beherrschen, warte, warte auf sie, dann steigt zusammen zum Gipfel und lasst euch fallen. Dafür wird sie dich lieben.« Er legte eine Hand auf Madocs Wange. »Ich bin zwar blind, aber ich sehe, dass du so rot wirst wie Zinnober, die Quintessenz des Quecksilbers. Wenn man Zinnober erhitzt, verflüchtigt sich die Quintessenz, und man bekommt einen Klecks Quecksilber.«

Madoc fragte sich, warum er dem Alchemisten überhaupt zuhörte. Vielleicht weil er sonst nichts zu tun hatte und weil er die Unterhaltung auch ein wenig genoss. Er holte tief Luft. »Es stimmt nicht, was du sagst.« Er hatte keine Lust, als junger Heißsporn dazustehen. »Ich habe Erfahrung und ich weiß, wie ich vorgehen muss. Dafür liebt mich meine Frau und sie liebt mich auch für das, was ich bin.«

»Und was bist du?« Efyn kicherte.

Ohne zu zögern antwortete Madoc: »Ein Mann, der sein Wort hält. Ich versprach ihr eine Druidenhochzeit, und sie bekam die schönste Hochzeit – mit Ekstase.«

Efyn ließ nicht locker. »Woher willst du das wissen?«

»Das kannst du dir sicher selber vorstellen! Schluss jetzt mit diesen Dingen!« Und er lächelte beim Gedanken an den Seufzer, der Annesta entfahren war, als sie zusammen den Gipfel der Lust erklommen hatten.

Am nächsten Morgen begutachteten sie das Schiff von innen und außen. Sie sangen Triaden und freuten sich, dass sie das Wrack doch nicht so weit in die Büsche ziehen mussten, denn das Eis war geschmolzen und das Wrack ließ sich schnell zu der Stelle bewegen, die Madoc angezeigt hatte.

Sie zogen die Handschuhe aus und wischten sich den Schweiß von der Stirn. Madocs Hände schmerzten vom schneidenden Wind und der Reibung der Rohledertaue, aber die erste Hürde war genommen, und er hatte vier Freunde gefunden. Glyn und Efyn meinten, sie könnten das Schiff noch vor dem Sommer in Stand setzen. Bordwände, Bug und Heck würden sie höher ziehen, damit auch bei schwerer See kein Wasser an Deck schwappte. Auf einem alten Stück Velin skizzierten sie Bug und Heck von allen Seiten. Die Besatzung sollte aus sechs

Mann bestehen, dreißig Passagiere könnte das Schiff leicht fassen. Glyn zeichnete die Innenansicht. Vorne und achtern waren Aufbauten für Matten und Häute, wo die Männer im Trockenen schlafen konnten. Die Ladefläche war dreizehn Ellen lang und konnte über einen Niedergang erreicht werden, sie bot Raum für Ballaststeine, ein paar Dutzend Fässer und Kisten mit Ware, es gab auch Platz für Schafe und Rinder samt Futter. Das Schiff bekam einen massiven Mast, ein neues viereckiges Segel und Riemen aus Eichenholz. Hirschhornzapfen hielten alles zusammen. Die Ruderkoker wurden mit Klappen versehen, damit kein Wasser eindrang. Madoc wollte das Schiff so gut rüsten, dass es mindestens dreißig Jahre hielt und nach Frankreich, Island oder an unbekannte Gestade segeln konnte.

Madoc studierte die Skizzen. Morgan suchte am Ufer nach einem großen, runden Stein, der als Buganker Verwendung fand. Eine Klüse wurde gebohrt und aus einem Robbenhautseil die Ankerleine gedreht.

Rhan schlug vor, einen Baumstumpf von einer Elle Durchmesser ins Achterdeck einzupassen und mit vier Stöcken zu versehen, um die das Fall gewickelt werden konnte. Zum Vorheißen und Brassen des Segels brauchten sie dann nur noch zwei Männer.

Madoc taufte sein Schiff *Gwennan Gorn*, »Weißes Horn«, wegen der Hirschhornnägel, die er statt Eisen verwendete. Tagtäglich arbeiteten sie am Schiff, bis es dunkel wurde.

Efyn riet, die Flachsdocken vor dem Kalfatern mit Tannin zu gerben, damit sie nicht morsch wurden. Die fünf Männer flochten gegerbte Flachsstränge und legten sie einige Wochen in Waltran, damit sie geschmeidig wurden und Wasser abwiesen. Als alles fertig war, lösten sie die alte Kuhhaardichtung aus den Fugen und stopften den neuen Flachs hinein.

Eines Tages kamen Wind und Nieselregen auf. Morgan schlug vor, das Schiff bis zum Nachmittag warten zu lassen, flussaufwärts zu wandern und die anderen Schiffe zu begutachten. Auf dem Weg erzählte Efyn eine lustige Geschichte:

»Wollt ihr wissen, wie ich Saphire mache? Ich erhitze weiße Quarzkiesel einen halben Tag lang im heißen Ofen, kühle sie dann in Wasser ab, mahle sie, gebe Weinstein, Soda und Bronzegranulat dazu und vermenge alles mit ein wenig Wasser zu kleinen Kugeln. Sechs Stunden lege ich sie in den Ofen und mache so viel Hitze, dass sie rot glühen; beim Erkalten werden sie zu schönen dunkelblauen Steinen, die wie Perlen aussehen.« Er lachte. »Um aus einem Saphir einen Diamanten zu machen, muss man ihn nur in geschmolzenes Gold legen und alles erhitzen, dann verschwindet die blaue Farbe. Bevor ich mein Augenlicht verlor, habe ich Steine gemacht, die auf einer Seite rot und auf der anderen grün waren. Dem Fürsten habe ich ein paar Saphire geschenkt und einen großen Diamanten für seinen Freund Thomas Becket, um seine Weihe zum Erzbischof zu feiern. Als Thomas herausfand, dass die Steine unecht waren, schickte er sie Henry dem Zweiten, und der war so beeindruckt von der kostbaren Gabe, dass er Thomas reich mit Geld beschenkte. Danach bat Thomas Owain um Amethysten, die er dem Heiligen Vater in Rom zum Geschenk machen wollte. Ich kann sie vor mir sehen, die beiden: Thomas stottert und Owain lacht, bis ihm die Tränen kommen. Der schöne Tand! Ein wunderbarer Streich, den sie diesem Fettwanst von einem König mit den roten Augen und diesem harmlosen Papst da gespielt hatten! Ich bin sicher, die beiden schwelgen immer in dieser Erinnerung, wenn sie sich treffen.«

So erfuhr Madoc, wie nahe Thomas seinem Vater stand. Er nahm sich vor, auf der Hut zu sein, solange er mit diesen

167

vier falschen Mönchen zusammen war. Er lächelte. »Bei Lugh! Da fällt mir etwas ein.« Die anderen hörten auf zu lachen. »Es ist nicht gerade bequem, wenn dreißig Mann zusammengekrümmt und mit angezogenen Beinen schlafen müssen. Könnten wir mein Schiff länger und breiter machen?«

Die vier Mönche hatten schon vermutet, dass Madoc das beste und größte Schiff haben wollte. »Natürlich, kein Problem«, meinte Rhan, »wir sind doch die besten Schiffsbauer hier.«

Madoc fand zwei weitere, kleinere Wracks im Schlamm des Tidebeckens. Auf den ersten Blick fand er keines der Schiffe seetüchtig und überhaupt von Wert, es sei denn als Ersatzteillager. Am zweiten Tag fand er noch mehr Schiffe und inspizierte sie eingehend; vier oder fünf der größeren Schiffe könnten überholt und zu guten Handelsschiffen umgebaut werden. Eines der beiden kleinen Schiffe war schmal und hatte einen flachen Kiel; es könnte in ruhigeren Küstengewässern gefahren werden, außerdem war es durch die längliche Form schnell und leichtgängig. Es konnte nicht nur gerudert, sondern auch gesegelt werden, denn an den Bordwänden waren vier große Eisenringe für Mastwanten und Stage. Mit der spitzen Knochennadel könnte Glyn problemlos ein Segel nähen. Madoc stellte sich vor, dass man mit dem schlanken Boot nach Irland, Schottland, zu den Hebriden, den Färöern, den Orkneys und Shetlands segeln könnte. Wenn es robust und schnell wäre, könnte es sogar noch weiter fahren. Die Leute würden winkend am Kai stehen und könnten gar nicht erwarten zu sehen, welche Waren sie geladen hätten! Fröhlich summte er ein Liedchen. Er fand auch eine dreißig Fuß lange angerostete Eisenkette und eine brauchbare Trosse an einem großen Steinanker. Auf einer breiten Kogge fand er einen Eimer ranzigen Waltran; damit rieb er die Kette ein, um sie vor weiterem Rost zu schützen. Ein Schiff hatte einen ungewöhnlich hohen Dwarsbalken, an dem der Mast gestützt wurde und der die Seitenwände verstärkt hatte; er hatte keine Kniestücke und keine zusätzlichen Spieren, dafür war der obere Teil längs verstärkt. Madoc war begeistert von seiner Aufgabe – so begeistert wie damals sein Freund Conlaf, als er auf dem Weg nach Paris die stinkenden Aussätzigen behandeln durfte.

Rhans Lieblingsschiff hatte eine offene Ladefläche, vorn und achtern war es verplankt. Der Bug sah aus, als sei er klinkerweise gezimmert, doch in Wirklichkeit bestand er aus einem einzigen Stück Holz. Vorn und achtern gab es Ruderkoker, mittschiffs jedoch nicht.

Ein weiteres Schiff hatte über die ganze Länge Dollen, den Bug zierte ein geschnitzter Delphinkopf.

Natürlich würde man Madoc, den Händler, in ganz Wales kennen! Er träumte, dass die Männer Schlange stehen würden, um bei ihm anzuheuern.

Da er nur noch ein paar Münzen hatte, überlegte er, wie er sich etwas dazuverdienen könnte, um Material für die Reparaturen zu kaufen. »Wenn wenigstens ein Schiff fertig wäre, würde ich Rhans Glaswaren gegen Holzkohle, Hirschhorn, Bronze, Eisen, Leinen, Leder, Holz und all das tauschen, was ich brauche, um noch weitere Schiffe seetüchtig zu machen«, sagte er zu Morgan.

Wie aufs Stichwort fand Rhan eine Sandbank mit weißen Körnern, aus denen er Glasanhänger und Ohrringe machen konnte, die Frauen so gerne trugen.

Morgan brachte an dem schlanken Currach neue Häute an und pichte sie, um sie wasserdicht zu machen. Damit handelte Madoc an der Küste und angelte Schollen. Er fuhr nach Llandudno, wo er erfuhr, dass es in der Gegend von Aberffraw heftige Kämpfe zwischen Dafydds und Owains Soldaten gegeben hatte.

In der Colwyn Bay wollte er weitere Eimer für Teer besorgen und anschreiben lassen; er zeigte dem Küfer die Rolle und bat ihn, sein Zeichen hinter den Eintrag zu setzen, doch der Mann wollte gute Eimer nicht gegen ein Pfand aus buntem Glasschmuck verleihen. Madoc sagte, Fürst Owain bürge für den Handel und der Mann würde sein Geld garantiert bekommen. Er wurde nur ausgelacht, verhöhnt und ausgepfiffen und von der Werft gejagt.

Es kam Madoc zu Ohren, dass Owain völlig verrückt geworden sei und sein Gemach nicht mehr verlasse.

Der letzte Tag des Jahres 1169 brach wolkenlos an. Madoc hatte das Gefühl, etwas Ungewöhnliches würde passieren. Als das Licht dunkelgelb wurde und die Vögel verstummten, sah Madoc auf – ein kupferroter Mond schob sich vor die Sonne. Madoc wandte den Blick ab, er setzte sich unter einen Baum und betrachtete die vielen Schatten, die die Sonnenfinsternis durch die kahlen Äste warf. Die Sonne war nur noch ein schmaler Reif, dann verschwand sie ganz. Langsam schob sich der Mond weiter und ließ die Sonne wieder scheinen. Madoc hatte bei den Druiden gelernt, dass man erblinden konnte, wenn man in die gespenstische Korona sah, die bei einer Sonnenfinsternis um den Mond herum strahlte.

Efyn glaubte nicht, dass der unheimliche Lichtsaum vom Mondschein kam. »Der Mond verdeckt die Sonne, aber wir sehen immer noch ihren feurigen Strahlenkranz. Wenn alle Menschen wüssten, dass solche Himmelserscheinungen vorhersagbar sind, würden sie vor Naturereignissen weniger Angst haben.«

Mit dem Currach segelte Madoc alleine nach Degannwy. Wenn er nahe an der Küste fuhr, flogen zwischen den Hügeln Schwärme von zwitschernden grauen Vögeln mit schwarzweißen Schwingen auf. Er lauschte dem Klang der

Wellen und dem Echo, das von den Klippen kam, er schärfte seine Sinne und schätzte seine Position im drehenden Wind, der auf eine sichtbare oder unsichtbare Landspitze traf.

Auf zwei hohen Kegeln aus hartem dunklen Gestein stand die große Burg, umgeben von einem Erdwall und einem Schanzzaun mit zwei massiven Toren auf beiden Seiten. Hier lebte sein Halbbruder Iorwerth, den seine Untertanen liebevoll *Drwyndwn*, »Krummnase«, nannten, denn seine Nase war von Geburt an entstellt.

Iorwerth war blond und hatte blaue Augen wie Madoc, war aber größer und ruhiger. Die beiden mochten sich. Iorwerth bot an, ihm so viele Säcke Getreide aus Anglesey abzukaufen, wie die *Gwennan Gorn* fasste. Iorwerths Volk hungerte, denn das Land und die letzte Ernte waren niedergebrannt. Er hatte sich aus dem Streit zwischen seinen Brüdern herausgehalten, doch er wusste, was am Hof von Gwynedd vor sich ging.

Die beiden einigten sich auf Ort und Zeitpunkt der Übergabe des Getreides, das mit Pferden von Iorwerths Bauern transportiert werden sollte. Das war der Traum eines Händlers! Madoc besorgte Getreide, Iorwerth zahlte dafür, und die Leute hätten wieder zu essen. Dann könnte Madoc noch mehr Schiffe in Stand setzen.

Iorwerths Gemahlin Marared gab Madoc zwei Ochsenhäute, aus denen er Scharniere und Muffen fertigen konnte; sie bekam Ohrringe und Glasschüsseln, die sie an Freundinnen verschenkte. Sie brauchte auch eine Milchkuh, denn ihre Ziehkinder hatten leere, aufgeblähte Bäuche. Am letzten Tag seines Aufenthalts in Degannwy trieb Madoc eine Kuh auf und gab sie Marared gegen drei weitere Häute.

In der Stadt traf er einen Jungen namens Thurs. Er hatte eine braune Haut und eine breite Brust und sprach vernünftig und mit ruhiger Stimme, an den Handrücken hatte er Ehrenmale. Er war höchstens sechzehn und wollte Schiffsbauer werden. Madoc besah sich die stämmigen Beine des Jungen und gab ihm zwei Silberlinge, für die er die Velin-Pläne der *Gwennan Gorn* zu Fürst Owain nach Aberffraw bringen sollte. »Owain wird sich freuen und dir dafür eine Kassette mit Geld geben. Die bringst du ungeöffnet zu mir, und dann bauen wir zusammen Schiffe.« Wenn Thurs Ehrenmale bezeugten, dass er so redlich war, wie er aussah, wäre Madoc die schlimmsten Sorgen bald los.

Sechs Wochen später kam Thurs zur Abtei von Llandrillo; die Kassette hatte er nicht dabei, dafür brachte er Velin – und Neuigkeiten: Fürst Owain war tot; Dafydd hatte ihn vergiftet. Sein Leichnam war in die Kathedrale von Bangor überführt worden. Thurs berichtete auch, dass Dafydds Mannen den berühmten Hofbarden Llywarch, Annestas Großvater, ermordet hatten. »Die Druidensiedlung ist verlassen. Die Leute sind im Schutz der Nacht schnellstens aus Aberffraw geflüchtet. Die Luft ist so dick vom Rauch der brennenden Felder, dass man sie fast greifen kann. Meine Großmutter Magain macht sich immer Sorgen, wenn ich nicht in ihrer Nähe bin, also habe ich in Degannwy Halt gemacht und sie besucht. Sie kann aus den Eingeweiden der Fische die Zukunft lesen. Eines Abends beim Kochen besah sie sich einen Lachs und sagte: ›Ich sehe, dass du Schiffe baust mit dem handeltreibenden Priester, der seinem toten Vater in Bangor die letzte Ehre erweisen wird. Der *Priester* ist Druide und verdient dein Vertrauen.‹ Sie sah uns mit gebrochenen Herzen zu fremden Ländern fahren.«

»Was meint sie mit ›gebrochenen Herzen‹ und ›fremden Ländern‹?«, fragte Madoc. »Dich kennt sie, aber kennt sie mich?«

»Das weiß ich nicht genau. Manchmal redet sie so komisch daher, vielleicht gehen die Leute deshalb zur Herberge am Hafen – um ihre außergewöhnlichen Prophezeiungen zu hören. So wusste sie zum Beispiel, dass ich mir den Zeh brechen würde, bevor ich noch auf der Schwelle stolperte, du weißt schon, diese Bretter, die sie an die Tür legen, damit das gedroschene Stroh nicht hinausweht. Großmutter sagte, ich würde mir den Zeh auf der neuen Schwelle brechen, wenn ich immer so rennen würde. Ich war damals zehn, zu jung und zu leichtsinnig, um ihren Rat zu befolgen. Ich rannte also, stolperte und fiel und brach mir den linken großen Zeh, es tat höllisch weh. Sie renkte den Knochen wieder ein und verband den Zeh ganz fest. Ein Tag, bevor ich ging, sagte sie, sie würde bald ihren geliebten Doconn, meinen Großvater, besuchen, der seit acht Jahren tot ist. Ich wunderte mich, warum sie so etwas sagte. Hatte sie Stimmen gehört? Ist sie senil? Und als ich dann ging, besah sie sich die Eingeweide des Lachses und sagte: ›Es ist gefährlich, nach Aberffraw zu gehen.‹ Als ob ich das nicht gewusst hätte! Schließlich hatte ich gehört, dass die Druiden die Siedlung verlassen hätten. Großmutter konnte in den Innereien auch sehen, dass ein paar Männer in der Druidensiedlung etwas suchten. Ich wusste, dass du das bist, denn sie sagte, einer der Männer würde eine schwarze Kutte tragen.«

»Sie muss sich irren. Ich habe nicht vor, nach Aberffraw zu gehen«, sagte Madoc. »Ich gehe nach Bangor und besuche Owains Grablege.« Je länger er über Thurs' Großmutter nachdachte, desto sicherer war er, dass es Magain sein musste, die Herbergswirtin, die seine Mutter und ihn damals aufgenommen hatte. Magain hatte ihm den Namen gegeben, die erste Silbe ihres Namens und die erste Silbe von Doconns Name. Er musste Thurs unbedingt nach den Frauen auf der Burg fragen.

Als hätte Thurs Madocs Gedanken gelesen, sagte er: »Nach der Sonnenfinsternis sind die Druiden aus der Siedlung und vom Hof, samt Frauen und Ziehkindern, an einen sicheren Ort nach Irland gegangen. Nach Owains Tod folgte Howell auf den Thron, doch Dafydd, der sich bei der Sonnenfinsternis öffentlich zum König von Gwynedd ausgerufen hatte, tötete ihn. Dafydd behauptete, er könne die Sonne zurückholen, indem er den Mond anstarrte und ihn zwang, die Sonne wieder auszuspucken. Selbst ich weiß, dass er den Mond nicht zum Spucken zwingen kann. Er ist blind geworden, als er in die Sonne starrte, die vom Mond verschlungen wurde. Großmutter sagte immer, dass mir die Zunge ausfällt, wenn ich lüge, aber nicht, dass ich blind werde.«

Wie versprochen fand Madoc unweit von Llandrillo bei einem alten Bauernpaar ein Zimmer für Thurs. So konnte er jeden Tag zu Fuß zum Dock kommen und Madoc helfen.

Madoc grübelte tagelang über die Veränderungen nach, die über Wales gekommen waren, er sorgte sich um Annesta, die nun ihren Großvater verloren hatte, und um Gwynedd, das seinen Fürsten verloren hatte. Ohne Geld waren Madocs Pläne zum Scheitern verurteilt. Er schrie Thurs an, der die Werft früher verlassen und Kost und Logis bei dem Bauern abarbeiten musste, er schrie seine vier Freunde an, er konnte keinen klaren Gedanken mehr fassen. Eines Abends nach dem Essen sagte er zu Morgan: »Mit dem neuen Schiff fahre ich nach Bangor und dann nach Dubh Linn; ich will mich selbst überzeugen, dass meine Frau, meine Mutter und die walisischen Druiden in Sicherheit sind.«

»Es ist zu früh, um nach Dubh Linn zu gehen.« Morgan fürchtete, Madoc würde auf dem Rückweg bei der Druidensiedlung in Aberffraw Halt machen; es ging das Wort, dass dort Soldaten und Kopfjäger in der verlassenen Siedlung herumstreiften.

174

»Willst du mir etwa sagen, was ich zu tun habe?« Gereizt ging Madoc zur Tür.

»Jemand hat dir einen Floh ins Ohr gesetzt. Geh nicht!«

Nun wurde Madoc richtig wütend. »Diesen Floh kannst du ans Kreuz schlagen!« Er warf seine Siebensachen in seinen Umhang, band ihn zusammen und klatschte die Türklappe aus Ochsenhaut zurück. Als er draußen war, fühlte er sich erbärmlicher als ein Stück Dreck, weil er seine vier Freunde und Thurs verließ. Die Nacht war kalt und schwarz, kein Mond stand am Himmel. Die Stille lastete schwer auf ihm, jeder Schritt strengte ihn an. Er war ganz krank vor Sorge um Annesta und woher er die Silberlinge für ihren Unterhalt nehmen sollte. Bei der *Gwennan Gorn* machte er Halt. Das alte schwere Ledersegel war durch ein nordisches Segel aus ungebleichtem Leinen ersetzt, das Thurs gefunden hatte. Glyn hatte das zerrissene Segel geflickt und gewaschen, Efyn hatte es in Gerbsäure gelegt und mit Weinstein behandelt, ausgewrungen, noch feucht in heiße Waidlauge gelegt und himmelblau gefärbt. Madoc setzte sich an Deck, er war ganz unzufrieden mit sich. Er dachte an die Sonnenfinsternis am Ende des letzten Jahres. Natürlich hatte sie Owains Tod verheißen! Er hätte wissen müssen, dass Owain sterben würde! Er schloss die Augen und stellte sich vor, wie er seine kleine Frau und seine Mutter an Bord der *Gwennan Gorn* schneller in das sichere Lager nach Irland bringen könnte. Am Nachthimmel über dem Meer standen die vertrauten Wintersternbilder, Myriaden heller Sterne funkelten. Es wurde kühl, er schlüpfte unter seinen Umhang.

Morgan hatte ihm geraten, erst eine Sache zu Ende zu bringen, bevor er die nächste begann. »Mach erst den Rumpf wasserdicht, ersetze die morschen Planken, dann dichte alles mit Teer ab. Als Nächstes kommen Mast und Dwarsbalken, das Segel und die Planen für die Aufbauten. Dann werden alle Schiffe zur gleichen Zeit fertig.«

Aber wenn es nach Madoc ginge, würde er erst ein Schiff fertig machen, dann könnte er mehr Handel treiben und die anderen Schiffe bauen. Das war der bessere Weg. Es waren immerhin seine Schiffe, und er müsste darauf bestehen, dass alles so lief, wie er es für richtig fand. So sollte es sein. Die *Gwennan Gorn* müsste mehr sein als nur seetüchtig. Er wollte Getreide aus Irland holen und es an die walisischen Fürsten für ihre Untertanen verteilen. Die Bauern waren daran gewöhnt, dass sich gute und schlechte Ernten abwechselten, doch dieses Jahr war alles anders; die Felder waren von den Soldaten niederträchtig verbrannt und die Ernten geplündert worden.

Madoc nahm sich vor, erst seinen Halbbruder Iorwerth mit einer Schiffsladung voll Getreide aus Anglesey zu versorgen und dann nach Bangor zu segeln, um sich zu vergewissern, dass sein Vater auch wirklich dort beigesetzt worden war. Danach würde er nach Dubh Linn fahren und sehen, ob Annesta und Brenda in Sicherheit wären. Er wusste, er konnte auf Sein, auf Llieu und auf die anderen Druiden zählen, sie würden nicht zulassen, dass jemand den beiden Frauen ein Haar krümmte, doch es war seine Pflicht, für Essen und Kleidung zu sorgen. Er überlegte, wie es wohl sein würde, wenn er seine Frau wieder sah und mit ihr zusammen war, auch wenn es nur für einen Tag wäre … Er schüttelte sich und drehte sich um, dann ging er zum Mast und bat um ein Zeichen der Götter, das ihm sagte, dass seine Frau sicher wäre. Er stand so lange da, dass seine Beine taub wurden, doch es kam kein Zeichen. Ein Mann kann sich nicht nur auf sich selbst, sondern auch auf seine Freunde verlassen, redete er sich immer wieder ein. Natürlich geht es Annesta gut, wenn nicht, dann hätte Sein ihn benachrichtigt. Mit diesem Gedanken schlief er ein.

Ein Summen weckte ihn. Er schlug ein Auge auf und blinzelte im hellen Sonnenlicht, dann öffnete er auch das andere Auge. Efyn stand vor ihm.

»Ich wusste doch, dass du nicht vor deinen Problemen davonlaufen würdest«, sagte er. »Und anstatt uns die Schuld zu geben, dass wir kein Material haben, um deine Schiffe fertig zu stellen, wirst du uns nun helfen, Material aufzutreiben. Stimmt's?«

Madoc setzte sich auf, packte Efyns Hand und zog ihn zu sich herunter. »Dachtest du, ich wäre so dumm, überstürzt aufzubrechen? Wäre ich hier immer noch willkommen?«

»Natürlich. Die Götter stellen einen Menschen immer wieder auf die Probe, dann kann er zeigen, ob er innerlich gewachsen oder welk geworden ist.«

Madoc stand auf. »Ich brauche Baumstämme, um die *Gwennan Gorn* zu Wasser zu lassen. Dann will ich die Bauernsöhne in Dubh Linn oder Duglass gegen Getreide im Segeln ausbilden. Die walisischen Bauern brauchen dringend Korn, damit sie durch den Winter kommen.«

Efyn umarmte ihn. »Du bist ein richtiger Mann geworden – du kannst deine Wut in Tatkraft verwandeln. Mach dir um deine Frau keine Sorgen, ich spüre im Herzen, dass es ihr gut geht.«

»Bist du sicher?«

»O ja, das steckt mir in den Knochen! Auf der Handelsfahrt kannst du deinem Vater Ehre erweisen.«

»Ich kann deinen Knochen kaum glauben«, Madoc zwinkerte ihm zu, »es sei denn, dir tun die Glieder weh, weil es so kalt ist. Wir machen die *Gwennan Gorn* fertig, dann handle ich und fahre mit ein paar Bauern und deren Söhnen nach Bangor. Hoffentlich wurden die Gebeine meines Vaters auch in der Kathedrale beigesetzt, wie es ihm gebührt.«

VI

Von Llandrillo nach Bangor

1170 A. D.

[Im 12. Jahrhundert] stand hier [in Llandrillo-yn-Rhos, nah
der alten Siedlung Rhos] eine Abtei; eine Tafel von nicht
gesichertem zeitlichen Ursprung erinnert an die Reuse, die die
Mönche ... über einer alten heiligen Quelle ... ausgelegt hatten.
Die Kapelle ist klein [elf auf acht Fuß], die Messe wird draußen
abgehalten ... Nach der Überlieferung stach Madoc ap Owain
von Gwynedd (1150–1180) mit 10 Schiffen und 300 Mann
dort in See ...
John Tomes (Hg.), Blue Guide. Wales and the Marches

Nach all dem Hobeln, Sägen, Nageln und Kalfatern saß
die *Gwennan Gorn* schließlich auf Rollen und war bereit,
vom Stapel gelassen zu werden. Der schöne Bug neigte
sich parallel zu einer sanften, mit Moos und Binsen be-
wachsenen Böschung. Dahinter lagen die Moore, weiß
vom Raureif, die Heidekrautwurzeln waren gefroren. Ein
schneidender Ostwind fuhr durch Madocs blonde Locken.
Thurs und fünf walisische Katner mit Lederhandschuhen
hielten das Schiff an dicken Flachstauen. Madoc inspizierte alles mehrere Male, bis er schließlich keine Ausrede
mehr hatte, um es noch länger hinauszuschieben. Er blies
in seine roten, abgearbeiteten Hände, zog die Handschuhe
aus den Taschen seiner schwarzen Kutte und gab schließlich das Zeichen, die Taue loszulassen.
Das Schiff rutschte erst langsam und leise die Böschung
hinunter, wurde dann immer schneller und lauter, rum-

pelte wie ferner Donner durch Binsen und Schachtelhalme, pflügte sich mit dem Grollen einer Gerölllawine durchs schlammige Moos am flachen Ufer, bis es schließlich die neu ausgeschaufelte Fahrrinne erreichte und ins Wasser platschte, Fontänen spritzten hoch auf und prasselten wieder nieder auf den Fluss. Die Bauern der umliegenden Gehöfte sahen von der Böschung aus zu, sie riefen Segenswünsche, pfiffen und klatschten, dass Madoc meinte, ihr Jubel halle in der Himmelskuppel wider. Die Grauhaarigen erinnerten sich noch an Owains alte Handelsflotte und waren begeistert vom Anblick des großen Schiffes am Kai. Sie lachten fröhlich und wischten sich die Wassertropfen aus dem Gesicht und von ihren Umhängen.

Eine alte Frau aus Rhuddlan trat vor und zeigte mit dem Finger auf Madoc. »König Dafydds Soldaten haben meine Schafe auf der Weide geschlachtet, sie haben sich satt gegessen und den Rest den Bussarden zum Fraß gelassen!«

»Du musst mit deinem Lehnsherrn sprechen«, schlug Madoc vor.

»Das ist gefährlich; die Soldaten bestrafen jeden, der sich Dafydd widersetzt, nach altem keltischen Brauch stecken sie ihn in einen Käfig und verbrennen ihn – auch einen Lehnsherrn. Und wenn sie keine Käfige finden, wo sie die Bauern verbrennen können, hacken sie ihnen Arme oder Beine ab und lassen sie verbluten. Dafydd und seine Ritter schlitzen allen Männern und Frauen mit Waidmalen den Bauch auf und zerren die Gedärme heraus, dass sie im Wind flattern wie Bänder an einem Gewand! Er steckt Katen und Ställe in Brand – vor allem, wenn der Bauer nicht da ist und Frauen und Kinder alleine sind. Dafydds Mannen nehmen sich die besten Stücke der geschlachteten Tiere, den Rest lassen sie großzügig den Wölfen und Raubvögeln. Was wollt Ihr dagegen tun?«

179

Madoc zögerte, und die Frau fuhr fort: »Ihr seid Händler, Ihr seht mit eigenen Augen, was im Land vor sich geht. Ihr seid auch Priester und Ihr wisst, was gut ist für das unschuldige Volk. Es geht das Gerücht, dass der französische König keine Truppen mehr zu unserer Hilfe nach Gwynedd schicken will, weil der neue Fürst nicht auf seiner Seite, sondern auf Henrys Seite ist.«

»Ja, ich weiß.« Die Worte brannten ihm in der Kehle. Er war sich nicht sicher, was er tun könnte, um dem Hinschlachten unschuldiger Menschen ein Ende zu setzen. Er verabscheute jede Art von Krieg und Gewalt. Vielleicht könnte er Dafydd klarmachen, welches Leid er seinen eigenen Landsleuten zufügte, und vielleicht würde Dafydd dann mit dem Gemetzel aufhören. Aber er wusste, dass sein Halbbruder besessen davon war, die Anhänger der alten Religion auszurotten, und das waren nun mal hauptsächlich Bauern. Druiden zu töten, diese Leidenschaft teilten Henry und Dafydd. »Wenn Dafydd weg ist, treten andere an seine Stelle. Das ist ein dunkles Kapitel in der Geschichte von Wales«, sagte Madoc. »Wer von euch einen Schuppen hat, wo meine Schiffsbauer, zum Großteil Bauernsöhne, schlafen können, kann von den Jungen Hilfe auf den Feldern und vielleicht auch Schutz bekommen.«

»Vier Schiffsbauer kann ich in meinem Schuppen unterbringen.« Die Frau streckte vier Finger aus. »Und wenn sie mir Lebensmittel bringen, koche ich auch für sie, das verspreche ich.«

Ein Mann, der mit seinen eingefallenen Schultern und dem schütteren grauen Haar aussah wie der leibhaftige Tod, deutete auf Madoc und schrie so laut, dass alle es hören konnten: »Dafydd erhebt Steuern, er schürt den Aufruhr, plündert und brandschatzt und bestimmt alles, was normalerweise in gegenseitigem Einverständnis der Fürsten und Lehnsherren entschieden werden sollte. Sie

180

haben mir die Arme verdreht, dass sie aus den Schulter-
gelenken sprangen, und mich sterbend liegen lassen. Ich
habe vor Schmerz geheult wie ein Kind. Meine Frau hat
meine Arme wieder eingerenkt, als sie aus dem Hühnerstall kam, wo sie sich im Heu versteckt hatte. Plötzlich fiel
sie mit einem Speer im Rücken tot um; ich habe den Speer
erst gar nicht gesehen, weil der Schaft abgebrochen war.
Man hatte sie vergewaltigt. Ich war danach kein Mensch
mehr. Das war vor Wochen. Und ich kann sie immer noch
nicht begraben, weil meine Arme zu sehr schmerzen. Ich
bete für die Auferstehung des Fürsten Owain von Gwynedd!«
Wahrscheinlich hatte der abgehärmte Mann wenig zu essen
gehabt in der ganzen Zeit, in der er fast übergeschnappt
war vor Trauer und Schmerz, dachte Madoc. »Fürst Owain
wird nicht wieder auferstehen, Freund. Du kannst bei mir
als Schiffsbauer arbeiten; lass drei meiner Männer deine
Frau bestatten und mache den Hühnerstall frei, damit sie
einen Schlafplatz haben. Wie die Frau, die vor dir gesprochen hat, bekommst auch du Lebensmittel. Aber ich kann
dir keinen Lohn versprechen, solange ich nicht weiß, wie
ich zu Geld komme.«
»Ich habe meine Frau geliebt, aber ihren stinkenden Leichnam liebe ich nicht.« Dankbar nahm der Mann das Angebot an. Er fand einen Jungen, der die verwesende Tote
aus dem Haus tragen und begraben würde, und bot ihm
und zwei weiteren Jungen bereitwillig den Hühnerstall als
Schlafplatz an.
Eine andere Frau sagte: »Ich habe die abgezehrten Gesichter und die aufgedunsenen Bäuche der hungernden
Kinder gesehen und die eingefallenen Wangen der ausge-
hungerten Erwachsenen. So etwas gab es zu Fürst Owains
Zeiten nicht! In den fruchtbaren Tälern gibt es nur noch
verkohlte Schuppen, abgebrannte Katen und abgefackelte

Felder, so weit das Auge reicht! Soll Gwynedd denn in Schutt und Asche fallen?«

»Nein«, sagte Madoc. »Man kann Getreide kaufen und es an Bedürftige verteilen, aber das kann nur ein kluger Mann tun, der Waren und Geld besitzt.«

»Gelobt sei Lugh!«, rief die Frau. »Ich bete, Ihr seid dieser kluge Mann mit den Waren!«

Im Stillen dankte Madoc dem Gott Lugh, der alle Schiffe auf See schützte und ihr Schicksal im Sturm, aber auch unter der Sonne lenkte. Er streckte seine behandschuhten Hände aus und rief: »Dankt dem Großen Gott und all Seinen Göttern für diesen schönen Tag! Die *Gwennan Gorn* wurde beim Höchststand der Flut zu Wasser gelassen, sie ist aber nur das erste einer Flotte seetüchtiger Schiffe, die diese Werft verlassen werden, um vorteilhaften Handel mit den Kaufleuten in den walisischen Häfen zu treiben. Bauern, wenn eure Ernten verbrannt sind, ist das nicht eure Schuld, aber wenn ihr die übrige Saat nicht im Frühjahr setzt und eure Kinder hungern müssen, dann ladet ihr Schuld auf euch! Als Händler gebe ich jedem Kredit, der kein Geld hat für Getreide oder andere notwendige Dinge. In einem Jahr sammle ich die Schulden ein, bis dahin könnt ihr ein, zwei gute Ernten einbringen. Ist das gerecht?«

»Ja, das ist gerecht!«

»Ein Hoch auf den Händler!«, schrien sie.

»Er hat uns erhört!«

»Wir hören auf ihn!«

Madoc schätzte die Menge und erinnerte sich an Dornolls Worte: »Gastfreundschaft ist ein Zeichen für Edelmut. Wenn du knausrig bist, verspotten dich die Gäste und du machst dich lächerlich.« Ein halbes Fass Met machte er mit Wasser voll und gab Gewürze dazu. Er wedelte mit der Kelle und lud die Leute ein.

Die Bauern priesen Madoc. Dass sie Getreide vom »Priester« kaufen und in seiner Schuld stehen würden, bis sie in einem Jahr ihre Ernte verkauft hätten, war die einzige Möglichkeit, ihre Familien vor dem Hungertod zu bewahren.

Thurs ging zu einer Gruppe Bauern. »Wisst ihr, dass der Händler Druide ist wie wir?« Er streckte seine Hände aus. »Ich habe seine Tätowierungen gesehen, sie sind ähnlich wie meine Ehrenmale, die meine Großmutter mir geschenkt hat. Ich habe sie vor dem Erfrieren gerettet, sie hatte draußen ein Lamm gesucht und sich im Schnee verirrt. Ihr könnt sicher sein, dass der Händler alles tut, um zu helfen, er hat auch keine Angst vor der launischen See, er ist vertrauenswürdig, er wird eure Waren in den Häfen verkaufen und euch euren gerechten Anteil ausbezahlen. Er weiß nicht nur auswendig, welche Waren er führt, er listet sie auch auf Velin auf; so könnt ihr alles überprüfen.«

»Ja«, sagte ein Mann, »wir Bauern sind wie er, auch wir haben keine Angst vor dem launischen Wetter. Wir würden gerne mit ihm segeln.«

Ein anderer sagte: »Ein Händler mit einem Schiff, das ein keckes blaues Segel hat, ist ein seltener Anblick, doch noch viel seltener ist ein Handel treibender Priester, der weiß, wie man mit gutem Met den Durst stillt. Ich wünschte, ich könnte mit ihm gehen!«

Alle wollten mit Madoc segeln. Er sah in den Himmel. »Dornoll, Mutter, ich hoffe, du kannst diese Leute sehen, die meinen Met trinken, als wäre es das beste Tröpfchen, das sie je gekostet haben.«

An die Dollborde wurden lange Planken gelegt und dort die Waren gestapelt, die die Leute brachten: Kohle, Schiefer, Salz, Trockenäpfel, Salzlamm, Zwiebeln, ein großes Fass Trinkwasser. Rhan verzeichnete alles auf einem Stück altem, zusammengefaltetem Velin. Die Männer sangen bei der Arbeit, einer klimperte auf der Leier. Die Druiden, vor allem die walisischen Druiden, liebten Musik; so ging ihnen die Arbeit schneller und leichter von der Hand. Sie glaubten, die Götter hätten Männer und Frauen damit bedacht, zu singen und nicht zu weinen. Und Kinder sollten lachen. Efyn und Morgan erzählten Geschichten in Bardenreimen, schöne, erfüllende Lieder über die Wechselfälle des Lebens.

Am nächsten Tag segelte Madoc kurze Strecken im Zickzackkurs vor dem Wind. Er prüfte jedes Knirschen und Raunzen des Schiffs und fasste Vertrauen, als er herausfand, dass es sich leicht steuern ließ und das Wasser nicht hereinschwappte. Er bekam ein Gefühl für die Wellen. Vor seinem geistigen Auge sah er die Bahn, die sein Schiff ins Meer pflügte, er sah, wie der Bug, der weder zu schmucklos noch zu elegant war, in die Wellen tauchte, er stampfte nicht, aber er glitt auch nicht so tief ein, dass das Wasser auf Deck spritzte. Das Heck war schön rund und füllte sich ausreichend mit Luft, sodass es das Schiff wieder anhob. Dass Madoc die Augen schließen konnte und die Schiffsbewegungen nicht nur spürte, sondern auch sah, fand er wunderbar. Wenn möglich, wurde die *Gwennan Gorn* am Abend an Land gezogen, die Männer bekamen eine warme Mahlzeit und schliefen im Trockenen. Madocs erste Mahlzeit auf seinem eigenen Schiff bestand aus Hafersuppe, Butter und Zwiebeln. Als Bootsjungen hatte er Thurs und drei Bauernsöhne mitgenommen; am Anfang waren sie seekrank geworden, doch nun ging es ihnen gut genug, um Kabeljau und Meeräschen zu fangen, die sie in schmalen Filetstreifen zum Trocknen aufhängten. Später rieben sie die Streifen und kochten mit Wasser und Butter eine köstliche, sämige Suppe daraus.

Wenn er nahe an der Küste segelte und die See zu ruhig

184

wurde, sträubten sich Madocs Nackenhaare. Oft hielt er mitten in einem Lied inne und spähte nach Dafydds Mannen, die ihm vielleicht gefolgt waren. Nie sah er einen Soldaten, aber überall hörte er Schritte, überall sah er unsichtbare Augen. So sollte man nicht segeln!, sagte er sich. Man sollte die Dinge an Land loslassen, nicht sehen, spüren, hören – er sollte sich ganz dem Wasser hingeben, klaren Kopf wahren und auf der Hut sein.

An einem Marktstand in Duglass auf der Isle of Man traf er Clare wieder, den Mann, der ihm und Conlaf damals beim Herbstmarkt in Aberffraw Lamm am Spieß gegeben hatte. Leise sagte er: »Wenn man mich erwischt, verrät der Pfarrer mich an Godred; der steckt mit Henry unter einer Decke und lässt mich köpfen, wie er letzte Woche ein halbes Dutzend andere Eisenarbeiter köpfen ließ. Die Isle of Man ist nur ein Unterpfand zwischen Schottland und England. Ich will zur See fahren, dort sucht mich niemand. Ich verlange nur Hafersuppe und einen Platz, wo ich mein Haupt betten kann, wenn ich Pause habe.«

»Soll ich deinen Hals retten?«, fragte Madoc.

»Ja, du brauchst einen Eisenarbeiter.«

»Ich brauche Getreide, damit die Waliser diesen Winter überleben.«

Clares Augen ruhten auf Madoc. »Du bekommst heute noch Getreide und Barren von Blei, Zink, Kupfer und Eisen als Ballast, es kostet nichts – du musst mich nur mitnehmen, wie du es damals versprochen hast. Ich kann dir gut geölte Scharniere an die Luken nageln, das ist besser, als die schweren Ochsenhäute auf- und abzurollen.«

Madoc strahlte.

»In Ordnung«, sagte Clare. »Ich schließe die Augen und sehe, dass dich die Götter zu einer Geldschatulle führen.«

»Ich brauche vor allem Velin, denn ich schreibe alles auf«,

erklärte Madoc. »Ich verzeichne meine Waren genauestens und kann einen Sturm oder eine fremde Küstenlinie besser erinnern, wenn ich am Topp stehe, ein Bild male und eine Schilderung gebe. Für jemanden, der bei der Ausbildung zum Auswendiglernen angehalten wurde, scheinen Zeichnen und Schreiben eine seltsame Methode zu sein.«

Clare verabschiedete sich und ging von Bord. Bald war er zurück und zog die erste von vier Schafshäuten straff auf einen viereckigen Rahmen. Die Haut schabte er mit einem abgerundeten Messer glatt.

»Hast du die Haut für mich gestohlen?«, fragte Madoc.

Clare zwinkerte ihm zu und verbat ihm, einen Eintrag über den Preis des Velins zu machen.

»Meinst du etwa, ich führe hier ein Piratenschiff? Ich bin doch kein Freibeuter! Ich stehle nicht, auch nicht in der Not! Entweder ich kaufe, was ich brauche, oder jemand gibt es mir freiwillig!«

»Das Velin ist bezahlt.« Damit meinte Clare: Madoc hatte sein Leben gerettet, und das Velin war ein Geschenk. »Ich habe dafür ehrlich und redlich einen Kupferbarren getauscht, halb so groß wie meine Faust.« Die Häute tauchte er zweimal in heiße Sodalauge, damit sich Talg und Fett lösten, dann bestreute er die Oberfläche mit Kalkstaub und ließ sie trocknen. Er beschnitt sie und faltete sie in acht handgroße Lagen, die er zwischen dünne Bretter spannte, damit das Velin keine Falten bekam und Blasen warf, und machte daraus vier Bücher samt einem Lederetui mit Band, einer *chemise*, die Madoc mit dem Buch darin um die Hüfte binden konnte. Die Lederreste verwendeten die Seeleute als Krugdeckel.

»Du und ich, wir sind uns ähnlicher, als du meinst«, sagte Clare. »Es ist ein Geschenk Lughs, dass wir zusammen segeln dürfen.« Er legte zwei Finger an Madocs rechten Ellbogen.

Madoc zögerte, doch als Clare lächelte, war ihm klar, dass Clare kein Dieb war, und er erwiderte den druidischen Brudergruß.

Im ersten Buch verzeichnete Madoc Namen und Posten der Besatzungsmitglieder, im zweiten trug er viermal am Tag die Schiffsposition ein. Im dritten beschrieb und zeichnete er, was er sah, außerdem listete er Vorräte, Handelswaren und Gewinne auf, die er aus dem Tauschgeschäft zog. Mit Clare besprach er, wie sie noch mehr Getreide und Trockenerbsen transportieren konnten, nach denen in Nordwales große Nachfrage bestand. Sie kamen zu dem Schluss, dass sie am besten die Kogge mit dem breiten Deck nahmen, die noch in Stand gesetzt wurde; sie war zwar langsam, weil sie nicht gerudert, sondern gestakt wurde, aber man brauchte nicht viele Matrosen.

»Wir sollten Dollen anbringen«, schlug Clare vor. »Vier an jeder Seite. Ich kann es machen oder den Schiffsbauern zeigen, wie's geht.« Er zog das Schiff auf Rollen, brachte Dollen an und kalfaterte den Rumpf mit flüssigem Teer und einer Mischung aus Tran und Kiefernharz.

Madoc tauschte vier Säcke Getreide gegen einen kleinen Beutel Schwefel und ein paar versiegelte Krüge mit weißem Phosporpulver; damit könnten sie Schwefelbälle machen, falls sie auf Piraten stießen, die ihnen die Waren, vor allem die Metallvorräte, streitig machen wollten.

Die *Gwennan Gorn* nahm Kurs auf Traeth Lafan. Der dichte Nebel, der die Sandbänke von Lafan verschluckte, machte den Seeleuten Angst. Am Nachmittag liefen sie im Hafen ein. Sie hörten die Kirchglocke, die das Fährboot durch den Nebel nach Beau Marais, zur »schönen Marsch«, und zurück geleitete. Bei der schlechten Sicht musste Madoc an den letzten Dezembertag denken, als es dunkel geworden war und der Mond die Sonne verborgen hatte. Es soll Fürst Owains letzter Tag gewesen sein. Madoc lief es eiskalt über den Rücken, als ihm klar wurde, wie kostbar und gefährdet das Leben eines Menschen war, den man liebte und bewunderte.

Am Abend ankerte das Schiff vor Bangor. Madoc weckte Clare und übertrug ihm das Kommando. Er wollte seines Vaters gedenken und noch vor Tagesanbruch zurück sein. Mit einem Currach ruderte er an Land und machte an einem kahlen Weidenstrunk fest.

Bangor zog sich von der Küste einen steilen Hügel hinauf. Väter und Söhne waren in den Kampf gezogen und hatten die beklagenswerten Mütter und Kinder sich selbst überlassen. Bei dem lauten Kindergeschrei musste Madoc an Dafydds unbarmherzige Soldaten denken, während er wütend den sich windenden Pfad erklomm, vorbei an Mispeln und Schwarzdornsträuchern, vorbei an zugigen Katen und dürren Schafen. Über der Hügelkuppe lag dünner Abenddunst, umgeben war die Stadt von einem Astgeflecht, dem so genannten *bangoren*. Kessel mit Wäsche und Töpfe mit Suppe kochten über Feuern unter freiem Himmel, barfüßige, schmutzige Kinder schliefen auf dem Schoß der Mutter, räudige Hunde jagten sich. Madoc trat durch das große offene Tor und steuerte auf das größte Bauwerk zu, die Kathedrale.

Vor der Kirche stand ein Steinkreuz, die vier Enden waren durch Bögen verbunden und verliehen ihm das Aussehen eines Rads. Madoc hatte gehört, dass manchmal ein Stück des wahrhaftigen Kreuzes im hohlen Ende eines solchen Steins eingeschlossen sei. Doch er glaubte nicht an das Gerede, er hatte die Steinkreuze begutachtet und keine hohle Stelle gefunden. Das Holzportal war mit Cherubim, Reben und Kreuzen verziert. Innen war es feucht und kühl. Madoc folgte den brennenden Kerzen zu einem Rosenholzaltar, links davon war eine Tafel angebracht: *Hier ruhen die sterblichen Überreste des Gruffudd ap Cynan.* Gruffudd war Owains Vater und Madocs Großvater. Madoc hatte ihn nie kennen gelernt und wusste nicht allzu viel über ihn. Er fragte sich, ob Owain seinem Vater ähnlich gesehen hatte, ob er als Kind zu ihm gerannt war, wenn er sich wehgetan hatte, und ob er ihn als junger Mann um Rat gefragt hatte.

Die Kathedrale war menschenleer. Madocs Stiefel knarzten bei jedem Schritt, bis er schließlich vor der Grablege seines Vaters stehen blieb. Er konnte seinen Atem hören, so laut wie eine Welle, die sich am Strand bricht. Er wusste nicht, was er erwartet hatte, aber bestimmt nicht diese Klammheit und diese Totenstille, die ihn mitten in sein pochendes Herz trafen. Schwitzend von dem langen Aufstieg betrachtete er die neue Tafel aus grau-weißem Marmor an dem schlichten Sarkophag: *Owain ap Gruffudd Tywysog Gwynedd.* Seinem Vater hätte das schlichte Gewölbe der weißen Kalksteingruft sicherlich gefallen, nicht aber diese Kälte und Einsamkeit.

Owain selbst wollte eine reich verzierte Grablege, doch die Kirchenväter hatten monatelang gestritten, ob der Fürst in der Kathedrale oder in ungeweihter Erde beigesetzt werden sollte. Und so war der Sarkophag nie zum Steinmetz gelangt, nur der Deckel mit Owains Namen war mit Ranken und Blattwerk geschmückt.

Madoc gefiel diese Schlichtheit. Seiner Ansicht nach spiegelte sie die Macht und Würde seines Vaters am besten wider, so, wie er beim ersten Zusammentreffen auf ihn gewirkt hatte. Wieder wünschte er, er hätte Owain kennen lernen können, wie ein Sohn seinen Vater kennen sollte. Und er wünschte, sein Vater könnte seinen Schmerz verstehen, nun, da das Abschlachten von Menschen und Vieh immer mehr um sich griff. Wenn Owain nicht krank, nicht verrückt geworden wäre und Gwynedd sich nicht im Bürgerkrieg gespalten hätte, dachte Madoc, vielleicht hätten wir, Vater und Sohn, gemeinsam überlegen können, wie wir unsere geliebte Heimat retten könnten. Madoc hätte seinen Vater so vieles fragen wollen: Wie kann ich meine Freunde, deine Freunde schützen – die Druiden? Wie kann ich davon träumen, eine Handelsflotte zu bauen? Braucht Gwynedd eine Flotte, falls die Engländer zu See angreifen? Ohne Geld, ohne ausreichend Material muss ich jahrelang Handel treiben, um ein weiteres Schiff fertig zu stellen. Hättest du gewusst, dass ich dein Sohn bin – was hätte sich dann geändert? Wäre ich jetzt tot? Ich war ein Feigling, ich hatte Angst, es dir zu sagen. Bei Lugh, dass du von mir enttäuscht gewesen wärst, ist das Letzte, was ich gewollt hätte! Er streckte seine Hand aus und berührte den glatten, kalten Stein. Muss ich die Dinge so nehmen, wie sie sind? Kann ich irgendetwas tun?

Und dann dachte er an seinen Halbbruder Iorwerth. Die Leute achteten ihn und hätten ihn gern als Fürst gesehen. Er würde Getreide an die Notleidenden verteilen, sofern er welches hätte. Madoc drückte seine Lippen auf das mundförmige Loch in der Tafel, wischte sich das Gesicht und lächelte dünn.

Er drehte sich um – und hatte nicht erwartet, jemandem zu begegnen. Doch da stand ein rundlicher, gut aussehender Mann, der vergnügt eine Fackel neben der Gruft entzündete. Er trug mehrere Gewänder übereinander, die oberste Schicht bestand aus einem teuren weißen, mit Lammfell verbrämten Wollmantel, den er offen über einem weißen Chorrock aus Seide mit hohem Stehkragen trug. Das knöchellange Gewand war mit königsblauen Biesen und Goldfäden verziert, seine Schuhe waren aus allerweichstem goldbraunen Ziegenleder. Die rote Erzbischofsmütze aus Seide hatte er ganz nach hinten geschoben, sein dunkelbraunes Haar war licht und ließ seine helle Stirn hoch wirken, die braunen Augen waren von einem Kranz Lachfältchen umgeben. Er trug einen auf Hochglanz polierten Krummstab mit einem goldenen Kreuz an der Spitze. Der Mann badete nicht oft – unter dem süßlichen Duftwasser roch Madoc säuerlichen Schweiß, Urin und schmutzige Unterkleider.

Die Augen des Erzbischofs waren ruhig, seine Stimme war klingend wie ein Glockenspiel, doch bei den Lippenlauten stotterte er stark. »Gott segne Euch, und vergebt mir, dass ich nicht gleich kam und Euch willkommen hieß. Ich habe erst jetzt gemerkt, dass Ihr da seid. Mögen Eure Geb-b-ete erhört werden und Früchte tragen. Ich b-bin Thomas B-becket.« Beim Anblick von Madocs schmuddeliger Kutte dachte er: Dieser unrasierte, ungepflegte, nach Fisch stinkende Mönch will sich wohl um das Amt des Bischofs von Bangor bewerben.

Und Madoc dachte: Der Erzbischof sieht aus wie ein großes Ei. Er schlug die Hand vor den Mund, um ein Lachen zu unterdrücken, und erinnerte sich an die Gebote der Höflichkeit. Er schlug ein Kreuz und beugte das Knie. »Gott segne Euch und schenke Euch Gesundheit und ein langes Leben. Ich bin gekommen, um … um ihn … zu ehren.« Er wischte sich mit dem behandschuhten Handrücken die Stirn.

»B-bruder, ich habe gesehen, wie Ihr mit dem Currach gekommen und den Hügel heraufgerannt seid.« Thomas entspannte sich und sprach melodisch, ohne allzu viel zu stottern. »Da muss jeder schwitzen, selbst in einem Wintersturm. Mein Herz ist froh – Ihr seid sicherlich der neue Bischof. Willkommen.« Er streckte die linke Hand aus.

Madoc sah den Ring am Mittelfinger, ein in Gold gefasster Onyx mit dem erzbischöflichen Siegel, wie es auch in die Wand gegenüber dem Sarkophag gemeißelt war. Madoc müsste den Ring küssen; er beugte sich vor und schloss die Augen, seine Lippen berührten kaum den Ring.

Thomas war verwirrt. Er besah sich diesen Mönch genauer. Offenbar wusste er nicht so richtig, was er sagen sollte. Ohne die schwarze Kutte würde er einem Dänen sehr ähnlich sehen – genau wie sein Freund Owain. In Thomas' braune Augen stahl sich ein Lächeln. »Ich habe keinen materiellen Vorteil davon, dass ich Euch meinen Ring küssen lasse, aber jeder Besucher, der das alte vertrocknete Ohr des heiligen Malchus küsst, gibt der Kirche für dieses Recht ein Maß Korn oder ein Quart Käse. Würdet Ihr wissen, ob ich Euch nun das Ohr des Malchus oder eines anderen Mannes oder eine verschrumpelte Pfirsichhälfte hinhielt?«

Madoc wusste, dass Thomas ihn zum Lachen bringen wollte, und eigentlich fand er es lustig. Er prustete, mühte sich aber, ein ernstes Gesicht zu wahren und sich nicht an seinem Lachen zu verschlucken. Seine Hand lag immer noch auf dem glatten Marmor.

Thomas kratze sich erst am Hals, schob dann die Hand unter die vielen Gewänder und kratzte sich an der Schulter. »Solltet Ihr je ein Wollhemd tragen, dann vergesst nicht: Gott weiß, wie furchtbar es jucken kann! Ich sah, wie Ihr Fürst Owains Gruft betrachtet habt. Der gute Mann war ein treuer Freund, ein wahrer Führer und ein beliebter Landesfürst. Er hat nie verhohlen, dass er der Weisheit des alten Glaubens anhing.«

Madoc war so überrascht, den Erzbischof ganz ohne Groll über den alten Glauben sprechen zu hören, dass er hart schlucken musste.

»Es ist kein Geheimnis, dass Owain Ehrenmale hatte«, fuhr Thomas fort. »Früher studierten wir zusammen Platon, Sokrates und andere Philosophen, damals hatten wir hohe Ideale. Ich bewunderte Owains Scharfsinn, er meine

Hingabe zu Gott. Owain konnte sich niemandem vollständig unterwerfen, nicht einmal den alten Göttern. Er sagte immer: ›Man lebt in der Gemeinschaft, sollte sich ihr aber nicht vollständig unterwerfen.‹ Er war ein Verfechter der Freiheit. ›Die wahre Freiheit ist geistiger Natur‹, sagte er. Ich werde das Andenken an diesen halb druidischen, halb christlichen Fürsten immer im Herzen tragen.« Er lächelte dünn und dachte: Was will dieser ärmlich aussehende Junge hier? Ist er wirklich der neue Bischof?

»Owain war in seinen letzten Tagen nicht ganz bei Verstand«, sagte Madoc. »Er hat es nicht geschafft, seine Söhne unter Kontrolle zu bekommen, daher ist Gwynedd in lauter Stücke zersplittert, die der Bruderkrieg nun auffrisst.«

»Ah, das ist nur die halbe Wahrheit. Wer schafft schon alles im Leben? Auch was das Land angeht, ist es nur die halbe Wahrheit – Gwynedd wird sich wieder erheben. Gott hat das Scheitern in die Abfolge der Ereignisse gelegt. Meiner Meinung nach ist Owain gescheitert, weil er seine Bedeutung im Großen Plan nicht bedacht hat. Was meint Ihr dazu?«

»Ich meine, ein Fürst, ein Menschenführer, muss sein Volk lieben wie ein Vater seine Söhne.« Die Worte sprudelten aus Madocs überquellendem Herzen. »Er muss die Menschen verstehen und in Zeiten der Freude mit ihnen feiern. Er muss es so einrichten, dass die Friedenszeiten länger dauern als die Kriege.«

Thomas sah Madoc forschend an. So, wie der Junge sprach, musste er bedeutender sein, als er wirkte. »B-bruder, meint Ihr, Gott hätte etwas dagegen, wenn wir in meinem Zimmer zusammen den Tee nähmen?«

Madoc machte das Kreuzzeichen. »Ich glaube an den Großen Plan, daran, dass manche Menschen sich treffen und Freunde werden – oder Feinde. Ich bin Euer Freund.«

»Das ist es! Manchmal redet Ihr wie ein hochwohlgeborener Herr, dann wieder wie ein kluger, aber ungebildeter Bauer, ein Bergmann, ein Katner oder Hirte. Warum?«

»Ich bin stolz, wie mein erster Ziehvater zu sprechen – ein Mann, der keine Ausbildung genossen hat, der aber klug war aus Erfahrung und gelebtem Wissen. Er hat sich selbst Lesen und Schreiben beigebracht und wurde Druide. Er war der Meinung, dass nicht nur Jungen Lesen und Schreiben und die Sagen und Mythen lernen sollten, sondern auch Mädchen. Ich habe ihn geliebt und geachtet. Er war mein erster Held, ich verdanke ihm vieles, nun aber lebt er nicht mehr. Ich habe mir geschworen, dass ich sein Andenken auf ewig ehre. Ich habe von ihm Irisch, Walisisch und ein wenig Englisch gelernt. Findet Ihr mein Englisch schlecht?«

»Nein, überhaupt nicht. Wir machen ja alle unsere Fehler. Ich zum B-beispiel stottere.« Thomas war sicher, dass der junge Mann mit der dunklen Kapuze weder ein Mönch noch der neue Bischof war. Schade. Doch seine Stimme klang vertraut und seine Worte waren vernünftig. Er hatte den Jungen noch nie zuvor gesehen. Warum also kam er ihm bekannt vor?

Thomas' Zimmer war üppig eingerichtet. Die Stühle waren mit purpurnem Baumwollsamt gepolstert, die Wände mit bunten Tapeten überzogen. Auf einem polierten Eichentisch stand eine Silberschale mit Früchten, daneben Silberbecher und eine Kanne mit Deckel.

Madoc erschrak, als Thomas sagte: »Ich will, dass ein Waliser zum Bischof von Bangor ernannt wird. Wir Engländer verachten die Waliser immer als launisch, eingebildet, halsstarrig und streitsüchtig, doch möglicherweise wird der *hiraeth*, der Friedenswunsch, nur von einem walisischen Bischof genährt. Und in diesem Fall braucht es einen weisen Mann, um Gwynedds wilde Führer zu zähmen.«

194

Er hielt inne und deutete auf Madocs Kutte: »Ich habe übrigens noch nie einen Mönch getroffen, der ein eigenes Schiff führt. Gebt es zu: Ihr seid der Händler. Als ich euch an Land kommen sah, dachte ich an Owain, der immer an den wichtigsten walisischen Seehäfen Handel treiben wollte.«

Madoc hielt die Luft an, Thomas fuhr fort: »Owain hatte in den ersten Jahren seiner Herrschaft eine kleine Handelsflotte.« Wieder überraschte er Madoc mit seinem Wissen. »Aber englische Piraten stahlen seine Waren, und die Führung des Landes verlangte all seine Zeit und Kraft. Eure Augen sind vom gleichen Blau wie Owains Augen.« Er wartete Madocs Reaktion nicht ab. »Zum letzten Mal sprach ich vor der Weihnacht mit Owain; er sagte, er habe einen Schiffsführer gefunden, der die morschen alten Schiffe repariert und Gwynedd zu Ruhm und Bedeutung verhilft; bald hätte er die zehn Schiffe zusammen.« Thomas blickte aufmerksam in Madocs Augen.

Madoc wusste nicht, was er sagen sollte, eigentlich wollte er gar nichts sagen. Zitternd zog er seinen Umhang enger und mied Thomas' Blick.

Thomas goss Tee in die Silberbecher. »Gott hat mir einen schwachen, empfindlichen Magen mitgegeben. Tee hilft.« Er gab Honig hinzu, rührte um und nahm zwei Schlucke zusammen mit einem Bissen Gebäck.

Ob sich Thomas wohl auch noch mit anderen Dingen als Tee und Gebäck stärkte?, fragte sich Madoc. Er wollte gehen, sobald der Tee getrunken wäre, auch wenn er den Erzbischof faszinierend fand und dieser ganz anders war, als er gedacht hatte.

»Dann seid Ihr also der Schiffsführer, den Owain aufgetrieben hat und den er so liebte«, sagte Thomas.

Liebte!, dachte Madoc. Liebte!

»Ich habe gute Augen und ich sehe, dass es Euch schmerzt,

wenn die Rede auf Owain kommt. Hat Euch schon mal jemand gesagt, dass Ihr so ausseht wie er, als er jung war? Und Ihr redet wie er. Ihr denkt wie er. Ihr könnt es nicht leugnen – Ihr seid sein Sohn. Und ich weiß auch, welcher! Ihr seid der zweite Sohn von Brenda. Nach der dreifachen Geburt am Hof von Gwynedd ging sie für einige Zeit nach Irland. Eines der Kinder war eine Totgeburt, Brendas Sohn war angeblich ertrunken. Doch irgendwann kam sie wieder nach Wales zurück, ich lernte sie kennen und mochte sie auf den ersten Blick. Ich vermutete damals, dass das Kind nicht ertrunken, sondern nach Irland gebracht worden war. Nicht viele Frauen, und schon gar nicht Brenda, würden ihr Kind in so jungen Jahren verlassen, doch wenn sie den Jungen nach Wales zurückgebracht hätte, hätte Owain ihn getötet. Ich glaube übrigens, dass Dafydd Owain umgebracht hat. Wenn ich an der Gruft vorbeigehe, kann ich manchmal die tödliche Bittermandel riechen. Es ging das Gerücht, er sei mit Zyankali vergiftet worden – eine Essenz, die Alchemisten verwenden.«

Madocs Herz raste und wollte ihm fast aus der Brust springen. Er brachte keinen Ton heraus. Nun war es zu spät, um zu gehen. Er sackte auf seinem Stuhl zusammen, sein Gesicht brannte, seine Augen tränten.

»Wusstet Ihr, dass Owain den Verdacht hegte, an Brendas Geschichte des ertrunkenen Kindes würde etwas nicht stimmen? Owain liebte die Frauen, doch Brenda liebte er am meisten. Er hätte es ihr nicht antun können, nach dem Jungen zu suchen und ihn dann zu töten. Owains Geist schaut nun sicherlich auf uns herunter, er weiß, wer Ihr seid, und er ist bestimmt stolz, einen Sohn zu haben, der das Meer genauso liebt wie einst er selbst.«

Madoc schlug die Augen nieder, damit Thomas seine Tränen nicht sah. Gute Götter, vielleicht ist es ja wahr, und Owain wußte, dass wir Vater und Sohn sind! Nach langem

Schweigen rieb er sich die Augen und sah auf. »Wisst Ihr, dass man Owains Sohn Cadwallon geblendet hat, nachdem er zum Abt von Bardsey ernannt wurde? Es war sein Vorgänger Robert; danach ist er auf einem Freibeuterschiff nach England geflohen.«

»Vor gut einem Jahr schickte mir Bruder Cadwallon ein Schreiben; es hatte Schwierigkeiten gegeben«, gab Thomas zurück. »Abt Robert soll Bardsey verlassen haben und sich irgendwo in England aufhalten. Danach bekam ich ein Schreiben von Owains Gesandtem aus Frankreich, in dem er mir antrug, Cadwallon zum Abt zu ernennen.«

»Ich war dieser Gesandte, ich schrieb aus eigenem Antrieb, ich wusste nicht, wie schwarz Roberts Herz war.«

Thomas starrte Madoc an. »Rob-b-bert?« Seine Lippen zitterten. »Henry schrieb mir neulich, er wollte mir ein Geschenk machen – Robert, der Chorherr von Merton, sollte mein Kaplan werden. Ich war geschmeichelt; Henry und ich sind ja nicht gerade die besten Freunde. Ich erfuhr, dass dieser Robert einst in Canterbury war und dort einen Silberkelch gestohlen hatte. Henry hatte ihn daraufhin nach Bardsey geschickt, damit er die englische Truppenpräsenz auf der Insel verstärke. Das schlug fehl, Robert ging in die Priorei von Merton. Und Henry hat die Stirn, mir diesen Robert als Kaplan anzubieten! Ich kann meinen Kaplan selbst aussuchen, danke! Trotzdem tut es mir Leid um Robert. Wenn er hier wäre, könnte ich ihn vielleicht zum Besseren bekehren.« Thomas trommelte mit seinen langen Fingern auf den Tisch. »Seid Ihr sicher, dass Robert Cadwallon die Augen ausgestochen hat?«

»Ja. Robert hat Cadwallon getötet. An Eurer Stelle würde ich den geschenkten Kaplan als Dieb und Komplize von Henry exkommunizieren! Gott segne Euch dafür!« Er wollte Thomas eingehend vor Robert warnen, aber er hielt inne, als ihm klar wurde, dass alles wie Klatsch und

Tratsch klang. Er hatte sowieso schon zu viel gesagt. Thomas war klug, er würde bald selbst alles über diesen Mann herausfinden.

»Gott segne *Euch*!«, sagte Thomas. »Es ist kein Geheimnis, was ich von Henry halte, diesem Gockel mit den blutunterlaufenen Augen! Dieser Mann mit dem roten Gesicht, dem großen, runden Schädel und dem noch runderen Bauch hat mich doch tatsächlich einmal einen Schreiberling von niedriger Geburt geschimpft und meine Gelder gestrichen, so wahr Gott mein Zeuge sei! Aber, bei den Augen Gottes, ich werde ihm eins auswischen – ich werde Robert als Kaplan nehmen und dann werde ich erfahren, was Henry im Schilde führt!«

Madoc sprang auf. »Erzbischof, Robert ist ein Verschwörer wie der römische Catilina; er würde im Zorn sogar seine eigene Mutter vergiften! Bitte lasst Euch nicht mit so einem Mann ein! Ich verbreite keine Gerüchte – es ist nichts als die Wahrheit!«

Thomas stand auch auf. »Die Wahrheit klingt für mich immer wie ausgespuckter Dreck. Und Dreck kann ich selbst ausspucken. Habe ich Euch eigentlich gesagt, dass Henry gerne jagt? Und nach einem Tag auf dem Pferd isst er mit dem Hof, doch er setzt sich weder vor noch nach dem Essen hin. Er meint, wenn er nach einem harten Arbeitstag durch die Wälder und über die Hügel reitet, wird er dünner um die Hüften, aber, ehrlich gesagt, er hat kein Gramm abgenommen, dafür sind seine Beine angeschwollen, und das ist ein Beweis, dass körperliche Ertüchtigung der Gesundheit schadet.« Er kniff die Augen zusammen, zog Madoc an sich, schob dessen Kapuze zurück und lächelte, als hätte er etwas entdeckt. »Du bist der Geist und das Fleisch des blonden Owain. Als ich ihn zuletzt sah, sprach er von einem Mönch, der seine geliebte Brenda geküsst hätte. Owain sah und hörte nicht mehr gut, aber er war der Meinung, dieser Mönch sei sein Gesandter gewesen. Und nicht nur das – er meinte auch, dass dieser Mönch Brendas jüngster Sohn sei, der angeblich im Bad ertrunken war. Owain bewunderte diesen Mönch, er liebte ihn wie seinen eigenen Sohn. Es war schrecklich, er durfte niemandem seinen Verdacht mitteilen, nur mir, sonst hätte er Euch und Eure Mutter köpfen müssen! Doch mit seinem eigenen Tod hatte er bestimmt nicht gerechnet.«

»Mein Vater wusste, wer ich war? Das kann nicht sein!« Dann beruhigte er sich. »Darüber darf kein Wort verlauten, Eure Heiligkeit!«

Thomas' dunkle Augen funkelten, belustigt küsste er Madoc auf beide Wangen und wischte sich den Schweiß vom Gesicht. Mit leiser, geheimnisvoller Stimme sagte er: »Owain sagte mir, er habe versprochen, für die Instandsetzung der Handelsschiffe am Afon Ganol aufzukommen. Hat er Euch das auch gesagt?«

Der Schweiß rann Madoc den Rücken hinunter. »Ja.«

»Als wir uns das letzte Mal sahen, sprachen wir über viele Dinge. Zum Beispiel über das Rätsel unseres Todes, der uns mit einem Jahr Unterschied prophezeit wurde. Owain ging fest davon aus, dass er von einem nahen Verwandten getötet werden würde, vielleicht von einem seiner Söhne. Das hat sich am Ende des letzten Jahres bestätigt. So glaube auch ich, dass ich am Ende dieses Jahres sterben muss, nicht von der Hand eines Verwandten, sondern eines treuen Freundes. Die Freunde reden so viel von Gott und Gottes Willen, und ich sage: Wir reden zu viel von Gott – die Tatsachen heißen: Blutvergießen.«

Madoc setzte sich, er war aufgewühlt, ihm war ganz flau im Magen; er nippte am Tee, wollte etwas sagen, etwas tun, um diesen Mann zu beschützen, der ein guter Freund seines Vaters gewesen war. »Ihr dürft niemandem trauen. Owain hätte Euch dasselbe gesagt.«

199

»Vielleicht habt Ihr Recht, mein Freund. Aber ich verrate Euch ein Geheimnis: Hildegard von Bingen, eine Mystikerin und Prophetin, sagt voraus, dass es zum Jahresende bei der Wintersonnwende in Britannien zur Katastrophe kommt, dann nämlich streift ein Komet die Erde. Sie sagt auch mit Tränen in den Augen, dass dies mein Todestag sei. Ich bin feige genug, mir zu wünschen, dass ich lange genug lebe und schließlich als alter Mann im Schlaf sterbe. Aber ich bin froh, dass Ihr, Owains Sohn und Schiffsbauer, mich heute besucht habt; nach allem, was mir meine Druidenfreunde erzählen, seid Ihr dazu auserwählt, ein walisischer Held zu werden, der Erretter der Druiden.«

»Das ist sicherlich nur eine schmeichelhafte Übertreibung.« Madoc fuhr sich durchs Haar. »Das ist wie Zauberei, damit will ich mich nicht abgeben. Die Römer sagen die Zukunft voraus, indem sie den Einfluss des Standes von Sonne, Mond und Sternen auf die Geschicke der Menschen beobachten. Die Druiden studieren die Himmelserscheinungen. Vor Jahrhunderten sahen Sterndeuter, dass Jupiter zum Aszendenten des Sternbilds Widder aufstieg, sie hielten ihn für den hellen Morgenstern im Osten und sagten die Geburt des großen Königs und Messias voraus, der die Menschen vom Joch der Tyrannei befreien würde. Ihr aber wisst, dass ich kein Messias und königsgleicher Erlöser bin, ich bin kein Führer und auch nicht unter dem Zeichen eines außergewöhnlich hellen Morgensterns geboren. Man hat mir gesagt, ich sei unter einem dreifachen Wolkenschatten vor dem Mond geboren, gezeugt wurde ich unter dem Nordlicht, unter einem ungewöhnlich breiten, schillernden Lichterband, das die ganze Nacht zischend über den Nachthimmel tanzte.«

»Von diesem Nordlicht habe ich gehört, angeblich war es in jener Nacht so hell, dass man Pergamente lesen konnte«, sagte Thomas. »Die Geräusche, die die bunten

Lichter begleiteten – könnten es nicht die Geister der Toten gewesen sein, die mit kaltem Odem wichtige Dinge verkündeten? Owain glaubte, dass sie ihm sagten, er solle frohlocken, denn seine Not hätte bald ein Ende.«

Madoc zwinkerte Thomas lächelnd zu. »Ich bin ein Anhänger der alten Religion, nicht der neuen. Wir sind also Freunde und müssen uns nicht gegenseitig Honig ums Maul schmieren. Solche Märchen erzählen Mütter ihren Kindern, damit sie Selbstvertrauen bekommen, und diese Geschichte hat sich zu einem wahren Druidenmythos ausgewachsen.«

»Ich lausche den Vorhersagen der Weisen und ich bewundere die Druiden. Ich glaube, meine Schmeicheleien tun Euch, mein lieber Freund, so gut wie ein süßes Kraut. Beide mögen wir es, aber gerade Ihr werdet es nicht schlucken.« Thomas gluckste. »Nun muss ich Euch bitten, mir zu helfen, Wort gegenüber deinem Vater zu halten.« Er entschuldigte sich, holte eine kleine Silberschatulle und stellte sie auf den Tisch. Der Deckel war mit Ranken und Blättern intarsiert. »Nehmt diese Kassette an Euch, sonst muss ich an meinem schlechten Gewissen zugrunde gehen. Sagt nichts – ich gebe zu, wenn Ihr nicht gekommen wärt, hätte ich das Geld nach Canterbury mitgenommen und mir davon eine weiße Schulterbinde aus Samt mit Spitzen an den Bändeln und einen kleinen Affen als Gespielen gekauft. Schande über mich! Meine Tage sind gezählt, also was soll's? Versteckt die Münzen unter Eurer Kutte, Bruder.« Er blinzelte, schlug das Kreuz über dem Tisch und berührte Madocs Hand. »In der Schatulle ist auch Euer Erbe, Euer Geburtsrecht. Ich danke Gott im Himmel, der Euch heute auf Seinen unergründlichen Wegen zu mir geführt hat. Das letzte Mal, als ich Owain sah, gab er mir das Geld für den Mann, der Material für Gwynedds Schiffe kaufen soll. Es ist eine gerade Summe kleiner, dünner Goldmünzen; diese Solidi sind selten geworden, vor dreißig Jahren wurden sie in Rom unter dem Pontifikat von Eugen III. geprägt. Die meisten Münzen sind jedoch Silberlinge; Owain hat das Silber aus den reichen Vorkommen von St. Asaph nach Canterbury geschickt und prägen lassen. Schade, dass das Avers kein gutes Bild von Owain zeigt, aber das Revers trägt zu Gottes Ehren das Kreuz und meine Initialen T. B.«

Madoc nahm die Schatulle. »Ich – i-i-ich ...« Er stotterte schlimmer als Thomas. Owain hätte mich im Handumdrehen einen Kopf kürzer machen können – hat er aber nicht; er hat mich wirklich geliebt!, dachte Madoc.

Thomas nahm seinen Becher und trank die letzten Tropfen honiggesüßten Tees. »Ihr sprecht und schreibt so scharfsinnig wie mein Freund Owain; dafür habe ich ihn immer bewundert.« Thomas hielt ein Buch, es sah aus wie ein ganz normales, zusammengerolltes Gebetbuch mit Pergamentumschlag. »Owain gab es mir. Ich habe das meiste gelesen, vor allem was Ihr über Abt Robert geschrieben habt.«

Madoc erkannte sein Gebetsbuch, das Tagebuch der Reise nach Paris und zurück nach Aberffraw. Auf dem Umschlag, der fleckig war von Salzwasser, Schweiß und Wachs, hatte Madoc geschrieben: *Journal. Gebete und Notizen von Madoc, dem Gesandten von Gwynedd.*

Thomas benetzte seinen Zeigefinger und blätterte ein paar Seiten um. »Ah, hier! Hört zu!«

Madoc versteifte sich. Hatte er tatsächlich ganz offen geschrieben, was er über diesen Mann dachte, der sich Robert nannte, und damit sein Leben aufs Spiel gesetzt?

»Zwölfter März 1166 A. D.

Konnte nicht schlafen letzte Nacht, brachte ein zusammengefaltetes Pergament zur Wache am Tor; er kann nicht lesen, ich sagte ihm, Annesta solle einem Patienten in der

Druidensiedlung heißen Met bringen. Die Wache dachte, es sei ein Notfall. Annesta kam mit einem Topf, der in ein Leinentuch eingeschlagen war, an ihrem Gürtel hing ein Becher. Ich sagte ihr, sie soll der alten Buche lauschen. ›*Schwusch* macht sie‹, sagte Annesta. ›Das bedeutet Abschied‹, sagte ich, ›morgen segle ich nach Paris.‹ Wir tranken den Met. Ich sagte ihr, dass ich die See liebe, und band ihr den Seidenschal meiner Mutter um den Hals. Der Schal hatte mir Glück gebracht und ich wünsche, er möge auch Annesta Glück bringen. Sie streichelte ihn wie ein kleines Kätzchen. Am Tor küsste ich sie auf den Mund. Sie ist das schönste Mädchen, das ich kenne.«

Thomas war ganz atemlos; er hatte gelesen, ohne zu stottern. Nun blickte er auf und sah Madoc, der ganz rot angelaufen war, lächelnd an. »Ihr seid ein kleiner Teufelsbraten, was?«
Und ob! Madoc dachte an die Liebesabenteuer, die er vor seiner Heirat gehabt hatte. Es war gut, dass Thomas die Einträge über Robert gelesen hatte, aber er wollte nicht über seine Gefühle für Annesta sprechen. Es gab Wichtigeres in diesem Tagebuch. Er dachte an die Umgangsformen zwischen den unterschiedlichen Menschen, die eine Gesellschaft bildeten. Er hatte über Schwertkämpfe, Speere und Griechisches Feuer geschrieben, über Epidemien, Pocken und die Ruhr, über den Massenmord, verübt mit einem Gift aus Bittermandelessenz, mit dem Dafydd auch seinen Vater getötet hatte, und er hatte über den Handel geschrieben, den Tausch von Waren gegen Kost und Logis.
Mit leuchtenden Augen sagte Thomas: »Ich glaube, jeder leidet einmal an der Liebe. Ich war lange Zeit in Hildegard von Bingen verliebt, sie hört Stimmen, doch meine Stimme hört sie leider nicht.«

Dieser Erzbischof interessiert sich genauso brennend für das Liebesleben der Normalsterblichen wie die vier naseweisen falschen Mönche!, dachte Madoc. »Nun«, sagte er, »Erzdruide Llieu sah mich im Morgengrauen kommen und wies mich an, den Kuhstall auszumisten, bevor ich an Bord der *Morlo* ging. Rückblickend fand ich, es war ein gerechter Preis für die Liebe zu einem Mädchen, auf das ich mich bei der Rückkehr freuen konnte.«

»Habt Ihr das Mädchen nach Eurer Rückkehr geheiratet? Ihr habt ihr sicherlich gesagt, dass Ihr sie liebt, und sicherlich seid Ihr auch tapfer genug, Eurem halb blinden, verrückten Halbbruder zu verzeihen, der auf einen Königsthron wartet, den es nie geben wird. Und Ihr seid bestimmt auch ehrbar und heldenhaft genug, Hass mit Liebe zu vergelten.« Thomas war aufrichtig betrübt.

»Ihr seid weise und sprecht aus dem Herzen. Aber Dafydd hat meinen Vater ermordet. Für diesen Bruder kann ich schwerlich Liebe empfinden.«

»Das Leben hat auch seine Freuden, es bringt Wissen und schafft Erinnerungen.« Thomas lächelte. »Als zum Beispiel Conlaf und Ihr an B-bord der *Morlo* gingt, die auch *Seelöwe* genannt wird, hat Kapitän William Hume, ein braunhäutiger, stämmiger B-bastard – entschuldigt – mit einem schwarzen Bart und einem schwarzen Herzen, Euch nicht die Hand gegeben, er hat Euch Jungen gar nicht beachtet, weil Ihr mit Euren Stiefeln über der Schulter aussaht wie zwei grüne Jungs. Und um seine Ansicht zu bestätigen, habt Ihr ganz unwissentlich Eure schwarzen Mönchskutten angezogen, die Euer Druidentum verbergen sollten. Doch als Ihr an Deck geklettert seid, hat man Eure engen Hosen und die fadenscheinigen Hemden gesehen.« Er lachte. »Beide trugt Ihr ein Bündel mit Eurem einzigen Gewand, einem Umhang, dem Gebetbuch, den versiegelten Briefen, Brot, Ziegenkäse, einem Löffel und einem Messer.«

»Ja, es ist üblich, dass die Passagiere Essen und Besteck selbst mitbringen.« Madoc wusste nicht, ob Thomas ihn auslachte oder ihm eine Lektion erteilen wollte. »Als ich an Bord war, vergaß ich Kapitän Hume auch gleich und sah der Mannschaft beim Verladen der vielen Dutzend Getreidesäcke, Wollballen, Waidbeutel, einem halben Dutzend Kisten mit weißen Hühnern und sechs kleinen Waliserpferden zu. Ihr habt Recht – ich gab mich als Mönch aus, doch ich kannte damals noch nicht einmal den Unterschied zwischen Gottes Segen und einem wüsten Fluch. Ich segnete alle, die ich traf, doch ich wand mich innerlich dabei. Mir gefielen die Bewegungen des voll geladenen Schiffes, das im seichten Wasser von einer Seite auf die andere rollte. Die Neugier trieb mich; bald fand ich heraus, dass die Eichenplanken mit Holznägeln an den gebogenen Eichenspanten angebracht waren, die wiederum waren mit Eisenverbindungen an den Dwarsbalken befestigt. Die Ruderdollen waren mit Holzzapfen fixiert. Mast und Segel lagen in einer Vertiefung auf Deck. Conlaf und ich saßen und schliefen auf den beiden roten Seetruhen neben den letzten Ruderdollen im Heck und neben den gackernden Hühnern. Bei jedem Gackern fällt das Schiff zwei Zoll ab, sagte Hume immer. Wenn es Suppe gab, setzte sich ein pockennarbiger Mann mir gegenüber und bat mich, Brot und Rauchfleisch zu segnen. Mir wurde ganz flau im Magen, doch ich dachte, so könnte ich üben, wenn ich nun wochenlang den Mönch spielen müsste. Und als ich schließlich den Kloß in meinem Hals hinuntergeschluckt hatte, sprach ich mit leiser, tröstlicher Stimme lateinische Sätze, ich nannte den Mann sogar mein Sohn, beugte den Kopf, faltete die Hände und bat Gott, ihn und sein Mahl zu segnen. Mir schlug das Herz bis zum Hals, ich vergaß sogar das Kreuz zu schlagen. In knapp einem Tag hatten wir die Küste der Caernarfon Bay abgesegelt. In der ersten Nacht zog ein Sturm auf, und wir mussten beim Rudern helfen. Ich wünschte, ich hätte Kalbslederhandschuhe gehabt, denn meine Hände brannten höllisch von den aufgeplatzten Blasen. Kapitän Hume war der Meinung, Geistliche verstünden nichts vom Segeln; er sagte, bei einem ungeschickten Zug am Ruder würde der Riemen oder die Dolle brechen. Wir hörten, wie die Pferde das feuchte Heu kauten, wie sie mit ihren Schweifen nach Fliegen und Mücken schlugen. Hume meinte, wir sollten beten, dass die Pferde aufhörten zu schlagen, sonst würden wir leck gehen, und wir sollten aufpassen, dass das Schiff nicht kentert. Der Sturm fuhr in seinen Bart, dass er wehte wie eine schwarze Flagge. Ich betete laut, der Wind möge abflauen, und nach ein paar Stunden war es vorüber. Ich feierte das Ereignis, indem ich den Rest Ziegenkäse gegen ein paar Leinenfetzen tauschte, um unsere wunden Hände zu verbinden. Conlaf und ich beteten immer leise, dass wir diese schrecklichen Riemen nie wieder ziehen müssten. Doch die Götter erhörten uns nicht – dafür aber Kapitän Hume; er sagte, wir sollten bekannte Lieder anstimmen, damit alle mitsingen könnten. Ich dankte Bruder Cadwallon, der uns den Kanon *Gott im Himmel wacht über die Kindlein im Schlaf* beigebracht hat. Die einfache Kirchenweise wurde aber zur Zote, als ein Mann im roten Mantel lauthals mitsang, sich die Lippen leckte, aufstampfte und uns anschielte. Später erfuhren wir, dass er der hinterlistige Abt von Bardsey war. Wir mühten uns, unsere Mönchsmienen zu wahren und nicht zu zeigen, dass wir die Anspielungen verstanden, als die Männer daraus *Der dreckige alte Mann wacht über die Damen im Bad* machten. Während wir durch die tückische Gezeitenströmung zwischen Bardsey und dem Festland ruderten, wurden Conlaf und ich seekrank. Hume ankerte in den Untiefen und brachte die Pferde ans leewärtige Dollbord. Ein Matrose ließ sich in das kalte, brusttiefe Wasser gleiten, führte zwei Pferde zum Strand und machte sie in der Wiese aus gelbem Seegras fest. Eine Leiter wurde an der Reling befestigt, darüber wurden zu meinem Erstaunen Holzrahmen und Plane eines Zelts getragen; es sollte das Holzbett des Kapitäns schützen, das weit über der Flutmarke aufgestellt wurde. Der Abt blieb meist beim Kapitän, er kam nur selten in die Abtei. Die Matrosen befestigten Ölzeug an ihren Schlafsäcken und schliefen zu zweit in Lederkojen neben dem Zelt. Sie stellten einen Bronzekessel auf einen Klappdreifuß, damit ihnen der Wind keinen Sand in die Suppe blies. Conlaf und ich aßen und schliefen in der Abtei. Dort traf ich Cadwallon, der Owain wie aus dem Gesicht geschnitten war. Ohne den Abt um Erlaubnis zu fragen, unterwies er Conlaf und mich heimlich eine Woche lang als Novizen, wir gingen zur Frühmesse und zum Morgengebet. Es war schwierig, sich an das lange Hemd zu gewöhnen. Bruder Patrick sah aus wie der Tod, denn Robert rationierte das Essen. Nun geht es Patrick gut, er wurde zum Abt ernannt.«

»Was ich Euch jetzt sage, könnt Ihr noch in Euer Tagebuch eintragen«, sagte Thomas. »Die Abtei von Bardsey ist die Erste in Wales, sie wurde im sechsten Jahrhundert von dem Mönch Cadfan gegründet, später übernahmen sie die Augustiner und weihten sie der heiligen Jungfrau. Myrrddin, Merlin also, soll dort begraben sein, zusammen mit zwanzigtausend Mystikern, Zauberern und Heiligen. Der Papst gewährt Pilgern, die diesen Ort besuchen, besondere Freiheiten. Wie gesagt, ich habe Euer Tagebuch gelesen und wieder gelesen, vor allem die Einträge über die Reise nach Paris, auf der Ihr Robert kennen lerntet.« Und er las laut:

»Neunzehnter März 1166 A. D.

Abt Robert trägt einen roten Seidenmantel, er spricht mit niemandem, spioniert die Mönche aus und rationiert ihr

Essen. Er sagt, durch Fasten bekäme man einen klaren Kopf und könne Gottes Werk besser verrichten. Ein Sack Getreide, eine Kiste Hühner und zwei Pferde wurden von der *Morlo* abgeladen. Holz und Schiefer, die auch für Bardsey bestimmt waren, sollen auf den Kanalinseln verkauft werden, die nun militärische Stützpunkte der Engländer werden sollen, von wo sie nicht nur Nordwales, sondern auch den Westen der Normandie angreifen wollen.«

»Eine deutliche Sprache. Ich musste mich vergewissern, dass das auch stimmte – was ich tat. Am nächsten Tag schriebt Ihr:
Zwanzigster März 1166 A. D.
Abt Robert sagt, er sei nach St. Peter Port auf Guernsey berufen, deshalb reise er mit uns. Hume sagt, er habe mehr Macht als der Papst. Die Engländer wollen auf Lundy ein Militärlager errichten, die Bucht kann für Kriegsschiffe verbreitert werden. Ich hörte, wie Robert zu Hume sagte, König Henry will die *Morlo* zu einem Kriegsschiff umbauen. Hume tobte wie ein wilder Eber.«

»Ha!« Becket sah auf. »Und hier ist noch mehr aus Eurer Feder!
Zweiundzwanzigster März 1166 A. D.
Ich habe Sorge, dass wir den französischen König nicht rechtzeitig treffen, um eine englische Invasion nach Wales zu verhindern. Fuhr aus einem Traum auf, sah in die schwarzen aufgewühlten Fluten und stieß Conlaf an. Ich fragte ihn nach dem Geruch, der aus dem Bristol Channel kam – es roch, als hätte man alle Frühlingsblumen der Welt in einen Trichter gegeben und in unsere Richtung geweht. Faltete meine Hände zum Gebet und stand auf, um nachzusehen, was am Bug los war. Abt Robert hielt ein

Weihrauchfass mit einem bunten Glasdeckel und eine verzierte Phiole in der einen Hand, mit der anderen wischte er sich den Hals mit einem weißen Tuch, das mit Gewürzölen getränkt war. Der Geruch war so stark, dass es Conlaf übel wurde. Robert kämmte sich den Bart und sah in den Sternenhimmel. Ich sagte, es sei ein Segen, dass es nicht nach Salzfisch, Bilgenwasser oder saurer Ziegenmilch stank. Die Truhe des Abts und zwei Kisten standen im Heck, wo der Schiffsmeister das Ruder führte und das Wasser hochspritzte; ich dachte, dass die Seidenmäntel und die feine Unterkleidung nass und stockig werden und sich verfärben könnten. Ich schöpfte die Bilge aus, ein bisschen Wasser spritzte auf den roten Seidenmantel des Abts, während er mit uns sprach und sich ein parfümiertes Taschentuch unter die Nase hielt. Er fragte, ob wir Henry um Geld für ein Kloster bitten könnten. Conlaf holte tief Luft und sagte, wir Augustiner hätten mit Geld und materiellem Reichtum nichts zu schaffen. Kapitän Hume mischte sich ein und sagte, er sei zu lange auf Bardsey geblieben, er würde uns in Lundy von Bord gehen lassen, dort könnten wir ein anderes Schiff durch den Bristol Channel nehmen. Ich hielt dagegen, dass der Fürst von Nordwales ihn gut dafür entlohnt habe, dass er uns nach St. Valéry an der Somme-Mündung brachte. Robert schüttelte das Bilgenwasser von seinen schwarzen Stiefeln und sagte, er solle es nicht wagen, ihn in Lundy auszusetzen, denn König Henry würde ihm Silberlinge dafür bezahlen, dass er ihn nach St. Peter Port brachte. Hume schimpfte Robert einen diebischen Abt und spritzte mehr Bilgenwasser auf Roberts Mantel. Robert schürzte nur die Lippen und meinte: ›Urteilt nicht, auf dass ihr nicht selbst geurteilt werdet.‹ Schließlich wollte Hume ›uns Heilige‹ in Harfleur von Bord gehen lassen.«

»Es ist eine Anklage gegen Abt Robert, aber das ganze Tagebuch ist auch eine schöne Erinnerung«, sagte Thomas. »Es ist ungewöhnlich für einen Druiden, seine Gedanken niederzuschreiben, aber ich weiß, warum Ihr es getan habt. Ihr wolltet, dass Owain genau erfahren würde, was Ihr als Gesandte seines Landes unternommen habt. Es ist die Geschichte von unterschiedlichen Kulturen. Ihr habt festgestellt, dass die Waliser nicht wie andere Leute sind, und Ihr wart überrascht, dass andere Völker ganz andere Sitten und Bräuche haben.«

»Sie sprechen nicht nur eine andere Sprache, sie haben auch eine andere Esskultur, sie kleiden sich anders, denken anders, kultivieren ihr Land anders und haben eine andere Religion.« Madoc war froh, dass Thomas diese Unterschiede wahrgenommen hatte. »Wenn unterschiedliche Menschen aufeinander treffen, übernimmt jeder etwas vom anderen. Das wollte ich vermitteln.«

Thomas legte das Tagebuch behutsam auf den Tisch und schützte es mit der Hand. »Das ist ein Stück walisische Geschichte, geschrieben von einem Mann, der ein weiser Druide ist.« Er deutete auf die blauen Male um Madocs Nägel. »Eines Tages, wenn wir beide schon in unseren Gräbern verfaulen, wird das von großem Wert sein.«

»Nein, es sind nur Gedanken eines Ziehsohns«, widersprach Madoc. »Als ich all das schrieb, war ich noch nicht einmal Druide. Aber ich hüte es wie einen Schatz. Ihr und mein Vater seid die Einzigen, die es gelesen haben. Ich danke Euch, dass Ihr meine Worte versteht.«

»Und ich danke Euch, dass Ihr mich vor Abt Robert gewarnt habt. Doch keine Sorge, das Leben ist sowieso ungewiss; wie lange wir leben, liegt an uns und in den Händen Gottes. Man kann nur versuchen, jeden Tag ein gutes Leben zu führen. Lasst uns an Owains Gruft beten. Wusstet Ihr, dass seine Lider mit seltenen dreieckigen Münzen bedeckt sind, die vor mehr als drei Jahrzehnten von einem Mann namens Halli in Caernarfon geprägt wurden?«

»Von Halli aus Caernarfon habe ich noch nicht gehört, aber hier in Bangor habe ich mehr gehört, als ich zu hoffen gewagt habe. Die Götter haben mir heute zugelächelt.«

Nach dem Gebet sagte Thomas: »Bei der Konstitution von Clarendon verabschiedete Henry ein Gesetz, mit dem er die Schiedsgewalt über den Klerus beansprucht. Owain und ich protestierten gegen dieses und ein anderes Gesetz, das zwölf Männern in jeder Gemeinde die Macht gibt, andere Bewohner zu verunglimpfen. Euer Vater und ich erkannten, in welchem Maß diese Gesetze missbraucht werden könnten. Das nahm Henry zum Anlass, mich zu verbannen. Gott segne Owain, der mir gestattete, hier in Bangor im Exil zu bleiben. In meinen alten Jagdkleidern wohnte ich zusammen mit den Kleinbauern seiner Beisetzung bei.«

»Hat er ... hat Owain gut ausgesehen?«

Thomas rümpfte die Nase. »Im Tod sieht keiner gut aus.«

VII

Verborgene Schätze

1170 A. D.

Im Allgemeinen nahmen Druiden nicht an Kämpfen teil.
Manche sollen zwar einen so großen persönlichen Stab gehabt
haben, der fast einer Truppe oder zumindest einer Leibgarde
gleichkam, aber es sind nur wenige Fälle verzeichnet, wo
Druiden tatsächlich in einen Kampf verwickelt waren.
Angeblich konnten sie aber einen Mann töten, indem sie nur
einen Fluch über ihn verhängten oder ein Spottlied über ihn
sangen. Druiden hatten im Krieg und in der Schlacht eine
Mittlerrolle, sie sprachen Urteile aus und billigten oder
missbilligten Friedensverträge.
John King, The Celtic Druids' Year

Am alten Steinkai in Llandrillo-yn-Rhos bemannte Madoc
die *Gwennan Gorn* mit Bauern und Knechten, die er zu
Seeleuten ausbilden wollte. Dafydds Mannen hatten die
Getreidefelder von Degannwy niedergebrannt, nun hungerte Iorwerths Volk. Madoc hatte mit Iorwerth vereinbart,
dass er ihm eine Schiffsladung Getreide verkaufen wollte,
die er mit Owains Geld erstehen würde. Doch seine Männer brauchten erst Übung, bevor sie ein Schiff führen
konnten, das mit wertvollem Getreide für Degannwy beladen war.
Dazu ließ Madoc die Männer durch den tiefen Afon Ganol
auf das offene Meer fahren. Wie alle Schiffe »sprach« auch
die *Gwennan Gorn*. Jede Planke, jeder Balken, jedes Bord,
jeder Hirschhornnagel und Holzdübel klagte bei veränder-

ter Spannung. Meist war das Segel gerefft, und die jungen Männer ruderten. Allerdings hingen sie meist über der Reling und wollten lieber tot sein – schließlich hatten sie Felder bestellt, sie konnten mit der Sense umgehen, jagen und melken, aber bei rauer See konnten sie ihren Mageninhalt nicht bei sich behalten. Madoc erinnerte sich, wie es ihm ergangen war, als er zum ersten Mal in einem größeren Boot gefahren war. Er hätte die Bedeutung jeder noch so kleinen Bewegung nicht verstanden, wenn man sie ihm im Vorhinein nur geschildert hätte, also war sein Motto: Lerne durch Tun.

Der Wind peitschte den Regen zu trüben Schleiern. Madoc kämpfte mit seinem Umhang und mit der Kapuze aus gepichtem Segeltuch. Er starrte auf die schaukelnden Nachen, dann aber merkte er, dass nicht die Nachen schaukelten, sondern das Schiff. Ihm wurde ganz flau im Magen. Das Wasser schwappte an Deck, seine Wollsocken wurden zwar nass, aber seine Füße blieben warm. Er hielt das Ruder und schrie der Besatzung zu: »Lasst die Taue nicht los, die an Dollbord befestigt sind, sonst werdet ihr über Bord gespült! Die See ist nicht böse, sie verschlingt keine Menschenopfer. Wind und Regen kommen, wenn die warme Luft aus dem Süden auf die kalte Luft aus dem Norden trifft. Das ist ganz normal. Ihr braucht lediglich Erfahrung. Also, Augen auf!«

Thurs hing kreideweiß neben Madoc an Dollbord und erbrach alles, was er im Magen hatte. »Mir ist speiübel!«

Das Schiff geriet in eine Gischtbö, es war, als falle ein Felsbrocken aus dem Himmel direkt auf den Bug. Es schäumte und toste, und das Wasser wurde immer härter. Man sah kaum noch die Hand vor Augen.

»Warum ist das Wasser so schwarz?«, fragte Thurs.

»Im Sturm ist alles schwarz«, sagte Madoc. »Hilf mir, das Steuerruder zu halten. Hier – pack an und halte es fest!

Die See muss hinter dir bleiben, das Schiff darf nie parallel zu den Wellen fahren. Wo ist dein Ölzeug?«

Der Regen schlug Thurs ins Gesicht, er brachte den Mund nicht auf und schloss die Augen. Er ließ das Steuerruder los und wischte sich das Wasser aus dem Gesicht. Madoc war weg! Die frei schwingende Pinne traf ihn am Bauch, er bekam keine Luft mehr. Er riss den Mund auf, schnappte nach Luft und packte das Ruder, um sich aufrecht zu halten. Wie Eisenklammern umschlangen seine Hände das Ruder, er spreizte die Beine, stemmte sich gegen den Wind und versuchte, das Schiff über den Wellen zu halten.

Madoc kam mit einem Segeltuchkittel zurück, zog ihn Thurs über und setzte ihm die Kapuze auf. Thurs nahm die Hände nicht vom Ruder, um den Kittel zuzumachen. Lächelnd schloss Madoc die Holzklammern. »Ich nehme das Ruder wieder«, sagte er. »Du und die anderen, ihr seid nun nicht mehr seekrank. Deshalb werdet ihr bald richtige Matrosen sein.«

Als der Regen dünner wurde, ließ Madoc das blaue Segel aufziehen. Wenn das Schiff vor dem Wind fuhr, sah es aus wie ein riesiger Vogel, der dicht über der wogenden See dahinflog. Das aufgegeite blaue Segel an der Rah war ein Augenschmaus, doch vom Strand aus war es kaum von der See zu unterscheiden. Mit dieser Tarnung wollte Madoc verhindern, dass Freibeuter seine Schiffe ausspähten oder die Kopfjäger unter den Anhängern der neuen Religion ihm und seiner Besatzung an den Kragen gehen konnten.

Thurs besah sich die Blasen an seinen tätowierten Fingern. »Mein Rücken schmerzt schrecklich von den Schultern bis hinunter zu den Schenkeln. Ich träumte von einem trockenen Plätzchen für die Nacht!«

»Du träumst schon wieder! Wir kaufen Getreide für das hungernde Volk in Degannwy.«

Nachdem das Getreide auf Madocs Schiff verladen war, schickte er Thurs zu Iorwerth, um ihm zu bestellen, er solle mit Packpferden zum Kai von Llandrillo-yn-Rhos kommen.

Danach, und noch viele Jahre danach, konnte er sich nicht an all das erinnern, was passiert war, als sein Schiff anlegte und das Getreide abgeladen wurde. Seine Bücher waren in Ordnung, er hatte das Geld, doch dann geschahen Dinge, an die er kein Erinnerungsvermögen mehr hatte, auch nicht daran, dass er anschließend nach Dubh Linn gesegelt war.

Dort hatten die Druiden die *Gwennan Gorn* gesichtet und sich am Strand von Dubh Linn aufgestellt, um den Kapitän und seine Mannschaft willkommen zu heißen. Madoc begrüßte Sein und Llieu, die an Bord kamen und das Schiff bewunderten. Beide waren sehr betrübt, doch Madoc verstand nicht, warum. Als schließlich alle das Schiff wieder verließen, blieb er an Bord zurück. Caradoc, einer von Madocs früheren Lehrmeistern, inzwischen grauhaarig und mit langem Bart, sah nach ihm. »Bist du die Wache?«

»Nein, der Bootsjunge hinten in der Kombüse«, gab Madoc zurück.

»Ich habe mit Brenda gesprochen und wollte nachsehen, warum du nicht kommst«, sagte Caradoc. »Kabyle, der Muselmane, der euch in Paris zur Flucht verholfen hat, war eine Woche bei uns in der Siedlung, dann reiste er mit sechs Männern ab; er will an der walisischen Küste Handel treiben. Ich glaube, er will dir sein Schiff gegen die Münzen in der Silberschatulle verkaufen. Aber – warum wickelt ein Mann denn nur ein Laken um seinen Kopf?«

»In seiner Heimat schützt das Tuch seinen Kopf vor der heißen Sonne.« Madoc legte eine Hand auf seinen Kopf. »Woher weiß er, dass ich eine Schatulle mit Geld habe?

Iorwerth hat mir für das Getreide Silberlinge gegeben, und ich habe noch ein bisschen Geld von Thomas Becket – nein, von Fürst Owain. Ich … manchmal erinnere ich mich, dann wieder vergesse ich alles. Ich kann mich nicht entsinnen, mit Kabyle gesprochen zu haben, aber ich weiß, dass ich mich mit Thomas unterhielt, ich weiß jedoch nicht mehr, worüber, ich weiß auch nicht, wann er mir das Geld gab. Nachdem das Getreide abgeladen war, wunderte ich mich, woher die schöne Schatulle stammte. Was hat Kabyle gesagt? Hat er oder Thomas sie mir gegeben?«

»Ich glaube nicht, dass Kabyle das weiß, auch ich weiß es nicht«, sagte Caradoc.

»Ja … Thomas hat mir Owains Geld gegeben; damit sollte ich viel Getreide kaufen und meine Mannschaft bezahlen«, erinnerte sich Madoc. »Der Himmel hier ist von dichten braunen Rauchschwaden bedeckt. Kommt der Rauch von den brennenden Feldern in Wales? Oder sind die Christensoldaten inzwischen auch hier gelandet und verbrennen die irischen Ernten?«

»Weder noch. Zehn Monate vor Owains Tod ist auf der Mittelmeerinsel Sizilien der Ätna ausgebrochen und hat so viel Rauch, gesprengte Felsen und Asche in die Luft geblasen, dass die Erde bebte. Ohne Vorwarnung überfluteten riesige Brecher das Land, wochenlang kam die Sonne nicht mehr durch, und als sie wieder schien, war sie blutrot. Ohne die Sonne wurde das Sommergras welk, die Ernten sind zerstört. Die Römer verhungern. Die wenigen Menschen, die in der Nähe des rauchenden Bergs überlebt haben, glauben, er sei von Dämonen bewohnt. Der Berg ist im Inneren heiß und kocht immer wieder hoch wie Wasser in einem verschlossenen Topf.«

»Unweit von Island habe ich so etwas Ähnliches schon gesehen«, sagte Madoc. »Ich hätte nie gedacht, dass die

Götter solche Rauchwolken über ferne Meere und Länder schicken.«

»Ich bin gekommen, um dir zu sagen, wie Leid es uns tut wegen deines Verlustes. Brenda hat mir alles erzählt.« Caradoc hielt Madocs Hand und wischte ihm das Gesicht mit einem Tuch, das er aus der Tasche gezogen hatte. Bei dieser unerwarteten väterlichen Geste fuhr Madoc jäh ein schmerzender Stich ins Herz.

Auch Llieu und Sein sprachen ihm ihr Mitleid aus.

»Was redet ihr denn da?« Madoc hielt sich den Kopf und versuchte, sich zu erinnern, was passiert war, als er von Llandrillo abgesegelt war, Anglesey umrundet hatte und über die Irische See nach Dubh Linn übergesetzt war. Er spürte noch das Rollen des Schiffs, doch er konnte sich an nichts mehr erinnern, dabei dachte er, er hätte das Schiff gesteuert. »Ist etwas mit mir? Ich wollte nach meiner Frau und nach meiner Mutter sehen. Wenn ich sie getroffen habe, geht es mir bestimmt wieder besser.«

Caradoc nahm Madoc am Arm, führte ihn von Bord und brachte ihn von der Menge fort. »Du hast Brenda und Conlafs Frau Llorfa aus Gwynedd hergebracht. Erinnerst du dich nicht mehr?«

»Nein!« Doch dann sagte er zögernd: »Das Schiff geriet in ein Wellental, ich fürchtete, das Wasser könnte über … über die Leute schwappen und das Deck überschwemmen. Wer war an Bord? Ich weiß nicht, wer während des Getreidehandels und danach bei mir war.«

»Setz dich. Ich habe die traurige Pflicht, dir zu sagen, dass Thurs' Großmutter Magain vorgestern von Dafydds Mannen in Degannwy getötet wurde. Erzdruide Llieu spricht gerade mit Thurs.«

»Ich muss zu ihm! Er ist erst sechzehn! Er hat bei seiner Großmutter gelebt, sie hat ihm die druidischen Ehrenmale tätowiert. Hat Brenda mit ihm gesprochen?«

»Warte! Erinnerst du dich, was heute Morgen in Llandrillo-yn-Rhos los war?«

»Ja, Dafydd und seine Truppen wollten die Packpferde mit den Getreidesäcken stehlen.«

»Mona wurde bei dem Überfall getötet, und deine Frau –«

»Mona, die kleine Magd? Nein! Nein, das kann nicht sein! Was ist hier los? Sag mir bitte, wo meine Frau ist. Ich will Annesta sehen!« Ihm war ganz übel.

»Du wolltest Mona, Annesta, Llorfa und Brenda an Bord der *Gwennan Gorn* nach dem Handel hierher ins sichere Lager bringen. Erinnerst du dich?«

»Nein! Ich kann nicht! Wo war ich?« Madocs Lippen zitterten. »Ich habe Frauen an Bord genommen? Aber es bringt doch Unglück, Frauen auf einem großen Segelschiff zu haben, sie dürfen nur in Currachs oder Fischerbooten fahren.« Sein Herz raste. »Was ist passiert?«

»Die Kopfjäger streiften durch die Lande. Die vier Frauen waren bei Iorwerth, bis sie ein Schiff finden würden, das sie sicher nach Dubh Linn bringen würde. Iorwerth holte sein Getreide und schickte die Frauen auf dein Schiff. Als Annesta an Deck klettern wollte, wurde sie von Dafydds Pfeil tödlich getroffen. Du hast sie die meiste Zeit im Arm gehalten, während Thurs Schwefelbälle nach Dafydd und den Truppen warf, die dein Schiff angriffen. Troyes, der Junge aus Paris, führte dein Schiff. Einige sagen, der Pfeil, der Annesta traf, war für dich bestimmt. Deine Tochter ist bei Brenda.«

Sosehr Madoc sich mühte, er konnte keinen klaren Gedanken fassen. Was für eine Tochter? Er hatte keine Tochter. Es konnte nicht wahr sein! Er wartete darauf, dass Caradoc ihm enthüllte, es sei nur ein schlechter Scherz, wie ihn Seebären eben manchmal machten. Er konnte sich auch nicht erinnern, dass sein Freund Thurs Schwefelbälle nach Dafydd und dessen Truppen geworfen hatte, nicht, dass diese sein Schiff angegriffen hätten, nicht, dass Troyes segeln konnte. Irgendwann würde er aus diesem bösen Traum erwachen, und dann wäre alles gut. Die Götter würden solch ein schreckliches Gemetzel nicht zulassen …

Caradoc führte ihn zu einer Matte, gab ihm zu trinken und sagte, er solle ruhen. Madoc trank, aber ruhen wollte er nicht, er wollte mit jemandem sprechen. Doch ihm fielen die Augen zu. Er riss sie noch ein paar Mal auf, aber das Sprechen bereitete ihm große Mühe, schließlich überließ er sich dem Schlaf und schlief ganze zwei Tage.

Als er erwachte, legte Brenda ihm die kleine Gwenllian in den Arm. Linkisch hielt er das Kind, dabei sprach er mit Brenda über das Wetter und andere Dinge, bis die Kleine vor Hunger heulte wie ein Wolf. Er hielt mitten im Satz inne, gab das rot angelaufene Kind Brenda und vergrub seinen Kopf in seinen Armen.

Vielleicht hatte er sich eine Seefahrerkrankheit zugezogen, dachte Brenda, die gemerkt hatte, dass er nicht zusammenhängend denken und sprechen konnte.

Er durfte nicht krank sein, also zwang er sich, das Gespräch weiter zu führen, und klagte nicht über seine schrecklichen Kopfschmerzen. »Ich will Kauffahrer werden, wie mein Freund Kabyle«, sagte er.

Brenda hielt das Kind so, dass er in Gwenllians Gesicht sehen konnte. »Dieses Kind ist von dir und Annesta. Es ist ein Schatz. Was hast du nun mit Gwenllian vor?«

»Ich kann mich gar nicht erinnern, dass Annesta von einer Tochter gesprochen hätte, ich kann mich auch nicht erinnern, dass Annesta tot wäre. Nun habe ich keine Frau mehr, aber eine Tochter! Was hat das alles zu bedeuten? Mein Leben hat sich nach rückwärts gewandt. Ich kann mich nicht um ein Kind kümmern. Wer wird für Gwenllian sorgen?«

»Ich«, sagte Brenda.

Madoc gab ihr alles Geld, das er von Owain bekommen und das er beim Handel verdient hatte. »Vielleicht hilft das. Mehr kann ich nicht tun. Ich bin ein ärmlicher Vater.«

»Danke, es ist mehr, als ich verlange. Hör auf deine Mutter – du bist kein ärmlicher Vater! Du bist reicher als viele Menschen, reich an Freundschaft und Liebe, die dir die Druiden und deine Mutter entgegenbringen. Und außerdem ist dir vom Schicksal bestimmt, ein langes Leben zu haben und in einem neuen Land eine Siedlung zu gründen. Komm zurück und erzähl uns davon. Dann gehen wir vielleicht mit dir – falls du Frauen an Bord lässt.« Sie küsste ihn auf die Wange. »Bitte den Druidenrat um Unterstützung, die Druiden haben einen Vorrat an Wertsachen, die sie nicht brauchen.«

Das tat er. Doch die Druiden erinnerten ihn daran, dass er wahrscheinlich noch Geld von Iorwerth und seinem Vater übrig hätte.

»Dieses Geld habe ich meiner Mutter gegeben, sie sorgt für meine kleine Tochter.«

Der Rat verstummte und dachte über Madocs Worte nach. Madoc rieb seinen schmerzenden Kopf und dachte schon: Das war's. Er verließ den Rat und bereitete sich darauf vor, nach Wales zurückzufahren und mit dem Handeln zu beginnen. Eine Wolke glitt vor den Vollmond und gab ihn wenige Minuten später wieder frei. Madoc schloss die Augen und dachte daran, wie schön Wales gewesen war, bevor der Bürgerkrieg ausgebrochen und der Machthunger das Land dem Erdboden gleichgemacht hatte. Vor seinem geistigen Auge sah er die bewaldeten Hügel, die grünen Täler, das feuchte Moos, die schlichten Steinwälle und einen Wasserfall, der weiß durch den Wald schäumte. Nordwales war sehr steinig und die Krume so dünn, dass die

Steine sich unablässig zur Sonne zu drängen schienen. Und dann die Moore! Wegen des Regens stand die Hälfte des Landes die Hälfte der Zeit unter Wasser. Einmal hörte er auf einem Hügel Rauschen und Gurgeln unter seinen Füßen, konnte aber kein Wasser sehen. Es gab schilfbewachsenes Land, halb Erde und Torf, halb Wasser, mit blühenden Sumpfpflanzen und summenden Insekten. Madoc liebte Gwynedd. Wie konnte er es nur verlassen und eine andere Heimat suchen? Das war nicht recht. Doch er fand es schlimm, was die einen Waliser den anderen antaten. Wenn er zu viel darüber nachdachte, bekam er einen Hass auf Gwynedd, aber das würde er niemandem verraten.

In der Nacht gelobte er, Annesta am Leben zu halten, indem er sie in seinen Tag- und Nachtträumen besuchte. Nun war es an der Zeit, dass er die Druiden zu einem Ort führte, wo die Luft von Gesang erfüllt war. Er war ihr auserwählter Führer, doch er wusste nicht, ob er diese Ehre auch verdient hatte. Brenda war sich dessen sicher; sie hatte gesagt, das tanzende Nordlicht und die Worte ihrer Hebamme sowie des alten Herbergswirts von Degannwy würden es beweisen. Er hatte gesagt, Madoc sei dazu bestimmt, die Druiden zu erretten. Madoc hatte auch selbst schon einmal Nordlichter gesehen; alles erschien ihm ganz normal, die Dinge schienen ihm einfach zu geschehen. Er war nicht anders als andere Ziehkinder, er hatte lediglich mehrere Ziehväter, und alle behandelten ihn gut. Er liebte die See und er liebte Schiffe, nun waren sie sein Leben. Doch, bei allen Göttern!, um die Wahrheit zu sagen, am meisten hatte er Annesta geliebt. Als sie noch lebte, stand die See an zweiter Stelle.

Nein, dachte er, ich nasführe mich selbst, nicht die Götter. Die Götter wissen, dass ein Mensch nur eine Liebe kennt. Ich verließ meine Frau, um Schiffe zu bauen. Die Götter haben mich auf die Probe gestellt. Ich habe gelernt, dass ein Mensch nicht mehr bekommt, als er zu geben bereit ist. Und ich war nicht bereit, mein Leben aufs Spiel zu setzen, um sie zu schützen. Ich verließ mich auf andere, die sie an Bord brachten, nachdem ich Iorwerth das Getreide verkauft hatte. Ich habe versagt, ich konnte sie nicht schützen, und sie wurde von einem Pfeil getötet, der für mich bestimmt gewesen war. Nun hat sich mein Leben verändert, ich werde zu unbekannten Gestaden aufbrechen und wieder glücklich werden.

Er hörte nicht, wie Llieu zu ihm trat. Mit dem weißen Haar und dem dichten grauen Bart erkannte Madoc ihn kaum wieder, doch dann sah er in sein sonnengebräuntes, lächelndes Gesicht.

»Der Rat hat deinem Ansuchen stattgegeben. Komm!«

Madoc nickte. Allerdings wusste er nicht, was der Erzdruide von ihm erwartete. Was sollte er vor dem Rat sagen?

Er trat vor die Menge. »Freunde, ich laufe nicht weg. Ich will nur die alten Wracks reparieren, und mit etwas Glück kann ich der beste Kapitän werden, den die Druiden je den ihren nannten!«

Llieu sah erst auf die brennenden Kerzen an der Wand, dann auf die Männer, die im Kreis standen und Madoc ansahen. »Ich habe nie behauptet, dass du weglaufen wolltest.« Er verschränkte die Hände. »Der Rat bietet dir seine Hilfe an, aber die hat ihren Preis.«

»Wenn ihr mir helft, helfe ich euch auch und hole die Kultgegenstände, die ihr vor den Kopfjägern in der Siedlung von Aberffraw versteckt habt.«

»Sie sind in meiner Kate unter dem Binsenteppich«, sagte Llieu. »Wenn du alles bringst, unterstützt dich der Rat großzügig beim Schiffsbau. Und wenn du zehn Schiffe hast, dann bemanne sie mit Druiden und Vieh und bringe uns in ein fernes Land, wo wir wieder sicher und frei leben können. Du erinnerst dich an die Prophezeiung der alten Druiden? An das Kind, das unter dem tanzenden Nordlicht gezeugt wurde? Die Zeit ist reif für die Erfüllung des Omens. Wir glauben, dass du dieser Retter bist, der Führer der Druiden. Was sagst du dazu?«

Madoc schluckte. Er steckte seine schweißnassen Hände in die Taschen seiner Kutte und hob den Kopf. Da stand er und wusste nicht, was er sagen sollte. Vor seinem geistigen Auge sah er schöne Bilder von Annesta und den Snowdons, doch das konnte er dem Rat nicht sagen. Er kannte die Prophezeiung schon sehr lange, doch er dachte nie viel darüber nach. Seiner Meinung nach unterschied er sich nicht von anderen Menschen, von manchen Dingen verstand er etwas, zum Beispiel von Mathematik, Astronomie und Segeln, andere Dinge konnte er schlecht, zum Beispiel Leier spielen und operieren. Schließlich stammelte er. »Ich will.«

»Mein Sohn«, sagte Llieu und sah Madoc in die Augen. »Auch ich habe eine Frau verloren, die ich sehr geliebt habe. Es geht dir nicht gut, du kannst nicht klar denken, aber das geht vorüber. Vergiss nicht: Du bist kein Händler mehr – du bist jetzt Kapitän und der Führer der Druiden.«

Madoc runzelte die Stirn und hielt den Atem an.

»Englische Soldaten und ihre Anhänger wüten in Wales und wollen alle Menschen ausrotten, die Waidmale haben. Wir müssen diesen Kreis der Gewalt durchbrechen oder umgehen, bevor das Wissen verloren geht, das die Druiden über Jahrhunderte zusammengetragen haben. Jahrelang haben wir vergeblich versucht, der Gewalt Einhalt zu gebieten. Wenn du also zehn seetüchtige Schiffe hast, wird jedes mit Proviant und Wasser für sechs Wochen beladen, drei, vier Stück Vieh und zwei Dutzend Menschen kommen an Bord. Du bringst uns an einen Ort, wo wir wieder

Landbau und Viehzucht betreiben, wo wir ohne Angst leben und unsere Riten begehen können.«

Madoc dachte an Thomas Becket; auch er hatte ihm gesagt, er sei ein Druidenführer. »Ich verstehe. Ich soll den Kreis der Gewalt durchbrechen.« Die Antwort war schnell gekommen, und ihre Wahrheit schlich sich in sein benebeltes Hirn. Die Wahrheit war auch, dass seine Frau vor wenigen Tagen gestorben war. Diese Wahrheit sah er in den Gesichtern der Anwesenden. Nun sollte er eine alte druidische Prophezeiung erfüllen. Er hätte nie geglaubt, dass dieser Tag kommen würde. Doch nun war es so weit, er musste sich der Herausforderung stellen.

Llieu legte zwei Finger an Madocs Ellbogen.

»Ich danke dir«, sagte Madoc leise, und ein Lächeln huschte über sein Gesicht. »Komm mit mir!« Und dann öffnete sich plötzlich seine Kehle, und er rief: »Ich will, dass ihr alle auf diesen zehn Schiffen seid! Ihr sollt nie wieder Gefahr laufen, geköpft zu werden!«

Der Rat klatschte laut.

Llieu sagte: »Keine Sorge, bald wird dein Herz deine Erinnerung wieder freigeben. Einige wollen vor Tagesanbruch mit dir nach Aberffraw segeln. Es gibt viel Arbeit.« Er langte in seinen Kittel, streckte die geschlossene Faust aus und öffnete sie. Auf seiner Hand lag an einem Riemen ein Goldring mit einem Onyx, in den das Wappen von Gwynedd eingraviert war, drei Löwen übereinander auf einem Schild. »Du gehörst dem Hause Gwynedd an, du hast ein größeres Recht auf den Ring als ich, er hat Howell gehört, die Götter haben ihn selig. Vor Jahren gab er ihn mir, nachdem ich seine Zunge geheilt habe. Du hast seine Zunge gerettet, indem du sie mit Seeigelstacheln wieder zusammengesteckt hast. Das war eine neue Methode, heute stecken viele Heiler Hautfetzen damit fest. Du warst nie fingerfertig genug, um ein großer Heiler zu sein, aber du kannst im Grunde alles. Kein Zweifel: Du bist der Auserwählte. So trage diesen Ring, mein Ziehsohn, mit demselben Stolz wie deine Ehrenmale.« Und mit Tränen in den Augen legte er Madoc die Kette an.

Als er am nächsten Tag die Kette an seinem Hals spürte, dachte er an den Tag, als er die *Gwennan Gorn* ohne Zeichen am Bug und ohne wehendes Banner zu Wasser gelassen hatte, um keinen Verdacht zu wecken. Plötzlich hörte er ein paar schrille Töne und sah auf: Conn mit der Leier in der Hand. Seine dünnen Haare kräuselten sich wie Rauchfäden im Wind. Neben Conn hing ein dunkelhaariger Junge über der Reling, seine Sommersprossen waren so auffällig, als hätte man sie auf die bleichen Arme und das blasse Gesicht gespritzt. »Ein seekranker Junge, der sich unter dem Achterdeck zusammengerollt hatte«, sagte Conn. »Es ist der Ziehsohn Brett; seine Eltern fürchteten, ihr Gehöft könnte geplündert und niedergebrannt werden, also brachten sie ihn zu Lliu ins sichere Lager.«
Madoc gab Brett eine Blechschüssel zum Schöpfen. »Arbeite, bis ich sage, es ist genug. Hier bekommt niemand eine Freifahrt.«
Die Gischt spritzte den Männern ins Gesicht, als das Schiff in den immer höher werdenden Brechern stampfte und rollte. Die Hälfte der ehemaligen Bauern, die nun Matrosen waren, stöhnten und erbrachen sich würgend, als das Schiff an der Westseite von Anglesey Richtung Süden nach Aberffraw fuhr. »Die Marschen an der Küste, die nun überschwemmt sind, waren einmal Trockenland, Fischerdörfer standen dort«, sagte Madoc, der die Männer von ihrer Übelkeit ablenken wollte. »Ich glaube, die See steigt und sinkt nach einem bestimmten Rhythmus über Hunderte von Jahren, genauso wie die Flut alle zwölfeinhalb Stunden wiederkommt, genauso wie der Mond durch

seine Phasen geht und alle neunundzwanzigeinhalb Tage wieder an derselben Stelle steht. Ich frage mich auch, ob Regen und Schnee sich zyklisch verhalten, ob sie zu einer bestimmten Zeit das Land überfluten und zu einer anderen ausdörren lassen.« Vielleicht könnten sie in der neuen Heimat diese Naturphänomene beobachten.

Am Strand wurde die *Gwennan Gorn* auf Stämmen hinter eine Düne gezogen, wo die Waren vor dem verwehenden Sand geschützt waren. Zwei Männer errichteten im Windschatten Handelstheken; einer war Gorlyn, der Mann mit dem roten Bart, der andere war Conn. Sie verhielten sich wie irische Händler und wollten Fischtran und getrocknete Zwiebeln gegen gewalkte Wolle verkaufen. Das war eine ganz neue Form der Wollverarbeitung; die Wolle wurde erst mit Ton bedeckt und gestampft, damit der Ton das Fett aufsog, dann wurde die Wolle gewaschen, sie lief ein und verfilzte. Aus diesem Wollstoff sollten ihnen die Frauen im Sicheren Lager Strümpfe machen.

Clare und der Schiffsbauer Sigurd mit dem schulterlangen zottigen Haar waren als Schiffswache abgestellt. Der Goldschopf Madoc und sein schwarzhaariger Freund Conlaf hatten die Kapuzen übergezogen, damit man ihre Gesichter nicht sah. Beide trugen je einen großen zusammengefalteten Leinensack unterm Arm, in denen sie die Kultgegenstände der Prydian-Druiden transportieren wollten.

Conlaf hatte Schmerzen in der rechten Seite, und so half er sich mit einem knorrigen Stock über die sandige Straße. Erstaunt sahen sie Bauern außerhalb von Aberffraw. Sie beugten sich über Bottiche mit bunten Brühen, in denen die gewalkte Wolle gefärbt wurde. Sie machten lange, ernste Gesichter. Die Kinder liefen den Fremden nicht hinterher, nur die Hunde bellten und schnappten nach ihren Knöcheln. Von außen besehen wirkte das Dorf ganz in sich gekehrt, Madoc und Conlaf mieden es aus Angst, jemand könne sie erkennen. An der Berme standen ein Dutzend neue windschiefe Katen. Conlaf hatte gehört, dass Dafydd den Leuten vorschrieb, wo sie zu wohnen hatten, und er schrieb den Bauern auch vor, was sie anbauen mussten, wann sie ernten durften und wie viele Abgaben sie zu leisten hatten.

Madoc deutete auf die verwilderten Gärten hinter den Katen und sagte: »Mit dem angestammten Land haben die Menschen auch ihren Stolz verloren, sie sind gleichgültig und teilnahmslos geworden. Was für eine Verschwendung!«

Vorsichtig gingen sie die Straße entlang, vorbei an einer Reihe von Hütten, die nun Schlachthöfe waren. Jaulende Hunde schnüffelten und schnappten nach den stinkenden Abfällen, die auf die Straße geworfen wurden. Bunte Fähnchen wehten einladend über offenen Türen, aus den Katen drang Gesang und Gelächter – Bordelle und Tavernen; in den alten Tagen hatte es kaum solche Einrichtungen gegeben. Madoc und Conlaf hörten Schritte, sie drehten sich um und sahen einen huschenden Schatten. Wurden sie verfolgt? Madoc wurde nervös; er war auf der Hut.

Conlaf stieg die Berme hinauf und trat durch eine offene Tür. Hinter hauchdünnen Vorhängen tanzten Frauen. Eine schwarzhaarige Schönheit mit nacktem Bauch lockte ihn, an den frivolen Lustbarkeiten teilzunehmen. »Komm, Bruder, hier siehst du Dinge, von denen du sonst nur träumen kannst! Keine Sorge – niemand fragt nach deinem Namen und deiner Stellung. Es wird dir ein unvergessliches Erlebnis sein!« Sie hob Conlafs Ärmel an. »Ich spicke unter deine Kutte, Mönch, da kribbelt dir die Haut! Und wenn du bezahlst, darfst du auch unter mein Hemd spicken, dass du meinst, du seist im Himmel!«

Conlaf grinste, kratzte sich an der rechten Hüfte und leckte sich über die Lippen.

Madoc kam und starrte die halb nackte Frau an, die ihre Arme um Conlaf geschlungen hatte. »Wir haben keine Zeit, Schwester. Lass meinen Bruder los, bevor ich die Torwache rufe und sage, dass dein Herr keine Steuern ans Dorf bezahlt. Das Land an der Berme gehört nämlich der Gemeinde Aberffraw.«

Das Mädchen wich zurück, als hätte sie sich verbrannt, und verschwand schnell. Conlaf rannte hinter Madoc her, der ihm zurief: »Ich habe einen Schatten gesehen, ich glaube, es war Brett. Wir müssen nachsehen und uns vergewissern, es dauert nicht lange. Dann holen wir die Kultgegenstände und verschwinden unauffällig.«

Conlaf war beleidigt, weil Madoc ihn daran gehindert hatte, eine Kostprobe dessen zu nehmen, was das Mädchen im Bordell ihm zu bieten hätte. »Ich darf mich keine Minute mit einer schönen, halb nackten Dame vergnügen, aber du darfst an den Palisaden vor dem Burghof herumlungern und nach irgendwelchen eingebildeten Schatten Ausschau halten!«

Die Straße zur Druidensiedlung war einst von den Römern mit Steinquadern auf einem Fundament aus Kalksteinbruch angelegt worden. Die Quader waren ausgehebelt und begrenzten nun Schafweiden, der Kalkstein war mit Unkraut überwuchert. Sie gingen an einem Stehenden Stein vorbei, an den ein geköpfter Bauer gebunden war und verweste. Schaudernd hielten sie sich die Nase zu.

Wieder hörte Madoc Schritte, er sprang ins Dickicht und packte den jammernden, strampelten Jungen am Schlafittchen. »Brett! Du sollst doch auf dem Schiff bleiben!«, zischte er.

Brett zitterte vor seinem zornigen Kapitän, sagte aber trotzig: »Ich weiß, dass ihr zur Druidensiedlung wollt. Vaters Gehöft ist nicht weit von hier, ich wollte ihn besuchen.« Er lächelte gezwungen.

»Gut, ich gebe dir eine Stunde Zeit.«

Brett nickte. »Ich richte mich nach dem Sonnenstand.«

Madoc hielt Brett immer noch im Nacken fest. »Wenn du in einer Stunde nicht in der Druidensiedlung bist, gehen wir ohne dich!«

Brett wand sich aus Madocs Griff, streckte ihm die Zunge heraus und rannte davon.

»Wir wissen nicht, wen er trifft und was er erzählt«, meinte Conlaf. »Jungen dieses Alters sind wankelmütig und glauben jedem Fremden aufs Wort.«

»Ach, er hat Heimweh und er hat Angst«, gab Madoc zurück. »Wenn er erst bei seiner Familie war, geht es ihm bestimmt besser. Weißt du denn nicht mehr, was du mit zehn oder zwölf Jahren für ein Hitzkopf warst?«

»Ja. Und ich weiß auch noch, dass unser Freund Llyn eines Tages mit seiner Leier in den Dünen verschwand und nie wieder zurückkam. Wir haben ihn gefunden, ohne Kopf. Dünen sind mir ein Gräuel.«

»Weißt du noch, wie wir Feldmäuse fingen und ihren Körperbau untersuchten? Einmal sollte ich einen Hund für dich fangen. Du dachtest, wenn du weißt, wo die Organe bei einem Hund liegen, bist du Llieus bester Schüler aller Zeiten! Statt eines Hundes habe ich dir aber zwei gebracht, damit ich genauso schlau werde wie du.«

»Das waren deine wilden Zeiten!« Conlaf schnaubte. »Aber mit deinen plumpen Fingern konntest du nie Gedärme und Blutgefäße auseinander halten, die Namen für die Eingeweide hast du dir allerdings besser merken können als ich.«

»Wirst du verrückt, weil du mit mir segeln musst, ich jeden Tag mit dir rede, dir Anweisungen gebe und dir keine Privatheit gönne?«, fragte Madoc.

»Nein, beim Teufel! Wir verstehen uns doch. Wir sind zusammen nach Paris und nach Reykjavik gesegelt, wir haben gegenseitig unsere Tagebücher gelesen. Llieu sagt, dass du deines von Thomas Becket zurückbekommen hast. Auf dem Weg zu fernen Landen können wir über die alten Zeiten sprechen. Du bist der Kapitän, Brett ist dein Bootsjunge.«

Der Erdwall um die Druidensiedlung war mit kriechendem lila Günsel bedeckt, hier und da wuchsen Büschel von Sandkraut. Der Schanzzaun war in schlechtem Zustand, an manchen Stellen war er eingebrochen, an anderen Stellen verbrannt. Die Holzpfosten mit den geschnitzten Masken und den ausgebleichten Eberschädeln waren verschwunden. Die Tür der Frauenkate fehlte, das mit Lehm verputzte Weidengeflecht war von Haselschösslingen verdeckt. Llieus Kate war bis auf den Grund abgebrannt, im ehemaligen Innenraum hatten Tiere stinkende Marken gesetzt. Neben der verkohlten Türschwelle schwangen Büschel von weißen sternengleichen Blumen auf hohen Stängeln im Wind, die fleckigen Blätter rochen nach Zwiebel. Madoc und Conlaf saß ein Kloß im Hals, am liebsten hätten sie diejenigen bewusstlos geschlagen, die ihre alte Heimstatt derart geplündert und in Brand gesteckt hatten. Madoc schluckte und ballte die Fäuste. »Vielleicht haben das hiesige Bauern getan, damit Dafydd und seine Truppen die Druidenkaten nicht plündern konnten.«
Conlaf räusperte sich und flüsterte: »Das glaube ich kaum. Selbst der alte Steinkreis ist zerstört, die Steine zerschlagen. So etwas tun Bauern nicht. Auch die Kate mit den Ackergeräten ist verbrannt. Die Bauern hätten die Geräte mitgenommen.«
»Das war sicherlich keine Beltane-Feier«, meinte Madoc, »es gibt keine Spuren von Rindern oder Schafen, auch keine Kadaver von Tieren, die in Rage abgeschlachtet wurden. Vielleicht kann uns Brett sagen, was hier passiert ist.

Der Tisch stand hier, hier lag auch der kleine Teppich.« Er kickte die Asche weg und ritzte ein Viereck in die Erde. Schmallippig stocherte er mit der Stiefelspitze in der Asche nach einem Grabewerkzeug. »Wir können mit den Scherben der Stehenden Steine graben.« Er krabbelte im Bruchstein herum und suchte nach einem Stück, das ihm gut in der Hand lag und spitz genug zum Graben war. »Wir finden das Versteck!«

Sie kamen ins Schwitzen, zogen die Kutten aus und tranken an der Quelle. Das Wasser war ganz schlammig.

»Meinst du, die Leute nehmen Grundwasser zum Bewässern?«, fragte Conlaf.

»Nein, ich glaube, mit dem Wasser wurde das Feuer bekämpft. Hier hat vor kurzem jemand gegraben. Die Erde ist locker.«

»Der Tisch stand weiter in der Mitte, grabe weiter rechts.«

Nach zwei Stunden hatten die beiden drei Löcher von einer Elle Länge und Breite und zwei Ellen Tiefe gegraben. Madoc stand auf der Schwelle und versuchte sich vorzustellen, wo Tisch und Teppich gewesen waren. Der Wind in den Bäumen machte ihn nervös, er fürchtete, jemand könne sie beobachten und belauschen. Gegen die Angst sang er ein Lied, das sein Halbbruder Howell vor Jahren in der Schlacht gegen die Wikinger gesungen hatte, die nach den irischen Seehäfen auch die walisische Küste besetzen wollten. Madoc und Conlaf waren damals noch Knaben, sie hatten sich im hohen Gras versteckt, um nach dem Kampf den Verwundeten auf beiden Seiten erste Hilfe zu leisten. Es war ein ungeschriebenes Gesetz, dass alle Druidenschüler die Pflicht hatten, sich Grundkenntnisse der Heilkunde anzueignen, egal, ob sie das Fach später weiter studierten oder nicht.

Ich liebe den Hof von Gwynedd, die trutzigen Wehren,
Seine tapferen Ritter, die in die Schlachten gehen.
Ich liebe den Strand von Gwynedd, die schneebedeck-
ten Gipfel,
Das schöne Land und die Burgen unter den Wipfeln.
Ich liebe die grünen Marschen, das fruchtbare Tal,
Seine weißen Möwen, die hübschen Maiden zumal.

Madoc dachte nicht über die Worte nach, die sein verstor-
bener Halbbruder gedichtet hatte. Er stand immer noch
auf der Türschwelle und träumte von der Zeit, da er ein
Ziehsohn von zehn, zwölf Jahren gewesen war und Howell, dem die Zunge fast abgetrennt worden war, zum ersten Mal gesehen hatte.

Conlaf saß am Rand des Lochs. »Meinst du, Howell hat je
wieder gesungen?«, fragte er leise.
»Ja, aber er hat lieber gekämpft.« Madoc riss sich aus seinem Tagtraum und grub weiter. Nach einer Weile ließ er
sich auf die Fersen sinken und lauschte – gedämpfte
Schreie. An den Sohlen spürte er die Erschütterung von
Schritten. Er spannte seine Muskeln an.
Brett rannte zwischen den Eichen hindurch, er roch nach
verbranntem Fleisch, warf sich auf den Boden und packte
schluchzend Madocs Beine. Seine Schultern zuckten. Madoc fürchtete schon, er hätte seine Eltern tot aufgefunden,
verbrannt vielleicht. »Die Stunde ist längst vorbei! Wo
warst du?«
»Unsere Kate liegt in Schutt und Asche, das Gerstenfeld
ist niedergebrannt, die Quelle verstopft. Kein Schaf, kein
Rind, kein Mensch war da. Ich rannte zum nächsten Gehöft, auch dort war alles verbrannt und die Quelle verstopft, aber ich fand einen Toten mit abgeschlagenem
Kopf und abgehackten Händen. Ein Dachs stand unter

einer alten Eiche auf den Hinterläufen und starrte mich an. Im Nu war er in einem Loch zwischen den knorrigen Wurzeln verschwunden.« Brett strich sich das rote Haar aus seinen verweinten Augen. »Mein Papa ist Druide. Ich dachte, sie haben ihm wegen seiner Ehrenmale die Hände abgehackt. Ich wollte mich vergewissern und zog den linken Schuh vom Fuß der Leiche – fünf Zehen! Mein Papa und ich, wir haben am linken Fuß aber nur vier Zehen. Ich weiß nicht, wer der Mann war, aber ich habe ihn mit einem angesengten Bottich bedeckt.« Er versuchte, die Tränen zurückzuhalten, und sagte erstickt: »Ich verfluche diese verdammten Folterknechte und bete, dass meine Familie in eine andere Provinz gezogen ist, weit weg von Gwynedd. Es muss so sein, ich habe keine Spur von ihnen gefunden.«

Madoc wand sich aus Bretts Griff und gab ihm einen Schluck Wasser zu trinken.

»Im Eichenhain habe ich etwas Komisches gesehen.« Bretts Stimme war nun schon ruhiger. »Kommt, seht selbst!«

In der Mitte des Hains war schulterhoch verfaultes Herbstlaub aufgehäuft.

»Wer tut so etwas?«, fragte Brett immer noch schluchzend. »Blätter bleiben doch liegen, wo sie fallen, diese hier hat jemand aufgehäuft.«

Sie schaufelten das Laub weg und fanden einen zweirädrigen Karren. Darauf lagen unter modrigen Häuten all die Kultgegenstände, die Llieu in seiner Kate vergraben hatte.

Madoc entfuhr ein kurzer Schrei, als er die Messingschatulle mit Llywarchs zusammenklappbarer Waage, den Gewichten und seinem Türriegel fand. »Llieu hatte ihn entfernt, damit niemand herausfinden konnte, wie er gemacht war«, sagte Madoc. Sie fanden Leiern und Flöten, einen

Beutel mit Feuersteinsplittern und Eisenstäben zum Feuermachen, einen Lederbeutel mit Rubinen, Saphiren und Smaragden. Ein weiterer Beutel enthielt Granate und Amethyste, ein anderer Perlen, die den Druiden heilig waren. Brett fand eine Kiste mit Moos, das ein Dutzend wunderschöne Becher aus blauem, klarem Glas schützte. Conlaf öffnete eine Holzkiste, die zu schwer war, als dass er sie vom Karren hieven konnte. Innen lagen zehn goldene Halsreife hochrangiger Druiden. In einer anderen Kiste fand er kleinere Reife, wie sie auch Conlaf und Madoc bei ihrer Einweihung getragen hatten. »Die Kisten sind klein, aber nur ein Riese kann sie anheben. Die kannst du als Schiffsballast nehmen«, meinte Conlaf.

Keiner hätte gedacht, dass die Druiden solche Reichtümer besaßen.

»Bestimmt hat mein Papa die Sachen versteckt!«, sagte Brett.

»Sieht eher danach aus, als wollte jemand wiederkommen, alles holen und es vielleicht an einen anderen Ort bringen«, sagte Conlaf.

»Wann kommt Papa zurück?« Brett sah Conlaf erwartungsvoll an.

»Das weiß nur Lugh.«

Brett kickte einen Klumpen Laub weg, der von schwarzem Schimmel bedeckt war und graue Kanten hatte. »Was kann ich nur tun? Ich bin so unnütz.« Seine Unterlippe zitterte. Er biss sich auf die Lippe und blickte in die Richtung, wo das abgebrannte Gehöft seiner Eltern lag. »Vielleicht bin ich ja ein Waise.« Tränen rannen über seine sommersprossigen Wangen. Er schnäuzte sich in den Hemdzipfel.

»Deine Eltern glauben, dass du in Irland in Sicherheit bist«, sagte Madoc. »Wenn sie einen sicheren Platz zum Leben gefunden haben, holen sie dich. Vielleicht hat ja wirklich dein Vater die Sachen gerettet – das hat er gut gemacht!«

Brett strahlte stolz.

Conlaf stopfte die leeren Leinensäcke unter die Häute und zog diese wieder straff über die Ladung. Doch das Seil war lose, Madoc band einen Stock an, drehte ihn ein paar Mal mit dem Seil und verkeilte ihn im Schlitz am hinteren Ende des Karrens, damit alles fest saß.

»Kein normaler Mensch würde auf diese modrigen, verschimmelten Häute achten, geschweige denn sie kaufen!«, meinte Brett und rümpfte die Nase.

Madoc hörte eine Eule schreien, was ja normalerweise nur nachts vorkam. Ihm war mulmig, er wollte weg. Dann hörte er wieder etwas – trockenes Laub raschelte, ein Ast knackte –, aber er sah nichts in den Bäumen. Er legte die Hand über die Augen und trat spähend auf die Lichtung hinaus. Jedes Geräusch machte ihn nervös; hinter jedem Busch und jedem Baum konnte sich ein Soldat verstecken. »Ja, so machen wir das«, sagte er leise. »Also, wenn jemand fragen sollte – diese Häute stehen zum Verkauf.«

»Und wie wollen wir den Karren ziehen?«, fragte Brett.

Madoc und Conlaf suchten in den geplünderten Katen nach Seilen. Schließlich sagte Brett: »Wir könnten doch die Leinensäcke zusammenrollen.«

Das taten sie und befestigten sie am Karren, den sie nun zu zweit ziehen konnten. Sie zogen Handschuhe und Kutten an und gingen los. Doch schon nach ein paar Schritten hob Madoc die Hand. Er hatte Stimmen gehört.

Im selben Moment blickte Brett zurück auf die geplünderte Siedlung und klagte laut. Er konnte seine Trauer nicht unterdrücken, er konnte sie auch nicht erklären, er schluchzte nur: »Ich fühle mich so einsam und allein und bin ganz auf mich gestellt.«

»Hör auf zu weinen; das hilft nichts.« Madoc hob ihn auf die Häute. »Willst du bei den Druiden lernen und mit ihnen zur See fahren?«

Brett nickte schniefend.

Sie hielten sich abseits der Straße zwischen den Ginsterbüschen. Madoc hatte immer noch das Gefühl, dass sie jemand beobachtete.

»Es ist nur der Wind, der in den Eichen rauscht«, sagte Conlaf.

Doch gleich darauf bestätigte sich Madocs Gefühl. Hinter einem Busch kamen ein paar Infanteristen mit schweren Kettenhemden hervor, sie waren bewaffnet mit kurzen Äxten, Speeren, Lanzen und Schilden. Ein Mann mit einem Bogen und Pfeilen im Köcher gebot ihnen Halt. Madocs Herz raste. Er schlug das Kreuz vor den Soldaten, die sie flankierten. Der Mann mit dem Bogen schoss einen Pfeil in die Luft, aber er fiel auf der anderen Seite des Kreises herunter. Sie zogen den Kreis jetzt enger, zwei Männer wollten Madocs und Conlafs Beine mit Lanzen angreifen, doch die schweren Waffen und die Kettenhemden verhinderten einen guten Hieb.

Madoc und Conlaf schürzten ihre Kutten, packten das Seil des Karrens und rannten; als sie aus dem Kreis brachen, stießen sie zwei Soldaten zur Seite. »Ihr verdammten Bastarde wollt uns Mönchen die Beine abhacken?«, schrie Conlaf. Sie rannten schnell weiter und schlugen Haken, sodass die Soldaten in ihrer Rüstung kaum nachkamen.

Sie hatten die Schilde nicht vorgehalten, denn sie gingen davon aus, dass Mönche unbewaffnet sind. Doch der, der am harmlosesten ausgesehen hatte, stand plötzlich breitbeinig und barfuß auf dem Karren, schwang einen Stiefel am Ledersenkel über seinem Kopf und schleuderte ihn auf den nächstbesten Soldaten. Die harte Sohle brach dem Mann die Nase. Er brüllte laut auf.

Der Karren war plump und schwer zu ziehen. »Setz dich hin, Brett!«, schrie Madoc. Er hatte unerträgliches Seitenstechen.

»Renn weiter!«, schrie Conlaf.

Die Soldaten dürstete es nach Blut. Einer warf seinen Speer, doch Conlaf wehrte ihn flink mit dem Wanderstock ab, der Speer schlug auf die Erde und wurde vom Karren überrollt.

Madocs Gesicht war schweißgetränkt, seine Augen brannten. Es war ein Rennen auf Leben und Tod. Er wusste, was ihm lieber war. Er biss die Zähne zusammen, um den Schmerz in seiner Seite zu ertragen, und sagte sich, dass er schneller mit einem Karren durchs Heidekraut rennen konnte als ein Soldat mit Waffen und schwerer Rüstung. Er rutschte aus und fluchte, als er sich den Knöchel verknackste, aber er ließ das Seil nicht los und rannte, als wären ihm bissige Hunde auf den Fersen. Den Schmerz in seinem Fuß beachtete er gar nicht.

Conlaf ließ das Seil los, schlug im Rennen einem Soldaten mit dem Stock auf den Rücken und zwang ihn, zusammen mit den anderen zurückzuweichen.

»Spieß den Mönch auf! Stech ihm in die Rippen!«, schrie ein Soldat.

Madoc biss sich auf die Lippen, rannte weiter und stieß gegen Conlafs Schulter, als sie wieder auf gleicher Höhe waren. Er packte Conlafs Stock und schlug den Soldaten, der neben ihm rannte und versuchte, Madoc den Stock aus der Hand zu reißen und wegzurennen, doch er war zu langsam. Madoc traf ihn schwer am Kinn, der Soldat fiel stöhnend auf die Knie und spuckte Blut. Madoc wollte ihm auf den Schädel schlagen, doch er lief weiter und rief Conlaf zu: »Bei Gott, ich hab ihn!« Immer noch waren die Soldaten hinter ihnen und versuchten, sie am Laufen zu hindern. Der Wagen schlingerte, Madoc fürchtete, er würde kippen. Jeder kurze Atemzug brannte, er dachte, seine Lungen würden platzen. Mit aller Kraft zog er den Karren in die andere Richtung, damit er nicht umfiel. Er drehte den Kopf und sah Brett, der den anderen Stiefel schwang. Er traf einen Soldaten am Ellbogen, ein lauter Knacks verriet, dass der Arm gebrochen war. Grinsend setzte sich Brett wieder auf die Ladung.

Der Soldat wedelte mit der Faust und verfluchte diese unverschämten Mönche, die mit wehenden Kutten rannten, als sei der Teufel hinter ihnen her. Auf der fest getrampelten Straße vor den Tavernen, Bordellen, Schlachthütten und Katen fiel das Laufen leichter. Es war schon fast dunkel, als sie Aberffraw erreichten. Madoc schnaufte und presste die Hand auf seine schmerzende Seite. Er behielt das Tor im Auge, falls die Soldaten ihnen gefolgt waren. Er verschnaufte kurz, schlug das Kreuz und segnete die Torwachen.

Conlaf erklärte der Wache: »Wir haben Häute, wir wollen wissen, was sie wert sind.«

Die Wache deutete auf Brett.

»Das ist mein Ziehsohn, er ist krank.« Conlaf kratzte sich an der Nase und holte tief Luft. »Kannst du uns einen Wahrsager nennen, der weiß, wann der Junge wieder gesund wird?« Er vergaß auch nicht, das Zeichen des Kreuzes zu machen.

»Alle Personen mit Ausnahme von Mönchen, Soldaten und Heilkundigen dürfen nach Einbruch der Dunkelheit nicht mehr unterwegs sein.« Die Wache sah zu den Sternen. »Alle anderen gelten als Spione und Heiden und werden geköpft. Als Wahrsager kann ich Euch Trevor den Zauberer empfehlen. Er wohnt in der Hütte auf der Düne, nicht weit vom Kai. Manche sagen, er sei Mystiker, ich weiß nur, dass er zaubert, er kann Leute fliegen lassen, er hat Visionen, er kann Flüche bannen und die Sterne deu-

238

ten – wenn er noch lebt.« Er hielt sich die Nase zu, als der Wagen an ihm vorbeifuhr.

»Gott segne dich!«, rief Madoc. Eine Woge der Erleichterung durchspülte ihn, als sie auf dem Weg zum Kai waren. Er sah auf Bretts nackte Füße und deutete auf den linken Fuß mit den vier Zehen. Ihm wurde ganz schwindlig, er lachte laut.

Bretts Miene hellte sich auf. »So bin ich eben. Ich habe etwas gefunden, wo ich mich nützlich machen kann. Mann, hab ich einen Hunger!«

»Meine Eingebung sagt mir, dass es unklug wäre, anzuhalten und um Essen zu bitten«, sagte Madoc. »Doch mein Verstand sagt mir, dass wir den ganzen Tag noch nichts gegessen haben.«

»Nicht der Verstand, dein Magen spricht zu dir! Ich würde sagen, wir folgen deiner Eingebung und essen an Bord«, sagte Conlaf. »Ich will schließlich am Leben bleiben.«

Madoc vergaß seinen leeren Magen, als er zwei Soldaten mit Fackeln durchs Tor kommen und mit den Wachen sprechen sah. »Soldaten! Schnell weiter!

Ein paar Hunde wachten auf und sprangen auf, als der Karren vorbeirumpelte. Sie schnüffelten an den modrigen Häuten, sprangen die Fremden an und schnappten nach ihnen. Conlaf wehrte sie mit seinem Stock ab. Sie nahmen eine Abkürzung nach der anderen.

»Kein Licht in den Katen. Ich habe das Dorf noch nie so dunkel gesehen«, keuchte Conlaf. »Zum Glück scheint der Mond, sonst würden wir den Weg nicht finden.«

Bei der Kirche-mit-der-weißen-Veranda schrie Brett auf. Am Geländer waren neun Schädel an den Haaren aufgehängt, zwei hatten keine Augen mehr. Brett rutschte vor Schreck vom Karren, würgte und erbrach sich. Sein Magen zog sich immer wieder schmerzhaft zusammen.

Conlaf drückte Madoc das Seil in die Hand, rieb dem Jungen den Rücken und trug ihn zurück zum Karren. »Die Götter haben mir Recht gegeben, als ich gesagt habe, du seist krank.«

»Ich bin doch kein Kleinkind, das getragen werden muss!«, maulte Brett.

Conlaf sah, wie die Fackeln näher kamen. »Mach die Augen zu. Wir müssen es riskieren, in die Kirche zu gehen.«

»Geht ihr«, sagte Madoc. »Ich bleibe beim Karren und bete, dass die Soldaten mich nicht sehen. Macht schnell!« Er wollte weder Vater Giff in der Kirche begegnen, noch wollte er mit den Soldaten sprechen. Er zog den Karren auf die Rückseite der Kirche und verwischte schnell die Radspuren. Sein Herz pochte, seine Zähne klapperten. Er hörte, wie Conlaf mit jemandem sprach und wie die Tür zuschlug. Dann war es still. Nach einer Weile spähte er um die Ecke – zwei Männer mit Fackeln standen auf der Veranda. Er drückte sich an die Wand und sah, dass auch Frauenköpfe da hingen. Er fragte sich, wie Vater Giff so eine Barbarei hatte zulassen können. Wieder schlug eine Tür, und dann war Conlaf mit Brett auch schon bei ihm.

»Vater Giff ist am Hof«, sagte er. »Die Soldaten wollten seine Magd besuchen. Komm, schnell weg!«

»Weil ich krank bin, hat mir die Magd Suppe gegeben«, prahlte Brett, als er wieder auf den Karren stieg.

Sie eilten zum Strand, im Sand war der Karren schwer zu ziehen. Madoc blieb das Herz stehen – die *Gwennan Gorn* war nirgends zu sehen. »Jetzt bin *ich* krank!«

Sie standen neben einem Haufen Treibholz, beobachteten, wie die Wolken vor den dunstigen roten Mond zogen, und lauschten der Brandung, die fast alle anderen Geräusche verschluckte. Madoc kroch auf eine Düne und hörte Taue knarzen. Er erinnerte sich, dass Weiden und Ginster zwischen den Klippen wuchsen, die die Burg nach Westen begrenzten. Er schlich zu den anderen zurück und sagte: »Ich glaube, ich weiß, wo das Schiff ist.«

»So ein Mist!«, maulte Conlaf. »Dieser verfluchte Karren will nicht durch diesen verfluchten Sand!«

»Zieh ihn zum Wasser, dort ist der Sand feucht und fest«, sagte Brett mit größter Selbstverständlichkeit.

Madoc legte Conlaf eine Hand auf die Schulter. »Ich schwöre, ich habe Schiffe am Horizont gesehen, aber der Nebel hat sie verschluckt. Besser, wir warten hinter dem Treibholz, bis der Nebel herüberzieht, dann können wir ungesehen weitergehen. Sicherlich knarzt da hinten in den Weiden die *Gwennan Gorn*.«

Bald hüllte sie der graue Nebel ein. Brett jammerte. Conlaf sang ihm zum Trost ein walisisches Liebeslied.

»Ich sehe nach dem Schiff und hole Hilfe für den Karren«, sagte Madoc. »Bewegt euch nicht von der Stelle – alle beide!«

Kaum war Madoc im Nebel verschwunden, stieg Brett vom Karren und wanderte am Strand entlang, bis er auf nassem Riementang ausrutschte und in einen Schwarm Winkerkrabben fiel. Im Nu war er wieder bei Conlaf, kroch auf den Wagen und legte sich schlafen.

Madoc kam mit dem großen blonden Troyes zurück, der ihnen sagte, dass sie fünf Schiffe am Horizont gesichtet hätten. Clare hatte gesagt, dass sie besser nicht hinter der Düne warten sollten, falls fremde Schiffe am Kai anlegten.

»Wir gehen an der Küste zum Kanal hinauf, wo wir im Schutz der Weiden sind«, sagte Troyes. »Ein Schiff mit einem meerblauen Segel lief ein – Kabyle kam über Bord. Ich dachte schon, er springt ins Wasser, doch er landete auf dem Kai. Ich wartete am Strand auf ihn, doch er saß am Kai und starrte in den Himmel, schließlich legte er sich hin, als wollte er schlafen. Doch dann stand er wieder auf, sah mich und winkte. Ich winkte zurück. Er deutete nach Osten, hob die Hand und streckte alle fünf Finger aus. Vier Schiffe waren in der Bucht, fünf mit seinem Schiff, der *Vestri*. Er zündete eine Fackel an, schwang sie über seinem Kopf und deutete wieder nach Osten. Ich ging zum Kai, doch als ich ankam, war er weg.«

»Und dann?«

»Die *Vestri* drehte, fuhr zu den vier anderen Schiffen, übernahm die Spitze und segelte voran nach Süden. Das war das Letzte, was ich von ihnen gesehen habe, dann verschwand das Schiff im Nebel. Ich denke, Kabyle will durch die Straße von Menai nach Bangor oder Beaumaris fahren, und wir sollen ihm folgen.«

»Woher wusste er, wer du bist?«, fragte Madoc. »Hat er das Schiff gesehen?«

»Das weiß ich nicht.«

»Vielleicht hat er in Dubh Linn Erkundigungen eingezogen«, meinte Conlaf.

Sie zogen den Karren aus dem Treibholz und Troyes zerrte ihn über den feuchten Sand. Plötzlich kam starker Seewind auf und verwehte den Nebel. Zwei Fackeln kamen auf sie zu.

»Sie sind der Karrenspur gefolgt!«, sagte Madoc. »Wir müssen den Karren verstecken.« Er half Troyes, ihn unter das Treibholz zu ziehen und die bizarren Knorren so aufzuschichten, dass der Karren unsichtbar war. Sie kickten Sand in die tiefen Furchen. Als die Fackeln näher kamen, rannten sie ins Gras und kauerten sich unter einen Deich. Sie konnten das verbrannte Harz der Fackeln riechen und deutlich zwei Gestalten im Licht erkennen.

»Auf die Düne!«, flüsterte Madoc.

Auf der Düne stand eine windschiefe Kate, kaum größer als ein Bettschrank. Wer dort wohnte, konnte durch die Tür jedes Schiff sehen, das ein- und auslief. Brett spickte durch einen Riss im Verputz und sagte leise: »Dort drin ist es so dunkel wie im Bauch eines Wals.«

Die Fackeln am Strand waren keine fünfzig Schritte mehr von dem versteckten Karren entfernt. Madoc stieß die Tür auf, zog Brett und Conlaf hinein und schloss die Tür wieder. Seine Hände waren nass, sein Mund trocken. Mit klopfenden Herzen kauerten sie sich an der Feuerstelle zusammen. Eine einzige glimmende Kohle spendete kaum Licht. Madoc setzte sich auf ein Lager aus Fellen und nahm Brett auf den Schoß. Über ihnen war etwas Dunkles, es sah aus wie ein Bündel Kleider, das vom Dachbalken hing. Brett sah verschlafen, wie eine kleine Flamme aufloderte und über ein Regal tanzte, auf dem mehrere Quarzkristalle und Krüge standen.

»Wir hätten zum Schiff gehen sollen«, sagte Conlaf. »Hier ist es so eng, dass ich kaum Luft bekomme. Er streckte den Arm aus und stieß an etwas. Mit offenem Mund sah er auf. »Ich sehe genug, um zu sagen, dass da jemand mit eiskalten Füßen baumelt.« Als die Flammen heller wurden, standen ihnen die Haare zu Berge – da hing ein Geköpfter! Der Kragen des Umhangs war hochgezogen und mit einem Seil festgebunden. Auf den weißen Handrücken des Toten waren blaue Spiralen und Halbmonde tätowiert. Madoc schirmte die Flamme mit dem Saum seiner Kutte ab und hoffte, Brett würde schlafen und die Leiche nicht sehen. Er stemmte getrockneten Lehm aus dem Verputz und sah, dass die Fackeln sich am Strand bewegten, als würden sie nach Spuren suchen. »Vielleicht hat die Wache ihnen gesagt, dass wir zum Zauberer wollten.«

»Ich glaube, der Wachmann wusste, dass der Zauberer schon tot war«, meinte Conlaf.

Brett öffnete die Augen, riss den Mund auf und versteifte sich. Madoc hielt ihm den Mund zu und flüsterte ihm zu: »Sieh nicht hin! Und schrei nicht. Vielleicht haben das die

Männer da draußen getan. Doch sie können sich nicht vorstellen, dass wir hier drin sind, mit dem baumelnden Ding da über unseren Köpfen.« Er sah Brett so lange an, dass er im Mondschein, der durch die Ritzen der Kate drang, seine Sommersprossen zählen konnte. Dann nahm er die Hand von Bretts Mund und sagte: »Du bist ein feiner Bursche!«

»Die erste Leiche, die nicht stinkt«, sagte Troyes.

»Die ist frisch«, wusste Madoc.

Troyes holte tief Luft und schwieg.

Madoc schloss die Augen und lauschte dem auffrischenden Wind und dem Rascheln des hohen Grases. Dann hörte er draußen Stimmen, jemand ging durchs Gras. Er hielt den Atem an, er wagte nicht einmal, durch den Riss zu spähen.

Stundenlang saßen sie so in der dunklen muffigen Hütte. Sie hatten zu große Angst, um zu schlafen oder ihren Tagträumen nachzuhängen, auch wenn sie die Augen geschlossen hatten. Vor Morgengrauen ging die Tür auf, ein großer Mann mit langem wikingerblonden Haar stand vor ihnen. Da kein Platz mehr zum Sitzen war, lehnte er sich an die Wand neben Madoc. »Dafydds Mannen sind weg«, flüsterte er geheimnisvoll. »Wenn der Stein im Feuer liegt, bricht er irgendwann, wir alle kommen an so einen Punkt.« Er sah auf Madocs Hände mit den Ehrenmalen, zog lächelnd seine Handschuhe aus und streckte die Hände aus, dass alle seine Waidmale sehen konnten. »Wir können frei sprechen. Aberffraw ist gebrochen. Niemand kommt, um nach den Schiffen im Hafen zu sehen, kein Harfner unterhält uns mit Liedern über die walisischen Helden, mit Neuigkeiten und Scherzen. Niemand steht an der Straße und verkauft verwässerten Met oder diesen billigen Fusel aus braunem Mehl. Wenn ich aus dem Haus gehe, laufen mir keine kleinen Jungen nach, äffen mei-

nen Gang nach oder kleben sich Bärte aus Schafswolle
an.«

»Warum?«

»Die Kopfjagd. Die Leute fliehen die Straßen wie Elritzen
den Speer. Wer das Essen im Bauch behalten will, geht
nicht aus dem Haus. Tapferkeit heißt Häuslichkeit.«

»Aber du bist hier«, sagte Madoc.

»Ich wohne hier. Ich bin Trevor der Zauberer.« Er schüttelte den Kopf. »Dafydds Mannen vergewaltigen Frauen
auf freiem Feld, damit sie Soldaten für die Armee bekommen. Wenn sie schwanger werden, verbergen sie es und
essen heimlich Roggen mit Mutterkorn, um die Frucht
auszutreiben, andere schicken ihre Kinder ins Grenzgebiet
zur Aufzucht. Eines Tages, als ich Gemüse für meine
Suppe holte, haben sie meine Frau und meine Söhne öffentlich geköpft, ihre Köpfe mit weit aufgerissenen Augen
und stumm schreienden Mündern hängen für alle sichtbar
an der Kirche.« Er fuhr sich mit dem Finger über die
Kehle und schloss für einen Moment seine schmerzerfüll-
ten Augen.

Madoc schauderte. Plötzlich sah er vor seinem geistigen
Auge seine eigene Frau mit dem klaffenden Loch von Dafydds Pfeil im Hals. Ihr offener Mund war stumm, doch
das warme Blut spritzte aufs Deck seines Schiffs. Annestas
Haar roch nach Bergamotte.

»Rhodri hat sich geweigert, seinem Bruder Abgaben zu
leisten, nun ist er auch tot«, sagte Trevor. »Dafydd selbst
soll ihn erledigt haben. Das Volk von Gwynedd wird
durch diese Schreckensherrschaft ruhig gehalten, so haben
es auch Herodes, Cäsar und Harald der Harte gemacht.
Das funktioniert eine Zeit lang, doch am Ende geht alles
zugrunde. Da will ein Mann wie ich für nichts einstehen.
Tagelang wartete ich auf ein Schiff, das nach Irland fährt,
und tagelang grübelte ich über meine Not.«

»Vielleicht ist heute dein Glückstag«, sagte Madoc. »Doch wenn du nicht für irgendetwas einstehst, wirst du für nichts fallen.«

»Hast du gestern Abend den Kapitän mit dem Turban am Kai gesehen?«, fragte Trevor.

»Ja, ich war dort. Ein Mann, der ein Tuch um den Kopf gewickelt hatte, suchte nach dem Priester mit dem Schiff. ›Sag ihm, er soll heimgehen, wenn du ihn siehst‹«, hat er zu mir gesagt, als er auf den Schieferplatten lag.«

Madoc fror in der kühlen Morgenluft. »Heim?«

»Ein Schiff kann für viele ein Heim sein, aber anderen reicht ein moosiges Ufer.« Trevor grinste. »Du musst nicht zittern. Der da baumelt, ist nur aus Stroh, seine Hände und Füße sind aus Ton. Wenn die Soldaten hierher kommen, denken sie, jemand hätte schon meinen Kopf geholt. Ich schlafe immer draußen im hohen Gras. Mit meinem Messer und meiner Schleuder. Ich sah euch kommen. Tapfer, dass ihr die ganze Nacht mit einer Leiche über euren Köpfen ausgehalten habt.« Lachend ging er nach draußen.

Madoc legte Brett in Troyes Schoß, kroch hinaus und streckte sich. »Komm mit uns nach Irland«, sagte er zu Trevor.

»Zu spät. Ich kann meine Frau und meine Söhne nicht im Stich lassen. Drei Soldaten schulden mir ihr Leben für das Leben meiner Lieben. Ich habe nicht so eine Engelsgeduld, mich dürstet nach Blut. Ich bin auf der Seite von Sven Gabelbart, er hat 1013 England erobert und geschworen, den Anhängern der neuen Religion keine Ruhe zu lassen. Lebt wohl. Ich bin auf dem Weg nach Walhalla – besser früher als später.«

VIII

Der Schwarze Trunk

1169–1170 A.D.

Der rituelle Schwarze Trunk war ein notwendiger Bestandteil
aller wichtigen Ratstreffen … Er reinigte die Menschen von
Verschmutzung, er war ein symbolisches soziales Bindeglied
und höchster Ausdruck der Gastfreundschaft … Die Indianer
nannten das Gebräu den Weißen Trunk, denn Weiß stand für
Reinheit, Glück und Harmonie, die Europäer jedoch sprachen
wegen der Farbe vom Schwarzen Trunk. Er wurde aus den
Blättern der Stechpalmenart *Ilex vomitoria* gebraut, die an der
Atlantikküste und am Golf von Mexiko wächst …
Charles Hudson, The Southeastern Indians

Den Winter über vermietete Silberreiher seine Hütte an einen einhändigen Mann im Tausch gegen dessen Einbaum.
Die linke Hand hatte dieser an einen hungrigen Alligator
verloren. Nohold war damals so klug gewesen, den blutenden Stumpf ganz fest mit einer langen Ranke, die einen
Sapote-Baum umgab, zu umwickeln, dann wurde er ohnmächtig, doch er überlebte. Noch monatelang blutete der
klumpige Stumpf, doch dann zog er die Haut fest darüber,
und er heilte, aber natürlich bildeten sich Falten wie bei
einem Lederbeutel, den man mit einer Kordel zuzieht.
Der Sommer ging, die Regenzeit begann, und Nohold besann sich auf seine Wildfallen, nachdem er mit einer Hand
nicht mehr Einbaum fahren und auch keinen Alligator
mehr fangen konnte. Der Einbaum war schwer und
konnte nur zu zweit getragen werden, mit den hohen

Wänden und dem hohen Bug war er ideal für die Flussmündung, selbst in der Kabbelung kenterte er nicht. Der Golf war nur nachts zu befahren, wenn der Wind abflaute. Geschicktes Manövrieren, Erfahrung in der Navigation und Kenntnisse der Strömungen waren von größter Wichtigkeit für alle, die zu den wichtigen Fischgründen fuhren, die die Keys umrundeten oder an der Südostküste von Florida von Dorf zu Dorf reisten. Auch das Wissen um Trockengebiete war wertvoll und konnte bei Sturm und Flut in den Buchten, Sunden, Flussmündungen und Kanälen überlebenswichtig sein. Nohold erklärte Silberreiher, wo das Staken sicher und wo es gefährlich war. Zusammen fuhren sie bei Windstille und auch bei Wind hinaus, damit Silberreiher Erfahrung bekam.

Zum Fischen benutzten die Calusa meist Kanus mit einem Rumpf aus Rinde oder Häuten, sie waren leicht und konnten ohne Mühe alleine getragen werden. Doch Silberreiher fand, dass das schwerere Boot für ihn und Cougar gerade richtig war. Damit könnten sie mehr Gerätschaften mitführen und bei den meisten Wetterlagen sicher reisen.

Cougar fertigte in jenem Winter erst einmal einen Korb, in dem sie die blaue Himmelsschüssel tragen konnte, darin bewahrte sie schwelenden Zunder in Asche auf. Dann nähte sie wasserdichte Lederbeutel für Eichelmehl, Salzfisch und Bohnen. Sie packte auch fünf Fischhaken ein, einen Grabstock, ein Steinmesser, einen Muschelschaber, drei Speerspitzen aus Achat, ein Knäuel Fasergarn und eine Knochennadel. Sie hatte keine Ahnung, wie lange sie auf der Suche nach Großmutters Sohn von Dorf zu Dorf unterwegs sein würden, und ging davon aus, dass sie auf der Fahrt fischen und Kleinwild jagen würden. Sie würde Körbe flechten und gegen Früchte und Fladen tauschen, wenn das Eichelmehl ausgegangen wäre.

Sie beruhigte Silberreiher und meinte, Otterjunge und

Kleine Mutter wären vollauf mit sich selbst beschäftigt und würden sie kaum vermissen.

Aber wie sehr würde es ihr fehlen, den kleinen Kolibri wachsen zu sehen? Und das rief ihr ins Gedächtnis, was Großmutter nun alles fehlte. Sie blickte sich in der Hütte um und sah Großmutters alten grauen Rock und den grauen Federumhang. Ob Großmutter das wohl tragen würde, wenn sie noch am Leben wäre? Sie nahm die Kleider von den Holzhaken, drückte sie an die Brust und grub ihre Nase in Großmutters süßsäuerlichen Geruch. Sie schloss die Augen; fast war es ihr, als würde Großmutter vor ihr stehen und sie gleich in ihre starken braunen Arme schließen. Der Schmerz und der Zorn über den Verlust übermannten sie, ihre Augen brannten, Tränen liefen ihr über die Wangen. Sie hatte Großmutters Gesicht berührt, als sie noch warm gewesen war, und sie hatte Großmutters Hand gehalten, bis sie kalt geworden war. Die Finger hatten gezuckt, dann war das Leben aus ihnen gewichen. »Bitte, geh nicht!«, hatte sie geflüstert. Doch Großmutter war schon gegangen. Silberreiher hatte gesagt, dass Großmutter auf diese Weise hatte sterben wollen. Warum also fühlte sie sich heute so komisch? Die Tränen erstickten den Schrei, der sich in ihrer Kehle geformt hatte. Sie wollte Großmutter schelten, weil sie zu einem Zeitpunkt gegangen war, wo sie sie am meisten gebraucht hätte.

Würde Großmutters Geist sie auf der Suche nach ihrem Erstgeborenen begleiten? Warum hatte Großmutter nicht selbst nach ihrem Sohn gesucht? Cougar machte den Mund auf, doch sie brachte keinen Laut heraus. Sie verzog das Gesicht und sank auf den harten, sandigen Boden. Stumm weinte sie, einsam und verwirrt, sie weinte, weil sie den einzigen Menschen verloren hatte, von dem sie sicher wusste, dass er sie liebte, egal, was sie sagte oder tat. Sie konnte sich nicht erinnern, wie sie dorthin gelangt war, wo Großmutter sie gefunden hatte, sie war damals fast zwei Sommer alt gewesen, nass, schmutzig und zu Tode verschreckt. Hatte sie Mutter und Vater gehabt? Sie hatte keinerlei Erinnerung an diese Zeit und fing mit Großmutter ein neues Leben an wie ein neugeborenes Wesen. Als sie zu sprechen begann, sprach sie nur Calusa. Sie krabbelte nicht wie ein Säugling, sie lief, sie rannte. Großmutter vertraute sie, Großmutter schenkte ihr Geborgenheit und Schutz vor der großen, fremden Welt, Großmutter brachte ihr bei, dass sie anderen Menschen ebenbürtig war, und lehrte sie, höflich zu sein. Unter Großmutters Fittichen entdeckte sie, dass sie eine schnelle Auffassungsgabe hatte.

Plötzlich erwachte sie aus ihren Erinnerungen – sie spürte einen Blick auf sich und sah auf.

Otterjunge stand in der Tür. »Bist du sicher, dass du Großmutters Sohn suchen willst? Vielleicht entspricht das, was du vorfinden könntest, nicht deinen Erwartungen. Und was ist, wenn du ihn gar nicht findest?«

Cougar stand immer noch mit dem alten Rock und dem Federumhang da. »Ich muss es tun. Wenn ich ihn nicht suche, wird das schlimmer an mir zehren als die Trauer um Großmutter.«

Otterjunge legte den Arm um sie. »Dann trockne deine Tränen. Es gibt viel zu tun. Stopfe Rock und Umhang in deine Decke, sie werden dich trösten, wenn deine eigenen Kleider durchnässt sind vom Regen oder wenn Silberreiher das Kanu kentern lässt.«

Sie musste unweigerlich lächeln. »Du wirst mir fehlen.«

Am Abend vor dem Aufbruch erinnerte Otterjunge Silberreiher daran, dass der Rat bei Sonnenuntergang unter freiem Himmel tagen würde.

Silberreiher, der dem Ältestenrat angehörte, hielt dies für

den besten Zeitpunkt, den anderen zu sagen, dass er Cougar auf der Suche nach Großmutters Sohn begleiten wollte. Beim Schwarzen Trunk hielt er sich sehr zurück. Das stark betäubende Gebräu reinigte das Blut und war Ausdruck der Gastfreundschaft; nur erwachsene Männer durften ihn zu sich nehmen, Frauen und Knaben nicht. Einmal spuckte er, um seinen Bauch zu reinigen; wenn er sprechen würde, wüssten die anderen Ratsmitglieder, dass seine Worte nicht von der Lüge gefärbt wären.

Häuptling Zaunkönig trank so viel, dass man meinen konnte, der schwarze, bittere Absud würde ihm tatsächlich schmecken, und dann erbrach er sich so lange, bis ihm fast der Magen selbst hochkam. Er wankte durch den Kreis der Versammelten, setzte sich, wischte sich den Mund, rieb sich die Schenkel und grinste irr. »Ich weiß nicht, ob es eine gute Idee ist, dass Fremde, alte Männer, zu uns kommen und bei uns leben. Ich weiß zum Beispiel nichts über diesen alten Einhändigen, der bei Silberreiher wohnt. Vielleicht ist er ein Kundschafter der Tekesta, die Sandpoint angreifen und erobern wollen.« Er fummelte am Kragen seines Kittels herum und lächelte den Ratsmitgliedern hochmütig zu. »Hat jemand außer Silberreiher mit ihm gesprochen?« Er schloss die Augen und hoffte damit, den Tanz der Sternchen zu beenden, die durch seinen Kopf schwirrten.

Silberreiher sprang auf und stellte sich ans Feuer, damit alle ihn sehen konnten. »Es gibt keinerlei Grund anzunehmen, dass mein Freund niederträchtig ist! Ihr alle kennt mich und wisst, dass ich Sandpoint und den Calusa niemals schaden würde! Ihr alle seht, dass meine Augen nicht hin und her gleiten wie bei einem Fuchs, dass ich meine Lider nicht schließe, weil ich einen Schwindel vertreiben muss, dass meine Zunge nicht gespalten ist und dass mein Gesicht nicht schweißnass und rot wird. Ich fummle nicht am Kragen meines Kittels herum, als sei er zu eng, wo er in Wirklichkeit zu locker ist. Häuptling Zaunkönig hat meinen Gast getroffen und weiß, dass Nohold vertrauenswürdig und dass er jünger ist als ich.« Er wischte sich die feuchte Stirn.

»Aha, das also sind deine Worte!« Zaunkönig stand aufrecht da, er war größer als Silberreiher und kniff die Augen zusammen, sodass Silberreihers Bild nicht vor ihm verschwamm. »Die Zeit wird weisen, was die Wahrheit über dich und deinen Gast ist.« Er fuhr mit dem Finger am Kragen entlang.

Silberreiher konnte dem nichts entgegensetzen. Er beschloss, nicht zu sagen, dass er mit Cougar am nächsten Morgen aufbrechen wollte, stattdessen sagte er: »Häuptling Zaunkönig, du kannst Sandpoint gute Dienste tun. Wenn der Rat das Gefühl hat, dass du nicht dein Bestes gibst, kann er einen neuen Häuptling wählen.«

Auf dem Heimweg holte Zaunkönig Silberreiher ein und legte ihm die Hand auf die Schulter. »Sag Cougar, ich möchte nicht, dass sie meine Frau noch länger trifft. Sie kichern immer, wenn sie zusammenstecken. Sie wecken Kolibri und nehmen ihn mit hinaus, um die watenden Flamingos zu beobachten, die Orchideen und Kannenpflanzen, die blühenden Magnolien oder irgendein blödes Stück Holz zu betrachten, das wie ein Hase aussieht oder wie ein Hund. Nur die Geister wissen, was sie meinem Sohn beibringt. Bei ihnen gluckst er, aber wenn ich komme, heult er. Cougar ist bestimmt eine Hexe und hat meinen Sohn mit einem Fluch belegt. Ich weiß, dass der alte Häuptling Schlangenstern seinen Spaß mit Cougar hatte. Er selbst hat mir erzählt, dass sie sich letzten Sommer bei der Dehnungs-Zeremonie mit ihren scharfen Zähnen und Klauen gegen ihn gewehrt hat wie eine Wildkatze und dass sie Zähne in der Scheide hat. Hast du nie in sie hineingeschaut? Stell dir vor – scharfe Zähne in der Scheide! Wenn das nicht äußerst ungewöhnlich ist, fresse ich meine Krokodilledermokassins!«

Silberreiher war vor den Kopf gestoßen. Er sah Zaunkönig eine ganze Weile schweigend an, dann sagte er. »Würden Schlangenstern nicht schon die Würmer aus Augen und Nase kriechen, würde ich ihn zur Rede stellen!«

»Das hast du also nicht gewusst, was? Schlangenstern ist tot, und Cougar behauptet, sie sei Jungfrau; sie will nicht mit mir in die Mangroven gehen, nicht einmal um bunte Baumschnecken zu sammeln. Sie behauptet, dass sie vom Giftsumach einen Ausschlag bekommt. Außerdem habe ich gehört, sie könne ihre Gestalt wechseln. Ha, bin ich froh, dass ich meinen Stab immer in sicherer Entfernung von ihr gehalten habe! Schlangenstern hat zwar nichts gesagt, aber ich glaube, dass der Biss ihrer Scheide ihn umgebracht hat!«

»Was redest du da!«, schrie Silberreiher. »Cougar ist ein kleines Mädchen, sie hat noch nicht einmal geblutet! Und sie soll Zähne in der Scheide haben? Dafür hast du keinen Beweis! Du kannst doch nicht solch ein verrücktes Gerede glauben! Wenn du ein richtiger Mann wärst, würdest du ein Gerücht wie dieses in den Wind schlagen! Tu es jetzt!«

»Und wenn du ein richtiger Mann wärst, würdest du deinen Finger in sie hineinstecken, dann könnten wir ihn nach Bissen untersuchen!« Zaunkönig lächelte.

»Das ist nicht lustig!« Silberreihers Faust schoss hervor und landete in Zaunkönigs Bauch.

Zaunkönig stöhnte auf und krümmte sich. Er bekam keine Luft mehr und hatte solche Panik, dass er sich mit den Fersen in den Sand stemmte. Silberreiher rieb Zaunkönigs Brust und hielt ihn zum Atmen an, bis er schließlich röchelte. Er lag da und regte sich nicht.

»Bald geht es dir wieder besser«, beruhigte ihn Silberreiher.

Zaunkönig setzte sich auf. »Hör zu, alter Mann, man hat mir erzählt, wie die Alte Großmutter Cougar damals gefunden hat. Niemand weiß, woher das Mädchen kam; nach dem Großen Sturm war sie plötzlich hier, sie stank und war verdreckt wie ein nasses Wildkatzenjunges. Ich glaube, der Geist des Kojoten hat sie uns gebracht. Als sie klein war, hat sie nie Schuhe getragen, doch heißer Sand, Stöcke, Steine und Muschelschalen konnten ihren Fußsohlen nichts anhaben. Jeder kann die drückende Feuchtigkeit in der Nacht und die Sonnenglut am Tag aushalten, wenn hin und wieder ein Wind weht, doch keiner kann die Schwärme von Fliegen aushalten – ihr aber macht das nichts aus, sie hat ein Zauberöl, mit dem sie die Fliegen fern hält.«

»Deine Frau bereitet das gleiche Öl aus ranzigem Fischtran, gerebeltem Rosmarin, Basilikum, Wermut und Raute«, gab Silberreiher zurück. »Das ist keine Zauberei, die Calusa machen das seit jeher so.«

»Und ist sie ein Mädchen oder eine Frau? Sie kennt Orte, von deren Existenz niemand wusste, dort weht der Wind ungehindert und hält die Fliegen so fern wie ihre machtvolle Salbe«, sagte Zaunkönig. »Einmal wollte ich ihr gegen einen Klecks Salbe eine schöne Stunde im seichten Fluss schenken, dort, wo die Wasserlinsen wachsen. Sie lachte nur und sagte, unter den Wasserlinsen gebe es Mokassinschlangen. Sie ist mir ein Gräuel, ich will sie nicht in meiner Nähe haben. Ich warne dich – sie kann so schnell einen Freund angreifen wie ein Alligator einem Mann den Stab abbeißen kann!«

Silberreihers Herz pochte wie wild. Er musste sich in den feuchten Sand setzen und nachdenken. So hatte er Zaunkönig noch nie reden hören. Was er da über Cougar sagte, stimmte nicht, es war völlig verrückt! Er wollte Zaunkönig nicht reizen, damit er seine verdrehten Ansichten nicht zu einer längeren haltlosen Geschichte ausbaute. »Häuptling«, sagte er, »ich glaube, du musst keine Angst vor Cougar haben, sie wird nicht hier bleiben.«

»Hast du einen Fluch über sie verhängt?« Zaunkönig reckte sich zu voller Größe, er bleckte die Zähne und hüpfte herum. »Danke! Ich stehe in deiner Schuld.«

»Nein, du schuldest mir nichts. Ich verfluche niemanden. Ich war immer Cougars Freund. Großmutter brachte ihr bei, rechtschaffen und fröhlich zu sein und es nicht nur vorzutäuschen. Keine Angst, deine Frau verbirgt nichts vor dir. Tu mir einen Gefallen, geh mit auf die Spaziergänge, trage deinen Sohn.«

»Hrl.« Zaunkönig lallte immer noch. »Bevor Schlangenstern die Bauchschmerzen bekam und starb, hat er mir einen Traum erzählt: Cougar kam an sein Lager, sie war festlich gekleidet, war mit Fuchsschwänzen und Adlerfedern geschmückt und trug ein Hornissennest auf dem Kopf. Ihr Kleid war aus Bärenfell, am Rücken hatte es einen Schwanz, wo man etwas anbinden konnte. Er war sicher, sie wollte ihn töten, und bat sie, Gnade walten und ihn sein Leben zu Ende leben zu lassen. Sie lachte, es klang wie Wasser, das über eine Klippe tropft. Du weißt, dass Schlangenstern sich vor nichts fürchtete, er konnte selbst einen Wolf zum Heulen bringen, aber ihr Lachen machte ihm Angst, er wartete zitternd auf ihre Antwort. Schließlich sagte sie, sie könne mit dem Pfeil eine Wildgans im Flug treffen, könne durch den Großen See waten, ohne zu ertrinken, könne lauter schreien als eine Wildkatze, könne über ihren eigenen Schatten springen und durchs Gebüsch gleiten, wie ein Krug voll des Schwarzen Trunks durch die Hände eines Dutzends Männer geht, sie könne ein Stinktier von einem Waldmurmeltier unterscheiden und sie könne Schlangenstern jederzeit in Grund und Boden tanzen.«

Silberreiher starrte ihn an, als würde er in einen bizarren Traum sehen.

Zaunkönig blickte sich misstrauisch um, ob sie jemand belauscht hatte. »Verstehst du nun, warum ich vor diesem Weib Angst habe?«

»All das hat dir Schlangenstern erzählt?« Silberreiher wollte sich vergewissern, ob er sich auch nicht verhört hätte.

»Ja, und ich erzähle es jetzt dir. In Schlangensterns Traum sagte die Frau zu ihm, sie wolle ihn leiden sehen für das, was er ihr antun würde, wenn er Otterjunge nicht zum Häuptling von Sandpoint mache. Sie hatte einen sehr starken Willen und sagte, sie würde hart mit ihm umspringen, wenn er nicht tue, was sie verlange. Ich sah die Bisswunde an Schlangensterns linker Schulter. Schrecklich! So viele Zähne! Ich habe noch nie so eine Frau gesehen!«

»Ja, aber es war nur ein Traum.« Silberreiher wollte nicht mehr sagen als nötig.

»Schlangenstern machte sich Sorgen, weil er mir zwei Tage vor dem Traum versprochen hat, dass ich Häuptling werde. Ich habe zu ihm gesagt, das ich ihm die Kehle aufschlitzen würde wie einem Fisch den Bauch, wenn er sein Wort zurücknimmt. Er hat mich mit seinen gelben Augen angesehen und behauptet, wenn ihm etwas zustieße, wäre ich schuld, nicht die Frau, denn die Frau würde er heiraten. Nun ist er tot. Ich weiß nicht, ob er noch dazu kam, Cougar zu fragen, ob sie mit ihm und seiner Ersten Frau leben wollte, ich weiß nur, dass ich mit seinem Tod nichts zu tun habe. Ich habe weder sein Essen vergiftet noch habe ich ihn verflucht, ich habe ihn auch nicht angehalten, ein Schwitzbad zu nehmen und ins kalte Wasser zu springen. Bestimmt hat Cougar seinen Tod verursacht. Glaub mir, sie kann ein Menschenleben auslöschen, indem sie diesen Menschen nur krumm ansieht. Ich zittere jedes Mal, wenn ich sie sehe. Als neuer Häuptling muss ich Schlangensterns Frau Ibis zur Zweiten Frau nehmen. Aber muss ich auch Cougar nehmen, weil Schlangenstern sie zur Frau wollte? Ho! Stell dir vor, wenn diese Frau für mich tanzt! Schon beim Gedanken daran wird mir ganz schwindlig. Hast du diese Kindfrau je nackt gesehen? Da kocht dir das Blut!« Zaunkönig ging weiter, sein Kopf schien über seinen Schultern zu schweben, der Lendenschurz war über seinem steifen Glied gespannt.

Silberreiher konnte sich nur mit Mühe beherrschen. Armer Mann, dachte er, er trinkt zu viel, spricht zu viel und bildet sich zu viel ein. »Jeder weiß, dass du die Frauen beim Bad beobachtest. Die Männer machen Witze über dich und sagen, dir läuft der Geifer aus dem Maul.«

»Das ist kein Witz. Da läuft jedem Mann das Wasser im Mund zusammen.« Zaunkönig hielt sich an Silberreihers Arm fest und ließ sich zu seiner Hütte führen. Vor der Tür sagte er: »Ich will, dass sie aus meinem Leben verschwindet. Sie erregt mich mit ihren Blicken, und ich habe Angst vor den Folgen ihrer Verführungen. Doch wenn ich alleine mit ihr wäre, würde ich sie nehmen – sie wirkt Wunder auf meinen Stab! Ich glaube, sie ist ein Wechselbalg. Findest du nicht, dass sie für ein normales Weib viel zu viel weiß? Vielleicht ist sie ein Geist, der uns ausspioniert. Aus dem angespitzten Vorderbein eines Rehs hat sie sich selbst einen Dolch gemacht. Sie kann in den Wolken lesen und weiß, wann ein Sturm aufzieht. Sie kann auch Heilpflanzen anbauen. Und hör zu: Wenn sie die Pflanze nicht findet, aus der sie Tee gegen Halsschmerzen kochen will, mahlt sie schwarze Samen und bereitet daraus den Absud. Am selben Tag steckt sie die gleichen Samen in die Erde, besprengt sie mit Quellwasser, und bald hat sie die gewünschte

Pflanze. Sie macht mir Angst. Ich will, dass sie verschwindet!«

»Leg keine Hand an sie, es sei denn, du wolltest einen Fluch auf dich ziehen! Überlass es den Göttern, geh festen Schritts und halte die Augen offen.« Silberreiher musste Cougar Recht geben: Es war Zeit zu gehen. Was konnte so ein dickköpfiges Wiesel wie Zaunkönig schon für das Dorf tun? Besser, er, Zaunkönig, würde verschwinden!

Vor Sonnenaufgang ruderten Silberreiher und Cougar an den Inseln vor der Küste entlang nach Süden. Cougar war froh, dass das Kanu hohe Seitenwände hatte, die verhinderten, dass die Krokodile ihre Schnauzen hereinschoben. In Gulltown machten sie für zwei Nächte Halt und fragten nach Großmutter. Niemand hatte gehört, dass eine Mutter einer anderen Frau ihr Kind gegeben hätte. »Wir kennen keinen Mann, der sagt, er sei von einer Zweiten Mutter aufgezogen worden«, sagten sie.

Silberreiher dachte, dass jene, die etwas wissen könnten, vielleicht weggezogen waren. Möglicherweise war der Mann mit den zwei Müttern auch gestorben, und die Leute hatten ihn einfach vergessen. Doch Silberreiher fand, sie hätten Zeit genug, auch noch alle anderen Orte zu besuchen. An der sumpfigen Küste des Wide River entlang fuhren sie nach Osten. Wasservögel und schwarze Stechmücken lebten im Schilf und in den Bäumen, im seichten Wasser fraßen Alligatoren Schlangen und Fische. Mit einer Salbe aus Bärenfett und Kräutern schützte sich Cougar vor den Insekten. In der Nacht schliefen sie oft auf baumlosen kleinen Inseln, wo der Wind die Fliegen vertrieb. Tagsüber machten sie in jedem Dorf Halt, das sie sichteten. Die Sümpfe waren das Land der Tekesta. Wie die Calusa waren sie groß und kräftig und hatten eine rötliche Hautfarbe. Die Männer schlangen ihr langes Haar zu einem Knoten und steckten ihn auf dem Kopf fest, genauso wie Silberreiher es tat.

Die schuppige Alligatorenhaut wurde zu Mokassins, Beuteln und Lendenschurzen verarbeitet. Im Dorf gingen die Leute meist barfuß, Frauen und Männer bedeckten den Oberkörper nicht. Die Röcke der Frauen waren wie bei den Calusa aus krausem grauen Moos geflochten, das lange im Rauch desinfiziert wurde, damit Flöhe, Zecken, kleine rote Spinnen und andere Parasiten verschwanden. Die Leute waren freundlich und wollten alles über die Nachbarstämme erfahren, die sie nur bei kleineren Überfällen oder in der Person von Händlern kennen lernten, die ein-, zweimal im Jahr vorbeikamen. Niemand hatte je nach einem Menschen gefragt, der früher bei ihnen gelebt hatte. Cougar starrte auf die Finger- und Zehennägel, die lang und spitz zugefeilt waren. Eine Frau gab ihr eine Muschelkette gegen einen großen Korb; sie sagte, ihre Nägel seien eine gute Waffe gegen betrügerische Händler. Cougar bewunderte die beinernen Haarnadeln der Frau und ihre Armketten aus Fischzähnen.

Cougar lernte, sich wie die meisten Menschen, vor allem umherreisende Händler, mit gängigen Handzeichen zu verständigen, gleichzeitig lernte sie auch besser und schneller als Silberreiher die Tekesta-Sprache, die der der Calusa verwandt war. Was ihr früher unverständlich erschienen war, machte bald Sinn, als sie mit den Wörtern gewandter umgehen konnte.

Die Hütten in den Sümpfen waren nur mit dem Kanu und über Leitern aus Mangrovenästen zu erreichen, die mit dicken Lederstreifen verbunden waren. Die Hütten waren aus dünnen Baumstämmen, die mit Büscheln aus langen Grashalmen bedeckt waren und auf vier Pfählen saßen wie auf Stelzen. In den Wänden lebten Käfer, Fischadler und Möwen nisteten in den trockenen Grasbüscheln und fraßen die Insekten. Die Leute verjagten Insekten und Vögel nicht aus ihren Hütten; die Tekesta-Frauen glaubten, dass das nächtliche Schnalzen der Vögel vor allem auf die Kinder beruhigend wirkte.

Der Wind verlieh Cougar Kraft, und das Wasser schenkte ihr Frieden, aber sie fühlte sich bei den Tekesta vor allem deshalb daheim, weil sie den Geräuschen von Menschen in den Hütten lauschen konnte.

Am langen Sandstrand standen viele Hütten auf Pfählen, damit das Wasser bei Sturm frei fließen konnte. Silberreiher meinte, sie wären in der Nähe des Großen Sees – ein guter Ort, um vom anstrengenden Rudern auszuruhen. Cougar tauschte Körbe gegen essbare Wurzeln, Wassersalat und ein paar einfache Moosröcke.

Beim Rudern hatte Silberreiher sich die Hände mit Blättern gepolstert. Cougar hatte ihn erst ausgelacht, aber nun wusste sie, dass es klug gewesen war. Sie hatte schmerzende Blasen an den Händen und musste die Medizinfrau des Dorfs aufsuchen, deren Namen sie nicht kannte.

Sie war klein, ungefähr so groß wie Cougar, sah aber noch älter aus als Großmutter. Sie hatte Runzeln im Gesicht, die Haut an ihren Oberarmen war faltig und schlaff. Sie kümmerte sich um die Kinder im Dorf und half den Frauen bei der Geburt; daher waren ihre Fingernägel nicht spitz zugefeilt. Sie hatte keine Zähne mehr und ging am Stock, aber ihre braunen Augen waren klar und strahlend, und sie reckte stolz das Kinn in die Höhe. Lispelnd klagte sie über Schmerzen in Rücken und Knien und bemutterte Cougar, als sei sie ein Kleinkind; sie badete ihre brennenden roten Hände in einer wohltuenden warmen Lösung und steckte sie in Fäustlinge aus geflochtenem Gras, in die sie zerriebene Aloeblätter gegeben hatte. Von ihr erfuhr Cougar, dass das Dorf Duckplace hieß.

Am nächsten Tag schmerzten Cougars Hände nicht mehr, aber sie ging trotzdem zur Medizinfrau, damit sie ihr eine neue Aloepackung machte. Auf dem Weg sah sie eine Waschbärenfamilie, ein wildes Schwein und ein Reh mit weißem Spiegel. Sie dachte, dass die Frau wohl alt genug wäre, um sich an frühere ungewöhnliche Vorfälle im Dorf zu erinnern.

Die Frau war vollauf mit zwei stöhnenden Frauen beschäftigt, die Wehen bekommen hatten. Cougar nahm den alten stinkenden Aloeverband ab, wischte sich die Hände an einem Strang grauem Moos und bot ihre Hilfe an. Sie rieb den geschwollenen Bauch einer Frau mit duftendem Öl ein, die Frau sagte ihr, sie und ihre drei Töchter wünschten sich einen Jungen. Cougar sprach leise mit ihr, nickte und lächelte und gab der Frau zu verstehen, dass sie die Geister um einen Jungen bat. Sie erinnerte sich, wie Großmutter mit den Gebärenden umgegangen war, beobachtete aufmerksam das Wiederkommen der Wehen und hielt die Frau zum Pressen an. Als das Kind auf der Welt war, gab die Medizinfrau ihr eine Muschel, womit sie die Nabelschnur schneller und besser durchtrennen und außerdem einen glatteren Schnitt machen konnte. Cougar reinigte das schreiende Kind mit Moos, legte es auf eine Strohmatte neben die Glut an der Feuerstelle, dann wusch sie die Mutter, stopfte Moos zwischen ihre Beine und deckte sie mit einem Fell zu.

Die Nachgeburt trug sie hinter die Hütte und vergrub sie schnell, bevor die bösen Geister sie riechen und der Mutter schaden konnten. Als sie zurückkam, gab sie der Mutter eine kleine lila Sauergrasblume und ein paar Stiele dreigliedriger Blätter, die wie ein umgedrehtes Herz aussahen. »Iss. Sie schmecken sauer, sie reinigen dir den Mund und ziehen ihn zusammen, sodass du deinen neugeborenen Jungen küssen kannst.«

Die Mutter war froh, dass die Geburt so leicht gewesen war und sie einen gesunden Jungen bekommen hatte. Sie nannte ihn Luchs, die Tekesta-Übersetzung für »Silberlöwe«. Die Mutter wollte Cougar bei sich behalten, denn sie wärmte ihr den Geist wie die Sonne und verkörperte Leben und Schönheit wie eine Blume.

Die Medizinfrau war beeindruckt und angetan von Cougars Können und lud sie und Silberreiher zu einem Mahl aus Muscheln und Wassersalat ein. Und da sie außer ihrem Kanu keinen Schlafplatz hatten, nahmen sie auch die Einladung zur Übernachtung gerne an.

Beim Essen sagte die Medizinfrau: »Ich erinnere mich an eine junge Mutter, die ihr Kind alleine entbunden hat. Es war zur Zeit der Großen Flut, niemand konnte das Dorf verlassen. Später gab die Frau ihr Kind einer trauernden Mutter, die eine Totgeburt hatte und deren Brüste schwer waren von Milch. Es war ein schlimmer Winter. Diese Mutter hat eines der größten Opfer gebracht, das man sich vorstellen kann: Sie hat ihr Kind vor dem Hungertod gerettet, indem sie es einer anderen Frau in die Arme legte und wegging.« Sie stieß Cougar an. »Komisch – als das Milchkind zwei Sommer alt war, bekam es oben eine doppelte Zahnreihe, genau wie du. Die Zweite Mutter wollte es nicht mehr stillen, denn sie fand, dass das Kind nun fast alles essen konnte.«

Cougar schluckte. Sie lächelte und entblößte ihre Zähne. »Als ich klein war, dachte ich, das sei normal. Großmutter hat mich manchmal geneckt, sie sagte, ich sei etwas Besonderes. Nun ist sie ein Geist.«

Silberreiher hielt im Kauen einer Portion Wassersalat inne und fragte sich, warum er ihr überhaupt von seiner doppelten Zahnreihe erzählt hatte. Fand er das an Cougar so rätselhaft? Er hatte nie gehört, dass außer ihnen beiden noch jemand solche Zähne hätte. Als er jung war, sperrte er den Mund nie weit auf, damit niemand seine Zähne sah. Er hatte eine gute Auffassungsgabe und er war stur – wie Cougar. Er dachte: Sie ist klüger als die meisten anderen. Sie hat schnell Tekesta gelernt und weiß, was die Leute hören wollen – als könnte sie ihre Gedanken lesen. Er erinnerte sich, wie Cougar einer von Großmutters jammernden Patientinnen geraten hatte, ihre Mokassins umzudrehen, bevor sie schlafen ging, dann würde sie ihre Krämpfe loswerden. Derselben Frau sagte sie später, ihr Gerstenkorn würde verschwinden, wenn sie mit der Schwanzspitze eines braunen Hundes übers Lid strich. Als es der Frau besser ging, sagte sie zu Großmutter, Cougar würde eine große Medizinfrau werden. Silberreiher konnte Großmutter noch sagen hören: »Wart's ab! Cougar wird dich noch überraschen!«

»Nun, einen Geist habe ich noch nie gesehen.« Medizinfrau wischte sich die Tropfen vom Kinn. »Wir Geburtshelferinnen sind für unsere schlanken geschmeidigen Finger bekannt.« Sie nahm Cougars kleine Hände und betrachtete sie aufmerksam. »Eine starke, junge Person wie dich könnte ich gebrauchen, erstens heilen deine eigenen Wunden schnell, und zweitens kannst du Hände und Stimme einsetzen, um andere zu heilen.«

»Oh, ich weiß nicht, ob ich die Kraft zur Heilerin habe«, meinte Cougar. »Ich muss zuerst den Mann finden, der von einer Zweiten Mutter aufgezogen wurde. Falls du immer noch hier bist, wenn ich zurückkomme, bleibe ich und lerne von dir. Weißt du, dass ich auch eine gute Geschichtenerzählerin bin?«

»Nein, aber ich weiß, dass Geschichtenerzähler und Heiler eine feste Stimme und viel Vorstellungskraft brauchen. Komm bald wieder zurück!«

»Erinnerst du dich an den Namen des Kindes?«, fragte Silberreiher die Alte.

»Er hieß Eule, ein Junge mit wunderschönen Augen; er hat später meine Tochter zur Frau genommen. Die Leute sagen, es war nicht richtig, dass Hyazinthe mit ihm gegangen ist, sie hätte bei mir bleiben sollen wie ein gutes Tekesta-Mädchen. Die eifersüchtigen Frauen behandelten sie schlecht, sie stahlen ihr Essen und beschimpften sie, bevor sie wegging. Sie wehrte sich nicht, sie war der Meinung, erwachsene Menschen sollten ihre Zwistigkeiten in einem Ratstreffen austragen. Aber es gab kein Ratstreffen, und so hat Eule meine Tochter und ihr Kind Wildkätzchen auf eine Insel mitgenommen, wo es Süßwasserquellen und niedrige Bäume mit roten Beeren gibt, die die Vögel so mögen. Die Stürme machen das Wasser bitter, und die Leute bekommen Durchfall. Es war in einem der großen Stürme, als sie ihr kleines Mädchen verloren. Vielleicht liegt die Insel im Meer, vielleicht auch im Großen See. Es ist schon lange her, dass ich dort war.« Sie lächelte, sog die Luft in ihren zahnlosen Mund und füllte Cougars große Körbe mit Kampferbaumwurzelmehl. Dafür nahm sie einen kleinen Korb im Tausch. »Ich träumte, ich würde Eule und Hyazinthe im Sommer sehen«, sagte sie zu Cougar.

»Was sollen wir ihnen sagen, wenn wir sie treffen?«, fragte Silberreiher.

»Sagt ihnen, wenn es dunkel und kalt ist, wärmt mich der Gedanke, sie wieder zu sehen.«

Mehrere Tage lang fuhren sie mit dem Kanu. Der erste Nordwind des Jahres kam auf, er brachte Nebel und warmen Nieselregen. Silberreiher musste im Zickzackkurs gegen den Wind fahren und wurde seekrank. Er wollte liegen und die Augen schließen, aber er musste aufrecht sitzen und auf die Wellen achten. Als er schließlich gelernt hatte, vom Wellenkamm geschickt hinabzugleiten, ging es ihm wieder besser, die raue See erschien ihm nicht mehr so bedrohlich. Wie ein großer Silbermond schien die Sonne durch den Nebel.

Grinsend sagte Silberreiher zu Cougar: »Der Spalt zwischen deinen Vorderzähnen … und deine Hände, die so geschickt sind wie Großmutters Hände – ich hätte schon früher etwas dazu sagen sollen.«

»Warum habe ich einen Spalt zwischen den Zähnen?«

»Das wissen nur die Geister. Als ich jünger war, konnte ich Leder kauen, dass es so weich wurde wie ein Kinderbauch. Großmutter sagte immer, niemand könne das besser als ich. Ich habe diese Frau mehr geliebt als mich selbst. Sie war mehr als eine Freundin für mich.« Seine Stimme brach. »Ich kann gar nicht glauben, dass es sie nicht mehr gibt. Ich würde alles dafür tun, um sie zurückzubekommen.« Er sah an Cougar vorbei in das fremde unwirkliche Gesicht der Sonne.

Cougar drehte sich um und folgte seinem Blick. Erst war alles grau, dann sah sie Inseln, sie verschwanden und tauchten wieder auf, sie schienen auf dem Nebel und auf dem Wasser zu schweben.

Silberreiher zog das Ruder durchs Wasser und fuhr sich mit der Zunge über die trockenen Lippen. »Ich glaube, sie hat mich aus Trotz nicht geheiratet. Sie war wütend, weil ich bei der Geburt des Jungen nicht bei ihr war, sie war nachtragend und stur, und ich war gedankenlos und habe es nie wieder gutgemacht. Sehr viel später sagte ich ihr, dass die Flüsse über die Ufer getreten waren und die Wege überschwemmt hatten. Sie aber hatte gedacht, ich hätte ein Kanu.« Seine traurige Stimme trieb Cougar Tränen in die Augen, und ihre Brust wurde ihr eng. »Doch auch nachdem sie verheiratet war, war sie nett zu mir. Ich hoffte, sie würde mich immer noch lieben, aber wir haben nie wieder darüber gesprochen.«

Er zog das Ruder aus dem Wasser, griff in seine Kitteltasche und räusperte sich. »Hier, für dich. Ich habe mit Medizinfrau meine Alligatormokassins gegen diese Fäustlinge aus Haifischhaut getauscht. Ich habe noch ein Paar für mich, aber deine sind schöner. Ha! Glaubst du, was sie gesagt hat? Dass ihre Tochter nicht um ihre Stellung im Dorf kämpfen wollte? Der Junge muss nun ein ausgewachsener Krieger sein.«

»Kann sein. Krieger sind Männer, die den Kampf lieben, sie bringen ihre Feinde gern mit Steinen, Pfeilen und Stöcken um. Die Frauen verbreiten lieber Gerüchte über die Feinde, und wenn es ums Töten geht, ziehen sie etwas Leises wie Gift vor. Warum?«

»So ist es eben. Männer müssen das Dorf und die Frauen beschützen. Und sie rauben Frauen von anderen Stämmen, damit die Männer nachts etwas zu entdecken haben und neues Blut im Stamm fließt. Bei einem Kampf haben Männer etwas zu besprechen, mit einem Kampf können sie Zwistigkeiten beilegen. Frauen aber sind fürsorglich, sie sorgen für die Kinder und die Alten, sie erzählen Geschichten und machen das Essen. Man erwartet von ihnen, dass sie leise und friedlich sind, nicht, dass sie aufbegehren.«

»Ich denke, Kampf und Gerüchte schüren den Hass«, sagte Cougar. »Eine geraubte Frau vermisst ihre Familie und sie muss immer fest auf Leder beißen, damit sie nicht laut weint, vor allem nachts. Ich bin sicher, dass kleine Eule Großmutter vermisst hat. Kinder wissen, was sie mögen und was nicht, aber sie haben auch Furcht und Angst.«

»Ja«, stimmte Silberreiher zu. »Hyazinthe muss ihre Mutter wieder sehen. Sobald wir sie gefunden haben, bringe ich sie zu ihr – wenn sie tatsächlich diejenige ist, die beim Großen Sturm ein kleines Mädchen verloren hat. Bedenke nur, wie sie und ihr Mann dann zu dir stehen?«

»Das haben mir die Geister angetan. Wenn Großmutter wirklich meine Großmutter war, dann ist auch Medizinfrau meine Großmutter.«

Sie besuchten mehrere kleine Inseln, fanden aber keine Hinweise auf einen Mann, der zwei Mütter gehabt hatte. Einige Tage später lagerten sie auf einer Insel nahe dem nordwestlichen Ufer des Großen Sees, wo die Flüsse aus dem Norden in ein baumloses weitläufiges Sumpfgebiet flossen. Dort trafen sie einen Mann, der so alt war, dass er vergessen hatte, sich die Barthaare aus seinem roten Gesicht zu zupfen. Er meinte, die Geschichte von der Mutter, die ihr Kind weggab, höre sich nach den Ais im Norden des Großen Sees an; sie taten so etwas. Die Leute nannten Silberreiher »Großvater« und Cougar »Enkelin«, sie waren großzügig und teilten mit ihnen den Fischeintopf, den sie tagelang in Tontöpfen aufbewahrten und immer wieder mit frischem Fisch, Wurzelmehl und getrockneter Kokosnuss streckten. Nach dem Abendessen saßen sie draußen, wo es kühl war, auf Bänken vor ihren runden Grashütten. Die Leute hörten von den Geschichtenerzählern und kamen zu Besuch, wenn Silberreiher und Cougar die Orte schilderten, wo sie gewesen waren. Später sagten die beiden, es sei die schönste Zeit auf ihrer Suche nach einem Mann namens Eule gewesen, der eine Frau namens Hyazinthe geheiratet hatte. Die Häuptlinge der Dörfer am Fluss gaben Silberreiher jede Nacht ein Mädchen in Cougars Alter.
Aber niemand hatte von einem Kind gehört, das bei einer Zweiten Mutter aufgewachsen war, niemand kannte ein Paar mit Namen Eule und Hyazinthe. Den jungen Frauen gefiel der Namen »Hyazinthe« und sie baten Cougar und Silberreiher, zum Fest des Namenstauschs zu bleiben. Cougar riet ihnen, dem Namen Hyazinthe noch einen Beinamen hinzuzufügen, sonst könnte man die eine Frau

nicht von der anderen unterscheiden. Und so gab es in einem Dorf eine Rote, eine Gelbe, eine Blaue, eine Violette und eine Weiße Hyazinthe. Silberreiher fühlte sich wieder jung mit all diesen Frauen; am liebsten hätte er den ganzen Tag geschlafen und sich die ganze Nacht mit den Mädchen vergnügt. Doch Cougar sah ihn finster an.

»Hast du nun deinen Verstand den Freuden des Körpers geopfert? Das ist kein guter Tausch. Wenn du den ganzen Tag schläfst, verpasst du eine Menge!«

Nun blickte Silberreiher finster.

Sie ruderten über den Fluss zum Meer zurück. Zwischen der sumpfigen Küste und den kleinen Inseln schreckten sie Schnepfen auf. Sie aßen Makrelen, Schnapperfische, Barsche, Wachteln, Enten und viel Fladenbrot, das sie aus dem Wurzelmehl von Medizinfrau buken.

Die dunklen Sommerwolken zogen auf und verdeckten die hoch stehende Sonne. »Das wird ein regnerischer Sommer, ich mache mir Sorgen um Otter«, sagte Cougar. »Großmutter hat ihm Selbstvertrauen geschenkt. Wenn ich das nur auch könnte! Ich wünschte, er wäre bei uns!«

Silberreiher schnaubte. »Hm. Vorsicht! Manche Wünsche werden wahr!«

Sie zogen das Kanu auf eine Kiesbank, entluden es, drehten es um und legten alles darunter. Sie wickelten sich in ihre Decken und schlüpften auch unters Kanu, wo es so schwül war wie neben einem Topf kochenden Wassers, aber allemal besser, als die ganze Nacht im Nieselregen zu liegen. Cougar konnte nicht schlafen. Sie hörte ein Rascheln und fürchtete, es sei eine Schlange, doch Silberreiher meinte, es seien kleine Tiere, die Schutz vor dem Regen suchten.

Als es aufhörte zu regnen, standen sie auf. Im Wind bildeten sich immer wieder Sandhosen, Wolken schoben sich hoch oben am Halbmond vorbei. Es war Ebbe, die Brandung war leise. Cougar brauchte einige Zeit, um aus dem feuchten Holz und den glimmenden Kohlen aus ihrer Schüssel ein kleines Feuer zu machen. Vom Wassersaum holte sie ein paar Arme voll Schilfschösslinge, aus dem sie dichte, grüne Körbe flocht. Da hörte sie wieder ein Geräusch, schwach, hoch und weit entfernt. Sie zog die Decke um sich und setzte sich ans Feuer, aus den Schilfhalmen flocht sie flache Streifen mit schönen Mustern, die Streifen fügte sie in der Mitte zusammen, sodass die Enden abstanden wie Sonnenstrahlen. Wieder ein Geräusch hinter der kleinen Düne, es war wie ein leises Klingeln, das immer lauter wurde. Dann flog ein Schwarm Gänse auf und zog vor dem hellen Mond nach Norden. Cougar stellte sich diese Vögel wie einen Fluss des Lebens vor, der sich durch die Unendlichkeit des Nachthimmels zog, es gab dunkle Flüsse, lange, weite Ströme, und dann war der Himmel wieder leer.

Der Lärm hob wieder an, Cougar meinte, das angenehme Rascheln der Schwingen zu hören, ab und zu meinte sie sogar, einen einzelnen Vogel ausmachen zu können, aber sie flogen zu schnell. Dann erstarben die Geräusche, der Himmel über dem Meer war still, die Wolken hatten sich fast alle verzogen. Sie flocht mehr Schilfstreifen kreisförmig ein, bald war die Form des Korbs zu erkennen. Über den letzten Kreis nähte sie einen Streifen, das war der Rand. Den Henkel flocht sie zuletzt an, sie arbeitete ihn fest ein und machte ihn so dick, dass er eine Last hielt, die der Größe des Korbs entsprach. Solche Körbe konnte sie gut tauschen. Langsam fielen ihr die Augen zu, ihr Kopf fiel auf die Brust, und sie legte sich schlafen.

Es wurde wärmer. Der Mond über den grünen, knospenden Bäumen nahm zu, er wurde rund und schenkte einen warmen Schein.

Sie ruderten über den träge dahinfließenden Fluss zurück,

den sie Stillwater nannten. Es war Zeit weiterzuziehen, bevor die Frühjahrsstürme kamen. Silberreiher wunderte sich, dass die Alligatoren sie nicht belästigten. Verhinderten es die hohen Seiten des Kanus, oder gab es noch einen anderen Grund? Vielleicht Cougars göttliches Wesen? Er wusste, dass sie nachts die Gänse auf ihrem Zug nach Norden beobachtete, aber er traute sich nicht, sie zu fragen, ob sie mit den Vögeln auch sprach. Vielleicht bewahrte sie ihre Gänse-Wörter in den kleinen Körben auf, die sie währenddessen flocht.

Manchmal keckerte sie lauter als eine Schar Eichhörnchen, die zusammen Piniennüsse knusperten. Eines Morgens kam Silberreiher und sagte, sie müssten zurück zu den Calusa. Sie müssten vorsichtig sein, denn man wisse nicht, was Zaunkönig herumerzählte. Manchmal wäre er am liebsten bei den Tekesta geblieben, wo er Cougars Großvater sein konnte und niemand ihn belästigte.

Cougar fand eine trockene, moosige Stelle für die Nacht; dort waren sie auch geschützt vor dem feuchten Nebel, der den abnehmenden Mond nun oft verbarg, einen Mond, der so hell geworden war wie frisch gebleichtes Leder. Das Kanu lag unter einem Baum mit rotbrauner Rinde.

Cougar war verwirrt. »Etwas kommt, ich weiß nicht was, aber es ist kein Regen und auch kein Wind.«

Silberreiher lachte. »Fang nur nicht an, wie Großmutter die Dinge vorauszusagen! Vergiss es! Wenn Regen kommt, haben wir genug zu tun.«

Nach dem Essen hörte sie wieder ein Geräusch. Vielleicht ein Alligator, der auf den Fisch aus war, der im Kanu lag. Sie stand auf und wollte das Tier verscheuchen, ohne ihm zu nahe zu kommen. Sie ging erst um das Kanu herum, konnte aber nichts Ungewöhnliches erkennen. Vielleicht eine Schlange. Vorsichtig hob sie die Matte an, die sie über die neuen Körbe gelegt hatte, und hüpfte kreischend herum. Silberreiher dachte schon, sie sei in ein Hornissennest oder in noch etwas Schlimmeres getreten oder über einen Stein gestolpert, unter dem Skorpione kauerten.

»O ha!«, schrie sie und packte Silberreihers Hand. »Komm, sieh doch! Otter ist hier.« Sie zerrte ihn schnell zum Kanu. »Otter! Wie sehr du mir gefehlt hast! Wie kommst du denn hierher? Hast du die ganze Nacht im Kanu geschlafen? Wie hast du uns gefunden? Wir sind ganz um den Großen See herumgefahren.«

»Otter? Du bist es ja tatsächlich!«, rief Silberreiher aus.

Otter setzte sich auf und rieb sich die dunklen Augen. »Ich wusste gar nicht mehr, wie laut eure Stimmen sind. Gut, dass ihr nicht nach Sandpoint zurückgefahren seid. Zaunkönig sagt, ich darf nicht in ein Calusa-Dorf zurück, auch Cougar ist unerwünscht, vor allem in Sandpoint. Ich sei ein Störenfried, sagt er, und Cougar eine Hexe. Wenn sie zurückkommt, will er sie dem Regengeist opfern. Ich habe zwar nicht gehört, dass er über Silberreiher gesprochen hat, aber vielleicht will er auch ihn opfern. Die Leute im Dorf müssen in allem mit ihm übereinstimmen, besonders den jungen Frauen will er beibringen, wie sie den Männern Freude machen können. Die meisten Alten haben das Dorf schon verlassen.«

Silberreiher setzte sich Otter gegenüber in den Sand. »Der ist ja verrückt!«

»Ich hätte ihn in den Bauch treten sollen, bevor ich ging, aber ich war damit beschäftigt, ein Kanu zu stehlen, ohne erwischt zu werden.« Otter zog den Lendenschurz zurecht und ließ sich auf die Fersen sinken.

»Wie geht es Kleiner Mutter?«

»Sie hat mit Kolibri viel zu tun und verschließt die Augen vor Zaunkönigs Machenschaften. Ibis, seine Zweite Frau, schreit ihn an. Eines Tages wachen sie bestimmt auf: Wenn ihr da wärt, würdet ihr ihnen schon früher die Augen öffnen. Kleine Mutter vermisst euch. Sie hat geweint, als ich gegangen bin.«

Im hellen Morgenlicht sah Cougar die bläulichen Umrisse von Otters Oberlippenbart und den Schatten an seinem Kinn. Sein Gesicht war nicht mehr so voll, wie sie es in Erinnerung gehabt hatte. Das lange schwarze Haar hing über seinen Rücken, er hatte es mit einer dünnen biegsamen Ranke zusammengebunden. Die Muskeln an Brust und Oberarmen traten hervor, als er sich auf die Knie zog, er war groß geworden. Aufmerksam betrachtete er Cougar und lächelte sie an. Ihr lief ein Schauder den Rücken hinab. Sie hatte Otters Lächeln immer gemocht.

Ihr Haar ist lang, ihr Gesicht oval geworden, dachte er. »Du bist sehr schön«, sagte er schnell und konnte die Augen nicht von ihr abwenden.

Sie wurde rot. Das hatte ihr noch nie jemand gesagt; es war ihr peinlich, gleichzeitig war sie auch geschmeichelt. Sie war ganz durcheinander und wusste nicht, was sie sagen sollte. Sie streckte die Hand aus und berührte die rote Narbe an Otters Kinn.

Er zuckte zusammen, als wäre sein Kinn immer noch wund, und legte seine Hand auf ihre. »Du siehst alles. Ich sagte zu Zaunkönig, er sei zu sehr von sich überzeugt, da hat er mir einen Kinnhaken verpasst. Zum Glück bin ich gleich umgefallen und trug nur diese Narbe davon. Von nun an bleibe ich bei Silberreiher und dir.«

Sie zog ihre Hand weg und steckte eine Strähne hinters Ohr, die ihr vor die Augen geglitten war. »Wir wissen noch nicht, wohin wir gehen. Vielleicht will Großmutters Sohn gar nicht, dass wir ihn finden.«

Silberreiher sah, dass Cougar verwirrt war, er hob die Hand, um zu zeigen, dass er etwas sagen wollte. »Ich glaube, das Leben in Sandpoint ist gut für halbwüchsige Männer und junge Frauen, für Menschen, die nicht erwachsen werden und Verantwortung übernehmen wollen. Doch eines Tages werden diese jungen Männer und Frauen alt sein und dann werden sie erkennen, dass ein Dorf voller alter, egoistischer Menschen ein schrecklicher, lebloser Ort ist. Sie werden sich wünschen, dass ihre Kinder sich um sie kümmern, doch dann ist es zu spät, die Kinder sind dann schon längst in bessere Dörfer gegangen, um sich Ehepartner zu suchen.«

Otter sah Silberreiher an. »Vor einer Woche bin ich mit dem Kanu zu einer Insel im Meer gefahren. Dort lebt ein Paar – der Mann hat einen langen Hals und einen Spalt zwischen den Schneidezähnen wie du, Silberreiher. Ich will damit nicht sagen, dass er komisch aussieht, es ist nur merkwürdig, wie ähnlich er dir sieht.«

»Erzähl mir von ihm.« Silberreiher setzte sich näher zu Otter.

»Als der Mann ein Junge gewesen war, sagten ihm die Leute, er sei doppelt geliebt, denn er hatte zwei Mütter; seine leibliche Mutter konnte ihn nicht stillen, also hat ihn eine Zweite Mutter aufgezogen, eine Tekesta mit spitzen Zehennägeln.«

Aha, Großmutters Sohn!, dachte Silberreiher. Mein Sohn!

»Das Paar hat im Großen Sturm ein Mädchen von zwei Sommern verloren«, fuhr Otter fort. »Sie waren fischen, als plötzlich ein starker Wind aufkam. Sie konnten nicht an Land zurück und mussten im Kanu warten. Das Kind schlief auf zusammengerollten Decken neben den Angelgeräten. Das Wasser stieg, schäumte und gischtete. Als der Sturm nachließ, waren Kind, Decken und Geräte weg. Sie waren von ihrem Dorf weit entfernt, und in dem peitschenden Regen und in der Gischt konnten sie Sandpoint nicht sehen. Sie waren ganz krank vor Trauer, weil das Mädchen bestimmt ertrunken war. Tagelang suchten sie den Strand ab, fanden es aber nicht mehr.«

Otter strich über Cougars Wange. »Das Mädchen hieß Wildkätzchen, weil es so schrie. Am nächsten Tag ging ich zurück und wollte noch einmal mit Eule sprechen. Seine Frau Hyazinthe sagte, er sei ausgegangen, um nach ihrer kleinen Tochter zu suchen. Ich wandte ein, sie sei nun schon groß. Sie tat es ab, als hätte ich keine Ahnung.«

»Hyazinthe und Eule.« Cougar konnte es gar nicht glauben, es klang wie ein Märchen. Sie senkte den Kopf und wartete, dass Silberreiher etwas sagte. Doch er schwieg, und sie fuhr fort: »Wir trafen eine alte Frau, Medizinfrau. Ihre Tochter Hyazinthe hat einen Mann namens Eule geheiratet. Sie leben auf einer Insel.«

»Ja, dort gibt es Sträucher mit roten Beeren. Vielleicht Stechpalmen. Ich habe nicht danach gefragt. Eule sind fast die Augen aus dem Kopf gefallen, als ich ihm sagte, dass ich ein Mädchen kenne, das wie ein Wildkätzchen schrie, als Großmutter es gefunden hat. Eule sagte mir, dass seine leibliche Mutter Stachel hieß.«

Silberreiher stöhnte auf, als wollte er husten, doch er bekam keine Luft. Er stand auf, räusperte sich und bedeutete Otter zu schweigen. Er wischte sich die Augen. Wollte er wirklich alles hören? Nach einer Weile bat er Otter fortzufahren.

»Nun, Hyazinthe sagte mir, dass Eule als kleiner Junge von älteren Jungen erfahren hatte, dass seine Mutter in einen Händler verliebt gewesen war, er hieß Blauer Silberreiher.«

Silberreihers Kopf wackelte, Tränen schossen ihm in die Augen. Er war sich nicht sicher, ob er von seiner Jugend erzählen sollte. Es würde ihn verletzlich machen. Als er seine Stimme wieder unter Kontrolle hatte, sagte er: »Stachel hat Blauen Silberreiher nie geheiratet, aber er hat sie immer angebetet. Man sprach im Dorf über sie, denn sie hatte ihren eigenen Kopf und nahm nicht an der Deh-

274

nungs-Zeremonie teil. Dann bekam sie das Kind.« Silber-reiher war puterrot geworden und weinte untröstlich. Schließlich fuhr er mit erstickter Stimme fort: »Stachel ist der Tekesta-Name für Stachelschwein, so hieß Großmutter früher. Als ich sie kennen lernte, war sie die schönste Frau, die ich je gesehen hatte, und sie war auch die klügste und liebevollste, die lustigste und die unabhängigste.« Er legte den Arm um Cougar. »Du bist ihr so ähnlich! Ich glaube, du bist meine leibliche Enkelin.«

Cougar wischte sich die Augen und lächelte stumm. Der Gedanke gefiel ihr, dass Großmutter und Silberreiher sich geliebt hatten. Es war wie ein Traum, sie konnte nicht in Worte fassen, was sie empfand. »Wir sollten zu Eule und Hyazinthe gehen und die ganze Geschichte überprüfen. Wir haben mit vielen Tekesta gesprochen, aber nie mit so einem Paar. Wir suchten Hyazinthe sogar auf den vorgela-gerten Inseln. Ha, sie könnte wirklich meine Mutter sein! Und dann wäre Medizinfrau meine Großmutter. Hyazin-the muss ihre Mutter besuchen.«

»Siehst du! Durch mich hast du das nun herausgefunden!« Otter lächelte entwaffnend. Beim Blick in sein schmales, spitzes Gesicht kribbelte es wieder in Coubars Schoß. »Was ist mit Medizinfrau? Ist sie krank?«

»Sie ist so verhutzelt wie eine Hickorynuss«, sagte Cougar. »Aber ihre Augen sind klar, und sie hat ihre Tochter lange Zeit nicht gesehen.«

»Ich komme mit euch. Die Leute in Sandpoint sollen sich alleine mit Zaunkönig herumschlagen. Er ist kein Häupt-ling für die Leute, er ist ein Häuptling für sich allein. Sein Rat besteht aus Männern, die niemand kennt, auch sie sind von sich überzeugt und reden mit zwei Zungen. Vielleicht ist Eule gerade dort und fragt nach euch. Stell dir vor, was für Geschichten Zaunkönig ihm auftischen wird!«

»Was ist mit dem Mann, der in meiner Hütte wohnt?« Silberreiher schnäuzte sich und rieb sich mit den Fingerknöcheln die Augen, als wäre er durch ein Dickicht aus Gelbem Niesholz gewandert. »Nohold ist ein Mann von Ehre. Er kennt mich.«

»Nohold lebt für sich. Ich habe nur selten mit ihm gesprochen. Er weiß, dass ich ein Kanu gestohlen habe und euch suchen wollte. Bevor ich ging, war ich nachmittags schwimmen wie in den alten Zeiten. Ich konnte immer noch den breiten Teil des Flusses bezwingen. Am anderen Ufer stieß ich auf die Leiche eines Mannes. Die Krabben fraßen an seinen traurigen Überresten. Ich bekam solche Angst, dass ich am liebsten weggerannt wäre und mich fast erbrochen hätte. Ich zog die Leiche aus dem Wasser, drehte sie um und sah zwei kleine Löcher zwischen den Schulterblättern, wie der Biss einer Mokassinschlange, einer Klapperschlange oder der Stich eines Skorpions mit zwei Stacheln. Das war komisch, denn der Mann trug nur Fischerstiefel, und der Biss hätte eher am Schenkel oder am Handgelenk sein müssen. Ich schleppte die aufgedunsene Leiche durch den Fluss und zur Ratshütte, wo die Älteren ihn untersuchen und identifizieren sollten. Doch die Älteren, die ihr noch kennt, sind alle weg. Niemand kannte den Mann, aber ich glaube, Zaunkönig wusste, wer er war. Als er die angefressene, geschwollene Hülle dieses Menschen sah, wurde er so blass, als hätte er einen Geist gesehen. Er wusste, wie der Mann in den Fluss gekommen war. In dieser Nacht überlegte ich, wo ich diese Stiefel schon einmal gesehen hatte – es waren Noholds Schuhe. Die Leiche war aber so aufgedunsen, bleich und angeknabbert, dass man nicht sagen konnte, wie er lebend ausgesehen hatte. Komisch, dass die Alligatoren ihn nicht gefunden haben. Als ich ihn zur Ratshütte zerrte, stank er schlimmer als ein verfaulter Delphin. Am nächsten Tag begrub ich ihn.«

Silberreiher hielt sich den Kopf. Im Geiste sah er den Mann, der sein Freund gewesen war. War Nohold die Leiche? Oder ein anderer? Zaunkönig kannte Nohold. Warum hatte er ihn im Fluss gelassen? Er ballte die Fäuste. Am liebsten hätte er Zaunkönig hart ins Gesicht geschlagen.

Otter fuhr fort: »Manchmal klebt Zaunkönig Stücke einer giftigen Wurzel auf den Pfeil und jagt damit Kleinwild. Eines Tages fand ich einen langen Pfeil mit doppelter Spitze hinter seiner Hütte. Daraufhin sagte Zaunkönig, ich sei unerwünscht. Und er habe anderen Calusa-Häuptlingen Nachricht geschickt, dass sie mich töten sollen, wenn sie mich treffen. Ich fragte ihn, was ich getan hätte, dass er mich aus meiner Heimat verbannte. Ich hätte herumgeschnüffelt, um herauszufinden, wie er das Dorf führt. Ich sagte, ich hätte keinerlei Grund, so etwas zu tun. Doch. Und auch Nohold hätte herumspioniert, er hätte ihn aus Sandpoint vertreiben und selbst Häuptling werden wollen. Ich meinte, er hätte wohl zu viel des Schwarzen Trunkes erwischt. Er behauptete, ich würde Nohold helfen. Ich fragte ihn, wie Noholds Stiefel an die Füße des Toten gekommen waren. Zaunkönig sagte, der Mann hätte mit Angelhaken gehandelt und eine Weile bei Nohold gewohnt. Wahrscheinlich hätte Nohold ihn ertränkt, um seine Stiefel wiederzubekommen. Ich sagte, der tote Händler hätte zwei klitzekleine Löcher am Rücken und die Stiefel hätte er immer noch getragen. Da lief Zaunkönig ganz rot an und wandte den Blick ab, als würde er überlegen, wie er das, was seine gespaltene Zunge von sich gegeben hatte, wieder richtig stellen könnte. Ich glaube, Zaunkönig hat den Händler umgebracht, weil er ihn mit Nohold verwechselt hatte. Nohold hat nie etwas gegen Zaunkönig gesagt, doch ich weiß, dass er ihm nicht traute.« Otter rieb sich die Stirn. »Wusstet ihr, dass Zaunkönig jeden Tag vom Schwarzen Trunk nippt? Und zwar so wenig, dass er sein Inneres damit nicht reinigt und auch nicht spucken muss. Er behauptet, der Trunk helfe ihm beim Denken, und er behauptet auch, er hätte Kontakt mit den Geistern, er könne sie hören, und sie sagten ihm, was er tun müsse. In Großmutters Hütte hat er unverheiratete Männer, Krieger und Jäger, einquartiert.«

»O nein!«, schrie Cougar auf. »Großmutter hätte das nie erlaubt!«

»Die Jäger geben Zaunkönig die Hinterkeule jedes Tiers, das sie einbringen. Kleine Mutter muss sie einsalzen und räuchern. Sie wird zumindest keinen Hunger leiden, wenn die Jagd schlecht ist.«

Cougar merkte, wie sehr Otter ihr gefehlt hatte, seine Besonnenheit, sein blitzendes Lächeln, seine melodische Stimme, sein Zwinkern.

Otter sah Cougar an. »Die Männer, die nicht arbeiten, sitzen bei Zaunkönig und süffeln Schwarzen Trunk. Sie sind fett und faul. Wenn die Ais oder die Tekesta angreifen, ist Zaunkönig erledigt. Ich wünsche es mir und wünsche es mir gleichzeitig auch nicht, ich bin ganz zerrissen. Ich muss einen kühlen Kopf bewahren, wenn die Gefühle so heftig an mir zerren. Von den Leuten in Sandpoint liegen mir nur meine Mutter und Kolibri am Herzen. Das Dorf ist schutzlos, und ich weiß, dass die Ais gerne Frauen als Sklavinnen nehmen. Ich rang Nohold das Versprechen ab, dass er Mutter und Kolibri in Sicherheit bringt, wenn es Schwierigkeiten gibt. Sicherlich kann ich sie eines Tages wieder finden.«

»Wie lange hast du eigentlich unter dieser Matte gelegen?«, fragte Silberreiher und deutete auf das Kanu.

»Seit gestern Abend. Ich wusste, das Kanu mit den hohen Seiten gehört euch. Ich habe euch beobachtet und bin euch gefolgt. Aber das war nicht einfach mit meinem kleinen Rindenboot. Und da hatte ich Glück und fand in einem hohen Kanu eine warme Matte, unter der ich schlafen konnte.«

»Glück hattest du, als du Großmutters Sohn gefunden hast, den Mann mit dem langen Hals«, sagte Cougar. »Medizinfrau mag uns, sie will, dass wir bei ihr bleiben. Kleine Mutter und Kolibri könnten auch dort leben.«

Silberreiher dachte über den Mann mit dem langen Hals nach. Männer mit großen Ohren hatte er schon viele gesehen – Ohren, die so abstanden, dass sie im Wind flatterten. Auch Menschen mit großen Nasen hatte er schon gesehen, doch nicht viele hatten so einen langen Hals wie er selbst. Silberreiher sah Otter an wie einen Singvogel auf einem Baumwipfel. »Wenn der Mann mit dem langen Hals mein Sohn ist – was wird er dann von mir denken?«

»Er wird sich freuen, dass du ihn gefunden hast«, sagte Otter. »Seine Frau nennt ihn Schreiende Eule, wenn er laut spricht.«

»Ja, das muss mein Sohn sein!«, rief Silberreiher. »Großmutter, die damals Stachelschwein hieß, nannte unseren Sohn Schreiende Eule!« Er wischte sich die Augen. »Großmutter sagte, unser Kind habe immer vor Hunger geschrien. Seine Augen waren so stechend wie die einer Eule, sein Hals so lang wie der eines Kranichs, nein, nicht ganz so lang, aber so lang wie mein Hals.« Sein Kinn zitterte und er sah Cougar an. Wohin sollte er gehen? Ging er nach Sandpoint, tat ihm Zaunkönig vielleicht etwas an, weil er keine Leute mochte, die herumschnüffelten, und er würde ihn so leicht auslöschen, wie das Leuchten eines Glühwürmchens verlischt.

IX

Zehn Schiffe

Im Jahr 1805 schrieb der Dichter Robert Southey ein Epos auf
Madoc und die Männer, die 1170 in Wales Segel setzten.

> Deine Gestade verließ ich mit bebendem Herz,
> Geliebte Insel meiner Heimat!
> Nicht ohne Pein das Hochland,
> Das schöne, aus meinen Augen schwand
> Aus den langen Blicken voller Schmerz!
> Der Morgen bejubelte den Tag, unseren letzten,
> Sanfte Winde kräuselten das tiefblaue Meer,
> Und die helle Sommersonne tanzte über die See,
> Als unsere Schiffe Segel setzten.
> *Richard Deacon, Madoc and the Discovery of America*

In der kalten Morgendämmerung zogen die Männer den
Karren unter dem Treibholz hervor und stapften am
Strand von Aberffraw zum Kanal, wo die *Gwennan Gorn*
im Schutz der Weiden lag. An Bord befahl Madoc, die Leinen zu ziehen und aufs offene Meer hinauszusegeln. Madoc, Conlaf und Brett legten sich schließlich auf die Planken und fielen in einen erschöpften Schlaf.
Als sie erwachten, zog schon grau die Abenddämmerung
herein. Das Schiff hatte in Irland, in der beckenförmigen
Mündung des Liffey, Anker geworfen. Thurs und Troyes
trugen die Wertsachen und den Karren vom Schiff, Madoc,
Conlaf und Brett schlurften hinter ihnen her zu den Höhlen.

280

Dort drängten sich die Druiden um sie und wollten hören, wie sie den Schatz geborgen hatten. Sein vermutete, dass Dafydds Mannen ihn gefunden, auf den Karren geladen und versteckt hatten, um ihn später zu holen.

Brenda legte die kleine Gwenllian in Madocs Arm. »Sein will Brett aufziehen, er soll lesen und schreiben lernen.« Madoc drückte seine Tochter an die Brust, hockte sich ans warme Kochfeuer und wiegte sie. Gwenllian schlang ihre Fingerchen um seinen Daumen, gluckste und bekam Schluckauf. Zum ersten Mal seit langem fühlte Madoc sich wieder wohl. Er erzählte der Kleinen die Geschichte von den Kristallsäulen, die im eisblauen Meer schwammen, er erzählte ihr, dass er dazu bestimmt sei, in die Fremde zu segeln, und Brenda sich liebevoll um sie kümmern würde, bis er zurückkäme. Er sang, er lachte.

Sein unterbrach ihn. »Entschuldige, aber es ist wichtig. Du bist der beste Mann und die letzte Hoffnung zur Errettung der walisischen und irischen Druiden. Ich weiß, dass du bei allem, was du tust, dein Bestes geben wirst. Du bist beliebt, und ich bin stolz, einer deiner Ziehväter zu sein.«

Madoc strich mit dem Daumen von Gwenllians lichtem blonden Haaransatz zu ihrem Kinn. »Halte mich nicht allzu hoch als Kapitän oder als Führer der Menschen. Ich tue nur, was mir gefällt – ich reise mit Menschen, die ich mag, und stille meine Sehnsucht, jungfräuliche Länder zu entdecken. Meine Tochter ist eine Schönheit. Eines Tages habe ich ihr unzählige Geschichten zu erzählen.«

»Wahrlich! Ich wollte dir sagen, dass der Rat der Prydian-Druiden beschlossen hat, dir zur Belohnung für die Bergung ihrer Besitztümer einen Beutel Edelsteine zu geben. Du kannst damit machen, was du willst, kannst sie zur Reparatur der Schiffe nehmen oder gegen Proviant eintauschen. Doch der Rat verlangt, dass du alle Druiden mitnimmst, die mit dir segeln wollen. Wenn du ein paar Schiffe baust und so bald wie möglich in See stichst, kannst du das Leben der Druiden und ihr Wissen retten. Du bist unser Führer, in dir erfüllt sich unsere alte Prophezeiung.«

»Das ist eine große Ehre und eine noch größere Verantwortung. Vor langer Zeit habe ich von dir gelernt, dass Ehre auch Verantwortung mit sich bringt.« Er musste Gwenllian beruhigen, die angefangen hatte zu weinen, als Madoc Seins Hand ergriffen hatte.

»Ich habe dir beigebracht, dass jeder Lohn auch seinen Preis hat.« Sein hielt ihm einen faustgroßen Lederbeutel hin.

Madoc gab Brenda das Kind und drehte sich zur Fackel. Er wurde ganz rot vor Aufregung, als er in den Beutel lugte und geschliffene Edelsteine in allen Regenbogenfarben aufleuchteten. »Ich hätte nie gedacht, dass ich einmal so viele Edelsteine mein Eigen nennen würde. Das ist mehr als ein Lohn. Ich danke dem Rat, ich danke auch im Namen meiner Schiffsbauer und Matrosen.« Er verzog das Gesicht, weil er plötzlich von dem Wunsch übermannt wurde, Sein in die Arme zu schließen. »Diese Steine sind genau das, was ich gebraucht habe, um alle Schiffe in Stand zu setzen. Die Götter haben uns Druiden gesegnet. Brett ist ein tapferer Junge, ohne ihn hätten wir die Sachen nie gefunden.« Er holte sechs hellblaue Steine aus dem Beutel und gab sie seiner Mutter, damit sie dafür alles kaufen konnte, was sie für Brett brauchte. Er sah Sein an. »Kommst du mit mir?«

»Ich habe lange darüber nachgedacht«, sagte Sein und fuhr leise fort: »Ich liebe deine Mutter so sehr, dass ich mich nicht einmal für einen halben Tag von ihr trennen kann. Für mich ist es die reine Freude, sie um mich zu haben. Geh du und finde dein jungfräuliches Land, finde einen sicheren Ort für unsere Frauen und Kinder. Einige Männer bleiben hier, sie sorgen für die Frauen und erziehen die Kinder. Brenda, Gwenllian, Brett und ich warten auf dich, und wenn du wiederkommst, segeln wir mit dir. Wir haben kürzlich einen Freund ausgeschickt, der mehr Männer für den Schiffsbau anwerben soll, die Zeit läuft. Geh, bevor Henry und seine Spione herausfinden, was du vorhast. Geh mit Gottes Segen, mein Sohn.«

Madoc fragte sich, ob es richtig war, dass er Sein und die anderen zurückließ. Er wollte sein Kind groß werden sehen. Er hatte den Rat gebeten, ihm den Bau der Schiffe zu ermöglichen, damit er möglichst viele Druiden an einen Ort bringen konnte, wo sie nicht mehr in Angst und Schrecken leben müssten. Also durfte er nicht bleiben, er musste diesen Ort finden. Und es machte auch keinen Sinn, Mütter und Kinder zu fragen, ob sie mitkämen, denn er konnte diesen Ort noch nicht benennen, wusste nicht, wie groß er war und wo er lag. Madoc ballte die Fäuste und versuchte, seine Stimme unbewegt klingen zu lassen. »Ich werde diesen Ort finden, wo sich die Menschen nicht in Höhlen verstecken müssen. Und ich verspreche bei den Augen Gottes, dass ich zurückkomme und euch alle hole.«

»Wir werden jeden Tag an dich denken, mein Sohn«, sagte Brenda leise; sie war angespannt. »Die Götter haben dich auserwählt, das tanzende Nordlicht war ein Omen. Es ist dein Schicksal. Mein Schicksal ist es, mich um Sein, Gwenllian und die anderen Ziehkinder zu kümmern. Ich bin sehr glücklich. Ich bete zu den Göttern, dass sie dich beschützen. Nun müssen wir Abschied nehmen bis zum nächsten Wiedersehen. Ach, ich muss dir so vieles erzählen, es fällt mir schwer, auf deine Rückkehr zu warten.« Mit einer Hand tätschelte sie das schlafende Kind, während ihre Augen sich mit Tränen füllten.

Madoc küsste sie auf die Wange. Dann küsste er Gwenllians Köpfchen, gab Sein die Hand und ging. O Lugh, wie schlimm es doch war, die geliebten Menschen verlassen zu müssen!

Nach einem späten Essen gingen Conlaf und Madoc an Bord. In der Nacht ankerte Madoc vor Wicklow und hoffte, es würde am nächsten Morgen nicht mehr regnen. Er grübelte über den Kampf zwischen den Druiden und seinem Bruder Dafydd, er grübelte über Gwynedds Not, dessen Schicksal in den Händen eines skrupellosen Mannes lag. Er wollte keine Angst mehr vor seinen Landsleuten und vor seinem Bruder haben müssen. Er bewunderte Trevors Liebe für seine Familie, er verstand seine Ängste und auch seinen Zorn, doch in seinen Rachegelüsten konnte er ihm nicht zustimmen. Madoc wusste, dass seine Tage in Gwynedd gezählt waren.

Am nächsten Morgen regnete und windete es immer noch, und sie kamen nur langsam voran. Madoc nutzte die Zeit und brachte seiner Mannschaft noch ein paar Kniffe bei, die sie bei schlechtem Wetter anwenden konnten. In der Straße von Menai verhinderten peitschender Regen und Nebel jede Sicht. Sie trafen auch kein Schiff auf dem Weg nach Osten. Leicht segelten sie vor dem Wind durch die Conwy Bay. Der Wind verwehte den Nebel, sie umfuhren Great Ormes Head und Little Ormes Head. Plötzlich stand Brett vor ihm. »Ich wollte lieber mit dir fahren, als bei Brenda lernen. Sein war einverstanden. In einem unentdeckten Land muss niemand lesen und schreiben können.«
»Du Barbar! So geht das nicht. Du wirst hier an Bord Lesen und Schreiben lernen, das muss hier jeder können. Und nun hilf den Matrosen. Willkommen an Bord!«

284

Er segelte an der Küste entlang, immer auf der Suche nach einem Segel mit der algerischen Flagge. Er hatte das Gefühl, dass Kabyle irgendwo in der Nähe war. Schließlich ließ der Regen nach. Mit gerefftem Segel legten sie am Afon Ganol an, der Kai schien verlassen, schwarzes Gras bedeckte die Hügel. Conlaf befestigte das Schiff und ließ die Matrosen angeln. Madoc stieg über die Strickleiter von Bord und wanderte ein paar Meilen über das verbrannte Land zu dem kleinen Nebenfluss, wo er vier Schiffe in unterschiedlichem Fertigungszustand in den Weiden versteckt hatte. Doch da war nichts! Keine Schiffe! Blind und benommen rannte er zur alten Abtei, die gelbgrünen Flechten an der Mauer leuchteten im Dämmerlicht des wolkenverhangenen Tages. Innen war alles verlassen und still. Auf Händen und Knien grub er mit dem Deckel des Kessels in der harten Erde vor der Werkbank, wo Rhan Glas blies. Er spuckte in die Hände und grub wie wild. Dann schürfte der Eisendeckel gegen Leder. »Ja! Hier ist sie!« Erleichtert wischte er die Erde von dem Lederbeutel und nahm die angelaufene Silberschatulle heraus. Alles war noch da, der Rest der Silberlinge und Goldmünzen, die Thomas Becket ihm gegeben hatte. Er sah sich um. Welches Grauen, welche Schreckensgeschichte hatte seine vier Freunde wohl zum Gehen bewegt? Voller Sorge stellte er sich Truppen in gelben Waffenröcken und mit den schärfsten Dolchen, mit Knüppeln und Lederschlingen vor. Ihm war, als wäre sein Herz zwischen zwei kalten Steinen eingeklemmt.

In der Dunkelheit kehrte er zum Schiff zurück. Sein Essen rührte er nicht an, er konnte auch nicht schlafen. Immerzu fragte er sich, wo seine Schiffe waren. Er weckte Conlaf und bat ihn, ein Drittel der Edelsteine zu nehmen, doch Conlaf wollte seinen Anteil nur für den Schiffsbau und für Proviant verwenden, außerdem brauchte er in dem neuen Land keine Juwelen. Madoc weckte Brett und bat ihn ebenfalls, ein Drittel der Edelsteine zu nehmen und damit nach Irland und zu Brenda zurückzukehren. Brett rieb sich den Schlaf aus den Augen. »Was soll ich damit? Ich will nur bei dir sein. Behalte die bunten Steine für die Schiffe.« Die Worte hingen zwischen ihnen in der kalten, nebligen Nacht. Madoc deckte den Jungen mit einer Plane zu. Ein halbes Dutzend Steine steckte er in die Tasche, den Beutel stopfte er in sein Kleiderbündel und fragte sich, wie viel Material und Proviant er mit den Edelsteinen für zehn Schiffe und dreißig Tage kaufen konnte. Dann ging er zum Steuerruder. »Clare, beim ersten Lichtstrahl fahren wir nach Osten und verstecken das Schiff in den Weiden oder im Röhricht.«

Clare fuhr nach Abergele, einem kleinen Fischerdorf in der Provinz Denbighshire außerhalb Dafydds Herrschaftsgebiet. Sie zogen das Schiff an Land und versteckten es im hohen Schilf.

Madoc wollte nicht, dass die Männer sich Sorgen machten. Er übertrug Conlaf das Kommando und wanderte allein an der sumpfigen Küste entlang, doch von den Schiffen fand er keine Spur. Er setzte sich an den Strand und fragte sich, wohin Morgan im Notfall die Schiffe gebracht haben könnte. Nach einer Weile ging er mit schwerem Herzen in die entgegengesetzte Richtung durchs Schilf. Hinter einer Biegung hörte er jemanden singen. Er blickte auf und sah am baumgesäumten Kalksteinufer der Mündung des Aber Cerrig Gwynion, des »Weißfelsen-Bachs«, ganz deutlich vier alte, zum Teil reparierte Wracks auf Baumstämmen. Lange starrte er die Schiffe an.

Verborgen im Schilf arbeiteten Männer. Die einen bogen Holzbretter in dampfenden Bottichen, andere rührten in Töpfen mit kochendem Kiefernharz, wieder andere säumten neue Segel. Sie hobelten und nagelten, sie trieben Dübel und Holzzapfen, die sich in der Feuchtigkeit ausdehnten, in die Spanten der vier Schiffe, sie schossen Taue auf und schleppten Kessel mit Kohlen und Ätzkalk. In Bretter wurden Nuten geritzt, flache Holzkeile, so genannte Fuchsschwänze, in die Nuten getrieben und mit Holznägeln oder Dübeln befestigt. Die meisten Männer sangen oder pfiffen bei der Arbeit. Doch Madoc kannte die Männer nicht.

Unter Planen, die mit Steinen beschwert waren, lag das Baumaterial. Bei den vier halb fertigen Schiffen lagen auch fünf seltsame Boote. Eines trug den Namen *Pedr Sant* an der Seite, ein anderes einen geschnitzten Wolfskopf am Bug, das dritte den hölzernen Kopf eines Hirschbullen mit Geweih, das vierte einen Kranich mit gespreizten weißen Flügeln, einem goldenen Schnabel und goldenen Augen. Das letzte Boot erinnerte Madoc an das seines dänischen Freunds Erlendson, der ihn und Conlaf auf einer Handelsfahrt nach Island mitgenommen hatte. Das Schanzkleid aus Blei, das das Schiff vor Schiffsbohrwürmern schützte, war abgenommen, der Rumpf mit Plane bedeckt. Erlendson hatte immer gesagt, dass Blei diese Schädlinge nur anziehe, er selbst kalfaterte den Rumpf mit Schilf und Teer, das sei der beste Schutz. Und schließlich lag da auch die *Vestri*, Kabyles Schiff, mit der geschnitzten Zitadelle am Bug. Abergele, einst ein ärmliches Fischerdorf mit ein paar Katen, schien sich nun wie ein geschäftiger Werfthafen über die Marschen bis in die Trockengebiete auszudehnen.

Madoc ballte die Fäuste und brüllte: »Wer hat es gewagt, die Schiffe hierher zu bringen. Was geht hier vor?« Mit klopfendem Herzen rannte er auf die Männer zu. Ein Mann mit einem grauen Wollschal hielt im Singen inne, und Madoc fuhr ihn an: »Was ist hier los? Wer bist du?«

»Wie du sehen kannst, ist das hier eine Werft, Herr. Wir

sind Schiffsbauer, wir stehen im Dienst von Kapitän Madoc.« Er sah auf Madocs Hände, die in Handschuhen steckten. »Madoc wird uns Druiden davor bewahren, bei einer Belagerung als Kanonenfutter zu enden.«

»Ach, kann er das?« Madoc war verblüfft, dass der Mann so offen sprach.

»Ja, Herr. Madoc kann das.«

Ein Junge mit einem Tau in der Hand und einem melodischen irischen Akzent sagte: »Mit zehn Schiffen bringt er uns an einen Ort, wo es keine Habgier und kein Blutvergießen mehr gibt.«

Madoc wusste nicht, ob er wütend oder froh sein sollte. »Hat dieser Madoc euch angewiesen, die Schiffe vom Afon Ganol nach Abergele zu bringen? Sieht so aus, als würde er vor Dafydd davonrennen, bevor er den Bussarden zum Fraß vorgeworfen wird.«

»Ja, wenn er nicht bei den Bussarden enden und seinen Kopf behalten will, muss er davonrennen«, sagte der Ire und berührte Madocs Handschuh. »Er ist Druide, wie du und ich. Henry der Zweite hat einen Erlass unterstützt, nach dem in Gwynedd alle Druiden geköpft werden sollen. Sieh dich um! Alle Männer hier könnten morgen ohne Kopf sein, wenn Dafydd genügend Truppen versorgen kann, um uns aufzuspüren, oder wenn wir in die Nähe der Grenze von Gwynedd kommen. Wir sind die letzten Druiden aus Gwynedd, alle anderen sind inzwischen in den Höhlen und in verlassenen Kuhställen in Irland.«

Das wollte Sein mir also sagen!, dachte Madoc. Die Druiden haben diese guten Männer geschickt, um die Schiffe baldmöglichst fertig zu stellen. Wie dumm war ich, Seins Worten so wenig Gehör zu schenken!

»Der Kapitän ist ein echter Druide, er glaubt nicht an Krieg und Gewalt«, sagte der Mann mit dem Schal. »Madoc ist unsere letzte Hoffnung.«

»Wie kann ein Druide das Leben seiner Gefolgsleute und am Ende auch sich selbst schützen, wenn er nicht für seine Rechte kämpft?«, fragte Madoc.

»Der Kapitän ist bekannt dafür, dass er sich mit Worten fast aus allem retten kann.«

»Wirklich? Ihr haltet vielleicht zu große Stücke auf ihn. Ich glaube nicht, dass er gegen Dafydd mit Worten ankommt. Wer bezahlt all das hier?«, fragte Madoc kurzatmig.

Der Ire rieb sich das Gesicht, als wollte er seine Sommersprossen wegwischen. »Wir stellen uns das so vor: Wenn wir alle tot wären, hätten unsere Habseligkeiten keinen Wert mehr für uns, also haben wir alles zusammengelegt und gegen Material getauscht. Wir wollen den Feind austricksen. Machst du mit? Du wirst es nicht bereuen.« Er zog seine Handschuhe aus und streckte die Hand aus. Der Handrücken war mit Sommersprossen übersät, die Fingernägel waren in blaue Halbmonde eingebettet. Seine Ehrenmale sahen aus wie fein geklöppelte Spitze.

Verwundert sah sich Madoc um und fragte sich, wer von seinen Druidenfreunden es geschafft hatte, so viele Männer an einen Ort zu rufen. Wer hatte sie in der kurzen Zeit überredet, ihr trautes Heim zu verlassen und ihre Besitztümer aufzugeben? Alles ging schneller als geplant. »Bietet ihr mir Arbeit an?«

Der Mann mit dem Schal legte sanft zwei Finger an Madocs rechten Ellbogen. »Ja, Kapitän Madoc wird dich für deine Arbeit bezahlen. Er ist ein gerechter Mann. Du musst nur alles aufgeben, was du besitzt, und es gegen Baumaterial tauschen. Und du wirst ein neues Ehrenmal bekommen. Sieh hier«, er zog sein linkes Hosenbein übers Knie und entblößte den kleinen Viertelmond – wie eine Wiege, die ein Dreieck hielt. »Das Zeichen für Madocs Schiff. Wir tragen es alle.«

Madoc war ganz verdutzt; nicht nur wegen des Ehrenmals – auch wegen das kastanienbraunen Haars des Mannes und seiner dunklen, strahlenden irischen Augen, die ihn an Brenda erinnerten. Madoc starrte ihn so lange an, dass er verlegen wurde. Schließlich wandte Madoc den Blick ab, seine Aufregung flaute ab und wich großer Niedergeschlagenheit. Ich bin zu weit gegangen!, sagte er sich. »Und woher soll ich wissen, dass ihr nicht alle für König Dafydd arbeitet?«

»Wir sind Anhänger der alten Religion! Ich bin Riryd ap Owain, und das ist mein Schwager Willem ap Corwen.« Er schlug seinem Gefährten auf die Schulter, um zu zeigen, dass sie enge Freunde waren.

»Riryd? Der Sohn von Owain? Von Owain, dem Furchtlosen, dem ehemaligen Fürsten von Gwynedd?«

»Jawohl!«, tönte Riryd stolz.

Madocs Herz raste.

»Es ist sicher zu deinem Glück, wenn du dich uns anschließt.« Riryd deutete mit dem Daumen nach hinten auf die anderen – eine Geste, die auch Brenda immer machte. »Halte Ausschau nach der *Gwennan Gorn*. Wir sollen Mast und Spanten mit Balken verstärken, damit wir vorn und achtern Aufbauten anbringen können. Auf dem Vorderdeck bauen wir ein Kasteel.«

Madoc fiel die Kinnlade herunter. Zum ersten Mal hörte er, dass sein Schiff umgebaut werden sollte. Eigentlich hätte er sich freuen und bedanken müssen.

»Darf ich nach deinem Namen fragen?«

»Ich bin ... ich meine, ich bin ... Madoc ap Owain.«

»Du?«, schrie Riryd auf. »Bei Lugh!«

»Und wer sagt uns, dass du das wirklich bist?«, fragte Willem.

»Erzdruide Sigurd; Kabyle, der Algerier; die vier Druiden in Mönchskutten; und Brenda, meine Mutter – sie sagen das.«

»Diese vier Mönche habe ich getroffen. Sie sehen aus, als hätten sie im Moor Torf gestochen!«, meinte Willem. »Der eine hat keine Zähne, der andere kann nicht sprechen, dem dritten fehlt das rechte Bein, und der vierte ist blind wie ein Maulwurf.«

Madoc hätte am liebsten seinen Dank in den Himmel geschrien dafür, dass die Götter seine vier Freunde beschützt hatten. Er grinste dümmlich, während Riryd um ihn herumging und seine Statur, seine kurzen Beine und die breiten Schultern abschätzte. Ihm war gar nicht wohl unter dem forschenden Blick seines Bruders. »Was ist los? Gefällt dir was nicht an mir?«

Nach einer Weile sagte Riryd: »Ist deine Mutter Brenda die Tochter des Howell von Carno?«

»Ja. Ist das wichtig?«

»Wichtig? Dann sind wir richtige Brüder! Nach allem, was Mutter gesagt hat, dachte ich, du hättest dunkle Haare und dunkle Augen wie ein Waliser und seist so groß wie ein Wikinger, aber du bist so klein wie ein Waliser und dafür blond und blauäugig wie ein Wikinger! Bist du wirklich Madoc?«

»Ich hätte dir gleich sagen sollen, wer ich bin. Ich habe Mutter vor zwei Tagen gesehen.«

Riryd legte den Arm um Madoc. »Hast du auch gesehen, dass sie so glücklich ist wie eine Lerche? Sie und Sein sind wie die Turteltauben, sie können nicht genug voneinander bekommen. Toll! Deine Tochter, die kleine Gwenllian, sieht dir aber keine Spur ähnlich.«

»Bei ihr kamen die feingliedrigen, dunkelhaarigen Kelten wieder durch, nun ist sie das Nesthäkchen in der irischen Druidensiedlung«, sagte Willem.

Madoc war überwältigt. »Hast du sie gesehen? Gwenllian ist Annesta wie aus dem Gesicht geschnitten, sie ist so schön wie meine ... meine Frau ...« Er schloss die Augen, damit die anderen seine Pein nicht sahen. Als er sie wieder aufschlug, hatte er seine Qualen verdrängt und sich wieder unter Kontrolle. »Ich bin erfreut und fühle mich geehrt, euch kennen zu lernen.« Er spielte mit seinen Händen. »Und unsere Schwester Goeral? Ich kenne sie gar nicht.«

»Goeral sieht dir ähnlich, sie ist bei Mutter, und Mutter meinte immer, sie sieht aus wie Owain. Sie ist verheiratet, hat aber bislang keine Kinder.« Er kniff Willem in die Seite.

Willem wollte gehen, Riryd rief ihn zurück. »Ist schon gut. Bleib hier.« Er wandte sich wieder Madoc zu. »Willem ist, wie gesagt, mein Schwager, er ist Goerals Mann, und er vermisst sie sehr.«

Madoc lief fast das Herz über. Er hätte am liebsten geweint und jubiliert zugleich. »Mutter sagt, du willst Schiffe bauen und Goeral hilft ihr mit den Ziehkindern, aber sie hat nicht gesagt, dass sie verheiratet ist.«

»Wir kamen mit drei Schiffen aus Irland und brachten die Druiden mit, die zur See fahren wollen«, sagte Willem. »Ich glaube, sie haben sich dazu entschlossen, nachdem sie gehört haben, wie du und dein heilkundiger Freund den gelben Horden davongekommen seid, obwohl ihr einen voll beladenen Karren zu ziehen hattet.« Er stieß Riryd den Ellbogen in die Seite. »Sein kam nicht mit, aber wollte unbedingt, dass wir Llieu, Finn, Roi, Caradoc, Chonroy, Kerry und Kei mitnehmen.« Er zählte die Namen der Taliesin- und der Prydian-Druiden an den Fingern ab. »Sein und Brenda und die Kinder sind wie eine große Familie, sie wollen eine Schule aufbauen, Goeral ist sicherlich eine gute Lehrerin.«

»Komisch – aber Mutter wollte, dass wir dir erzählen, dass der alte Barde Llywarch tot ist«, sagte Riryd. »Kanntest du ihn? Jemand hat ihn mit einem rotglühenden Eisen am Schenkel gebrandmarkt, bevor er ihm den Kopf abgeschlagen hat. Hat das etwas zu bedeuten?«

»Llywarch war der Großvater meiner Frau. O je! Ich wusste, dass er tot war, noch bevor Annesta starb. Vielleicht hatte sie es mir erzählt, ich weiß es nicht mehr.« Madocs Kehle war wie zugeschnürt, er konnte kaum schlucken.

»Das tut mir Leid. Aber nun musst du dir keine Sorgen mehr machen«, sagte Willem. »Unsere Leute sind in Sicherheit.«

Riryd nahm Madocs Hand und unterbrach seinen Schwager. »Als ich Mutter das letzte Mal sah, hat sie nur von dir gesprochen. Du warst für mich ein verdammter Geist, der überall spukte. Nun freue ich mich, dich leibhaftig zu sehen. Ich bin eigentlich Baumeister, aber Kirchen, Burgen und Brücken werden zur Zeit nicht gebraucht, alles scheint gebaut zu sein. Also wurde ich aus Verzweiflung Fischer in Irland, ich fing Wale in den Krill-Feldern, ich zog den Walspeck ab und gewann Tran, bis ich das ranzige Fett nicht mehr riechen konnte. Als ich nach Dubh Linn kam, schlug Mutter vor, dass ich meine Ausrüstung und meinen Currach verkaufen und mit dir zusammen Schiffe bauen solle. Ich hatte schon vor, bei dir mitzumachen, bevor ich überhaupt wusste, dass wir Brüder sind. Also verkaufte ich mein Zeug gegen die *Pedr Sant*, sie hat viel Tiefgang, Laderaum für Vieh und Futter, außerdem gefällt sie mir.«

»›Heiliger Petrus‹ ist ein merkwürdiger Name für das Schiff eines Anhängers des alten Glaubens!«, meinte Madoc. »Aber mich nannten sie schließlich auch den ›Handel treibenden Priester‹, und plötzlich wurde ich Kapitän und soll neues Land finden. Ich würde gerne mit Kabyle sprechen.«

»Der dunkelhäutige Mann wuselt überall herum, er kontrolliert alles, organisiert alles und fragt immer nach dir. Er hat dich schon gestern hier erwartet.«

Madoc legte die Arme um die beiden und summte. Er konnte sein Glück kaum fassen – seine Schiffe waren bei Männern, die seine Verwandten waren, bei Männern, denen er vertrauen konnte, mit denen er reden und Spaß haben konnte! Er versprach, gleich am Morgen wiederzukommen. »Gelobt sei Lugh, dass er mir Brüder geschenkt hat, die ich mag!«

Frohen Mutes besah er sich die weißen und blauen Segel, die teilweise im Schilf und unter den Weiden an der Küste der ruhigen blauen Bucht versteckt waren. Kein Wunder, dass er die Werft nicht gleich am Abend oder am frühen Morgen entdeckt hatte, er hatte ja nur nach den Schiffen Ausschau gehalten. Die Zeit hatte ihn überholt; sein Traum wurde fast von selbst wahr – die Freunde, die Gelehrten und Druiden außer Gefahr zu bringen und ihnen Freiheit und Friede zu schenken, ihre Naturlehren zu entwickeln.

Gestern war ich noch Händler, heute Führer, dachte er. Nun ist die Zeit gekommen, und wir können uns kaum vorbereiten. Es ist Zeit, in eine neue Rolle zu schlüpfen, Zeit, mein Leben zu ändern, Zeit, mein Schicksal anzunehmen. Ist es wirklich das, wofür ich geboren wurde? Bin ich der Auserwählte, von dem die Druiden erzählen? Die Möwen flatterten vor ihm auf und gesellten sich zu einem größeren Schwarm, der gerade fraß, auch ein paar Nachzügler schlossen sich ihnen an, alle hielten leise kreischend inne und wandten schließlich ihre Köpfe nach Südwesten. Plötzlich flogen alle gleichzeitig auf, ihre Flügel schlugen im Takt.

Hinter ihm sagte eine Stimme: »Der Ruhmvolle, den wir verehren, hat uns endlich zusammengeführt.«

Madoc fuhr japsend herum – Kabyle. Er küsste Madoc

auf beide Wangen. Madoc umarmte seinen alten Freund mit dem rosa Turban, der seine dunkle Haut und seine dunklen Augen zur Geltung brachte, und umfasste dann mit einer Armbewegung die Werft. »Was, in Allahs Namen, hast du aus Abergele gemacht? Was ist das hier? Wer hat das Kommando? Ich habe gehört, du warst in Aberffraw. Um ehrlich zu sein, ich weiß nicht, wo's langgeht.«

»Wenn du nicht weißt, wo's langgeht, mein Freund, dann bringt dich schon der Wind dorthin.« Kabyle lachte, seine weißen Zähne blitzten in der Sonne. »Abergele wird es noch geben, lange nachdem wir hier verschwunden sind. Nun aber ist es unsere Heimat. Wir nennen es ›Heimat‹, denn es ist der letzte Ort in der bekannten Welt, wo wir arbeiten, essen und schlafen. Der nächste Ort ist uns und allen anderen Menschen unbekannt.«

»Heimat«, sagte Madoc. »Dann bin ich also daheim.«

»Vor kurzem bekam ich den Auftrag, zehn Schiffe zu reparieren«, sagte Kabyle, »du hast den Auftrag, alles zu bezahlen.« Er wedelte mit der Hand. Madoc starrte auf seine nackten Finger, wo nur noch helle Streifen zeigten, dass sie einst mit Ringen geschmückt waren. »Meine Goldringe mit den bunten Edelsteinen habe ich gegen Baumaterial getauscht. Allah soll dir die Zunge zäumen, während ich dich ansehe und den Atem anhalte! Du bist ja richtig hübsch geworden, gar nicht mehr der schlaksige Junge von damals! Freunde in Dubh Linn sagten mir, dass dein Leben in Gefahr sei, genauso wie mein Leben und das Leben der anderen Händler, die keine Christen sind. Kapitän Erlendson ist auch hier mit seinem Schiff – siehst du den Kranich am Bug? Und dann habe ich gehört, dass du eine Frau hast! Das Mädchen, das dein Herz gestohlen hat, möchte ich kennen lernen!«

»Meine Frau?«

Kabyle nickte und kniff lächelnd seine braunen Augen zusammen.

Madoc kam wieder zu sich. »Ich habe Annesta verloren, die Erinnerung kommt nur langsam. Ich wollte nur noch tot sein, vor allem in der Nacht. So sehr habe ich noch nie jemanden vermisst. Meinen Halbbruder Dafydd wollte ich mit dem Schwert zweiteilen, am liebsten würde ich ihn wie ein Wildschwein am Spieß braten. Es macht mich krank, dass meine Halbbrüder im Namen Gottes in heiligen Eichenhainen Druiden hinschlachten!« Madoc starrte auf den Boden. »Nun will ich an einen Ort fahren, wo meine Freunde in Sicherheit leben können. Ich und vier Mönche, in Wahrheit Druiden, haben die *Gwennan Gorn* gebaut. Man kannte mich als Handel treibenden Priester, weil ich immer diese Kutte trage, um meine Haut zu retten. Und nun schau dir das an! Ich war kaum einen Monat lang weg, und ihr leitet hier meine Arbeit! Sein sagte mir, er hätte einen Freund gebeten, mehr Männer zum Schiffsbau anzuwerben, damit alles schneller geht. Du bist wirklich ein Freund! Ich weiß gar nicht, was ich sagen soll, aber ich möchte dir eine Frage stellen, die mich quält: Ist es unverantwortlich, seine Heimat zu verlassen? Bin ich etwa nichts als ein elender Feigling?«

»Mein Freund, soll der Allmächtige, an den ich glaube, dir ein Zeichen senden zum Beweis, dass es keine Feigheit ist, das Leben von mehr als zweihundert gebildeten Menschen zu retten. Die Druiden arbeiten hart, sie sind klug und friedlich, aber sie werden von Menschen belästigt und bedroht, deren Denken nicht weiter reicht als durch die Schale einer Zwiebel. Du bist die Lösung für die Druiden, du bist ihr Führer und Retter. Du bist zwar jünger als die meisten hier, aber wir zählen auf deinen Rat. Alle sind nur wegen dir hier. Du hast den Schiffsbau und den redlichen Handel begonnen, wir wollen uns anschließen. Du musst sein wie eine Spinne im Netz, du musst alles sehen und bereit sein, den Feind zu vernichten – aber nicht dann, wenn er es erwartet. Dafydd hält sich für den König von Gwynedd und für das tollste Geschenk, das diese Provinz bekommen konnte. Er trägt die Nase ganz oben und stolziert herum wie ein Gockel. Er wird Gwynedd aber auf Jahre hinaus in Blut und Wirren tauchen. Seine englische Gemahlin, Emma, ist so sauer wie Rhabarber, sie hat gelobt, Britannien von allen zu säubern, die keine getauften Christen sind. Es ist also nur klug, Segel zu setzen – je früher, desto besser. Doch zuerst soll dein Schiff vorn und achtern Aufbauten bekommen, wo Logbuch und Kompassnadel trocken bleiben.«

»Ich bin überwältigt von eurer Hilfsbereitschaft und ich wäre ein Dummkopf, wenn ich nicht dankbar wäre, auch wenn sich der Plan schneller entwickelt, als ich an die jeweils nächste Aufgabe denken kann!«

Kabyle kratzte sich schnaufend am Turban. »Es ist wahr, dass ein paar Druiden aus Dubh Linn meinten, es sei Unsinn, mit dir zu segeln. Sie hielten Rat und ließen mich sprechen, und ich sagte ihnen, es sei allemal besser, als sich in den Höhlen Irlands zu verstecken oder in Gwynedd zu leben. Noch vor Tagesanbruch waren sie mit mir einig. Darüber brauchst du dir keine Sorgen mehr zu machen, wir sind alle auf deiner Seite, auch Sein; er arbeitet mit Brenda an der offenen Schule für die Ziehkinder. Er liebt deine Mutter mehr als das Leben selbst. Also werden wir segeln, und du bist Kapitän; damit beginnt eine neue Geschichte. Ich bin der Dummkopf, der sich den Anhängern der alten Religion ausliefert und seinen wertlosen Tand zusammen mit ihren Habseligkeiten gegen Baumaterial für die Schiffe tauschte. Auf Druidenart habe ich die Summen auswendig gelernt und sie mir mit Waid auf den rechten Schenkel tätowieren lassen. Allah schütze mich!«

297

»Dann hast du also die Druiden aus Irland hierher gebracht – ich hatte gehört, die irischen Druiden seien auf
dem Rückzug! Und du hast vier meiner kleinen Wracks
nach Abergele gebracht, hast vorgeschlagen, dass die
Gwennan Gorn Aufbauten bekommt, und hast verkündet,
dass ich die Arbeit bezahle. Ich danke dir!«
Kabyle steckte die Daumen in sein Gürtelband und sagte
amüsiert: »Ich habe mich gefragt, wie es dir wohl geht; du
hast offenbar das Grab deines Vaters in Bangor besucht –
Allah segne sein Andenken. Du hattest eine Unterredung
mit Erzbischof Becket, er hat dir Geld gegeben. Leugne es
nicht!«
»Ich leugne es nicht.« Madoc grinste schief. »Und was hattest du in Aberffraw zu schaffen?«
»Die Hölle! Ich gebe zu, ich habe eine Bootsladung walisischer und irischer Druiden aus den Höhlen herüberge-
schifft. Sie sagten, du seist auf einer Mission. Andere
Schiffe folgten mir. Wir riskierten unseren Kopf, als wir
dich in Aberffraw treffen und dir Hilfe anbieten wollten,
aber du warst schon am Aufbrechen. Ich sprach mit Trevor, dem Sternendeuter; er erzählte mir von deiner be-
wundernswerten Kühnheit, mit einem Karren voller Gold
und Wertgegenständen vor Dafydds Mannen davonzulau-
fen. Ich sorgte mich wie ein Vater um seinen verlorenen
Sohn, als ich hörte, du würdest vier lumpige Wracks am
alten Steinkai reparieren. So kamen wir zur Abtei von
Llandrillo und fanden ein paar junge Schiffsbauer und
vier Mönche, die in Wahrheit Druiden sind. Die eine
Hälfte von mir wollte dir helfen, die andere meinte, es sei
verrückt, mich für so einen verwegenen Plan herzugeben.
Ich hätte deine Schiffe lieber nach Dubh Linn zur Reparatur gebracht, aber sie waren leck wie Siebe, und diese
Heimat hier außerhalb von Gwynedd war das Beste, was
wir finden konnten.«

Madocs Mund war trocken wie ein Rauchfang, wieder einmal fehlten ihm die Worte. Als er schließlich die Sprache wieder gefunden hatte, sagte er: »Du findest alles, du bist der ideale Spion! Ich will nichts mehr, als dass du mit uns kommst! Hilf mir, eine alte druidische Prophezeiung zu erfüllen.« Madocs Stimme brach.

»Ich war wirklich drauf und dran, dir die *Grey Wolf* und die *Buck Deer* gegen eine Ablösesumme zu verkaufen und mein Geld mit der *Vestri* zurück ins Mittelmeer zu bringen. Doch ich habe das Gefühl, ich und meine drei Schiffe müssen mit dir kommen, damit du zehn Schiffe hast, wie es die Prophezeiung sagt.«

»Können wir mit deinen Schiffen einen Handel abschließen, der uns beiden entgegenkommt?« Madoc setzte sich auf einen Stein und bedeutete Kabyle, sich neben ihn zu setzen.

»In Wahrheit interessiert mich dieses neue Land mehr als dein Geld. Als meine Männer das hörten, verließen mich einige; sie meinten, ich würde ein Vermögen wegwerfen, wenn ich mit so einem Aufmüpfigen wie dir segle. Diese Algerier haben keine Bildung, sie haben immer noch Angst, von der Kante der flachen Welt in den schrecklichen Schwarzen Abgrund zu fallen, wohin die Meere sich in alle Unendlichkeit und in alle Ewigkeit ergießen. Sie faselten nur noch von Seeungeheuern, die Feuer speien und Schiffe verschlingen. Nun sind sie mit Eseln auf dem Weg nach Liverpool, um dort Arbeit zu finden, und ich bin hier mit einem Dutzend Druiden. Erzdruide Llieu versprach mir Männer für meine Schiffe, wenn ich mich deiner bunt zusammengewürfelten Flotte anschließe. Er erinnerte mich daran, wie neugierig und wie gerecht du bist und dass du deine Ziele immer erreichst. Der Wille eines Mannes, die Probleme seiner Leute in schlechten, furchtbaren Zeiten anzugehen, mache das Wesen eines großen

Führers aus, sagt Llieu. Und genau das tust du. Ich habe lange darüber nachgedacht und kam zu dem Schluss, dass du als einer der größten Führer der Menschheit in die Geschichte eingehen wirst.«

»Das ist fast zu viel für einen einzelnen Mann. Trotzdem will ich hart daran arbeiten. Komm mit mir, ich flehe dich an!«

»Aber sofort! Ich freue mich, dass du mich anflehst – ganz der alte Madoc, wie ich ihn kenne. Ich danke dir und sage *benedicite*! Nimm meine Schiffe, und ich werde mich dir unter einer Bedingung anschließen: Bring mich nach Al Jazair, wenn ich sterben muss. Wir algerischen Muselmanen haben ein Sprichwort: ›Die gefallenen Blätter kehren zur Wurzel zurück.‹«

»Das verspreche ich – das heißt, falls du immer noch nach Al Jazair gehen willst, wenn deine Zeit gekommen ist.«

Die beiden Männer gaben sich die Hand, Kabyle küsste Madoc auf beide Wangen.

Madocs Blick fiel auf die *White Crane*. »Ich will mit Kapitän Erlendson sprechen.«

»Ja, ich kenne den Dänen, der statt Augenbrauen gebleichtes Stroh auf der Stirn hat. Wir sollten ihm ein Angebot für seine Schiffe machen, du und ich.«

Madocs Augen blitzten auf wie kleine Fackeln. »Ich wette mit dir einen Silberling, dass er mitkommen will. Er soll uns willkommen sein. Magst du ihn?«

»Nirgendwo steht geschrieben, dass Allah will, dass ich jeden mag.« Kabyle fuhr sich mit der Zunge über die Lippen und starrte in den Himmel. »Warum ich dich mag, weiß ich auch nicht, aber ich tu's.«

»Du magst mich, weil ich dich brauche, um zehn Schiffe für mindestens einen Monat und gegen alle Fährnisse auszurüsten.« Er langte in seine Kutte und hielt Kabyle zwei große blaue Edelsteine vor die Nase.

»Nimm sie. Unsere druidischen Freunde waren großzügig. Ich habe das Geld genommen, das Thomas für mich aufbewahrt hat. Von nun an verzeichnest du die Waren, die wir kaufen und verkaufen, und markierst unsere Sachen mit einem kleinen Einmaster, das ist unser Markenzeichen. Ich werde für alles bezahlen, auch für die Arbeit der Männer, wenn sie es so wollen. Und für den Fall, dass du noch etwas brauchst, habe ich noch mehr Edelsteine, die du gegen Denare und Sesterzen verkaufen kannst. In dem neuen Land, wo es außer uns keine Menschen gibt, brauchen wir keine Edelsteine.«

Kabyle pfiff durch die Zähne. »Ha, du hast wohl gemerkt, dass ich ein guter Händler bin! Ich mache deine Edelsteine zu Geld. Möge Allah dir einen Kuckuck auf die Schulter setzen, der dir süße Lieder ins Ohr zwitschert. Ich werde an einem Abenteuer teilhaben, von dem keiner in Algerien auch nur träumen kann! Allah ist groß, er vergibt mir, wenn ich nicht jeden Tag fünfmal nach Osten gewandt beten kann. Er wusste, was er tat, als er mich auf meinen Weg gebracht hat. Ich werde reich sein!«

»Ich frage dich – was willst du in einem neuen Land kaufen, wenn wir dort allein sind? Durch Handel wirst du bei diesem Abenteuer nicht reich.«

»Du irrst! Der Reichtum kommt durch viele Türen.«

Erlendson und Madoc begrüßten sich, als wären sie seit Jahr und Tag die besten Freunde. Erlendson zeigte ihm, dass der weiße Kranich am Bug neu war. »Vor einem Jahr habe ich Meg, meine Isländerin, geheiratet.«

Madoc nickte nur, es überraschte ihn nicht; alle Matrosen wussten, dass er das mondgesichtige Mädchen schon lange gefreit hatte.

»Und gleich kamen auch zwei Schwestern und ihr Bruder zu uns«, sagte Erlendson. »Ich konnte so viele Leute im

Bett nicht vertragen, auch wenn es so groß war, dass es den ganzen Raum ausfüllte. Ich schlug Meg vor, auf die Färöer umzusiedeln und den Verwandten das Haus zu überlassen, und ich wollte schon mein Schiff verkaufen und eine Landrattenarbeit annehmen, aber an Land kann ich auf meinen Seebärenbeinen nicht stehen. Dann sah ich das hier und erfuhr, dass du die Hauptperson bist. Also verkaufte ich mein Schiff nicht und will nun die Gelegenheit meines Lebens ergreifen und mit dir gehen. Meg ist glücklich bei ihrer Familie, und wenn es stimmt, was man sagt und du ein guter Kapitän bist, dann bin ich glücklich, an deiner Seite zu sein.«

Madoc legte den Arm um Erlendson. »Ich kann dir keinen Sonnenschein versprechen, aber ich kann dir versichern, dass du hier, in dieser Heimat, sehr willkommen bist.« Er nahm Erlendsons Hände und schüttelte sie. Die Götter hatten diesen Tag gesegnet.

Der nächste Tag begann mit feinem, kühlem Nieselregen. Riryd tätowierte Madoc und die Mannschaft mit einem kleinen Segelschiff am linken Schenkel – Madocs Siegel. Madoc und Riryd arbeiteten singend am Steuerruder, das über Backbord hing. Mit Meißel und Breitbeil bearbeiteten sie das Holz, machten das Ruder dünner und manövrierfähiger. Einon, ein kräftiger schwarzhaariger Mann mit einer roten Nase, kümmerte sich um die Aufbauten auf dem Vorderdeck. Er war Riryds Halbbruder, seine Mutter war die Irin Semios.

»Wir sind alle eine Familie«, sagte Madoc.

Einon schlug ihm auf den Rücken. »Vergiss nicht, dass wir auch Ratten in der Familie haben – Maelgwyn und Dafydd!«

Madocs Mundwinkel hoben sich, er legte den Arm um seinen neuen Halbbruder. »Wir sollten besser den König von Gwynedd und seine Lehnsherren nicht verunglimpfen! Hier lauschen große Ohren. Ich bin kein Krieger und ich bin froh, dass zwischen uns gutes Blut ist.«

Auf den vorderen Aufbauten der *Gwennan Gorn* wurden sechs kleine Currachs angebracht, das Achterdeck wurde mit einer Plane aus zusammengenähten Ochsenhäuten überdacht, die locker auf einem Weidengeflecht angebracht waren, damit sich das Regenwasser in der Kuhle sammeln konnte. Eine weitere Woche brauchte es, die acht Paare Ruderdollen zu reparieren und zu verbessern.

Madoc wies jedem Kapitän die Aufsicht über die Arbeiten an seinem eigenen Schiff zu. Er selbst kommandierte die *Gwennan Gorn*, Riryd die *Pedr Sant*, die eine Winsch brauchte. Conlaf hielt seine Männer an, auf dem Achterdeck einen Baumstumpf von drei Fuß Durchmesser anzubringen und vier Speichen an jeder Seite zu befestigen. Früher mussten vier Männer, die auf dem nassen Deck rutschten, immer unter großer Anstrengung das Fall, ein Tau aus geflochtener Walrosshaut, einholen, nun konnten zwei Männer die Arbeit mühelos erledigen.

Sobald ein Schiff fertig war, bekam es den druidischen Segen und wurde zum Afon Ganol an den Kai gebracht und beladen. Drei kleine Schiffe, die *Blue Seal*, die *Dove* und die *Ystwyth*, die »Flinke«, waren schon dort.

Eines Tages traf Madoc einen alten Weggefährten: Kapitän Gerard, den er auf seiner Frankreichfahrt kennen gelernt hatte. Der Mann mit dem dreifarbigen Bart und dem zottigen Haar unter der schwarzen Wollmütze riet Madoc, das Land aus Schnee und Eis zu meiden, das die Nordmänner einst entdeckt hatten. »Wir sollten zu den Inseln des Glücks segeln, dort Süßwasser laden und weiter nach Südwesten fahren. Mal sehen, was wir dort finden. Ich zeichne deine Karten.«

Zu Madocs Überraschung kam Iorwerth nach Abergele geritten; er führte ein paar Packpferde mit, beladen mit Dörrfleisch, Dübeln, Tauen, Harz, Holz und anderem Material.

»Wie geht es deiner kleinen Tochter?«, fragte er.

Mit leuchtenden Augen antwortete Madoc: »Sie lächelt, und sie kann schon krabbeln.«

»Sie lernt schnell. Wie ihr Vater.«

Madoc grinste und nahm ihn mit zu den anderen Brüdern Einon und Riryd und Schwager Willem. Iorwerths Blick fiel auf Brett, der den Männern half, mit einem Beil den Mast für ein Dreißig-Fuß-Schiff zu hobeln, die *Un Tyn*, »Ein Haus«. Er fand, der Junge sei zu jung, um so hart zu arbeiten.

»Brett wollte es so, niemand zwingt ihn«, gab Madoc zurück.

Doch Iorwerth bestand darauf, den Jungen zu seiner Frau Marared zu bringen, die ihn richtig aufziehen würde. Madoc stellte Brett vor und ließ die beiden allein. Nach einer Stunde stopfte Brett seine Strohmatte in den Vordersteven und erklärte, er sei bereit zu segeln. Madoc versicherte seinem Halbbruder, dass Conlaf und er sich um Bretts Erziehung kümmern würden.

»Ich sollte mir den kleinen Kerl einfach schnappen und davonreiten. Marared würde es so wollen«, sagte Iorwerth.

»Er hat schon genügend Enttäuschungen für sein Alter erlebt. Marared – Lugh schütze sie – ist wie Brenda. Aber keine Sorge, sie wird schon einen anderen Ziehsohn finden, den sie bemuttern kann. Lass Brett hier.«

Am nächsten Tag schickte Madoc Kabyle und Troyes als Kundschafter aus; sie sollten herausfinden, wo Dafydds Truppen lagerten. Madoc musste das wissen, bevor er alle zehn Schiffe aus dem Versteck in die große Bucht vor Abergele fuhr.

Vier Tage später war Iorwerth zurück in Degannwy, Kabyle und Troyes waren wieder auf der Werft. Troyes konnte kaum sprechen, so ausgedörrt war seine Kehle von der Wanderung durch die Hitze. Madoc brachte ihm einen Schöpflöffel voll Wasser. Er schluckte gierig und berichtete dann: »Maelgwyn hat alle gesunden Männer ab vierzehn aus allen Dörfern und von allen Gehöften Angleseys eingezogen; seine Truppen lagern nördlich von Beaumaris am Strand von Llanfaes. Er will Dafydd die Herrschaft über Gwynedd streitig machen; er wartet, bis Dafydds Mannen auch noch den letzten Druiden vernichtet haben und völlig ausgebrannt sind, dann will er mit berittenen Truppen von Süden und von Norden mit Viermann-Booten angreifen, die rot-gelb angemalt sind wie die aufgehende Sonne. Bei Lugh! Selbst ein Kind kann so ein Boot aus vier, fünf Meilen Entfernung sehen! Das ist mein Bericht.« Er zog einen langen Strang Waid aus seiner Hosentasche und wischte sich den Schweiß vom Gesicht. Seine Augen waren ganz glasig vor Erschöpfung, er klammerte sich an Madoc, dann knickten seine Knie ein, und er glitt auf den Boden. Madoc trug ihn zu einem Zelt und legte ihn auf eine Strohmatte. »Schlaf, Junge, du hast für zwei erwachsene Männer gearbeitet! Und dann sag mir, wann Dafydd uns Druiden auf den Pelz rücken will.«

Kabyle trank einen Becher Met, während er auf Madoc wartete. Er saß an einen Holzhaufen gelehnt und stand nicht auf, als Madoc kam. Der Met machte ihn benommen, er schnaufte und sagte: »Dafydd hat in Llanwarst am Conwy ein riesiges, stinkendes Lager aufgeschlagen. Ich bin froh, dass Troyes nicht dabei war. Die Wachen waren nervös und zogen gleich den Dolch. Dafydd treibt seine Mannen in den Wahnsinn. Sie sind kurz vor dem Platzen und ziehen sich fast gegenseitig das Fell über die Ohren! Sie werden jede Frau auf den Gehöften schänden und morden, die alten Männer werden sie foltern und töten. Dafydd muss seine Truppen in den Kampf schicken, bevor sie sich gegenseitig die Kehle durchschneiden und den Bauch aufschlitzen!« Kabyle war weiß wie ein Geist, er schloss die Augen und hoffte, Madocs Gesicht würde nicht mehr vor ihm wabern. Er steckte den Kopf zwischen die Knie, erbrach den honigsüßen Met und wischte sich mit dem Ärmel über den Mund. Verlegen rappelte er sich auf und setzte sich auf die andere Seite des Holzhaufens. »Ich habe seit zweieinhalb Tagen nichts mehr gegessen«, sagte er benommen.

»Iss und ruh dich aus.« Madoc hockte sich neben ihn. »Hast du herausgefunden, wann der Kampf stattfindet? Kommen sie in einer Woche, in zwei?«

»Wohin ich auch schaute, nur Pferdeäpfel, Scheiße und Müll! Igitt! Sie warten seit Wochen auf Proviant und Pferde. Dann fallen fünfhundert Mann über den Aber Cerrig Gwynion ein und merzen die hundsgesichtigen, ungläubigen Druiden ein für alle Mal in diesem Land aus; so ein Gespräch habe ich vor zwei Tagen belauscht. Ich weiß nicht, wie die Männer das aushalten – mit blanken Nerven, in diesem Gestank, bei diesen Nerv tötenden Schnaken, hungrig und neben heulenden Wölfen.«

Jemand brachte Kabyle einen Teller Brei, den er auf den Boden stellte. Mit knurrendem Magen fuhr er fort: »Sie wissen, dass wir Schiffe bauen, sie wissen zwar nicht, warum, aber sie vermuten, dass wir wie die Wikinger die Seehäfen angreifen und unsere eigene Schlacht schlagen wollen.« Er plumpste gegen den Holzhaufen, der Kopf fiel ihm auf die Brust.

Ich muss das Kommando übernehmen, dachte Madoc, ich muss Männern befehligen, die einst mir Anweisungen gaben. Er biss die Zähne zusammen und bereitete sich darauf vor, den Männern, die er ehrte, zu sagen, was sie wann und wie tun sollten. »Je schneller wir unsere Schiffe zu Wasser lassen, desto besser!«, sagte er. Er suchte Morgan und erzählte ihm von den Truppenlagern seiner Halbbrüder. »Wie lange brauchen wir, um die Schiffe fertig zu stellen und auszurüsten?«, fragte er.

»Vielleicht noch eine Woche«, lispelte Morgan, kratzte sich am Kopf und bückte sich nach einem Kiefernspan, mit dem er seine Fingernägel reinigte. »Wir können ohne Fackeln im Licht der Sterne arbeiten. Wir haben Segeltuch, gegerbtes Leder, gehobelte Kiefern- und Eichenplanken, Messing, Hirschhorn, Dübel, Getreide, Wasser, Salzfisch und Rindfleisch in jedem Schiff. Und dann gibt es etwas Neues: Mit Petroleum werden wir die Fackeln auf See entzünden und uns signalisieren, wann wir uns zum Abendessen an Land treffen.«

»Wir können nicht warten! Wir hätten schon gestern Segel setzen sollen. Können wir morgen bei Flut auslaufen? Wir fahren an die Küste von Spanien.«

»Du bist der Führer.« Morgan konnte kaum glauben, dass die Zeit nun reif war. »Glyn und Gerard zeichnen dir eine Karte mit der Route zu den Kanaren, von dort aus fahren wir nach Südwesten. Wir laufen morgen bei der zweiten Flut aus.«

Nach dem Essen versammelte Madoc die Kapitäne und Steuerleute im blauen Zelt und setzte ihnen auseinander, wie sie sich am Tag mit Flaggen und bei Nacht mit Fackeln verständigen sollten. Die Fackeln waren Stöcke, die mit Werg und Hanf zusammengebunden, mit Bienenwachs und Petroleum getränkt waren und in Eisenhalterungen steckten. »Eine Flagge hoch gehisst – Kurs auf Steuerbord; eine Flagge tief gehisst – zurückbleiben oder abdrehen; zwei Flaggen hoch gehisst – Kurs auf Backbord; zwei Flaggen tief gehisst – beidrehen und im Kreis postieren, damit wir reden können; drei Flaggen hoch gehisst –

Seenot, Warnung.« Madoc schlug auf den Tisch. »Morgen bei der zweiten Flut laufen wir aus!«

Viele Kapitäne und Steuerleute waren überrascht. Nur Caradoc und Sigurd, die erfahrenen Schiffsbauer aus Dubh Linn, nickten, salutierten unerwartet vor Madoc und gingen, den anderen Bescheid zu sagen.

Die erste Flut kam kurz nach Mitternacht. Thurs und Erlendson kamen mit einer ganzen Reihe von Pferden, die Karren mit Fässern voller Met, gepökeltem Schweine- und Hammelfleisch, Säcke mit Äpfeln, Zwiebeln und Getreide zogen. Bevor sie noch erklären konnten, dass sie die Vorräte in aufgelassenen Höfen gefunden hatten, war alles, bis auf die Karren und Pferde, schon verladen. Madoc schickte sie noch einmal aus, um Heu für die Pferde zu holen, die im Frachtraum einiger Schiffe mitfahren würden. »Und wenn du auch Angelhaken, Angelleinen und Bleigewichte findest, bring sie mit. Und wenn du durch die Wälder von Nant Gwynant kommst, bring noch mehr Holz, aber kein verbranntes und auch kein zerhacktes.«

Erlendson stieß Madoc die Faust in den Magen. »Du gibst mir hier nicht den Befehl, Holz zu holen, Bootsjunge! Meine Männer holen Stämme für jedes Schiff. Und diese Karren zerlege ich und verlade sie auf mein Schiff.« Seine Augen funkelten.

Madoc dankte ihm und ging langsam weiter; er konnte noch hören, wie Erlendson zu Thurs sagte: »Madoc hat sich auf diese Reise vorbereitet, als er noch in die Hose machte. Sein Verstand arbeitet schneller als der Kiefer eines Haifischs, und sein Herz ist weicher als Purpurdistelflaum. Aber das darfst du ihm nicht sagen, sonst werde ich dir zeigen, was ein Wikinger ist!«

Die Sonne war noch nicht über den Horizont geglitten und beschien von unten den Nebel, der in wabernden Schwaden über dem Wasser hing. Auf der Werft herrschte emsiges Treiben. Äpfel dörrten in den Backöfen, sie schrumpften und wurden gepresst, sodass sie am Ende ganz flach und schrumpelig waren. Milchrahm wurde auf Binsengeflecht abgeschöpft und in Krüge mit weiter Öffnung gefüllt. Der heiße Teer dampfte in den Töpfen, der Rauch vermischte sich mit dem Nebel. Knarzend wurden die Taue am Masttopp beigeholt. Hammerschläge prasselten aufs Deck, als die Männer die Planken anbrachten, unter denen sie Vorräte stauten.

Im Morgengrauen überwachte Madoc die letzten Arbeiten an seinem Schiff. Da wedelte Kabyle mit den Armen.

»Was bist du denn so aufgeregt?«, rief Madoc lachend.

»Das ist nicht lustig!« Kabyle wischte sich mit dem Zipfel seines Turbans den Schweiß aus dem Gesicht. »Als ich Messingnieten und Dichtungsscheiben besorgte, erfuhr ich, dass ein halbes Dutzend rot-gelb angestrichene Schiffe in Traeth Lafan liegen. Und in der Nähe von Penrhyn, kaum eine Meile von Bangor entfernt, stehen dreihundert Berittene. Bei Rhul, auf der anderen Seite von Bangor, marschieren fünfhundert Mann in gelben Waffenröcken mit Äxten und Dolchen, mit Bögen und Fackeln auf uns. Dafydd geht davon aus, dass wir angreifen wollen. Er kommt früher als erwartet, um uns zu zerschlagen, er kommt aus zwei Richtungen, wir sind in der Falle gefangen.«

Madocs Haut kribbelte. »Uns ist es nicht bestimmt, gefangen zu werden! Wir laufen aus – jetzt! Gib die Losung!« Er wuselte überall herum, um die Männer zu warnen und zur Eile anzutreiben. Nun gab es kein Zurück mehr. Er wusste nur eins: Dass seine Schiffe auslaufen würden, bevor Dafydd einmarschierte.

Die Ruderer bewegten die Schiffe in eine Reihe hinter die *Gwennan Gorn*, die Madoc als offizieller Kommandeur der Flotte fuhr, Conlaf war sein Erster Steuermann. An Bord des fünfundvierzig Fuß langen Schiffs waren insgesamt dreißig Mann und zwei Milchkühe.

Riryd führte die *Pedr Sant* mit einunddreißig Männern, darunter Einon, und sechs Schafen. Gerard segelte mit der *Grey Wolf*, er hatte fünfunddreißig Mann, zwei Schweine und vier Pferde an Bord. Auch Sigurd auf der *Buck Deer* kommandierte fünfundreißig Mann, an Bord waren noch eine Milchkuh und ein Bulle. Erlendson auf der *White Crane* hatte vierunddreißig Mann Besatzung und sechs Schafe. Kabyle fuhr mit neunundzwanzig Seeleuten, drei Geißen und einem Ziegenbock auf der *Vestri*. Neunzehn Mann, eine Milchkuh und zwei Hunde unterstanden Willem auf der *Dove*. Troyes befehligte vierzehn Männer, geladen hatte die *Un Ty* zwei Böcke. Morgan war mit zwölf Mann und zwei Geißen auf der *Blue Seal* unterwegs. Neun Männer und drei Pferde fuhren auf der *Ystwyth* unter Caradoc, dem das Grinsen nicht aus dem Gesicht weichen wollte. Alles in allem hatten zehn Kapitäne mit 256 Mann, zwölf Schafen, sieben Pferden, fünf Geißen und drei Böcken, vier Milchkühen und einem Bullen sowie zwei Schweinen und zwei Hunden Kurs auf unbekannte Gestade genommen.

Die Werft war verlassen. Morgennebel und Nieselregen verdampften in der warmen Sonne, für den Rest des Tages war der Himmel wolkenlos. Ohne das Wissen der meisten seiner Landsleute führte Madoc am helllichten Tag des 6. August 1170 zehn Schiffe an Great Ormes Head und Puffin Island vorbei und umrundete Carmels Point und Holy Head auf einer der größten und abenteuerlichsten Fahrten, die die Menschheit je gesehen hatte.

Bevor sich die Sonne am Abend verabschiedete, ruderten Maelgwyns Soldaten sechs kleine rot-gelbe Boote durch die Conwy Bay. Vor Little Ormes Head wurden sie mit Steinen und Pfeilen einer Einheit von Dafydds Fußvolk und den Berittenen attackiert und fingen schließlich unter dem Beschuss mit brennenden Fackeln Feuer. Zuvor hatten Dafydds Mannen die jüngst verlassenen Werften niedergebrannt, wo sie nach Hinweisen gesucht hatten, in welche Richtung der Handel treibende Priester auf seinem Schiff verschwunden war.

Matrosen, Fußvolk und Berittene tuschelten, dass dieser Priester sowohl in Wales als auch in England gesucht wurde; erstens hätte er vom Erzbischof von Canterbury Goldmünzen und Silberlinge erpresst, zweitens hätte er Geld gestohlen, von dem Dafydd behauptete, es sei sein Erbe, drittens gebe er sich als Priester aus und viertens hätte er Schiffe gestohlen und Menschen abgeworben, die Maelgwyn als Herr über Anglesey als sein Eigentum ansah. Dafydd jedoch meinte, er sei König von Gwynedd und somit gehörten Schiffe und Leute ihm. Madocs Strafe stand allerdings fest: Beide Hände sollten ihm abgehackt und die Zunge abgeschnitten werden. Den einen Gerüchten zufolge sei er nach Irland geflohen, andere sagten, er sei in den Kohleminen von Powys, wieder andere behaupteten, er habe ein Dutzend Schiffe erbeutet und sei auf dem Weg nach St. Ives in Cornwall. Niemand wusste, wie viele Schiffe vom Kai abgelegt hatten und in die Bucht von Aberglassen ausgelaufen waren, nicht wann und nicht, wie viele Männer an Bord waren.

Nicht ein einziges Teer- oder Pechfass, keine gehobelte Planke, kein Fetzen Segeltuch, kein Ankerstein, kein zersplei ßtes Tau lagen herum. Feuerstelle, Steingutkrüge, Backöfen waren verschwunden, zugeschüttet mit Sand und Kies. Es gab keine Spuren, wo die Holzbänke und der lange Esstisch aus Kiefernholz gestanden hatten. Das Holz war auf einem Schiff gestapelt und gestaut worden. Die blaue Plane, die Seile, die Holzzapfen und das Zeltgestell hatten Platz auf der Ladefläche eines anderen Schiffs gefunden. Nirgends ein Essensrest, nirgends Abfall.

Die Müllgruben, mit Sand zugeschaufelt und mit dünnen Natterwurzstängeln und Sandgrasnelkenblättern bedeckt, waren unter dem Kai nicht zu sehen. Der einzige Hinweis darauf, dass möglicherweise erst vor kurzem ein Schiff geankert hatte, war die Wasserrinne, die ausgeschaufelt und verbreitert worden war. Ein gefülltes Wasserfass stand wie eine Wache am Strand. In den Katen um Abergele war es ruhig. Nachdem die Bewohner den Schiffsbauern zeitweilig Katen und Höfe überlassen und selbst ein paar Wochen in provisorischen Hütten gelebt hatten, kauften sie nun in Rhos von Madocs Geld reichlich ungebleichtes Leinen für neue Hemden und Röcke und Naturwolle für Hosen und Strümpfe.

Teil Zwei

Owen Gwynedd ap Griffith beerbte seinen Vater als Fürst von Nordwales. Nach seinem Tod [im Dezember 1169] brach im Land der Bürgerkrieg aus ... Nach Meinung vieler Historiker verließ Madoc wegen dieser Unruhen und der Wirren, die die Kämpfe der Prinzen um den Thron begleiteten, seine Heimat und entdeckte die Neue Welt ...

... nach Owens Tod ergriff Howell die Macht und herrschte nach Angaben walisischer Geschichtsschreiber zwei Jahre über das Land ... Prinz Dafydd scharte Gefolgsleute und Anhänger um sich und führte Krieg gegen Howell. Er tötete ihn im Kampf und trat die Nachfolge als Fürst von Nordwales an.

Durch seine Vermählung mit Emma, der Halbschwester Henrys II. von England, machte sich Dafydd sehr unbeliebt. Durch den Bund mit der Herrscherfamilie von England waren viele Waliser der Meinung, dass er sie an den alten Feind verraten habe. Und die Befürchtungen der Waliser waren berechtigt, denn schon bald nach der Hochzeit schickte Dafydd tausend von seinen Männern in Henrys Dienste in die Normandie.

Kurz darauf ging er nach Oxford und schwor im Parlament dem König von England öffentlich die Treue. Die Unzufriedenheit unter Dafydds Volk über diese Ehe könnte dazu beigetragen haben, dass sich Männer und Frauen bereitwillig für Madocs Erkundungsfahrt anwerben ließen.

Die Grundlagen der Geschichte von Madoc und seinen Leuten in Wales sowie die Reisen, die zur Entdeckung Amerikas führten, finden sich in den Schriften von Richard Hakluyt, David Powell und Humphrey Lloyd.

Zella Armstrong, Who Discovered America?

X

Perlmuttohrringe

Es gibt in dieser Region zwei Arten der Steckmuschel (*Pinnidae*):
Die harte *Astrida rigida* findet man in den Buchten des Golfs,
die sägezahnschalige *Atrina serrata* im offenen Golf. Ihr Fleisch,
der Jakobsmuschel ähnlich, wird als Nahrungsmittel sehr
geschätzt, vor allem roh ist es sehr zart und wohlschmeckend;
wird es jedoch nicht gleich verzehrt oder verarbeitet, nimmt es
einen Jodgeschmack an. Beim Kochen wird das Fleisch ein
wenig zäh, doch es schmeckt immer noch sehr delikat.
Robert F. Edic, Fisherfolks of Charlotte Harbor, Florida

Silberreiher wollte noch mehr über Otters Reise wissen,
und Otter erzählte.
»Ich sprach mit einem Fischer, der so genannte Perlmuscheln sammelte. Man isst sie roh, ich mochte den Geschmack des Muschelfleischs. Doch es gibt keine Perle –
aus der glänzenden Schale selbst macht man wertvolle
Ohrringe. Feilt man sie rund, sehen sie aus wie Perlen.
Aus einer kleinen Muschel kann man eine Hand voll ›Perlen‹ machen. Für dieses Paar Ohrringe hier tauschte ich
meine Mokassins; sie sind für Cougar. Oberhalb und unterhalb jeder Perle ist eine bunte Tonkugel, passend zu
ihrer Halskette. Mein Stirnband tauschte ich gegen bunte
Garne, mit denen sie die Passen ihres Hemds besticken
kann; die Frauen sticken damit Blumen und andere Muster. Sieh doch die feinen Fäden, wie ein Regenbogen in der
Sonne! Die Perlmuscheln haben sie am Fuß, das ist so

etwas wie eine Wurzel, mit der sie sich im schlammigen Grund festhalten.«

»Sie werden Cougar gefallen, und das Garn auch.« Silberreiher berührte die Ohrringe. »Wie hast du Holly Island gefunden? Hast du den Fischer gefragt? Wenn ich weiß, wonach ich suchen muss, könnte ich die Insel finden. Stechpalmen gibt es auf der Insel, hast du gesagt. Normalerweise macht man aus ihren Blättern den Schwarzen Trunk, die Beeren sind allerdings ungenießbar, man bekommt schreckliche Magenschmerzen und Durchfall. Die Vögel mögen die Beeren und fressen sie unablässig, ohne Beschwerden zu bekommen. Wenn es diese Pflanzen mit den roten Beeren dort immer noch gibt, kann ich die Insel nicht verfehlen, es sei denn, sie hat sich verschoben oder ist verschwunden. Aber Inseln verschwinden nicht so einfach.«

»So etwas habe ich noch nie gehört. So viel ich weiß, liegt Holly Island hinter einer größeren Insel.«

»Ich frage Medizinfrau nach der Lage der Insel, und du befragst sie zu dem, was der Fischer dir erzählt hat«, sagte Silberreiher.

Sie gingen zum Tekesta-Dorf und fragten Medizinfrau.

»Dort leben nicht viele Leute«, sagte sie.

»Der Mann deiner Tochter heißt Eule.«

»Das weiß ich doch! Und er hat diese komischen Zähne – wie du und dein Großvater. Ist das normal bei den Calusa? Die Tekesta feilen ihre Schneidezähne ganz spitz zu, wisst ihr.«

»Komische Zähne?«, meinte Cougar. »Ich dachte das haben nur ich und Silberreiher.«

»Dann ist Eule also in Wahrheit ein Calusa und gar kein Tekesta!« Die Medizinfrau fuhr sich mit der Zunge über die Schneidezähne. »Wollt ihr mich verlassen und ihn besuchen?«

»Ich bleibe bei dir«, sagte Cougar. »Mein Großvater und mein Freund Otter gehen allein nach Holly Island. Wenn sie deine Tochter und ihren Mann finden, bringen sie sie hierher. Ich kann diesen glücklichen Tag kaum erwarten!«

In der Nacht wachte Cougar mit einem dumpfen Schmerz im Rücken auf, vielleicht schmerzte sie auch der Bauch, sie war sich nicht sicher, sie wusste nur, dass etwas nicht stimmte. Sie ging hinaus hinter einen Baum und erleichterte sich, da sah sie, dass sie blutete. Das war keine Überraschung. Ihr Wunsch war nicht in Erfüllung gegangen. Oh, ihr Geister, warum tut ihr mir das an?, dachte sie. Ich bin noch nicht so weit, meine Blutung soll später einsetzen, wenn ich die Zeit für gekommen halte. Großmutter sagte, die Blutung ist nötig, sonst kann man kein Kind bekommen, aber ich weiß, dass die Blutung aufhört, wenn eine Frau ein Kind austrägt. Keine Frau blutet gern. Eine Medizinfrau muss mit den Geistern sprechen, damit man aus dieser misslichen Lage wieder herauskommt.
Die Blutung war der Anfang ihrer Entwicklung zur Frau, ob sie wollte oder nicht. Seit Großmutters Tod hatte sie keinen Kontakt zu anderen Frauen mehr gehabt und nicht daran gedacht, dass ihr Körper sich veränderte. Sie wusste nicht, was tun. Großmutter hätte sich zwanzig, dreißig Schritte vom Dorf entfernt eine Wochenlaube gebaut. Cougar hatte Mütter zu ihren heranwachsenden Töchtern sagen hören, dass sie fünf Tage lang nicht kochen, sich nicht kämmen und die Laube nur bei Nacht verlassen dürften. Die Mütter hatten Großmutter oft gebeten, nachts zu den Lauben zu gehen und den jungen Frauen Ratschläge und Anweisungen für ihr künftiges Verhalten zu geben. Manchmal hatte Großmutter erotische Lieder gesungen und damit den Mädchen etwas zum Nachdenken gegeben. Und

weil Cougar die Freundin dieser Mädchen gewesen war, kannte sie alle Lieder. Wenn die Mädchen dann allein mit Cougar gewesen waren, hatten sie diese Lieder gesungen; sie hatten gekichert und gehofft, Cougar würde ihnen ihre Bedeutung enthüllen. Sie hatte zwar auch nicht Bescheid gewusst, aber sie hatte den Mut gehabt, eine verheiratete Freundin zu fragen.

Unter dem gelben Dreiviertelsmond lauschte Cougar dem Wispern des Sands und dem Plätschern der immer wiederkehrenden Wogen und versuchte, sich zu erinnern, was die anderen Mädchen in ihrem Alter bei der ersten Blutung getan hatten. Sie wanderte umher und hörte das klagende, eintönige Tschilpen eines Vogels, den sie aufgeschreckt hatte, in kleinen Kreisen flatterte er über die kleinen Wellen und flog zurück zu seinem Nest. Cougar ging zum Kanu, wo Otter schlief.

»Wach auf!«, flüsterte sie. »Erinnerst du dich an die Hose, die ich dir genäht habe, bevor Silberreiher und ich weggegangen sind? Du hast sie gar nicht getragen. Nun kann sie mir bessere Dienste tun als dir. Gib sie mir bitte.«

»Du willst meine Hose zurückhaben? Was ist denn in dich gefahren?« Otter war verärgert, weil sie ihn geweckt hatte.

»Ich habe gehofft, du würdest sie mir geben, ohne viel zu fragen. Ich hätte es wissen müssen – aber ich habe nicht daran gedacht, weil ich hoffte, es würde erst später passieren.«

»Wovon redest du?«

»Du weißt schon – ich blute, aber ich habe keinen Bindengürtel.«

»Ich weiß nichts. Was hat meine Hose mit einem Bindengürtel zu tun? Manchmal verstehe ich dich einfach nicht, Cougar.«

»Ich brauche etwas, das die Moosbinden zwischen meinen

Beinen hält, damit ich in der Hütte der Medizinfrau nicht alles blutig mache. Sie ist eine alte Frau und hat keinen Bindengürtel, ich glaube, sie hat sogar vergessen, dass Frauen manchmal so etwas brauchen. Otter, komm schon – ich bin ganz verzweifelt! Das Blut läuft mir an den Schenkeln hinunter. Ich wollte dich nicht belästigen, aber ich weiß nicht, wen ich sonst fragen kann. Nun verstehe ich, warum Frauen ihre Körper verhüllen. Manche sagen, das Blut sei ein Fluch, den andere Frauen über sie verhängen, weil sie nicht wollen, dass die Männer sie die ganze Zeit ansehen. Gib mir die Hose, dann darfst du mich auch ansehen.«

»Warum sollte ich? Ich weiß, wie du aussiehst. Du bist knochig und flachbrüstig wie ein Junge.«

Cougar lächelte. »Du hast mich lange nicht gesehen. Ich habe zwei Rundungen, die jeden Tag größer werden.«

Otter stand auf und wühlte in dem kleinen Kleiderhaufen. »Die Hose habe ich für einen wichtigen Tag aufbewahrt, ich hielt sie in Ehren, weil du sie gemacht hast. Nun besudelst du sie, und ich kann sie nie wieder tragen! Rühr mich nicht an! Du hast deine unreinen Tage!«

»Das ist doch Unsinn! Vielleicht bin ich knochig, aber mein Körper sagt mir, dass ich eine Frau bin. Das ist auch nicht anders als bei dir; als dir Haare im Gesicht wuchsen, hat dir dein Körper auch gesagt, dass du ein Mann wirst. Meinst du etwa, ich oder irgendeine andere Frau wollten dann unsere Gesichter an dir reiben? O nein! Aber wenn, dann hoffe ich, nicht unrein zu sein, und ich würde dir mit einer Muschel jedes Haar einzeln ausreißen. Dann dürftest du dein Gesicht an mir reiben. Gib mir jetzt die Hose, ich nähe dir eine neue, wenn ich Zeit habe, das verspreche ich. Wenn wir in Sandpoint wären, würde Großmutter ein Fest für mich ausrichten, weil ich nun eine Frau bin. Hier aber gibt es kein Fest und keine Feier, es gibt auch keine Wochenlaube. Hier bin ich eine Frau mit roten Beinen. Über die Blutung einer Frau scherzt man nicht, ich bin schlecht gelaunt. Erinnerst du dich, wie deine Mutter immer war, wenn sie blutete? Du hast sie geneckt und in die Laube gejagt. Willst du mir jetzt helfen oder willst du mich auslachen?«

»Du siehst aus, als hätte jemand deine Schenkel mit einem Muschelmesser abgeschabt. Wasch dich!«

»Ich gehe in den tiefen Tümpel am Bach, Süßwasser ist zum Waschen besser als Salzwasser.«

»Ich komme mit und trage die Hose. Dafür hat man doch Brüder, oder?«

»Danke. Viele Männer glauben, es bringt Unglück, wenn sie eine blutende Frau ansehen. Hast du Angst vor mir?«

»Ich kenne dich so gut wie mich selbst. Und wie du gesagt hast – wie könnte ich Angst haben vor dieser ganz natürlichen Sache, die dir widerfährt? Meine Mutter habe ich auch angesehen, wenn sie blutete, und es hat mir kein Unglück gebracht.« Er scharrte mit den Füßen im Sand. »Rennen wir zum Bach!« Im Rennen verlor er den Schurz, den er anhatte, und die Hose, die er trug.

Cougar stand mit dem Rock im hüfttiefen kalten Wasser. Hoffentlich könnte sie die Flecken auswaschen und den Rock nach der Blutung noch anziehen! »Ah, kalt! Aber es tut gut!« Sie rieb den Rock mit Sand ab und rubbelte ihn zwischen den Händen, damit alles ganz sauber wurde, sie spülte den Sand aus, wrang ihn aus und breitete ihn zum Trocknen über einen großen Stein. Dann schwamm sie neben Otter. »Hör doch, wie die Brandung zischt, gurgelt und plätschert! Die Meergeister scheinen sich heute Abend gut zu unterhalten.«

Tagsüber hatte es gewindet, nun aber war der Wind abgeflaut, und die Wolken hatten sich größtenteils verzogen. Sie betrachtete den Mond, der im Tümpel schwamm; er sah aus wie der Bruder des Himmelsmondes und schenkte den Wassergeistern Licht. Wassergeister hatte sie noch nie gesehen, aber sie kannte die Geschichten. Sie wusste jedoch, dass der Himmelsmond keinen Bruder hatte, denn Silberreiher hatte ihr gezeigt, dass sich der Mond nur im Wasser spiegelte. Sie sah auf – natürlich stand der Mond am Himmel. Sie wusste nicht, woher sein Licht kam, sie wusste nur, dass es nicht warm war wie das der Sonne und dass sich die Dunkelheit übers Land senkte, wenn der Mond hinter den Dünen verschwand.

Die beiden hörten auf herumzutollen und gingen Hand in Hand zurück zu ihren Kleidern. Cougar nahm Otters Hose und aus einem Bündel im Kanu zog sie einen Strang Moos, aus dem sie eigentlich einen Rock flechten wollte; sie stopfte es in die Hose und gürtete sie über ihren Hüften. »Gut so!« Sie rieb sich die Arme warm.

Otter stand vor ihr und atmete tief ein. »Du bist zwar meine Schwester, aber du bist schöner, als ich dich in Erinnerung hatte. Ich ... ich möchte ...«

Sie sah auf und strich über seinen Arm. »Was?«

»Ich habe es noch nie getan ...« Er verstummte.

»Aber natürlich, wir sind doch schon oft zusammen schwimmen gegangen. Auch wenn Großmutter dachte, wir wären mit etwas anderem beschäftigt, zogen wir uns aus und schwammen, trockneten uns in der Sonne und sammelten Treibholz oder gruben nach Muscheln. Das waren schöne Zeiten!« Sie sah ihn an und zog ihn an sich. Sie spürte wie sein Stab wuchs und hart gegen ihren Bauch drückte; dabei fühlte sie dasselbe Kribbeln wie damals, als sie die Dehnungs-Zeremonie beobachtet hatte. Seufzend drückte sie sich an ihn. Oh, sie mochte Otter; mit ihm konnte sie alles teilen! Sie rieb sich an ihm. Den Wind in den Bäumen und die Wellen, die an die mit Austern übersäten Felsen schlugen, hörte sie nicht mehr.

»Hier, diese Ohrringe aus der Schale der Perlmuschel und die Regenbogenfäden sind für dich. Ich habe oft Muschelfleisch gegessen, man muss es nicht kochen.«

Cougar war angenehm überrascht, dass Otter ihr solch schöne Geschenke machte. Sie zog die Ohrringe an, küsste Otter und tänzelte um ihn herum. »Sehe ich hübsch aus?«, kokettierte sie. Sie kam sich ein wenig dumm vor, aber plötzlich war sie ganz versessen darauf, ihm zu sagen, dass sie ihr Leben mit ihm teilen wollte. Sie jauchzte, doch zur gleichen Zeit war sie tieftraurig. Das Glück war übergelaufen und rann nun in Tränen aus ihren Augen, während sie tanzte. Schließlich legte sie ihr nasses Gesicht an seine Wange.

»Nicht weinen!«, sagte er zärtlich. »Ich tu dir nicht weh.« Er hielt ihr Gesicht in ihren Händen und sagte immer wieder: »Ich will …, ich will …«

»– dass ich dir etwas aus dem Regenbogengarn flechte? Neue Mokassins?«

»Nein, ich glaube, es würde sehr schön aussehen, wenn du dein Hemd damit bestickst. Ich will …, dass du mir etwas für die Hosen gibst«, sagte er leise. »Ich habe dich immer geliebt, du bist die einzige Frau, die ich je wollte. Es wäre ein Geschenk – für mich.« Er lächelte sie an und blickte dann in die Bäume. »Komm, legen wir uns in den warmen Sand.« Er kannte sie nun zwölf Jahre und immer noch war sie für ihn das schönste Mädchen. Sie hatte große dunkle Augen, um die sie alle Frauen beneideten und die den Männern ein Prickeln verursachten. Ihre Haut war weich und makellos, ihr dunkles Haar wurde immer länger. Manchmal flocht sie es und steckte es mit Dornen auf, manchmal flocht sie einen langen Zopf und band ihn mit einem Lederbändel zusammen oder sie kämmte es und trug es offen wie jetzt. Wenn sie rannte, wehte es hinter ihr her, und wenn ihr dabei der Wind um die Nase strich und sie lachte und sang, kribbelte seine Haut.

»Ich habe dich auch immer geliebt, Otter. Du machst mich so glücklich, dass ich weinen muss. Ich bin nicht traurig, nur wegen einer Sache – ich wünschte, du wärst derjenige gewesen, der mich gedehnt hätte. Als Schlangenstern in mich eindrang, stellte ich mir vor, du wärst es. Ehrlich, ich wollte nur dich.«

Er ließ sich an einem warmen Felsen hinuntergleiten und zog sie mit. »Das wollte ich schon so lange ...« Er küsste ihre kleine, knospende Brust.

»Auch ich spüre es ganz heftig in meinem Bauch. Aber ich glaube, es wäre gegenüber Großmutter nicht recht. Ich glaube, ich muss noch warten und mich an ihren Rat erinnern.«

»Großmutter ist tot! Was soll denn das für ein Ratschlag sein? Hier sind wir beide, du und ich.« Er fuhr mit der Hand zwischen ihre Beine, streichelte die empfindliche Stelle und küsste ihren Bauch.

Sie schloss die Augen und dachte: Ja, genau das wollte ich!

Sie schlug die Augen wieder auf und sah ihn an, er war größer und dünner geworden. Sie streichelte seine feste, nackte Hüfte und hörte ihn atmen.

Mit einer Hand umschloss er ihre Brust, mit der anderen glitt er über ihren flachen Bauch.

Darauf hatte sie immer gewartet. Sie lächelte seufzend. Das verzweifelte Verlangen durchzog alle vernünftigen Gedanken, ihr hartnäckiges Begehren war so groß, dass es ihr den Verstand raubte. Er drückte sie an sich, strich langsam über ihre Arme, ihr Kinn, seine Finger erkundeten ihre Lippen, tanzten über Nase und Augen, spielten in ihren Ohren, wanderten über ihre Schulter und rasteten auf ihrer Brust. Wie eine durstige Wildkatze am Gumpen leckte seine Zunge über ihre harten Nippel, warm spürte sie seinen Atem an ihrem Hals. Sie fuhr durch sein glattes schwarzes Haar, zog sein Gesicht zwischen ihre Brüste und drückte ihre Hüften an ihn. Sie wollte ihn, sie wollte ihn ganz. Sie war bereit. Sie stöhnte vor Lust, als er seinen Schurz abstreifte. Sie führte ihn, bebend drang er in sie ein. In unbändiger, fast unerträglicher Lust bewegte sie sich unter ihm, ihre Finger gruben sich in seinen Rücken. Ihre Wildheit erstaunte ihn nicht, er kannte sie und hatte immer davon geträumt, wie es sein würde, sie zu besitzen. Verschämt flüsterte er ihr ins Ohr, dass er sich nicht mehr zurückhalten konnte. Er würde lernen müssen, sich zu beherrschen, er brauchte mehr Übung. Sie schmiegte sich an ihn, und er erinnerte sich an Silberreihers Rat: Wie er eine Frau befriedigen könnte, wenn er zu früh kam.

Sie erwachten erst wieder, als sich ein großer Schwarm Möwen kreischend um einen kleinen Fisch stritt, der im fahlen Sternenlicht auf dem feuchten Sand funkelte. Die weichen Wellen der Nacht schwemmten den ganzen Strand entlang haufenweise silbrige Fingerlinge an Land.

Cougar setzte sich auf und rieb sich den Rücken. Die Fische waren fingerlang und bauchig und hatten einen gegabelten Schwanz. Sie wollte Silberreiher wecken und ihn fragen, wie diese Fische hießen. Einige zuckten an ihren nackten Füßen, und sie musste auflachen. Sie ließ sich wieder neben Otter fallen, kitzelte ihn an den Füßen und machte ihn auf die kleinen Fische aufmerksam. Er lächelte, er war nicht überrascht, dass sie als Erste wach geworden war. »Wenn wir Glück haben, können wir zum Frühstück vielleicht einen schönen Kabeljau fangen; um diese Jahreszeit jagen die Kabeljaue nämlich die kleinen Fische an Land.« Er sah an sich hinab. »Was hat mich denn gebissen?« Sein Glied und sein Bauch waren voll angetrocknetem Blut. Er sah anklagend zu Cougar, die in den Bach getaucht war und sich schrubbte, als würde hartnäckiger Schmutz an ihr haften. »Zaunkönig sagt, du hättest Zähne in der Scheide. Ist das wahr?«

»Der hat doch keine Ahnung! Wasch dich und du wirst sehen, dass du nirgends Bisse hast.«

Entsetzt starrte Otter das Blut an. »Komm ja nicht in meine Nähe! Hier stimmt etwas nicht. Ich weiß nicht mehr, was ich glauben soll.«

Cougar zog die Hose verkehrt herum an und gürtete sie so eng, dass sie saß wie ein Bindengürtel, darüber zog sie den Rock. »Du weißt, dass ich die Wahrheit sage. Zaunkönig will nur, dass du Angst vor mir hast und all die Lügengeschichten glaubst, die er verbreitet.«

»Bin ich jetzt dein Mann?«

»Nein, das habe ich nicht gesagt, oder?«

»Was ist los mit dir? Wir hatten die Freuden von Mann und Frau, und jetzt sagst du, ich sei nicht dein Mann. Ich aber sage: Ich bin dein Mann.«

»Ich habe Großmutter versprochen, es nur mit dem Mann zu machen, den ich auch heirate, doch dazu bin ich noch nicht bereit. Du weißt, dass ich dich wollte, ich wollte dich so sehr, dass ich nur einmal nein sagen konnte.«

Otter stöhnte. »Du hast oben eine doppelte Zahnreihe; als Kind konntest du besser pfeifen wie ein Junge. Nun bist du eine Frau und hast Zähne in der Scheide – nur damit du anders bist als andere Frauen und die Männer Angst vor dir haben. Manchen Männern macht die Angst Lust.«

»Hattest du Angst?«

»Natürlich nicht. Wirst du ein Kind bekommen?«

»Nein, noch nicht. Wenn ich blute, kann ich kein Kind bekommen. Das weiß jede Frau!«

»Woher soll ich das denn wissen?«

»Du hättest es wissen können. Ich muss Großmutters Sohn

finden, bevor ich einen Mann nehme, das habe ich ihr versprochen. Ich muss.«

»Kein Mann liebt dich mehr als ich. Du, du bedeutest mir alles. Komm, leg dich mit mir hinter die großen Felsen, dort ist es warm. Wenn ich Bisse hatte, so sind sie nun verschwunden, es geht mir besser, und dieses Mal dauert es länger, du wirst sehen, es wird schöner sein so.«

»Ich will es, oh, wie sehr ich es will! Aber nicht jetzt. Geh mit Silberreiher und finde Großmutters Sohn und Medizinfraus Tochter.«

Otter wusch sich und zog den Schurz an. »Ich hoffe, das stimmt – dass du keine Zähne in der Scheide hast. Ich glaube fast, du kannst dich verwandeln.

»Und wenn?« Sie lachte und hielt ihm den Mund zu, bevor er antworten konnte.

»Ich habe unersättliche Lust auf dich«, flüsterte Cougar Otter zu. »Das macht mir Angst, ich kann meine Hände nicht von dir lassen, ich will dich immer neben mir spüren, ich will die ganze Zeit mit dir schlafen. Wenn du weg bist, lerne ich von Medizinfrau neue Geschichten und Heilmethoden. Finde Großmutters Sohn, bring ihn und seine Frau hierher zu uns. Wenn du zurück bist, legen wir uns in den warmen Sand und dann sind wir Mann und Frau.«

»Versprochen?« Er legte die Arme um sie und zog sie an sich.

»Versprochen.« Sie legte ihre Wange an seine Backe.

Otter fand zwei Kabeljaue, die den kleinen Fischen an den Strand gefolgt waren, bevor die Möwen sie entdeckten. Er weckte Silberreiher und meinte, nun sei die Zeit reif, nach Holly Island zu fahren. Cougar weckte Medizinfrau und sagte ihr, dass die Männer nun aufbrachen.

Die Medizinfrau rieb sich den Schlaf aus den Augen, während sie den Kabeljau in Entenfett briet. »Ihr müsst mitten auf der Insel nach einem Süßwassergumpen suchen, es sei denn es stürmt. Haltet nach der Reihe Stechpalmen Ausschau, die Bäume mit den dicken, dunkelgrünen Blättern und den roten Beeren«, sagte sie zu den beiden. »Die Leute auf der Insel träufeln den sauren Saft der wilden Zwiebel auf rohe Austern, Muscheln, Jakobsmuscheln und Steckmuscheln, die sie in kühlem Herbstwetter sammeln, und sie essen genauso viel Seetrauben und Palmherzen wie wir; ihr werdet euch zu Hause fühlen. Aber bleibt nicht zu lange, ich sehne mich so nach meiner Tochter und meinem Schwiegersohn, dass ich die Tage bis zu eurer Rückkehr zähle.«

Sie kaute immer noch auf einem Stück Kabeljau, als sie die Männer an den Strand begleitete. »Wenn ihr ankommt, werdet ihr sehen, dass es nur eine Stelle gibt, wo ihr mit dem Kanu anlegen könnt, es ist eine Sandbank im Süden der Insel, der Rest ist felsig und kahl, nur im Inselinneren liegen große Grasflächen. Das Treibholz wird als Brennstoff verwendet. Es leben dort nur drei, vier Familien. Wenn Sturm aufzieht, gehen sie aufs Festland, aber irgendetwas tun sie dort, um die Sturmgeister zu besänftigen, denn dort tobte seit Jahren kein schlimmer Sturm mehr.«

Als das Kanu aus dem Blick verschwand, zeigte Medizinfrau Cougar ihre Kräutervorräte und erklärte ihr, wie sie die einzelnen Pflanzen verwenden wollte, doch Cougar zeigte kein großes Interesse.

»Wenn du Kranke behandelst, gibt es immer wieder Neues zu lernen und darüber nachzudenken. Egal, wo du lebst, die Leute bitten dich um Hilfe, zum Lohn bekommst du Lebensmittel, Kleider und Geschichten. Und es wird immer Kinder geben, die eine Geschichte hören wollen. Sie halten dich jung.«

Cougar wusste nicht, ob die Geschichten oder die Kinder

sie jung hielten. »Kennst du die Geschichte von dem Mann mit dem fahlen Haar und den fahlen Augen?«, fragte sie.

»Damit erschreckt man Kinder, damit sie brav sind. Ich mag am liebsten die Geschichte von dem großen weißen Panther.«

Eines Tages erzählte sie Medizinfrau, wie einsam sie ohne Silberreiher und Otter war. »Es ist ungerecht von den Geistern, dass sie Menschen erlauben, so weit weg zu sein, wenn ihre Familie oder ihre Freunde sie so sehr brauchen. Ich weiß nicht mehr, was ich machen soll. Ich will mit Silberreiher sprechen und ich will Otters warme Hände an meinen Wangen spüren. Ich frage mich, ob meine leiblichen Eltern wissen, dass ich überlebt habe und nun eine Frau bin. Ich weiß nicht, was ich aus meinem Leben machen soll.«

»Auf manche Fragen gibt es keine Antwort. Ich mag dich, ich brauche dich. Jede Erfüllung im Leben verlangt Disziplin, man muss sich ein Ziel setzen und daran arbeiten. Du brauchst einen Mann – ich werde einen für dich finden. Du wirst viele Kinder haben und ihnen eine gute Mutter sein.«

»O nein! Du wirst keinen Mann für mich suchen! Was soll ich denn mit einem Mann? Ich weiß doch nicht einmal, was ich mit mir selbst anfangen soll!«

»Das ist aber wirklich sehr, sehr schade, dass du nicht weißt, was du mit einem Mann anfangen sollst!« Medizinfrau lachte, bis ihr die Tränen kamen. »Der Mann weiß schon, was er mit dir anfangen kann!«

Cougar hörte auf zu weinen und lachte jetzt auch.

Die Medizinfrau schloss sie in ihre Arme. »Ich liebe dich, mein Enkelkind!«

»Vielleicht bin ich ja gar nicht deine Enkelin«, schniefte

Cougar. »Das hängt von deiner Tochter ab. Wenn sie Groß-mutters Sohn geheiratet hat, dann bin ich deine Enkelin. Ich frage mich, wo Silberreiher und Otter bleiben. Ich habe gedacht, sie wollten vor dem nächsten Vollmond zurück sein. Was tun sie bloß?«

»Wach auf, Kind! Es sind eben Männer. Frauen werden die Männer nie verstehen. Vielleicht sind sie beim Fischen. Ich habe gehört, dass Calusa-Männer ständig Hunger haben und deshalb Tag und Nacht fischen.«

XI

Der erste Sturm

Die Seeleute merkten am Klang der Wellen, wenn die Küste
nah war … Und sie beobachteten den Flug der Vögel; der Falke
beispielsweise fliegt nach Südosten … Die Hauptaufgaben der
Mannschaft müssen das Setzen und Einholen des Groß-
segels, Rudern, Schöpfen und Ausschau halten gewesen sein.
G. J. Marcus, *The Conquest of the North Atlantic*

Tief sog Madoc die salzige Seeluft ein und dankte den
Göttern, dass seiner Flotte niemand gefolgt war. Sein Herz
setzte für einen kurzen Schlag aus, als er sich vorstellte,
dass seine Tochter heranwuchs und ihren Vater gar nicht
kannte. Dann linderte die Vernunft seinen Schmerz, und
sein Verstand sagte ihm, dass Brenda und Sein, solange sie
lebten, der kleinen Gwenllian von ihrem Vater und ihrer
Mutter erzählen würden. Er stellte sich fest auf die Planken seines Schiffs, und bald drifteten seine Gedanken an
alles, was sich auf dem Land abspielte, davon. Wenn er
auf See war, fühlte er sich wie ein schöpferischer Alchemist in seiner Küche.
Die Mannschaften waren darauf vorbereitet, eine völlig
neue und unwägbare Erfahrung zu machen. Sie waren angespannt und aufgeregt, und ein jeder stellte sich die sil-
bernen Flüsse und das grüne, unbewohnte Land vor, wo
sie in Freiheit ihrer Weltsicht und ihren Studien nachgehen
könnten. Als am Abend die Sonne hinter den Horizont

glitt, wurde es schwül. Der Himmel spiegelte sich im Meer und sprenkelte es violett, orange, grün und blau. Schnell bleichten die Farben zu einem dunstigen Grau aus, und Nebel schloss die Schiffe ein.

Conlaf übernahm die Wache am Steuerruder.

Madoc war zu angespannt, um schlafen zu können. Seine Sorge galt den zehn Schiffen, die er durch die schrecklichen Gezeitenströme vor der Spitze von Llyn Peninsula und die Strudel nahe Bardsey führen musste, wo Sand und Algen gegen die Klippen geschleudert wurden. Wie Caradoc sagte, war Bardsey einst eine Fortsetzung der Hügel auf dem Festland gewesen. Über die Jahrhunderte hatte sich die See durchs Land gefressen. Kennen gelernt hatte Madoc diese Insel, als er mit Conlaf auf dem Weg nach Paris gewesen war.

»Ich kann mich noch erinnern; vor vier Jahren brach der Morgen blau und sonnig an.« Madoc lehnte sich neben Conlaf an den Dollbord. »Damals fuhren wir zum ersten Mal durch die berüchtigten Gezeitenströme vor Bardsey. Es war der Monat zum Gerste pflanzen, damit das Leben weitergeht, der Monat, als im Altertum Tod und Auferstehung von Attis gefeiert wurden, dem phrygischen Gott der Fruchtbarkeit und dem Geliebten der keuschen Großen Mutter. Heute feiern die Römer das Fest als Ostern, für sie ist es die Zeit, da der Sohn des Größten Gottes von den Toten auferstand.«

Conlaf nickte und zitierte ein Gedicht des bekannten Barden Taliesin, das von drei Druiden erzählte, drei Weisen, die das Jesuskind besuchten. »Auch andere christliche Feste wurden auf die alten Feiertage gelegt. Damit hoffen die Anhänger der neuen Religion, die Druiden auf ihre Seite zu ziehen. Vor fünf Jahren waren wir noch jung und ahnungslos, wir waren zwei unwissende Abgesandte, die vorgaben, gebildete Mönche zu sein.«

»Mit unseren schwarzen Kutten waren wir an Bord eines Schiffs gegangen und saßen auf roten Seetruhen neben den hintersten Ruderdollen«, fuhr Madoc fort. »Ich beugte mein Haupt, faltete die Hände und bat den lieben Gott, unser Mahl zu segnen, doch ich vergaß, das Zeichen des Kreuzes zu machen. Und du Mistkerl hast mich in die Seite gestupft und mich in Verlegenheit gebracht.«

Conlaf stupfte ihn wieder. Als er merkte, dass Brett und Brian, ein dunkelhaariger Waliserjunge, und ein paar andere Bootsjungen in Decken gewickelt da saßen und zuhörten, wie sie von alten Zeiten sprachen, sagte er: »Könnt ihr das glauben? Wir schliefen neben gackernden Hühnern und den Pferden für Lundy.«

»Ich schlafe neben zwei Kühen«, sagte Brett, »und bete, dass die See ruhig bleibt.«

»Alle zehn Schiffe führen Vorräte, Tiere und Menschen an Bord«, sagte Madoc. »Bete lieber, dass die Kühe nicht mit dem Schwanz schlagen, sonst müssen wir Wasser schöpfen. Und haltet eure Zunge im Zaum, ich will nicht, dass mein Schiff kentert!«

»Und bevor du die Riemen ziehst, verbinde deine Hände mit Leinenfetzen. Wenn Sturm aufzieht, dann singst du!«

Brian krabbelte zum Dollbord, beugte sich über die Reling und erbrach sich. Die Möwen verhöhnten ihn mit lauten Schreien.

»Ach, Junge, gewöhn dir das ab!«, sagte Madoc. »Als Conlaf und ich auf unserer ersten Fahrt nach Bardsey waren, luden die Bootsjungen ein Zelt ab; es sollte das handgeschnitzte Bett des Kapitäns bedecken, das sie oberhalb der Flutmarke aufgestellt hatten. Die Mannschaft schlief vor dem Zelt, je zwei in einem Ledersack mit einer Plane darüber. Wir mussten einen Bronzekessel auf einen zusammenklappbaren Dreifuß stellen, damit kein Sand in

Kapitän Humes Suppe geweht wurde. Wir Mönche aßen und schliefen in der Abtei. Du hast Glück, denn dein Kapitän wird genauso unter freiem Himmel schlafen wie alle anderen auch.«

»In einem handgeschnitzten Bett?«

»Natürlich nicht! So etwas will ich auf meinen Schiffen nicht sehen! Auf *Ynys Enlli*, Bardsey, gibt es interessante Dinge zu vermerken. Die erste Abtei in Wales wurde hier von Bruder Cadfan gegründet, später von den Augustinern übernommen und der heiligen Jungfrau geweiht. Merlin selbst und zwanzigtausend andere Mystiker, Zauberer und Heilige sind hier in geweihter Erde begraben.«

»Wenn ihr Burschen das glaubt, dürft ihr auch glauben, dass der Papst euch besondere Freiheiten gewährt, wenn ihr diesen Ort besucht«, sagte Conlaf augenzwinkernd. »Vor vielen Jahren flohen Pilger vor der großen Pest hierher. Die Schiffsführer nahmen von den trauernden Familien Geldspenden und Edelsteine, damit sie die toten Aussätzigen in Leichentüchern hierher brachten.«

»Hast du je einen Aussätzigen hierher gebracht, Kapitän?«

»Nie.« Madoc sah Conlaf an, der das Gesicht wegdrehte und sich an der rechten Hüfte kratzte, auf der er auf dem Weg nach Paris ein aussätziges Kind getragen hatte. Manche steckten sich schneller an, als man ein schönes Mädchen anschauen konnte, andererseits konnte es vorkommen, dass ein Mann jahrelang mit einer kranken Frau zusammenlebte und kein Zeichen des Aussatzes an ihr wahrnahm. Conlaf war unglücklich, denn er hatte sich angesteckt, aber seine Krankheit schritt nur langsam voran. An der rechten Hüfte hatte er eine juckende, schorfige weiße Stelle, aber er hatte keine Knötchen und noch keine Entstellungen und somit noch ein wenig Hoffnung, auch wenn es keine Heilung gab. »Gegen keine noch so große Menge Gold oder Edelsteine würde ich einen Freund oder einen Verwandten hier in dieser gottverlassenen Abtei lassen, egal, wie gut oder wie schlecht es ihm geht.«

»Was ist denn mit der Abtei? Ich dachte Mystiker und Heilige gingen dorthin, weil man dort gute Kost und ein Bett bekommt«, sagte Brett.

»Henry will Bardsey zu einem englischen Seehafen machen, damit er Llyn Peninsula angreifen kann«, sagte Conlaf. »Von dort aus will er Truppen nach Nordwales und an die Westküste der Normandie schicken. Der französische König kann darüber nicht glücklich sein. Nur wenige Menschen wissen, dass Henry auf Bardsey, Lundy und auf einer Kanalinsel Stützpunkte errichten will.«

»Vor fünf Jahren hat ein hinterhältiger Mann namens Robert den Abt von Bardsey verraten, weil er Truppen nach Bardsey und Lundy bringen wollte und dafür erwartete, er würde Abt in St. Peter Port auf Guernsey werden«, erklärte Madoc. »Dieser verfluchte Freibeuter steckte knietief in den weltlichen Angelegenheiten Englands. Ich hoffte inständig, wir könnten den französischen König dazu bewegen, Owains Rittern bei der Bekämpfung der englischen Soldaten zu helfen, die von Bardsey oder Lundy das walisische Festland erobern wollten. Auf Bardsey trafen wir Bruder Patrick, er war nur noch Haut und Knochen; er segnete uns und sagte, wir würden ihm Leid tun und ihn verwirren, weil unsere Seelen rein wären und unsere Stimmen ehrlich klängen, aber wir verhielten uns wie Heiden – hörten, rochen und sahen alles. Wir scheuten uns vor keiner Wahrheit, ob sie nun gut oder schlecht war. Ich sagte ihm, wir lebten in der Welt, nicht entrückt von ihr. Das würde beweisen, dass wir ein gutes Herz hätten, sagte er, nicht aber, dass wir echte Augustiner seien.«

Alle Bootsjungen hatten sich mittlerweile in einen Halbkreis gesetzt und lauschten mit offen Augen und offenen Mündern den beiden Männern neben dem Steuerruder, die von ihrer ersten richtigen Fahrt berichteten. Damals waren Madoc und Conlaf auch Bootsjungen gewesen.

»Wir fanden heraus, wie kaltherzig Robert war, denn er beschnitt den Brüdern die Rationen«, fuhr Conlaf fort. »Bruder Patrick klagte nie, aber ich sah, dass er fast am Verhungern war. Ich gab ihm Galgantwurzel zum Kauen, das regt den Appetit an, beruhigt den Magen und hilft gegen Blähungen. Madoc fand Getreide für Schleimsuppe und zeigte den Brüdern, wie sie vom Currach aus mit dem Netz fischen können. Als ich Cadwallon zum ersten Mal sah, wusste ich, dass er mit Madoc verwandt war – wenn beide ein Bärenfell statt einer Kutte getragen hätten, hätten beide ausgesehen wie Wikinger, so wie Owain, wenn er im Winter in den Kampf zog.«

Madoc fuhr sich durch seine blonden Locken. »Ich habe alles abgesucht, aber ich konnte den Brief nicht finden, den Vater an Cadwallon geschrieben hatte. Ich raffte die Kutte und suchte in meinen Hosentaschen. Das hatte Cadwallon noch nie gesehen, er lachte so laut, dass er sich den Bauch halten musste. ›Beim heiligen Geist, du hast so wenig Ehrfurcht wie eine Ziege auf dem Markt! Wenn ich euch beiden innerhalb einer Woche mönchisches Verhalten beibringen kann, dann grenzt das an ein Wunder‹, sagte er. Wir lernten hundert Gebete auswendig, den Katechismus, die Litaneien und die Lehren des heiligen Augustinus von Hippo. Cadwallon meinte, wir lernten schneller als andere, mit Ausnahme seines Vaters, der, wie er glaubte, ein halber Druide war. Wir lachten, bis uns der Bauch weh tat, denn wir kannten Owain und wussten, dass Cadwallon mein Halbbruder war.«

»Ich werde nie vergessen, wie uns dieser Robert auf der Fahrt das Leben zur Hölle machte.« Conlaf überließ Madoc das Steuerruder, als die Flut zurückging und mit der gleichen Heftigkeit an der Nordküste von Llyn Peninsula vorbeiströmte wie damals. Hohe, schwarze Felsen und Strudel, die aus Spalten am Meeresboden brachen, brachten die See zum Kochen, sie toste, schäumte und gischtete weiß. Ein Strudel konnte ein kleines Boot herumwirbeln wie eine Nussschale, es gegen die schroffen Klippen schleudern oder hinunterziehen und zwischen Felsen, Sand und Algen spülen.

Zusammengekauert lauschten die Jungen und beobachteten, wie Madoc steuerte.

»Gibt es noch viele solche tückischen Stellen, bevor wir im neuen Land sind?«, fragte Brett.

»Nur Lugh weiß, was wir noch erleben und sehen werden – Gezeitenströme, Stürme, Seeungeheuer«, sagte Madoc. »Haltet die Augen offen und weint nicht wie die Kinder! Denn vielleicht habe ich Zirzes Zauberkraft und kann euch in Schweine verwandeln.«

»Hier gibt es keine Zauberer, nur Männer«, meinte Brett, »tapfere Männer, die einen besseren Weg suchen, ihr Leben zu leben, als ihre stolzen Ehrenmale bedecken und sich in stinkenden Wolfsbauten verstecken zu müssen, damit sie nicht geköpft werden. Du bist der Kapitän, wir sind deine treuen Matrosen.« Er sah in die Runde, als würde es noch mehr zu sagen geben und als hätten die anderen ihn zu ihrem Sprecher ernannt. »Einige, äh, wollen weiter lernen. Viele kennen die Geschichte der neun Generationen gar nicht, sie können nicht lesen und schreiben und sie wissen nichts von den Lehren der Natur. Brauchen wir dieses Wissen im neuen Land?«

»Geschichte, Naturkunde, Lesen und Schreiben könnt ihr immer brauchen, egal, wo ihr seid«, sagte Madoc. »Wir brauchen Schreiber, die unsere Pflanz- und Erntezeiten festhalten, die verzeichnen, wie viel wir von welcher Saat

ernten und einlagern. Wir brauchen Geschichtsschreiber, die vom Leben und Sterben der Menschen berichten. Wir brauchen Naturkundige, die die verschiedenen Pflanzen und Tiere beschreiben, die es in der neuen Heimat gibt, die Sonne, Mond und Sterne beobachten und die neuen Erkenntnisse mit dem alten Wissen vergleichen.«
Die Jungen nickten verständig.
»Ich habe noch Velin übrig«, fuhr Madoc fort. »Wer Schreiben üben will, kann das tun, und wenn das Velin alle ist, soll er mit dem Finger im Sand schreiben.«
»Wir können mit Holzkohle auf Velin schreiben und es zusammen mit dem Geschirr wieder abwaschen«, schlug Brian vor.
»Zum Lesen lernen könnt ihr meine Tagebücher haben. Ihr lest laut vor, damit wir alle es hören, und von Zeit zu Zeit gebe ich euch Anregungen. Nur meine Tagebücher beweisen, dass ich einmal Gesandter von Gwynedd war, haltet sie als etwas Kostbares und Seltenes in Ehren – oder ihr wünscht euch noch, lieber ein Schwein zu sein! Wenn ihr Haferschleim auf die Seiten kleckst, schlage ich euch windelweich und schneide euch die Ohren ab! Und keine Entschuldigung kann mich gnädig stimmen!«
Am nächsten Tag fuhren sie in den gefürchteten Sund zwischen Bardsey und dem Festland. In den Strudeln und in der Dünung knarzten und knirschten die Planken so laut, dass Madoc sie nicht übertönen konnte. Das Schiff drohte fast auseinander zu brechen. Madoc hatte ein Auge auf die neun Schiffe dicht hinter ihm und bat Brett, eine weiße Flagge aufzuziehen, damit die Männer auf dem nächsten Schiff sie sehen konnten und wussten, dass sie dasselbe tun sollten. Er betete zu den Meeresgöttern, dass sie unbeschadet durch den Sund kämen, ohne auf eine Klippe zu laufen. Die Spanten knarrten immer lauter, und der Wind peitschte hohe Wellen auf, wenn er durch die Spalten in

den Klippen pfiff. Schließlich segelten sie an einer senkrechten Felswand vorbei, deren nasenförmiger Ausläufer wie ein Schutzschirm wirkte und wo die Wellen in Millionen von Tropfen zerstoben. Die kalten Spritzer durchnässten die Männer schneller als der Nieselregen.

Dewi beugte sich über ein Ruder und brüllte: »Lugh! Wir finden alle den Tod an der Nase des Iren!«

Ein anderer Junge schrie: »Das ist die Erdkante!«

Ihre Zähne klapperten, ihre Knochen waren kalt wie Eis. Im heftigen Wind kühlten sie schneller aus, als wenn sie ins Wasser gefallen wären.

»Schreit nicht zu früh!«, rief Madoc, der mit angespannten Muskeln das Steuerruder hielt. »Wir fallen nicht über die Kante, es gibt keine Kante, die Erde ist rund. Merkt euch das ein für alle Mal!«

Die Jungen hielten die Luft an, doch sie schrien nicht, als sie Madocs blutige Hände sahen. Die Wasserblasen waren aufgeplatzt, und das Fleisch wurde wund, während er das Ruder hielt. Es war so kalt, dass er die Blasen gar nicht gespürt hatte. Er warf sich mit seinem ganzen Gewicht gegen das Steuerruder und lenkte das Schiff zurück in die Mitte des Sunds. Dewis Ruder brach, als er das Wasser zwischen zwei zerklüfteten Klippen durchschnitt. Das gebrochene Ende schlug gegen Conns Rücken. Conn schrie vor Schmerz auf und krümmte sich, und sein Ruder schlug gegen den Mann vor ihm.

»Rudert! Rudert! Hoch, und hoch!«, schrie Madoc den Ruderern zu und schlug mit dem rechten Fuß den Takt. Die Ruder tauchten ein und wieder auf. Geschickt manövrierte Madoc sein Schiff und die neun, die folgten, nach Südosten. Alle Schiffe fuhren sicher vor dem gleichmäßigen Wind an Llyns Spitze vorbei. Madoc sprach seinen Dank an die Meeresgötter Manawyddan und Lugh aus und beglückwünschte sich selbst zu seinem Können am Steuer.

Doch sein Stolz wich plötzlich der Demut, als er sich an die Worte des Schwertmeisters Illtud erinnerte, der vor langer Zeit zu ihm gesagt hatte: »Sühne, wenn deinen großen Taten richtiges Können fehlt.« Wenn nun ein unausgebildeter Mann unter Madocs Kommando ertrank, machte er sich genauso schuldig, als wenn er ihm einen Speer ins Herz trieb. Er fragte sich, ob leichtsinnige Männer einmal für ihre unüberlegten Handlungen bezahlen müssten. In der hohen Dünung musste er die Männer aus dem Sund herausführen und nach Süden drehen.

Madoc und den beiden Männern, die blaue Flecken vom Rudern hatten, gab Conlaf ein Schlafpulver, das er in Wasser auflöste. Er wusch das Blut von Madocs Händen, schnitt die Hautfetzen der Blasen ab, trug eine nach Fisch stinkende Salbe auf und verband Madocs Hände mit sauberen Lappen. Den Männern versprach er, dass ihre Schmerzen noch in der Nacht nachlassen würden. Am Abend ankerten die Schiffe vor Aberdaron, die Jungen stapften in alle Richtungen davon und suchten Brennholz für ein wärmendes Kochfeuer.

Nach einem guten Schlaf blickte Madoc in den blauen Himmel und dankte den Göttern für das schöne Wetter. Die Mannschaften hatten wenig zu tun und konnten ihre Wunden ausheilen lassen. Einige Jungen schrubbten das Deck, andere sangen.

Dewis kurze blonde Haare standen im Wind ab. Plötzlich legte er den Schrubber zur Seite, zog sein Hemd aus und entblößte die Ehrenmale auf Armen und Schultern. Zu jedem Mal, das er für seine herausragenden Fähigkeiten beim Schiffsbau bekommen hatte, erzählte er die dazugehörige Geschichte. Er war stolz auf seine Male, sie zeigten, wer er war und was er konnte; er war stolz, ein Mann und ein Druide zu sein. Zum ersten Mal in seinen fünfundzwanzig Jahren hatten so viele Männer seine Male gesehen. Er drehte sein Gesicht in den Wind, damit die Tränen trockneten, die ihm unweigerlich in die Augen traten. Nach einem Mittagessen aus Maisbrei und Zwiebeln nahm er seine Leier und spielte alte irische Weisen. Die Männer sangen, betrachteten die Küste, die Wolken und die See.

Auf Lundy sollten zum ersten Mal die Süßwassertonnen aufgefüllt werden.

»Schreibst du auch Tagebuch über uns?«, wollte Jorge wissen. Er hatte rote Haare und sprach langsam.

Madoc überraschte diese Frage. Er schüttelte den Kopf und bat die Männer, abwechselnd laut aus den alten Tagebüchern vorzulesen. Sie hörten auf zu singen und setzten sich zu Brett, der als Erster vorlas; er las langsam, und Madoc musste ihm bei vielen Wörtern helfen. In einem Monat könnte Brett sein Lesen beträchtlich verbessern, dachte Madoc.

»Ich will auch lesen.« Jorge baute sich vor Brett auf, dessen schwarzes Haar vor Jorges flammendem Schopf wie ein verrußter Kochtopf aussah. Zögerlich gab ihm Brett Madocs Journal. Dewi klimperte leise eine geheimnisvolle, eingehende Weise. Jorge räusperte sich, damit er auch jedes Wort klar und deutlich aussprechen konnte. Mit dem Finger fuhr er über die Zeilen und las ganz langsam.

Mit der Zeit wurde es den Männern langweilig. Im Bug sammelte sich ein Grüppchen und sang zweistimmig Lieder. Madoc hoffte, dass die Männer besser schreiben konnten als lesen, aber darauf würde er nicht wetten. Er hatte damit gerechnet, dass manch einer lachen oder Bemerkungen machen würde über das, was die Jungen da vorlasen, aber keiner hatte sich geäußert.

Nach dem Abendessen setzten sich Brett und die anderen Jungen zum Schreiben hin, sie schrieben Wörter aus Madocs Tagebuch ab, deren Bedeutung sie später erfragten.

In der Nacht lag Madoc wach und erging sich in Erinnerungen. Mit geschlossenen Augen konnte er die halbmondförmige Insel Lundy sehen, umgeben von Schieferklippen voller Seepapageien, den Lunden mit ihrem schwarzen Gefieder am Rücken und den weißen Federn am Bauch, den spitzen dreieckigen Schnäbeln und den hellroten Ständern. Am Morgen fühlte er sich gar nicht gut, denn der Nebel hatte die anderen Schiffe verschluckt. Er erleichterte sich an der Reling, zog die Lederhandschuhe an und übernahm das Steuerruder von Conlaf, der froh war, noch ein wenig schlafen zu können, bevor der Nebel verdampfte und der Tag warm und schwül anbrechen würde. »Morgen laufen wir Lundy an«, sagte Madoc.

Conlaf strich sich das feuchte Haar aus den Augen. »Ja, morgen Abend schlafen wir auf Lundy.«

»*Die schönen Maiden von Lundy werfen ihre wohlriechenden Netze nach den Matrosen aus*«, sang Gwalchmai, um Madoc zu necken, auf dem Weg zur Reling, wo auch er sich erleichterte. »Wenn du uns in Lundy an Land gehen lässt, kommen wir vielleicht nie wieder zurück. Ich habe gehört, die Mädchen hätten eine unwiderstehliche Anziehungskraft. Ich würde das in meinem Alter gerne überprüfen.« Er kicherte, als Madoc rot wurde.

»Nein und nochmals nein!«, entfuhr es Madoc, sein Gesicht brannte.

Die Männer fragten den ganzen Tag über nach Lundy und taten so, als würden sie Bescheid wissen. Madoc hoffte schon, der Nebel würde bleiben und sie würden Lundy passieren, bevor es jemand merkte.

Doch am Mittag des folgenden Tages hatte die Sonne das nebelnasse Deck getrocknet. Madocs Hände heilten, doch am Steuerruder trug er Lederhandschuhe. Er deutete auf Menevis, St. Brides Bay, den Bristol Channel und schließlich auf Lundy. »Seht euch die Menschenmenge an, die uns sehen will! Wir müssen ein toller Anblick sein!« Er formte mit den Händen einen Trichter und schrie: »Heja ho! Ich bin Kapitän Madoc, das ist der Heilkundige Conlaf, insgesamt haben wir zehn Schiffe!«

Die Leute am Strand beschatteten ihre Augen und skandierten: »Madoc, Conlaf! Madoc, Conlaf!«

Madocs Herz hüpfte beim Anblick einer schönen jungen Frau, die ein kleines Kind auf ihrer Hüfte abstützte. »Blackberries!«, rief er unnötig laut. »Du bist so schön wie eh und je!« Aus dem schlanken Mädchen war eine dralle Mutter geworden.

»Du kennst das Weib mit dem Kind?«, fragte Brett. »Die hat einen schönen Braten in der Röhre! Ich wette, die hatte ein Popperchen oder zwei mit ihrem Mann. Und wenn sie keinen Mann hat, dann hat sie sich bestimmt einen Seemann gekrallt, der seine Lunte in sie getaucht hat.«

Bei der kruden Ausdrucksweise des Jungen stieg Madoc das Blut in den Kopf, er hörte die Menge nicht mehr. Doch nun sah er Blackberries geschwollenen Bauch und dachte: Wie konnte ich nur erwarten, dass sie ... dass sie auf mich wartet? Schließlich ist es lange her, und ich habe Annesta geheiratet. Seine Hände waren schweißnass, sein Herz hämmerte. Seine erste Frau vergisst ein Mann niemals. Ich leugne nicht, dass ich nach Lundy gefahren bin, um ihr zu zeigen, was für ein großer Mann ich geworden bin, aber ich will nicht über Nacht bleiben. Beschämt sagte er zu sich: »Bei Lugh, ich bin nicht besser als ein abgebrühtes Schwein!«

Die Schiffe hielten nicht, sie segelten die ganze Nacht in Küstennähe weiter.

Am Morgen nach einem Frühstück aus Salzfisch und Tee wies Madoc die Männer an, ihren Pflichten nachzukommen, Brett sollte vorlesen.

»Kapitän Madoc, jeder weiß, dass ich besser lesen kann als diese kleine Ratte.« Jorge deutete mit dem Finger auf Brett und fuhr sich durch den widerspenstigen Schopf.

»Du bist ruhig und tust, was ich sage. Und ich sage dir, wann du an der Reihe bist!«

»He, Mann«, gab Jorge zurück. »Wenn ich eine Frau habe, dann sage ich ihr, was sie zu tun hat, sonst prügle ich ihr die Eingeweide aus dem Leib!« Er zwinkerte. »Ich habe gehört, dass das aufgeblähte Weib mit dem Kind, das gestern am Strand gewinkt hat, etwas Besonderes für dich ist.«

»He, Mann! Solange ich in der Nähe bin, werde ich jedes Mädchen vor dir warnen. Du bist ein alter Halunke, die Frauen ziehen dich an wie ein Magnet einen Eisenspan, du bist ein Aasgeier. Hast du dir eigentlich schon mal überlegt, dass Worte schmerzen oder heilen, erziehen oder vernichten können?«

»Wenn wir gestern Nacht auf Lundy geblieben wären, hätte ich mir eine nackte Frau beim Baden angesehen, davon wird man nicht blind, das weiß ich sicher! Dieses Märchen erzählen Mütter ihren heranwachsenden Söhnen! Ich habe mit meinem Stock schon in ein paar Töpfen gerührt.« Er spie über die Reling und stapfte mit weit gespreizten Beinen davon.

Madoc ballte die Fäuste. Jorge war kein Umgang für Brett, dessen Erziehung Marared und Brenda fördern wollten. Doch vielleicht wäre es gar nicht so schlecht, wenn Brett Jorges Prahlereien mit anhörte, es war eben das Geschwätz von Männern, und früher oder später würde er es sowieso hören. Madoc gab Unterricht und ließ die Jungen abwechselnd vorlesen, dann übte er mit ihnen Schreiben, bis es Zeit fürs Essen war. »Wenn die Schüler nichts lernen, dann hat sie der Lehrer nichts gelehrt«, war seine Devise. Er bat Gwalchmai, vor dem Essen ein paar Lieder auf der Leier zum Besten zu geben.

Später hörte er, wie Jorge zu Brian sagte, dass er, der Kapitän, ein doofer Gelehrter sei, der druidische, walisische und römische Rituale mischen wollte, aber ganz anders, als man sich das je vorstellen könnte. »Ich bin nicht begriffsstutzig, und mein Denken ist nicht verpfuscht wie das unseres Kapitäns«, sagte Jorge zu den anderen Jungen. »Ich habe ihn ganz deutlich sagen hören, ich sei wie ein alter Eisenspan.« Er schürzte seine Lippen und fuhr fort: »Dieser Wichser von Kapitän will, dass wir jeden Tag Lesen und Schreiben üben. Wenn das so ist, spüle ich nie wieder einen Topf oder eine Pfanne!«

Madoc besprach sich mit Conlaf. »Was können wir tun, damit Jorge und die anderen Jungen weiterhin das Geschirr spülen?«

»Um Jungen dieses Alters an die Kombüse zu binden, musst du ihnen größere Rationen anbieten, sie essen gerne. Ich glaube sogar, ein paar stibitzen Essen, wenn sie glauben, die anderen schliefen.«

»Ich dachte, es wären Ratten, die ich durch die Kombüse huschen hörte, als ich nachts nicht schlafen konnte! Danke, ich werde mir deinen Vorschlag durch den Kopf gehen lassen.« Mehr Essen konnte er nicht anbieten, denn die Nahrungsmittel waren begrenzt, aber die Jungen könnten selbst zu den Mahlzeiten beitragen, indem sie angelten.

Am nächsten Morgen drehte er eingefettete Flachsleinen, damit sie belastbarer wurden, und wickelte sie auf Holzklötze. Dörrfleischstücke weichte er für Köder in Wasser auf und legte ein halbes Dutzend beinerne Angelhaken bereit. Als die Jungen müde waren vom Unterricht, machte er eine Pause und hielt sie zum Wettangeln an: Wer würde den größten Fisch und wer die meisten Fische fangen? Die Gewinner bekamen Fisch zum Abendessen. Die Jungen angelten wie wild am Achterdeck, und sie prahlten genauso wie erwachsene Männer, dass sie schon die größten

Fische gefangen hätten. Doch in Wahrheit hatte noch kein Junge einen Fisch mit der Angel gefangen, sie kannten nur Netze und so mühten sie sich vergebens.

Doch bald waren sie weit von der Küste entfernt, dort gab es Algenwälder, wo kleine Fische und Garnelen lebten, die wiederum von den großen Fischen gefressen wurden. Der nächste Hafen auf den Inseln des Glücks war noch etliche Tagesreisen entfernt.

Nach dem Frühstück lasen und schrieben die Jungen. Brian malte schöne Buchstaben im Kohlebecken, das mit Sand gefüllt war, die anderen schrieben mit Stachelschweinborstenfedern auf Velinfetzen. Jorge goss ausgelassenes Schmalz auf die Stelle, wo sonst das Kohlebecken stand, und wenn das Schmalz ausgekühlt war, schrieb er Sätze, die Madoc loben sollte. Vor dem Mittagessen wurden die Schreibutensilien wieder weggeräumt und das Kohlebecken aufgestellt. Die Jungen kochten Teewasser und buken Maismehlkuchen im Schmalz, das Jorge wieder von den Planken kratzte.

Beim Essen roch Madoc etwas Verbranntes – die Planken unter dem Kohlebecken waren versengt. Die Schmalzreste hatten Feuer gefangen und brannten qualmend. Schnell wurde das Deck geflutet.

Madoc rief Jorge ans Steuerruder und zeigte ihm, wie er Kurs halten musste. »Du bleibst hier, bis ich zurückkomme! Ich will unseren Kurs ins Logbuch und die gestrigen Ereignisse ins Fahrtenbuch eintragen. Es dauert nicht lange. Denk so lange darüber nach, was du getan hättest, wenn das ganze Schiff Feuer gefangen hätte.

Jorge starrte auf seine Füße. »Aye aye, Käpt'n.«

»Nenn mich Kapitän Madoc.«

»Aye aye, Kapitän Madoc.« Er sah nicht auf.

Madoc sah ein Wetter aufziehen, er vergaß jedoch Jorge zu sagen, er solle Handschuhe tragen, so sehr war er in

Sorge, dass der starke Wind sie forttragen würde und sie die Inseln des Glücks verpassen könnten. Wo bekämen sie dann Süßwasser her? Eine Welle traf das Schiff an der Seite und schwappte über die Reling. Madoc war besorgt, aber er hatte keine Angst. Er ging zum Vorkasteel, machte eine Liste der Dinge, die getan werden mussten, bevor schwere See aufkam, und rief den Männern Befehle zu. »Deck frei! Conn, Segel reffen! Schoten dichtholen. Dewi, Conlaf, Gwalchmai – Mast legen! Jungs, Geschirr verstauen! Schlafmatten und Kleider in Ölzeug einwickeln und in den Hängematten festbinden. Conlaf, kümmere dich um die Seekranken. Sieh erst nach den Tieren. Stricke und Pferche sichern! Helft beim Schöpfen!«

Madoc verstaute Schreibzeug, Sanduhr, Landkarten, Seekarten, Tagebücher und Velin, Magnetstein und Kompassnadel. Da kam einer der kleineren Jungen zu ihm, es war Brian; er packte Madocs Arm, als das Schiff krängte, sein Gesicht war weiß, sein schwarzes Haar nass.

»Das Schiff schlingert so komisch, mir ist so schlecht.« Brian beugte sich über die Reling und würgte.

Madoc trug ihn zurück. »Keine Sorge, die Seekrankheit hast du bald überstanden.« Er gab Brett ein paar Stricke und wies ihn an, erst die anderen Jungen, dann sich selbst anzubinden. »Bleib in Brians Nähe.«

Madoc nickte Jorge zu, der immer noch das Steuerruder umklammerte, Schweiß rann ihm übers Gesicht, die nackten Füße standen fest auf den Planken. »Ganz schön raue See!«, sagte Madoc. Die Wellen waren zwei Mann hoch, das Schiff schien auf den Wellenkämmen in der Luft zu schweben, dann rauschte es auf der anderen Seite wieder ins Wellental. Niemand sang, alle klammerten sich an der Reling fest, dass die Knöchel weiß hervortraten, und kotzten sich die Seele aus dem Leib.

Conlaf gab den Seekranken verdünnten Essig und konnte

sie überreden, ihm zu helfen, einen Riss im Rumpf zu stopfen, wo das Wasser hereinschoss.

»Ich habe es gehalten!« Jorge schenkte Madoc ein breites Lächeln. »Hast du gesehen?«

»Das hast du gut gemacht!« Madoc spürte, wie das Schiff nach backbord krängte. »Halt das Schiff aufrecht, setze die Seiten nicht den Wellen aus.« Der Regen peitschte ihm ins Gesicht. Mit einer Hand übernahm er das Steuerruder, mit der anderen gab er Jorge einen Kittel mit Kapuze, wie er auch selbst einen trug. Der Druck aufs Ruder war so groß, dass Madoc es nicht mit einer Hand halten konnte. Seine Handschuhe waren nass, seine Hände steif vor Kälte. Er musste mit aller Kraft verhindern, dass das Schiff drehte, als es in ein tiefes Wellental fuhr. Er sah die Wand aus Wasser und fürchtete, sie könnte aufs Schiff schwappen und sie alle von Bord spülen.

Jorge zögerte nicht, neben Madoc das Steuerruder zu packen. Das Schiff blieb auf Kurs, die Welle schwoll an und trug das Schiff nach vorn. Eine Welle brach über die Reling und verebbte schnell. Zusammen brachten sie das Schiff in einen Fünfundvierziggradwinkel, sodass sie jede Welle nehmen konnten. Als Jorge die Kapuze über sein nasses Haar zog, sah Madoc, dass er ganz wunde Hände hatte.

Er sagte nichts, denn er war erstaunt, welche Kraft Jorge in seinen dünnen Händen, Armen und Beinen hatte.

»Würdest du hin und wieder gerne steuern?«, schrie Madoc gegen den Wind. »Bei dieser Arbeit brauchst du deine Hände und auch deinen Kopf.«

Jorge besah sich seine roten Hände und sagte erst nichts. Ein Blitz schlug neben dem Bug ins Wasser, als das Schiff ins nächste Wellental brauste. Jorge sah, wie Madocs Finger sich um das Ruder klammerten. Reglos deutete er auf den nächsten Blitz. »Wenn der ins Segel oder in den Mast einschlägt, fängt womöglich das ganze Schiff Feuer.« Er zog seine Kapuze herunter, hob das Gesicht zum Himmel und ließ den Regen auf sein Haupt prasseln.

Jorge beugte sich so nah zu ihm, dass Madoc ihn in der Bö hören konnte: »Danke, Kapitän Madoc, ich würde gerne Steuermann sein. Mich hat noch nie jemand gefragt, was ich tun möchte.«

Madoc lächelte und schrie zurück: »Bootsjunge und Steuermann Jorge, binde dich an die Reling neben Brian und Brett, bis der Sturm vorüber ist.«

Jorge sah nur, wie sich Madocs Lippen bewegten, aber im tosenden Wind konnte er nichts verstehen. »Was?«

»Binde dich an die Reling!« Madoc deutete nach achtern.

Brian war kreidebleich, er weinte und spuckte über Bord. Jorge zog sich mit wunden Händen an der Reling vorsichtig zu Brian. Er hob Brians Kopf und wischte ihm mit einem Wergfetzen, den er aus der Tasche zog, das Gesicht. Dann flüsterte er ihm etwas ins Ohr, band sich fest und schützte Brian vor dem Wind.

Madoc atmete erleichtert auf und dankte den Sturmgöttern.

XII

Die Inseln des Glücks

Die Kanaren [die Inseln des Glücks] waren schon in der Antike
bekannt. Besonders die Phönizier fuhren sie regelmäßig an und
bezogen dort »Drachenblut« [die rote Farbe des Drachenbaums
Dracaena draco] und Färberflechte [Lackmus] zur Herstellung
von Tyros-Purpur ... Auch die Griechen kannten diese Inseln ...
Der höchste Berg Teneriffas ist aus weiter Ferne zu sehen,
selbst von der Küste Westafrikas ist der Rauch, der aus
seinem Krater aufsteigt, sichtbar.
Paul Hermann, Conquest by Man

Madoc warnte die anderen Kapitäne vor den Gezeiten-
kabbelungen und den starken Strömungen vor den Scilly-
Inseln, indem er drei weiße Flaggen hisste. Als sich das
letzte Schiff seinen Weg zwischen den hohen Klippen hindurch gebahnt hatte, holte er eine Flagge nieder, um anzuzeigen, dass sie so mit Kurs auf Backbord weiterfuhren.
Sie segelten an Land's End, den Granitfelsen von Cornwall
und den Klippen von Lizard Point vorbei. In der Dämmerung durchquerten sie den Ärmelkanal Richtung Bretagne.
Madoc wollte den starken Nordwest-Strom meiden, vor
dem Kabyle ihn gewarnt hatte, und suchte leichte, sanfte
Strömungen nach Süden. Der Sommer ging zu Ende, und
sie konnten nicht den Winter und die Stürme abwarten
und erst wieder im Frühjahr in See stechen. Wenn sie Kap
Finisterre bezwangen, würden sie es auch zu den Inseln
des Glücks schaffen.

In der Einfahrt des Golfs von Biscaya pflügten sich die Schiffe durch die bewegte See. Wenn die Schiffe sich aus den Augen verloren, wären die Folgen nicht absehbar. Madoc hisste eine Flagge hoch und eine tief, um den Kapitänen zu bedeuten, sie sollten dicht beieinander bleiben.

Am Kap Finisterre vorbei segelten sie in eine geschützte Bucht. Madoc fürchtete, an der Küste könnten die Kiele an Felsen oder Treibholz beschädigt werden. Schließlich fand er einen Sandstrand ohne Treibgut und zog die *Gwennan Gorn* unter Jubelgeschrei auf Baumstämmen hinter die Flutmarke.

Ein Teil der Mannschaft schwärmte aus, um trockenes Holz zu suchen, die anderen machten ein qualmendes Feuer. Madoc tauchte drei Fackeln, mit talgiger Wolle umwickelt, in Petroleum und steckte sie auf eine niedrige Düne. Ein paar Sterne gingen funkelnd am Himmel auf, Madoc nannte sie die Königlichen Himmelswachen, die Tag und Nacht Wache hielten, auch wenn es bewölkt war, und fragte sie, wo die anderen Schiffe waren. Doch die Sterne schwiegen und behielten das Geheimnis für sich.

Als eine zweite Sturmbö aufzog und es wie aus Kübeln zu schütten anfing, lief die *Vestri* ein. Die Männer zogen eine große blaue Plane an Land, mit der sie im Windschatten der Düne ein Zelt bauten, wo sie im Trockenen essen konnten. Die flatternden Zeltwände wurden am Boden mit Steinen beschwert. Fackeln glommen und sprühten Funken, die Männer brüllten gegen den Wind an und erzählten sich, dass jeder dachte, das jeweils andere Schiff sei verloren, als riesige Wellenberge gegen die Bordwände drückten. Dann flaute der Wind ab, die Fackeln brannten heller, die Männer wurden gelassener, auch wenn sie trotz Ölzeug nass waren bis auf die Haut. Es wurde eiskalt, die Männer kauerten am Feuer. Gegen Mitternacht sahen sie sieben helle Lichter auf dem Meer – sicherlich sieben Fackeln. Sie zählten noch einmal; ja, sieben Schiffe fuhren den Strand an.

Madoc half den Männern, die Schiffe an den Felsen am Strand festzumachen. Sie schüttelten sich die Hände, umarmten sich, und während sie heißen Brei verschlangen, erzählten sie, wie sie alle knapp der Katastrophe entronnen waren.

Der Schiffsbauer Gorlyn sah wesentlich älter aus als die fünfundvierzig, die er war. Das zottige Haar hing ihm in nassen Strähnen ins schmale, abgezehrte Gesicht. Er hämmerte, schabte und schrie Befehle, wie man die sturmgeschädigten Schiffe zu reparieren hätte, vor allem sein loses Steuerruder. Viele Männer halfen ihm, es wieder einzulegen. Dann suchten sich die Männer ein Plätzchen im nassen Sand und schliefen.

Conn hatte eine Gruppe um sich geschart, die in der schwarzblauen Bucht nach der kleinen *Un Ty* Ausschau hielt. Das Essen lag Madoc wie ein Stein im Magen, er brüllte Befehle, die beiden Plankengänge an der *Gwennan Gorn* zu erneuern. Dankbar hob er die Arme zum Himmel. Bei den ersten goldgelben und rosa Strahlen, die am Himmel im Osten aufblitzten, als die Sonne schimmernd aufging, hörte er die Männer singen. Er blickte über die glatte, goldene See und über den Strand, die *Un Ty* aber sah er nicht. Er wollte nicht an das Schlimmste denken und mied Conlaf, der bestimmt sagen würde: »Es war zu erwarten, dass wir ein Schiff im Sturm verlieren. Erik der Rote verlor seine halbe Flotte, als er in weniger als einer Woche von Island nach Grönland fuhr. Auch wir waren weniger als eine Woche unterwegs und haben nur ein Schiff in einem schrecklichen Sturm verloren. Dafür sollten wir dankbar ein.«

Kabyle wusste, dass sie in der Nähe des Fischerdorfs Vigo waren, das zum Königreich von Kastilien und León gehörte. Madoc gab ihm eine Hand voll Münzen, damit er ein Fass Wein und Pech kaufen konnte. Kabyle erklärte ihm, dass die Einheimischen hier dunkelhäutige Männer mit Turban nicht so gerne mochten und er deshalb zwei Druiden mitnehmen wollte.

Madoc hatte nichts dagegen. Er senkte den Kopf und besah sich die schimmernden, perlengleichen Muschelstücke im Sand, dann hob er den Blick und sah in den wolkigen Himmel. Er versprach dem Meeresgott Lugh, dass er fürsorglicher wäre und den Männern an jenem Abend je einen Becher Wein ausgeben würde, wenn er Troyes und die Mannschaft der *Un Ty* in den sicheren Hafen führen würde.

Am Nachmittag kamen Kabyle und die beiden anderen mit einem Fass Pech, zwei Krügen Olivenöl, vier großen versiegelten Eimern Oliven und ein paar Säcken Pflaumen zurück, die sie in der Sonne dörren wollten.

»Wie habt ihr denn das alles zu dritt getragen?«, wollte Madoc wissen.

»Sieh doch, dort im hohen Gras hinter der Tidegrenze!«

Da hockten fünfzig, sechzig Leute, Männer und Frauen, die zum ersten Mal mehr Schiffe auf einem Haufen sahen, als sie sich vorstellen konnten. Der Anführer war ein korpulenter Mann mittleren Alters, er trug eine braune Wolltunika, die ihm fast bis zu den Waden reichte. Er hatte lockiges braunes Haar und eine magische Ausstrahlung. Er blickte wie ein Lehrer – nicht in die Augen seines Gegenübers, sondern auf dessen Nasenwurzel, was jeden Schüler unsicher machte.

Er schenkte Madoc drei stark riechende, aber wundervoll verarbeitete Bärenfelle. Madoc nahm das Geschenk, verbeugte sich tief und bedankte sich. Der Mann war etwas verwirrt und sagte Worte in einer wohl klingenden Sprache, die Madoc nicht verstand. Keiner der beiden verstand den anderen, und so sahen sie sich Hilfe suchend um. Kabyle trat vor und übersetzte. »Er sagt, er hätte gleich gewusst, dass du der Führer all dieser Männer und Schiffe bist, weil nur du so erhaben einherschreitest. Er sieht Sorge in deinen Augen, du suchst das Meer ab. Soll ich ihm sagen, dass du nach einem Schiff Ausschau hältst?« Kabyle küsste seine Fingerspitzen und streckte sie dem Führer entgegen. »Er heißt Pico.«

»Danke ihm für das großzügige Geschenk und sag ihm, dass ein Schiff im Sturm verschollen ist.« Wieder sah Madoc aufs Meer hinaus.

Pico sprach und drehte Kabyle den Rücken zu, der wegen seiner dunklen Haut und des Turbans als Ungläubiger galt. Kabyle schenkte der Geste keine Beachtung und erklärte: »Pico glaubt an althergebrachte Gottheiten und Wächtergötter. Er kann die Zukunft in der Leber eines frisch geschlachteten Widders lesen; gestern sah er darin zwei ungewöhnliche handförmige Flecken, jede Hand versinnbildlicht fünf Schiffe, die von weither kommen und Handelswaren mit sich führen. Er glaubt, dass ein Führer von zehn Schiffen wunderbare Dinge zu tauschen hat.«

»Es sind nur neun Schiffe.« Madoc zählte laut und deutete auf jedes Schiff, dann wartete er, bis Kabyle übersetzt hatte. »Frag ihn, wo wir das verschollene Schiff suchen sollen.« Madoc strich über die schönen Felle. »Wenn er es weiß, bekommt er eine Belohnung.« Und leise fügte er hinzu: »Ich habe allerdings noch keine Ahnung, was ich ihm geben könnte.«

Bei der Erwähnung einer Belohnung strahlte Pico, sah jedoch Kabyle, der für beide übersetzte, immer noch nicht an. »Ich kann Eure hellrote Aura sehen«, sagte er zu Madoc, »die Aura eines sehr reichen Mannes. Er hievte ein Fass Wein von der Schulter eines Einheimischen und stellte es vor Madoc. »Ich ehre Euch mit drei Fellen und einem Fass Wein.«

Kabyle räusperte sich. »Der Wein ist kein Geschenk«, sagte er zu Madoc, »ich habe ihn bezahlt, Pico hat die römischen Denare in der Tasche.«

Madoc verzog keine Miene. Er trat zu Pico und sagte: »Du hast zehn Schiffe gesehen. Gut! Dann finde mir das zehnte Schiff!« Er nickte Kabyle zu, der übersetzen sollte.

Pico hob ein rosa Schneckenhaus auf. »Ich sehe Euch in der Mitte, Ihr, ein reicher Mann, teilt das verschollene Schiff und seine Fracht mit uns. Ihr belohnt mich mit vielen Silberlingen, ich werde Euch Gutes tun. Morgen werden die Verschollenen froh sein, dass sie für unsere Fischer arbeiten können.«

»O nein!«, widersprach Madoc.

»Ein Adler sollte ihm die Zunge an der fetten Wurzel ausreißen!«, meinte Kabyle. »Er will Lösegeld für die *Un Ty* oder er behält uns als Sklaven – ein Zeichen für Wohlstand und Besitz. In meinem Land sagt man: ›Ein König ohne Sklaven ist wie Most in einem lecken Fass.‹«

Madoc sah die Schnecke in Picos Hand an und folgte mit den Augen dem gewundenen Gang von der Mitte aus, es sah aus wie eine Insel in immer größeren Wellenkreisen. Er wartete, bis sein Zorn verraucht war, dann sagte er: »Es ist mir egal, ob er wie tröpfelnder Most ist. Von meinen Männern wird keiner versklavt. Und ich gebe ihm keine Belohnung, bevor wir die Verschollenen nicht gefunden haben. Sag ihm, ich bezahle gut für das, was ich bekomme, aber ich bezahle nicht für eine Ware, die ich noch nicht bekommen habe. Sag ihm noch, dass auch ich die Zeichen lesen kann, und dass die Sterne im Gleichschein stehen, das heißt, dass wir gute Neuigkeiten vom zehnten Schiff und den Männern bekommen, die keine Sklaven sein werden, wenigstens nicht in diesem Leben.«

Pico trat vor Madoc und blickte auf seine Nasenwurzel – als würde er durch ihn hindurchsehen.

Madoc hielt seinem Blick, ohne mit der Wimper zu zucken, stand. »Du bist so nah. Mein Schatten verdunkelt deine fahle, gelbe Aura«, sagte Madoc ruhig; er wusste, dass Kabyle nicht wortwörtlich übersetzen würde.

Pico hielt sich die Hand vor die Augen, um Madocs Blick nicht zu begegnen, und zerdrückte die zarte rosa Schnecke. »Auf der anderen Seite der Klippe ist ein Geisterschiff ohne Segel«, übersetze Kabyle.

»Und die Männer?«, fragte Madoc laut.

»Weg«, gab Pico zurück. »Verschwunden wie verkochtes Wasser.«

Madoc schickte Conlaf mit zwei Männern an die genannte Stelle. Wenn das Schiff tatsächlich dort war, könnte er es sich nicht leisten, Pico mit Lebensmitteln, Schiffsausrüstung oder Holz zu belohnen, denn er würde alles für die Männer brauchen. Er sah Llieu an, doch der zuckte mit den Schultern. »Was du suchst, ist vor deinen Augen.«

Madoc blickte auf den Boden, doch er sah nur die Felle. »Ein Geschenk kann ich nicht zurückgeben, auch wenn es nach totem Tier, Rauch und ranzigem Fett stinkt. Für diese Unhöflichkeit würde Pico meinen Kopf fordern.«

»Das ist wahr«, meinte Llieu. »Aber mit den Fellen kannst du etwas machen, das alle zufrieden stellen würde.«

Madoc wollte Llieu schon fragen, was er damit meinte, doch das müsste er selbst herausfinden. Er war ganz krank vor Sorge. Die Verschollenen waren wichtiger als ein ganzes Schiff. Er starrte auf die Felle, doch ihm kam nicht die geringste Idee, was er daraus machen könnte. Vielleicht Umhänge, Kragen, Kappen? Er wanderte am Strand entlang, um sich zu konzentrieren, er schloss die Augen und sammelte sich. Als er sie wieder aufschlug, sah er, wie sich Pico in einem Nachen im Kreis drehte und nicht vorwärts kam – wie seine Gedanken. Er holte tief Luft und blickte den ziehenden Wolken nach. Die Sonne wärmte ihn. Er beschattete seine Augen, die Felle glitten über seine Schulter, als er den Arm hob, und er rieb seine Wange an dem weichen Pelz, während er auf die graugrüne See sah, deren Wellen teilweise weiße Schaumkronen trugen. Seine nackten Füße gruben sich in den feuchten warmen Sand, er fühlte sich der Erde und seinen Gefolgsleuten so nah! Plötzlich durchfuhr ihn ein Schauder, er hörte ein Flüstern, etwas Unbeschreibliches hatte ihn jäh gepackt. Die Männer der *Un Ty* sind ganz in der Nähe!, dachte er.

Er erschrak. Llieu packte seinen Arm, als sei er ein alter Mann, den man stützen musste, und führte Madoc ins seichte Wasser. Er stocherte herum, als würde er etwas suchen, doch er sagte nur: »Ich habe gehorcht und den Leuten ins Gesicht und auf die Hände geschaut. Sie könnten das auch bei uns tun, also muss ich mich beeilen. Kabyle sagte mir, was zwei alte Frauen sich erzählten, die drüben beim Klettenbusch saßen: Gestern Nacht schleppten Picos Fischer ein voll gelaufenes Schiff an Land. Männer in korbgleichen Booten schaukelten auf den Wellen. Das fanden die Fischer so komisch, dass sie sich den Bauch vor Lachen hielten. Sie zogen die Männer an Land und inspizierten die Nachen. Doch als sie sich nach den Männern umsahen, waren sie weg.« Llieu schnalzte mit den Fingern. »Zt! Wie Rauch.«

»Wusst' ich's doch!«, rief Madoc aus und hüpfte um Llieu herum. »Troyes und seine Männer sind hier. Finde sie!«

»Sch!« Llieu sah sich um und vergewisserte sich, dass niemand Madocs Ausbruch bemerkt hatte, doch keiner schien ihnen Beachtung zu schenken. »Ein walisischer Kapitän brüllt und hüpft nicht herum wie ein Luchs! Er erinnert sich an seine Ausbildung zum Druiden. Die Weisheit kommt zu jenen, deren Geist ruhig und gelassen ist. Wir werden unsere Brüder finden, wahrscheinlich liegen sie irgendwo im Gebüsch.«

Llieu ging, Madoc stand noch eine Weile reglos da. Er sah den alten Sigurd im groben Sand am Strand entlang stapfen und lief zu ihm. »Kannst du lange Weidengerten schneiden und mit diesen Fellen einen Currach bauen?«

Sigurd strich lächelnd durch seinen grauen Bart. »Natürlich. Ich kann die Zweige auch schälen und zu einem richtigen Currach-Rahmen flechten.«

Gleich darauf kamen die Einheimischen zusammen und beobachteten, was dieser rege alte Mann mit den weißen Zweigen machte. Er maß die Felle, die auf dem gelben Gras lagen, ging zu den Weidengerten zurück und flocht sie singend zusammen. »Sie denken wahrscheinlich, ich mache den größten Korb der Welt. Ho ho, einen großen Korb, einen Korb, in dem ein Mann Platz hat, ho ho!«

Auf dem Weg zur Klippe traf Madoc Riryd und bat ihn, aus einem Stück Treibholz ein schönes Paddel zu schnitzen. Er ging weiter durchs hohe Gras und stand plötzlich vor komisch anmutenden Hügeln. Das Herz blieb ihm stehen – Currachs lagen kieloben im Sand, teilweise waren sie im Gras versteckt. Madoc trat gegen ein Boot und hob es an. Da lag Troyes, nackt zusammengerollt wie ein schlafendes Kind. Er rieb sich zitternd die Augen. Madoc sah den Haufen nasser Kleider. »Trockne sie schnell.«

Ganz dumpf und benommen von Kälte und Müdigkeit wischte Troyes den Sand von seinen muskulösen haarigen Beinen und sagte: »Tut mir Leid, Madoc – Dda, der Bock ... Ich wollte ihn festhalten, aber er sprang von Bord, wir sahen ihn nie wieder, dafür haben wir die drei Fackeln am Strand gesehen. Hast du unsere auch gesehen?«

»Nein, wir haben nichts gesehen. Tod und Unglück suchen jeden heim, also, besser einen Bock als einen Mann. He, renn hier nicht nackt herum, binde dir was um die Hüften, hier sind auch Frauen, sie werden mit uns essen. Komm jetzt! Und leg deine Kleider zum Trocknen ans Kochfeuer.«

Troyes begriff kaum, was Madoc sagte. Er bemühte sich, Madoc zu erklären, dass sie Angst vor den Fremden gehabt hatten, die sie im heulenden Wind der Nacht aus dem Wasser gezogen hatten. Die Männer in den dicken schwarzen Umhängen hätten ausgesehen wie Schwertwale in der tosenden See und Unverständliches geredet. Troyes und seine Mannen waren abgehauen und hatten sich im Gras versteckt. Später hatten sie die Currachs geholt und sich darunter vor dem Wind und vor fremden Blicken geschützt.

Madoc half den Männern, ihre nassen Kleider vor dem lodernden Feuer auszubreiten. Er trieb sie zum Arbeiten an, damit ihr Kreislauf wieder in Gang kam und sie warm wurden. Sie mussten die Getreidesäcke von der *Un Ty* holen und öffnen, damit Hartweizen, Hirse, Mais und Gerste auf hohen Steinen trockneten und nicht keimten. Die Vorratsfässer wurden nicht geöffnet, sie waren wasserdicht. Die Männer der *Un Ty* waren den ganzen Nachmittag über damit beschäftigt, den gebrochenen Mast mit Schwalbenschwanzverbindungen zu reparieren und mit nassen Lederstreifen zu umwickeln, die sich beim Trocknen zusammenzogen. Der Mast war auf den Dollbord gefallen, das Bord gesplittert; auch diese Stelle wurde repariert und das Schiff geschrubbt wie am ersten Tag, als sie Segel gesetzt hatten. Als das Getreide trocken war und die Säcke zugenäht waren, konnte die *Un Ty* wieder in See stechen.

Brett fand auch den ersoffenen Bock Dda. Er war an die Felsen gespült worden, nun schaukelte er dort in den Wellen.

»Kann ich den Bock begraben?«, fragte er.

Madoc besah sich den Kadaver. »Du kannst ihn häuten und ausweiden.« Und zu Troyes gewandt fuhr er fort: »Mit deinem Bock bezahlen wir die Schwertwale dafür, dass sie dich und deine Männer gerettet haben. Deine Kleider sind trocken, zieh dich an und komm mit.«

Sigurd nähte das braun-weiße Ziegenfell über den Rand des Currachs – das Geschenk für Pico. Das Fleisch bekam Troyes, der es über Holzkohle braten sollte. »Wir feiern mit den Einheimischen und dann verschwinden wir, bevor Pico noch Zeit hat, einen von uns für seine Fischer zu versklaven.«

Madoc hoffte, die Frauen würden etwas zum Essen beitragen, denn eine Ziege würde nicht alle Gäste satt machen.

Die neugierigen Einheimischen standen in Grüppchen herum und unterhielten sich. Eine Frau buk auf heißen Steinen Fladen aus Roggenmehl, Wasser und Schmalz, andere brachten Käse und Milch und einen Korb voller Feigen und Haselnüsse.

Nach dem Essen schmatzten sie höflich mit den Lippen, rieben sich Fett auf Arme und Beine, dass sie glänzten, und lächelten, als Sigurd den fertigen Currach hochhob. Mit Gesten und mit Kabyles Hilfe erklärte Madoc, dass das Boot, das aussah wie eine große, pelzbesetzte Eierschale, die Belohnung dafür war, dass sie die Männer in der Nacht zuvor aus der stürmischen See gerettet hatten. Riryd gab das Paddel dem untersetzten Mann, der den Käse gebracht hatte. Dann watete er bis zur Brust ins Wasser und hielt den Currach, damit der Mann einsteigen konnte. Er gab dem Boot einen Schubs, der Mann tauchte das Paddel ein. Die Einheimischen klatschten, sprangen in die Luft und johlten, als sie sahen, wie der Mann im seichten Wasser herumwirbelte. Schließlich stakte er an Land, umarmte Madoc, hob ihn viermal hoch und schlug ihm auf den Rücken, um deutlich zu machen, dass das Boot ein großartiges Geschenk war. Pico schmatzte und wedelte mit den Armen, um allen zu bedeuten, dass sie zurücktreten und zusehen sollten, wenn er ihnen zeigte, wie man mit einem Currach umging. Die Menge jubelte.

Madoc sagte allen Bescheid, dass die Schiffe bereit seien, nacheinander auszulaufen. Pico drehte sich mit dem Currach im Kreis, als die *Un Ty* und die *Pedr Sant* ins Wasser gerollt wurden. Dann wurden die *Grey Wolf* und die *White Crane* zu Wasser gelassen. Die Einheimischen halfen beim Schleppen und Verladen der Baumstämme an Bord. Als Letztes lief die *Gwennan Gorn* aus. Madoc winkte, als die Ruderer sein Schiff an Pico vorbeiführten, der sich beim Wellengang, den die auslaufenden Schiffe verursachten, in Todesangst am Rand des schaukelnden Currachs festklammerte.

Die Druiden baten stumm um eine sichere Fahrt bei Tag und auch bei Nacht. Die zehn Schiffe ließen schillerndes Kielwasser zurück, das sich mit den sanften Abendwellen vermischte. Kabyle hatte das Gefühl, er müsse mehr tun, als nur das Steuerruder seines Schiffs gerade halten, und schob die Kugeln auf seinem Abakus hin und her. Er rechnete aus, dass sie von Abergele mittlerweile zweihundertvierzig Leaguen zurückgelegt hatten – so weit konnte eine Krähe fliegen.

Am nächsten Tag segelten die Schiffe an der Küste Portugals entlang, vorbei an kleinen Fächermündungen und tiefen Flusstälern. Am Abend ankerten sie in einer abgelegenen Bucht, die auf zwei Seiten von steilen Klippen umgeben war. Das Gras roch süßlich, die Männer lagen weich und bequem unter ihren Decken.

Am Morgen sammelten sie große Büschel des wohlriechenden Grases, banden es zu Garben und stauten es als Futter auf dem Schiff. Die Wasservorräte füllten sie am Fluss auf.

Kaum ein Lüftchen wehte, als sie nachmittags an schroffen Klippen vorbeifuhren, das Segel hing am Mast wie ein nasses Tuch auf der Leine. Sie waren in den Kalmen und machten kaum Fahrt. Die Männer hatten Zeit, sich zu fragen, ob jedes Schiff auch ausreichend Dörrobst, Zwiebeln und Nüsse geladen hatte, um dem Zahnfleischbluten vorzubeugen. Manche fragten sich auch, was passierte, wenn sie im Südwesten kein Land entdeckten.

Auf Erlendsons Schiff sagte einer: »Vielleicht segeln wir dann ewig weiter nach Westen und sterben an Hunger und Durst!«

Und auf Caradocs Schiff hieß es: »Vielleicht fahren wir ja in einem großen Kreis.«

Druiden waren Denker und zogen normalerweise logische Schlüsse, doch manchmal zweifelten sie gegenseitig ihr Wissen und ihr Gespür an wie alle Menschen. Auch Madocs Wissen wurde in Frage gestellt. Dewi fuhr durch sein rotbraunes Haar und kratzte sich am Kopf, er besah sich seine kräftigen Handrücken, drückte die Knöchel durch, die so groß waren wie Haselnüsse, und sagte: »Die Inseln des Glücks könnten auch nur eine Einbildung unseres Kapitäns sein. Natürlich hat es sich bei Kabyle so angehört, als könne man auf einer oder zwei dieser Inseln tatsächlich an Land gehen, aber das höre ich zum ersten Mal. Was ist, wenn es sie gar nicht gibt und sich der Algerier nur aufgeblasen hat, um sich vor Madoc großzutun? Er redet von Platons versunkenem Land, aber bis heute hat keiner dieses Land gefunden, nicht einmal den geheimnisvollen Felsen.«

Tipper, der so klein und schwarzhaarig war wie seine keltischen Vorfahren, sagte: »Dewi, du warst dein ganzes Leben lang Steinmetz, hast die Steine vom Weideland in Wales gesammelt und bist immer mit gesenktem Kopf gewandert, du hast an nichts anderes gedacht als daran, deine Steine einzupassen, und wenn du dich ausgeruht hast, sahst du nicht einmal auf, um die wundervollen Hänge des Moel Siabod anzusehen. Du wolltest den längsten, geradesten Steinwall in ganz Gwynedd bauen und hast dir nie Gedanken darüber gemacht, ob es hinter der Irischen See andere Länder gibt.«

»Warum hätte ich das auch tun sollen?«, gab Dewi zurück. »Jahre, bevor ich mich meiner Arbeit verschrieb, liebte ich die erhabenen blauschwarzen Snowdon Mountains und verband die Namen ihrer Gipfel mit den Mitgliedern einer königlichen Familie. Moel Siabod war der König, der schroffe Yr Wyddfa dahinter die Königin. Der Grat von Tryfan war der Prinz, der seine Schulter nach rechts neigte. Dann begann ich zu arbeiten, war immer gebückt und stellte mir vor, das Elfenvolk hätte mir diese Steine in den Weg gelegt. Meine Augen waren immer auf den Boden gerichtet, so hörte ich den fernen Schrei des Brachvogels, das Blöken der Schafe, den Gesang der Lerchen. Im Sommer ist Gwynedd von einem angenehm süßlich schweren Duft erfüllt. Ich hatte also keinen Grund, mich für fremde Länder zu interessieren – sondern erst, als mein Land so hoch besteuert wurde, dass ich nie die Abgaben hätte bezahlen können. Mein Land und mein Vieh wurden von Schurken beschlagnahmt, die keine Ahnung haben, wie man eine Trockensteinmauer hochzieht oder Schafe züchtet. Am Hof gab es eine geheime Liste mit den Köpfen, die rollen sollten; auch meine Name stand darauf. Mein schönes Land ist in Ruß und Asche gefallen, ich zog mich als Einsiedler zurück und zitterte wie Espenlaub, wenn jemand mich ansprach.«

»Kein Wunder, dass du nie von fremden Ländern gehört hast«, sagte Tipper. »Am Tag, bevor ich Wales verließ, sah ich zufällig eine Karte, die Glyn, der falsche Mönch, der nicht sprechen kann, gezeichnet hatte; er reist auf der *Blue*

Seal. Auf der Karte sah ich die Inseln des Glücks vor der Küste Afrikas. Der Algerier sagte zu dem Stummen, dass diese Eilande auch Inseln der Gesegneten heißen und dass manche glauben, es gäbe dort eine Quelle, die ewige Jugend schenkt, wenn man davon trinkt. Der Stumme klatschte in die Hände, und der Algerier fügte noch hinzu, dass es ein normaler Wasserfall sei, der vom Schmelzwasser aus den Bergen genährt werde. Es klang so, als sei er schon dort gewesen. Kennst du die Wasserfälle, die sich im Sommer von den Snowdons ergießen?«
Dewi nickte.
»Kapitän Madoc ist ein kluger Mann, auf ihn können wir uns verlassen.«
Wieder nickte Dewi.
»Madoc wird uns keinen Unsinn erzählen, nur um sich großzutun. Er legt Wert auf Ehrlichkeit. Vertraue ihm!«
»Wer sagt denn, dass ich ihm nicht vertraue?«, sagte Dewi. »Nur bei dem Algerier bin ich mir nicht sicher.«
Am Morgen segelte Madoc nach Osten, damit die Männer einen letzten Blick auf eine Welt werfen konnten, die ihnen vertraut war. Am Abend sahen sie die Hügel an der Tagus-Mündung, die dreiundachtzig Leaguen von Kap Finisterre entfernt war. Madoc fuhr flussaufwärts nach Lixboa. Bunt zusammengewürfelt umgaben altersschwache erdbraune Hütten die Kathedrale *Sé*, deren Bau erst dreiundzwanzig Jahre zuvor begonnen worden war; ihr grauer Stein war so glatt poliert, dass er glänzte wie mit Nässe überzogen. Madoc zeigte seinen Männern den alten Wall, den die Mauren um das bunt gefliese Kastell angelegt hatten. Unterhalb des Kastells standen Hütten, deren Außenwände mit einer Mischung aus gebranntem Torf und Wasser frisch verputzt waren.
Dewi deutete auf Koppeln, die mit Trockensteinmauern eingefasst waren. Schafe, Schweine und Rinder wurden

dort gehalten. Der alte und auch der neue Teil der Stadt war mit einem Wall aus Bruchstein umfriedet, nur zum geschäftigen Hafen hin war Lixboa offen. Madocs Schiffe lagen abseits unter Weiden.

Am Abend aßen sie schwarze Oliven, Maisbrei und frischen Kabeljau, den sie gefangen hatten; in der Flussmündung, wo Salzwasser und Süßwasser sich mischten, hatten sie Netze zwischen Currachs gespannt.

In diesen Gewässern fühlte sich Kabyle ganz zu Hause. »Nur noch zweihundert Leaguen trennen uns von den Vulkankegeln der Inseln des Glücks«, sagte er zu Madoc.

Nach dem Essen legte Madoc die Velin-Karte aus. Kabyle war überrascht von Glyns genauer Wiedergabe des Gebiets um Cadiz und Tanger und der Straße von Gibraltar. »Wenn wir Madeira sichten – übrigens auch eine Vulkaninsel –, können wir direkt Kurs nach Süden auf die Inseln des Glücks nehmen. Allah ist großzügig, er beschenkt uns mit gutem Wetter.«

Glyn stupste Kabyle an und strich die Erde glatt, damit er schreiben konnte.

»Die Meeresgötter werden uns prüfen«, sagte Madoc. »Wir müssen diese Prüfung annehmen und so unser Wissen und Können vergrößern.«

Kabyle grinste schelmisch. »Deine Meeresgötter und mein Allah könnten Brüder sein!«

»Mein Freund«, Madoc deutete mit dem Finger auf Kabyle, »würdest du ausscheren und zurück nach Algerien fahren, wenn ich dich ließe?«

»Was? Hältst du mich für einen Rüpel?« Er zog ein kleines tückisch wirkendes Messer aus seinem Gürtelband und schwang es über seinem Kopf; so durchtrennte er symbolisch die Verpflichtungen, die ihn an seine alte Heimat banden. »So, wie die Sonnenstrahlen immer weiter wandern, so wandere auch ich mit den Freunden, die ich verdiene, Freunde, die genauso viel Wissen besitzen wie ich selbst.« Er sah Glyn an, der sich anspannte wie eine Katze vor einem Vogel, und steckte das Messer wieder ein. Glyn entspannte sich, und Kabyle dröhnte: »Ich bin auf der Seite von euch weisen, kindischen, aber ruhmvollen Druiden! Eure Meeresgötter können uns alle zur Bedeutungslosigkeit zerschlagen, aber Allahs erhabene Wege sind unergründlich.«

In den nächsten Tagen bekamen alle Sonnenbrand unterschiedlichen Grades. Wenn sie barfuß durch die Salzwasserpfützen an Deck schlurften, bildeten sich unweigerlich Blasen, die sich zu Geschwüren und schließlich zu eiternden Wunden auswuchsen und wie Feuer brannten. Nur wenn sie sich vom Wasser fern hielten, wirkte Conlafs milchige Salbe.

In drei Tagen mit mäßiger Brise legten sie hundertzwanzig Leaguen zurück und dichteten neue Lieder. Sie passierten ein paar kleine kahle Inseln, Muscheln überzogen die Felsen, Riementang und Seegras wuchsen am Grund, dann segelten sie an Madeira vorbei. Die Insel war unbewohnt, hoch ragten die Gipfel auf, an der felsigen Küste leuchteten die roten und gelben Blüten der Feigenkakteen. Wasser rauschte und Nebel waberte in den Felsen, wo die Wellen Höhlen ausgewaschen hatten.

Weiter segelten sie in frischer Brise zwei Tage lang direkt nach Süden und sichteten schließlich die Inseln des Glücks mit Teneriffa und seinem höchsten Berg, der sich direkt aus dem Vulkankessel vom Meeresgrund erhebt. Am Strand wuchs saftiges, grünes Gras und dunkelgrüne, rosa blühende Mohrenhirse. Am Himmel schwirrten Wolken von grünbraunen wilden Kanarienvögeln und schwarzen Austernfischern. Es roch schwül nach Holzrauch und Dung.

Die zehn Schiffe wurden von freundlichen Männern und Frauen mit verfilztem Haar und dunkler Haut empfangen. Sie trugen kurze Röcke aus lose geschlungenen schwarzen Fellen, die aussahen wie Felle von kurzhaarigen Hunden. Die Leute waren mittelgroß und sahen gesund und kräftig aus. An Land sagte Kabyle zu Madoc, dass sie in Einbäumen aus Afrika herübergekommen seien. Ihre Hütten bestanden aus Stöcken, die mit freischwimmenden Braunalgen zusammengebunden waren. Rudel von schwarzen Hunden rannten bellend herum und verscheuchten die Austernfischerschwärme. Die Leute liefen in alle Richtungen und riefen die Hunde zurück, die sie bis auf wenige im Handumdrehen in Zwinger steckten.

Kabyle hielt einen Eimer hoch und fragte den nächstbesten Mann mit fremdartig klingenden Worten, ob sie ihre Wasservorräte erneuern dürften. Der Mann zeigte grinsend auf den Berg, dessen Gipfel von einer Wolke verhangen war. Kabyle erklärte den anderen, dass die Schneeschmelze reichlich Wasser in die Gumpen unterhalb der Wasserfälle geführt hätte. Die Bootsjungen machten sich auf wackligen Beinen auf den Weg; das Gehen war ganz ungewohnt, nun, wo kein Schiff mehr rollte und stampfte. Mit vollen Eimern kamen sie zurück und füllten Fässer, Töpfe, Pfannen und andere Behältnisse, die nicht anderweitig verwendet wurden. Es war der letzte Halt, bevor sie schließlich in einem unentdeckten Land den Ort gefunden hätten, nach dem sie suchten. Einige Männer sahen sich auf der Insel um. Ginsterhaine hielten die schwarze, poröse Lavaerde zusammen. Die immer lächelnden Menschen sangen und tanzten inmitten von tollenden Kindern und Hunden. Die Seeleute streichelten die Hunde, die ihnen mit sabbernden Zungen das Salz von den stoppelbärtigen Gesichtern leckten. Lachend umschlangen die

Männer die Hunde und fühlten sich plötzlich wieder wie Kinder, die sich von einer kalten Hundenase beschnüffeln ließen.

Die Eingeborenen schlugen die Hände vor den Mund, hörten auf zu singen und stöhnten leise auf.

Kabyle erklärte den Männern, dass sie die Hände von den Hunden lassen sollten. »Sie haben Angst, dass ihr hungrig seid!«

»Bei Lugh!«, sagte Brett. »Ich habe einen Knochenhaufen an einem Wasserfall gesehen und mich gefragt, was sie wohl für Tiere jagen! Aber sie jagen nicht – sie züchten Hunde, um sie zu essen!«

Die Männer ließen erschrocken die Hunde los, plumpsten in den schwarzen Sand. Die Hunde bellten, und die Leute stimmten wieder ihren Gesang an.

Madocs Befehle gingen in dem lauten Gesang und Gebell unter. Er fürchtete, das gute Wetter würde nicht halten, und hielt es für besser, sich gleich wieder auf den Weg zu machen, anstatt die Nacht hier zu verbringen. Der Geruch im Dorf störte ihn, vor allem der Gestank der schmutzigen Hundezwinger. Die Frauen trugen auffällige Umhänge aus kurzen Hundefellen, die hellrot und dunkelrot gefärbt waren, und Madoc vermutete, dass die Leute die Hunde nicht nur wegen des Fleischs züchteten, sondern auch wegen der Felle, die sie mit einer ungewöhnlichen Farbe behandelten. Madoc fand es unwürdig, die natürliche Farbe der Felle zu verändern. Er winkte den Männern zu, an Bord ihrer jeweiligen Schiffe zu gehen.

Immer wenn Madoc an Land war, drängte es ihn, wie übrigens auch Erlendson, an Bord zurückzugehen. Er fühlte sich wohl auf einem Schiff, aber er wusste, dass die Zeit kommen und er wieder an Land würde leben müssen. Wenn er festen Boden unter den Füßen hatte, wollte er sich die Seeluft um die Nase streichen lassen. Er konnte seiner Liebe zur See und deren Launen nicht entsagen, er war in einem Teufelskreis gefangen.

Am fünften Tag nach ihrem Aufbruch von den Inseln des Glücks überprüfte Madoc die Vorräte. Heu und Wasser reichten etwa drei Wochen für die beiden Kühe. Jede Kuh gab am Abend sechs Becher Milch. Der Rahm wurde in Ziegenschläuchen zu Butter gestampft, die Molke beim Kochen verarbeitet und der Frischkäse unter den Getreidebrei gemischt. Es gab also ausreichend Essen und Wasser für drei Wochen.

Plötzlich sah er Rauch auf der *Dove,* die direkt hinter der *Gwennan Gorn* segelte. Die Männer auf der *Dove* rannten mit Wassereimern herum und löschten. »Feuer!«, schrie Madoc und ordnete an, dass als Notsignal drei Fackeln entzündet und hochgehalten werden sollten, und er machte dem Kapitän der *Dove* Zeichen beizudrehen, damit er an Bord gehen und die Ursache des Problems finden könnte.

»Es ist nichts!«, brüllte Willem. »Die Jungen wollten nur heiße Suppe! Dabei sind die Decksplanken angekohlt, wir haben mit Bilgenwasser gelöscht. Zum Abendessen gibt es Asche!«

Madoc musste grinsen. »Kopf hoch!«, schrie er. »Wind voraus, Regen voraus! Sammelt Regenwasser im Ölzeug, um die Asche besser zu verdauen! Und bleibt in Sicht!« Er winkte und ließ noch mehr Fackeln entzünden, damit auch die hinteren Schiffe die *Gwennan Gorn* im peitschenden Regen sehen konnten.

Ein steifer Wind kam auf aus Nordost. Die See wallte schäumend auf. Die Schoten wurden dichtgeholt, das Segel gerefft, damit die Schiffe nicht weiter nach Süden abtrieben, als Madoc geplant hatte. Alle dachten, dass die Wellen abebben und der Wind abflauen würde, wenn der Regen einsetzte. Aber gegen Mitternacht wurden die Wolken dichter und der Regen heftiger, alle waren nass bis auf die Knochen. Madoc zitterte, seine Arme schmerzten, während er sein Schiff durch hohe Wellenberge manövrierte. Er hielt sich an einer gespannten Takelleine fest, die so vibrierte, dass ihn die Schwingungen wild durchfuhren. Dieses Gefühl bestärkte ihn in dem Gedanken, dass ein Kapitän mit seinem Schiff verbunden war wie ein Kind mit der Mutter.

Mittschiffs wurde auf Hüfthöhe Ölzeug gespannt, wo die Wache geschützt vor dem Regen in der Hocke Wasser schöpfen und nach den Tieren sehen konnte. Die Mannschaften der Schiffe mit Seitenschwert holten die Schwerter ein, damit sie nicht durchs Wasser pflügten und Wasser an Bord schwappte. Einige Schiffe hatten im rechten Winkel Lederschilde an Dollbord befestigt, die das Wasser abwiesen, wenn sich die Wellen brachen. Madoc grinste, er war stolz auf diese einfallsreichen Männer! In den Bilgen unter Deck rauschte das Wasser. Die Wachen schöpften stundenweise mit Eimern, Töpfen und Pfannen, und das Wasser wurde so schnell über Bord geschüttet, wie es auch heranschwappte.

Die *Gwennan Gorn* knarrte und knirschte, sie wurde auf die Kämme der hohen graugrünen Wellen gehoben und glitt in weiß schäumende Wellentäler. Die Kühe muhten, schlugen mit den Schwänzen, drückten ihre Köpfe an die Wand des Pferchs und trugen so zum allgemeinen Durcheinander und zur Panik der Mannschaft bei. Madoc konnte kaum das Steuerruder halten und betete, die neun anderen Steuermänner würden es schaffen. In den Böen konnten die Schiffe unmöglich in einer Reihe fahren, die Männer konnten nur singen und schöpfen oder in ein nasses Grab sinken und für alle Zeiten schweigen. Langsam drehte er das Ruder vor und zurück, damit die Welle beim Hauptstoß nicht über die Reling brach. Er wollte schon immer eine drei Mann hohe Welle sehen. Dabei versuchte er, die rollenden, stampfenden Schiffe hinter ihm nicht aus den Augen zu verlieren und den Männern immer wieder andere Arbeiten zuzuweisen, damit sie sich von einer Aufgabe ausruhen konnten. Eine Ecke der Plane löste sich im Wind, sie flatterte und schlug wie ein wild gewordenes Ungeheuer und zehrte an Madocs Nerven. In der Plane hatte sich Regenwasser gesammelt, aber es war auch Salzwasser hineingespritzt, sodass es nicht einmal für die Kühe taugte. Conlaf streckte sein rechtes Bein aus; Madoc sah, dass die lepröse weiße Stelle ein wenig größer geworden war. Zum Teufel mit diesem Pariser Balg, das ihn angesteckt hatte!, dachte er und sah wieder die gebeugte, entstellte Mutter vor sich. Um ihr das beschwerliche Gehen zu erleichtern, hatte Conlaf ihr Kind getragen und auf der Hüfte abgestützt – eine gute Tat, die mit einer schrecklichen, unheilbaren Krankheit vergolten worden war!

Er übergab Jorge das Steuerruder und ging zum Kasteel, um sein Logbuch aufs Laufende zu bringen. Doch das Schiff schaukelte und krängte so sehr, dass es schwierig war, Einträge zu machen. Madoc schrieb über die gute Moral und die gute Gesundheit der Männer, den Zustand des Schiffs und die Vorräte. Er warf einen Holzsplitter am Bug ins Wasser und maß mit der Sanduhr, wie lange er zum Heck brauchte. Diese Zeit brachte er mit der Länge des Schiffs in Beziehung und rechnete aus, dass sie sich nun im Sturm mit zehn, zwölf Leaguen pro Tag bewegten. Diese Zahlen schrieb er nieder und stellte mit Hilfe der Kompassnadel, die auf einem Korken in einem Wasserbehälter schwamm, die Position des Schiffs fest, am Rand des Behältnisses waren die vier Windrichtungen angezeigt. Madoc war so müde, dass ihm die Buchstaben vor den Augen verschwammen und ihm das Kinn auf die Brust fiel. Er legte sich unter eine Plane aus Ochsenhäuten und dachte an die Zeit, da er ein kleiner Junge gewesen war und die rollenden Wellen beobachtet hatte. Damals hatte er herausgefunden, dass sich das aufgewühlte Wasser elliptisch bewegte, es wurde angehoben und vorwärts getragen, schließlich hinuntergezogen und dahin zurückgespült, wo es seinen Ausgang genommen hatte. Mit zwölf wusste er, dass eine Welle brach, wenn das Verhältnis zwischen ihrer Höhe und der Wassertiefe drei zu vier war. Als er in einem Currach an der irischen Küste entlangfuhr, rechnete er aus, dass eine sechs Fuß hohe Welle sich in acht Fuß tiefem Wasser brach. Und er hatte auch feststellen müssen, dass die Flut in Verbindung mit einem Sturm schrecklich war. Er schloss die Augen und dachte an seine Frau, auch wenn er wusste, dass er das nicht tun sollte, weil es ihn immer niederdrückte. Als Annesta getötet wurde, war sein Herz in tausend Teile zersprungen. Es war immer noch leer, aber es heilte langsam, und er konnte an sie denken, ohne dass es ihm die Kehle zuschnürte.

Dann lenkte er seine Gedanken wieder in die Gegenwart, er konnte sich nicht vor seinen Pflichten drücken, er musste seinen Geist wach und sich selbst am Leben halten. Bei der Eroberung der Meere musste der Mensch über sich selbst hinauswachsen. Er drohte dem prasselnden Regen mit der Faust und sagte laut: »Lugh, was ich denke, ist unsäglich! Ich bringe all diese guten Menschen an einen namenlosen Ort! Und ich kann kaum die Position meines Schiffs bestimmen. Was für ein Jammer, dass so wenige Menschen je erfahren werden, ob zweihundertsechsundfünfzig mutige Männer mit zehn Schiffen gen Westen gesegelt und ertrunken sind! Viele werden sagen, wir seien über die Kante der Erde gefallen!«

Er rief Tipper, den rothaarigen ehemaligen Katner, ans Steuerruder, Jorge schickte er ins trockene Kasteel. Dewi, den Mann mit dem blonden Flaum auf dem Rücken seiner großen Hände, wies er an: »Rolle ein Fass Olivenöl an Dollbord, binde ein Tau darum, bohre Löcher hinein und wirf es über Bord.«

Dewi fragte nicht lange und stach mit dem Messer ein paar Löcher in das Fass. Das Öl lief aus und machte das Deck ganz glitschig und tückisch. Madoc band eine Tampe um Dewis Taille, die andere machte er am Mast fest, und Dewi hievte das Fass über die Heckreling. Das Öl zog Schlieren im Wasser und besänftigte die höchsten Wellenkämme. Madoc hoffte, es möge den neun folgenden Schiffen helfen. Der Blitz fuhr durch den grauen Morgenhimmel, der Donner dröhnte und hallte an jeder Planke wider. Wie tausend Nadeln spritzte die Gischt den Männern ins Gesicht. Erst am Morgen ließ der Regen nach.

Im gleißenden Sonnenlicht erledigten die Männer schließlich die Arbeiten, die sie während des Sturms vernachlässigt hatten. Kräuselwellen glitzerten wie Sterne. Die Getreidesäcke wurden geöffnet und neben die durchnässten Decken und Kleider zum Trocknen aufs Deck gestellt. Das Trinkwasser wurde so warm, dass die Männer es »Tee« nannten. Die Kühe gaben keine Milch mehr, sie stießen das modrige Heu mit eiterwunden Nasen umher, aber sie fraßen nicht. Das gärende Heu wurde neben den Pferchen zum Trocknen ausgebreitet.

Madoc warf schimmlige Zwiebeln über Bord, das wurmige Getreide und die ranzige Butter bewahrte er auf. Ein Fass mit Wasser, das vom Salzwasser bitter geworden war, wurde über Bord geleert. Jeden zweiten Tag musste er Wasser und Essen beschneiden. Die Männer beklagten sich, fanden sich aber damit ab.

Kein anderes Schiff war in Sicht. Madoc war sich nicht sicher, wo sie waren, er konnte die Position lediglich am Kompass ablesen. Er schnitzte drei kleine Stöcke von der

Dicke seines Zeigefingers und von doppelter Länge seines Fingers und band sie zu einer Art Triangel zusammen. In der Nacht entdeckte er einen Sternenring, den er noch nie gesehen hatte. Mit der einen Spitze des Dreiecks peilte er den Polarstern, den Horizont mit der anderen. Er schätzte den Winkel auf achtzehn Grad. Wenn er die Geschwindigkeit und die Abdrift maß, könnte er herausfinden, wo er war, und seine Route aufzeichnen. Er sah wieder auf den unbekannten Sternenring und sorgte sich, ob sie auf dem richtigen Weg waren.

Am nächsten Morgen schien die Sonne ein wenig höher am Himmel zu stehen. Madoc zog eine dünne Linie auf der Karte und zeigte damit den Kurs an, den sein Schiff seiner Meinung nach nahm. Er betete, dass sie nicht in einem großen Kreis abgetrieben worden waren. Er suchte den Horizont nach den Schiffen ab – im Nordwesten sah er sie, doch als er blinzelte, waren sie verschwunden. Conlaf blickte auch hin, doch er konnte die Grenze zwischen Himmel und Meer nicht ausmachen.

»Du siehst schlecht«, meinte Madoc. »Hast du deine Ration Wasser schon getrunken?«

»Ist doch egal, es ist sowieso nur ein halber Becher.«

»Beim Sturm habe ich das Wasser gekostet, das an Bord geschwappt war; es war erstaunlich frisch. Vielleicht gibt es Stellen, wo das Meer von unterirdischen Quellen gespeist wird wie ein See. Wir könnten nach Süßwasserquellen suchen.«

Conlaf sah ihn verständnislos und hochmütig an. »Bist du so begierig auf Leichen? Das Meer kann man nicht trinken. Du hast sicherlich Regenwasser getrunken. Wenn du nichts zu tun hast, kannst du ja den Nebel einsammeln und ihn in der Nacht kondensieren. Ich könnte ihn gegen aufgesprungene Lippen und blutende Zungen gebrauchen.«

Vor Sonnenaufgang sammelten die Jungen mit Löffeln und Blechtassen die Tropfen von der Reling. Mit Wollsträngen wischten sie das feuchte Deck und wrangen sie über einem Topf aus. Die feuchte Wolle wurde aufbewahrt; wenn die Sonne aufs Deck brannte, rieben sie damit wohltuend über ihre ausgetrocknete Haut. Am Nachmittag machten die Männer Hemden und Kappen im Meer nass, um sich abzukühlen.

Conlaf sah immer noch keines von den Schiffen, die Madoc angeblich gesichtet hatte. Doch er sah, dass die Männer vor Hunger und Durst immer deprimierter wurden. Sie waren ganz teilnahmslos, ihre Bäuche waren aufgedunsen. Er presste die Lippen zusammen, um nicht zu schreien, wenn er die Geschwüre an den Füßen der Männer aufstechen oder blutendes Zahnfleisch mit einem angeschliffenen Knochen abschneiden musste. Die Knöchel und Füße der meisten Männer waren geschwollen, Arme und Beine waren ständig wund, am ganzen Körper hatten sie Blutergüsse. Conlaf glaubte langsam, dass er den Aussatz heilen könnte, wenn er sich mit Fischtran abrieb. Der Schorf an der rechten Hüfte war schon abgefallen, runzlige rosa Haut wuchs juckend nach, und wenn er die Stelle nicht jeden Tag einrieb, wurde die Haut trocken wie Pergament in der Sonne. Er hielt seinen Wassermangel geheim, bis er erfuhr, dass auch die anderen Männer nachts entkräftende Schweißausbrüche und heftigen Durchfall hatten.

Eines Tages fragte ihn Madoc, ob sein Augenlicht genauso schlecht werden könnte wie seine Erinnerung. Er musste nämlich zwei-, dreimal über alles nachdenken, bevor er sich erinnerte, was er tun wollte.

»Alle leiden. Nachts höre ich die Männer in ihren Decken wimmern wie kleine Kinder. Ich beiße mir auf die Zunge und hole tief Luft, um die Tränen zurückzuhalten. Schau uns doch an! Wir sind mittlerweile so dürr, dass sich die Haut zusammenzieht und unsere Knochen sich ganz hohl anfühlen. Die Kühe sind auch nur noch Haut und Knochen, der Sabber hängt ihnen in Fäden aus dem Maul. Ihre Euter sind mit schorfigen Wunden überzogen, und sie muhen nicht einmal mehr. Der ständige Wind entzieht uns allen das Wasser.«

»Wir könnten das Blut der Kühe trinken«, meinte Conlaf. »Ich kann sie schlachten, dann haben wir Häute und Fleisch. Stell dir vor, wie schön es wäre, das Mark aus den Knochen zu saugen!«

XIII

Kugelfisch

Für die Calusa war das Fischen nicht nur wirtschaftlich not-
wendig – es war auch ihr Lebenszweck ... Religion, Kunst,
sozialer Rahmen hingen von der erfolgreichen Ernte im Meer
ab ... Das Erbe ihrer Aktivitäten rund ums Meer findet
sich in den Abfallhügeln, die das Fundament der größeren
Dörfer bilden.
Robert F. Edic, Fisherfolks of Charlotte Harbor, Florida

Auf den grünen Hügeln und den sumpfigen Wiesen
pflückten Cougar und Medizinfrau Kräuter, die sie zu
Hause an den Stängeln zum Trocknen aufhängten. Cougar
fand die Ruhe in Medizinfraus Hütte wohltuend. Sie
dachte sich Geschichten aus, die sie den Kindern erzählte,
und half Medizinfrau bei der Behandlung der Kranken,
die jeden Morgen vor der Hütte warteten. Sie bekamen
Kräutertees, wurden mit Heilsalben eingerieben oder bekamen Kompressen. Einem Kind wurden gegen Läuse die
Haare mit Essig gewaschen. Manchen riet sie, in ein, zwei
Tagen wiederzukommen, damit sie ihnen ein schmerzen-
des Furunkel aufstach. Brüche behandelte sie, indem sie
die Stelle fest verband, damit der Knochen wieder richtig
zusammenwuchs, manchmal schiente sie ein gebrochenes
Bein oder einen gebrochenen Arm mit flachen Holzstücken,
um den Knochen gerade zu halten. »Überlass die Brüche
mir«, sagte sie zur Medizinfrau, »ich kann sie fester und
schneller verbinden.«

»Ich habe doch gesagt, dass ich eine kräftige Enkelin brauche«, sagte Medizinfrau. »Die Geister sehen, dass ich schwach werde, und haben dich zu mir geschickt.«

Eines Nachmittags überzog sich der Himmel mit schweren graugelben Wolken. Die Pflanzen wirkten dunkler, der Boden heller. Eine heftige Bö fegte durch die offenen Hütten, und ein rosa gezackter Blitz zerriss den Himmel im Nordwesten. Es wurde dunkler, die Wolken färbten sich gallegrün. Nach einem weiteren Blitz und einem weiteren lauten Knall platzten die grünlichen Wolken und ergossen kalte weiße Kügelchen, die auf die Hütten prasselten und auf dem Boden hüpften, bis sie sich schließlich in Erdspalten und kleinen Rinnen sammelten. Ohne dass eine weitere Bö es angekündigt hätte, ließ der Hagel wieder nach, doch es regnete und windete die ganze Nacht.
Zwei Tage nach dem Sturm saß Cougar nach der Behandlungszeit vor der Hütte und wartete auf die Kinder. Sie fragte immer zuerst, ob ein Kind selbst eine Geschichte erzählen wollte. Schildkröte, ein schüchternes, dünnes Mädchen, das zwei Sommer jünger war als Cougar, und ganz feines schwarzes, aber ungekämmtes Haar hatte, das sich wirr um ihr Gesicht rankte, sagte:
»Ich kenne eine wahre Geschichte, mein Bruder hat sie mir erzählt. Sie ist wahr, weil er sie mit eigenen Augen gesehen und mit eigenen Ohren gehört hat. Meinen Bruder würde es gar nicht geben, wären da nicht ein alter Mann und ein junger Mann im *pa-ma-okee*, im seichten Wasser, in einem Kanu mit hohen Seitenwänden gefahren. Mein Bruder wollte diese Fische mit dem kleinen Maul und den kleinen Zähnchen fangen, doch er hatte nur Kugelfische im Netz. Er traf die beiden Männer, die auf dem Weg nach Holly Island waren, und teilte sein Mahl aus stacheligen Fischen mit ihnen.«

Cougar dachte sofort an Otter und Silberreiher. »Kugelfische sind eigentlich ungenießbar.« Sie rümpfte die Nase. »Aber der alte Mann war klug, er war ein Calusa und wusste, wie man sie zubereitet. Er schuppte sie und schnitt von dem lebenden Fisch kleine Stücke ab, die sie roh aßen. Mein Bruder erfuhr, dass das Gift, wenn es nicht gekocht wird, keine Übelkeit verursacht, sondern eine klare Vision schenkt. Mein Bruder sah also deutlich das große Kanu der beiden Männer, die Männer jedoch sah er nicht. Sie lachten, als mein Bruder sagte, dass sie morgen schon wieder außer Sicht wären. Der alte Mann wollte Medizinfraus Tochter suchen. Mein Bruder war überrascht, sprang in seinem Kanu auf und sagte, er würde Medizinfrau kennen. Das Kanu wankte, und mein Bruder, der in einer Gürteltasche schwere schwarze Steine für Pfeilspitzen trug, fiel ins Wasser und sank ab, weil er den Beutel nicht vom Gürtel lösen konnte. Er dachte schon, er würde ertrinken, doch die beiden zogen ihn an Land und drückten auf seine Brust, sodass das Wasser aus seinem Mund spritzte. Am nächsten Tag führte er sie nach Holly Island. Als er zum Abschied winkte, saßen die beiden sicher in ihrem großen Kanu. Mein Bruder dachte, er nun sei derjenige, der außer Sicht sein würde, und war überglücklich, dass die zwei Fremden den Fluch seiner Vision gebannt hatten.«

Cougar hielt die Luft an und machte große Augen. »Und was war dann?«

»Mein Bruder sagt, Medizinfraus Tochter und deren Mann hätten früher hier gelebt. Eines Tages seien sie zusammen mit ihrer kleinen Tochter fischen gefahren und in einen Sturm geraten. Der Wind blies ihr kleines Mädchen ins Meer, dort, in der Tiefe wuchs sie heran, und ihr Haar wurde so lang wie meines, nur ist es grünlich-braun wie Tang.«

Cougar fuhr sich durchs Haar und fragte Schildkröte: »Hat jemand das Mädchen mit den grünen Haaren je gesehen?«

»Nicht, dass ich wüsste.«

»Also glaube ich auch nicht, dass ein Menschenmädchen im Meer leben kann«, gab Cougar zurück. »Sie kann nämlich kein Wasser atmen. Hat dein Bruder die beiden Männer nochmal gesehen, nachdem er sie nach Holly Island gebracht hatte?«

»Ich glaube ja. Und er glaubt auch, dass ein Mädchen im Wasser leben und Luft atmen kann.«

Cougar konnte ihre Erregung kaum verbergen, sie wollte mehr von Silberreiher und Otter hören.

»Morgen bringe ich dich zu meinem Bruder, er soll dir die Geschichten von den beiden Fremden erzählen.«

Cougar lief in die Hütte und holte einen Krug und eine harte Muschel mit scharf gezacktem Rand. Sie wusch Schildkrötes Haar mit einem Essig aus wilden Äpfeln und kämmte ihr die Läuse heraus. Dann schlug sie mit einem faustgroßen Stein auf die Muschel, bis sie in zwei Teile brach, eine Hälfte gab sie Schildkröte. Als das Mädchen nach Hause ging, ging der volle Mond schon über den Baumwipfeln auf.

»Kann man Kugelfisch denn essen?«, fragte Cougar am Abend die Medizinfrau.

»Ich würde es nicht tun. Aber die Tocobaga, die Tacachale und die Calusa essen ihn bei bestimmten Zeremonien, zum Beispiel wenn sie das Fest der Sonnenwende begehen. Sie glauben, der Kugelfisch schenke ihnen den Blick in die Zukunft. Ich habe mich nie besonders dafür interessiert, weil ich keine Lust habe, diesen hässlichen Fisch um mich zu haben. Ich bin Medizinfrau und ich glaube kaum, dass der Kugelfisch große Heilkraft besitzt. Ich kann nicht in die Zukunft sehen, und ich halte es auch für das Beste, wenn wir sie einfach auf uns zukommen lassen.«

»Oh, ich würde gerne in die Zukunft blicken! Dann könnte ich vielleicht unglückliche Ereignisse verhindern. Vielleicht probiere ich eines Tages einen Kugelfisch, geschuppt, filetiert und ganz dünn geschnitten, und dann sagt er mir vielleicht, was ich wissen muss.«

»Hm. Du solltest dir mehr Wissen über die Heilkunde aneignen und dich weniger um deine Geschichten kümmern«, sagte die Medizinfrau. »Eines Tages werde ich nicht mehr sein und kann dir mein Wissen nicht mehr weitergeben. Dann musst du allein gebrochene Knochen zusammenflicken, Geschwüre heilen, Husten und Schnupfen lindern, Bauchschmerzen kurieren, dich um schlechte Augen und das blutende Fleisch der Gebärenden kümmern.«

»Vielleicht sagt mir ein Biss vom rohen Kugelfisch, was ich tun soll.«

Medizinfrau sah Cougar in die Augen. »Die jungen Leute widersprechen heutzutage wohl einer Großmutter! Ich will nicht, dass du weggehst. Bleib bei mir. Hier hast du immer etwas zu essen und einen Platz zum Schlafen, und wenn du etwas Trauriges, Schönes oder Schreckliches erlebst, kannst du mit mir darüber sprechen.«

Am folgenden Tag kam Schildkröte und lauschte Cougars Geschichte. Ihr Haar war gekämmt, ihr Gesicht glänzte wie eine neue Keramikschale. Nach der Geschichte bat sie Cougar, mit zu ihrem Bruder zu kommen.

»Vor Sonnenuntergang bin ich wieder zurück«, sagte sie zur Medizinfrau.

»Ha!«, machte die Medizinfrau. »Jetzt geht's los! Schau dir den jungen Mann nur richtig an und bring ihn her, damit ich ihm einen Liebeszauber in den Kopf setze und er glaubt, du seist das begehrenswerteste Mädchen und wüsstest genau, was du willst!«

Cougar zuckte gleichgültig mit den Achseln und folgte Schildkröte zu einer kleinen Hütte, wo ihr Bruder vor einem schwelenden Feuer saß. Seine Wangen waren gebräunt, die Nase war stark gebogen. Wind und Wetter hatten seinen schlanken Körper gestählt. Mit erhobenem Haupt verschränkte er die Arme auf der Brust. Er trug nur weiche Mokassins, einen Lendenschurz und ein ausgefranstes rotes Stirnband aus Pflanzenfasern. Er bedeutete Schildkröte zu gehen und Cougar, sich ihm gegenüber ans Feuer zu setzen. Er blickte sie forschend an. »Der alte Mann sagte, Medizinfraus Enkelin sei im Dorf, und der junge Mann sagte, sie erzählte den Kindern Geschichten. Dann bist du also die Geschichtenerzählerin.«

»Ja, ich bin Cougar.« Sie setzte sich mit gekreuzten Beinen vor ihn. »Ich wollte hören, was du von meinem Großvater Silberreiher und meinem Freund Otter weißt. Bis jetzt sind sie noch nicht von Holly Island zurückgekehrt.«

»Ja, sie sind auf Holly Island. Sie suchen Eule, den Zweiten Schamanen, den Schwiegersohn von Medizinfrau. Sie wollen Eule und seine Frau hierher bringen.«

Cougar spürte seinen Blick, der nach Hinweisen auf ihre wahre Identität suchte. »Ja«, sagte sie. »Und? Kommen sie?«

»Eule und seine Frau hörten sich die Geschichte der Männer an. Sie konnten gar nicht glauben, dass ihr Kind nicht ertrunken ist, sondern all die Jahre in einem Calusa-Dorf lebte. Als sie dann auch noch sagten, dass ihre Tochter nun bei Medizinfrau, ihrer eigenen Großmutter lebt, wurde Eule wütend und schwor, dass er schließlich dabei war, als der Wind das Kanu umwarf und das Kind ins Meer fegte. Es hätte zusammen mit anderen ertrunkenen Kindern wie ein Fisch im Wasser gelebt, und alle hätten grünes, langes Haar. Ich selbst habe Fischer von diesen Kindern erzählen hören, die sie im seichten Wasser neben Fischschwärmen gesehen hatten. Hyazinthe weinte, als Eule zu den Fremden sagte, sie seien wohl Kojoten, die sich unverdienterweise eine Belohnung erschleichen wollten.«

»Und so konnte Eule seine Frau überzeugen, dass sie in eine Falle gehen würden, wenn sie mit den Fremden zu ihrer Tochter gingen?«, wollte Cougar wissen. »Sie konnten nicht glauben, dass ihre Tochter Luft atmet, und schickten die Fremden weg? Weiß Eule, dass der alte Mann sein Vater ist? Beide haben eine doppelte Zahnreihe im Oberkiefer.«

»Wie ist das möglich?«

»Vielleicht weil die ersten Zähne nicht ausgefallen sind, als die zweiten kamen, und so wuchsen sie zusammen.«

»Ich habe gehört, dass Eule solche Zähne hat. Deswegen wurde er zum Schamanen ernannt. Sie meinen, eine doppelte Reihe angespitzter Zähne sei ein schrecklicher Anblick. Ich kenne diesen Eule nicht, habe ihn nie gesehen. Aber die beiden Fremden, die habe ich gemocht und ich glaube ihnen. Ich habe sie wieder getroffen, als sie Holly Island verließen und das Kanu nach Grassy Waters stakten. Es war nahe bei den Bäumen, wo die Alligatoren schlafen – da gab es einen Blitz, der Wind riss eine schwarze Wolke auf, und sie hat ihre kalten weißen Körner über uns ergossen. Das Kanu der beiden schaukelte und krängte, in den Wellen konnten sie das schwere Boot nicht mehr aufrichten, also kenterte es, und sie fielen heraus. Ich versuchte, mich den strampelnden, brüllenden Männern zu nähern, während die weißen Samen mir auf Kopf, Nacken und Hände prasselten. Ich wartete, dass ihre Köpfe wieder auftauchen, sie das Kanu umdrehen und einsteigen würden, doch dann wachten die Alligatoren auf, und es gab ein großes Gespritze.«

»O nein!«, hauchte Cougar. »Hast du sie gesucht? Hast du sie gefunden?«

»Ich band das plumpe Kanu an meinen Einbaum, es war schwer und voller Wasser. Die Männer waren ehrlich und redlich gewesen. Ich frage mich, ob sie ins Meer gegangen sind und das Mädchen mit dem langen grünen Haar suchen. Sie hatten dem Paar auf Holly Island nämlich versprochen, dass sie ihnen die Tochter zurückbringen würden. Ich glaube, das Mädchen lebt immer noch im Meer, und ich glaube, dass sie den Sturm mit den weißen wässrigen Körner gemacht hat, weil sie nicht aus dem Wasser kommen wollte, nicht einmal um wieder bei ihren Eltern zu sein. Sie ist in einen großen Fisch verliebt, die beiden haben kleine Elritzen-Kinder.«

Cougar war verblüfft. »Ich habe dir doch gesagt, diese Tochter, das bin ich«, zischte sie ärgerlich. »Du siehst doch, dass ich kein Fisch bin und keine Elritzen-Kinder habe! Ich glaube nicht, dass Silberreiher und Otter ins Meer gegangen sind, um das kleine Mädchen mit dem grünen Haar zu suchen. Das ist nicht möglich, sie können doch schwimmen. Wo sind sie also?« Ihre Brust wollte bersten. Sie konnte nicht glauben, dass die beiden ertrunken waren. »Du hättest sie suchen sollen! Du hättest länger auf sie warten sollen!«

»In diesem Sturm konnte ich gar nichts machen.« Er saß reglos da, bis sich Cougar wieder beruhigt hatte, dann fragte er: »Was sind das für weiße Körner? Kann man sie einpflanzen?«

»Natürlich kann man sie einpflanzen.« Sie rieb sich die Augen. »Aber sie wachsen nicht. Die Körner haben die Sturmgeister geschickt und sie in Wasser verwandelt, das Wasser wiederum färbt das braune Gras grün. Alles außer Feuer braucht Wasser zum Leben, aber ein Mensch kann nicht *im* Wasser leben.« Vielleicht hatten sich Silberreiher und Otter an einer Regenschnur festgehalten und waren unbemerkt an Land getrieben. Bei diesem Gedanken fühlte sie sich schon besser. »Wo genau liegt Holly Island? Ich nehme Silberreihers Kanu.«

Sie ging zurück zur Hütte der Medizinfrau. Niemand war da, also klaubte sie Gräten, Stängel und Samen vom sandigen Boden und fegte, sie leerte die Schüsseln und Körbe und hängte die Kleider an Zweige, die aus der Wand standen. Sie wollte nichts essen, allein schon beim Gedanken daran wurde ihr übel. Kurz vor Einbruch der Dunkelheit ging sie zum Schilf, wo hohe Rohrkolben wuchsen; dort fand sie das Kanu an einer krüppeligen Mangrove.

In einem anderen Kanu fand sie drei Paddel. Sie wusste nicht, was sie tun sollte, also schloss sie die Augen und wartete auf ein Zeichen von Silberreihers oder Otters Geist, doch die Geister sagten nichts. Da schlug sie die Augen wieder auf und beschloss, ein Paddel zu nehmen; der Verlust wäre nicht allzu groß. Vor ihrem geistigen Auge sah sie ein gekentertes Kanu in tosender See. Bei der Quelle füllte sie den Wasserkrug. Sie tauchte einen kleinen Stock an, kaute auf dem Ende herum und drehte ihn dreimal, bevor sie sich Wasser auf die Lider träufelte. Medizinfrau hatte einmal gesagt, Quellwasser auf den Augenlidern würde ihr ausreichend Wissen schenken, um durch den Tag zu kommen. Sie spülte einen alten Krug aus, füllte auch ihn mit Wasser und stellte ihn ins Kanu. Im Dickicht fand sie zwei getrocknete Chilischoten, die immer noch am Zweig hingen, und steckte sie in die Tasche. Auch den Rest der gedörrten Brombeeren an den Sträuchern bei der Hütte pflückte sie zur Hälfte, die andere Hälfte ließ sie für Medizinfrau übrig.

Lange vor Sonnenaufgang stakte sie mit dem Kanu hinaus. Erst am Abend aß sie die Brombeeren, während sie nach den drei Kiefern suchte, die nach Westen deuteten. An den Kiefern stakte sie vorbei und zog das Kanu an

Land, wo sie ihr Nachtlager aufschlug. Sie konnte schlecht schlafen, sie war wütend auf die Geister, weil sie Silberreiher und Otter mitgenommen hatten.

Am nächsten Morgen suchte sie die Fächerpalme, die Schildkrötes Bruder ihr genannt hatte. Die Palme hatte unten eine Unmenge Zweige und Blätter, dort lebten vier kleine Nerze. Die Sonne kam durch die Bäume, und Cougar sah, dass die Tiere braun waren bis auf einen weißen Fleck am Kinn. Sie paddelte an ihnen vorbei in die Mangrovenwälder, ein Nerz eilte ins Wasser und schwamm ums Kanu herum, dann kletterte er auf die Palme und sah ihr nach. Die kleinen Ohren und Schnauzen deuteten in die Richtung, die sie eingeschlagen hatte – ein gutes Zeichen. Vorsichtig, um nicht die krummen Wurzeln und Äste unter Wasser zu streifen, bahnte sie sich ihren Weg durch Palmen und Zypressen. Beim Staken bekam sie Blasen an den Händen; aus Zypressenlaub machte sie Polster, das sie in Silberreihers Fäustlinge legte, das linderte den Schmerz. An der Westküste einer Insel flogen Möwen von einem Haufen aus Fischabfällen, Gräten, Muschelschalen und verrotteten Häuten auf. Ich bin ganz in der Nähe von Holly Island!, dachte sie und rieb sich die gerebelten Blätter in die Augen, damit sie wach blieb. Als es wärmer wurde, wollte sie anhalten und schlafen. Im Süden sah sie eine große Insel, ein paar Rehe standen im seichten Wasser, rupften Wasserpflanzen aus und schlugen mit ihren kurzen weißen Wedeln. Kaum hatte sie die Insel umrundet, sah sie im Nordwesten eine weitere größere Insel. Das musste es sein! Sie meinte, auch eine Reihe Stechpalmen zu sehen, doch als sie näher kam, waren es nur schwarze Felsen, davor schwirrten leuchtende Glühwürmchen herum. Ein paar Tage zuvor mussten Silberreiher und Otter dasselbe gesehen haben – Tränen liefen ihr über die Wangen. Sie waren meine Familie! Ihr saß ein Kloß im

Hals. Sie wischte die Tränen weg, weil sie keine roten Augen haben wollte, für den Fall, dass sie die beiden lebend fand.

Das Schicksal heiter annehmen – das hatte Großmutter immer gesagt. Medizinfrau ist nett, aber sie ist nicht wie meine erste Großmutter.

Die Bäume, das Gras – alles hier war ihr fremd, sie fühlte sich einsam und verlassen. Sie fragte sich, ob wenigstens die Sterne hier die gleichen wären wie in Medizinfraus Dorf. Wenn hier Tocobaga lebten – würden sie sie verstehen, würde sie sie verstehen? Sie zuckte mit den Schultern – sie müsste eben genau hinhören, die Wörter herauspicken, die sie verstand, die Wörter für vertraute Dinge – Fluss, Himmel, Hütte, Frau, Mann, Essen, schlafen – und sich den Rest zusammenreimen. Sie liebte Silberreiher und Otter und sie bereute, dass sie manchmal die Geduld mit ihnen verloren hatte. Sie paddelte ganz unregelmäßig, aber die Schläge fraßen die Entfernung, und bald schon roch sie Rauch und sah noch mehr Haufen aus Fisch- und Gemüseabfällen, Gräten, Muscheln und Exkrementen.

Plötzlich entdeckte sie Fischerboote und kleinere Einbäume in der Bucht. Es sah aus wie ein Fest. Vielleicht feiern sie die Ernte, dachte sie, als sie ein kleines Kanu voller Kokosnüsse und ein weiteres voller Getreidegarben sah. Parallel zu den hohen Muschelbänken verliefen Holzstege. Auf der Insel lebten mehr Leute, als Medizinfrau vermutet hatte. Sie fuhr an den festgebundenen Kanus vorbei und suchte einen Platz am Steg, der zu einem Pfad führte. Schilfgedeckte Dächer standen weit über die Steinmauern der Hütten vor – die erste Veranda, die sie sah. Sie fragte sich, warum die Hütten anderer Menschen nicht so ein praktisches Vordach hatten.

Ohne nachzudenken sagte sie laut: »Ich werde Silberreiher

fragen.« Beim Klang ihrer eigenen Stimme sah sie sich um. Die Leute auf den Stegen und in den Booten waren beschäftigt und beachteten sie gar nicht. Sie sah eine junge Frau mit gelben Streifen im Gesicht, einem Federumhang und Ledersandalen. Cougar konnte sich denken, dass die Hütten mit dem Vordach für die Häuptlinge und Schamanen waren.

Die Frau mit dem Federumhang war wahrscheinlich eine Priesterin. Sie kam von einem Felsen herunter, sprach Gebete gegen das Böse und das Unglück und streckte die Hände aus. Cougar dachte, sie wollte ihr aus dem Kanu helfen, ergriff die Hand und stieg steifbeinig auf den Steg. Dann hielt die Frau die Hand auf – sie wollte ein Pfand dafür, dass Cougar das Kanu am Steg festmachen durfte. Cougar zog die zwei Chilischoten aus der Tasche und legte sie nebeneinander auf die Handfläche der Frau. Die Frau lächelte und bedeutete ihr zu folgen.

Sie hatte lebende Kugelfische in dünne Stücke geschnitten, der Fisch zuckte nicht auf dem Brett. Interessant! Und sie bekam sogar einen Bissen angeboten! Hungrig stopfte sich Cougar das Stück in den Mund. Der Fisch schmeckte süßlich und bitter zugleich, und Cougar dachte, ein kleines Stück Chili würde gut dazu passen. Die Frau musste ihre Gedanken gelesen haben, denn mit einem beinernen Messer schnitt sie die Schoten in kleine Vierecke, jedes Viereck legte sie auf ein Stück Fisch. Sie gab Cougar noch etwas ab. Allerdings hätte sie noch mehr verdrücken können, nachdem sie so lange gestakt und gepaddelt hatte, aber sie war froh, dass sie nun wenigstens einmal Kugelfisch kosten durfte.

Die Frau sprach gut Calusa. »Ich habe dich als Träumerin auserwählt. Du darfst noch mehr essen, dann musst du ein wenig schlafen und mir danach erzählen, was du geträumt hast. Ich sage dem Schamanen Bescheid. Er wird den Leuten auf dem Platz sagen, was die Zukunft dem normalen Volk bringt.«

»Warum isst der Schamane den Fisch nicht selbst? Du kannst aus meinem Traum doch nicht die Zukunft vorhersagen.«

»Dummes Kind!« Die Frau zog ihre dunklen Brauen zusammen. »Träumer kosten den rohen Fisch vor, um zu sehen, ob er um diese Jahreszeit vergiftet ist.«

»Oh! Was für eine Ehre!«

»Danke für die Chilischoten.« Dunkle Braue wischte sich das Gesicht, ohne dabei die Schminke zu verschmieren.

»Als ich mein Dorf verließ, wusste ich nicht, dass ich das Chili weggeben würde.« Cougar sagte sich, sie müsse sich vor dieser Frau in Acht nehmen. »Ich wusste nichts von eurem Fest, ich suche Eule und seine Frau Hyazinthe.«

»Eule ist Schamane. Er sagt Sonnen- und Mondfinsternis voraus und weiß, wann der Regen einsetzen und wieder aufhören wird. Er sagt uns, wann wir ein Fest feiern und unsere Geister preisen sollen. Seine Frau kümmert sich um die Waisen; das tut sie, seit sie ihr einziges Kind im Sturm verloren hat.«

»Das einzige Kind?«

»Ja.« Dunkle Braue deutete auf die Hütten, die von Fackeln erhellt waren. »Ihre Hütte hat eine blaue und eine rote Tür. Hyazinthe ist auf dem Platz. Schlaf jetzt, dann bringe ich dich zu ihr.« Sie brachte Cougar zu einer Steinbank mit einer strohgefüllten Ledermatte.

»Was ist heute für ein Festtag?«, fragte Cougar schläfrig.

»Der Erste Tag des Neuen Jahres. Letzte Nacht hörten wir den Schrei der Kraniche, die an die Orte ziehen, wo das Wasser warm ist. Das ist das Zeichen für das Ende der Ernte und den Beginn der kalten Jahreszeit. Wir ehren die Erntegeister und die ziehenden Kraniche. Wie nennt dich deine Familie?«

Meine Familie!, dachte Cougar. Ich treffe heute meine Familie, aber ich weiß nicht, wie sie mich nennt. Ich muss ihnen sagen, wie ich heiße. Die Farben wurden bunter, und ihr Kopf fühlte sich ganz komisch an, ihr war schwindlig. Die flirrende Sonne umgab alles mit Funken sprühenden roten Linien. Cougar war ganz benommen.

»Ich heiße Cougar.« Sie legte sich hin, schloss die Augen und war am Strand von Sandpoint, wo der Sand warm war, ihre Füße aber nicht brannten. Sie wusste, dass es nur ein Bild in ihrem Kopf war. Sie beschattete ihre Augen und sah hinaus aufs Meer, wo etwas vor der heranziehenden Nebelbank im Wasser trieb – eine Reihe länglicher umgedrehter Hütten mit je einem bläulichen Flügel, der fast mit dem Himmel, dem Nebel und dem Wasser verschwamm. Sie jagte zwei Leuten nach, die sich umdrehten, mit dem Finger auf sie zeigten und sie beschimpften. Sie wusste nicht, was sie dagegenhalten sollte, sie war müde vom Laufen. Sie setzte sich an den Strand und sah zu, wie die Hütten auf sie zutrieben und ihre Flügel im Wind schlugen.

Bald waren die Hütten nah genug, dass sie die Leute darin sehen konnte, und dann waren sie so nah, dass sie auch ihre geistweißen Gesichter sah – wie die Geister von Toten. Sie fragte sich, ob Silberreiher und Otter nun kämen und nachsehen würden, ob es ihr gut ging. Sie watete ins seichte Wasser und rief nach ihnen, sie winkte, und als die Hütte an den Strand geschwemmt wurde, winkten die Leute in der ersten Hütte zurück. Sie hatten langes Haar. Auch im Gesicht hatten sie lange Haare!

Dann sah sie ihn! Sein Haar war fast weiß und so luftig wie Heu. Seine Augen waren so wasserblau wie der Eichelhäherflügel, der an einem Stab in der Mitte seiner umgedrehten Hütte hing. Er winkte, irgendetwas stimmte nicht mit seinem Arm, er konnte ihn nicht gerade halten, seine Hand war so groß, wie angeschwollen. Hatte ihn etwas gestochen? Eine Rote Riesenkrabbenspinne? Hatte ihn ein Alligator gebissen? War es ein Kampf gewesen oder ein Unfall? Er sagte etwas, aber sie konnte ihn nicht verstehen. Sie hörte ihren Namen: »Cougar!« Woher kannte er ihren Namen? Ihr Herz raste. Sie rannte durchs Wasser zu den driftenden Hütten, aber sie verschwammen im Dunst. Sie rief, doch die Hütten verschwanden im Nebel. Enttäuscht vergrub sie ihr Gesicht. Als sie die Hand wieder wegzog, sah Dunkle Braue sie an.

»Hast du etwas gesehen? Etwas Ungewöhnliches?«

»Ja. Ich rannte hinter Leuten her, ich kannte sie nicht. Sie riefen meinen Namen. Ich dachte sie wären … ich weiß nicht, wer sie waren. Ich ruhte aus und sah den weißgesichtigen, weißhaarigen Mann auf einer driftenden Hütte mit einem blauen Flügel. Sein Arm war verletzt, er kommt hierher.«

»Wer kommt?«, fragte Dunkle Braue misstrauisch. »Es gibt nur einen Einzigen mit weißem Haar – ein ganz alter Mann. Manche sagen, er sei der Weiße Panther, der uns Glück bringt.«

»Ich habe keinen Panther gesehen, sondern einen jungen Mann. Außer mir scheint er dem Schamanen und den anderen auf Holly Island nicht sehr viel zu bedeuten, aber vielleicht heißt das, dass mir etwas zustoßen wird.«

»Hat er dir eine Nachricht gegeben?«

»Ich konnte ihn nicht verstehen, er sprach nicht Calusa, auch nicht Tekesta oder Ais.«

»Hat er Handzeichen benutzt, mit denen sich die Leute am Festland im Süden, von den westlichen bis hin zu den östlichen vorgelagerten Inseln und über die südlichen Gewässer bis zu den großen Inseln verständigen?«

»Er hat nur gewinkt. Darum weiß ich auch, dass sein rechter Arm verletzt war.«

»Erzähl mir von der driftenden Hütte.«

»Es war ein großes Kanu, es sah aus wie eine Hütte mit einem Flügel. Es war kein Einbaum, auch kein Boot aus Stroh und Gras, es war aus Baumstämmen gemacht, die zu einer Wand verbunden waren. Ich weiß nicht, was der Flügel darstellen sollte, aber er hatte keine Federn, er war dichter gewoben als graues Moos, aus dem wir unsere Röcke machen, es sah vielmehr aus wie ganz dünn geschabtes Leder. In der Ferne verschwamm er fast mit dem blauen Himmel und dem Meer. Er schwang leicht im Wind und riss nicht. Die Leute sahen aus wie Geister, vielleicht sind es Geister von Männern, die hier vor langer Zeit gelebt haben.«

»Und die Frauen? Wo waren ihre Frauen?«

»Ich sah keine Frauen.«

»Meinst du die Geistermänner suchen Frauen?« Dunkle Braue zog die Stirn kraus. »Hattest du Angst?«

»Ich dachte gar nicht daran, dass sie keine Frauen haben könnten. Im Traum habe ich nie Angst. Ich fühlte mich sicher, als ich den Mann mit dem geistweißen Haar sah.«

»Nun, wir wissen alle, dass die Haut nach dem Tod bleich wird, geistweiß. Das mit dem weißen Haar kann ich mir nicht erklären, auch nicht, was der blaue Flügel darstellen soll. Das sind Rätsel. Oder hast du je gesehen, dass eine Hütte abhebt und fliegt wie ein großer Vogel?«

»Nein. Aber vielleicht kann eine Hütte im steifen Wind weggeweht werden, fliegen und in einer Palme landen. Großmutter hat mich nach dem Großen Sturm gefunden – nicht in einem Baumwipfel, aber unter grauem Treibholz im Sand.«

»Woher kommst du?«

»Das weiß niemand. Das will ich ja gerade herausfinden. Jedenfalls bin ich kein Geist.« Sie streckte ihre braunen Arme aus, um zu zeigen, dass sie die Wahrheit sagte.

»Bist du eine Kundschafterin, die von den driftenden Hütten ausgeschickt wurde und die schönsten Frauen aussuchen soll, damit sie mit den Geistermännern in die Geisterwelt gehen?«

»O nein, das glaube ich nicht.« Cougar stand auf.

»Komm mit! Mal sehen, was der Schamane dazu meint«, sagte Dunkle Braue.

Cougar sah auf die Bucht hinaus, wo es von Einbäumen nur so wimmelte. Die Leute wollten an Land kommen und an den Festlichkeiten auf dem großen Platz teilnehmen. Die Stege am Wasser waren alle besetzt und es herrschte ein heilloses Durcheinander. Vor dem Hof der Häuptlingshütte verlief eine breite Straße mit Kreis, gesäumt war sie von eng aneinander stehenden Einraumhütten. Dahinten standen größere Langhäuser im Kreis, in der Mitte war ein Marktplatz und ein Spielfeld, überall wuselten Leute herum. Eine Reihe Stechpalmen beschattete eine runde, steingefasste Quelle, wo die Leute Schlange standen, um Süßwasser zu trinken. Zu dieser Zeit des Jahres war der Wasserstand niedrig, die Stufen waren ganz trocken. Als nur ein paar Familien auf der Insel lebten, war der Wasserstand bestimmt sehr viel höher gewesen, dachte Cougar. Sie wünschte, Medizinfrau wäre hier und könnte sehen, wie der Ort gewachsen war.

»Ich habe dir versprochen, dich zu Eules Frau zu bringen«, sagte Dunkle Braue. »Sie steht da drüben bei den Markierungen für die Sonnwende.«

»Wo sind die Kinder?«, fragte Cougar. »Die elternlosen Kinder?«

»Ein paar Tage vor der Sonnwende werden die Kinder in den heiligen Tempel auf dem höchsten Hügel gebracht. Die Sonnenstrahlen berühren die Wand des Tempels. Siehst du? Er ist so schön, dass er unserem Häuptling, der ihn für die Ewigkeit geplant hat, zur Ehre gereicht – ein

Denkmal. Die Kinder bekommen das beste Essen und neue Kleider und so werden sie zu einem kostbaren Geschenk für den Regengott, der es uns dankt und uns viel gutes Wasser zum Trinken und Kochen schenkt. Es reicht selbst für die kalte Jahreszeit, in der es nicht regnet. Oben auf den höchsten Hügeln haben wir unterirdische Zisternen, die das Regenwasser auffangen. Wir müssen nur beten, dass das Meerwasser nicht in die Zisternen kriecht.«

»Ich glaube nicht, dass das Meer so weit ansteigt«, sagte Cougar. »Dass man Regenwasser auffangen kann, daran habe ich noch nie gedacht. Das ist klug – ein Denkmal für euren Häuptling. Aber was meintest du damit, dass die Kinder ›ein kostbares Geschenk für den Regengott‹ werden?«

»Auf jede Zisterne legen wir ein kleines schlagendes Herz«, erklärte Dunkle Braue, »oder auch zwei, wenn der Wasserstand niedrig ist. Es gibt genügend Kinder. Dann kommt der Regen und isst die Herzlein auf.«

Cougar war bestürzt. »Essen? Der Regen?«

»Aber ja!«

»Ich wusste gar nicht, dass der Regen essen kann. Nur Tiere suchen in der Nacht nach Beute. Hast du schon einmal Tierspuren dort gesehen? Vielleicht fressen die Tiere die Herzen. Mich schaudert allein beim Gedanken daran. Machst du einen schlechten Scherz mit mir?«

»Nein. Wir machen das jedes Jahr, und jedes Jahr bekommen wir Wasser.«

»Vielleicht solltet ihr nächstes Jahr einmal keine Kinder opfern und ihr bekommt trotzdem Wasser«, schlug Cougar vor. »Wäre ich Häuptling von Holly Island, würde ich das tun, bevor ich den Menschen, vor allem den Kindern, noch mehr Herzen ausreiße.«

Dunkle Braue sah Cougar schockiert an. Wie konnte sie so dreist sein! Diese junge Frau war wirklich unverschämt.

»Mit wem lebst du?« Was sie sagte, war für ein Mädchen ihres Alters unerhört frech, skandalös und empörend! Wer hatte sie gelehrt, so rebellisch zu sprechen?

»Mit meiner Großmutter Medizinfrau.« Natürlich war es ihre erste Großmutter gewesen, die ihr selbständiges Denken beigebracht und sie gelehrt hatte, Dinge in Frage zu stellen, die sie nicht richtig fand. Gut, dass Großmutter Dunkle Braue nie kennen gelernt hat!

Den Kreis aus schädelgroßen Steinen teilte eine gerade Linie aus faustgroßen Steinen, an deren Endpunkten lange, gefiederte Markierungsstäbe in der Erde steckten. Cougar besah sich den Schamanen. Er war so klein, dass er unter den Stechpalmen hindurchgehen konnte, ohne den Kopf einziehen zu müssen. Mit hängenden Schultern stand er da und wartete auf den Moment, da die Sonne den Horizont im Westen berühren würde. Davor traf der letzte Strahl die Spitze des ersten Markierungsstabs und wanderte ohne zu flackern die Steinlinie hinauf zum zweiten Stab.

Cougar wusste, dass das Licht von beiden Stäben fallen würde, wenn es zu hell wäre, um es zu betrachten. Bei Sonnenaufgang war das Licht den umgekehrten Weg gegangen. Von Silberreiher wusste sie, dass die Sonne nach Norden wanderte, wenn es kalt wurde, und nach Süden, wenn es warm wurde. Silberreiher war kein Schamane und er glaubte auch nicht, dass der Mensch die Macht hatte, die Sonne nach Norden oder nach Süden zu lenken. Die Sonne bewegte sich aus eigener Kraft und man konnte sich auf sie verlassen, sagte er immer, und die Sonne war auch da, wenn es bewölkt oder regnerisch war.

Dunkle Braue deutete auf eine Frau, die abseits der Menge stand. Zum Schutz vor der Sonne trug sie ein Tuch mit bunten Federn über dem Kopf. »Das ist Hyazinthe. Geh zu ihr, während ich mit dem Schamanen spreche, der gerade die Position der Sonne bei ihrem Untergang liest. Er wird uns sagen, ob sie mit der Position beim Aufgang übereinstimmt. Wenn er verkündet, dass die Sonne auf dem rechten Weg ist, hole ich dich, dann kannst du mit ihm sprechen.« Sie verschwand in der Menge.

Cougar wusste nicht, wie sie die Frau mit dem Federtuch ansprechen sollte. Sollte sie fragen: Bist du meine Mutter? Du gefällst mir, aber hast du auch ein gutes Herz? Du sorgst für die Kinder, aber dann lässt du zu, dass der Schamane ihre Herzen einem unsichtbaren Regengott opfert! Was macht der Regengott mit den vielen kleinen Herzen? Weiß das hier jemand?

Sie starrte die Frau an und wünschte, Silberreiher und Otter wären hier. Wolken zogen vor die Sonne, es wurde schnell kühl. Cougar zitterte, sie brachte kein Wort heraus.

Die Frau ließ das bunte Tuch auf ihre Schultern gleiten. Ihr Haar war zusammengebunden und am Hinterkopf mit grünen Zweigen aufgesteckt, an denen noch kleine Blätter hingen. Ihre Haut war hell, die Augen dunkel und schwarz umrandet, was sie noch größer wirken ließ. Sie trug einen knielangen Rock aus grauem Moos, der zur Farbe ihrer Sandalen passte. Ihre Fußketten waren aus getrockneten roten Beeren, die auf Kokosfasern aufgezogen waren. Sie lachte und sagte: »Ein heißer Tag für diese Jahreszeit!«

Ihr Lachen erinnerte Cougar an einen kalten Wind, der durch die großen runden Blätter der Seetrauben fuhr, und sie wünschte sich, auch sie hätte Sandalen und eine Fußkette. Zumindest trug sie die Kette mit den durchsichtigen bunten Steinen, die sie umgehabt hatte, als Großmutter sie fand. Und sie trug die Perlmuttohrringe von Otter.

Neugierig besah sich die Frau ihren Schmuck. »Wie schön! So eine Kette habe ich schon einmal gesehen. Sie ist bestimmt ein Zeichen für ein ganz besonderes Kind. Die Ohrringe sehen teuer aus, wie das Geschenk eines Geliebten. Steht dir gut. Toll! Ich nehme an, dein Vater musste lange Zeit hart dafür arbeiten.«

»Deswegen bin ich hier. Ich wollte meinen Vater fragen, ob er die Kette gemacht hat, als ich ein Kind war.« Ihre kalte Hand lag auf der warmen Kette. Erkennt denn eine Mutter nicht die Kette, die sie ihrem Kind umlegte?, dachte sie verwundert.

»Hat dein Vater die Steine in einer Schüssel mit Sand und Wasser geschüttelt, dass sie so glatt geworden sind? Wo hat er so schöne bunte Steine gefunden? Hat er die Löcher hineingebohrt, damit er sie aufziehen konnte?«

»Ich kenne meinen Vater nicht.«

»Mein Mann war Steinschleifer, bevor er Schamane wurde. Nun muss er zaubern, um die Leute zu beeindrucken. Er hat magische Hände, er hätte Medizinmann werden sollen, sage ich immer. Meine Mutter ist Medizinfrau. Du hast die gleichen Hände wie sie, aber du bist noch zu jung, um Medizinfrau zu sein.«

Die Frau zog unter ihrem Tuch eine Hand voll Kokos hervor und bot Cougar ein Stück sauberes weißes Nussfleisch an. »Da sieh! Der Schamane geht zum Stab im Osten, um den Sonnenuntergang zu sehen. Ob der Strahl genau am Stab entlanglaufen wird?«

»Das ist immer so.« Cougar kaute langsam. »Ich bin von weither gekommen, um dich und deinen Mann zu treffen.«

»Bist du gekommen, um zu sehen, wie der Schamane die Sonne von ihrer Bahn nach Süden auf ihre Bahn nach Norden schickt?«

»Meinst du, er ist so mächtig, dass er das kann?« Cougar deutete auf den kleinen Mann mit dem grauen Bart und dem braunen Gesicht; die breiten Wangen waren von weißen, durchscheinenden Narben durchzogen. Seine Augen waren wie runde schwarze Samenkörner, die in alle Richtungen blickten. An den Passen seines langen Gewands steckten Federn.

»O ja! Das macht er zweimal im Jahr, er war immer mächtig genug.«

»Und was wäre, wenn der Schamane nicht da wäre?«, fragte Cougar mit vollem Mund.

»Dann würde ein anderer seinen Platz einnehmen. Zum Beispiel Eule, mein Mann. Du bist zu jung, um so viele Fragen zu stellen! Du hast sicherlich einen süßen kleinen Namen. Lass mich raten – Fingerling!«

»Nein, ich bin Cougar; meine erste Großmutter nannte mich so. Und du bist Hyazinthe?«

»Ja. Woher weißt du das? Jedenfalls siehst du aus wie ein kleiner Fingerling.«

»Deine Mutter, Medizinfrau, hat es mir gesagt. Wusstest du, dass deine Tochter lebt?«

»Nein.«

»Willst du eine Tochter?«

»Nein.«

XIV

Hunger

Skorbut hat viele Symptome; charakteristisch sind eiterndes,
blutendes Zahnfleisch und punktförmige Blutergüsse am
Körper. Die ersten Anzeichen der Krankheit sind Blässe und
Aufgedunsenheit, Mattigkeit, weiche Knie, geschwollene
Knöchel und Beine, nicht heilende Wunden, Eitergeschwüre und
Atemnot nach körperlicher Anstrengung. Schreitet die Krankheit
fort, kommt es zu Hustenanfällen, Glieder- und Gelenk-
schmerzen sowie Schmerzen in der Brust. Heftige Blutungen
und ruhrähnlicher Durchfall schwächen die Kranken extrem.
Im letzten Stadium ... platzen verheilte Geschwüre wieder auf,
die Brustschmerzen setzen wieder ein, es kommt zu
Atemnot und raschem Ableben.
Lois N. Magner, A History of Medicine

Kurz vor Sonnenuntergang sichtete Dewi ein paar Tümmler und lachte ihnen zu. Tipper hatte Angst, dass sich die
Tiere formieren und das Schiff zum Kentern bringen könnten. Daraufhin waren alle sehr besorgt. Madoc beobachtete
die kleinen walähnlichen Tiere mit dem schwarzen Rücken und dem weißen Bauch, die gegen das Schiff plumpsten und schließlich weiterzogen. Vor Sonnenuntergang
des nächsten Tages kamen sie wieder zurück, sie spielten wendig im Wasser und verständigten sich mit hohen
Tönen. Der größte, der so lang war wie ein Mann groß
war, verhielt sich wie das Leittier und schob immer wieder seine Nase aus dem Wasser, als er an Madoc, der am

Steuer stand, vorbeischwamm. Ihre Fluken lagen waagerecht im Wasser, Fische hingegen hatten senkrechte Schwänze. Madoc fragte sich, ob sie wohl wussten, wo die anderen Schiffe waren und ob er sich verirrt hatte. Ob die Götter ihn auf die Probe stellten, indem sie ihm verrückte Gedanken in den Kopf setzten? Als er die Augen schloss, sah er acht Segel in einer Reihe hinter der *Vestri*. Dann schlug er die Augen wieder auf – aber da waren keine Segel, nur kleine Fische mit vorquellenden Augen schwammen zwischen den lächelnden Tümmlern hindurch.

Dewi und Tipper fingen die Fische mit geflochtenen Rosshaarangeln und Haken aus gebogenen Bronzenägeln. Kaum hatte Tipper einen Fisch an Deck geschleudert, nahm Dewi ihn auch schon vom Haken und brachte neue Köder aus Lederstückchen an. Nach einer Stunde waren die hohen Weidenkörbe voller Fische, deren Haut so zäh war, dass man sie kaum mit dem Messer schneiden konnte. Das Leittier der Tümmler blies eine Fontäne aus seinem halbmondförmigen Spritzloch, als wollte er »Lebewohl« sagen, und verschwand. Tipper und Dewi glaubten, dass die Tümmler die Fische zum Schiff getrieben hatten, damit die Männer sie fangen konnten.

Die dicke Rückengräte erschwerte das Putzen der Fische. Das weiße Fleisch war bitter wie Galle. Alles an diesen Fischen war widerlich, außer dem wohlschmeckenden saftigen Herz und der Leber. Die Jungen filetierten den Fisch und hängten das zähe Fleisch in Streifen zum Trocknen auf, die Gräten warfen sie über Bord, die Haut nahmen sie als Köder. Beim Abendessen waren sich die Männer einig, dass die Eingeweide, die sie aus den Fischen saugten, seit Tagen ihr bestes Mahl waren.

Das Schiff schien ganz still zu stehen. Vor Sonnenuntergang fischten Dewi und Tipper wieder, sie hofften, die

Tümmler würden noch mehr von diesen Fischen zu ihnen treiben.

»Hol die Leinen ein!«, sagte Dewi plötzlich und deutete auf eine dunkle massige Gestalt, die länger und breiter war als das Schiff und dicht unter der Wasseroberfläche schwamm. »Eine Krake! Die Nordmänner sagen, ihre Arme können sich um das Schiff wickeln und es zerquetschen.«

Der dunkle Schatten hatte mehr Arme als jedes andere Wesen, das Madoc je gesehen hatte. »Ruder auslegen! Riemen ziehen! Schnell!«

Alle standen an Steuerbord und beobachteten die Krake. In der Mitte des großen, rundlichen Körpers schien sie zwei Augen zu haben. Zwei der zehn langen, wedelnden Arme waren länger und beweglicher als die anderen. Das Wasser wurde tintenschwarz. Alle redeten durcheinander, als Tipper erzählte, dass es Seeungeheuer gebe, die sich in schreckliche Kreaturen verwandeln und ganze Schiffe verschlingen könnten. Im Grunde glaubte niemand diese Geschichte, aber trotzdem hatte noch keiner solch ein riesiges, zehnarmiges Seeungeheuer gesehen, das Tinte spritzen und sich in der schwarzen Wolke verstecken konnte.

Als das Wasser wieder klar war, ging Madoc zum Kasteel und schrieb nieder, was er an dem Tier beobachtet hatte; er malte auch ein Bild, das zeigte, dass die Fangarme weit über das Schiff hinausreichten. Dann glaubte er steuerbords sechs Schiffe in einer Linie, angeführt von Kabyles blauem Segel, zu sehen. Er brüllte, aber er war natürlich zu weit entfernt, und schwang zwei Fackeln; er meinte, auf den anderen Schiffen ein paar Lichter als Antwort erkennen zu können.

Conlaf war sich nicht so sicher; er meinte, Madoc hätte Halluzinationen.

Wegen der starken Strömung und des steifen Winds konnte

die *Gwennan Gorn* die sechs Schiffe nicht erreichen, die Madoc angeblich am Horizont gesehen hatte.

»Eine Luftspiegelung«, wusste Tallesin, ein korpulenter junger Katner, dessen Frau und Kinder vor seinen Augen von Dafydds Mannen getötet worden waren. »Du führst die *Gwennan Gorn* ins Verderben!«, sagte er zu Madoc.

»Hinter dem Horizont ist Land«, versicherte Madoc. »Außerdem gibt es hier eine Stelle, wo das Wasser kaum salzig ist. Ich tränke erst die Kühe.«

»Verflucht!« Tallesin schleuderte Madoc den Eimer vor die Füße. »Du willst die Kühe wohl umbringen! Da mache ich nicht mit. Du bist doch verrückt! Wir haben einen vollkommen irren Kapitän!«

Am nächsten Morgen bekamen Tallesin und sein Freund Garth, ein richtiger Hüne, den Befehl, die Salzkruste vom Deck zu scheuern. Tallesin wurde fuchsteufelswild. »Wir schrubben nur im Schatten. Ich kann in der feuchten Luft kaum atmen! Ich fühle mich so schlaff wie welker Tang, ich habe Kopfschmerzen und alles verschwimmt mir vor den Augen. Ich will mich hinlegen.«

»Jammere nicht!«, meinte Garth. »Tu was, dann vergeht die Zeit schneller. Vielleicht kann ich dich mit einem schönen walisischen Liedchen aufmuntern, das wir immer zum Dudelsack gesungen haben. Komm, sing mit, während wir scheuern:

Dem Bauer entfährt ein heiserer Schrei,
Die Pfeife schwillt an und krächzet dabei
Wie eine Gans, die schlecht hat geträumt,
Oder wie ein Hund, der sterbend sich bäumt.

»Die Brust ist mir eng, ich kann nicht singen«, klagte Tallesin. »Mein Herz pocht, mein Magen knurrt, mir ist so übel.«

Streit brach aus. Die beiden wälzten sich ringend auf Deck, das Salz schürfte ihre Haut auf und fraß sich ins Fleisch. Dann verzogen sie sich unter die Planen zum Scheuern und beschimpften sich gegenseitig.

Conlaf reinigte ihre Wunden. »Geht es besser?«

»Ich habe den Eindruck, wir wären schon längst am Ziel, wenn Kapitän Madoc wissen würde, wohin er fährt!«, maulte Tallesin. »Er fährt uns über die Kante der Erde! Er hat gesagt, der Regen würde die See besänftigen. Und was war? Als es anfing zu regnen, wurde der Wind noch stärker und die See tobte und gischtete noch mehr. Wenn er eine Lüge erzählen kann – warum dann nicht auch eine zweite? Nun hat der Regen aufgehört, die Winde sind abgeflaut, die Regenwolken verziehen sich, die Sonne kommt durch. Die Luft ist kühler als das Wasser und fühlt sich an wie ein Gebirgsbach in den Snowdons. Aber irgendetwas stimmt hier nicht! Das Wasser ist zu warm, zu salzig, zu klar. Braune Algen driften mit der starken Strömung knapp unter der Wasseroberfläche. Das ist nicht normal. Wir fahren auf den Schwarzen Abgrund zu! Wenn der Kapitän uns nicht aus diesen verfluchten Gewässern herausführt und den richtigen Wind findet, der das Segel bauscht, schlage ich ihm die Fresse ein – und das tut mehr weh, als wenn du mir in die Eier trittst, Garth!« Er ließ die geballte Faust wieder sinken.

»Du räudiger Köter!«, zischte Garth und unterdrückte seine aufwallende Wut. »Hast du denn nichts Besseres zu tun, als über den Kapitän zu lästern? Er tut sein Bestes! Wenn du jemals Ärger bekommen solltest, lässt er dich nicht im Stich, da bin ich sicher! Du solltest dankbar sein, dass er diesen lecken Kahn überhaupt über Wasser hält!«

»Das ist die richtige Einstellung«, sagte Conlaf und schmierte eine Mischung aus ranzigem Schmalz und Stechapfelblüten aus einem Tonkrug auf die Salzwasserblasen der

Männer. »Das nimmt den Schmerz und heilt die Haut. Ihr seid ja so erschöpft, dass euch die Augen zufallen.«

»Ja, wir sind todmüde und wir haben die Geduld verloren.« Garth hielt im Scheuern inne und stand auf. »Gestern bekam ich so einen Anfall, dass ich Tallesin in die Eier getreten und seinen Glockenschwengel in einen Klumpen Pech verwandelt habe. Kannst du ihm extra viel Schmalz geben zum Ausgleich für den Schmerz, den ich ihm verursacht habe?«

»In Pech?«, wisperte Conlaf und schloss die Augen.

Tallesin blinzelte, damit er klarer sah, und ließ seine Pluderhosen herunter. »Da ist sein verdammter Fuß gelandet! Hast du schon mal so ein schwarzes Ding gesehen?«

Conlaf wollte sich abwenden und unter seiner Decke verkriechen. »Sieht wirklich aus wie eine Blutwurst.«

»Wasser zu lassen, ist die reine Hölle, und der Urin ist dunkler als einjähriger Met!« Ungläubig schüttelte Tallesin den Kopf.

Conlaf schauderte beim Anblick des schwarzen Teils. »Mit einem Umschlag aus Seerosenwurzel geht die Schwellung zurück.« Er kratzte sich an der rechten Hüfte, die wieder zu jucken begonnen hatte.

»Lass doch!«, meinte Garth. »Seine Freundinnen werden dir ein Dankeslied singen!«

»Du bist wirklich der größte Trottel, den es auf Erden gibt!« Wieder ballte Tallesin die tätowierten Fäuste.

Conlaf hätte ihnen am liebsten die Schädel aneinander geschlagen, aber er hatte keine Kraft. Außerdem sollte ein Druide seine Gefühle unter Kontrolle haben, und so schickte er die beiden in entgegengesetzte Ecken des Kuhpferchs. Selbstbeherrschung war das Erste, was ein Druidenschüler lernte, hier aber kostete es unglaubliche Anstrengung. Extreme Stimmungen hatten sich der Männer bemächtigt und die alten Bräuche verdrängt. Conlaf wünschte, er läge in einem Federbett mit kühlen Leintüchern, auf dem Nachttisch ein Krug Wasser. Er kratzte sich an der rechten Achsel.

Tallesin steckte die Hände in die Hosentaschen, damit niemand sah, dass er zitterte, doch er musste sich an den Brettern des Pferchs festhalten, um das Gleichgewicht nicht zu verlieren. So elend hatte er sich in seinem ganzen Leben noch nicht gefühlt. Seine Beine trugen ihn kaum mehr. Finster starrte er die dürren Kühe an, als sähe er sie zum ersten Mal.

Am Abend zogen wieder Wolken auf und bildeten eine hohe Kuppel am Himmel, die sich gegen Mitternacht senkte und Nieselregen ergoss. Als der Regen nachließ, blickte Madoc vom Steuerruder aus zum Horizont und zählte nicht sechs, sondern sieben Schiffe. »Zähl mal!«, rief er Conlaf zu.

»Ja, sieben Lichter«, bestätigte Conlaf. »Aber das sind wahrscheinlich Sterne, ich sehe keine Segel.«

»Zwei Schiffe fehlen.« Madoc wischte sich das nasse Gesicht und übergab Conlaf das Ruder, der das Schiff bis zum Morgen führen würde.

»Pst! Ich höre was!«, flüsterte Conlaf. »Hörst du es auch?«

»Mürrische Stimmen?«

Garth und Tallesin stritten schon wieder. Dann wurde es still, der Wind heulte in der Takelage, das Schiff rollte, stampfte und gierte. Die Wellen schwollen an, stießen und schoben das Schiff durch die salzige Gischt. Im Morgengrauen hörte es auf zu regnen, auf der Wasseroberfläche spiegelte sich der abnehmende Mond. Es war warm, fast schwül. Das Scharren und Plätschern der Schöpfbecher verebbte. In den lockeren Planen und Häuten über dem Weidengeflecht im Heck hatte sich Regenwasser gesammelt. Madoc nahm eine Hand voll, es schmeckte süßlich wie modriges Ochsenleder.»Füllt ein paar Eimer mit dem guten Regenwasser«, wies er Tallesin und Garth an, die sich unter den nassen Decken zusammengekauert hatten.

Garth stöhnte und murmelte kurzatmig:»Kapitän Madoc, dieser unverschämte Tallesin ist heute Nacht zu mir gekrochen und ohnmächtig geworden, ich halte ihn.«

Madoc fühlte den Puls an Tallesins Hals, dann fuhr er mit der Hand unter dem stinkenden Kittel ans Herz, mit der anderen Hand öffnete er ihm die Lider. Er benetzte seine Hand an den nassen Planken und hielt sie Tallesin vor die Nase, um seinen Atem zu spüren. Dann sah er auf und sagte nur.»Tot.«

Garth riss die Augen auf, Trauer und Angst standen darin geschrieben.»Ich habe ihn nicht umgebracht, Kapitän, ich würde niemals einen Freund töten. Das habe ich nicht getan! Oder doch?«

»Nein.«

Madoc ging zu Conlaf.»Tallesin ist tot. Du und Garth sollt tun, was getan werden muss.«

»Jetzt?« Conlaf konnte kaum die Augen offen halten.

»Vor Sonnenaufgang.«

Sie hievten und schoben Tallesin über Bord. Inzwischen war die ganze Mannschaft wach, und Madoc setzte sie davon in Kenntnis, dass ein Mann in die Anderswelt gereist war. Garth stimmte ein Klagelied an über eine Seele, die den Weg hoch durch die Luft zur ewigen Ruhe eingeschlagen hatte.

Mit aufgeblähten Hosenbeinen und Hemdsärmeln trieb Tallesins Leiche neben dem Schiff. Alle Augen waren anklagend auf Garth gerichtet, der Tallesin mit einem Ruder unter Wasser drückte. Er verschwand für ein paar Minuten, dann tauchte er wieder auf. Fluchend hieb Garth auf die Leiche ein und versuchte, sie umzudrehen, aber jedes

Mal kam sie mit dem Gesicht nach oben wieder hoch. Tränen rannen Garth über die Wangen.

Madoc trauerte über den Verlust eines Mannes, aber halb verdurstet und halb verhungert, wie er war, mischte sich Schwäche in die Trauer. Er reckte sich und sagte verdrossen: »Hör mit dem Gebrabbel auf, Garth. Sammle dich und nehme Verbindung mit der freien Seele deines Freundes auf.«

»Er starrt mich an, als hätte ich ihn getötet«, sagte Garth gequält.

»Nimm dein Ruder und setz dich an deinen Platz.«

Bei Sonnenaufgang zogen die Ruderer das Schiff nach Westen, und Tallesins Leiche verschwand für immer.

Einige Tage später stand Conlaf neben Madoc am Steuerruder und wartete darauf, zu übernehmen. »Hast du eigentlich die Beule an Tallesins Hinterkopf gesehen?«

»Nein.«

»Ich habe sie gesehen, als wir ihn über Bord hievten. Garth behauptet, Tallesin sei gefallen, mit dem Kopf am Wasserfass aufgeschlagen und ohnmächtig geworden. Ich glaube, dass der Aufprall etwas in Tallesins Hirn beschädigt hat und ihn so blind und benommen gemacht hat wie einen Betrunkenen. Ich bin schuld an seinem Tod – ich hätte ihn trepanieren und den Druck auf das Hirn nehmen müssen! Ich hätte mich darum kümmern sollen, als wir sie damals nachts streiten hörten. Ich dachte, ich sei zu erschöpft, aber ich hätte es geschafft.«

»Tallesin wäre vielleicht ohnehin gestorben. Außerdem war ich derjenige, der die Männer angewiesen hat, das Deck zu schrubben. Dabei haben sie gestritten, Tallesin wurde getreten und danach war ihm übel. Ich war müde bis auf die Knochen und konnte nicht mehr richtig denken. Vielleicht bin ich schuld an seinem Tod.« Er holte tief

Luft und legte eine Hand auf Conlafs Schulter. »Wir müssen es vergessen und uns um die Lebenden kümmern. Garth will nicht mehr essen und spricht mit niemandem. Seine Augen schießen umher wie bei einem Tier im Käfig. Nachts wiegt er sich murmelnd vor und zurück.« »Er kommt nicht darüber hinweg«, sagte Conlaf. »Auch er denkt, er sei schuld.« Dann wurde ihm schlagartig klar, dass niemand Schuld trug; es lag nicht in ihren Händen. Viel wichtiger war, dass einige Männer glaubten, der Tod an Bord würde den Schleier zerreißen und die Geister könnten Schindluder mit ihnen treiben und noch mehr Seelen in die Anderswelt locken. »Ich bin Arzt und habe die Pflicht, mit den Männern zu sprechen, aber was soll ich ihnen sagen.« Er starrte auf seine nackten Füße. »Sag ihnen, du hast noch nie einen Geist gesehen, weder an Bord noch an Land.«

In den nächsten Tagen glitzerte die Sonne auf dem Wasser und trocknete jeden Gegenstand an Bord. Die See war ruhig, das Wasser warm, überall trieb brauner Tang mit blasenartigen Beeren. Madoc ließ das schlaffe Segel aufziehen, obwohl kein Wind wehte. Jeden Morgen und jeden Abend ließ er die Ruderer die Riemen auslegen und ein paar Meilen rudern, bis die Männer sagten, dass die Riemen die Fische verscheuchen würden.

Garth stand am Mast und drückte sein Ruder an sich wie eine Geliebte. Sein Haar war verfilzt und zottig, seine Augen schwammen in den Höhlen, sein Gesicht glänzte vor Schweiß. Er streckte seine zitternden Hände aus, als wollte er den Segen erteilen, und krächzte: »Ich schicke euch Fisch, niemand muss hungern. Ich weiß, wo die Fische sind, denn sie haben mich gerufen, in den stillen Wassern zu ruhen.« Er zog sich auf die Reling, hockte barfuß auf dem Bord und machte plötzlich einen Satz wie eine

Katze, die einen Vogel anspringt. Alle hörten den Platscher, das Wasser schwappte an Bord. Dewi und Tipper warfen die Leine aus. Madoc schrie: »Garth, du verdammter Dummkopf, hör mit deinen Scherzen auf und nimm die Leine!«

Die Leine fiel ins Leere. Garth sah sie offenbar nicht.

Madoc schwang ein geknotetes Tau. Der Knoten platschte vor Garth ins Wasser, doch er schob ihn von sich und ließ ihn absinken. Madoc wies die Ruderer an, die Riemen auszulegen und das Schiff parallel zu Garth zu drehen. Alle schrien ihm zu, er solle endlich einen Riemen packen.

Doch er lächelte nur, hob den Arm und rief: »Die Fische rufen mich!«

»Ich komme!«, brüllte Madoc. »Morgen sichten wir bestimmt Land!«

»Hau ab!«, schrie Garth und verschwand unter einer Matte gelblichen Tangs.

Madoc band sich eine Leine um den Bauch und sprang ins Wasser, doch er konnte Garth nicht mehr finden. Auch Conlaf und Tipper sprangen von Bord, auch sie sahen nichts als Hunderte von kleinen Meeraalen, die sich an der Unterseite der Algen tummelten. Ihre Körper waren durchsichtig, ohne Schuppen und so schleimig, dass man sie kaum packen konnte.

Auch am nächsten Tag sichteten sie kein Land. Die Mannschaft ließ die Köpfe hängen und sang Klagelieder. Jeder fragte sich, wer wohl als Nächster über Bord ging. Dewi faselte etwas von Geistern, die die Seelen in die Anderswelt lockten. Schon am Abend schielten sich die Männer argwöhnisch an. Madoc versuchte, heiter zu wirken, doch sein fröhliches Geplänkel hatte bald ein Ende, als seine aufgesprungenen Lippen bluteten und seine knochigen Hände am Steuerruder zu zittern anfingen.

Am nächsten Tages war das Meer so aufgepeitscht, als wäre eine Windhose hineingefahren. Zwischen Fischen mit großen Köpfen sahen die Männer dunkle Gestalten durchs Wasser pflügen.

»Seeungeheuer!«, rief Brett. Er traute sich nicht mehr an die Reling, weil er fürchtete, die Kreaturen könnten aus dem Wasser springen und ihn über Bord ziehen.

Die Bestien umschwammen das Schiff und brachten es zum Schaukeln, indem sie ihre Schwänze an den Rumpf schlugen. Brett schwindelte, wenn er zusah, wie sie unablässig um das Schiff schwammen.

Madoc wollte ihn beruhigen und erzählte ihm, was er Jahre zuvor von Erlendson gelernt hatte. »Das sind nur Haie, sie haben keine Schwimmblasen; wenn sie im Schwimmen innehalten, gehen sie unter wie ein Stein.«

Dewi sagte: »Ich habe gehört, die Haut eines Menschen löst sich auf, wenn sie mit der Magensäure eines gelbbäuchigen Hais in Berührung kommt.« Das war auch kein Trost. Die Männer nickten; auch sie hatten davon gehört.

Tipper meinte unbeirrt: »Ich habe gehört, dass ein Hai sich auf die Seite legen muss, um zuzubeißen.«

»Das kann nicht sein«, widersprach Conlaf. »Ich habe gesehen, wie sie in ganz normaler Lage einen Fisch gepackt haben. Wenn das Wasser blutig ist, kommen sie in großen Schwärmen, und wenn sich das Steuerruder bewegt, zielen sie direkt drauf zu; bewegt es sich aber nicht, lassen sie es auch in Ruhe. Also – bewegt das Schiff nicht, bis die Haie weg sind,«

»Ob Garth ihnen befohlen hat, uns zu erschrecken und unser Fleisch zu verschlingen?« Brett klammerte sich am Rand des Wasserfasses fest.

»Anders herum!«, meinte Madoc. »Garth weiß, dass wir keine Zwiebeln mehr haben und der Rest des Getreides wurmig ist. Er hat uns die wohlschmeckenden Fische mit den großen Köpfen geschickt, dass wir unsere knurrenden Mägen füllen können.«

»Wir könnten doch eine Kuh schlachten«, schlug Barri vor, ein flinker, schwarzhaariger Bauer aus Abergele mit einer spitzen grauen Wollmütze.

Ohne abzustimmen oder um Erlaubnis zu fragen, löste Conlaf eine Kuh von der Leine und stieß sie an, damit sie aufstand. Beide, er und die knochige Kuh, stöhnten vor Anstrengung, die andere Kuh muhte jämmerlich. Conlaf zog den Dolch aus der Scheide und kippte den Eimer um, das schlammige kostbare Wasser lief über die Planken. Er war entschlossen, die beiden bemitleidenswerten Tiere zu schlachten und jeden Tropfen Blut im Eimer aufzufangen. Für ihn war es ein Verbrechen, wenn Menschen verdursten müssten, während die Tiere sie mit ihren großen Augen blöd anglotzten. Er leckte sich die Lippen, fast konnte er schon spüren, wie die köstliche, dicke rote Suppe seine ausgedörrte Kehle hinunterrann. Die Kühe wackelten mit den Köpfen, er stellte sich vor, die Kuh neben ihm hätte gelächelt und würde ihm den Kopf zudrehen, sodass er ihre Schlagader glatt durchtrennen konnte. Er umklammerte den Dolch und hob ihn – da packte jemand seinen Arm und zog ihn zurück.

Klirrend fiel der Dolch aufs Deck, Madoc hob ihn mit funkelnden Augen auf. »Idiot! Ich hätte nie gedacht, dass du so dumm sein könntest! Aber da habe ich mich offenbar getäuscht. Ich habe keinen Befehl gegeben, eine Kuh zu schlachten!« Er zitterte vor Wut und Empörung. »Die Kühe können uns in einem friedlichen Land von Nutzen sein! Lass sie in Ruhe!« Er fühlte sich hintergangen. Conlaf hatte gegen die Regel verstoßen; der Einzige, der hier Befehle gab, war der Kapitän.

»Besser, beide Kühe sterben und wir haben zu essen, anstatt dass wir alle verhungern! Siehst du denn nicht, dass das ein Totenschiff ist?«

Die verwirrte, hungrige Mannschaft hörte »Totenschiff« und lief neugierig zusammen. Madoc stach mit dem Dolch in die Luft. »Ich, ich und kein anderer, führe das Kommando, und auch der Schiffsarzt tut nichts, wenn ich es nicht anordne!« Das war Meuterei, dachte er. Von nun an müsste er gut auf die beiden Tiere Acht geben, wenn er wollte, dass sie in dem neuen Land gediehen. »Geht zurück an eure Arbeit. Und du, Conlaf, steck den Dolch weg und geh wieder ans Steuerruder.«

Es gab nichts mehr zu sehen, selbst die Haie waren weg.

Am nächsten Morgen stand Conlaf alleine im Bug, mit glasigen Augen blickte er in den Himmel. Seine Stoppeln waren zu einem struppigen schwarzen Bart gewachsen, die Hände hatte er auf der Brust verschränkt. Seine Lippen bewegten sich wie bei einem Schüler, der die Angriffe auf Offas Deich aufsagte. Mit einer alten druidischen Methode sammelte er sich und konzentrierte sich auf ein Thema, das er mit einer Person besprach, die nicht anwesend war.

Madoc beobachtete ihn vom Steuerruder aus, auch er schloss die Lider und sammelte sich. Plötzlich sah er vor seinem geistigen Auge die Männer auf den verschollenen Schiffen, sie waren wohlauf. Als er die Augen wieder aufschlug, blickte Conlaf immer noch in den Himmel. »Freund«, rief er, »hast du Llieu gebeten, eine Kugel Griechisches Feuer zu werfen, wenn er Land sichtet?«

Conlafs Augen waren rot, er blickte wirr und zitterte. Mit dem Dolch in der Hand ging er auf Madoc zu. »Du bringst uns alle um, nur damit diese blöden Kühe am Leben bleiben!«

Die Männer hörten die wütenden Stimmen und kamen besorgt angelaufen. Conlaf hielt immer wieder die Luft an, bis er fast erstickte.

411

Madocs Herz schlug zum Zerspringen, seine Hände waren schweißnass. So leicht konnte man die Kontrolle über ein Schiff verlieren! Er machte einen Satz, schnappte Conlafs Arm und wand den Dolch aus seiner Hand, dabei zog er sich eine Schnittwunde von der rechten Schulter bis zum Ellbogen zu.

Conlaf wütete wie ein Berserker. Er packte Madoc und schüttelte ihn wie einen Baum. Madoc zuckte und wand sich aus Conlafs Griff, das Blut lief ihm am Arm hinunter. Er trat Conlaf, sodass er aufs blutverschmierte Deck fiel.

»Du willst mich umbringen!«, schrie Conlaf außer sich.

»Nein.« Madoc gab Dewi den Dolch, hielt sich den blutenden Arm und befahl, dass man Conlaf in den Bug brachte. Dort wurde er mit Ketten an den großen Holzanker gebunden, den Clare mit Eisen beschlagen hatte.

Den Männern zog es sauer den Mund zusammen, sie wünschten, Conlaf hätte die Kühe getötet. Sie ließen die Köpfe hängen, damit Madoc ihnen nicht in die Augen sehen konnte. Reglos wie Statuen standen sie da, als Madoc erfolglos versuchte, seinen Arm mit einer Kordel abzubinden, um den Blutfluss zu stoppen. Sie regten sich auch nicht, als Madoc sich hinhockte und den Kopf zwischen die Knie steckte, damit er vom Blutverlust nicht ohnmächtig wurde. Schließlich schlug ihm Tipper vor, sich anzulehnen, und fragte Conlaf, wie er die Wunde des Kapitäns verbinden sollte. Conlaf war so benommen, dass er keine Antwort gab.

»Bist du im Besitz all deiner Sinne?«, fragte Tipper.

Conlaf blinzelte, als würde er erst jetzt sehen, dass Madoc verwundet war. Er versuchte, seine Hände zu befreien.

»Binde mich los!«, brüllte er.

»Das darf ich nicht«, gab Tipper zurück. »Das ist die Strafe dafür, dass du versucht hast, den Kapitän umzubringen.«

Madocs Arm pochte und brannte wie Feuer. Er biss die Zähne zusammen, damit er nicht die Besinnung verlor.

»Man muss die Wunde tränken«, sagte Conlaf.

»Tränken?«, wunderte sich Tipper.

»Mit einer Tinktur aus Zaubernuss, sie ist in meinem Beutel. Bei Lugh, lass mich das machen!«

»Nein!« Madoc wollte nicht zeigen, dass er immer schwächer wurde. »Du hast getobt wie ein Meuterer. Für deine Aufsässigkeit habe ich dich fesseln lassen.« Sein Herz war schwer wie Blei, aber er musste Conlaf bestrafen, sonst würde er die Kontrolle über die Männer verlieren. Er zuckte, als die Tinktur in seiner Wunde brannte. Conlaf drehte sich zu Madoc und berührte seine Hand. Ob er wohl mitbekommt, was sich hier zuträgt?, fragte sich Madoc.

Er biss die Zähne zusammen, sah Conlaf an, der wie alle anderen ganz irr vor Hunger war. Er war nur noch Haut und Knochen und bot einen traurigen Anblick mit den aufgesprungenen, dunkelroten Lippen, den matten Augen in seinem kreidebleichen Gesicht und den roten Flecken auf den eingefallenen Wangen. Er fühlte sich heiß und trocken an, sein Atem war flach und übel riechend. Als er Madoc ansah, füllten sich seine Augen mit Tränen, die Lider fielen ihm zu. »Ich bin so müde ...« Er war am Ende seiner Kräfte, er konnte nichts mehr für sich selbst tun. »Ich erinnere mich nicht, dass ich den Kühen etwas anhaben wollte, dass ich dich angriff, dass ich die Nerven verlor und dir eine Wunde zufügte.« Er sah sich um. »Mein Dolch ist weg. Wer hat ihn genommen? O Lugh, ich will nur noch schlafen. Meine Beine sind so schwach. Glaubt mir, ich könnte meinem besten Freund nie etwas antun.« Dann sagte er zu Tipper: »Füge die Wundränder zusammen, dass das Fleisch nicht heraussteht und keine große Narbe bleibt. Lege den Verband nicht zu fest an, damit das Blut fließen kann und Madocs Hand nicht fault. Sonst musst du amputieren. Bei Lugh, das ist eine hässliche Wunde! Schande über den, der das getan hat.«

Nachdem Brett zugegeben hatte, dass Conlaf ihm von Zeit zu Zeit von seinem Essen abgegeben hatte, sorgte Madoc dafür, dass Conlaf jeden Tag seine Ration bekam und so sauber wie möglich gehalten wurde, auch wenn sie nur Salzwasser hatten, von dem die Haut mit der Zeit Pusteln bekam. Madoc glaubte, die Männer würden ihren Pflichten nachkommen, das Schiff sauber halten, den Spliss in den Tauen prüfen und Lecks mit Werg und Teer abdichten, solange er selbst kühlen Kopf bewahrte, doch er machte sich nichts vor; er wusste, dass nicht er selbst, sondern der Anblick der anderen Schiffe am Horizont die Hoffnung in den Herzen seiner Männer wieder aufkeimen lassen würde.

Wieder war es Brett mit seinen scharfen Augen, der kurz vor Sonnenuntergang sieben schwarze Silhouetten am Horizont sah. Nach der einzigen Mahlzeit am Tag, einem halb rohen Fisch, saßen die Männer an Deck und zählten wieder und wieder die Schiffe. Dann zog Nebel auf, und sie verfluchten die Götter, weil sie nichts mehr sahen.

Wenn die Jungen nicht in Madocs Tagebuch lasen, lauschten sie den Geschichten der Männer, die jeden Tag düsterer wurden. Sie stifteten die Männer an, sich zu überlegen, was sie gerne essen würden, wenn sie das nächste Mal an Land kämen, und sich gegenseitig in der Vorstellung üppiger Mahlzeiten auszustechen. Sie nahmen sich immer mehr Zeit zum Erinnern und Träumen. Außerdem mussten die Männer öfter als üblich ihr Wasser abschlagen.

»Kann man Urin trinken und so Wasser sparen?«, fragte Madoc seinen Freund Conlaf.

Conlaf schüttelte den Kopf. »Das ist so unmöglich, wie Salzwasser zu trinken. Aber wir können rohen Fisch zwischen Bretter pressen, den Brei wegwerfen und den Saft trinken.« Er war der Meinung, Fischfleisch würde dem Körper Wasser entziehen und es sei besser, einige Tage lang nur den Saft zu trinken.

»Dann haben wir aber nichts zu kauen«, sagte Barri. »Wir wollen Fleisch!« Barri hatte nicht nur Waidmale an den Nagelbetten, er hatte auf der linken Backe auch eine Schildkröte tätowiert. Seine Schultern zuckten, seine Zähne kratzten über die trockenen Lippen.

Drei Tage später ging es den Männern schon besser. Conlaf durfte mit den anderen essen, er durfte allerdings seine Essens- und Wasserrationen nicht mit anderen teilen. Dewi und Conn übernahmen nachts das Steuer, damit er durchschlafen konnte.

»Wenn es keine Fische mehr gibt, schlachten wir eben die Kühe«, sagte Madoc ein paar Tage später und sah Conlaf verstohlen an. Er hatte lange darüber nachgedacht, was er für die hungernden Männer tun könnte. »Besser, die Männer bleiben wohlauf. Falls wir nicht bald fruchtbares Land finden, müssen eben die Kühe dran glauben.«

Conlaf war einverstanden. »Schon der jämmerliche Anblick der Kühe lässt mir das Blut in den Adern gefrieren. Trotzdem habe ich dir Unrecht getan, als ich mit dem Dolch auf dich losgegangen bin. Ich war nicht bei mir, ich würde dir wissentlich nie etwas antun. Nie! Es tut mir so unsäglich Leid.« Seine Augen füllten sich mit Tränen.

Madoc hatte es nicht bereut, dass er Conlaf in Ketten legen ließ, aber es brach ihm das Herz. »Dir geht es wieder besser, körperlich und geistig. Ich glaube dir.«

Conlaf rechnete damit, dass er noch ein paar Tage in Ketten liegen würde, aber Madoc ließ ihn losbinden und bat ihn, sich um die Kranken zu kümmern. Madoc behielt ihn allerdings im Auge, als er zerstoßene Kräuter verteilte und die schlimmsten Wunden mit Salbe behandelte. Noch Tage lang war er vor einem erneuten Angriff Conlafs auf der Hut, aber es passierte nichts.

»Wie sollen wir die zehn Schiffe wieder in eine Linie bringen?«, fragte Conlaf, als er eines Abends das Ruder übernahm.

»Wir segeln mit dem Nordostwind und den Strömungen.«

»Und wenn wir die anderen Schiffe nicht treffen?«

»Dann treffen wir sie an der Küste. Ich sehe zwei Schiffe hinter uns, die anderen sieben segeln am Horizont. Wenn es dort Land gibt, werden wir es erfahren.«

»Gibt es in dem neuen Land auch Elefanten?«, wollte Brett wissen.

Barri johlte. »Bist du noch bei Trost? Solche Biester gibt es nicht!«

Brett lachte zum Beweis, dass er sehr wohl bei Trost war. »Eines Nachts konnte ich nicht schlafen und habe im Mondschein gelesen, was Madoc und Conlaf in Paris gesehen haben. Bei Vollmond kannst du eine Menge lernen, wenn es nicht regnet und keinen Nebel gibt.«

In der nächsten klaren Nacht beobachteten die Männer die Sternschnuppen und fragten sich, wohin sie gingen, wenn sie verloschen. Sie schliefen und träumten davon, das der Regen die leeren Fässer füllte. Madoc sah in jener Nacht sieben Fackeln, was bedeutete, dass die sieben Schiffe auf Steuerbord zuhielten. Das verwunderte ihn, aber er führte die beiden Schiffe in seinem Kielwasser weiter nach Südwesten. Die Ruderer mussten ihre Plätze einnehmen und hart arbeiten, damit sie den sieben Schiffen näher kamen und am Morgen vielleicht mit ihnen Kontakt aufnehmen konnten. Nach ein paar Stunden übernahm die zweite Wache die Riemen. Madoc konnte nicht schlafen; noch vor Morgengrauen sah er Braunalgen und lange, schlanke Fische. Er kniff die Augen zusammen, um zu erkennen, wer die Schiffe anführte. Er überließ Conlaf das Steuer und machte seine Eintragungen über den flammenden Sonnenuntergang am Abend zuvor, über den Himmel, der sich erst grau, dann ganz schwarz färbte und an der Himmelskuppel Tausende von Sternen erstrahlen ließ. Bei Tagesanbruch wickelte er sich in seine Decken und schloss erschöpft die Augen.

Ein Schrei weckte ihn.

»Land! Strand! Steuerbord voraus!«

In einiger Entfernung lag ein langer Küstenstreifen. Madocs Ohren rauschten, ein Schauder der Freude durchfuhr ihn. Er konnte sich ein breites Grinsen nicht verkneifen, als er Conlaf ansah und den Ruderern befahl, jede erdenkliche Anstrengung zu unternehmen, noch vor Mittag die drei Schiffe an die Küste zu bringen. »Es ist Zeit, Dank zu sagen!«

»Warum? Warum sollten wir den Göttern danken?«, fragte Conlaf. »Wenn wir unsere Pflicht tun, tun sie ein Übriges dazu.«

Trotzdem stellten sich die Männer nach druidischer Sitte im Kreis auf, gaben sich die Hände und rissen sie vier Mal hoch in die Luft. Beim letzten Mal riefen sie »Wir leben!«. Und schließlich sangen die fast zum Skelett abgemagerten Männer aus Freude vierstimmige Lieder und walisische Kanons.

Die Ruderer zogen ihre Riemen im Takt. Madoc beugte sich über die Reling – überall Algen. Einige Pflanzen waren mit Bändern von Seeschneckeneiern überzogen, die erwachsenen Tiere huschten durch die Algen. Mit einer Angel holte er ein paar Algenstämme an Deck und pflückte einen Becher voll weißer Krabben ab, die nicht größer waren als sein Daumennagel. Eine steckte er sich in den Mund, sie schmeckte nicht bitter, eher nach verdünnter Arznei, nach Jod. Die weichen Schalen waren schön knusprig.

Dewi lief das Wasser im Mund zusammen. »Da seht, unser Kapitän hat ausreichend zu essen! Der Satte versteht den Hungernden nicht!«

Tipper schielte ihn an. »Sprich nicht so von unserem Kapitän! Er ist so schwach und ausgezehrt wie du und ich!«

Dewi starrte ihn an, bis Tipper den Blick abwandte. »Ich bin hier! Ich hatte Angst, das Land zu verlassen, das seit neun Generationen im Besitz meiner Familie war. König Dafydd hat mein Land an den englischen König abgegeben, um seinen Ruhm und seine Macht zu stärken, er hat mein Land niederbrennen lassen, die Ernten vernichtet, das Vieh geschlachtet und meiner Frau und meinen Kindern an der heiligen Eiche den Schädel abgeschlagen.«

Beim Gedanken an die schrecklichen Verheerungen in Gwynedd sagte Tipper: »Du hast das Recht, hin und wieder zu murren, aber ich erinnere mich an meine Heimat als an ein Paradies mit grünen Wiesen und blauen Seen unter purpurnen Bergen.«

Madoc gab Dewi den Becher mit den kleinen Krabben. »Ihr könnt noch mehr davon sammeln.«

Dewi wurde rot und gab Tipper den Becher. »Die Götter teilen mit den Großzügigen.« Er holte seine Angel und zog Algen heraus.

Tipper half ihm, die Krabben zu sammeln. Bald schlossen sich auch die Jungen an, und in kurzer Zeit hatten sie zwei große Töpfe voller Krabben.

Jeder Wechsel im Meeresleben zeigte einen Wechsel der Strömungen an. Madoc hatte die Veränderungen schon vorher bemerkt und wusste, dass sie sich dem Land näherten. Er sah auf – zwei Seeschwalben flogen ihnen voraus; Vögel waren immer ein untrügliches Zeichen, dass das Land nicht mehr weit war. Die Küste war grau und stieg an wie ein Pyramide. Madoc fragte sich, ob Wolken diesen Kegel bildeten; er hatte schon erlebt, dass Wolken so lange an einer Stelle blieben, dass sie ganz massiv wirkten wie Klippen oder Sandbänke. Die Masse bewegte sich nicht, doch gegen Mittag wurde sie deutlich als Insel sichtbar. Madoc ließ die Ruderer während der wärmsten Tageszeit ruhen. Am späten Nachmittag löste sich die Pyramide auf und verlor sich im weißen Dunst über dem Wasser. Wind kam auf, und Madoc musste hart gegensteuern, damit sie nicht nach Norden abtrieben.

Am Abend sah er die sieben Fackeln und wusste, dass auch die anderen Schiffe auf die Insel zu hielten. Grinsend schlug er Conlaf auf den Rücken. »Siehst du den blauen Punkt? Das ist Griechisches Feuer!« Er kniff die Augen zusammen. »Die Schiffe ankern, ihre Fackeln schaukeln im Takt. Sie warten auf uns. Los, Land voraus!«

Ein großer Schwarm goldköpfiger Basstölpel kreiste über ihnen und warf einen Schatten auf den Strand. Als die Schiffe sich der Küste näherten, flogen die Vögel als dichte dunkle Wolke in die graue Nebelbank über dem Wasser. In der Dunkelheit ankerte die *Gwennan Gorn* im seichten Wasser neben den anderen neun Schiffen.

Die Männer kletterten über die Reling und ließen sich an Tauen hinunter. Sie wateten an Land und warteten gar nicht, bis die Currachs zu Wasser gelassen wurden. Das Wiedersehen war lautstark und gefühlsgeladen. Alle redeten durcheinander. Sie lachten und umarmten sich, doch es gab auch Trauer – fünf Männer, zwei Pferde und eine Ziege hatten nicht überlebt.

Laut sagte Erzdruide Gwalchmai: »Ihr müsst die positive Seite sehen – wir sind hier an einem Ort, wo noch kein anderer vor uns war, und wir sind am Leben!«

Die Männer standen reglos da und dachten darüber nach, was es hieß, am Leben zu sein. Als Gwalchmai seine Leier nahm, merkten sie, dass sie alle gleich aussahen: zerzaust und mit zottigen Bärten, die ihnen bis zur Brust hingen.

Ihre Kleider waren ramponiert und fleckig von Salz und Tran. Ihre nackten Füße wund und blutig. Sie sahen schlimmer aus und stanken mehr, als sie es je bei einem Menschen erlebt hatten. Mit feuchten Augen stimmte Gwalchmai ein Dankeslied an.

Madoc dankte Gwalchmai und ließ Kabyle von Herzen hochleben, weil er die sieben Schiffe im großen Sturm zusammengehalten hatte. Allerdings wurde er verlegen, als Kabyle nach seinem Arm fragte. »Hast du dich in einer Nebelbank verirrt?«

Madoc setzte sich auf einen Haufen Treibholz, er hörte, wie Conlaf tief Luft holte. »Nun, ja, ich war etwas umwölkt und fiel in eine Klinge.« Er hatte nicht die Absicht, verlauten zu lassen, dass er eine Auseinandersetzung mit seinem Schiffsarzt gehabt hatte. »Ein dummer Unfall. Im Sturm musste ich mich am Steuerruder festklammern, um meine Haut zu retten, denn mein Schiff mit dem runden Bug und dem runden Rumpf gierte im böigen Wind.«

Conlaf entspannte sich und erzählte von den Haien. Er gab zu, dass auch er so schwach und verzagt war, wie man nur sein konnte. »Wir liefen mehr als einmal Gefahr, das Schiff zu verlieren, aber unser Kapitän hätte uns nie im Stich gelassen.«

Madoc hielt den Blick gesenkt, damit niemand sah, wie peinlich ihm das alles war. »Um die Wahrheit zu sagen, nach dem Verlust meiner guten Männer erinnerte ich mich drei, vier Tage lang an gar nichts mehr; der eine ertrank, der andere starb an Deck. Ich glaube, ein Mensch kann vor Hunger und Durst und in der steten Gischt verrückt werden. Nun sind wir geprüft worden – ich bin nicht viel wert.«

»Nun, wie viele von uns wären noch am Leben, wenn wir in Gwynedd geblieben wären?«, fragte Caradoc.

»Sicherlich weniger als jetzt«, so Conlaf.

»Hatte Madoc also Recht, als er meinte, es gäbe Land westlich der Inseln des Glücks?« fragte Caradoc weiter. »Natürlich hatte er Recht. Alle wissen wir es. Und das ist doch etwas wert!«

»Wir bleiben heute Nacht hier, morgen suchen wir Wasser und Wild«, sagte Madoc.

Ein paar Feuer aus Treibholz wurden entfacht. Nacheinander erzählten sie sich die Geschichten über die Vorräte, die zur Neige gingen, die Brecher, die über Deck rollten, die Männer, die die Meeresgötter um Gnade anflehten. Sigurd schilderte, wie seine Männer Löcher in die Fische mit den großen Köpfen bohrten, ihren Saft in einem Becher auffingen und tranken. Erlendsons Zunge war geschwollen, er lispelte: Seine Männer hatten diese Fische in Stücke geschnitten, in Tücher gewickelt und ausgewrungen; der Saft wurde in Töpfen gesammelt und als Trinkwasser rationiert. »Es schmeckte scheußlicher als Bilgenwasser!«

Madoc lag im Sand und lauschte, irgendwann fielen ihm die Augen zu. Dass Llieu die rote, heilende Linie an seinem Arm untersuchte und sie mit einer Salbe aus Schafstalg und Pappelknospen einrieb, merkte er nicht.

»Es bleibt nur eine helle Narbe, so dünn wie der Strich einer Mistgabel auf einem sauberen Stallboden«, sagte er zu Conlaf.

Conlaf sah sich seinen schlafenden Freund an, stand auf und fuhr sich mit der Zungenspitze über die schorfigen Lippen. »Es gibt viele Möglichkeiten, den Wert eines Kapitäns zu prüfen. Zum Beispiel: Ist er dick, und sind seine Leute mager? Ist er wohlauf, und seine Leute geschwächt? Bekommt er Lob, und fühlen sich seine Männer gedemütigt? Hat er Angst, Übeltäter zu bestrafen, um keine Meuterei heraufzubeschwören? Kapitän Madoc hat alle Maßnahmen zur rechten Zeit und im rechten Maß ergriffen! Er hat uns als Ebenbürtige behandelt.« Conlaf räusperte sich.

»Einmal habe ich mich aufgeführt wie ein Dummkopf, er ließ mich für ganze zwei Wochen an Händen und Füßen fesseln, weil ich gegen die Regeln verstoßen hatte. Ich kann mich nicht erinnern, dass ich den Dolch zog, aber wenn, dann hätte ich vielleicht zwei Kühe und meinen besten Freund getötet. Ich hatte diese Strafe verdient. Tipper, ein ehemaliger Bauer und nun ein guter Seemann, hat Madocs Arm behandelt. Ich hatte durchgedreht, wie auch andere von Zeit zu Zeit. Kapitän Madoc hat immer vernünftig gehandelt, auch wenn er sagt, dass er sich nicht mehr an alles erinnern kann; das hat keiner bemerkt.«

Die Mannschaft der *Gwennan Gorn* klatschte. »Ja, genau!«

Die Mannen von den anderen Schiffen erzählten noch einmal ihre düsteren Geschichten. Der Tod der Männer und Tiere war nicht nur tragisch, er bekam sogar etwas Heldenhaftes. Um die Männer zu beruhigen, damit sie endlich schliefen, spielte Gwalchmai leise auf der Leier und gab ihnen Rätsel auf. »Was ist schärfer als ein Schwert?«

»Verständnis!«, sangen die Druiden.

»Was ist geschwinder als der Wind?«

»Der Gedanke!«

»Was ist weißer als Schnee?«

»Die Wahrheit!«

»Was ist schwärzer als ein Rabe?«

»Der Tod!«

»Was ist leichter als ein Funke?«

»Der Sinn einer Frau, die zwischen zwei Männern steht!«

»Was ist süßer als Met?«

»Vertraute Gespräche.«

Über zweihundert Männer lagen schlafend um sechs kleine Feuer, während sich der Nebel sanft auf sie legte.

422

Früh am nächsten Morgen zogen Riryd, Willem und Brett los. Wie an Bord eines Schiffs stapften sie langsam und mit weit gespreizten Beinen, damit sich ihr Gewicht günstig verteilte und sie nicht das Gleichgewicht verloren. Sie fanden gelbes Gras in großen Büscheln, die Wurzeln waren voll sandigem Schlick. Die abgemagerten Tiere hätten aber immerhin etwas zu beißen.

Sigurd klagte, dass es auf der Insel kein Süßwasser gab, nur hartes Gras, Sand, Muschelschalen und Eidechsen.

»Madoc weiß nicht, wo wir sind, nur, dass wir auf einer unentdeckten Insel sind«, sagte Gerard von der *Grey Wolf*.

»Wir sind allesamt Dummköpfe! Madoc und Conlaf waren noch Jungen, als sie mit mir von Lundy nach Paris segelten. Nun bin ich diesen Männern aus freien Stücken hierher gefolgt, denn in meiner Heimat hätte man mir die Kehle durchgeschnitten, weil ich Druide bin. Heute sind wir hier auf einer öden Insel, aber morgen oder übermorgen führt uns Madoc zu einem besseren Ort. Habt ihr denn nicht gemerkt, dass sich das Leben schlagartig wenden und dich zwischen den Augen treffen kann?« Er wandte sich um und deutete auf einen Schwarm Seeschwalben und eine kleinere Wolke brauner Vögel, die eine lange Feder am Schwanz hatten. »Die Vögel sind nicht dumm. Sie finden Futter – Samen oder Insekten.«

Madoc wachte auf und rieb sich das eingefallene, sonnengebräunte Gesicht, er sehnte sich nach kühlem frischen Wasser. Einen Knäuel Wolle, den der Nachtnebel getränkt hatte, gab er Brett, der ihn aussaugen durfte, weil er den abgezehrten Kühen auf der *Gwennan Gorn* einen Arm voll knisterndes Gras brachte. Eine weitere Nacht wollte Madoc auf der kahlen Insel nicht verbringen.

»Vor fünf Tagen sahen ich und meine Männer einen Stern mit einem Feuerschwanz ins Meer fallen«, erzählte Kabyle. »Sah so aus, als sei es nur wenige Meilen vom Schiff entfernt. Meine Männer meinten, es sei ein Zeichen, dass Essen vom Himmel fallen würde, sie wollen noch eine Nacht hier bleiben und abwarten, ob das stimmt. Sie hoffen, es handelt sich dabei um Schwarzbrot aus Weizen und Roggen. Sie können keinen Fisch mehr sehen, wir alle können keinen Fisch mehr sehen. Eine Nacht mehr oder weniger spielt doch keine Rolle. Warum die Eile? Müssen wir denn eine Verabredung einhalten?«

Madoc suchte den Himmel ab. Aber er sah nur die hohe, blaue Kuppel und eine erbarmungslose Sonne, die sich langsam auf ihrer Bahn bewegte. Dichte Vogelschwärme zogen vor die Sonne, dann wieder bedeckten sie den Strand und suchten kleine Meerestiere, mit denen sie sich den Bauch voll schlagen konnten. Die Männer waren nicht besonders begeistert.

»Auch ich habe Sternschnuppen gesehen«, sagte Madoc, »es war aber schon vor mehr als fünf Tagen, und ich glaube nicht, dass es ein Zeichen war. Aber sag – können deine Jungen meinen Jungs nicht beibringen, wie man Vögel fängt?«

»Ja, Vögel wären mal eine Abwechslung auf dem Speiseplan.«

Madoc hüstelte und sagte den Männern, dass sie noch eine Nacht ausruhen könnten und sie im Morgengrauen die Anker lichten würden. Es störte ihn, dass er selbst so müde und unleidlich war. Sein Hals schmerzte, und er wollte, dass die Jungen von selbst Vögel fingen, ohne dass er sie dazu anhalten musste. Er hatte Hunger, aber er wollte keinen Finger rühren. Ihm war heiß, er war verwirrt und reizbar und wusste nicht so recht, wo er anpacken sollte. Er dachte sich, dass die Männer ihn insgeheim verachteten. Es stimmte ihn verdrossen, dass keiner eine Vorahnung hatte, wo sie doch Druiden waren! Er fragte Conlaf, warum er so wunderlich geworden war.

»Alle gleiten in ihren privaten Traum von der Heimat, einer liebenden Familie oder hungrigen Seeungeheuern. Manche stellen sich vor, dass sie mit Freunden oder Feinden sprechen. Die einen weinen bitterlich und versuchen ihre Niedergeschlagenheit vor den anderen zu verbergen. Sie vermissen ihre Heimat und den Geschmack des vertrauten Essens mehr, als sie sich träumen ließen. Und ihnen fehlen die Frauen. Die Männer schielen sich gegenseitig an, und was sie denken, macht sie unsicher.« Es war die Wahrheit.

Madoc hätte es wissen müssen, aber er konnte keinen klaren Gedanken fassen. Im nächsten Moment vergaß er auch schon, dass Conlaf neben ihm stand, und glitt in seinen eigenen Traum. Er träumte, dass er mit einem überbauten, kraushaarigen weißen Hund jagte, der aussah wie ein Fabeltier auf einer Tapete im französischen Königsschloss. Das Licht kam durch die Buchen, der Wind brachte den Duft von Nelken, und eine Frau mit glänzendem dunklen hüftlangen Haar und leuchtenden braunen Augen ging an seiner Seite; sie trug einen Bogen. Sie spannte einen Pfeil ein, zog die Sehne zurück und schoss den Pfeil mit einem Lächeln ab. Vor ihnen fiel eine Rehgeiß. Der Traum war so wirklich, dass Madoc aufschrie: »Du hast ein Lebewesen getötet! Ein Wesen mit einem Herzen und mit einer Seele, das das Leben genauso liebte wie wir!«

Tränen rannen der Frau übers Gesicht. »Warum bist du so wütend auf mich? Ich habe die Geiß getötet, um dein Leben zu retten. Es war ein Tausch – ihr Leben gegen dein Leben. Und ich will, dass du lebst.«

Madoc blinzelte, die Frau verschwand, die Geiß verschwand. Seine Knie waren butterweich, seine Arme zitterten. Er suchte den Horizont ab und rieb sich mit den Fäusten die Augen, um den Traum zu vertreiben. Conlaf hielt seinen zuckenden Freund umschlungen, doch Madoc stieß ihn weg und meinte, er solle sich um seine eigenen Angelegenheiten kümmern. Conlafs Mitgefühl und der Verlust seiner Selbstbeherrschung waren ihm unangenehm.

Im Osten hellte sich der Himmel auf, aber es sah nicht so aus, als wollte Brot vom Himmel fallen, und es war an der Zeit, nach passenderem Land zu suchen. »Im Meer im Westen gibt es bestimmt mehr als sandige Inseln und Tausende Vögel«, sagte Madoc. »Wir werden die Vögel und den sandigen Strandhafer satt bekommen, wie wir Fisch und Tang satt bekamen, als wir kein Trinkwasser hatten, um es hinunterzuspülen.«

Drei Tagesreisen von *Ynys Tywod*, der Sandinsel, entfernt, segelte Madoc, der immer noch Schmerzen hatte, in einer starken Strömung, die sich in einem weiten Kreis nach Norden bewegte. Die See war ganz hellblau. Ob in der Nähe Land war? Er konnte schon den salzigen, schwülen Duft der Marschen riechen. Der Gedanke an saftiges Gras, Wild und Süßwasser machte ihn ganz benommen. Er lauschte dem rhythmischen Rollen der Brandung und dachte, er habe eine Stimme gehört. Bestimmt war sie seiner Phantasie entsprungen. Doch die Geisterstimme wollte, dass er zum Horizont blickte. Stur weigerte er sich und schloss die Augen. Eine Möwe schrie. Er öffnete ein Auge – da sah er eine flimmernde weiße Wand, die aussah wie hohe Kalksteinklippen am Horizont. »Land! Land voraus!«, schrie er. Die Möwe verschwand, dafür erschien ein grüner Streifen neben den weißen Klippen. Dann verschwanden die Klippen. Wirbelnde Wolken aus kleinen braunen Vögeln flogen von Norden nach Südwesten, als wollten sie die Schiffe zum Grün führen. Madoc sichtete eine Bucht, Tausende von großen Vögeln mit großen Schwingen, dünnen Schwänzen und gebogenen Schnäbeln flogen auf. Nun wusste er, dass die vermeintlichen Kalksteinklippen in Wirklichkeit weiche Wolken waren, die im Licht des Sonnenuntergangs leuchteten. Er nahm Kurs auf Westen und wollte die schnelle Strömung kreuzen. Die Wolken zogen nach Osten. In der Dämmerung führte er schließlich die Schiffe in die geschützte Bucht. Dort war nicht nur ein langer Sandstrand, sondern auch die Mündung eines versiegten Bachs, der einst über hohe Felsen und durch ein Kieselbett ins Meer geflossen war. Bevor sie die Schiffe an Land zogen, erschien eine Wolke über ihnen, und Regen fiel. Die Jungen verteilten Töpfe, Teller, Becher, die Matrosen legten ihre Decken auf den Boden, damit sie sich mit dem kostbaren Wasser vollsogen, das sie später auswringen konnten. Die Männer hoben ihr Gesicht zum Himmel und rissen die Münder sperrangelweit auf. Die Tiere leckten die nassen Planken ihres Pferchs ab. Eine wunderbare Zeit, die allerdings nur wenige Minuten dauerte. Danach wurde es dämpfig.

Bald entdeckten sie, dass es nur wenig grünes Gras und auch kein Süßwasser gab, es war eben nur eine andere Insel. Die Jungen sammelten Treibholz für Kochfeuer, die großen Vögel fingen sie mit Planen und standen auf ihren Hälsen, bis sie erstickten, dann rupften sie sie, nahmen sie aus und brieten sie. Nach dem Essen wies Madoc die Jungen von allen Schiffen an, für das Vieh so viel grünes Gras wie nur möglich zu pflücken. Er hustete und verfluchte leise seine Heiserkeit und seinen rauen Hals, der bei jedem Wort schmerzte. Dann versammelte er die Kapitäne. »Habt ihr die starke Strömung gespürt, die vor der Bucht nach Norden zieht?«

»Ja, ich hatte Probleme mit dem Steuer«, sagte Willem.

»Ich konnte gar nicht glauben, dass ich da auf einen Strom getroffen war, der ein Schiff glatt nach Norden treiben kann«, sagte Kabyle. »Ich hatte schreckliche Schwierigkeiten, mein Schiff auf südwestlichem Kurs zu halten.«

»Ich war dumm genug, in eine andere Strömung zu fahren«, meinte Erlendson, »dort war die See blaugrün.«

»Du warst nicht dumm, auch ich geriet in den Strom«, sagte Madoc. »Darüber möchte ich mit euch sprechen. Wenn die Winde hier in dieselbe Richtung gehen wie die Strömungen, dann weiß nur Lugh allein, wo wir nun wären. Der starke Strom ist warm und sehr salzig. Niedrige Wolken regneten sich am Strand aus, wenn es warm war. Habt ihr das bemerkt?«

»Soweit ich gesehen habe, hat der Strom den Meeresboden aufgewühlt und ständig die Tiefe verändert«, sagte Caradoc.

Sie schnappten nach Luft, tuschelten, nickten. Alle hatten das gleiche Phänomen beobachtet.

»Ja, das Wasser war salziger, als ich gedacht hatte, und ein Band aus den verschiedensten Blautönen zog sich nach Norden, so weit das Auge reichte. Das Meer birgt mehr Geheimnisse, als ich mir träumen ließ.«

»Ich frage mich, ob ein Schiff geradewegs nach Island fahren kann, wenn es in den warmen Strom gerät.«

»Ha! Genau das habe ich mich auch gefragt.« Es war Conn. »Der Strom würde uns nach Norden tragen, dorthin, woher wir kamen – wenn wir das wollten.«

Die Kapitäne waren so aufgeregt wie Kinder, die im Sand Achate suchten und stattdessen Haifischzähne fanden. Sie nickten einander lebhaft zu, nachdem sie alle die gleiche Entdeckung gemacht hatten, doch keiner außer Madoc hätte je das Thema und die Möglichkeiten angesprochen, die sich daraus ergaben.

»Würde es uns Schwierigkeiten bereiten, den Strom nach Osten zu überqueren?«, fragte Llieu.

»Kommt auf die Windstärke an«, wusste Madoc. »Es wird auch nicht anders sein, als nach Südwesten zu segeln, wie wir es taten. Wenn wir dem Strom folgen, kommen wir

erst nach Norden, dann nach Osten, nach Süden und schließlich in einem großen Kreis nach Westen. Darüber können wir nachdenken, während wir auf See sind.«
»Heißt das, wir sind kurz davor, in den Schwarzen Abgrund gespült zu werden?«, sorgte sich Troyes.
»Nein, soweit ich weiß, hat noch niemand den Abgrund gesehen«, gab Madoc zurück.
»Vielleicht hat ihn ja jemand gesehen, doch er kam nicht zurück, um davon zu berichten«, meinte Caradoc.
Kabyle erzählte den Männern Geschichten von Erik dem Roten, der mit fünfundzwanzig Schiffen nach Grönland gefahren war. »Im ersten Strom verlor er sechs Schiffe. Fünf kehrten bei der Sichtung der Kristallberge im Meer um, vierzehn erreichten das Land. Dreihundertfünfzig Männer und Frauen siedelten mit Vieh und Ausrüstung in Grönland. Zehn Jahre später umfasste die Kolonie schon tausend Seelen. Ich bin sicher, unter Madocs Kommando ergeht es uns sehr viel besser.«
»Immerhin haben wir kein einziges Schiff verloren«, sagte Caradoc.
»Aber wir haben keine Frauen«, widersprach Conlaf.
»Und obwohl wir einen Strom nach Norden gefunden haben, geht keiner zurück, bevor wir nicht ein richtiges Dorf gebaut haben!« Das war Sigurd.

Zwei Tage später entdeckte Brett am Morgen kleine grüne Inseln mit Bäumen. Es kam fast zum Aufruhr an Bord der *Gwennan Gorn*. Brett zog das Hemd aus und winkte, die Männer schrien. Madoc ließ das Schiff an Land ziehen. Ein leichte Brise bauschte die Segel der Schiffe und brachte sie an die Küste. Fröhliche Lieder erfüllten die Luft. Die Tangfelder schwangen in der Strömung; als wollten sie den Takt angeben, dachte Madoc. Die Freude übermannte ihn so heftig, dass er kein Wort herausbrachte –

wie ein verirrtes Kind, das seine Familie wiedergefunden hatte. Als Erster sprang er vom Schiff und rannte zu den anderen Kapitänen, die die Verteilung der Baumstämme überwachten, auf denen ihre Schiffe hinter die Gezeitenlinie gezogen wurden.

Eine Reiherkolonie flog von den großblättrigen Bäumen auf, kreiste in der Luft und landete am Wassersaum, wo die Vögel dreieckige Spuren hinterließen, die das Wasser bald verwischte.

Madoc wies die Jungen an, ausreichend Vögel zu fangen. Dann sprach er mit Caradoc und Erlendson. »Wir hatten nur noch wenig Proviant, also aßen wir kleine Fische, die so hart waren, dass wir sie kaum ausnehmen und filetieren konnten, um sie zu trocknen«, berichtete Caradoc. »Aus den Köpfen und Flossen kochten wir Suppe, aber wir waren so hungrig, dass wir auch noch den Rest aufaßen.«

»In den letzten Tagen umschwammen uns ganze Schulen von drei, vier Fuß langen Fischen mit großen, spitz zulaufenden Köpfen und tief gegabelten Schwänzen. Sie wehrten sich heftig dagegen, gefangen zu werden. Alle hatten Ehrfurcht, als sie an der Luft ihre Farbe von glänzendem Gold erst zu Grün, dann zu Blau und schließlich zu reinem Silber wechselten, bevor sie starben. Es war traurig und deprimierend, aus nächster Nähe zu sehen, wie ein Leben verendete. Ich musste an den verhungernden Tallesin denken und an Garth, der im grünen Tangwald ertrank. Vielleicht hatte Garth sein Leben gegen die Fische getauscht, damit die Mannschaft der *Gwennan Gorn* überlebte.«

»Möglich«, sagte Erlendson. »Die Fische schmeckten gut. Meine Mannschaft angelte abwechselnd drei Nächte lang und brachte diese schimmernden Kämpfer ein«, sagte Erlendson.

Madoc schloss die Augen und rieb sich die Schläfen. Sein Hals schmerzte. Egal, wie lange er schlief, seine Erschöpfung ließ einfach nicht nach.

»Ja, bei mir war es auch so«, sagte Caradoc. »Der Fisch hat heftig an der Angel gezuckt, hat hierhin und dahin gezerrt, hat sich schließlich losgerissen und ist mit dem Angelhaken am Maul oder an den Kiemen abgehauen. Meine Männer hatten solchen Hunger, dass sie lachten, fluchten und heulten zugleich.«

Als schließlich alle Schiffe an Land waren, kletterten die Männer von Bord und rannten ins hohe Gras. Immer noch redeten sie von nichts anderem als von dem Strom, der es ihnen schwer machte, auf westlichem Kurs zu bleiben. Immer wieder mussten sie brassen, denn der Wind schien sich mit dem Strom zu drehen. Die Männer, die in Wind und Sonne unter Wassermangel gelitten hatten, empfanden es als Wohltat, im Gras zu liegen. Nur Brett konnte nicht still sitzen, schließlich fand er einen von Bäumen beschatteten Felsen, wo sich in jedem Spalt und jeder Mulde Regenwasser gesammelt hatte. Die Männer waren ganz aus dem Häuschen. Conlaf wollte verhindern, dass sie zu schnell und zu viel tranken, doch der Durst war so schlimm, dass sie gegen alle Warnungen taub waren.

Madoc trank in großen Schlucken aus einem Gumpen mit mehreren Becken. Er riss sich den salzverkrusteten Verband vom Arm und wusch die Narbe, dann ließ er das warme Wasser durchs Haar, über Gesicht und Schultern rinnen und trank wieder und wieder. Niemals hatte etwas so gut geschmeckt und hatte ihn so satt gemacht. Er legte sich neben den Felsen und beobachtete, wie die Männer zum Wasser eilten, sie knieten sich hin oder legten sich auf den Bauch und schöpften mit den Händen. Drei Männer saßen bis zum Hals in einem Gumpen wie in einem Kessel, tranken, sangen und dankten Lugh. Kaum einer achtete auf Conlaf, den Arzt; die meisten schlangen das Wasser hinunter, bis ihre Bäuche aufgebläht und steinhart waren. Sie bekamen schlimme Krämpfe, es wurde ihnen speiübel und sie mussten den Reiherbraten ausfallen lassen. In der Nacht kam Conlaf nicht zum Schlafen, unablässig musste er die Männer beruhigen und ihnen sagen, dass sie es schon überstehen würden. Sie wälzten sich unter Schmerzen im Sand, bis sie sich schließlich erbrachen und sich besser fühlten. Da verstanden sie, warum Conlaf sie gewarnt hatte.

Am Morgen fand Madoc ein paar Dutzend Wasserschildkröten, die sich sonnten. Mit ein paar Männern, die sich mittlerweile erholt hatten, grub er Löcher und buk die Schildkröten darin. Gräser und Zweige wurden zusammengedreht und angezündet. Seit Wochen hatten sie kein so gutes, zartes Fleisch mehr gegessen. Die Jungen schnitten das Fleisch, steckten es auf Astgabeln in den Sand und räucherten es über dem sanft glimmenden Feuer, das die Fliegen fern hielt.

Als Nächstes zerrten sie die abgezehrten Kühe, Schafe, Ziegen und Pferde über die Laufplanken von Bord ins saftige grüne Gras und banden sie an Bäume. So konnte das Vieh zwar weiden, aber es konnte nicht weglaufen und saufen. Dass die Tiere von dem feuchten Gras Blähungen bekommen würden, nachdem sie Wochen lang nur Heu gefressen hatten, sagte ihnen niemand.

Bevor sie sich wieder auf den Weg machten, schabten sie die Entenmuscheln vom Rumpf und kalfaterten die Schiffe. Erlendson sang nordische Lieder auf die alten Götter, die Helden und Trolle, während er auf allen Schiffen das Buchenblatt der Steuerruder und die Ruderdollen prüfte, Takelage und Mastbaum kontrollierte. Sah ein Flachstau angegriffen aus, ließ er ein neues Fall aufziehen und das alte spleißen.

Von einem Hügel aus sichteten die Männer eine Reihe sandiger Inseln, die im Meer lagen wie eine Kette. Das seichte Wasser leuchtete hellgrün in der Sonne und verlief in größerer Tiefe zu einem Olivgrün.

Im Inselinneren fand Brett handtellergroße Feigen, die er zusammen mit dem hinkenden Troyes in einer Plane sammelte. Auch andere kamen und wollten Feigen pflücken. Brett stieg auf einen Baum und schüttelte, damit die Männer die Früchte aufklauben konnten. Erlendson entdeckte eine merkwürdige gelbe Frucht an einem großblättrigen Baum. Er pellte sie, das orangerote Fleisch schmeckte süß und fein; die Frucht hatte große Kerne. Er pflückte davon, so viel er konnte, um damit den leeren Stauraum zu füllen, wo einst schimmlige matschige Zwiebeln gelagert hatten.

Madoc ordnete an, dass Brett und Brian Früchte auf die *Gwennan Gorn* bringen und anschließend den Jungen von den anderen Schiffen helfen sollten. Vor seinem geistigen Auge sah er seine Männer – abgemagerte Schatten ihrer Selbst mit eingesunkenen Augen und aufgesprungenen Lippen; nun fanden sie Heilung auf der Insel der Bäume.

Caradoc zog mit seinen Bootsjungen große Muscheln aus dem Sand im seichten Wasser, knackte sie, nahm das handgroße Fleisch heraus und legte es zum Trocknen auf Felsen.

Nach ein paar Tagen ging es den Männern deutlich besser, nachdem sie frisches Wasser, Früchte und reichlich Fleisch zu sich genommen hatten.

»Stimmt es, dass du wie ein Dudelsack bist?«, fragte Troyes an Brett gewandt. »Gibst erst einen Laut von dir, wenn dein Bauch voll ist?«

Brett lachte. »Ganz so ist es nicht. Komm doch nach dem Essen vorbei, wenn ich das Tagebuch vom Kapitän lese. Ich bin gespannt, was er getan hat, nachdem er Paris verließ.«

»Ich komme und prüfe, ob er auch die Wahrheit geschrieben hat. Ich war nämlich damals dabei, mein Junge. Wenn es nicht stimmt, muss ich die Geschichte selbst zu Ende erzählen.«

Troyes' meergrüne Augen haben einen Goldschimmer und die List eines Falken, fuhr es Brett durch den Kopf, doch dann dachte er: Ich schätze ihn falsch ein, er hat ein großes Herz, und er ist so lieb wie ein Delphin. »Ich habe beim Lesen außer Wörtern noch andere Sachen gelernt«, sagte er. »Die Druiden heilen Wunden mit Mutterkorn.«

»Das weiß ich, jeder gute Heiler weiß das. Was hast du sonst noch gelernt?«

»Die Überlieferung ist das Herzstück menschlicher Erfahrung. Der Erzähler, oder in Madocs Fall der Schreiber, lässt all sein Wissen über das Leben, die Weltsicht und die Geschichte in seine Schilderung einfließen und verwandelt das, was er gesehen oder erlebt hat, für sein Publikum in etwas Konkretes, Lebendiges, das überzeugend ist und leicht erinnert werden kann. Jeden Tag entstehen neue Geschichten von unseren Abenteuern auf diesen unentdeckten Inseln und sie geben ein Wissen weiter, das in den alten druidischen Ratsversammlungen noch nicht vorhanden war.«

»Das ist gut so«, sagte Troyes. »Wenn das, was du nach dem Essen erzählst oder vorliest, so gut ist, wie es klingt, werden wir beide alle Erzähler anhalten, die Geschichten zu verbreiten. Auf jedem Schiff muss es einen Erzähler geben.«

XV

Die Halbinsel wird umrundet

[Entlang der Küste von North und South Carolina, Georgia und Florida] gibt es Hunderte vorgelagerte Inseln ... viele bestehen nur aus [Sand oder] einem Zedern- und Palmenhain. Diese Inseln sind Überreste des eozänen Meeresbodens. Gesäumt sind sie (mit Ausnahme der dem Meer zugewandten Seite) von fruchtbaren Marschen ... Vor Millionen Jahren wurde der Superkontinent durch tektonische Verschiebungen auseinander gerissen, dabei entstanden Gondwania [mit Afrika, Vorder-indien, Australien und Antarktika] auf der Südhalbkugel und Laurentia, der nordamerikanische Festlandkern. Im Kalkstein [der Inseln] wurden fossile Pflanzen und Tiere gefunden, die man nur in Afrika heimisch vermutete.

Roy Attaway, A Home in the Tall Marsh Grass

Madoc versammelte die Kapitäne. »Ich freue mich, dass ihr euch so schnell erholt habt. Hier auf der Insel gibt es kein Süßwasser, also müssen wir am Abend mit der Flut auslaufen. Verstaut Früchte und getrocknete Muscheln und füllt die Fässer mit Regenwasser.«

Willem hob die Hand. »Was ist mit dem See, den Kabyle entdeckt hat?«

»Es ist eine Salzwasserquelle, die von Muschelbänken um-schlossen ist. Ich kann mir das nicht erklären. Durchstößt das Meer irgendwo die Insel?«

»Da ist noch etwas!«, sagte Kabyle. »Heute Morgen stand ich auf den Muschelhaufen und betrachtete den See, er sah aus wie flüssiges Quecksilber, und mein Spiegelbild blickte mich an wie aus einem Stück poliertem Silber.« Er hielt inne und beugte sich vor. »Auch die Bäume spiegelten sich darin – und davor standen ein paar braunhäutige Männer.« Zischend sogen die Männer die Luft ein. »Sie trugen nur kurze Schurze, ihr Haar war lang und kohlschwarz. Im Mund hatten sie Stöcke. Immer wieder nahmen sie diese Stöcke heraus, schürzten die Lippen und bliesen Rauch aus. Ich dachte erst, sie hätten Feuer in der Kehle, aber das konnte nicht sein. Ich hielt also den Blick aufs Wasser gesenkt und beobachtete sie weiter. Sie hielten die Stöcke an einem Ende und saugten daran, dann bliesen sie den Rauch aus. So etwas habe ich noch nie gesehen!«

Alle raunten durcheinander.

»Was denn für Stöcke?« Sigurd kratzte sich am Kopf und rieb sich die roten Augen.

»Keine Ahnung«, sagte Kabyle. »Nach einer Weile fragte ich mich, ob diese Männer unten auf dem Grund des Sees standen, und warf eine Hand voll Muscheln ins Wasser. Doch als sich die Wellen wieder gelegt hatten, sah ich nichts mehr. Ich ging zu den Bäumen am Strand, dort glomm ein kleines Feuer. Ich fand Blätter, so groß wie meine Hand, sie waren braun und trocken und sie waren zu Stöcken gerollt. Ich wollte sie mitbringen, aber – Allah sei gelobt! – da knackte ein Ast. Mir blieb fast das Herz stehen, und ich rannte weg.«

Alle waren still, alle dachten an die rauchenden Fremden. Schließlich sagte Riryd: »Das hast du erfunden! Es gibt hier keine anderen Menschen. Wir sind die Ersten.«

Einige kicherten. Kabyle warf sich in die Brust. »Ich weiß, was ich gesehen habe! Kommt mit, wenn ihr wollt!«

Brett kam über den Strand gelaufen und schwenkte etwas über dem Kopf. »Kapitän Madoc! Sieh, sieh doch, was ich gefunden habe! Einen Becher! Einen lustigen Becher mit einem Henkel. Und es gibt hier Menschen, ganz merkwürdige Menschen!«

Brett war ganz rot – entweder vom Laufen oder weil er den kleinen Becher mit dem langen Henkel angesehen hatte, der aus einem roten Stein geschnitten und mit einem knienden Mann verziert war. Der Henkel stellte einen langen Penis dar. Innen war der Becher verrußt, Überreste von Verbranntem klebten noch darin.

»Ha!«, machte Madoc. »Wo hast du denn das gefunden?«

»Auf einem Hügel hinter einer Felswand. Kann er denn so lang sein – dagegen sind wir ja Waisenkinder! Ich weiß nicht, was das für Männer sind, aber das ist doch ein Ding, was?«

»Ein Ding, ja, aber was für ein Ding? Das Zeug im Becher kann kein angetrockneter Sirup sein.« Madoc reichte den Becher herum. »Vielleicht ist es eine Feuerschüssel. Jemand hat sie gemacht. Aber wer? Vielleicht einer der Männer, die Kabyle gesehen hat?«

Der Becher war ungewöhnlich, obszön und ganz anders als ihre Becher und Schüsseln aus Stein. Alle konnten es kaum erwarten, den Becher in der Hand zu halten, und sobald ihn einer bekam, kicherte er beim Gedanken, einen Mann mit so einem langen Glied zu treffen, lachte laut und strich über sein bärtiges Gesicht.

Kabyle rollte mit den Augen und schlug sich auf die Knie. »Möge Allah diese Männer segnen und uns das Glück bescheren, ihre Frauen zu treffen!«

Troyes hielt eine fingerdicke Rolle aus krümeligen Blättern hoch. »Das habe ich auf demselben Haufen gefunden, ein Ende war angekohlt.«

Jemand meinte, es seien Speiserotalgen, ein anderer sagte, es sei Zunder, mit dem man Feuer macht. Es war ein Rätsel.

»Bei Allah!«, rief Kabyle aus. »Ich hab's! Die Blätter haben sie zu einem Stock gerollt, an einer Kohle angezündet und den Rauch herausgesaugt!«

»Dieses brüchige, alte Blatt?«, fragte Erlendson und hielt ein Ende ans Feuer. Es brannte nicht, sondern glomm wie Torf. Er nahm den Stock in den Mund, saugte daran, hustete, blies aus und gab ihn Kabyle, der daran leckte und schließlich inhalierte, sodass das andere Ende aufglomm. Hustend blies er den Rauch aus.

Die Männer ließen den Stock herumgehen. Ein jeder roch daran und sog vorsichtig ein wenig Rauch ein. Der Geruch erinnerte Brett an den Duft von Bergamotte und Pferdeminze bei den Samhain-Feuern, und einen Moment lang bekam er richtiges Heimweh. Er grub die Fäuste in die Augenhöhlen, holte tief Luft und sagte: »Dort auf dem Hügel ist ein stämmiger Baum, der zu einem Holzsitz mit Beinen, Kopf und Schwanz geschnitzt wurde. Aber so ein Tier habe ich noch nie gesehen.«

»Das würde ich mir gerne ansehen«, sagte Madoc.

Er übertrug Kabyle das Kommando über die Männer und folgte Brett über eine grüne Wiese zu einem Feigenwäldchen am Hügel, wo geschwungene Wurzeln die Erde zusammenhielten. Sie schoben seidige Spinnweben zur Seite. Hunderte von krächzenden Vögeln mit gelben Köpfen und grünem Gefieder saßen auf den unteren Zweigen der Bäume. Als Brett zwischen den Bäumen hindurchging, flogen sie auf und kreisten kreischend umher. Ihre langen Schwänze hingen herunter wie bunte Flachsdocken.

»Papageien!« Madoc hatte solche Vögel am Königshof von Frankreich gesehen.

Brett wich zurück und beobachtete das gelbgrüne Geflatter in den Bäumen. »Die Papageien fressen die Früchte.«

Von der Hügelkuppe aus sahen sie die andere Seite der Insel. »Ich hoffe, wir sehen diese rauchenden Männer, gleichzeitig habe ich aber auch Angst davor.« Er schauderte. »Woher kamen sie? Und ich dachte, hier im Meer im Westen lebten keine Menschen!«

Ein Hang fiel zum Strand hin ab, eine zerschlissene Strickleiter hing fünf Ellen hinunter. Brett schenkte ihr keine Beachtung und zeigte Madoc den Sitz, der aussah wie ein gut genährtes Tier mit einem Menschenkopf, einem Vogelschwanz und vier Beinen.

Madoc setzte sich, lehnte sich an das verwitterte Holz und schnappte nach Luft. Er verschwand ganz in dem riesigen Ding. Als er über die See zu einer Reihe grüner Inseln sah, die am Horizont schwammen, fühlte er eine unbeschreibliche Macht. Dann drehte er sich um und sah eine Landschaft von übernatürlicher Schönheit, eine Wiese mit Obstbäumen und einen kleinen Sumpfsee, um den ein Pfad lief, der so ausgetreten war, als hätte man ihn schon seit Ewigkeiten begangen. Sein Herz pochte. Vielleicht hatten die Männer den Stein gehauen und geglättet, damit sie den Regen wie in Schüsseln auffangen konnten, dachte er. »Von hier aus kann man über die ganze Insel und das Meer herrschen.«

»Das Holz ist ausgebleicht und voller Staub, er steht schon lange hier«, sagte Brett. »Wer hat ihn aufgestellt?«

»Das weiß ich nicht. Aber er wird auch noch hier sein, wenn du und ich längst nicht mehr sind.« Er beugte sich vor und wischte den feinen, verwehten Sand mit der Hand vom Holz. Es war so glatt poliert, dass es sich anfühlte wie mit Öl überzogen. Ganz in der Nähe war eine Feuerstelle neben einer Mauer aus faustgroßen Steinen.

»Dort haben wir diesen wahnwitzigen Becher gefunden«, sagte Brett.

Madoc schwieg eine Weile. »Ich glaube, es ist ein Zeremonienplatz, wie unsere Steinkreise, und hier sitzt der Häuptling.« Er trat gegen einen Haufen trockenes Laub und

nahm ein paar Blätter, um sie später zu begutachten.
»Willst du dich mal setzen, damit du weißt, wie es sich anfühlt, Häuptling zu sein?«
Brett hockte da und stützte sein Kinn mit der Hand. »Wie ein König fühle ich mich nicht.« Er rutschte auf dem Sitz und lehnte seinen Kopf an den Kopf des Zaubertiers, seine Füße legte er auf den Schwanz. »Wie sehe ich aus?«
»Dir fehlt nur noch ein Umhang aus Kaninchenfell oder Papageienfedern und ein Golddiadem auf der Stirn!« Madoc wanderte umher und besah sich die Mauer mit den kleinen Simsen und Mulden. Alles war mit feinem Sand überzogen, es gab keine Fußspuren außer Bretts und seinen, neben der Feuerstelle lagen keine abgenagten Knochen. Er schloss daraus, dass man auf diesem Hügel nicht zum Essen zusammenkam, und er fragte sich, nach welchen Gesichtspunkten der Mann ausgewählt wurde, der hier abgeschieden von seinem Stamm den Stock rauchte. Er fragte sich auch, ob der inhalierte Rauch den Mann benommen machte, schwindlig, wach oder schläfrig. In den Mauernischen suchte er nach Blättern und Gräsern, aber er fand nur die morsche Strickleiter aus Gerten, die zu einem Bach am Ufer führte. »Über die Leiter kann man zum Strand klettern.« Die Küstenlinie bestand aus rötlichem Schlamm, der offenbar bei Flut überschwemmt wurde. Weiter in der Ferne sah er schwarze Felsen mit breiten Spalten, aus denen wie Borsten herbstgelbe Sumpfgräser wuchsen. Die Luft war erfüllt vom schwülen Geruch verrottender Pflanzen und von Moorgasen, die in Schlammblasen eingeschlossen waren. Wenn die Sonne schien, dehnte sich das Gas aus, die Blase platzte mit lautem Knall und hinterließ ein Loch im Schlamm, das sich jedoch gleich mit Wasser füllte.
Brett schlang die Arme um den Kopf des hölzernen Tiers, zog sich hoch und fuhr mit der Hand ins Maul des Tiers.

»Hier! Ich habe etwas gefunden!«, schrie er. Aus den Backen zog er ein Gewirr aus getrockneten Pilzen mit flachen Köpfen hervor. »Noch mehr Kraut? Das stinkt wie Kuhdung. Vielleicht weiß Kabyle, wozu das gut sein soll! Sollen wir es mitnehmen?«

»Nimm ein kleines Stück für Kabyle und leg den Rest zurück. Falls uns jemand beobachten sollte, wollen wir nicht gierig sein und ihn vor den Kopf stoßen. Vielleicht werden die Pilze auch ins Wasser gegeben und getrunken oder in Blätter eingerollt. Das ist alles sehr rätselhaft. Vielleicht ist auch der Geist des toten Königs bei uns, der einst hier saß; ich habe so ein komisches Gefühl.«

»Ich mag Kapitän Kabyle«, sagte Brett. »Er ist wie du, er erklärt alles so, dass es jeder versteht, und er macht sich nie über mich lustig.«

»Ja, da bist du gut beraten, wenn du ihn magst. Er sieht anders aus, weil er immer einen Schal um seinen Kopf wickelt, aber er benutzt seinen Kopf zum scharfen Denken, er ist so weise wie unsere Erzdruiden.« Madoc legte die Hand auf Bretts warmen Wuschelkopf.

Eine Eidechse, die unbemerkt auf dem warmen Boden geschlafen hatte, wurde aufgescheucht und huschte züngelnd auf den Holzsitz. Brett entfuhr ein erstickter Schrei, zwischen zusammengepressten Zähnen zischte er: »Lass uns hier verschwinden, das ist der Geist des Königs, und er ist hässlich!«

Madoc nahm Brett an der Hand und betrachtete kichernd die Eidechse auf dem Sitz. Er wünschte, er würde die Bedeutung dieses mysteriösen Throns kennen – wenn die Eidechse doch sprechen und ihm die Geheimnisse der Rituale, der Gesänge, Lieder und Worte enthüllen könnte!

Am Morgen kratzte sich Brett den Kopf, dass seine Haut ganz rot wurde. Troyes und Kabyle, die ihn beobachtet hatten, untersuchten ihn; sie fanden weißliche Eier an den Haaren und kleine flache Läuse. Lachend trugen die Männer den Jungen zu den großen kesselartigen Felsen mit sonnenwarmem Regenwasser. Sie leerten ihre Taschen, wuschen die nach Fisch stinkenden Kleider und legten sie in die Sonne. Sie setzten sich in ein Becken, schrubbten Bretts zerzaustes Haar mit Sand und tunkten ihn, damit der Sand wieder ausgespült wurde. Als Brett spotzend mit den Beinen strampelte, müssten, wie sie glaubten, die Läuse ertrunken sein. Dann setzten sie sich in den Schatten und warteten, bis ihre Kleider trocken waren.

Kabyle drehte sein Feuereisen, zündete eines der zusammengerollten Blätter an, die Brett ihm gegeben hatte, und paffte ein paar Mal, bis das Ende aufglomm. Brett zog die getrockneten Pilze aus der Tasche. Kabyle zerrieb sie zwischen Daumen und Zeigefinger, streute ein paar Krümel auf die glimmenden Blätter und wickelte den Rest in seinen Turban ein. Er zog, behielt den Rauch im Mund und sog ihn tief in seine Lungen ein. Mit glänzenden Augen stieß er kleine graue Rauchwölkchen aus. Troyes erschien ihm wie eine Missgeburt mit einem riesigen Kopf, riesigen Händen, zwei haarigen, steifen Beinen und goldgelb umrandeten Füßen. Er gab Troyes den Stock, zog die trockenen Kleider wieder an und schlenderte zu den Schiffen zurück. Troyes und Brett hatten keine Eile, ihm zu folgen.

Brett legte sich ins Moos zurück, ließ seine Beine in dem stillen Becken baumeln und die schwarzen Kaulquappen an seinen Zehen knabbern.

Troyes erschien es mit jedem Zug, dass sein Kopf größer würde, und er war sicher, er verstünde mehr als je zuvor. Er mochte Bretts helle, melodische Stimme, er hörte den Wind, der die Sandkörner aneinander rieb, und das Dröhnen der Wellen, bevor sich das Wasser schäumend auf den

Felsen kräuselte. Die Farben wurden leuchtender. Das Wasser in den Gumpen glänzte wie poliertes Eisen. Der schwarze Humus an den Baumwurzeln war samtweich. Bretts Gesicht glühte rot vor den leuchtend grünen Farnen an den Felsen, umgeben war er von einer schimmernden Aura in allen Regenbogenfarben – so schön wie die Decke einer französischen Kathedrale. Der Anblick von Bretts weißer Haut im grünen Moos erregte ihn, er dachte an die schlanken jungen Mädchen, die er gekannt hatte, und spürte einen unerwartet heftigen Druck in den Lenden. Er gab Brett die glimmenden Blätter. »Kabyle hat geraucht, also kannst du auch rauchen! Mein Herz schlägt schneller, ich fühle mich ganz leicht. Komm schon, saug! So, ja, genauso!« Er schürzte den Mund und küsste Brett, als er ihm das schwelende eng gerollte Blatt gab.

Brett saugte, zog ein Gesicht und legte die Blattrolle hustend auf einen Stein. »Das macht mir keinen Spaß! Wie kannst du das nur aushalten? Das schmeckt ja schlimmer als Sauerkraut!«

Er trat gegen einen Farnstrauch, wo sich eine braungelbe Schlange räkelte und schließlich verschwand. Die beiden gingen hintereinander zu den Schiffen zurück.

Wie immer war Conlaf neugierig und wollte alles Neue ausprobieren. Am späten Nachmittag waren die Schiffe bereit zum Auslaufen, doch er saß im Sand und nahm einen langen Zug von der Blattrolle, in die er Pilzkrümel gegeben hatte. Er starrte ein paar Flussläufer an, die im seichten Wasser wateten und nach kleinen Garnelen pickten. Die Vögel leuchteten in der Sonne, ihre langen Schnäbel waren spitz wie Nadeln. Conlaf schützte seinen Kopf mit den Händen, weil er fürchtete, die Vögel wollten Löcher in seinen Schädel bohren. Er hörte einen Schrei – er selbst hatte geschrien; er dachte, die Vögel hackten ihm auf dem Kopf herum. Schließlich rannte er weg.

Madoc lief ihm nach, auch Llieu, Morgan und Kabyle folgten. Als sie Conlaf eingeholt hatten, lag er rücklings im Sand, seine Augen waren glasig, sein Atem ging flach und keuchend. Sein Herz raste so heftig, dass Llieu die Herzschläge unter dem Kittel sehen konnte.

»Er hat wohl zu viel von den rauchenden Blättern abbekommen«, meinte Kabyle. »Vielleicht sollte er sich erbrechen.«

»Nein, lass ihn liegen«, sagte Llieu, »und stell dich vor die Sonne, damit er im Schatten liegt, er braucht etwas Beruhigendes für sein Herz, es rast wie ein wild gewordenes Tier in seiner Brust.«

Aus seinem Kittel zog er den kleinen Arzneibeutel, den er als Heilkundiger immer bei sich trug, gab eine Fingerspitze voll gräuliches Fingerhut-Pulver auf die Zunge, tränkte es eine Weile mit Spucke, hielt Conlafs Mund auf und ließ seinen Speichel hineintropfen; das war der schnellste Weg, eine Infusion zu machen.

Conlaf drückte den Rücken durch, sein Gesicht war rot, sein Haar schweißnass. Madoc hielt ihm den Mund zu, bis er sah, dass sich der Kehlkopf bewegte; Conlaf hatte geschluckt.

Llieu legte die Hand auf Conlafs Brust, damit er den Herzschlag fühlen konnte. »Dieser Rauch verändert die Menschen; manche lachen und tanzen, andere schreien wütend, raufen sich die Haare und zerreißen ihre Kleider.« Stirnrunzelnd sah er Kabyle an, der über dem Kranken kauerte, und schob ihn zur Seite.

»Der rauchende Stock hat nicht uns gehört«, sagte Kabyle. »Er wird uns bestrafen.« Er stampfte mit dem Fuß auf und fuchtelte herum, um die Aufmerksamkeit der Männer auf sich zu ziehen. »Hört zu! Das Rauchen der Pilze hat

Conlafs Stoffwechsel beschleunigt, Lungen und Herz arbeiten in rasender Geschwindigkeit, das heißt, er lebt so schnell, dass er bei Einbruch der Nacht schon ein alter Mann sein könnte!«

Die Männer am Strand glaubten Kabyle, obwohl er kein Heiler war und auch wenn noch keiner von so einem Leiden gehört hatte. Sie standen da wie Bäume in der Windstille und nahmen die Worte auf, dann plötzlich drückten alle ganz hektisch die rauchenden Blätter aus. Die Hälfte der Männer schlenderte weg und stützte sich gegenseitig. Einer schrie, das Meer sei blutrot. Ihr dröhnendes Lachen driftete aufs Meer hinaus. Ein paar Männer stürzten sich in die Wellen und riefen, sie hätten ganz rote Arme. Ein anderer schrie, der Wind hätte ihm die Haut vom Fleisch geweht. Er legte sich hin und grub sich in den Sand.

Roi, Madocs Ziehbruder aus Dubh Linn, kletterte auf einen Baum, an dem eine faustgroße rote Frucht hing. Wankend stellte er sich auf einen Ast, schrie und pumpte mit den Armen wie eine Möwe mit ihren Flügeln.

Brett sah mit großen Augen und angehaltenem Atem, wie Roi vom Baum plumpste. Ein Arm verdrehte sich, er besudelte sich selbst mit Erbrochenem.

»Gute Güte, Lugh!«, hauchte Brett.

Kabyle half Roi auf, säuberte ihn, und Llieu schiente den gebrochenen Arm zwischen zwei Stücken Treibholz. Roi schrie, Tränen liefen ihm übers Gesicht. Als Llieu fertig war, wischte er sich die Augen und sagte: »Wenn ich höher geklettert wäre, hätte ich fliegen können. Der Zauberrauch hat mich in eine halbe Möwe verwandelt.«

»Dann hat also die andere Hälfte, die sich noch nicht verwandelt hatte, den Fall verursacht«, sagte Brett, der sich die Nase zuhielt, weil Roi so säuerlich stank.

Am Abend schienen alle wieder bei sich zu sein. Wer geraucht hatte, behauptete, er hätte Land, Wasser und Himmel ganz anders gesehen. Conlaf war sich sicher, dass eine kleine Dosis Pilzrauch schmerzlindernd sei. »Ich habe blaue Flecken an Armen und Beinen, aber ich habe nichts gespürt, ich habe keine Ahnung, wann ich mich angestoßen habe. Kann ich die restlichen Pilze als Arznei nehmen, Kabyle? Und du, Madoc, kannst du mir den Holzthron zeigen?«

Madoc war ärgerlich, weil sich Conlaf an dem rauchenden Stock allzu gütlich gehalten hatte. »Es ist Essenszeit, die Bootsjungen machen am Strand schon ein Abendessen aus Früchten. Wir haben keine Zeit mehr, durch die Gegend zu wandern.«

»Warum bleiben wir nicht länger?«, fragte Conlaf.

»Die Insel ist zu klein, hier gibt es nicht viele Wildtiere, das Regenwasser verdampft, der See ist salzig, außerdem scheinen hier Wilde zu leben. Wir brauchen mehr Platz, wir brauchen einen Fluss oder einen Bach, Bäume für Nutzholz, damit wir die Schiffe reparieren und Hütten bauen können.« Er sah sich nach Anzeichen von Feindseligkeiten unter den Männern um. Doch alles war normal, und er sagte schnell: »Ich verspreche euch eine richtige Heimat, die habt ihr verdient! Bei Flut setzen wir Segel!«

Der zunehmende Mond schien am Himmel. Die Ruderer saßen auf ihren Plätzen, bereit, die Ruder im Takt der Lieder zu ziehen, die von Orten erzählten, die sie gesehen hatten. Sie würden so lange arbeiten, bis der Kapitän ihnen eine Pause einräumte. Die dürren Rinder, Pferde, Schafe und Ziegen starrten ohne zu blinzeln auf das frische Wasser und das Gras in ihren Pferchen, das die Pferde alsbald geräuschvoll kauten. Die hageren Schafe stießen sich beim Saufen gegenseitig an, die mageren Kühe übertönten mit ihrem Muhen das Bellen der dünnen Hunde. Inmitten von Stimmengewirr, Gelächter, Streit, der

Melodie der Flöten und Leiern warteten sie auf Madocs Kommando. Die einen machten ein paar tappende Tanz- schritte, andere jonglierten mit Steinen, und über allem klang das Lied des Kommandanten, der die Anweisungen für die Nacht sang.

Madoc hob eine Fackel – das Zeichen, aufs offene Meer hinaus zu segeln. Auf jedem Schiff antwortete je eine Fa- ckel. So fuhren sie unter den glitzernden Sternen übers hell schillernde Wasser, das sich mit den Rudern bewegte. Leise sang Madoc ein Wiegenlied aus seiner Kindheit; damit wollte er den Männern deutlich machen, dass sie einen unschönen Ort verlassen hatten, dass sie nun auf dem Weg zu einem besseren Platz waren und nichts zu befürchten hatten. Er leckte sich das Salz von den auf- gesprungenen Lippen und hörte ein Schlurfen auf leisen Sohlen. Er drehte sich um – Brett. Er war so weiß wie der Mond, er biss sich auf die Unterlippe, in der Hand hielt er ein Paar stinkende, talgige Wollsocken, die ihm viel zu groß waren.

»Warum schläfst du nicht?«

»Ich fühle mich nicht wohl.« Bretts Lippe zitterte. »Ich spüre den Atem unheimlicher Geister, die mir an den Kra- gen gehen, ich bekomme keine Luft, ich sehe luftige Ge- spenster durch Baumstämme schweben, ich bin ganz durcheinander, mein Kopf dreht sich. In meiner Magen- grube sitzt eine Flamme, und ich kann nicht mehr in hohem Bogen Wasser lassen. Ob die Geister an dem komi- schen Thron das mit mir gemacht haben? Oder die Wilden, die Kabyle gesehen hat?«

»Es ist die Feuchtigkeit, der Nebel hier. Du bekommst schlecht Luft, weil du zu lange kein richtiges Essen mehr hattest. Wasser und Obst laufen nur durch uns hindurch. Wahnvorstellungen bekommen wir alle hin und wieder, das ist normal.«

Doch Brett ließ sich nicht überzeugen: »Die Geister des Throns zürnen mir, vielleicht verstecken sie sich im Mond, er sieht heute Nacht so schrecklich groß aus.«

»Ohne den Mondenschein wäre es dunkler als in einer Höhle.«

»Etwas Schreckliches wird geschehen!«

Madoc lachte. »Mir nicht!« Er nahm eine Hand vom Steuerruder, damit sich seine Muskeln von der schweren Arbeit erholen konnten.

»Aber mir!«, schluchzte Brett und legte seine Hand in Madocs Hand. »Ich will nicht erwachsen werden!«

Madoc schnaubte. »Papperlapapp! Du wirst eines Tages ein stolzer Mann sein. Männer weinen nicht, sie schreien und stampfen auf, damit die Götter sie hören und ihnen Glück schenken. Ich zeige dir, wie das geht!« Er stampfte mit den Fersen und vollführte einen kleinen Tanz, er wedelte mit den Armen und brüllte wie ein brünftiger Bulle, dann hob er den Kopf und schrie wie ein Falke, der einen ungeschützten Bau voller Junghasen erspäht hatte.

Brett versuchte, zu stampfen und zu tanzen wie Madoc, aber seine Stimme war nicht laut genug für einen gellenden Schrei.

Madoc fragte sich, wie er Brett aus seiner schwarzen Stimmung herausholen könnte.

Brett kam sich vor wie ein Feigling, er hatte sein schönes Heimatland verlassen und würde es vielleicht nie wieder sehen. Und er wusste nicht, ob seine Familie noch lebte oder tot war. »Ich bin nur ein dickköpfiger Hasenfuß!«

»Ach was, ich sage dir doch, es ist nur der übliche Wahn. Lies mir lieber aus meinem Tagebuch vor. Was habe ich in Paris gesehen? Rate mal!« Er ließ Brett das Ruder halten, während er das Buch holte.

Brett hörte das vertraute Rascheln der Velin-Seiten; es klang wie die raue Zunge einer Katze, die über ihre Barthaare strich. »Ich glaube, du hast eine Nixe gesehen, die ihren weichen Schwanz wie ein langes Bein um einen Mann wickeln kann.«

»Nein, ich habe einen Gehängten gesehen – nicht gerade ein schöner Anblick. Da habe ich auch Wahnvorstellungen bekommen.« Er hätte sich ohrfeigen können, dass er so unsensibel war. »Vielleicht sollten wir heute Nacht zusammen die Sterne deuten.«

Brett wickelte sich in seine Decke und band seine Schlafmatte fest, dann legte er sich zu Madocs Füßen. Sie sprachen über Nixen, Seeungeheuer, Wale und Tümmler, über Einhörner, Wölfe, Luchse, Wilde und Einsiedler, die sie vielleicht in der neuen Heimat vorfinden würden. Madoc glaubte allerdings nicht, dass sie Wilde oder Einsiedler treffen würden. Dann legte er den Kopf in den Nacken und sprach leise über die wechselnden Stellungen der Sterne.

»Ist dir kalt?«, fragte Brett unvermittelt.

»Ja, verdammt kalt. Und feucht.« Er zog die Decke über die Ohren.

»Du bist der beste Geschichtenerzähler. Tust du eigentlich das, wovon du in meinem Alter geträumt hast?«

»Ja, ich liebe die Seefahrt. Ich will den Männern helfen, in einem unentdeckten Land einen sicheren Ort zu finden. Wir bringen alle die gleichen Opfer, wir folgen nur unserem Gewissen und suchen gemeinsam den besten Weg. Ich bringe dich und die anderen in ein Land, wo wir unsere Lebensträume verwirklichen können, wo wir in Freuden und Freiheit leben und Hoffnung haben können.«

»Meine Hoffnung bist du, ich hoffe, ich werde einmal so wie du. Ich freue mich schon auf den Tag, wenn Flaum auf meiner Oberlippe wächst.«

»Der Gedanke an die Zukunft tut gut. Ein Weiser sagte einmal: ›Um eine Zukunft zu haben, muss man an sie denken.‹«

»Vielleicht kann ich noch nicht so weit blicken, in meinem Kopf ist alles dunkel. Bin ich krank? Wie geht es dir? Bist du glücklich?«

»Du bist nicht krank, es geht dir bestens.« Madoc schloss die Augen. »Ob ich glücklich bin? Lugh, die meiste Zeit habe ich Todesangst! Ich hätte mir nie träumen lassen, dass es in unentdeckten Ländern Menschen geben könnte.«

Im Morgengrauen sprang ein Fliegender Fisch aus dem Wasser und schlug so hart auf Deck auf, dass er reglos liegen blieb. Brett hob ihn auf.

»Ein schönes Frühstück!«, meinte Jorge.

»Ja, für den Kapitän!«, sagte Brett.

Am Morgen ließen sich die Schiffe unter vollen Segeln an kleinen Inseln vorbeitragen, die nicht größer waren als der Hof vor einem Stall. Der Himmel war mit dunklen Wolken bedeckt. Ein silberner Blitz fuhr nacheinander in die Masten von einigen Schiffen, dass es qualmte. Die Segel wurden gerefft.

Auf den Schiffen, wo der Blitz eingeschlagen hatte, tuschelten die Männer, die Todesgöttin Hel hätte eine Warnung geschickt, aber keiner wusste so genau, wovor sie warnen wollte. Die Anker wurden geworfen, damit sie irgendwo festmachten und der Wind die Schiffe nicht von ihrem Kurs aufs offene Meer trieb, doch die Anker fanden im tiefen Wasser keinen Widerstand. Der Wind blies aus allen Richtungen, die Schiffe schaukelten, dass die Spanten nur so knarrten und knirschten. Frisch kalfaterte Fugen sprangen wieder auf, Wasser drang ein und tränkte Decken, Matten, Dörrfleisch und Trockenobst. Die Seeleute gerieten nicht in Panik, sie taten alles, um ein Kentern zu verhindern. Immer mehr gezackte Blitze schlugen ein. Auf dem Mast der *Un Ty* saß ein blaues Licht, das aussah wie ein Auge.

»Zischend und krachend sieht das helle blaue Licht auf

die Männer der *Un Ty*, aber sie stehen stramm wie Soldaten und starren es an«, sagte Madoc.

»Hel warnt uns«, wusste Brett. »Ihr Auge wacht über uns. Ob sie will, dass einer der Männer, vielleicht Troyes, sie auf den Mund küsst?«

»Du hast wirklich eine blühende Phantasie!«, meinte Madoc.

»Ist es recht, wenn ein erwachsener Mann einen Jungen küsst und ihm die Zunge in den Mund steckt?«

»Natürlich ist es nicht recht! Und ich kenne auch keinen Mann, der so etwas tun würde. So einer wäre nicht normal! Kennst du einen, der das getan hat?«

Brett seufzte wie ein müder alter Mann.

Der Donner rollte davon, die zehn Schiffe fuhren aus der geraden Linie. In Fässern, Eimern, Kesseln wurde der Nieselregen eingefangen. Bald waren die Wasserfässer wieder randvoll, und Männer und Vieh hatten für eine Woche reichlich zu trinken. Es wurde so warm, dass die Männer auf das Ölzeug verzichteten, sie zogen sich aus, strichen sich das Haar aus der Stirn und ließen sich vom Regen duschen. Nur Brett zog sich nie aus, nicht bei Tag, nicht bei Nacht, nicht bei Regen und auch nicht Sonne. Er wurde seekrank und erbrach sich über die Reling. Danach wusch er sein Haar, die Knie seiner Hosen und die Vorderseite seines Kittels, um wieder einigermaßen sauber auszusehen.

Es hörte auf zu regnen, und die frische Brise füllte und trocknete wieder die Segel. An der Spitze fuhr Madoc auf der *Gwennan Gorn* von Insel zu Insel nach Süden. Abends legten sie am sumpfigen Ufer der kleinen Inseln an. Die Bootsjungen schenkten den kleinen rosa Krabben, den Entenmuscheln und Garnelen in den Tangwäldern keine Beachtung, fanden sie doch Winkerkrabben und große Blaukrabben im schlammigen, seichten Wasser. Sie brieten sie in Löchern, die sie in der hohen Böschung vorfanden. Sie fragten sich, wer die runden Löcher in den feuchten Lehm gegraben hatte und wer diese unsichtbaren Wilden sein mochten. Ihre Vorstellungen reichten von Feuerstellen zum Kochen und Wärmen bis hin zu grausamen Menschenopfern, die braunhäutige Wilde darbrachten.

Jeden Tag sahen sie mehr Vögel. Sie gaben ihnen Namen – Gelbschnabel, Rotfuß, Blauauge und Fischfresser. Brett war vor allem von den großen Vögeln fasziniert, die kleinere Vögel angriffen und ihnen auf den Kopf pickten, damit sie ihr Futter wieder erbrachen und die großen Vögel die teilweise verdaute Nahrung fressen konnten. Die Bootsjungen nannten sie »Schinder«.

Der feuchte Wind von der Küste brachte Regen und drückende Schwüle. Die Kleider wurden nicht mehr trocken, auch wenn sie in den Regenpausen aufgehängt wurden. Die Männer zogen düstere Gesichter, tuschelten und klagten über die hohe Luftfeuchtigkeit, die sie reizbar machte. In windstillen Nächten stank es nach Verwesung und die Männer wurden immer launischer.

»Die wechselnden Winde drücken den Männern aufs Gemüt«, wusste jemand.

»Ja, und dann hadern sie mit allem, mit den feuchten Decken und dem kalten Essen«, sagte Madoc zu Conlaf, als er ihm das Steuerruder übergab. »Sie beschuldigen sich gegenseitig, Hemden oder Kappen zu stehlen, die sie verlegt haben. Lauter Kleinigkeiten.«

»Meinst du, es schaukelt sich zu einer Meuterei auf? Haben sie es satt, immer nur Befehlen folgen zu müssen?«, fragte Conlaf mit finsterer Miene.

»Nein, nein! Es ist nicht wegen der Befehle – es ist dieses erniedrigend ziellose Leben. Sie reagieren empfindlich auf die kleinste Veränderung. Wenn der Wind aus der falschen Richtung kommt, sorgen sie sich, dass er sie niemals zurück nach Wales wehen wird, und verlieren den Mut.

»Sie wollen zurück nach Wales?« Conlaf zog die Stirn kraus. »Bei Lugh und der Großen Mutter! Wissen sie denn nicht mehr, warum sie weggegangen sind? Musst du ihnen denn immer wieder sagen, dass es irgendwo ein friedliches Land gibt, wo Wasser, Früchte und Wild auf sie warten und wo sie nicht kämpfen müssen, nicht verraten werden, wo sie keine Steuer auf Vieh, Getreide und Flachs zahlen müssen? Wenn man den Mut verliert, verliert man das Vertrauen ins Leben und sieht keinen Sinn mehr. Wo ist ihre Geduld und ihre Klaglosigkeit gegenüber den kleinen Härten des Lebens? Wir haben doch alle unsere Probleme!«

»In den letzten Wochen haben die Männer mehr Erfahrungen gemacht als die meisten Menschen in einem einzigen Leben«, sagte Madoc, als er am nächsten Morgen wieder das Ruder übernahm, und sah ins Morgenrot, das immer heller wurde, bevor der Tag schließlich blau strahlte. »Sie sind ausgebrannt. Vielleicht gibt ihnen das Wissen um ein neues Land wieder neue Hoffnung.« Er zählte die kleinen Steine, die in Abständen von je einem Faden am Log angebracht waren und nun durch seine Hände rutschten, als er die Leine in die Tiefe ließ. »Ich kann den Grund nicht erreichen.«

Im Wind verwehte die Feuchtigkeit, und die Männer sangen wieder Lieder über ihre Vorfahren und rezitierten Verse auf ihre alte Heimat. Am Nachmittag näherten sie sich einer Kette kleiner, der Küste vorgelagerter Inseln. Nur das Eintauchen der Riemen war noch zu hören, als die Männer die Korallenriffe und die fremdartigen Fische beobachteten. Manche waren hellgelb, andere rot oder blau und hatten dicke schwarze Streifen oder Augenflecke auf den breiten Rückenflossen. Es gab auch breite grasgrüne Fische mit großen Schuppen, ihr Kiefer lief spitz zu und sah aus wie ein Schnabel. Die Männer nannten sie »Papageienfische«. Madoc ließ an den kleinen Inseln nicht anlegen. Aufmerksam beobachtete er das Festland, oder vielleicht war es auch nur eine große Insel, jedenfalls war das Grün üppig. Keiner hielt dieses Land für eine wünschenswerte Heimat, aber Madoc wurde ganz aufgeregt, als das Land kein Ende zu nehmen schien. Er fuhr dicht an die Küste, doch enttäuscht musste er feststellen, dass es nur eine weitere dichte Inselkette war. Die Männer sahen kaum mehr hin, wenn er auf das Schilf in den Sümpfen und die Bäume deutete, die wie unter einem Spitzentuch unter einer wabernden Dunstglocke standen. Wenn sich die graugrüne Spitze im Wind hob und senkte, sah es aus, als würden die Bäume atmen und als brauchten sie zum Wachsen nur diese feuchte Luft. Die hauchdünnen Blätter waren wie weiche Nadeln, die sich wie zierliche grüne Pfauenfedern zur Sonne auffächerten, das Licht filterten und den dunklen Boden sanft schimmern ließen, der Blasen warf wie eine dicke Suppe und schädliche Dämpfe verströmte. Die ausladenden Stämme umgaben spitze Strünke.

Madoc zeichnete Bäume, Vögel und Fische und schilderte die rosa und weißen Korallen, kaum dass er sie sah, denn er wollte den Anblick dieser Dinge für alle Zeiten festhalten.

Caradoc schrieb auf dünnen Rindenstücken, die er mit Bändeln zusammengeheftet hatte, denn er sah keinen Grund mehr, etwas auswendig zu lernen, nachdem im neuen Land bestimmt niemand mehr etwas Schriftliches zerstören würde. »Was wir gesehen haben, kann die lebhafte Erinnerung eines Barden nicht ausschmücken und verändern, auch ein deprimierter Priester kann es vernichten, weil er nicht glauben kann, was wir gesehen haben.

Wir können unseren Kindern alles vorlesen, und sie werden uns glauben.«

»Wenn wir keine Frauen haben, gibt es auch keine Kinder, und wenn die Schafe und Kühe ertrinken, gibt es auch kein Kalbsleder und kein Velin mehr«, wusste Tipper. »Wir allein wissen, was wir gesehen haben. Aber es stimmt: Es ist gut, alles aufzuschreiben und zu zeichnen. Ich kann aus Federkielen Schreibfedern spitzen und aus Galläpfeln, Stechpalmenbeeren, aus Brombeeren oder aus Ruß und Flechten Tinte machen. Wenn wir die Dinge aufzeichnen, haben wir etwas zu tun, zu studieren, zu reden, das wird die Frauen ersetzen.«

»Du warst zu lange auf See«, meinte Dewi, »wenn du glaubst, dass eine Baumrinde eine Frau ersetzen kann! Ich wette, dein Stab ist so lahm wie eine Seeschnecke. Du würdest ihn gar nicht vermissen, wenn wir ihn abschneiden!«

»He! Fege lieber mal vor deiner eigenen Schwelle!«

Eines Nachts segelten die Schiffe durch Schwärme weißer Vögel mit langen Hälsen. Die Männer dankten Lugh für das gute Abendessen. Die Bootsjungen nannten sie »langhalsige Hühner«. Sie schälten sich aus den Kleidern und schwammen neben den Schiffen her, packten die Vögel an ihren Krallen, drehten ihnen den Hals um, rupften sie und nahmen sie aus.

Beim Anblick der nackten Jungen im Wasser musste Madoc an Garth und Tallesin denken, die nun leichenbleich und aufgedunsen oder von Haien zerfetzt und von anderen Fischen angeknabbert im Meer trieben. Er stellte sich vor, wie die abgenagten Knochen verstreut auf die driftenden Sandbänke am Meeresgrund gesunken waren. So friedlich er auch scheinen mag, der Tod ist immer ein Akt der Gewalt, dachte er. Es gab keinen natürlichen Tod, keinen vorzeitigen Tod, keinen Unfalltod – der Tod war immer vorherbestimmt durch das Schicksal, und dessen Zeichen konnte man erkennen. Zwei Nächte, bevor Garth und Tallesin gestorben waren, hatte es im Wasser kein grün schimmerndes Licht mehr gegeben. War das eine Vorwarnung, dass die beiden sterben würden? Wie konnte er sicher sein? Er hätte mit jemandem sprechen sollen. Mit irgendjemanden! O je! Er bezweifelte, dass der Geist eines Mannes bei den Fischen im Meer leben konnte, doch andererseits hatte er auch schon Dinge gesehen, die er sich nicht erklären konnte, zum Beispiel einen Fisch, der die Farbe wechseln konnte. Er war froh, als Jorge die Schwimmer zurückrief und alle wieder wohlbehalten an Bord waren.

Am Tag danach fuhr das Schiff im Zickzack zwischen sumpfigen Inseln hindurch, die aussahen wie schwimmende Schutthaufen, zusammengehalten von Moosen und Farnen. Madoc hielt Ausschau nach Wild, entdeckte aber nur Eidechsen, Schlangen, Vogelspinnen, Schildkröten und Vögel. Er hörte das Summen der Myriaden von Stechmücken, die in Augen, Ohren, Mund und Nase drangen und die Männer verrückt machten. Sie schützten sich mit Kleidung oder Decken und erstickten fast vor Hitze. Am Abend sahen sie Glühwürmchen zwischen den Bäumen und kämpften gegen die teuflischen Moskitos, die umherschwärmten und die Kühe schreien machten. Auf den anderen Schiffen hörten sie die Pferde wütend wiehern. Für Madoc bestand dieser Teil der Welt aus heißem Schlick, wo eine begrenzte Anzahl von kleinen Tieren, die nicht essbar waren, und eine begrenzte Auswahl von Pflanzen, die auch nicht essbar waren, lebten und starben. Vielleicht hatte die Erde zu Anbeginn der Zeiten so ausgesehen. Oder vielleicht würde sie am Ende aller Zeiten so aussehen.

Der 2. Dezember des Jahres 1170 brach kalt an und sollte Madoc immer in Erinnerung bleiben. Er kletterte zum Masttopp und brachte die Fallleinen an. Dabei sah er ein paar Männer das Deck schrubben und dachte bei sich, wie gut die Männer ihre Arbeit gelernt hatten. Alle Mannschaften wussten inzwischen, was sie zu tun hatten, und mussten nicht mehr angewiesen werden. Die Zusammenarbeit war gut, und Madoc war stolz auf jeden Einzelnen. Er warf einen Blick auf den Horizont und rief: »Eine Insel! Steuerbord voraus!« Er kniff die Augen zusammen und sah noch einmal hin. Ein kleiner Fluss mündete in der Bucht. Und plötzlich kamen wie aus dem Nichts Hunderte von kleinen grünen Papageien angeflogen und verdunkelten die Sonne. Sie kreisten und flatterten zur Insel voraus, wie um ihnen den Weg zu zeigen. »Ein gutes Zeichen!«, brüllte Madoc. »Heute Abend essen wir auf dieser Insel.«

Die Männer kletterten von Bord, rannten am Strand auf und ab, sangen Kanons und fröhliche Weisen. Gerard und seine Mannschaft von der *Grey Wolf* suchten Treibholz zum Feuer machen, Madoc und seine Jungen wateten mit Schöpfeimern im Wasser und sammelten Krebse mit blaugrünen Schwänzen. Da hörten sie ein Gurgeln wie von einer Hand voll Kiesel, die ins Wasser geworfen wurden – große Garnelen huschten durch einen seichten Wasserlauf, dessen Grund steinig und voller Entenmuscheln war.
An der Böschung entdeckte Llieu einen großen Kreis aus festgetrampelter Erde, umgeben von einem Wall aus Austernschalen, Schneckenhäusern und Muscheln. Er stocherte herum und fand Knochen von kleinen Tieren. »Hier versammeln sich Leute zum Essen, vielleicht begehen sie hier jahreszeitliche Rituale oder treiben Handel. Doppelt so viele wie wir können hier zusammenkommen.«
»Der Kreis wurde lange nicht mehr benutzt«, sagte Ka-

byle. »Besengras wächst schon auf dem Wall.« Er bückte sich und pflückte eine Kriechpflanze mit runden Blättern, einer asternähnlichen Blüte und einem biegsamen konischen Stängel, der auf einer Seite rot wurde. Er sah auch salzliebende kleine Nussbäume. »Ich kenne diese Pflanzen nicht, ich werde sie zeichnen und beschreiben.«

Madoc strahlte übers ganze Gesicht. So einen Ort hatte er gesucht! Einen Ort, der schon gerodet war, wo es Süßwasser gab und reichlich Nahrung. Er war sicher, es gäbe auch Tiere am Bach, und schickte ein paar Männer mit Schleudern und Pfeilen aus.

Der neun Jahre alte Brett zupfte Madoc aufgeregt am Ärmel und zog ihn weg von den Männern, die lautstark und geschäftig das Essen zubereiteten. Sie gingen die Böschung entlang, bis sie niemand mehr hören konnte.

»Da ist Wild!«, flüsterte Brett und deutete auf einen kleinen Hirschbullen.

Madocs Herz hüpfte vor Freude. Das war das neue Land der Druiden! Er kauerte sich hin und bedeutete Brett, still zu sein. Das Tier watete in aller Ruhe durch den Bach ans andere Ufer und äste saftige Schösslinge. Dann aber sah oder hörte es etwas, hob den Kopf und stellte die Lauscher. Madoc hörte ein leises Grollen wie das Knurren eines Hunds, sah auf und hielt den Atem an. So eine große Katze hatte er noch nie gesehen! Bretts Augen waren so groß wie Walnüsse. Die beiden saßen auf einem flachen Stein auf der windabgewandten Seite der Katze. Sie hatte einen schwarzen Schwanz, auch die Spitzen ihrer Ohren waren schwarz, und sie hatte zwei schwarze Flecken auf jeder Seite der Schnauze. Wachsam lag sie im hohen Gras am Ufer.

Der Hirsch sprang davon.

Mit geschmeidiger Anmut stand die Katze auf, sie hatte schlanke Hinterläufe und kurze Vorderläufe. Das Grasbett war glitschig, aber sie hatte Krallen.

Madoc spürte, wie sich Brett an seinen vernarbten rechten Arm klammerte.

Die große Katze machte einen Satz über den Bach und sprang den kleinen Hirsch an. Ihre Krallen bohrten sich in den Widerrist, sie zog den Kopf ihres Opfers hinunter und schlug ihre Zähne in seine Kehle.

Madoc biss sich auf die Lippen, dass er nicht aufschrie. Brett drückte sich an ihn.

Der Hirsch wollte mit letzter Kraft zurückweichen, doch mit den hinteren Klauen schnitt die Katze rote Striemen in seinen Bauch. Blut tropfte, versickerte im Boden und hinterließ einen klebrigen dunklen Fleck.

Schaudernd legte Madoc den Arm um den Jungen. Brett schloss die Augen.

Die Katze zerrte das verendende Tier an die Böschung und ins Gras unter eine langnadlige Kiefer. Dort fraß sie den Kopf und die Vorderläufe bis auf den Knochen. Als ihr Hunger gestillt war, scharrte sie Kiefernnadeln auf den Kadaver, leckte ihre Krallen sauber, wischte sich mit den Pfoten die Schnauze und ging zurück in ihr Bett aus Gras. Ihr Schwanz zuckte, dann rollte sie ihn um die Hinterläufe und schlief.

Madoc war entsetzt, trotzdem faszinierte ihn diese hinterhältige Art, den Magen zu füllen. Fast den ganzen Tag über musste er an diese Katze denken.

Brett wollte nicht alleine schlafen und kuschelte sich an Madocs Brust. Er träumte von einer großen Katze, die einen Hirsch fraß, und wachte auf. Er fuchtelte herum, damit ihm warm wurde. Dabei weckte er Madoc. »Was hast du denn, Brett?«

»Männer sind stark und groß wie die Katze, ich bin klein und schwach wie der Hirsch. Vielleicht bin ich der Nächste, der stirbt.«

Madoc spürte, wie der Junge bebte. »Sch, es ist nichts. Die

große Katze hat den Hirsch gefressen, so, wie große Fische kleine Fische fressen. Das ist ein Naturgesetz. Es bringt nichts, zu weinen und uns beide zu wecken.«

»Wenn wir diesen Ort den Katzen überlassen, muss ich nicht mehr neben dir schlafen.«

Madoc wollte nicht am Bach liegen bleiben, wenn Brett das Angst machte. Es gab sicherlich andere, bessere Orte. Er rief die Kapitäne und Erzdruiden zusammen und sagte ihnen, was er und Brett gesehen hatten. Alle stimmten darin überein, dass es gefährlich war, wenn es hier mehr Wildkatzen als Hirsche gab. Gwalchmai gab zu bedenken, dass die großen Katzen ihnen die Schafe und Ziegen reißen könnten.

Am Abend lag Madoc mit Sigurd und Llieu im warmen Sand. Das Meer war glatt, immer wieder schnellten kleine barbenähnliche Fische heraus. Die Männer hörten das Zischen, wenn sie aus dem Wasser sprangen und mit den Schwänzen schlugen. Sie sahen in die Sterne.

»Die ›Wächter des Bären‹ haben sich verändert. Sie stehen hier weiter im Westen als in Wales«, sagte Madoc.

»Alle vier Tage ändert sich die Helligkeit des Nordsterns, das ist auch hier so«, wusste Sigurd.

»Brett gefällt mir. Der Junge hat sich entgegen allen Erwartungen gut entwickelt. Er klammert sich nicht mehr an mich oder Conlaf und er nimmt Anweisungen von Troyes entgegen, ohne zu widersprechen oder ein Gesicht zu machen, als hätte ihm jemand einen Topf kochendes Waser über den Kopf geleert. Ich glaube, die Männer mögen ihn auch. Ich fühle mich für ihn verantwortlich. Er hat mehr Lehrer und Ziehväter als andere Jungen seines Alters. Seine Eltern können stolz auf ihn sein, wo immer sie nun sein mögen.«

Llieu schnitt das Thema der Getreidesamen an, die sie mitführten. »Ich bin mir nicht sicher, ob sie in dem sandi-

gen Boden hier gedeihen. Clare und ich haben Brombeer-
sträucher gefunden, Clare war enttäuscht, weil es keine
Beeren mehr gab. Dann entdeckten wir auch Espen und
Kiefern an einem Bach und Kaninchen, Füchse, Mäuse
und Rehe. Vielleicht gibt es in diesem Teil der Welt nur
Inseln, auch wenn ich mir fast sicher bin, dass wir hier auf
einer ziemlich großen Insel sind. Ob sie wohl so groß ist
wie Anglesey?«, fragte er sich.

Sie besprachen, wie sie sich aufteilen und die nächste
größere Insel erkunden würden, und schliefen im Rauch
der Nachtfeuer, die die Moskitoschwärme mit ihrem Nerv
tötenden Summen fern hielten.

Drei Tage fuhren sie am Sandstrand entlang nach Süden.
Es regnete unaufhörlich. Am vierten Tag verzog Brett das
Gesicht, als er sah, wie zwei Delphine in eine kleine Bucht
sprangen. »Garth und Tallesin haben uns ein Zeichen geschickt: Wir sollen hier bleiben.« Dass die beiden Tümmler
wieder aus dem Wasser auftauchten und Luft schnappten,
sah er nicht. »Was für Hütten wollen wir bauen? Oder
wollen wir unsere Schiffe auf Baumstämmen trockenlegen
und an Bord leben?«

Je weiter sie nach Süden kamen, desto sumpfiger wurde
die Küste. Wasser und Land waren kaum zu unterscheiden. In der Nacht bahnten sich die Schiffe vorsichtig ihren
Weg zwischen den kleinen Inseln hindurch, um nicht zu
nah an die Küste zu laufen, denn dort lagen riesige Korallenriffe im glasklaren Wasser. Caradoc stand mit dem
Senkblei im Bug und ließ die Leine ins Wasser gleiten; als
Madoc die Stelle überfuhr, traf das Blei den Grund, Caradoc spannte die Leine. Er zählte die Knoten, die alle zwei
Ellen angebracht waren, und riet, das Schiff in tieferes
Wasser zu fahren, denn die *Gwennan Gorn* brauchte bei ruhiger See mindestens drei Ellen Tiefe, damit sie noch eine
halbe Elle Spielraum hatte. Mit klopfendem Herzen lenkte

Madoc das Schiff in die hohen Wellen, denn er konnte nicht voraussagen, ob unter ihnen ein Riff lag. »Sechzehn – zwölf – zwanzig – vier!«, zählte Caradoc, und Madocs Herz setzte für einen Schlag aus, als sie die Untiefe überfahren hatten. Eine Welle schwappte an Deck.

Kurz vor Morgengrauen waren kaum Vögel zu hören, nur hin und wieder ein Plätschern und ein unerklärliches Rascheln wie von Laub. Die Schiffe pflügten sich durch die glatte Wasseroberfläche, die Ruderdollen knarzten, das Wasser zischte, wenn die Riemen gezogen wurden. Die Wellen klatschten an die den Inseln zugewandte Seite des Schiffs. Es gab klitzekleine Fische, die auf dem Rücken von Fischen mit einem dünnen Schwanz und dünnen Flossen ritten. An jenem Morgen drehte die *Vestri* an der *Gwennan Gorn* bei. »Wir haben den Kurs gewechselt«, rief Kabyle. »Wir fahren nach Westen – nicht nach Süden. Das hier scheint eine große Insel zu sein. Ich suche eine Bucht, wo wir an Land gehen können.«

»Ja, aber nur wenn wir dort alleine sind!«

Die Schiffe blieben so nahe wie möglich an der Küste. Nachdem sie einige Tage zwischen unendlich vielen Inselchen nach Westen gesegelt waren und dabei die große Insel nicht aus den Augen gelassen hatten, drehten sie nach Norden. Es gab kaum eine Strömung in der untiefen, ruhigen See. Einen ganzen Tag lang herrschte Flaute, und sie mussten rudern. Möwen und Austernfischer standen im weißen Sand am Wassersaum und blickten alle in dieselbe Richtung. Graublaue Reiher folgten krächzend dem Schiff. Lange Würmer, Schnecken und Schlangen glitten durch Farne und Schachtelhalme. Schrille Amselvögel mit roten Flügeln flatterten von Baum zu Baum. Graubraune Eichhörnchen sprangen mit weit gespreizten Beinen von Wipfel zu Wipfel und sahen aus wie kleine fliegende Pelzdecken. Die Vegetation war üppig, am Rande der Kiefernwälder wuchsen rosa Blumen. Madoc sah Dachse, Wildkatzen und einen kleinen Hirsch mit einem großen Geweih. Schon sprachen die Männer über die beste Methode kleine Wildtiere zu jagen, doch niemand wollte sich freiwillig an die Arbeit machen.

In der Nacht war es windstill. Die Männer arbeiteten nackt und hofften auf eine Brise, die ihnen Kühlung verschaffen würde. Die Jungen schwammen und schimmerten mit den schillernden Meerestieren, die Brett »nasse Glühwürmchen« nannte, um die Wette. Immer wieder störten Böen die Männer im Schlaf. Der Himmel war schwarz, Blitze warfen gespenstische Schatten zwischen die Männer und zwischen die Schiffe, die hintereinander fuhren. Am Morgen gab es hohe Wellen, die Schiffe schaukelten heftig. Es ging das Gerücht, dass die meisten Jungen seekrank seien. Auf der *Gwennan Gorn* kümmerten sich Conlaf und Caradoc um die Bootsjungen, die sich stöhnend den Bauch hielten. Sie wussten, dass die Übelkeit einmal für immer vorbeigehen würde, es sei denn sie wären lange Zeit an Land.

»Die Welt scheint nur aus schiefen Ebenen zu bestehen«, meinte Conlaf, als das Schiff krängte und er alle Mühe hatte, etwas aus seinem Arzneibeutel zu holen. »Ich hasse das!«

»Einmal ist es ruhig, dann wieder muss ich mich mit aller Kraft gegen das Steuerruder stemmen. Das ist jedes Mal eine schreckliche Überraschung«, sagte Madoc. »Das Wetter ist unser Gott geworden, den wir lieben und den wir fürchten.«

»Den wir hassen«, verbesserte Conlaf und erbrach sich über die Reling.

Brett und Brian meinten, sie seien zu krank, um Madocs Tagebuch zu lesen. »Genau jetzt würde ich mich gerne beim Lesen an einen anderen Ort versetzen, aber es geht nicht«, sagte Brett.

»Meine Augen und mein Bauch sind an einem schwindelerregenden Ort, der heißt: Renn-würgend-an-die-Reling«, so Brian.

Jorge gab ihnen den Bodensatz des Mostessigs zu trinken, doch beim Anblick der schleimigen dreckig-braunen Flüssigkeit wurde es den Jungen nur noch übler.

Madoc überlegte, ober er weiter hinaus fahren sollte, wo sie vielleicht frischen Wind im Rücken hatten, der die Übelkeit der Jungen vertreiben würde. Doch da warnte Caradoc plötzlich vor einem Korallenriff, das nur eine halbe Elle unter dem Kiel lag. Vor dem Wind segelten sie in eine Bucht, die von einer Flussmündung gebildet wurde. Madoc hatte ein ganz flaues Gefühl im Magen, doch er hatte keine Wahl – das Schiff fuhr zu schnell, und er hatte kaum Zeit, sich zu überlegen, wohin er drehen sollte. Er steuerte erst hart nach Steuerbord, dann hart nach Backbord und spürte, wie der Kiel über den Sand kratzte. Es zischte. Sie waren auf eine Sandbank gelaufen, die von Strudeln umgeben war. Madoc wurde kreideweiß, ihm brach der Schweiß aus, wie allen Männern, die sich schwitzend über die Reling beugten. Er hatte einen unverzeihlichen Fehler gemacht.

»Macht doch nichts. Wenn die Flut kommt, spült sie uns wieder herunter«, sagte Conlaf und deutete ganz heiter auf die neun Schiffe, die auch auf Grund gelaufen waren, weil sie Madoc gefolgt waren wie einem Leithammel. Ein paar Männer von jedem Schiff durften an Land gehen. Sie kletterten die Strickleitern hinunter und wateten durchs Wasser, mit den Currachs wollte keiner fahren, sie wollten nur schnellstmöglich ihre Seekrankheit los werden. Die anderen wollten sich an Bord des sanft schaukelnden Schiffs hinlegen. Madoc, ihr wunderbarer Führer, hatte ihnen diese Pause geschenkt. Madoc wies die Männer an Bord und an Land an, sich mit Stöcken und Steinen zu bewaffnen, denn man wusste nie, was man vorfand.

Es gab keine Hinweise auf menschliche Besiedlung, keine Hütten, keine Muschelhaufen. Nur Spuren von Vögeln und Kleintieren, die an den seichten Tümpeln am Flussufer soffen.

Mit langen spitzen Stöcken wollten Madoc, Troyes und Kabyle Schildkröten, Kaninchen und andere kleine essbare Tiere aufspießen, während sie die Insel erkundeten. Madoc eilte zu den Kiefernwäldern, plötzlich legte er einen Finger auf den Mund. »Hört ihr das? Trommeln!«

»Bei Allahs heiligem Barthaar! Ich höre es auch! Was können das für Tiere sein? Bleiben wir hinter den Bäumen!«

Im Schlick fand Troyes einen Tontopf, über den eine Haut gespannt war. Er zog daran – der Topf war zum Teil mit Wasser gefüllt.

»In Al Jazair füllt man Trommeln mit Wasser, um verschiedene Töne zu erzeugen«, wusste Kabyle.

Troyes zog die Haut wieder über den Rand und trommelte mit seinen kräftigen Fingern. Die Töne vibrierten in Madocs Brust, ein Schauder lief ihm über den Rücken. Er hielt sich die Brust, um die Schwingungen zu dämpfen, und musste an die Dämonen denken, von denen die Katner immer gesagt hatten, dass sie in leblosen Gegenständen wohnten, zum Beispiel in eigenartig geformten Steinen. Er glaubte zwar nicht an Dämonen, aber solche Schwingungen in der Brust hatte ihm bislang noch nichts verursacht. Wessen Geist dort wohl herumlungerte? »Troyes, hör auf! Hier sind bestimmt Wilde! Lass den Topf fallen!«

Troyes wurde ganz weiß, als er sich vorstellte, wie fremde Augen ihn beobachteten, während er neben Madoc herlief. Am Strand blieben sie stehen und schnappten nach Luft.

»Meinst du wirklich, Wilde hätten uns beobachtet? Wo sind sie? Auf den Bäumen?«

»Wenn plötzlich Fremde auf dein Land kommen, würdest du sie nicht auch beobachten?«, keuchte Madoc.

»Und wenn du ein Wilder wärst, würdest du dann nicht deinen Göttern opfern, damit die Eindringlinge wieder verschwinden?«, wollte Kabyle wissen.

Madoc wusste, was er zu tun hatte. Er durfte die Männer nicht länger als nötig an Land verweilen lassen, er musste sie wieder sicher an Bord bringen und die Schiffe von der Sandbank befreien. Vor einem aufziehenden Sturm an Land hatte er mehr Angst als vor einer Bö, die das Wasser peitschte. Die Jäger mussten das Wild an Bord ausweiden und zubereiten. Auch große Nüsse mit Milch und weißem Fleisch wurden an Bord getragen. Schließlich brachten sie mit den Currachs die Wasserfässer an Land und füllten sie. Anschließend schnitten sie Gras für die Tiere. Vor Einbruch der Dunkelheit war alles verladen, die Schiffe blieben über Nacht vor Anker. Am nächsten Tag ging die Sonne flammend auf, kreischend kreisten die Möwen dicht über ihnen. Die *Gwennan Gorn*, die *Buck Deer* und die *Ystwyth* fuhren den breiten Fluss hinauf.

In der Sonne dampfte das schwarze sumpfige Ufer wie frische Blutwurst. Am Mittag zog Sigurd auf der *Buck Deer* drei Streifen blaues Leinen auf, um Gefahr anzuzeigen. Braunhäutige Männer mit Schurzen und breiten Stirnbändern aus geflochtenen Pflanzenfasern und bunten Federn stakten einen Einbaum um eine Flussbiegung und hielten vor den Schiffen. Als Anker dienten große Schalen und durchbohrte Steine an Faserseilen.

Die Druiden standen an der Reling und sahen zu, wie sie Stöcke mit weißen Netzen ins Wasser tauchten. Wenn sie sie wieder herausnahmen, lagen ein, zwei Fische darin. Die Männer hatten auch Schilfrohre mit Spitzen aus Krabbenscheren oder Fischgräten. Madoc war froh, dass er die Männer angehalten hatte, sich zu bewaffnen. Auf einem

Einbaum speerte ein Mann einen großen Fisch und ließ alles los – den Speer mitsamt dem Fisch. Der Schilfspeer hielt den Fisch an der Wasseroberfläche, und wenn er verendet war, schwamm der Mann und holte Fisch und Speer.

»Von denen können wir was lernen«, meinte Madoc.

Nach der anfänglichen Überraschung schienen die Eingeborenen den komischen Schiffen keine Beachtung mehr zu schenken. Als ihre Einbäume voll waren, machten sie sich davon und sangen in einer unverständlichen Sprache.

Die Druiden blieben an Bord und angelten den ganzen Nachmittag. Am Abend wurden sie wieder von drei blauen Flaggen am Mast der *Buck Deer* gewarnt. Nun kamen mehr Kanus um die Biegung. Ein Mann kümmerte sich um die Feuer, die in Tonschüsseln auf dem Einbaum brannten, die anderen speerten. Alles war still, doch dann veranstalteten die Männer auf der *Buck Deer* mit Eisentöpfen und Löffeln einen schrecklichen Radau.

Die Fischer stakten zu den Schiffen, als sie die Druiden entdeckt hatten, sie brabbelten Unverständliches und hielten ihre Speere hoch. Die Druiden hoben ihre leeren Hände, um zu zeigen, dass sie keine kriegerischen Absichten hatten. Die Fischer zielten grinsend und warfen die Speere in hohem Bogen auf Deck. Ein Speer bohrte sich in die Bordwand der *Ystwyth,* ein anderer traf Llieu an der Seite und brachte ihm mit der Spitze aus Fischbein eine klaffende Wunde bei. »*Kaw-lu-zaw!*«, sagten die Eingeborenen.

»Das soll wohl ein Begrüßungs- oder ein Abschiedswort sein«, sagte Madoc.

»Ich glaube eher, sie haben uns etwas gefragt«, meinte Dewi. »Wir haben leere Hände hochgehoben, vielleicht denken sie, wir haben keine Angelausrüstung. Für sie sind wir arme Schlucker, und sie haben uns ihre Speere zugeworfen, damit wir fischen können. Sie wollten Llieu nicht verletzen.«

»Kann sein«, sagte Madoc.

Madoc drehte und führte die beiden anderen Schiffe aus dem Fluss heraus, der sich in der Bucht zu Brackwasserkanälen auffächerte und ins Meer mündete. Die zehn Schiffe fuhren schließlich in Sichtweite der Küste nach Norden. Madoc war verwirrt über die Kursänderung und fragte sich, wie groß die Insel tatsächlich war und ob er sich an diesen fernen Gestaden überhaupt nach dem Stand der Sonne richten konnte.

Immer wieder hielten sie an und erneuerten ihre Vorräte an Wasser und Obst. Sie sahen ein paar verstreute Dörfer, blieben aber nie lange an einem Ort. Nur einmal blieben sie bei einem Sturm aus Südwesten am Strand, bis die See wieder ruhig war. Die Männer spürten Blicke auf sich, aber es gab keine feindseligen Begegnungen. Llieus Wunde heilte.

Madoc wunderte sich über die Messungen, die sein Astrolabium, der Sonnenstein und die Kompassnadel ergaben. Alle drei Geräte sagten ihm, dass die Schiffe an den Sandinseln vorbei nicht weiter nach Süden, sondern nach Norden fuhren. Das verstand er nicht.

»Was hat das zu bedeuten?«, rief er Morgan über die Reling zu. »Funktioniert im neuen Land denn gar nichts?«

»Vielleicht ist es gar keine Insel«, lispelte Morgan. »Wir sind dem Schwanz nachgejagt und haben eine Landzunge umfahren, die sich ans Festland anschließt.

»Eine Halbinsel.«

XVI

Holly Island

Die Sonnenwende markiert den Zeitpunkt, an dem die Sonne
ihren höchsten (21. Juni) oder tiefsten Stand (21. Dezember),
ihre größte nördliche bzw. südliche Deklination zum Äquator
erreicht hat. Sie liegt im Winter und im Sommer jeweils
in der ekliptischen Mitte zwischen den Äquinoktien,
d. h. 90 Grad zum Himmelsäquator.
Robert Jastrow und Malcolm H. Thompson, Astronomy.
Fundamentals and Frontiers

»Wer bist du? Woher kommst du? Was willst du?«, fragte
Hyazinthe misstrauisch.
»Ich bin deine Tochter.« Cougar biss sich auf die Lippe.
»Ich komme aus Sandpoint, einem Calusa-Dorf. Nun lebe
ich in Duckplace und helfe Medizinfrau, deiner Mutter.
Sie würde dich gerne wieder sehen.«
»O nein! Du kannst nicht meine Tochter sein! Sie ist ein
Kind, sie lebt in der Anderswelt. Meine Mutter weiß nicht,
was sie da sagt! Sie bringt Vergangenheit und Gegenwart
durcheinander.«
»Kannst du dir vorstellen, wie schlimm das für mich
ist?«
»Ich muss mich setzen!«, sagte Hyazinthe.
Sie setzten sich auf einen Baumstamm, wo sich Eidechsen
sonnten. Er begrenzte den Platz, wo der Schamane auf
und ab ging und darauf wartete, dass die Sonne tiefer
glitt.

»Waren ein alter und ein junger Mann bei dir?«, fragte Cougar.

»Ja. Willst du damit sagen, dass meine Mutter etwas damit zu tun hatte?«

»Nein, das war meine Idee. Der alte Mann war mein Großvater Silberreiher, er war der Vater deines Mannes. Der junge Mann war Otter, er war ... mein Freund, fast ein Bruder. Ich habe erfahren, dass ihr Kanu im Sturm gekentert ist, nachdem sie die Insel verlassen hatten.« Sie konnte die Worte kaum aussprechen. Sie sah Hyazinthe ins Gesicht, holte tief Luft und fuhr dann fort. »Ich wollte dich treffen, du bist meine leibliche Mutter. Und ich wollte dich einladen, mit mir zu kommen und deine Mutter zu besuchen.« Sie wollte nicht, dass ihre Lippen zitterten, und riss die Augen auf, damit ihr die Tränen nicht über die Wangen rannen, aber sie musste unweigerlich blinzeln. Beim Anblick von Hyazinthes fliehender Stirn wollte sie sagen, dass Eules Kopf nicht aufs Wiegenbrett gedrückt worden war, denn Großmutter glaubte nicht an den Sinn solcher Entstellungen.

Hyazinthe fasste Cougar unterm Kinn, hob ihren Kopf an und sah forschend in ihr Gesicht. Cougar wollte fragen, ob sie froh war, dass Großmutter sie nie auf ein Wiegenbrett gelegt hatte. Doch Hyazinthe sog die Luft ein und rief aus: »Oh, große Geister! Du hast ja genauso eine doppelte Zahnreihe wie Eule. Bist du eine Erscheinung?«

»Solche Zähne habe ich schon immer, deshalb nannten sie mich früher auch Beißer.« Cougar wollte einen Scherz machen.

Hyazinthe küsste sie auf die Stirn. »Ja, auch Eule wurde als Kind damit geneckt. Er wollte nie den Mund aufmachen oder den Kopf heben. Ich fand und finde ihn immer noch hübsch. Diese Fremden, diese beiden Männer – wir trauten ihnen nicht, Eule schickte sie fort. Aber jetzt bin ich mir nicht mehr sicher, ich würde gerne glauben, dass du meine hübsche Tochter bist, aber sie war damals noch so klein, und du bist fast erwachsen. Du hast zwar Zähne wie mein Mann, aber du sprichst so gut; unser Kind konnte damals nur ein paar Wörter sagen.« Sie drehte ein Ende ihres Tuchs in den Fingern. »Ich weiß nicht, was ich tun soll. Ich habe Eule immer wieder gesagt, dass der alte Mann ihm ähnlich sieht; beide haben so anmutige lange Hälse. Wie hieß er?«

»Silberreiher. Hast du auch seine doppelte Zahnreihe gesehen? Vor langer Zeit war er Händler und war in eine Frau verliebt, in Stachelschwein, das war Eules Mutter.«

»Wir gaben ihm keine Gelegenheit, viel zu erzählen, und seine Zähne sah ich nicht. Ich hatte Angst vor ihm, weil er Eule so ähnlich sah. Ich dachte, er sei ein Wesen, das seine Gestalt verändern kann. Vielleicht war er in Wirklichkeit ein Wasservogel, der sich in einen Mann verwandelt hatte. Eule dachte, er wolle uns weismachen, dass er unser Töchterchen hat und dafür etwas Wertvolles zum Austausch wollte.«

»So war Silberreiher nicht! Meine Großmutter, Stachelschwein, war eine Tekesta, sie fand es nicht gut, wenn den Kindern die Köpfe zusammengedrückt und die Zähne angespitzt wurden. Sie geriet in einen Wintersturm und hatte nicht genügend Milch für ihren Erstgeborenen, sie musste ihn einer Frau geben, deren Kind tot war und deren Brüste noch viel Milch hatten. Der Junge wuchs heran und nahm dich zur Frau. Ich weiß erst seit kurzem, dass Stachelschwein und Silberreiher meine Großeltern sind, und erst kürzlich hat mir die Medizinfrau erzählt, dass Eule wie eine Spottdrossel zwischen seinen doppelten Zähnen zwitschern kann, das würde ich gerne hören. Die Medizinfrau ist meine andere Großmutter, sie ist eine warmherzige Frau; also habe ich ihr geholfen und Silberreiher und Otter zu euch geschickt. Sie sind nicht zurückgekommen.«

Hyazinthe schlug die Hand vor den Mund und schwieg. Nach einer Weile sagte sie: »Weiß meine Mutter, wer du bist?«

»Ja, sie weiß eine ganze Menge, aber sie kann es kaum glauben. Du musst ihr alles erzählen, wenn du sie besuchst. Deine Mutter sagt, jeder Mensch hat Zeichen, manche sind sichtbar, andere unsichtbar. Sie zeigte mir den runden, dunklen Fleck an ihrem Knöchel und meinte, es sei das Zeichen, dass sie eine Medizinfrau ist. Du hättest gebrochene Herzen geheilt, sagt sie – wahrscheinlich meint sie die Kinder, um die du dich kümmerst. Aber ich frage dich: Was bringt es, wenn diese Kinder am Ende ihr Herz verlieren?« Sie hätte sich am liebsten auf die Zunge gebissen, die Worte waren ihr einfach so herausgerutscht. Verlegen senkte sie den Blick auf ihre staubigen Füße und dachte: Hyazinthes Hände sind so klein wie meine und die von Medizinfrau. Diese Frau ist meine Mutter.

Hyazinthe war irritiert, dass Cougar so offen ihre Meinung sagte. Dieses Mädchen ist dreist, dachte sie, sie denkt selbständig, und selbständiges Denken führt zu Schwierigkeiten. »Kannst du deine Gestalt verändern und verstehst du nicht, dass das Leben ein Kreislauf ist, ein Rundweg, den man von Anfang bis Ende gehen muss? Für manche Menschen ist der Weg eben, andere gleiten aus oder finden ihn steinig, für die einen ist er lang, für die anderen kurz. Jedes Leben, das seinen Geist entsendet, hilft jenen, die immer noch auf diesem Weg sind, glücklich zu werden. Und wenn wir glücklich sind, heißt das, dass wir die Geister glücklich gemacht haben. Der Gegengeist ist glücklich, wenn er das wertvolle Geschenk eines schlagenden Kinderherzens bekommt. Das Dorf ist glücklich, wenn es weniger Münder zu füttern hat. Der Häuptling ist glücklich, wenn weniger Knaben heranwachsen, die ihm seinen Platz streitig machen könnten. Und ich bin glücklich, das zu tun, was der Häuptling mir als meine Pflicht zuweist. Es stimmt mich traurig, wenn ich ein Kind aus meiner Obhut verliere, aber nach der Zeit des Regens und der Krankheit bekomme ich wieder mehr Kinder und bin wieder glücklich. So ist das Leben, auch für einen Menschen wie dich, der seine Gestalt verändern kann.«

»Glück ist nur die eine Hälfte des Lebens«, sagte Cougar mit Überzeugung. »Die andere Hälfte besteht aus Streit, Ungewissheit und Enttäuschungen. Wenn ein Kind getötet wird, damit man sein Herz auf eine Zisterne legen kann, wird ihm das Leben genommen, das die Geister ihm gegeben haben, und die Geister haben dir nicht erlaubt, es zu töten. Ein erwachsener Mann und Krieger weiß, was ihm zustoßen kann, und er kann sich selbst zum Wohl seines Dorfs töten lassen, aber ein Kind versteht so etwas nicht, ein Kind will leben, es will jenen vertrauen, die es großziehen. Denke nicht an die bequeme Welt der Erwachsenen, sondern versetze dich in die Lage eines Kindes, dann wirst du sehen, was ich meine, und dein Denken wird sich verändern.«

Wieder war Hyazinthe bestürzt von Cougars Rede. Sie war sich nicht sicher, wer dieses hübsche Mädchen tatsächlich war. Ein Geist? Ein Schamane? Ein Kojote? Aber sicherlich nicht ihre Tochter! Für ihre Worte könnte man ihr die Zunge abschneiden. Hyazinthe wünschte, Eule wäre hier und würde dieses eigensinnige Mädchen in seine Schranken weisen.

Cougar schlich um Hyazinthe herum und besah sich heimlich ihren rechten Knöchel. Was ist, wenn sie sich nicht sicher ist, wer ich bin, und mich wegschickt? Wenn sie meine Mutter ist, muss sie glauben, dass ich ihre Tochter bin. Ich will ihr zeigen, wie ähnlich wir uns sind. Sie sah einen runden Stein und saugte an ihrer Unterlippe, als sie sich klarmachte, wie sehr der Stein sie schmerzen würde, wenn sie darauf trat. Aber sie hatte keine Wahl. Der Stein rollte unter ihre Sohle, und ihr Knöchel verdrehte sich im Fallen. Stöhnend sank sie zu Boden und packte Hyazinthes rechten Knöchel, schob die Fußkette hoch und sah den runden dunklen Fleck von der Größe eines Daumennagels, ein Ebenbild von Cougars und Medizinfraus Fleck! Cougar stellte sich wacklig auf das linke Bein und entschuldigte sich für ihre Ungeschicklichkeit. Dann aber platzte sie heraus: »Wir haben den gleichen Fleck am Knöchel, am rechten, den ich mir verstaucht habe! Ein weiteres Zeichen, dass wir verwandt sind. Deine Mutter hat den gleichen Fleck.«

Hyazinthe schlug wieder die Hand vor den Mund und kniff die Augen zusammen. »Liebes Kind, ich träume jede Nacht von meinem Töchterchen, sie war zwei Sommer alt. Lass mich das Muttermal sehen. Ja! Das ist es – der einzige Makel, den unsere Tochter hatte, es sieht aus wie meines und das meiner Mutter. Damals wusste ich, dass sie etwas Besonderes ist. Wir fragten uns auch, ob sie wohl eine doppelte Zahnreihe bekommen würde, und nahmen uns vor, die Zähne nicht anzuspitzen wie das die Tekesta tun. Wir tauften unsere Kleine ›Schreiendes Wildkätzchen‹. Sie miaute wie ein kleiner Panther.«

Die Leute klatschten und pfiffen, denn der Schamane hatte verkündet, dass die Wintersonnenwende nun vollzogen war und die Festlichkeiten zum Neuen Jahr beginnen konnten. Von einem Hügel außerhalb des Dorfs erklangen Trommeln und Gesang. Der Himmel gewandete sich spektakulär – rosa und orangerote Streifen schossen aus den Wolken am Horizont im Osten und verblichen zu hellem Rosa und Gelb, bevor schließlich der Mond aufging.

»Da sieh!«, sagte Hyazinthe. »Vollmond zum Neuen Jahr!«

»Ja, der kürzeste Tag und die längste Nacht, und der Mond ist groß und rund. Silberreiher sagt, an jenem Tag des Jahres ist der Mond der Erde näher als an jedem anderen Tag des Jahres.«

Hyazinthe erschrak. Das Mädchen klang fast so wie ihr Mann, der auch so interessante Dinge über die Himmelserscheinungen wusste. Sie wollte dieses eigenartige, faszinierende Mädchen besser kennen lernen. Sie fragte sich, warum jemand einem Mädchen so viele Dinge beibrachte. Wie kam sie dazu, so offen gegen die alten Traditionen zu sprechen? Wusste sie denn nicht, dass ihre unbedachten Bemerkungen schwere Strafen nach sich ziehen konnten?

»Der Mondgeist wacht über uns.« Cougar war richtig glücklich. Sie hoffte die Geister von Großmutter, Silberreiher und Otter könnten sehen, dass sich alles zum Besten entwickelte. Vielleicht war der volle Mond ein großes Auge am Himmel, durch das die Geister blickten. Sie humpelte, denn das Gehen bereitete ihr ziemliche Schmerzen im rechten Knöchel.

Plötzlich war Dunkle Braue wieder da und flüsterte Hyazinthe etwas ins Ohr. Bei dem Lärm konnte Cougar nichts verstehen, sie sah nur, dass Hyazinthe immer wieder »nein« sagte.

»Der Schamane will sie sehen«, sagte Dunkle Braue nun laut und deutete auf Cougar. »Er glaubt, sie ist eine Kundschafterin der bösen Geister, die keine Frauen haben und nun unsere rauben wollen. Der Schamane will sicher gehen, dass keine Frau aus dem Dorf krank wird oder verschwindet, das Mädchen will er einsperren, damit sie mit niemandem sprechen kann.« Und zu Cougar sagte sie: »Komm!«

»Aber – ich bin kein Geist!«, schrie Cougar. »Du irrst dich! Ich will nicht zu eurem Schamanen. Das hier ist meine Mutter, ich habe sie so lange nicht gesehen!«

Hyazinthe wurde blass und wich zurück. Sie sagte kein Wort, als Dunkle Braue Cougar, die weinte und sich wehrte, mit sich zog.

Der alte hakennasige Schamane grinste, als er sah, dass Cougar so dünn und noch gar keine richtige Frau war. Er strich sich mit rauen, narbigen Händen über die Brust und leckte sich die Lippen. Seine Hütte stand neben einem Langhaus, aus dem Musik kam. Er summte und fragte Cougar nichts, er band sie nur an einen Baum neben der Hütte. Wie schnell ihre Freude doch in Verzweiflung umgeschlagen war!, dachte sie. Da hörte sie leise jemanden schniefen. »Ich bin Eules und Hyazinthes Tochter«, sagte sie laut, da merkte sie, das sie selbst schniefte. »Man darf mich nicht an einen Baum binden wie eine Diebin oder Feindin, die eure Wertgegenstände stehlen will! Bitte! Das ist ungerecht.« Als nichts passierte, bat sie um Wasser. Der Schamane schüttelte den Kopf, sein dünnes graues Haar schwang um seine schmalen Schultern.

»Du bekommst keine Vergünstigungen«, sagte er. »Wenn du aus den Fesseln schlüpfst, wissen wir mit Sicherheit, dass du ein Geist bist.« Er hob einen Stock, mit dem er sie schlagen konnte, wenn er wollte.

Cougar konnte ihm nicht entkommen. Sie schloss die Augen, aber sie hielt ihre Tränen zurück. Wie einsam sie wäre, bis Hyazinthe den Schamanen überreden könnte, sie freizulassen! Die Fesseln schmerzten ihr an Hals, Handgelenken und Knöcheln. Nach einer Weile hing sie ganz schlaff in den Seilen, vielleicht könnte sie schlafen. Vielleicht könnten ihre Eltern ihr helfen. War Eule nicht auch Schamane? Er könnte etwas tun. Wann würde er kommen und mit Dunkler Braue und dem Schamanen sprechen? Was wollte der Schamane denn von ihr? Er hatte sie nichts gefragt, hatte sie kaum angesehen, nachdem er sie an den Baum gebunden hatte. Hyazinthe könnte sie freikaufen, mit einem Federumhang, einem beinernen Schaber, einem Steinmesser oder einem Knochengriff. Vielleicht würde er sie gehen lassen, wenn sie ihm Silberreihers Kanu gab. Im Geiste fragte sie Silberreiher nach seiner Meinung, aber sie hörte nur die braunen Käfer, die an den Blättern und auf der Rinde des Baums herumkrabbelten, sie waren Furcht erregend, lang wie ein Finger und dick wie die Schaben. Sie konnte sich nirgendwo verstecken. Die Sonne war warm gewesen, aber der kalte Schein der Sterne und des Mondes waren fast unerträglich. Eine Ratte huschte vorbei und streifte ihre Beine, hinter wem sie her war, sah Cougar nicht; vielleicht jagte die Ratte eine Zwergklapperschlange. Sie schauderte. Egal, dachte sie, sie können mir die Brauen annagen, aber mein Fleisch reißen sie nicht! Sie musste eingeschlafen sein, denn das laute Trommeln und Singen hatte aufgehört, als sie die Augen wieder aufschlug. Sie krallte ihre Zehen in den Sand und meinte, Regen zu riechen.

Dunkle Braue hatte sich die Schminke vom Gesicht gewischt und brachte einen Krug Wasser und eine Schüssel mit einer Speise, die nach Fisch roch. Sie wusch Cougars Gesicht und trocknete es mit ihrem Tuch, das sie aus grauem Moos geflochten hatte.

»Ich muss mich erleichtern«, sagte Cougar.

Dunkle Braue zog die Brauen zusammen und schnalzte mit der Zunge, sie tätschelte Cougars Wange und holte einen Topf hinter dem Baum hervor, dann band sie das Mädchen los.

»Armes Kind«, flüsterte sie. »Vielleicht will der Schamane dich zu seiner Sklavin machen oder dich einem Mann schenken, dem er einen Gefallen schuldet. Vielleicht gibt er dich auch einer Frau, für die er besondere Bewunderung hegt. Ich habe keine Ahnung, was er vorhat. Hyazinthe mag Kinder, sie würde dich nehmen. Der Schamane meint aber, sie wäre jetzt nicht an der Reihe, ein Geschenk zu bekommen. Außerdem darf ich nicht mit dir sprechen.«

Cougar rutschte das Herz in die Kniekehlen. Sie rieb sich Nacken und Arme, Hände und Beine. Wunderbar, sich wieder bewegen zu können! Während sie auf dem Topf saß, sah sie sich nach einer Fluchtmöglichkeit um, aber es war zu dunkel. Am Morgen würde sie vielleicht einen Weg finden. »Warum bin ich hier? Ich habe doch nichts falsch gemacht«, sagte sie, als Dunkle Braue, die kräftig war wie ein Alligator, sie wieder an den Baum band.

Dunkle Braue flüsterte ihr ins Ohr: »Es gibt Schlimmeres als Käfer. Nichts ist tödlicher als ein Messer, das dir in die Rippen fährt, wenn der Schamane nach deinem schlagenden Herzen greift. Verschluck lieber deine Worte, bevor du daran erstickst. Und iss etwas, damit du am Leben bleibst.«

Mit einem beinernen Löffel fütterte sie Cougar mit kaltem Fischeintopf. Er war dick, schwer zu schlucken und er schmeckte verdorben. Vielleicht hatte der Schamane letzte Nacht davon gegessen und man hätte den Rest wegwerfen müssen, anstatt ihn noch einen Tag aufzubewahren, dachte Cougar. Schließlich gab es keinen Grund, mit dem Essen zu knausern, denn zu dieser Jahreszeit gab es Wasservögel und auch sonst reichlich Nahrung für alle. Sie wollte zu Dunkler Braue sagen: Hilf mir hier raus!, doch dann würgte sie. Dunkle Braue hielt ihr den Mund zu, damit sie nicht sprechen und das Essen nicht ausspucken konnte. Die Finger fühlten sich kühl und sanft an. Cougar schluckte, ohne zu kauen. Immer wieder krampften sich ihre Zehen in die sandige Erde. Kopfschüttelnd stellte Dunkle Braue ihren Fuß auf Cougars Fuß. »Hast du denn nicht gehört? Kein Mucks! Oder willst du alle Aufmerksamkeit auf dich ziehen? Es gibt sehr neugierige Insekten, manche kriechen an dir hoch und stechen dich! In Ritzen unter Steinen verstecken sich schwarz glänzende Skorpione, sie sind flink, aber ihr Biss ist nicht so gefährlich, auch wenn er schlimmer brennt als Feuer. Doch das ist lange nicht so schrecklich wie die Ratten, die an deinen Fingern, Zehen oder Ohren knabbern.«

»Insekten und Ratten?«, stieß Cougar hervor.

Dunkle Braue trat fest auf Cougars Zehen. Cougar biss sich auf die Zunge und öffnete zögerlich den Mund für den nächsten Löffel Eintopf. Sie schluckte, machte den Mund wieder auf und schluckte noch einmal. Die Frau tätschelte Cougars Backe und stellte die Töpfe hinter den Baum.

»Du wolltest mir helfen, aber ich habe nur an mich gedacht und einen Weg gesucht, dir zu entkommen und von hier zu fliehen«, sagte Cougar leise und setzte ein braves Gesicht auf. »Kommt der Schamane zurück? Was macht Hyazinthe? Auf welcher Seite steht sie?«

Dunkle Braue schüttelte nur den Kopf und ging weg.

Cougar hing in den Seilen und wusste, dass sie nur auf sich selber zählen konnte. Sie dachte sich eine Geschichte aus, die sie den Kindern erzählen könnte, wenn sie wieder aus diesem Albtraum erwacht wäre; sie erinnerte sich an eine von Großmutters Geschichten, da hörte sie plötzlich ein Scharren in den Blättern. Im Mondlicht sah sie Ratten durchs Gehölz krabbeln und die überreifen roten Seetrauben fressen, die neben großen runden rot geäderten Blättern wuchsen. Sie sah auch ein paar Skorpione, die sich in Felsspalten flüchteten. Sie waren so groß wie ihr Zeigefinger, ihr Stachel bog sich über dem Rücken. Da wusste sie, dass Dunkle Braue das Risiko eingegangen war, belauscht zu werden, als sie sie vor all dem gewarnt hatte. Sie hätte es sich selber denken können: Verhalte dich ruhig, dann stechen dich die Skorpione nicht, und die Ratten beißen dich nicht. Einen Stich oder einen Biss kann ich aushalten, aber wenn es mehr werden, brülle ich wie ein Panther, damit mich jemand hört. Sie ließ die Steine nicht aus den Augen. Als der Vollmond hinter einem Baum verschwand, konnte sie kaum noch etwas sehen, die Nacht war fürchterlich. Sie dachte an Großmutters Geschichten über Skorpione, die sich gegenseitig stachen und töteten, wenn sie vom Feuer umschlossen wurden. Wie lange sie wohl in der Ritze bleiben würden? Bestimmt lange, bevor sie wieder Wasser und Futter brauchten. Großmutter hatte gesagt, ein Skorpion konnte ein Jahr lang ohne Wasser und Futter auskommen. Die Lider wurden ihr schwer. Wie viele Tage sie wohl ohne Schlaf aufrecht stehen könnte? Wenn sie sich doch nur an der Nase kratzen könnte! Ob es wohl regnen würde?

Sie spürte einen brennenden Stich an der Innenseite des linken Fußes, es brannte schlimmer, als wenn sie auf eine glühende Kohle oder in ein Wespennest getreten wäre. Sie hatte nicht gesehen, wie der Skorpion aus der Ritze gekommen war, und sie konnte auch ihre Füße nicht sehen. Sie wollte den linken Fuß heben, doch ihr Knöchel schmerzte wie in siedendes Pech getaucht. Sicherlich hing ein Skorpion am Stachel an ihrem Fleisch, und sie konnte ihn nicht wegziehen oder abschütteln. Erst wurde der Fuß taub, dann Knöchel und Bein. Sie verrenkte sich – da hing etwas an ihrer Sohle. Was hatte Dunkle Braue gesagt? Wenn sie kühlen Kopf wahrte und keine Panik bekam, würde die Lähmung vielleicht bis zum Morgen nachlassen. Der Fuß war geschwollen, ihre Zehen fühlten sich an wie dicke zusammengepresste Würste, sie konnte sie gar nicht bewegen. Eine Träne lief ihr über die Wange. Ob ihr Schenkel schon schwarz wurde? Sie konnte nichts sehen. Aber die Taubheit war besser als das schreckliche Brennen. Ihr war ganz schwindlig. Sie stellte sich vor, die Skorpione hätten einen Geist, und sie fragte sich, ob der Geist weiß war, wenn sie starben. Sie hoffte, der Skorpion würde sterben, wenn er seinen Stachel verlor. Ihr war übel. Kein Wunder – der stinkende Fischeintopf kam wieder hoch. Wie lange war es her, dass sie gegessen hatte? Sie erbrach sich – hoffentlich hatte sie nicht auf ihre Füße gespuckt! Sie drehte den Kopf auf die andere Seite, wo es weniger nach Erbrochenem stank. Der Geruch störte sie nicht allzu sehr, denn seit sie Geburtshilfe leistete, war sie an alles gewöhnt, was ein Körper von sich geben konnte. Immer hatte sie das schmierige Gras und Stroh verbrannt und durch neues ersetzt. Sie mochte es nur nicht, wenn der Dreck liegen blieb, man hineintrat und ihn überall verteilte. Der Mond war untergegangen, bald müsste der Morgen grauen. Sie hoffte, Dunkle Braue wieder zu sehen, vielleicht dürfte sie dann den Schmutz wegputzen. Wenn der Schamane wollte, dass sie wach blieb, müsste regelmäßig jemand kommen und nach ihr sehen, aber es kam niemand. Es wurde kühl. Sie sah immer mehr Skorpione, aber das störte sie nicht mehr. Wenn sie sterben müsste, sollte es so sein. Es gab Menschen, die sie mochten. Nach dem Abendessen hatte Medizinfrau einmal zu ihr gesagt: »Ich glaube, du hast mein Haar bekommen, nicht das deiner Mutter. Hyazinthe hatte dünne feine Haare, deines ist dicht und schwer. Lass es wachsen. Auch ich schneide meine Haare nie. Wenn es heiß ist, stecke ich es auf. Wenn es kalt ist, trage ich es offen, dann wärmt es meine Ohren. Langes Haar verleiht einem Menschen Kraft.« Auch Kleine Mutter hatte sie gemocht; sie wusste noch gar nicht, dass Silberreiher und Otter tot waren. O nein, sie dürfen nicht tot sein! Sie dürfen mich nicht verlassen! Wo ist Eule? Ist er nach Duckplace gegangen zu seiner Zweiten Mutter oder nach Sandpoint zu mir? Oh, du Geist der Wanderer, mach, dass er nicht nach Sandpoint geht!

Mutter und Vater wissen nicht, wer ich bin, dachte sie, sie wollen es gar nicht wissen. Also ist es nur recht, wenn ich Holly Island so schnell wie möglich verlasse. Ich bin alt genug, um alleine zu leben. Und, beim Großen Geist, ich bin auch alt genug, um Otter zum Mann zu nehmen! Ich fahre mit dem Kanu nach Sandpoint und bringe Kleine Mutter und Kolibri nach Duckplace. Medizinfrau wird sie mögen.

Das Licht der Fackeln war so hell, dass sie die Augen schließen musste. Sie drehte ein wenig den Kopf, schlug die Augen wieder auf und sah Dunkle Braue und den Schamanen. Der alte Mann legte etwas neben den Felsspalt, die Skorpione kamen heraus und spähten. Er schaufelte sie auf ein Stück Rinde, gab sie vorsichtig in einen Tonkrug und legte einen hölzernen Deckel darauf. Murmelnd scharrte er Sand auf das Erbrochene. Er begutachtete Cougars linken Fuß, pflückte den Skorpion ab und zermalmte ihn unter seiner Sandale. Die Taubheit wich aus ihrem Bein, doch der Skorpion wurde nicht weiß, als er starb.

Dunkle Braue zog den großen Topf vor den Baum und nickte Cougar zu. Der Schamane löste die Fesseln. Vorsichtig trat sie mit dem verletzten Fuß auf und setzte sich auf den Topf. Daneben war ein Käfig aus Weidengerten mit ein paar kleinen Tieren. Eines nagte an den Gerten, weil es die Seetrauben auf dem Boden erreichen wollte. Im Schein der Fackel sah Cougar die gelben Augen und die langen Schwänze der Ratten. Wie es sich wohl anfühlte, wenn sie die Zähne in ihre Ohren, Nase, Arme, Hände, in ihren Bauch und in ihre Füße schlugen? Wenn sie hungrig wären, wäre es ihnen egal, wen oder was sie anfraßen. Sie dankte den Seetrauben, deren reife Früchte für die Ratten sehr viel interessanter waren. Als sie sich erleichtert hatte, überlegte sie, ob sie schnell davonrennen und fliehen

482

könnte. Sie hockte neben dem Käfig und beobachtete die Ratten, die mit den Trauben beschäftigt waren. Dann löste sie die Holzklammer und kippte den Käfig, damit das Türchen aufsprang. Sie rannte zum nächsten Baum, doch sie war so schwach, dass sie sich hinter den Giftsumach mit seiner glatten rotbraunen Rinde und den runden orangeroten Blättern und Beeren kauern musste, um Luft zu schnappen. Wenn sie die Blätter berührte, würde sie einen juckenden Ausschlag bekommen. Ihr Magen knurrte, ihr Kopf drehte sich, wieder wurde ihr schlecht, wieder erbrach sie sich. Dieses Mal kam nicht nur der Fischeintopf hoch, sondern auch der Kugelfisch und alles, was sie am Tag zuvor gegessen hatte. Sie spülte den Mund mit Speichel und spuckte ohne ein Stöhnen aus.

Dunkle Braue kreischte, als hätte sie eine Korallenschlange gesehen. Der Schamane wirbelte seinen Stock in der Luft. »Halt den Mund! Du bist in Sicherheit. Ich mache den Rattenkäfig wieder zu.« Dunkle Braue hielt die Fackel, er schlug sie ihr mit dem Stock aus der Hand, das Gras fing Feuer. Dunkle Braue wankte und packte ihn. Nein, dachte Cougar, nicht Dunkle Braue wankte – der alte Schamane trampelte verwirrt im brennenden Gras herum und spähte in die Büsche nach Cougar, die auf einen Baum geklettert war. Der Schamane und Dunkle Braue schienen beide nicht in der Lage zu sein, im Dickicht nach ihr zu suchen, denn sie klammerten sich aneinander. Cougar meinte, Dunkle Braue hätte ihr zugewinkt. Ob sie mir sagen will, ich soll mich beeilen? Sie hält den Schamanen zurück und tut so, als wolle sie ihn vor dem Feuer schützen. Wenn ich entkomme, denkt er, ich bin ein Geist. Gut so, das sollte ihm einen Schreck einjagen!

Sie kletterte wieder vom Baum herunter und rannte gebückt einen kleinen Hügel hinauf und auf der anderen Seite wieder hinunter. Ihre Beine fühlten sich an, als wollten sie jeden Moment unter ihr nachgeben. Sie war wütend, weil der Schamane wollte, dass die Skorpione und Ratten sie bissen. Sie war schwach und krank. Sie roch den schwülen Modergeruch der Sümpfe – wie angenehm es roch im Vergleich zu ihrem Erbrochenen! Ob der Eintopf vergiftet gewesen war? Sie sah einen Mangrovenwald, der Sumpf zog an ihren Füßen, sie verhedderte sich in wirren, krummen Wurzeln. Sie mied den Gezeitenbereich, drückte sich an die ausladenden Äste und sah sich nach ihrem Kanu um. Nichts sah vertraut aus, nicht einmal die Mangrovenfrüchte mit ihren Stelzwurzeln, die so lang wurden, dass sie sich im Schlick festsetzten, bevor die Frucht vom Baum fiel. Sie pflückte zwei Früchte, die noch keine Wurzeln ausgebildet hatten, aß das kühle süße Fruchtfleisch und hoffte, ihr Magen würde sich beruhigen. Sie lauschte dem tröstenden Klang des Windes in den Bäumen und der Wellen, die an die mit Muscheln überzogenen Felsen schlugen, sie hörte niemand durchs Dickicht schleichen. Zwischen den Baumwipfeln schossen orangerote Flammen empor, der Morgenhimmel hing voller schwerer Regenwolken. Cougar ging zurück durchs Dorf, ohne gesehen zu werden, sie fand den kleinen Steg und ihr Kanu. Sie wollte zu ihrer Mutter gehen, aber sie wusste, dass Hyazinthe nur Schwierigkeiten bekommen würde, und da sie sie kaum kannte, wollte sie ihr das nicht antun. Ich muss meine Mutter verlassen, muss vergessen, dass ich sie getroffen habe, und ich muss meinen Vater verlassen, den ich noch nicht einmal gesehen habe!, sagte sie sich immer wieder. Sie band die Leine los und stakte davon. Flammen loderten an einer hohen Palme hinauf, nackte Männer schütteten Wasser an den Stamm, während andere kräftig stießen, um den Baum zu fällen. Die braunen Käfer und die Vogelspinnen, die im Laub lebten, würden wohl um ihr Leben rennen müssen.

Nach einer Weile war sie sicher, dass ihr niemand gefolgt war, und ruhte sich aus. In ihrem Kanu kam sie sich vor wie eine kleine Schildkröte, die auf einem kleinen Stück Holz trieb und sich in jeder noch so winzigen Welle geborgen fühlte, als sei sie ein Teil des Wassers. Einen halben Tag lang fuhr sie die Strecke zurück, die sie gekommen war, dann drehte sie, entfernte sich vom Großen See und folgte im Regen dem Fluss hinauf in die große Bucht und nach Sandpoint. Sie dachte nur an Kleine Mutter und Kolibri und merkte gar nicht, dass sie keinen Proviant hatte. Sie wollte ihnen sagen, dass Silberreiher und Otter nicht mehr lebten, und wollte sie fragen, ob sie mit ihr zu Medizinfrau kommen wollten, dann wären sie wieder eine Familie. Dieser Gedanke tat gut. Sie konnte sich gar nicht vorstellen, dass Kleine Mutter bei Zaunkönig bleiben wollte.

Am Abend blieb der Himmel grau, die Luft war schwer von feinem Nebel. Sie band das Kanu an den unteren Ast einer Zypresse; sie hing voll filigranen Mooses, das weich in der leichten Brise wehte. Cougar rollte sich zusammen und schlief im Kanu, der Nebel tränkte ihre Kleider, alles roch modrig. Sie träumte, wie sie bei Kolibri schlief, der nun zwei Sommer alt war, doch das Kind wich vor ihr zurück, und diese Zurückweisung ließ Cougar verzweifeln. Hatte ihre leibliche Mutter sie auch zurückgewiesen? Oder war sie nur gleichgültig? Das Herz wurde ihr schwer, auch am nächsten Morgen, nachdem sie ihr Gesicht im Fluss gewaschen hatte, ging es ihr nicht besser. Sie sah sich um; eine Kletterpflanze mit großen rosa Blüten rankte sich um die Zypresse; sie pflückte die Früchte und hängte sie zum Trocknen über den Rand des Kanus, wie sie es immer tat. Normalerweise wurden die Früchte gemahlen, man gab Talg und Wasser dazu und buk den Teig auf einem heißen Stein, bis er braun und knusprig war. Doch sie hatte keine Steine, kein Feuer, sie hatte weder Talg noch Fett. Doch sie war hungrig und sie konnte nicht tagelang warten, bis die Frucht gedörrt war. Die Blüten schmeckten nach nichts, doch die Frucht war bittersüß. Cougar aß gleich zwei, dann spülte sie mit viel Wasser nach und stakte über den Fluss Stillwater nach Westen.

Nach zwei Tagen erreichte sie einen bekannten Punkt in der schmalen Flussmündung. Sie erwartete, die großen Haufen Treibholz am Strand von Sandpoint zu sehen, und Leute, die bei der nachmittäglichen Ebbe Muscheln sammelten, doch da war nichts. Sie fragte sich schon, ob dies wirklich Sandpoint war. Sie zog das Kanu an Land und ging los. Silberreihers Hütte, in der nun Nohold wohnte, stand im hohen Gras. Sie rief leise: »Nohold, ich bin's, Cougar, ich wollte dich besuchen.«

Der Nebel zog vom Meer herein, es roch nach Salz und Fisch. Cougar hatte kaum etwas im Magen und fühlte sich schwach, das veränderte auch ihre Wahrnehmung. Sie war froh, dass sie nicht gleich zu Kleiner Mutter gegangen war, ein Schläfchen würde ihr gut tun. Sie trat in die schummrige Hütte. »Nohold, bist du zu Hause?« Aus dem hinteren Teil der Hütte drang ein Stöhnen. Cougar ging weiter, der Geruch nach Abfällen wurde immer stärker.

»Du musst mal sauber machen«, sagte sie zu dem knochendürren Mann auf der schmutzigen Strohmatte. »Erinnerst du dich an mich? Ich bin Cougar.«

Seine Lippen verzogen sich zu einem dünnen Lächeln. »Ja, ich habe darauf gewartet, dass ihr zurückkommt.«

Ihr. Damit meinte er Silberreiher und Otter.

»Kümmert sich Kleine Mutter um dich?«

»Nein, Zaunkönig will das nicht.« Er atmete flach. »Er schreibt ihr genau vor, wohin sie gehen und was sie machen darf. Ich falle da raus, denn ich bin gegen Zaunkönigs Markierungen, ich will keine Narben von Hornhechtzähnen. Er meint, je mehr Narben einer hat, desto tapferer sei er. Ich glaube nicht, dass das ehrlich gemeint ist. Zaunkönig hat meinen Bruder umgebracht, weil er dachte, ich sei es.« Er verstummte.

Cougar fragte sich, ob er den Mann meinte, der tot im Wasser gefunden worden war und der Noholds Stiefel getragen hatte. Sie sah sich nach Essbarem um und fand Kampferbaumwurzelmehl und ein Stückchen ranziges Gänseschmalz. An der Quelle füllte sie einen Krug mit Wasser und pflückte ein paar Büschel Kresse. Sie fand auch einen Feuerstein und trockenes Treibholz.

Sie half Nohold, den Kopf zu heben und ein wenig warmes Wasser zu trinken, Kresse, Schmalz und ein Stückchen von dem knusprigen Fladen zu essen. Er müsste gewaschen werden, an seinen Barthaaren klebten Erbrochenes und Essensreste. Er stank wie eine Kloake. Außerdem müsste die Strohmatte gewechselt werden. Das kann ich morgen tun, dachte sie. »Wie fühlst du dich?«

Er stöhnte und beugte sich während eines Hustenanfalls, gegen den er machtlos war, zur Seite. Cougar legte den Arm um ihn, er packte ihn mit schweißnassen Händen. Sie spürte, wie heiß er war, und schlug ihm auf den Rücken, bis er einen Klumpen Schleim auf den Boden hustete. Keuchenden Menschen das Atmen zu erleichtern, hatte sie von Medizinfrau gelernt. Sie rieb Noholds Rücken, dann legte sie ihn zurück auf die Matte. Sie erinnerte sich, dass Medizinfrau den Schleim immer nach Blutströpfchen untersucht hatte. Sie suchte einen flachen Stein, scharrte den Schleim darauf und trug ihn nach draußen, wo sie besser sehen konnte. Sie fand nichts Rotes und warf den Stein lächelnd ins Gebüsch. Als sie wieder in die Hütte ging, schlief Nohold, seine Stirn fühlte sich schon weniger heiß an.

Sie aß nichts, sie legte sich gleich mit ihrer Decke neben die offene Tür, wo sie frische Luft hatte, und schlief die ganze Nacht.

Am Morgen raschelten Ratten an Noholds Strohmatte, sie warf ihre Mokassins und vertrieb die Nager. Dann badete sie Nohold und legte ihre Decke um ihn, sie ließ ihn schlafen, während sie die Matte durch ein paar Büschel frisches Gras ersetzte. An die Feuerstelle in der Mitte der Hütte hatte Nohold ein paar flache Steine gelegt, wo man Fladen backen oder einen Krug Wasser erhitzen konnte. Cougar schichtete Holz auf und hatte bald einen schönen Fladen gebacken. Doch Nohold wandte den Kopf ab.

»Der ist für dich, ich habe schon gegessen«, sagte sie. »Du musst gesund werden und mit mir kommen an den Großen See. Kleine Mutter und das Kind nehmen wir auch mit, wenn sie wollen.«

Um ihr einen Gefallen zu tun, biss er ein paar Mal in das weiche Brot, das sie in Wasser getunkt hatte, damit er leichter schlucken konnte. Er sah sie an aus Augen, die ganz tief in den Höhlen lagen, und dachte mit zusammengepressten Lippen über ihre Worte nach.

Sie ließ ihn ruhen, putzte die Hütte und räumte auf.

Die Balken aus Treibholz waren mit Schilfhalmen zusammengebunden, das dicht gedeckte Dach war in der Mitte spitz, damit der Regen ablaufen konnte, aus welcher Richtung er auch kam. In der Spitze war ein Rauchloch, das mit einem Stück harten Leders geschlossen werden konnte, das Leder wiederum wurde von einem großen Stein gehalten; Leder und Stein lagen unbenutzt auf dem Dach.

»Sie hat kein Kind«, sagte Nohold unvermittelt, als Cougar seine Kleider zum Waschen aufsammelte.

»Doch, sie hat einen Jungen; Kolibri.«

»Nein, Kolibri ist weg.«

»Weg? Wo ist er denn?«

»Zaunkönig«, sagte er nur.

Nach einer Weile fügte er hinzu: »Erst fand man immer nur tote Knaben, und die Mädchen blieben am Leben. Offenbar überlebten die männlichen Kinder selten die Geburt. Das hat mich beschäftigt, also dachte ich mir, dass Jungen zu Kriegern heranwachsen und Zaunkönig die Stellung streitig machen könnten. Er sagt doch immer: ›Ich bin für alle Zeiten euer Häuptling‹, und er glaubt inzwischen, er würde ewig leben. Im Dorf gibt es nur noch einen Jungen, der jünger als zehn Sommer ist, es ist einer von Zaunkönigs besten Kriegern, er heißt Hase. Wahrscheinlich will er ihn den Kriegergeistern, dem Regengeist oder sonst einem Geist opfern. Jedenfalls muss er ihn loswerden, bevor er alt genug ist, selbständig denken kann und sieht, wer Zaunkönig in Wirklichkeit ist.«

»Das sehen die Männer im Dorf doch selbst!«

»Nein. Sie haben reichlich zu essen, sie haben Frauen und sie haben Hütten; es geht ihnen gut, und sie überlassen dem Häuptling das Denken. Ihre Tapferkeit stellen sie unter Beweis, indem sie sich von Zaunkönig und seinen Getreuen tiefe Narben ins Fleisch schneiden lassen. Aber vergiss jetzt, was ich gesagt habe, mir ist ganz schwindlig vom Fieber.« Er legte sich wieder hin.

Cougar saß in der Tür und flocht ihr Haar. Sie wusch die Kleider des Kranken in einem Loch, das sie in den feuchten Boden unterhalb der Quelle gegraben hatte, dann kletterte sie über eine Leiter aufs Dach der Hütte und breitete die Kleider zum Trocknen aus. Nun war es an der Zeit, Kleine Mutter zu besuchen.

Sie ging am Strand entlang und besah sich die Stellen, wo früher immer Treibholz gelegen hatte. Kaum zu glauben, dass das kleine Dorf alles Holz zum Bauen und Feuer machen aufgebraucht hatte, denn es gab gar keine neuen Hütten. Was machte Zaunkönig mit dem Holz? Taten die Leute wirklich, was er wollte? Kleine Mutter würde ihr alles sagen. Auf dem Wasser sah sie etwas Ungewöhnliches, sie traute ihren Augen nicht – am Horizont drifteten Hütten mit hellblauen Flügeln. Kanus hätten sie nicht überrascht, denn draußen waren immer Fischer oder Leute, die an einen anderen Ort zogen, wo sie besseres Wasser oder bessere Jagdgründe hätten. Sie schloss die Augen; vielleicht wäre alles wie immer, wenn sie noch einmal hinsah. Doch als sie die Augen wieder aufschlug, trieben die Hütten mit dem großen Flügel, der im Wind flatterte, immer noch auf dem Wasser. Waren es Vögel? Aber sie sind so groß ... Ich muss zu Kleiner Mutter! Sie wusste nicht, wo Kleine Mutter nun wohnte, und eilte den Weg hinunter zu Großmutters Hütte. Die Tür war offen, sie spähte hinein. Es roch nach Menschen, Matten lagen auf dem Boden im kurzen gelben Gras, dessen Wurzeln die sandige Erde zusammenhielten. Doch da war niemand; sie ging zur nächsten Hütte und fragte eine junge Frau nach Kleiner Mutter.

Die Frau starrte sie an »Cougar!«

Es war Ibis, Zaunkönigs Zweite Frau. Nun starrte Cougar sie an. »Ist Kleine Mutter da?«

Ibis nickte. »Woher kommst du denn?«

Cougar deutete auf Noholds Hütte.

Ibis würgte und packte Cougars Arm. »Er ist krank und verrückt.«

»Warum?«

»Er wollte die Kinder retten«, flüsterte sie.

»Das würde ich auch tun«, sagte Cougar leise.

»Du verstehst nicht – Zaunkönig sagt, der Händler muss sterben, weil er sich nicht nach unseren Sitten richtet. Die jungen Burschen würden neidisch sein auf Zaunkönigs Stellung, natürlich würden sie sich dann zusammentun und ihm den Platz streitig machen. Das geht nicht, das wäre nicht recht. Das hier ist ein friedliches Dorf.«

»Welch eine Verschwendung – die toten Kinder!«

»Das ist keine Verschwendung. Der Häuptling opfert dem Regengeist die Kinderherzen und ihre Körper dem Sonnengeist. Der Regengeist frisst die Herzen in der Nacht, der Sonnengeist ist durstig und saugt die Körper aus. Entweder der Händler verschwindet, oder er muss sterben! Lass ihn in Ruhe, halte dich von ihm fern!«

Cougar dachte an Holly Island. Sie konnte kaum glauben, dass die Leute in Sandpoint nun auch solche Sitten angenommen hatten, seit sie das Dorf verlassen hatte. Erinnerten sie sich denn nicht daran, wer Zaunkönig gewesen war, bevor er Häuptling wurde? »Der Händler wird nicht sterben. Und Zaunkönig hat Unrecht.«

»Willst du dich mit ihm anlegen?«

»Macht Zaunkönig das oft? Macht er die Leute oft krank?«

»Nur die, die gegen die Sitten verstoßen oder ihm krumm kommen. Es klingt komisch, aber er ist gut zu uns. Er sieht zu, dass wir satt sind, und wenn wir krank werden, schickt er uns einen Medizinmann. Er ist großzügig, und er will, dass unser Dorf an der Landspitze ein Denkmal hat, er will sein Gesicht in Stein meißeln lasen, damit alle es sehen können.«

»Das kann ich mir vorstellen – er will sich selber ein Denkmal setzen. Und mit dem Gesicht ist es nicht genug – auf den drei anderen Seiten wird er seine Heldentaten einmeißeln lassen, das Bild einer großen Jagd, eine große Gruppe von Frauen, die ihm seine Wünsche von den Augen ablesen und ihm Freude machen, und ein ganzes Haus voller vernarbter Männer, die bereit sind, für ihn in den Kampf zu ziehen.«

»Die Leute von Sandpoint würden es feiern, wenn er sich all die Mühe machen würde. Bald wird aus dem Dorf ein bekannter Handelsplatz. Komm, wir gehen zu Kleiner Mutter, sie sucht Gemüse an der Quelle.« Ibis rieb sich die

Stirn. »Aber sprich nicht schlecht über Zaunkönig, sie ist immer noch wütend auf ihn wegen Kolibris Tod.«

»Das kann ich ihr nicht verübeln! Ich glaube fast, auch du bist wütend auf ihn, vielleicht hast du Angst, ein Kind zu bekommen, denn wenn es ein Junge ist, würde er ihn ertränken oder ihm den Schädel an einem Baumstamm zertrümmern. Manche Häuptlinge sehen nur sich selbst, aber wollen die Calusa sie sehen? Zaunkönig denkt nicht an sein Volk, er denkt nur an sich.«

»Er ist unterwegs und sucht mit seinen Männern einen großen Stein für das Denkmal.«

Cougar musste wieder an die schwimmenden Hütten denken und erzählte Ibis davon. Ibis lächelte, aber sie wusste nicht, wovon Cougar eigentlich sprach, denn die Hütten waren immer noch weit weg und nur undeutlich zu sehen. Ibis meinte, es sei vielleicht das Ende eines Regenbogens oder der Anfang eines Sturms. Die hellblauen Flügel konnte sie vor dem Himmel nicht sehen, aber sie sprach gerne mit Cougar, die so anders war als die Frauen, mit denen sie normalerweise zu tun hatte.

Cougar betrachtete Ibis' regelmäßige weiße Zähne. Wenn sie ihr Haar waschen würde, wäre sie richtig hübsch, dachte sie. »Die Männer sind also weg – aber wo sind die Frauen und Kinder?«, fragte sie, weil das Dorf so ruhig und ausgestorben wirkte.

»Die Frauen sind mit den Kindern in den Hütten.«

»Das haben sie früher aber nicht getan.«

»Wenn es Zeit ist, Wasser zu holen, sagt uns das ein Ausrufer, und wir gehen alle zur selben Zeit. War das bei Euch damals noch nicht so?«

»Nein; wir haben Wasser und Wurzeln geholt, wenn wir sie brauchten.«

»Der Ausrufer sagt auch, ob es regnet, ob die Sonne scheint, ob es kalt oder warm ist. Das ist gut. Wir vergessen nie etwas, er erinnert uns an alles. Außerdem gibt es nur kleine Mädchen im Dorf, keine Jungen; und wenn sie alt genug sind, lernen sie kochen und nähen und bleiben zu Hause. Wenn sie anfangen zu bluten, kommen sie in die Frauenhütte und man bringt ihnen Dinge bei, die den Männern Vergnügen machen. Der Häuptling hat aus dem Dorf eine angenehme Wohnstatt für Männer und Frauen gemacht. Findest du nicht?«

»Es ist angenehm, wenn du keinen Jungen hast. Willst du denn nicht rausgehen und den Regen riechen, das Gras sich im Wind wiegen und die Wolken ziehen sehen? Willst du denn nicht wissen, welche Farbe das Meer an einem bestimmten Tag hat?«

»Du lebst hier nicht mehr, du scheinst auf alles eine Antwort zu haben. Wenn wir Kleine Mutter finden, können wir Freundinnen sein, wir können zusammen am Strand sitzen und das Meer betrachten. Kleine Mutter bekommt übrigens wieder ein Kind; sie betet, dass es ein Mädchen ist.«

»Wäre das eine gute Nachricht für euren verehrten Häuptling?«

»Ich glaube, es ist ihm egal, ob er noch ein Kind hat oder nicht. Er ist sehr beschäftigt.«

»Nein, ich meinte, wenn wir Freundinnen würden und das Meer zusammen betrachteten.«

»Wir müssten ihm ja nicht sagen, worüber wir reden.« Ihre Augen leuchteten bei der Vorfreude auf das, was sie schon lange tun wollte. »Kleine Mutter müsste nun kommen. Sie sollte zu Hause sein, wenn die Männer zurückkommen.«

»Nun hast du ja schon selbständig gedacht. Wie lange würde eine von uns noch leben, wenn der Häuptling erführe, dass wir ohne seine Erlaubnis am Meer waren?«

»Du bist unmöglich!«, lachte Ibis. »Da drüben! Siehst du Kleine Mutter im Gras? Ihr Korb ist voller Grünzeug.«

Kleine Mutter freute sich so, Cougar zu sehen, dass sie aufschrie und lachte. Sie hatte gedacht, Cougar sei ertrunken. In der Hütte füllte sie Wasser in einen Krug und kochte Tee, allerdings stellte sie fest, dass sie keine Kleeblüten mehr hatte. Ibis, die in Cougars Anwesenheit ganz mutig geworden war, ging welche pflücken.

Cougar erzählte Kleiner Mutter, dass Silberreiher und Otter beim Sturm ertrunken waren, Kleine Mutter sagte ihr, dass auch Kolibri ertrunken war. Zaunkönig, der eigene Vater, hatte den Kopf des Jungen in die Quelle gehalten, bis er leblos in seinen Armen hing. Die beiden Frauen weinten. Zum Trost kämmte Cougar das angegraute Haar von Kleiner Mutter. Da sah sie ihren geschwollenen Bauch.

»Ich wohne bei Nohold«, flüsterte sie. »Wenn es ihm besser geht, gehen wir zusammen an den Großen See. Komm mit uns! Dort tut deinem Kind niemand etwas an.«

»Sag so etwas nicht! Zaunkönig hat Nohold gedroht, ihn fertig zu machen, wenn er zurückkommt. Ich darf Nohold nicht besuchen und ich kann dich nicht mehr treffen, wenn Zaunkönig zurück ist.«

»Wir können gehen, bevor er zurückkommt, wir gehen nach Duckplace zu meiner Großmutter.«

Das klang für Kleine Mutter wie eine erdichtete Geschichte. Doch je mehr Cougar erzählte, desto mehr glaubte sie ihr. »Ich paddle, und du kümmerst dich um Nohold; ich kenne mich in der Heilkunde nicht so gut aus«, sagte Kleine Mutter.

»Du hattest Kinder, du weißt schon Bescheid. Ich sage dir, was du tun musst. Hast du Dörrfleisch oder Salzfisch für mich? Nohold braucht etwas Kräftigendes.«

»Ich gebe dir Salzfisch, Kokosnuss und Hickorynüsse und zeige dir, wo Wasserlinsen bei der Großen Quelle wachsen. Hier wirst du nicht verhungern.«

»Ich nicht, aber Nohold verhungert, wenn ihm niemand Essen bringt. Er hat nichts mehr außer Wurzelmehl.«

»Wie lange bist du denn schon hier?«, fragte Kleine Mutter und zog eine Schnute, weil Cougar mit Ibis gesprochen hatte. Doch dann brachte Cougar Kleine Mutter zum Lachen, als sie ihr erzählte, wie eine Fackel auf Holly Island alles in Brand gesetzt hatte.

»Diese Leute verdienen ein Unglück, weil sie so grob zu dir waren. Stell sich einer das vor – sie haben Skorpione ausgesetzt, die dich stechen sollten!«

»Stell dir nur vor, was dein Mann und Häuptling alles hätte tun können, wenn ihm die Sache mit den Skorpionen eingefallen wäre! Dann hätte er Kolibri, Nohold oder andere stechen lassen.«

»Sag so etwas bitte nicht laut!« Die Lippen von Kleiner Mutter zitterten vor Angst. Sie sah so aus, als würde sie jeden Moment wieder weinen.

»Was ist mit Ibis?«, fragte Cougar.

»Sie ist in Ordnung. Komm, wir bringen Nohold etwas zu essen. Wir nehmen Ibis mit, sie kann Kleetee aufbrühen.«

Nohold freute sich, dass die drei Frauen ihn besuchten und seine Hütte mit Lachen füllten. »Wann kommen die Männer wieder?«

»Das weiß niemand genau, aber eine Base, die bei der Großen Quelle lebt, wird heimlich kommen und uns warnen«, sagte Ibis. »Die Männer machen auf dem Rückweg ins Dorf dort immer Rast.«

»Ich wusste doch, dass du Zaunkönigs verrückte Regeln nicht befolgst«, neckte Cougar. »Nun müssen wir einen Plan schmieden, wie wir von hier verschwinden, noch bevor deine Base kommt.«

In den nächsten Tagen wechselten sich Ibis und Kleine Mutter ab und halfen Cougar bei Noholds Pflege.

Sie hielt jeden Tag Ausschau nach den schwimmenden Hütten, sah sie aber nicht mehr und dachte, der Nebel wäre schuld. Oder es waren Vögel gewesen, die wieder weggeflogen sind. Woher waren sie gekommen? Wohin gegangen? Sie wollte Kleiner Mutter und Nohold die Hütten zeigen. Ob es dieselben Hütten waren, von denen sie auf Holly Island geträumt hatte? Oder war es eine Luftspiegelung, so, wie man an heißen Tagen am Ende des Wegs einen Tümpel sieht?

Eines Tages pflückte sie an der Großen Quelle einen Korb voll Wasserlinsen und legte sich eine Weile in den warmen Sand; sie schlief, denn sie hatte einen Großteil der Nacht mit Nohold geredet. Je mehr sie geredet hatten, desto überzeugter war Cougar, dass man allen Frauen im Dorf von den Hütten erzählen müsste, und wenn die Männer zurückkämen, würden sie von jeder Frau dieselbe Geschichte hören. Dann würden sie Nohold in Ruhe lassen, dem es von Tag zu Tag besser ging.

Der folgende Tag war wolkenlos und klar. Ibis und Kleine Mutter sahen die schwimmenden Hütten nun ganz deutlich und rannten zu Cougar und Nohold. Nohold wollte gleich hinausstürzen, doch sie hielt ihn zurück. Kleine Mutter musste ihm erst die Barthaare ausreißen und ihm ein graues Hemd und einen dünnen Lederkittel anziehen. Er musste versprechen, dass er am Strand mit niemandem sprach. Er lächelte – Cougar war herrischer als Zaunkönig. Er setzte sich ruhig neben sie und betrachtete das Schauspiel auf dem Wasser. Cougar schickte Kleine Mutter und Ibis aus, sie sollten die anderen Frauen holen wie geplant.

Frauen und Mädchen versammelten sich an dem Platz, wo früher das Treibholz gelegen hatte. Sie plapperten und kreischten, bis jemand rief, er wolle ein Kanu holen und sehen, wer dort in den schwimmenden Hütten wohnte, die immer näher kamen.

»Nein! Nein!«, warnte Ibis. »Wir wissen doch gar nicht, was diese Fremden wollen. Warten wir, bis die Hütten näher kommen. Vielleicht sind es auch nur große Vögel, die großen Hunger haben!«

Die Frauen waren es gewöhnt, Anweisungen zu bekommen, und stellten Ibis' Vorschlag nicht in Frage.

Dann wurde die erste Hütte von Männern an Land gezogen. Sie hatten viel zu viele Kleider an für diesen warmen Tag. Wie die Hütte auf Holly Island hatte auch diese Hütte an beiden Seiten ein Vordach. Cougars Herz schlug schneller, als sie näher ging, um zu sehen, ob sie von Holly Island kamen. Wer hatte sie geschickt?

Auch die anderen Hütten wurden auf Baumstämmen an Land gerollt. Eine Hütte kratzte über die Kiesel, der Rumpf war voller Schnecken, Entenmuscheln und Algen.

Da sah sie den Mann mit dem hellen Haar; am rechten Arm hatte er eine lange rosa Narbe, er hielt den Arm dicht an der Brust und sang, die anderen stimmten ein. Er winkte mit dem gesunden Arm. Cougar winkte linkisch zurück. Wenn es kein Traum war, dann war es etwas ganz Ungewöhnliches – »eine Gelegenheit«, wie Großmutter sagen würde.

Der Mann mit dem hellen Haar hatte auch erstaunlich helle, himmelblaue Augen. Cougars erster Gedanke war: Er kommt aus dem Meer. Mit erhobenem Haupt und offenem Blick kam er auf sie zu, dabei bewegten sich seine Arm- und Beinmuskeln so geschmeidig, dass sie ganz verlegen wurde. Er hatte breite Schultern, ein Arm baumelte locker an der Seite, er ging barfuß, und seine Haut war rosa wie bei einem neugeborenen Kind. Doch an den Armen, am Oberkörper und im Gesicht war er so braun wie sie selbst. Kichernd besah sie sich wieder die rosa Füße.

Ibis packte sie am Arm. »Wir müssen weg! Die Männer kommen. Sie haben die schwimmenden Hütten schon gesehen. Zaunkönig wird die Fremden zum Festmahl einladen. Er sagt, die bleichen Fremden sind wie Geister, sie leben von der Luft. Die Dunkelhaarigen essen Würmer und Maden. Wenn du zum Mahl gehst, iss nichts, denn wir Frauen sollen das Essen vergiften und die Fremden töten. Man darf uns hier nicht sehen.«

»Warum denn nicht? Die Männer kommen sicherlich, um zu schauen und die Fremden einzuladen.«

Ibis drehte sich um und verschwand in der Menge, während sie die anderen Frauen zu den Hütten scheuchte.

Cougar sah sich um – der Hellhaarige kam immer näher. Und da war noch etwas im hohen Gras … Sie hob warnend die Hand, wich einen Schritt zurück und stieß Nohold gegen Kleine Mutter, beide fielen in den Sand. Die Hand hatte sie immer noch gehoben.

»Was ist denn los?«, fragte Nohold.

»Ich sehe gar nichts mehr. Ist es schon so spät?« Benommen sah sie auf und brach zusammen.

»Steh auf!« Nohold sah nur die nackten Füße der Frauen, die um sie herumwuselten.

Cougar antwortete nicht. Da sah er das Steinmesser in ihrem Rücken und roch Rotkappen und Berberitzenwurzel – damit tötete man Bären.

Cougars Mooshemd war mit dem Messer in die Wunde gedrückt worden.

»Sie atmet!« Kleine Mutter rappelte sich auf.

»Rühr sie nicht an!«

»Schnell weg hier!«, sagte Ibis.

»Geht nach Hause«, sagte Nohold zu den beiden. »Ich kümmere mich um sie.«

Teil Drei

Das entscheidende Moment der Madoc-Sage ist die Ankunft auf dem nordamerikanischen Festland. Wie andere solcher Wanderungen zog sie tief greifende qualitative Veränderungen nach sich. Die Überlieferung von der »Entdeckung Amerikas« wurde zur Geschichte der »walisischen Indianer« und somit zum einflussreichsten und größten, sicherlich aber zum beständigsten Mythos der Ausdehnung in den Westen Amerikas. Auf spektakuläre Weise ging er in die Geschichte ein, und in den letzten Jahren des 19. Jahrhunderts brach so etwas wie ein »Madoc-Fieber« in Amerika aus. Doch in ihren Grundzügen entstand die Sage im 17. Jahrhundert.

William Herbert, Earl of Pembroke, schrieb 1634: »Madoc ap Owen Gwyneth entdeckte Amerika dreihundert Jahre vor Kolumbus ... Ein angeborener Drang zum Reisen und der Wunsch, Konflikten in der Heimat zu entgehen, trieben ihn zu dieser Fahrt, alte Prophezeiungen erleuchteten und ermutigten ihn ...« So erinnert sich Herbert an eine Prophezeiung, die schon der edle Barde Taliesin überlieferte: »Er stach in See, ohne den Seinen Lebewohl zu sagen, damit nicht Liebe oder Hass ihn umstimmen konnten.« Laut Herbert setzte Madoc in Abergwili Segel (möglicherweise eine Verballhornung von »Abergele« – eine nordwalisische Region, in der viele Geschichten über die *Gwennan Gorn* kursieren). Er fand neues Land und fuhr die Küste ab, um einen Ort zum Siedeln zu finden. Er errichtete Festungen und ließ dort 120 Mann zurück, als er nach Wales zurücksegelte.
Gwyn A. Williams, Madoc. The Making of a Myth

XVII

Der Mann mit dem schlohweißen Haar

Die erste Urkunde (ausgestellt am 3. Oktober 1580 von
Dr. John Dee) lautet: »Lord Madoc, Sohn des Owen Gwynedd,
des Fürsten von Nordwales, gründete eine Kolonie und siedelte
in einem Gebiet der Terra Florida.« Somit beanspruchte der
Sohn eines historisch verbürgten Fürsten von Gwynedd (der
1169 starb) *Terra Florida,* und in der Folge sollte das britische
Kronrecht für »alle Küsten und Eilande von Terra Florida …
bis Atlantis und weiter nach Norden«, ja für alle Inseln
im Norden bis hinauf nach Russland gelten.
Diese kurze und knappe Niederschrift ist die erste öffentliche
und beglaubigte Erwähnung Madocs als Entdecker und
Kolonisator von Amerika.
… Madocs Entdeckung von *Terra Florida* kollidierte nicht nur
mit Kolumbus, sondern auch mit der päpstlichen Bulle von 1493
und dem Vertrag von Tordesillas von 1494, in dem die Neue
Welt zwischen Spanien und Portugal aufgeteilt worden war.
Gwyn A. Williams, Madoc. The Making of a Myth

Am Morgen ließ Madoc die Schiffe in den regennassen
Sand einer kleinen Bucht ziehen und teilte die Männer
nach Mannschaften in drei Gruppen zur Erkundung des
Landesinneren; eine Gruppe schickte er nach Norden,
die andere nach Süden, und seine Truppe, einschließlich
Troyes' und Riryds Männern, blieben bei den Schiffen und
kratzten die Entenmuscheln vom Rumpf, kalfaterten brüchige Stellen mit heißem Kiefernharz und erneuerten loses
Werg mit dem spitzenartigen grauen Moos.

Madocs Bootsjungen entdeckten einen niedrigen Baum mit faserigen Blättern; damit ersetzten sie das Stroh der abgenutzten Besen. Dann schnitten sie wilden Hafer und zerstießen ihn an Bord mit dem steinernen Stößel im Eisenmörser. Brett schleppte den letzten Hafersack über die Leiter aufs Schiff, da hörte er ein leises Summen wie von einem Bienenschwarm und wurde sich bewusst, dass das Geräusch schon geraume Zeit im Hintergrund zu hören war. Nun wurde es lauter und es zischte wie Dampf aus einem geschlossenen Kessel. Neugierig sah er sich um. Plötzlich krochen dunkelhaarige, halb nackte braune Menschen, nur mit einem knappen Lendenschurz bekleidet, heimlich durchs Gras zu den Schiffen.

Zur gleichen Zeit wurden drei große Steine auf großen Schlitten gezogen, die aus geschälten Baumstämmen bestanden, verbunden waren sie durch Lianen. Wenn die Lianen durchgescheuert waren und brachen, hielten die Männer inne und brachten neue Lianen an. Schnell schaufelten sie den Sand unter den Baumstämmen weg, damit sie die Ranken umbinden konnten. An einer Landspitze, wo sich angeschwemmtes Treibholz zu sammeln schien, ließen sie die großen, sperrigen Steine auf den Schlitten liegen und häuften das Treibholz auf zum Trocknen. Dann spähten sie zu den zehn Schiffen hinüber. Verwirrt schlugen sich die Männer an die Stirn.

Sicherlich wunderten sie sich über die Schiffe und überlegten, was sie damit tun könnten, dachte Brett.

Und dann sah er, wie die Frauen auf Madoc zugingen. Bei dem Anblick dieser seltsamen Menschen erschrak Brett so, dass er weder schreien noch sich rühren konnte. Er legte den Sack mit Hafer unter eine Plane und hängte seine feuchte Decke über die Reling. Dann stellte er sich neben Jorge und Brian und beobachtete, was zwischen ihrem Kapitän und den Frauen geschah.

Die Frauen schenkten den anderen hellhäutigen Männern keine Beachtung, ihre Augen ruhten nur auf dem Kapitän. Madoc war gerade dabei, das Schiff neu zu kalfatern, als er das Zischen hörte. Doch die Männer im Gras erschreckten ihn weniger als die Frauen. Die Anführerin war klein, sie hatte langes schwarzes Haar, trug einen dünnen Rock und einen ärmellosen Kittel aus jenem grauen Moos, das die Männer nun zum Kalfatern nahmen. Der Saum des Kittels war mit bunten Vogelfedern verziert. Dicht hinter ihr gingen zwei weitere Frauen, eine war schwanger, die anderen folgten flüsternd und mit ernster Miene. Die Anführerin streckte ihre Arme mit den Handflächen nach oben aus, um zu zeigen, dass sie nichts versteckte.

Das Summen und Zischen wuchs sich zu einem schrillen Johlen aus. Die Männer, die da halb versteckt durchs Gras krochen, waren nicht so dunkelhäutig wie die Menschen auf den Inseln des Glücks. In ihren Gürtelbändern trugen sie beinerne Dolche. Einige Männer trugen kurze Federumhänge, alle waren barfuß. Ihr langes glattes Haar hatten sie mit Schlamm auf dem Kopf festgeklebt, darin steckten zur Zier getrocknete Frösche, Eidechsen oder Schlangenhaut. Der Pony hing ihnen steif in die Stirn wie Palmenwedel von einem Dach. Mit ihrer fliehenden Stirn und dem abgeplatteten Hinterkopf sahen sie aus, als hätte man sie gerollt und mit einem flachen Stein niedergedrückt. Und tatsächlich waren ihnen als Kinder auch die Köpfe ans Wiegenbrett gebunden worden. Gesicht, Arme, Brust und Beine waren mit Narben übersät.
Bei diesem fremdartigen Anblick schauderte es Brett vor Abscheu. Er sah sich nach den vertrauten Männern um, die bärtig waren, nackt und tätowiert. Ein paar steckten in zerknitterten Hosen und Kitteln. Wir sehen für diese Wilden bestimmt genauso merkwürdig aus, dachte er.

Madoc stand nun vor dem Mädchen, dessen Kopf nicht abgeplattet war. Sie streckte die Hand aus und berührte sein Gesicht. Er hielt die Luft an. Sie war ziemlich hübsch, ihr Gesicht war makellos und durch keine Narbe verunstaltet. Ihre klaren braunen Augen ruhten forschend auf ihm, sie lächelte und blinzelte, als der Wind eine kleine Wolke feinen Sandes an ihr vorbeiwehte. Aber dann schrie sie auf, packte die Schwangere und die andere Frau hinter ihr, stieß sie auf die Erde und fiel selbst auf die Knie. Sie sah ihn an und wedelte mit den Händen vor ihrer Brust herum, als wollte sie ihm sagen, er solle schnell verschwinden. Oder stieß sie einen Unsichtbaren weg? Madoc wusste es nicht. Er streckte die Hand aus und wollte ihr aufhelfen. Nein, nein, dachte er, sie kniet nicht nur, sie müht sich, nicht ganz zusammenzubrechen. Und da sackte sie auch schon auf den Boden. Komisch! Was tat sie da? Er ging näher und erwartete, dass jemand dem Mädchen zu Hilfe kam, aber die Frauen waren plötzlich alle weg. Warum? Das war erschreckend! Er beugte sich über das Mädchen, da blieb ihm fast das Herz stehen – zwischen ihren Schulterblättern steckte ein kurzes beinernes Messer. Er legte den Finger an ihre Halsschlagader, sie war warm und pulsierte. Ihre Augen waren geschlossen, sie keuchte, doch da war auch noch ein anderes Geräusch – wie ein Schnaufen. Er sah auf. Dutzende von Männern, alle einen Kopf größer als er selbst, stürzten aus den Büschen. Der Verwundeten schenkten sie keinerlei Beachtung, stattdessen gingen sie um sie herum und stiegen über sie hinweg, als wäre sie tot – ein Nichts.
Madoc streckte die Hände aus. »Friede!« Er sagte es auch auf Walisisch: »Heddwch« und auf Französisch: »Paix.«
Die Wilden schüttelten die Köpfe, verstummten und starrten ihn an.
»Das Mädchen stellt sich tot«, sagte Conlaf. »Ich habe ge-

sehen, wie es passierte. Ein Mann im Gebüsch warf den Dolch. Er hatte den roten Abdruck einer Hand auf der linken Wange. Als der Dolch traf, ging er wieder auf alle viere und mischte sich in die Menge. Doch dann stand er plötzlich wieder auf, rannte davon und kletterte auf diesen eigenartigen Sitz.« Er deutete auf eine Sänfte, die vier Männer trugen. »Lass sie, lass sie für ihre Leute liegen. Guter Gott, das sind Hunderte, alle haben eine fliehende Stirn, und sie sind größer als wir.«

Madoc hielt beide Hände hoch und drehte sich um die eigene Achse; die Wilden konnten sehen, dass er unbewaffnet war.

Die Sänfte wurde durch das hohe Gras getragen, darin saß ein Mann, der nicht älter zu sein schien als Madoc. Auf seinen verschwitzten Wangen hatte er je einen roten Handabdruck. Mit offenem Mund keuchte er, als wäre er gerannt.

»Das ist er, er hat den Dolch geworfen«, sagte Conlaf. »Sieht aus, als wäre er hier der Fürst, der König, ihr Anführer jedenfalls.«

Conlaf hatte Recht. Der Häuptling, der König, holt nun das Mädchen, dachte Madoc. Die Wilden sahen ihren Häuptling an. Mit ihren abgebrochenen Fingernägeln und den vernarbten Gesichtern sehen sie aus wie Kleinbauern, dachte Madoc; vielleicht liegt ein Bauerndorf hinter den Dünen.

Die Sänfte wurde abgesetzt, der Häuptling erhob sich aus bunten Kissen und Matten aus Vogelfedern. Er drehte sich viermal, mit jeder Drehung kam er Madoc näher. Wo einst sein rechtes Ohr gewesen war, hatte er eine große rote Narbe, an den Armen trug er Narben in Form von Sternen und Halbmonden. Er zog Federumhang und Lendenschurz aus und warf beides in die Sänfte. Auf Brust und Rücken prangten Stich- und Schnittwunden. Auch in den

Kniekehlen hatte er hässliche tiefrote Narben, die seinen Gang steif machten. Eine frische Wunde am rechten Schenkel heilte gerade ab, eine »Ciatrix«, wie Conlaf es nannte. Diese Entstellungen verwunderten ihn so sehr, dass er näher ging, um besser sehen zu können.

»Das ist ein Krieger, ein Kämpfer, nicht nur ein Häuptling«, wusste Conlaf.

»Er ist höflich«, sagte Madoc.

»Wie kommst du denn darauf?«

»Er hat sich nackt ausgezogen, um uns zu zeigen, dass er keine Waffen trägt.«

»Ich bin beeindruckt – der König der Narben.« Conlaf lächelte.

Der Häuptling lächelte auch.

Er humpelte, grummelte, stieß das verwundete Mädchen an und kickte ihr Sand ins Gesicht, als sie sich nicht regte. Sie lag da wie tot; Mund und Augen fest geschlossen, damit keine Sandfliegen eindrangen.

Madoc räusperte sich, so laut er konnte, schob zwei Wilde auf die Seite und trat in den Kreis der Männer, die den Häuptling abschirmten. Dieser hielt einen Stab hoch, an dessen rundem Ende drei kleine getrocknete Hautfetzen mit braunem Haar flatterten.

Es waren keine Haare, es waren die flaumigen Halsfedern eines Vogels. »Friede«, sagte Madoc noch einmal und starrte auf die vernarbte Brust und die Muschelkette mit einem Holzanhänger, der einen fächerschwänzigen Vogel darstellte, eingerahmt von Kreisen und Rauten.

Die Männer fixierten sich.

Madoc sah dem Häuptling in die dunklen, starren Augen. Er ballte die Fäuste und reckte das Kinn. Diesen hochmütigen, irren und machthungrigen Blick hatte er auch in den Augen seines Halbbruders Dafydd gesehen. Seine Oberlippe zuckte. Er hielt den Atem an und hörte nur das

Schnaufen der Männer, die ihn umzingelten. Er sagte sich: Der Häuptling ist unbewaffnet. Dennoch fürchtete er, eine falsche Bewegung zu machen oder einen rüden Laut von sich zu geben, damit der Häuptling sich nicht veranlasst sähe, ihn mit dem Stab zu Fall zu bringen und ihn ins weiche Fleisch seines Unterleibs zu stoßen. Madocs Magen verkrampfte sich, sein Mund wurde trocken. Eine Grille zirpte, als er wieder beide Arme mit den Handflächen nach oben ausstreckte und hoffte, er müsse sich nicht ganz nackt ausziehen, um zu beweisen, dass er unbewaffnet war.

Der Häuptling sagte etwas – es klang wie ein Gackern –, trat vor und befingerte Madocs Bart.

Madoc ließ die Arme an den Seiten baumeln und zwang sich, still zu stehen. Der Schweiß rann ihm den Rücken hinunter. Er hörte Conlafs schnellen Atem und wusste, dass er das Mädchen auf dem Boden beobachtete.

Der Häuptling befühlte Madocs blonde Locken. Dann packte er ein Bein, schob die Hosen hoch und tätschelte Madocs Knie, kniff ihn glucksend in die Hüfte, nahm das andere Bein, zwickte hinein und johlte.

Madoc dachte, seine Beine müssten für den Wilden weiß und haarig aussehen wie schimmliger Rahm. Er lächelte, aber seine Augen lachten nicht.

Das unverständliche kehlige Summen hob wieder an. Die Wilden, die genauso vernarbt waren wie ihr Häuptling, huschten um die Druiden herum, die ihre Arbeit unterbrochen hatten und gekommen waren, um diese merkwürdigen Menschen zu betrachten.

Madocs Hals- und Brustmuskeln waren angespannt. Die Wilden waren ganz anders, als er sie sich vorgestellt hatte. Bevor er Wales verlassen hatte, hatte er gedacht, im neuen Land gäbe es gar keine Menschen, nicht einmal »Skraelings«, wie sie die Wikinger vorgefunden hatten.

507

Der eigenartige Häuptling wich einen Schritt zurück und hob wieder den Stab. Sein Blick wanderte schnell über Madocs makellose Haut. Dann sah er die Waidmale. Lächelnd nahm er Madocs Hand. Madoc zeigte ihm auch den Halbmond mit dem Dreieck, das Schiffssymbol, an seinem rechten Schenkel. »Ah, ha! Ju!«, machte er, und Madoc trat zurück, als würde er einem walisischen Tanz folgen.

»Deine Tätowierungen gefallen ihm, und er möchte, dass du seinen Stab nimmst«, hörte er Conlaf so dicht neben seinem Ohr sagen, dass er erschrak und einen Satz machte, als der Häuptling auch vortrat. Madoc streckte die Hand aus und sein Daumennagel grub sich in das weiche Holz des Stabs, der aus zwei Teilen bestand, ein Vogel mit geöffnetem Schnabel war am Ende geschnitzt, Federn flatterten an Lederstreifen.

»Bleib hier!«, sagte Brett zu Jorge. »Ich muss dem Kapitän etwas geben.«

Der Häuptling hielt Madoc die Hand hin, sein Kopf bewegte sich nicht, doch seine Augen wanderten über die zehn Schiffe und zurück zu den fast fünfzig bärtigen Männern und dem rothaarigen Brett, der sich neben Conlaf gestellt hatte. Alle hielten den Atem an und warteten, was nun passieren würde.

Einen Augenblick lang sah Madoc seine Männer mit den Augen des Häuptlings: bärtig, schmutzig, mürrisch. Die Männer sahen im Grunde genommen wie die letzten Schurken aus und Madoc bekam eine Gänsehaut.

Wieder fummelte der Häuptling an Madocs Hosen herum.

»Der König der Narben will ein Geschenk von dir«, sagte Conlaf.

Die einzigen Hosen waren zu wertvoll als Geschenk. Madoc lächelte und überlegte, was er dem Mann geben könnte.

Der Häuptling öffnete den Mund und atmete mit geblähten Nasenlöchern laut ein und aus, sein Blick war immer noch verschleiert. Er hob einen steifen Arm, und alle sahen die zerfurchte Narbe in der Armbeuge. Die Stille lastete schwer auf allen.

Aus den Augenwinkeln heraus sah Madoc, wie Conlaf einen Arm um Brett legte und die beiden miteinander flüsterten. Brett strahlte. »Ich glaube, dem Häuptling würde der Kelch mit dem langen Fuß gefallen.«

Der Häuptling lächelte Brett an.

»Guter Junge!« Madoc nahm erleichtert den Becher. Doch eine innere Stimme warnte ihn.

Der Häuptling packte den Becher, und damit ihn alle sehen konnten, schwang er ihn über dem Kopf, als wäre ein lange verloren geglaubtes Familienerbstück plötzlich wieder zum Vorschein gekommen. Lächelnd fuhr er mit den Händen durch Bretts roten Schopf. Die weißen, angespitzten Zähne schimmerten in seinem dunklen Gesicht. Linkisch hockte er sich hin und streichelte mit einer völlig vernarbten Hand Bretts linken Fuß. Er johlte, als hätte er so etwas Tolles seit Ewigkeiten nicht gesehen.

Ein Geburtsmal oder eine Narbe schien von ungeheurer Bedeutung zu sein. Zärtlich streichelte er Brett und fasste sich ans Kinn, um deutlich zu machen, dass beide keinen Bartwuchs hatten. Einen Moment lang umwölkte sich sein Blick, traurig betrachtete er das Mädchen im Sand. Er deutete auf sie und sagte etwas, das Madoc nicht verstehen konnte. Der dünne Moosrock war zerrissen, Conlaf hatte sie mit seinem zerschlissenen Hemd bedeckt. Der Häuptling nahm das Hemd, zog es an und deutete auf Conlaf – er konnte das Mädchen haben; ein großzügiges Geschenk. Allerdings hielt er sich die Nase zu, offenbar fand er tote Frauen unappetitlich.

Conlaf zuckte mit den Schultern, setzte sich neben das

Mädchen und drapierte den Rock um sie wie ein Leichentuch. Sanft legte er ihr die Hand auf die Lider.

Der Häuptling hob Brett kichernd hoch und zeigte den Wilden den Fuß mit den vier Zehen. Er tätschelte das flammende Haar und drückte begeistert Bretts linken Fuß.

»Rote Haare und vier Zehen sind nur eine kleine Laune der Natur; nichts weiter«, sagte Madoc. »Bitte, Hoheit, lasst den Jungen herunter.«

Der Häuptling verstand nicht und grinste nur blöd. Er ging ein paar Schritte zurück und betrachtete verwirrt den Bändel an Conlafs Kragen. Mit den Augen machte er seinen Männern ein Zeichen, sie zogen die Dolche und hielten sie hoch, damit sich ja keiner rührte.

Madoc erinnerte sich, dass der Häuptling den Dolch zusammen mit dem Lendenschurz in der Sänfte gelassen hatte. Wieder warnte ihn eine innere Stimme.

Brett strampelte so heftig, dass der Häuptling ihn absetzen musste. Wie der Blitz flitzte Brett zu den Druiden und warf sich in Troyes' Arme, der langsam zur *Un Ty* humpelte.

Der Häuptling legte den kalten Kelch an Madocs heiße Wange. Madoc fragte sich, ob er das Ende des Stabs nun auch an die Wange des Häuptlings legen sollte. Doch er hatte keine Zeit mehr, darüber nachzudenken – der Häuptling rannte an ihm vorbei, stieß Troyes zur Seite, schnappte sich Brett und stellte den Kelch viermal auf dessen Kopf. Die Wilden folgten ihm und umzingelten den Jungen.

Madoc stieß die Wilden mit den Ellbogen beiseite.

Ein Mann mit einer langen Zickzack-Narbe auf der Brust rieb sich die Hände mit Fett ein. Der Zeigefinger fehlte. Er drückte die Hände auf Bretts Wangen, und seine vierfingrige Hand hinterließ rote Flecken. Der Häuptling bedeutete Brett, sich ihm gegenüber in die Sänfte zu setzen.

»Nein!«, rief Madoc. »Ihr könnt den Jungen nicht mitnehmen!« Wütend umklammerte er den Stab, dass die Federn nur so zitterten. Der Vogelschnabel war so weit offen, dass der Stab wie ein Schäferstock aussah. Damit packte er das Bein des Häuptlings, der sich nun nicht mehr bewegen konnte, ohne zu fallen.

Tiefe Falten standen Troyes auf der Stirn, als er Brett schnappte und so schnell mit ihm durch den Sand hinkte, wie es sein lahmes Bein zuließ. Sein dunkles Haar wehte im Wind.

Der Häuptling hob die Hand, seine Männer gaben ein Glucksen von sich und durchstießen die Luft mit ihren beinernen Dolchen. Einige nahmen Schleudern von ihren Gürteln, luden sie mit Steinen, spannten auf Augenhöhe die Sehnen und zielten auf Troyes.

Madoc riss am Stab, der Häuptling verlor das Gleichgewicht und fiel.

Die unbewaffneten Druiden hatten keine Chance gegen die Wilden mit ihren Dolchen und Schleudern. Kreischend wie Vögel rannten sie zu Troyes und Brett und umzingelten sie. Der Häuptling rappelte sich auf, doch Madoc hielt ihn fest, damit er sich nicht zu seinen Mannen flüchten konnte. Er sah sich nach Hilfe um, doch seine Männer waren alle zu Troyes und Brett geeilt. Der Häuptling rammte seine Faust in Madocs Unterleib, Madoc krümmte sich vor Schmerz und wünschte, er selbst hätte als Erster zugeschlagen.

Conlaf drehte das Mädchen auf die Seite und zog ihr den Dolch aus dem Rücken. Er war froh, als er sah, dass die Spitze, die mit Gift getränkt war, sich nicht tief ins Fleisch gebohrt hatte, denn die Fasern ihres Hemds hatten sich um die Klinge gewickelt. Conlaf gab Clare das vergiftete Messer. »Schlag es in Blätter ein und berühre es nicht.«

»Man muss die Wunde zusammenpressen«, wusste Clare.

»Lass sie erst ausbluten, so reinigt sie sich, dann kannst du die Wundränder zusammenfügen.«

Das Mädchen hatte den Mund fest geschlossen und gab keinen Laut von sich. Erst als Conlaf sie auf die Schulter hievte, atmete sie schwer und biss die Zähne zusammen, um den Schmerz zu ertragen.

Mit einem scharfen Gegenstand ritzte der Häuptling Madocs Arm; es brannte wie Feuer. Dann boxte er ihn in die Brust, dass Madoc in den heißen Sand fiel. Seine Augen funkelten wie Onyxe, als er zu seiner bunten Sänfte zurückging. Zwei Wilde trugen Troyes hinterher, dem Hände und Füße gefesselt worden waren. Der Häuptling hielt Brett im Arm, als wäre er eine Puppe aus Maisblättern, verbeugte sich viermal in alle Himmelsrichtungen und setzte Brett neben Troyes in die Sänfte.

Madocs Männer warfen Stöcke und Steine auf die Sänfte, aber ohne Waffen und mit nur einem Drittel ihrer Mannstärke konnten sie nichts ausrichten. Madoc hoffte, die Männer, die er ausgeschickt hatte, würden keine Probleme bekommen. Brüllend stach er mit dem Stab in die Menge, doch die Wilden schoben ihn zur Seite wie einen kläffenden räudigen Hund.

Mehrere Dutzend halb nackte bewaffnete Männer mit ausgerissenen Barthaaren starrten die unbewaffneten Druiden an. Keiner schien zu bemerken, dass Conlaf und Clare mit dem verwundeten Mädchen zur *Gwennan Gorn* gingen.

Madoc brüllte wütend, dass niemand seine Leute einfach mitnehmen oder herumschubsen könne. Der Wind trug seine Stimme die Küste hinunter. Er ballte die Fäuste, ein Stein traf ihn so hart an der Brust, dass ihm übel wurde. Er schluckte trocken, um sich nicht vor den Wilden übergeben zu müssen.

Brett schrie, Troyes war puterrot vor Zorn, weil man ihn an die Sänfte gebunden hatte, der Häuptling saß zwischen ihnen und legte jedem die Hand auf den Schenkel. Die Druiden stürzten zur Sänfte, wurden aber zurückgeschlagen. Steine prasselten aus den Schleudern. Der alte Gwalchmai wurde am Hinterkopf getroffen und ging in die Knie.

Der Häuptling schenkte dem Aufruhr keine Beachtung. Als er nickte, hoben die Träger die Sänfte an und stapften in einen Kiefernhain.

Madoc keuchte, er wollte etwas sagen, doch seine Brust schmerzte. Er hoffte, die Männer, die er am Morgen ausgeschickt hatte, kämen bald zurück. Als er sah, wie Clare und Conlaf das Mädchen über die Strickleiter an Bord seines Schiffes brachten, dachte er: Nun haben wir auch eine Geisel.

Clare legte das Mädchen auf eine Decke im Bug. Conlaf holte den Arzneibeutel, schmierte eine stinkende schwarze Salbe auf die Wunde und verband sie mit einem alten Hemd. Das Mädchen hustete und trank das Wasser, das Clare ihr reichte. Kopfschüttelnd machte Conlaf ihr klar, dass sie nicht husten dürfte, er schloss die Augen, um ihr zu bedeuten, sie müsse schlafen. Sie aber wollte ihm etwas sagen – ein spitzes Dach, eine Hütte im Gras … Er brachte ihr einen verkohlten Stock zum Zeichnen und machte es ihr vor, indem er eine mit Blättern bedeckte Gestrüpphütte auf die Planken zeichnete. Lächelnd wischte sie das Bild aus und malte Noholds Hütte – darin war eine kranke Person; sie wollte, dass diese Person zu ihr gebracht wurde, bevor man sie tötete.

Als sie schlief, bat Clare Conn, mit ihm diese Person zu suchen, wenn es dunkel war. Er war überzeugt, es handelte sich um die Schwangere.

Madoc stützte Gwalchmai und half ihm zu einem Stück Treibholz, wo er sich hinsetzen und anlehnen konnte. Auf die Beule schmierte er feuchten Sand.

Alles war so schnell gegangen, dass Madoc nicht wusste, wo rechts und links war. Er rieb die geschwollene Stelle an seiner Brust mit kühlem Sand ab. Seine Männer hüpften immer noch barfuß herum, johlten und wedelten mit den Fäusten. Er bat sie damit aufzuhören, es habe keinen Sinn. Inzwischen waren die Wilden in den Kiefernhain gerannt und verschwunden.

Madoc setzte sich neben Gwalchmai und dachte nach. Schließlich gingen sie zurück zum Schiff. Madoc zog Hemd und Stiefel an und sprach zu seinen Mannen.

»Das kam alles ganz unerwartet. Clare, du kümmerst dich um das Mädchen, wenn sie aufwacht. Conlaf, Caradoc, Thurs, Riryd, Dewi und ich suchen Brett und Troyes. Die anderen bleiben hier, schaben Muscheln vom Rumpf und kalfatern die Haut. Doch seid auf der Hut und bewaffnet euch mit Stöcken und Steinen. Informiert die beiden anderen Gruppen, wenn sie heute Abend zurückkommen. Sagt ihnen, wenn möglich sollen sie sich nicht mit den Wilden schlagen. Hoffentlich müssen wir uns nicht hier herauskämpfen! Wir verstehen die Wilden nicht, und sie verstehen uns nicht, aber vielleicht ist mit der Zeit eine Verständigung möglich. Wir haben eines ihrer Mädchen, sie wird uns helfen, ihre Sitten kennen zu lernen. Kabyle, du hast das Kommando über die Schiffe und das Lager.«

»Ich werde sie nie verstehen, Bruder«, sagte Riryd. »Sie lassen ihre Verwundeten einfach liegen. Ich schlage vor, wir verschwinden, sobald die anderen wieder zurück sind.«

Madoc wedelte mit dem Stab. »Ich hoffe, das geht ohne Reibereien. Ich werde mit ihnen verhandeln und mit den Händen wedeln wie Schmetterlinge mit den Flügeln.

Wenn es nichts hilft, werde ich zur Biene und steche zu. Oder mir fällt etwas anderes ein.«

»Schwefelbälle!«, platzte Gwalchmai heraus.

»Heilsalbe!«, sagte Conlaf. »Du hast doch ihre Narben und Wunden gesehen.«

»Und was ist, wenn du bei Einbruch der Dunkelheit noch nicht zurück bist?«, fragte Sigurd.

»Dann esst allein und gebt dem Mädchen etwas ab. Bei Lugh, ich hoffe, heute Abend sind alle wieder zurück! Hat eigentlich jemand Pferde gesehen?«

»Nein, die Wilden haben keine Pferde«, schnaubte Llieu verächtlich.

»Aber sie haben heilige Zahlen. Die Vier zum Beispiel«, sagte Madoc. »Falls wir nicht zurück sind, wenn der Mond seinen Höchststand erreicht hat, bringt uns vier Pferde. Wir werden im Dorf sein, ihr müsst nur dem Pfad folgen.«

Caradoc strich sich das Haar aus dem Gesicht. »Ich frage mich, ob diese Wilden fröhlich und glücklich sind oder traurig und bemitleidenswert. Ich lerne ein paar Worte ihrer Sprache, damit ich mich mit ihrem verfluchten Häuptling verständigen kann. Wohin die Frauen wohl gegangen sind? Warum sind die Männer so vernarbt und so entstellt? Warum wollten sie das Mädchen töten? Und was sind das für Wilde hier?«

»Das werden wir alles herausfinden«, sagte Madoc und winkte. Es war Zeit zu gehen.

Die sechs Männer gingen die paar Meilen zum Dorf. Als sie den Pfad nicht mehr sehen konnten, krochen sie durch einen Kiefernhain zu urwüchsigem, unwegsamem Gelände. Das Gehen war beschwerlich bei den vielen umgestürzten Bäumen, hinter denen ein stinkender Sumpf mit samenreichen Ried- und Sumpfgräsern lag. An einer erhöhten Stelle fanden sie den Weg wieder, er war mit Steinen gepflastert und sah aus wie eine alte Römerstraße. Den Stab mit den flatternden Federn benützte Madoc als Wanderstock und fegte damit auch Müll vom Weg. Zum Erstaunen der Druiden überspannte eine Brücke aus Pflanzenfasern, die auf beiden Seiten mit Tauen am Windbruch befestigt war, eine enge Schlucht, durch die ein Bach floss. Nacheinander überquerten sie tänzelnd die Brücke, denn sie schwang und zitterte bei jedem Schritt. Madoc ging als Letzter und trieb die anderen zur Eile an.

»Ein Huhn verstehe ich besser als diese Wilden«, sagte Riryd.

»Sind diese vernarbten, schlitzäugigen, plattköpfigen Kreaturen denn wirklich Menschen?«, fragte Dewi. »Hässlichere Leute habe ich noch nie gesehen!«

»Ich mache mir vor Angst in die Hose!«, so Thurs.

Caradoc sagte: »Ich habe mich schwer getäuscht, als ich glaubte, dass wir Unvernunft und Blutdurst in der alten Welt hinter uns lassen würden.«

Madoc hatte keine Lust auf dieses Gerede. Er sah vor seinem geistigen Auge Brett und Troyes, gefesselt und angstvoll saßen sie in der Sänfte und wurden hin und her geschaukelt. »Ihre Sprache verstehen nur sie selbst und Gott«, sagte er. »Seht euch aber diese Hängebrücke an – das beweist, dass sie echte, denkende Menschen sind. Aber egal, ich will nur Brett und Troyes finden.« Da fiel ihm plötzlich ein, dass die Wilden vielleicht noch nie einen Rothaarigen und einen Hellhäutigen und Schwarzhaarigen zugleich gesehen hatten. Vielleicht wollten sie ihren dunkelhäutigen Leuten die Geiseln vorführen. Er wurde wütend. »Brett ist unser Ziehsohn, nicht ihrer! Und Troyes ist ein freier Mann. Sie müssen beide gehen lassen!«

Die Männer folgten dem Weg weiter ins Landesinnere. Gesäumt war der Pfad mit hohen grünen Halmen, die spitze

Nadeln trugen, dahinter wuchsen Kiefern, die von Ranken und Strängen graugrünen Mooses halb erstickt wurden. Dann standen sie plötzlich im gelben Gras. Der Himmel war bewölkt, es war schwül wie vor einem Sturm.

Am Fuße eines besonders steilen Hügels kamen den Männern sabbernde räudige Hunde entgegen, sie hatten ein hellbraunes Fell und sahen aus wie Wölfe, sie knurrten und jaulten mit zurückgezogenen Lefzen. Madoc hob die Hand. Die Männer blieben stehen und sahen sich die sieben komischen kreisförmigen Erhebungen unterhalb des Hügels an, die aussahen wie Räder. Es handelte sich um Grabhügel; die Köpfe trafen sich in der Mitte, die Körper mit den gespreizten Beinen zeigten nach außen. Die meisten Gebeine lagen frei, wahrscheinlich hatten Hunde sie ausgebuddelt.

Madoc wollte sich den Grabhügel ansehen, aber er wusste, je schneller sie Troyes und Brett fanden, desto leichter könnten sie über ihre Freilassung verhandeln. Trotzdem konnte er eine eigenartige Neugier, dieses Land und seine Leute verstehen zu wollen, nicht unterdrücken. Irgendwie freute er sich, dass hier Menschen waren; das bedeutete, es gab Wasser und Wild. Und eine Energie durchströmte ihn, weil die altbekannten Regeln der Geduld, der Duldsamkeit und Nachsicht in Kraft waren, aber eine andere Form angenommen hatten. Neue Regeln müssten aufgestellt werden, um an diesem neuen Ort bestehen zu können. Diese Menschen wussten, wie man hier überlebte. Doch Madocs Männer waren sich nicht sicher, ob sie hier bleiben wollten.

Auf der Hügelkuppe standen Dutzende von ovalen Hütten, die mit Schilfmatten gedeckt und mit Muschelschalen verziert waren.

Wilde liefen auf einem freien Platz hinter dem Dorf herum, der wie ein Hof oder ein Spielfeld aussah. Die Leute schienen auf etwas zu warten.

Es ist so unwirklich wie ein Traum, dachte Madoc. So einen Platz hatte er noch nie gesehen. Das Dorf war größer als Aberffraw. Lächelnd nickte er den braunäugigen Frauen mit den fliehenden Stirnen und den makellosen Gesichtern zu. Ein paar Frauen schrien, deuteten drohend mit dem Finger auf sie und rannten weg. Die Narbengesichter hockten vor einem Haufen rötlicher Kieselsteine und machten Speerspitzen. Sie wurden ernst und böse und bedrohten die Druiden mit den gezackten Steinen. Nackte sonnengebräunte kleine Mädchen streckten ihnen die Zunge heraus und bewarfen sie mit Dreck.

Madoc verstand nicht, warum es keine männlichen Kinder gab und warum sie so unfreundlich waren. Hatten sie denn je Fremde getroffen? Die Druiden würden ihnen nichts zu Leide tun. Er wollte mit ihnen sprechen und herausfinden, wohin sie Brett und Troyes gebracht hatten.

Vor einer großen Hütte aus Gerten sah er die leere Sänfte. Fußspuren führten zur Tür. Die Angst durchfuhr ihn, als die Türklappe plötzlich zurückgeschlagen wurde und der humpelnde Häuptling ihn lächelnd herbeiwinkte. Er folgte ihm über Stufen in den einzigen Raum, der halb in der Erde lag. Gegenüber der Treppe standen Lederbehälter, die so groß waren, dass sie den Kadaver eines großen Hirsches aufnehmen konnten.

Das Licht kam durch eine große Öffnung im Dach und beschien ein Dutzend Wilde, die sich in der Hütte zu schaffen machten. Der Raum war etwa vierzig Ellen lang und fünfzehn Ellen breit. Auf Baumstämmen standen paarweise Steinfiguren, die vernarbte Krieger darstellten. Die Luft war stickig, es stank säuerlich nach altem Schweiß.

Madoc sah Troyes und Brett neben den Statuen sitzen. Erleichtert pfiff er durch die Zähne, rauschte an den Wilden vorbei und schnitt den beiden die Handfesseln durch. »Kommt mit, die Treppe rauf und hinaus!«

518

Da fuhr ihm jäh ein Stich in die Schulter; so einen Schmerz hatte er noch nie gefühlt. Er drehte sich um – da stand der Mann mit der großen Narbe auf der Brust, grinsend hielt er einen spitzen Gegenstand in der rechten, vierfingrigen Hand und fuchtelte damit drohend vor Madocs Gesicht herum, falls er eingreifen und verhindern sollte, dass die Männer Troyes und Brett wieder fesselten.

Brett schwieg.

Troyes fluchte.

Madocs Blut kochte, er wollte kämpfen, auch wenn das kein druidisches Verhalten war. Er war außer sich vor Wut. Er holte tief Luft und sammelte sich innerlich auf Druidenart, damit er besser mit dem umgehen konnte, was als Nächstes auf ihn zukommen würde.

Die Wilden grollten, die tiefen Töne hallten wie Donner in Madocs Brust wider. Seine fünf Männer wurden einzeln von den Wilden umzingelt. Madoc stützte sich auf den Stab und dachte, wie klug die Wilden waren – sie kannten die römische Strategie des Abspaltens und Eroberns. Er durfte nicht zeigen, dass ihn der Mann mit der Narbe auf der Brust eingeschüchtert hatte, also setzte er sich auf einen Lederbehälter, wo er Troyes und Brett gut im Blick hatte.

Doch kaum saß er, zog ihn auch schon ein Mann mit je einer runden Narbe auf den Handrücken wieder hoch. Der Mann mit den großen Ohren und den aufgeworfenen Lippen jagte Madoc einen Schrecken ein. Der Mann öffnete den Behälter – da lag das Skelett eines Kindes.

»Ich habe mich wohl auf die Gebeine eines hoch verehrten Familienmitglieds gesetzt«, dachte Madoc laut.

Der Mann mit den großen Ohren deutete auf den Häuptling, der größer war als die anderen Männer, und sagte etwas zu Madoc, der kleiner war als alle. Madoc erstarrte, hielt aber Augen und Ohren offen. Der Wilde tat sein

Bestes, um ihm klarzumachen, dass das tote Kind der Sohn des Häuptlings war. Mit Worten und Gesten drückte er aus, dass er den Namen eines Vogels trug, so wie der Häuptling selbst, dass es sich aber um verschiedene Vögel handelte. Das Kind war nach einem kleinen Vogel mit schnellen Flügelschlägen benannt. »Kolibri«, sagte Madoc und wedelte heftig mit den Armen. Der andere grinste und nickte. »Heißt der Häuptling auch nach einem kleinen Vogel? Zaunkönig vielleicht?«, fragte Madoc mit Handzeichen. Möglich. An den Mienen, den Handzeichen und den Worten las Madoc ab, dass Brett nach dem Wunsch des Häuptlings den Platz des toten Jungen einnehmen sollte, Madoc war sich aber nicht sicher. Der Häuptling hatte seinen eigenen Sohn und andere Jungen getötet, um seine Macht und Stärke zu beweisen. Und Troyes sollte den Platz all dieser armen Kinder einnehmen. Heute war der Häuptling so wütend geworden, dass er sogar die Freundin seiner schwangeren Frau umgebracht hatte und es bereute, nicht auch seine eigene Frau getötet zu haben. Madoc wusste nicht, ob all das stimmte.

Der Wilde mit den großen Ohren rieb sich mit ausladenden Bewegungen den Bauch, zog die Mundwinkel herab und schloss die Augen. Mit der anderen Hand strich er um seinen Kopf, während er diese merkwürdigen tiefen Grunzer von sich gab, die ganz frostig klangen, als er gestenreich erklärte, dass er die Gebeine des toten Mädchens in dem runden Grabhügel bestatten würde, wenn Conlaf ihrer müde geworden sei.

Die Schwangere und die andere Frau waren verschwunden, wie vom Erdboden verschluckt.

»Was sagte er?«, fragte Caradoc. »Du bist jünger als ich und kannst ihn besser verstehen, für mich klingt das alles nur wie Kauderwelsch. Sind es die Gebeine des Jungen von ihm oder des Häuptlings?«

»Der Häuptling heißt Zaunkönig, und Zaunkönigs Hände sind mit Blut besudelt«, sagte Madoc. »Die Männer glauben, dass der Häuptling das hübsche Mädchen getötet hat, das die Frauen angeführt hatte. Und er will sie in einem dieser radförmigen Grabhügel bestatten. Sag also nicht, dass sie lebt! Er wollte auch seine Frau umbringen, die Schwangere. Die Gebeine in dem Ledersack sind von Kolibri, er war der kleine Sohn des Häuptlings, und Brett soll seinen Platz einnehmen, Troyes soll all die anderen toten Jungen ersetzen. Das ist zu viel des Guten! Das kann nicht sein, ich muss es falsch verstanden haben.«

»Ich werde doch diese Wilden nicht ersetzen!«, maulte Troyes.

»Du würdest mich doch nicht bei diesem Wilden lassen, oder?« Brett hatte Mühe, das Zittern seiner Lippen zu verhindern.

»Solange ich hier bin, wird dich diese humpelnde Echse nicht bekommen. Ich habe versprochen, mich um dich zu kümmern«, sagte Troyes.

Madoc überlegte, was er tun könnte, während er an einem Loch im Boden eines Tonkrugs herumfingerte, der neben dem Kinderskelett lag. Den Wilden würde er nicht sagen, dass das Mädchen noch lebte. Und eine Frau konnte nicht vom Erdboden verschluckt werden, auch wenn sie schwanger war.

Mit angewidertem Gesicht machte der Wilde mit den großen Ohren Madoc klar, dass es unhöflich war, den Tonkrug zu berühren, denn es handelte sich um eine wertvolle Grabbeigabe.

Madoc rang sich ein Grinsen ab. »Ich dachte, der Krug wurde umgebracht, sein Geist kann fliehen und sich mit den Geistern der Toten verbinden.« Da kratzte etwas Spitzes über seinen rechten Arm, aus den vier Kratzern quoll

Blut. Er verzog den Mund vor Schmerz. »He! Warum hast du das gemacht?«

Die Antwort des Wilden konnte er nicht verstehen, aber das Hornhechtgebiss in seiner Hand konnte er sehen.

»Warum?« Madoc hielt sich den blutenden Arm.

Der Mann hob den Kopf, zeigte die Narben an Wangen, Armen und auf der Brust, dann fletschte er die Zähne und ritzte Madocs linken Arm. Die Zähne des Wilden waren so angespitzt wie die des Häuptlings, und von den Augenwinkeln bis zum Mund zog sich je eine Doppelreihe weißer Narben.

Madoc fand nicht, dass diese Kratzer ein Grund waren, stolz zu sein, er grinste auch nicht, am liebsten hätte er ausgeholt, alle Höflichkeit vergessen und dem anderen ins Gesicht geschlagen. Wie ihm das wohl gefallen würde? Er ballte die Fäuste und hielt sie dem Mann unter die Nase.

»Tu's nicht!, rief Troyes. »Wende keine körperliche Gewalt an, wenn du es vermeiden kannst!«

Madoc unterdrückte nur mit Mühe seinen Drang zuzuschlagen, und stammelte: »Ich ... ich weiß. Woher sollte ich wissen, dass das ein ... ein *beddrod* ist?«

»Beth-rot?« Der Wilde bewegte schwerfällig seine Zunge.

»Ja, ein Sarg«, fuhr Madoc ihn an und sah ihm in die Augen. Dieser hielt seinem Blick ohne zu zwinkern stand. Madoc spürte, dass der Mann es im Denksport leicht mit ihm aufnehmen könnte, wenn er dieselbe Sprache spräche. Er stellte sich vor, wie dessen Augen durch die tiefen Kratzer in den Winkeln tränten. Dann folgte er einer Eingebung und deutete auf seine eigene Brust: »Madoc.« Er deutete auf sein Gegenüber und wartete auf die Antwort.

Der Mann zog die Brauen zusammen, brach dann in schallendes Gelächter aus, als er versuchte, das Wort nachzusprechen: »Ma-a-tuk.« Seine Augen funkelten. Er beugte den rechten Oberarm, wo er eine Narbe mit den Umrissen eines Kaninchens hatte, der Pelz schien sich zu bewegen, die Haare stellten sich.

Innerlich sang Madoc seinen Dank an Troyes. Troyes hatte Recht gehabt: So konnte er mit dem Mann umgehen. »Kaninchen!«, rief Madoc aus. »Du bist Großohriges Kaninchen!« Er hoppelte herum und deutete auf die Narben am Oberarm und auf der Brust.

»Kan-chen!« Kaninchen lachte herzlich über die lustige Aussprache seines Namens und trat zu Madoc. Das Hornhechtgebiss hatte er immer noch in der Hand. Madoc wich zurück. Mit merkwürdigen Lauten deutete Kaninchen auf die verschiedenen Utensilien im Raum. Madoc wusste, dass er auf diese Weise jeden Gegenstand benannte. Er zeigte auf einen großen Bogen, der zwischen Pfeilen stand. Kaninchen stieß einen Wortschwall aus, Madoc wiederholte, doch ein zweites Mal schaffte er es nicht, obwohl er für sein gutes Gedächtnis bekannt war. Es würde wohl einige Zeit brauchen, bis es eine Verständigung geben konnte.

Kaninchen zeigte ihm einen Stapel Leder- und Schilfrohrschilde, einige waren mit Perlen aus Samenkörnern verziert, andere mit Rauten und Kreisen bemalt. Es gab auch Helme und Stirnbänder aus Leder und bündelweise Pelze und Häute. Auf einem ungehobelten Brett standen Kisten mit Waffen; Steinschleudern, Dolche, Steine an Stricken. Kaninchen zeigte ihm auch Kriegstrommeln, Pfeifen aus Flügelknochen und Knochenknüppel mit Holzgriffen, in die Perlen oder poliertes Kupfer eingearbeitet waren. Alles Kriegsgerät. Diese Menschen waren Krieger. Wer waren ihre Feinde? Wo waren ihre Feinde?

Was für eine Ironie!, dachte Madoc. Sie waren länger als einen Monat über die tückische See gefahren, hatten Hunger gelitten, nur um der Gewalt von Menschen gegen Menschen schnell zu entfliehen, und nun standen sie hier inmitten einer Sippe von kriegerischen Fremden. Dieser Gedanke war so schrecklich, dass er seinem Grauen jederzeit mit einem Peitschenhieb für jeden, der ihn auch nur krumm ansah, Luft gemacht hätte. Brett und Troyes konnte er nicht mehr sehen, er schob sich an Kaninchen vorbei zu den Steinstatuen, wo sie immer noch mit gefesselten Händen saßen. Er kam sich dumm vor, sein Hals lief ganz rot an. Er setzte sich still hin und mied Kaninchens Blick.

Troyes beugte sich vor und lenkte Madocs Aufmerksamkeit auf eine junge Frau mit hoher fliehender Stirn. Sie trug Grasmatten auf ihrem Kopf, der so spitz zulief wie ein walisisches Reetdach.

»Ich glaube, ich habe sie schon vorher gesehen«, sagte Madoc.

Brett wackelte mit den Händen und versuchte, sich aus den Fesseln zu befreien. »Mir ist ganz mulmig.«

»Heute konnte es einem wahrlich mulmig werden!«

»Als ob ... als ob etwas passieren würde.«

»Rühr dich nicht! Bald sind wir wieder an Bord.«

Der Neunjährige vertraute Madoc. Er musste tun, was der Kapitän sagte. Dass er die Pflicht übernommen hatte, seinem Vorgesetzten zu gehorchen, als er mit den Druiden auf Fahrt gegangen war, wusste er nur zu gut. Freudlos sagte er: »Für dich rühre ich mich eine Weile nicht.«

Der Häuptling war immer in der Nähe. Er legte seine Hand um Bretts Hals und riss den Mund auf, dass Brett seine spitzen Zähne sehen konnte.

Brett schrie, er fürchtete, erwürgt oder lebendigen Leibes gefressen zu werden. Der Häuptling warf ihn über die Schulter, schlurfte zur hinteren Wand und blieb dort stehen. Zwei Männer trugen Troyes auf eine Matte. Die anderen stellten sich in einem Halbkreis vor ihrem Häuptling auf, der die acht Druiden mit einer Geste aufforderte, sich neben ihn auf Matten zu setzen, wo er sie im Auge hatte.

Madoc knirschte mit den Zähnen. Er setzte sich nicht, sondern riss die Hand des Häuptlings von Bretts Kehlkopf und drückte sie. »Lass den Jungen in Ruhe, oder ich werde dich mit einem Fluch belegen, der schlimmer ist als der Fluch des nordischen Gottes Loki. Von ihm würde ich dir gerne erzählen! Und dann würde ich dir auch sagen, dass du nach unserer Weltsicht gar nicht hier sein solltest, sondern in einer glühend heißen Hölle!«

Zaunkönigs Hand schmerzte. Er hörte die Wut in Madocs Stimme, stellte Brett auf den Boden und löste seine Fesseln.

Madoc packte Bretts Arm und stürzte zur Tür. Sofort rannten die Wilden hinterher und stießen die beiden zurück. Brett fiel dem Häuptling vor die Füße.

Madoc hielt Zaunkönig die Faust vor die Nase. »Du! Du hast kein Recht, uns hier festzuhalten!«

Zaunkönig zog eine kleine Schnute und löste auch Troyes' Fesseln.

»*Pourrie merde d'oie!*« Troyes senkte den Blick. »Keine Angst, Bruder Brett. Die Wilden verstehen nicht, was wir sagen, sie wissen auch nicht, wozu wir in der Lage sind.«

Kaninchen schlug Madoc auf den Rücken, tätschelte die roten Striemen an seinen Armen und zog die Mundwinkel herab, als wollte er ihn um Verzeihung bitten.

Madoc sah ihn scharf an, sein Herz klopfte so, dass er keinen klaren Gedanken fassen konnte. »Wie kommen wir nur hier raus?«, flüsterte er Conlaf zu.

»Wir müssen uns in Grillen verwandeln.«

»Von Zauberei verstehe ich nichts. Aber Brett und Troyes haben nun wenigstens keine Fesseln mehr.«

Alle Augen ruhten auf Zaunkönig, als er Brett den Becher mit dem Penis gab und sich viermal vor Troyes verbeugte;

dabei bombardierte er ihn mit einem Schwall Grunzern, Kollern, Johlern und Schnalzern. Den Worten haftete etwas eigentümlich Erhabenes an. Madoc begriff, dass er hart an seiner Ausdrucksweise gearbeitet hatte, und er verstand, warum er von seinen Leuten als Häuptling geehrt wurde. Als er geendet hatte, streckte er sein steifes Bein aus, deutete auf Troyes' steifes Bein und auf Bretts Fuß mit den vier Zehen. Dabei sah er Madoc hochmütig an – er hatte keine Male außer seinen Tätowierungen. Die Wilden zischten; was das bedeutete, war sonnenklar: Madoc, mit den gesunden Beinen und den gesunden Füßen, war durchgefallen.

»Zaunkönig hat Narbenschmerzen«, sagte Conlaf. »Mit Salben könnten wir uns vielleicht Respekt verschaffen. Das hilft zwar nicht gegen Narben, aber gegen die Schmerzen.« Er tätschelte den Arzneibeutel an seinem Gürtel.

»Ja«, stimmte Caradoc zu.

»Ich mag mein steifes Bein«, sagte Troyes. »Hier verhilft es mir zu Ansehen. Vielleicht denkt er, ich bin ein hoher Herr.«

»Wenn man dir den kleinen Finger reicht, nimmst du gleich die ganze Hand!«, meckerte Madoc.

»Wir müssen sie verstehen, ihre Sprache lernen«, meinte Riryd.

»Vielleicht vertrauen sie uns, wenn wir ihnen vertrauen«, sagte Dewi.

Madoc schwitzte, seine Gedanken wirbelten wild durcheinander. Er wollte keine Auseinandersetzung vom Zaun brechen, die er nicht ohne Blutvergießen beenden könnte. Ob er Kaninchen dazu bewegen könnte, Zaunkönig zu Bretts und Troyes' Freilassung zu überreden?

Zaunkönig sah die Druiden streng an. Er drückte Brett an seine Seite und Troyes an die andere. Kaninchen saß dahinter auf einem Ballen Häute, seine Hand lag auf Troyes' Schulter.

Ein einäugiger Wilder mit kupfernen Ohrringen gestikulierte, nickte und strich über Troyes' weiches schwarzes Haar – er wollte um Troyes' Wollmütze feilschen.

Troyes machte ihm deutlich, dass er keine Ohrringe tragen würde, die nur seine Ohren grün färbten. Der Mann verstand, dass er zurückgewiesen wurde, und schlurfte verärgert davon.

Zaunkönigs Augen funkelten. Er packte die Mütze und warf sie dem Mann hinterher.

Brett hob den Finger. »Diese Mütze gehört nicht dir, du kannst sie doch nicht einfach weitergeben! Was ist denn das für ein Benehmen?«

Der Einäugige hob die begehrte Mütze auf, verbeugte sich vor seinem Häuptling und sah Troyes grinsend an.

Troyes fletschte wütend die Zähne.

Kaninchen nahm Troyes' Hand und setzte sich neben Madoc. Verspielt zog er an Madocs blondem Haar und den Bartstoppeln. Madoc stieß Kaninchens Finger weg. Kaninchen fand das lustig und tätschelte seine vernarbten Wangen. Dann drehte er Madocs Kopf, damit er die Frauen sehen konnte, die nun mit flachen Tabletts voller dampfendem Essen die Treppe herunterkamen. Er äffte Madocs Grimassen nach, radebrechte auf Walisisch und Englisch und schlug sich auf den Bauch, dabei grummelte er tief in seiner Brust wie ein Hund über einem gerissenen Kaninchen und schmatzte.

Ob er damit sagen wollte, dass er Hunger hatte?, fragte sich Madoc. Er blickte die erste Frau an – er hatte sie schon einmal gesehen, sie hatte hinter dem verwundeten Mädchen gestanden. Sie war klein gewachsen und bestimmt nicht älter als achtzehn. Schlammklumpen hielten ihr langes Haar in einem Knoten auf dem Kopf. Sie gab Troyes ein kleine Holzschale, strich ihm über den Kopf, fuhr mit den Fingern durch sein wallendes Haar und füllte die Schale. Dann gab sie Brett eine Schüssel und ließ den Häuptling das Tablett halten, damit sie ihm die Leckerbissen vorlegen konnte. Sie berührte Madocs Arm und deutete erst auf einen Haufen Schalentiere, die aussahen wie Austern, dann auf andere seltsam aussehende Speisen und schließlich auf ein zwiebelähnliches gekochtes Gemüse. Sie berührte die Zwiebeln, ließ den Kopf in den Nacken fallen und die Zunge heraushängen. Dann öffnete sie die Augen und lächelte. Madoc sah, dass der Häuptling die Zwiebeln nicht aß. Die Frau nahm den Blick nicht von Madoc, während sie weitere leere Schüsseln verteilte.

Der Häuptling warf Stückchen des Essens in alle vier Himmelsrichtungen, sie landeten auf den Gästen oder auf dem Boden und wurden schnell aufgesammelt.

»Er füttert die Elfen«, flüsterte Brett. »Das ist ein gutes Zeichen, oder?«

»Vielleicht preist er auch die Götter für ihre Güte, mit der sie diesen Tag gesegnet haben«, sagte Caradoc.

»Mich interessiert viel mehr, was das Mädchen sagen wollte«, meinte Conlaf.

»Dass wir dieses Zwiebelgemüse nicht essen sollen«, wusste Madoc. »Davon schlafen wir ein.«

»Vielleicht will Schlammklümpchen uns noch mehr sagen, muss aber vorsichtig sein«, sagte Conlaf. »Ich hoffe, du hast sie richtig verstanden. Was soll ich jetzt sagen? Wie soll ich mich bedanken?«

»Du musst nichts sagen. Halt den Mund, hör zu und denk nach!« Madoc blickte in die Schüssel vor ihm. »Ich sehe geräucherte Austern, eine Delikatesse, egal in welcher Sprache.« Er steckte eine Muschel in den Mund.

Die Wilden verstummten. Es erstaunte sie, dass jemand so unhöflich sein konnte. Sie stießen sich mit den Ellbogen an und kicherten über das sonderbare Benehmen des Fremden.

Madoc erwartete, auf das weiche Fleisch der Auster zu beißen, doch stattdessen biss er auf einen kleinen Vogel, der gerupft und in Kräuteröl gebraten war. Die Wilden beobachteten ihn – er durfte sich nicht die Blöße geben und das bittere, knochige Stück ausspucken. Er kaute auf Knochen und Eingeweiden und drehte sich zu Caradoc. »Ich bin froh, dass diese Wilden wenigstens Götter haben, sonst müsste ich ihnen den Kojoten schenken, der mich zwingt, einen Vogel am Stück zu essen. Ich denke, es ist ein Zaunkönig. Mir wird ganz schlecht.«

»Ich lache sie an und sage damit: Es ist unhöflich über einen Mann zu lachen, der so hungrig ist, dass er alles verschlingt, was auch nur entfernt nach Essen aussieht.« Conlaf entblößte seine Zähne zu einem spöttischen Lächeln.

Madoc fühlte sich gar nicht wohl. Wie konnte Conlaf so sorglos sein, wo er selbst so unsicher war? Der Gestank der Wilden und der Gestank seiner Männer zusammen unter einem Dach ist Ekel erregend. Wie sollte er hier essen? Das war unmöglich!

»Das ist zum Teil Hundefleisch«, wusste Brett. »In Wales wäre es ein *geis*, es zu essen, es ist verboten.«

»Es ist auch ein *geis*, als Gast in einem fremden Haus das Essen zurückzuweisen«, gab Madoc zurück.

Als die Platte wieder herumgereicht wurde, füllte Madoc seine Schüssel mit Fladenbrot und legte ein Stück Fleisch obenauf, sodass es aussah, als hätte er eine Schüssel voller Fleisch.

Die anderen Druiden taten es ihm gleich. Sie nahmen Kürbisstücke aus dem anderen, unbekannten Gemüse heraus, auch Garnelen, Jakobs- und Herzmuscheln nahmen sie; die anderen Meerestiere sahen eigenartig aus und waren zäh wie Leder.

»Wenn ich das Essen der Wilden esse, werde ich vielleicht vergiftet und sterbe. Das wollte das Mädchen sagen«, meinte Brett und sah Madoc schaudernd an.

»Iss nur die Zwiebel nicht«, sagte Madoc.

Er hoffte, Conlaf hätte den Mund so voll, dass er den dunklen, lauwarmen Trank nicht kommentierte, doch seine Hoffnung war vergebens.

Nach dem ersten Schluck sagte Conlaf: »Ich habe noch nie Schwarztee getrunken, der wie vergiftete Pferdepisse schmeckt.«

Die Wilden wischten sich die fettigen Hände an ihren Haaren und gingen hinaus. Madoc war angewidert von diesen derben Verhaltensweisen. Zusammen mit den anderen Druiden folgte er dem Häuptling, der mit Brett und Troyes auch hinausging.

Der Nachmittag war schwülwarm. Aus Nordwesten zogen immer mehr Wolken auf.

Wenn wir nacheinander verschwinden, merkt das keiner, oder erst, wenn es zu spät wäre, dachte Madoc. Er wollte Brett nicht erschrecken und nahm sanft seine Hand. Den anderen nickte er zu, Troyes zu holen, und ging eilig davon.

Wie der Blitz war Kaninchen neben Madoc und legte ihm die Hand auf die Schulter. Sein Blick war freundlich, fast traurig. Madoc war verblüfft, als Kaninchen seine Hände übereinander schob und seinen Kopf darauf legte, um zu zeigen, dass man jetzt schlafen ging. Sie wollten Brett die ganze Nacht hier behalten? Madoc schüttelte den Kopf. »Nein!«

Kaninchen grummelte und hob Brett in die Luft.

Madoc wusste nicht, was das sollte, aber es gefiel ihm nicht. Er starrte Kaninchen an und wollte ihn durch Gedankenübertragung dazu bewegen, den Jungen herunterzulassen.

Es funktionierte. Kaninchen legte die Hand an Bretts Taille und zwang ihn, aufrecht zu stehen. Sein Gesicht war rot und glänzte vor Schweiß.

Madoc atmete aus, sein Herz raste. Er hatte Kaninchen seinen Willen aufzwingen können. Dann legte er seine Hände übereinander und den Kopf darauf – er würde die Nacht über bleiben, an Stelle von Brett.

Kaninchen rieb sich die verkrampften Nackenmuskeln. Er sah müde aus. Er stampfte mit dem Fuß auf und schüttelte den Kopf. Wie eine trockene Russendistel schob er Madoc zur Seite, nahm Brett an der Hand und ging.

Brett wollte sich losreißen. »Lass mich!«, krächzte er heiser. Der Speichel lief ihm aus dem Mund.

Troyes rammte Kaninchen die rechte Faust ins Sonnengeflecht. Kaninchen wankte, Troyes schnappte Brett und stürzte zwischen den Wilden hindurch.

»Rennt!«, brüllte Madoc.

Doch schnellstens umzingelten die Wilden sie wieder. Mit offenem Mund sah Madoc, wie Kaninchen ein beinernes Messer an Troyes' Rippen hielt.

Der Häuptling humpelte zu Madoc, blickte ihn finster an und sagte ein paar Worte, die wie Donnergrollen klangen.

»Ich habe verstanden. Wir bleiben, bis ihr Troyes und Brett freilasst, und wenn es die ganze Nacht dauert!«

Der Häuptling schlang seinen gebeugten Arm wie eine Eisenklammer um Bretts und seinen anderen Arm um Troyes' Brust. Er zischte zwischen den Zähnen hindurch, sein Gesicht war wie versteinert.

»Was hast du vor?«, schrie Madoc und wedelte mit dem Finger vor Zaunkönigs Nase herum, dass dieser ihn leicht hätte abbeißen können. »Mir reicht es jetzt hier in diesem Hornissennest! Wir sind unterlegen und wollen nicht von euch Hornissen gestochen werden. Wir können miteinander verhandeln, uns mit Händen und Füßen verständigen. Ach, wenn ich doch nur eure Sprache verstehen würde!«

Das Gesicht des Häuptlings erstarrte zu einer Maske der Sturheit. Er blinzelte nicht, er senkte auch nicht den Blick.

»Was meinst du?«, fragte Madoc.

Doch das Gesicht des Häuptlings blieb ausdruckslos, er schwieg wie ein Grab.

Zumindest hat er nicht rundherum abgelehnt!, dachte Madoc.

Angespannt folgten die Druiden dem hinkenden, stöhnenden Häuptling, der Brett und Troyes immer noch festhielt, als könnte eine plötzliche Bö sie davonwehen.

Conlaf sagte: »Mit einem Skalpell kann ich das Narbengewebe an seinen Beinen und an dem steifen Arm entfernen und seinen Schmerz lindern – zum Austausch für Brett und Troyes. Allerdings weiß ich nicht, ob dieser Vogel stillhält, wenn ich ihn behandle. Für diese Leute scheint es eine Ehre zu sein und keine Schmach, wenn sie entstellt sind und schlimmer aussehen als tätowierte Druiden. Als würden walisische Katner mit französischen Fischern zusammentreffen – sie können sich nicht verständigen. Nur hier ist es schlimmer, weil diese Wilden diese fliehenden Stirnen haben und nur so knappe Kleidung tragen. Hast du die Frauen in den kurzen Röcken und den Umhängen aus Vogelfedern gesehen? Unsere Frauen würden so etwas in hundert Jahren nicht anziehen! Eigentlich schade.«

»Kannst du ausnahmsweise mal nicht an Frauen denken?«, maulte Madoc. »Deine Idee mit der Narbenbehandlung ist vielleicht gar nicht so schlecht. Immerhin weiß der Häuptling, dass wir Brett zurückhaben wollen.«

»Diese Leute sind gar nicht so anders als wir«, sagte Conlaf. »Kaninchen will deine Worte nachahmen, ich glaube, er versucht, uns zu verstehen.«

Der Häuptling führte sie zu einem schlammigen, sumpfigen Tümpel hinter dem großen Platz. Madoc konnte an nichts anderes denken als an das Aufeinanderprallen verschiedener Kulturen, dennoch dachte er: Ja, wir sind uns ähnlich, nur unsere Verhaltensweisen und unsere Sprachen sind unterschiedlich. Was bringt die Menschen zusammen, wenn sie nicht Mann und Frau sind? Essen? Freundlichkeit? Vielleicht hilft uns Conlafs Idee ja zu einer Art von Verständigung. Aber werden die Wilden von Brett und Troyes ablassen? Das war am wichtigsten. Warum hatte er nicht auf Clare gehört und ein paar Schwefelbälle mitgenommen, damit diese Leute einen Geschmack von der Hölle bekamen? Doch als er an das widerlich riechende Essen und ihren stechenden Körpergeruch dachte, wusste er, dass kein noch so schlimmer Gestank sie schockieren konnte. Er betete, dass die Zeit bis Mitternacht schnell vergehen würde. Vier unterernährte Pferde könnten ihnen vielleicht Angst einjagen und Ehrfurcht wecken. Die Zeit war auf seiner Seite, und so rief er sich zur Geduld.

XVIII

Der Geist des Kranichs

Der aus einer Zypresse geschnitzte Kultgegenstand [der Kopf
eines Kranichs], bekannt unter dem Namen Thomasson-Maske,
wurde nach einem Sturm im Jahre 1971 an der Küste Floridas
gefunden. In die Maske waren neun Löcher gebohrt,
wahrscheinlich um sie an einem Kostüm zu befestigen oder den
oberen und unteren Schnabelteil zu bewegen ... Zwei Kordeln
an der Hüfte, die über Stricke mit der hohen Stütze der Maske
verbunden waren, ermöglichten es dem Tänzer, mit einer Kordel
den Schnabel zu schließen und mit der anderen den Hals
hochzuziehen. Wurden die Kordeln losgelassen, ging der
Schnabel wieder auf und der Hals neigte sich.
*William H. Marquardt, »From out of the Darkness Comes Great
Crane Spirit«, in: Calusa News*

Das ganze Dorf hatte sich am Tümpel zum Fest versammelt. Troyes und Brett wurden ein paar Frauen übergeben,
die auf sie aufpassen sollten. Darunter war auch ein Mädchen, das Madoc schon einmal gesehen hatte; sie hatte ihn
vor den kleinen Zwiebeln gewarnt. Der Häuptling, nur
mit Conlafs Hemd bekleidet, watete in die Mitte des Tümpels, wo das braune Brackwasser hüfthoch war. Kaninchen
und andere wichtige Männer folgten in knappen Lendenschurzen.

Madoc ließ Troyes und Brett nicht aus den Augen und
winkte den Druiden zu, hinter den Bäumen zu bleiben,
die wie ganz normale Linden aussahen. Sie dufteten angenehm nach Honig, die Bienen summten emsig um die

gelben, sternförmigen Blüten herum. Sie hingen zu sechst in Dolden an einem Stängel, der aus der Mitte eines harten, länglichen Blattes wuchs. Madoc dachte daran, wie sich die Blüten in runde harte Kügelchen verwandelten, und sehnte sich plötzlich nach dem walisischen Sommer. Er hatte keine Lust mehr, mit Hornhechtzähnen geritzt zu werden. Langsam ließ er seinen Blick über die Menge wandern. »Mindestens zweihundert Mann. Sind wir in eine Falle gegangen?«

»Noch nicht«, sagte Caradoc. »Scheint heute ein Festtag zu sein. Geduld. Wir werden schon sehen, was sie da für einen Zauber treiben.«

»Seht euch das an!« Riryd konnte ein Lachen nicht unterdrücken. »Die Frauen kleiden Brett in ein Federkostüm, er sieht aus wie ein großer weißer Vogel. Ein Kranich! Die machen ja wirklich ein Theater um den Jungen!«

»Vielleicht halten sie ihn für ein Puppe, die man verkleiden kann«, sagte Dewi. »Sie haben ja nicht viele Knaben hier, ich sehe nur Mädchen. Brett ist etwas Besonderes, sie stellen ihn aus.«

»Ausstellen?«, wunderte sich Madoc.

»Ja, siehst du das Gerüst am Tümpel? Da!«

Im Schutz der Bäume schlichen die Druiden langsam zu den Frauen, die Troyes' langes Haar wuschen und kämmten.

»Was ist hier los?«, rief ihm Madoc zu.

»Ich weiß nicht. Es ist mir egal, ob die Frauen zur Zier Muscheln mit Schlick an meinen Haaren befestigen, aber ich will kein Kostüm anziehen!« Er deutete auf Brett. »Jetzt, wo ihr da seid, geht es mir schon besser.«

Zu seinem Erstaunen sah Madoc, das ein weiterer Junge im gleichen Kostüm neben Brett stand. Mit der Zunge schnalzend hüpfte er von einem dünnen Bein aufs andere, er wusste, was er tun musste. An seinen nackten Füßen waren überlange Ständer angebracht. Er hielt die Klaue hoch wie ein Kranich. Der lange gelbe Schnabel ging auf, der Hals neigte sich und er tat so, als würde er Futter vom Boden picken.

Brett fand es lästig, einen Federumhang mit einem Schwanz zu haben. Um die Hüften trug er einen knappen Männerschurz aus schwarzen Federn mit weißen Spitzen. Auf dem Kopf trug er die Kranichmaske aus Holz auf einer Art Kappe. Er stellte sich ungeschickt an, er wusste nicht, wie er die Stricke bedienen sollte, mit denen der Schnabel auf- und zugemacht wurde. Ein schwarz gekleideter Mann mit einem Federumhang und einer Kappe mit gelbem Amselschnabel musste ihn anstoßen, damit er sich bewegte.

Ein anderer Mann mit einem Umhang aus Wolfsfell und einer Furcht erregenden Maske mit spitzen Ohren und Hornhechtzähnen im offenen Maul jagte die beiden Jungen herum. Amsel stieß Brett mit einem Stock, sodass er rannte. Es sah so aus, als würde sich der Stock von alleine hinter Brett bewegen, denn Amsel stand ganz ruhig da.

»Das ist Zauberei«, sagte Thurs.

»Nein, das ist nur ein Trick.« Conlaf wehrte die Moskitos ab. »Amsel ist Medizinmann. Er hat Salbe auf die Beine des Häuptlings geschmiert.«

Es stank nach angesengten Federn, als eine Gruppe von Frauen einen Haufen toter Kraniche mit weißen Brustfedern, dünnen schwarzen Ständern und teilweise gerupften Köpfen anzündeten.

Madoc lauschte ihrem Grunzen und Schnalzen, immer wenn sie einen toten Vogel nahmen. »Sprechen die Frauen zum Geist eines jeden Vogels?«

»Kraniche sind hier vielleicht heilig«, meint Conlaf.

»Hört doch, die Trommeln!«, sagte Caradoc. »Das hat sicherlich etwas zu bedeuten.«

Noch mehr Männer kamen hinter den Bäumen hervor, zogen sich aus und wateten nackt in den Tümpel.

»Schaut euch das an!«, flüsternd deutete Dewi auf Amsel. Er zerkaute ein Stück Kratzdistelwurzel; den Brei schmierte er auf die Kratzer, die er einer Reihe junger Männer beigebracht hatte.

Auf einer Flöte aus Weidenholz spielte Wolf ein Klagelied auf drei Tönen. »Ihm fehlt der Zeigefinger der rechten Hand«, sagte Madoc, »und wenn er die Arme hebt, sieht man die gezackten Narben auf seiner Brust. Er sieht aus wie der Führer einer Kriegerpartei. Er hat die roten Handabdrücke auf Bretts Wange hinterlassen.«

»Diese jungen Männer am Ufer sehen aus wie ein Schwarm Möwen im Wind; sie warten auf ihre Einweihung und auf ihre Narben«, sagte Conlaf.

Troyes hörte, was die Druiden sagten. »Diese verfluchten Wilden denken, je mehr Narben einer hat, desto unbesiegbarer ist er. Sie ritzen sich gegenseitig die Haut mit Hornhechtzähnen oder mit einem Kamm aus einem gesplitterten Vogelknochen mit Stachelschweinborsten auf; das brennt wie die Hölle, doch die Männer schreien nicht; das beweist ihre Tapferkeit.« Er streckte den geritzten Arm aus und deutete auf die Muscheln, die mit Schlick auf seinem Kopf festgemacht worden waren.

»Du siehst aus wie ein verfluchter Wilder!« Madoc schlug nach Moskitos und zeigte Troyes seine Wunden.

»Sch!«, machte Conlaf.

Zaunkönig lutschte an dem Griff des Bechers, den Brett ihm gegeben hatte. Aus seinen Nasenlöchern kam Rauch, er sah aus wie ein Feuer speiender Drache. Dann machte er ein Geräusch in der Kehle, das sich anhörte wie das Keckern von Kranichen.

Frauen mit Seerosen im Haar reichten kleine Tonbecher mit einer schwarzen Suppe herum.

Nachdem sie getrunken hatten, machten die Männer widerliche Geräusche, furzten und rannten ins hohe Sumpfgras, wo sie sich hustend und würgend hinhockten.

Madoc dachte schon, der Sumpf würde ihr Gewicht nicht aushalten, aber der durchtränkte Sand wirkte erstaunlich elastisch. »Was tun sie nur dort?«

»Sie pinkeln, hocken und würgen sich den Magen aus dem Leib«, sagte Troyes. »Der schwarze Trank verursacht ihnen Übelkeit. Danach springen sie in den Tümpel und plantschen herum wie Hunde im Bach.«

»Mir zieht es den Magen zusammen!«, sagte Riryd.

»Es ist eine Läuterung«, flüsterte Conlaf. »Sie waschen sich innen und außen rein.«

Amsel zog sein Kostüm aus und gab es einer jungen barbusigen Frau mit langen Beinen. Mit der Zungenspitze leckte sie über seine Wangen und seinen knotigen Hals und sie streichelte seine hängenden Pobacken. Mit offenem Mund sah Madoc, wie die Frau die Hüften schwang und Amsels Schurz zur Seite schob. Mit einem Stück feuchter Rinde rieb sie seine Lenden und nahm seinen Stab, der aus dem Wasser schnellte wie der Kopf einer Schlange.

Alle Augen ruhten auf der Mitte des Tümpels, wo eine andere barbusige junge Frau den Häuptling liebkoste. Auch sein Stab stand steif. Er legte die Hände auf die wiegenden Hüften des Mädchens, drückte den Rücken durch und spritzte wie ein Wasserspeier.

»Kannst du dir das vorstellen?«, flüsterte Riryd. »Vor den Augen aller und unter den Augen der Götter! Das könnte ich in der Menge niemals tun.«

»Da, genau vor dir!«, neckte ihn Conlaf. »Dein Eichhörnchen will wohl die Sonne sehen.« Er knuffte Riryd in den Bauch.

Madoc legte einen Finger an die Lippen und bedeutete ihnen, still zu sein. Dann deutete er auf eine Reihe junger

Schönheiten mit nackten Brüsten und weißen Seerosen im Haar, die vor einer Gruppe frisch verwundeter junger Männer standen. Das Blut rann ihnen an Armen, Beinen, am Rücken und an der Brust herunter. Die Frauen streichelten die Schenkel der Männer mit der feuchten Rinde und im Nu waren sie erregt. Sie kamen nacheinander zum Höhepunkt, und genauso schnell war das Schauspiel auch wieder beendet.

Die Druiden sahen sich schief an. Sollten sie eine deftige Bemerkung über die Gleichzeitigkeit des Geschehens machen?

Die Mädchen am Ufer trillerten mit den Zungen und stampften, dass das Wasser nur so spritzte. Sie streckten die Hände aus, als wollten sie die Regenbögen berühren, die in den Tropfen entstanden, wenn die Sonne hinter den weißen Wolken hervorlugte.

»Nun!« Conlaf atmete laut aus, als hätte jemand seine Brust zusammengedrückt. »Niemals hätte ich ... Nun, ich hatte Recht, sie sind geläutert, innen und außen von allem gereinigt.«

Madoc deutete auf Amsel, der zitternd im Wasser stand. Er sah so alt aus wie die Berge, haselnussgroße Knoten hingen ihm an Hals und Armen. Eine junge Frau nahm ihn an der Hand und führte ihn ans Ufer, wo sie ihm den Umhang umlegte und die Kappe aufsetzte. Mit blauen Lippen stand er zwischen Zaunkönig und Wolf und wrang das Wasser aus seinem Lendenschurz. Die geweihten jungen Männer standen in einer Zweierreihe hinter Wolf, der sie in einer Parade um den Tümpel führte und schließlich den Pfad zum Dorf einschlug. Einige Männer grummelten im Takt der Trommeln und Flöten und stießen den Häuptling an, damit er ein wenig schneller hinkte.

Die jungen Frauen, Mädchen und die Hunde folgten. Die Hunde schwärmten aus, schnüffelten und bellten Madocs

Männer an, die sich zwangen still zu stehen, bis sich die Hunde an ihren Geruch gewöhnt hatten.

Zwei Frauen stießen Troyes an, der schließlich über den Pfad humpelte und den Druiden zurief: »Guter Gott, bin ich froh, dass Brett diese heilige Zeremonie nicht mit ansehen musste!«

»Wo ist er?«, fragte Madoc.

»Bei den Frauen und Kindern.«

»Kommt, dann gehen auch wir zu den Frauen und Kindern!«

Die Eingeborenen stolzierten wie Vögel durch das Dorf zum großen Platz, sie machten Sprünge und bogen sich. In der Mitte des Platzes steckten im Abstand von anderthalb Ellen zwei Pfähle von drei Ellen Länge, dazwischen war eine halbe Elle über dem Boden ein weiterer Pfahl gebunden, ein vierter war über die Enden gelegt und mit Grastauen angebunden. Es war ein Rahmen, davor standen der Häuptling, Troyes und Amsel, dahinter Kaninchen und Wolf, der immer noch die schreckliche Maske trug. Die jungen Männer bildeten einen Kreis um sie herum, Frauen und Kinder standen wiederum im Kreis hinter den Jungen.

Madoc und seine Gefährten suchten Brett; sie schoben sich leise in den Kreis der Frauen und schlichen sich hinter Grüppchen von Mädchen, die die räudigen Köter jagten.

Ein Hund knurrte. Madoc streichelte ihn, er schnappte nach seiner Hand. Gackernd rannten die Mädchen hinter den Hunden her.

Troyes stand neben einem kurzen Pfahl, auf dem ein Stück Eis lag, das nicht zu schmelzen schien. Madoc sah genauer hin – es war der größte und reinste Bergkristall, den er je gesehen hatte, größer als ein Kopf. Das Sonnenlicht brach sich darin in bunten Strahlen wie die Regenbögen am

Tümpel. Die Wilden sangen kehlig und streckten ihre Hände nach den Strahlen aus. Sie berührten Troyes, als die Trommeln dröhnend wirbelten.

Madoc fühlte sich gar nicht wohl; er hielt Ausschau nach Brett. Er umklammerte den kleinen Kristall, den Annesta ihm geschenkt hatte und den er seitdem in der Tasche hatte. Es war so lange her, dass es wie eine andere Zeit schien, er konnte sich nicht an Einzelheiten in Annestas Gesichtszügen erinnern, nur an den frischen Duft ihres Haars. Er zwang sich, die Vergangenheit ruhen zu lassen und sich auf die Zukunft zu konzentrieren. Er dachte an die vier Pferde, die bald kommen und diese Leute so verwirren müssten, dass sie Brett und Troyes freiließen. Die Zeit war ihre Retterin. Doch seine Anspannung ließ nicht nach, er war sich nicht sicher, was noch alles passieren würde, bevor dieser Tag zu Ende ging.

Plötzlich standen zwei Schilfkäfige neben Troyes. Die Wilden rempelten und drängelten sich vor. Madoc wandt sich nach rechts und nach links, aber er konnte nicht sehen, was in den Käfigen war. Schließlich gab er Conlaf den Stab und bat Dewi, ihn auf die Schultern zu nehmen.

Dewi bückte sich, Madoc stieg auf seine Schultern, dann streckte sich Dewi aus und hielt Madoc an den Knöcheln fest.

»Uh!«, machte Madoc zwischen zusammengebissenen Zähnen. »In den Käfigen ist je ein großer Kranich!«

Ein Hund knurrte, Dewi neigte sich zur Seite. Madoc hockte sich hin und zischte: »Halt still!«

»Ein Köter kaut an meinem Bein herum!«, flüsterte Dewi. Er schüttelte das Bein, seine Schultern bogen sich vor und zurück.

Madoc hielt sich an Dewis Haaren fest. »Schlag auf das blöde Vieh ein!«

Conlaf schlug den Wolfshund mit dem Stab. Jaulend zog

er den Schwanz ein und rannte davon. Als er zwischen den Frauen hindurchflitzte, kickten sie ihn, und er jaulte noch lauter. Die Mädchen kreischten fröhlich und traten mit nackten Füßen auf den Hund ein, damit er noch mehr jaulte.

Madocs Magen zog sich zusammen. »Und wenn sie sich hier versammelt haben, um eine Strafe zu verhängen? Wie in Wales beim jährlichen Gericht, wenn sie die Leute in Käfige stecken.« Seine Nackenhaare stellten sich auf und ein Schauder lief ihm über den Rücken.

»Erinnerungen sind wie gezogene Korken«, wusste Conlaf. »Sie schwellen an und passen nicht mehr auf die Flasche. Wir sind weit, weit weg von Wales.«

Madoc wurde es immer mulmiger. »Und wenn Troyes oder Brett nun unwissentlich ein Gesetz dieser Wilden gebrochen haben?«

»Sag uns, was der Häuptling macht«, wollte Caradoc wissen.

»Er macht einen Käfig auf und holt einen Kranich heraus. O Lugh! Da ist ja Brett, ich kann den Federumhang mit dem Schwanz sehen, seine Beine sind blutig zerkratzt, als wäre er in der Heide gewesen! Sie haben ihn mit Ruß und Fett eingerieben, er ist ganz schwarz.«

Der Gesang der Wilden wurde so laut, dass Madoc sich nicht mehr verständlich machen konnte. Dewi hockte sich hin und ließ Madoc herunter. »Teilt euch und dringt zu den Männern vor. Seid auf der Hut«, sagte Madoc.

Sie gingen von Kreis zu Kreis. Die Mädchen lachten und neckten die Druiden mit Stöcken, die Frauen bleckten die Zähne, zischten und kniffen sie. Als Madoc im Kreis der jungen Männer stand, trat ihm jemand auf die Füße. Er reckte sich und sah den älteren Männern über die Schulter.

Troyes war an den Pfahl mit dem Bergkristall gebunden.

Er hatte sein Gürtelband lösen können und schwenkte es über dem Kopf. Bretts Kopf wackelte, ein Lächeln überzog sein Gesicht. Da kam die Sonne hinter einer Wolke hervor und schickte einen Regenbogen durch den Kristall. Troyes' wallendes dunkles Haar glänzte unter Schlick und Muscheln. Die Trommelwirbel und das wechselnde Licht ließen die Menge verstummen. Madoc verspürte das dringende Bedürfnis, seinen Kristall in die Sonne zu halten und den Regenbogen daraus zu befreien.

Eine junge Frau reichte Brett eine kleine Kalebasse mit einer schmutzig braunen Suppe. Er schluckte ein paar Mal, zog eine Grimasse und weigerte sich, mehr zu trinken. Die Frau fing an zu zischen. Sie hielt Bretts Kopf in der einen Hand, mit der anderen hielt sie ihm die Nase zu. Eine andere Frau flößte ihm die Suppe ein. Brett schluckte und schrie auf, er wurde ganz rot. Die Menge raunte.

»Sie vergiften ihn!«, brüllte Troyes.

»Der Häuptling und seine Männer haben diese schwarze Brühe auch getrunken«, sagte Madoc.

Die Kalebasse wanderte zu dem anderen Jungen im Kranichkostüm. Er trank gierig. Die Menge sang. Wieder wurde die Kalebasse gefüllt und den Männern im ersten Kreis gereicht. Jeder nahm einen Schluck und gab sie weiter, bis sie wieder gefüllt werden musste und dem nächsten Kreis gegeben wurde. Furzgeräusche und entsprechende Gerüche füllten die Luft.

Madoc trat in den ersten Kreis. Da stach ihm jemand in die Hand, die den Zeremonienstab hielt. Der Mann neben ihm streckte grinsend seine Arme aus, er hatte lange rote Kratzer. Der Mann auf der anderen Seite ritzte sich die Brust mit Hornhechtzähnen. Blutstropfen quollen hervor, das Blut schmierte er sich über die Brust und drückte dem Mann neben ihm die blutige Hand auf den nackten Rücken, dann strich er mit dem Hornhechtgebiss darüber.

Der Mann schrie nicht und zuckte nicht. Diese Unemp-
findlichkeit gegenüber dem Schmerz verblüffte Madoc.

Er wurde angerempelt. Er dachte, Kaninchen stehe neben
ihm, aber der war hinter ihm. Im Nu war sein Hemd weg.
»Was in aller –!« Wie konnte man ihm das Hemd vom
Leib reißen, ohne es über seinen Kopf oder seine Arme zu
ziehen? Die Männer neben ihm grinsten, schenkten ihm
sonst aber wenig Beachtung.

Plötzlich hatte er die Kalebasse mit dem schwarzen Trank
in der Hand. Er zögerte, doch da drohte der Mann neben
ihm mit einem Hornhechtgebiss. Mit angehaltenem Atem
trank er. Die Flüssigkeit brannte in Mund und Kehle. Alles
zog sich zusammen, es schmeckte wie grüne Walnuss-
schalen, die man in Kiefernmark und vergorenen Rüben
getränkt hatte. Einen Moment dachte er, ihm würde übel
werden. Er holte tief Luft, um seinen Magen zu beruhigen,
der ganz aufgebläht war. Er zwang sich, ruhig zu bleiben
und sich zu sammeln, um das flaue Gefühl in seiner
Magengrube nicht noch zu verstärken. Kaninchen kratzte
an seinem Rücken herum, doch wegen des Zaubertranks
spürte er keinen Schmerz. Er hatte den Eindruck, er sähe
besser, denn er sah, wie Bretts Nasenlöcher sich blähten,
als der Häuptling einen Schritt auf ihn zu machte.

Bretts dürres Bein schoss vor und traf den Häuptling so
hart, dass er mit dem Gesicht auf einen Stein fiel. Blut
rann aus seiner gebrochenen Nase, er öffnete und schloss
die Hände. Kein Laut war zu hören, nur der Wind
rauschte durchs Gras und die Palmenwedel. Eine Frau
wischte dem Häuptling mit dem Flaum von Rohrkolben
das Gesicht – es war die Frau, die Madoc kannte. Sie sah
ihn an und wollte etwas sagen, aber dann schloss sie wieder den Mund, rieb sich die Hände und machte Laute, die
klangen wie knisterndes Feuer. Madoc konnte die Laute
nicht deuten, also beobachtete er den Häuptling, der mit

offenem Mund dalag und Brett aus schmalen Augenschlitzen anstarrte. Bretts Mund zuckte, er wedelte mit den Armen, und der Kranichschnabel klapperte.

Das war die Gelegenheit für Madoc! Er bat die Druiden, Krawall zu machen und die Frauen zu erschrecken, damit sie schrien und er Wolf, Amsel und Kaninchen eine mit dem Stab verpassen konnte. Und in all dem Aufruhr würde er Brett und Troyes befreien.

Doch bevor Madocs großer Plan noch Gestalt annehmen konnte, hob der Häuptling die Hand und schrie: »Annesta!«

Madoc erstarrte, er konnte sich nicht rühren, er brachte keinen Ton heraus. Dieses Wort kam so unerwartet, es klang wie der Name seiner geliebten toten Frau.

Frauen und Mädchen rannten in die Wiese links neben dem Platz. Kaninchen löste Troyes' Hände und Knöchel aus den Fesseln und verschwand.

»Rennt! Rennt um euer Leben!«, schrie Troyes.

Die Druiden rannten.

Madoc kam wieder zu sich, als zwei Männer ihm den Weg versperrten. Einer packte ihn am Arm, der andere hielt ihm einen beinernen Dolch an die Brust. Sie sprachen zu ihm, ihre Worte klangen wie ein Donnergrollen. Die Götter waren auf seiner Seite. Er schwang den Stab und traf den einen, der seinen Arm umklammert hielt, am Kinn, der Mann ließ Madoc los, Madoc schlug noch einmal zu. Er dachte nicht darüber nach, was er da tat, er wusste nur: Er wollte Brett befreien. Den anderen Mann schlug er so heftig, dass ein roter Striemen auf seiner Brust blieb, bevor ihm der Stab aus der Hand fiel.

Brett schrie gellend im Käfig: »Sie tun dir etwas an – nicht mir! Sie töten keinen blöden Kranich! Renn, Kapitän Madoc, renn!«

Mit der linken Hand zog Madoc den dünnen Dolch aus

dem weichen Fleisch unterhalb seiner rechten Rippe, er spürte die Wunde nicht, er spürte auch nicht, wie das Blut unter seinem Kittel hinunterrann, er war ganz benommen, plötzlich ließ all seine Kraft nach. Er drehte sich um und fiel fast um, weil Troyes hinter ihm stand, sein Mund war offen, sein linker Arm blutete, in der rechten Hand hielt er einen Dolch.

Madoc schnappte nach Luft, stieß Troyes zu Boden und stürzte zu Brett, um ihn aus dem Getümmel zu ziehen, doch Brett war weg, und die Käfige waren auch weg! Verflucht! Er traute seinen Augen nicht. Ein Mann in einem walisischen blauen Hemd hob Troyes vom Boden.

»Zu den Schiffen!«, brüllte Madoc. »Rennt!«

Die fünf Druiden verschwanden in der Menge. Mit Mühe hielt sich Madoc auf den Beinen und zwang sich, einen Moment zu verschnaufen. Er wusste nicht, wie lange er so gestanden hatte. Als es ihm besser ging, rammte er dem Erstbesten, der auf ihn zukam, die Faust in den Bauch.

Der Mann war Kaninchen. Einen Augenblick lang sah es so aus, als würden sich die beiden aneinander festhalten. Kaninchen zog eine Hand zurück und langte in seinen Lendenschurz. Madoc dachte, er würde ihn nun wieder ritzen wollen, und schlug wieder zu, die Faust landete an Kaninchens Hals. Da wurde ihm etwas an die Brust geklatscht. Er wollte Kaninchens glänzendes schwarzes Haar packen, doch er griff in einen Lederbeutel.

Kaninchens sorgenvolles vernarbtes Gesicht war ganz nah, er wischte sich mit den Fäusten die Augen und strich mit seinen tränennassen Händen fast entschuldigend über Madocs Wangen. Er deutete auf die Käfige mit den Jungen und kreuzte die Hände auf der Brust. Dann ging er in der Menge unter wie Gänseschmalz auf einem heißen Fladen.

Einen Augenblick lang wurde der verblüffte Madoc von einem Gefühl der Trauer überwältigt. Kaninchen hatte ihm etwas sagen wollen, doch er hatte es nicht verstanden. Seine Gedanken wirbelten im Kreis. Warum hatte der Mann geweint? Hatte er jemanden verloren? Eine Frau, ein Kind? War der Junge in dem Kranichkostüm sein Sohn? Würden die Wilden ihn ihrem Gott opfern? Oder würden sie Brett opfern? Oder beide? Nein! Das konnte nicht sein! Wie konnte Kaninchen einen Jungen haben, wenn es im ganzen Dorf nur Mädchen gab? War Kaninchen etwas Besonderes? Hatte er einen Geburtsfehler, etwas, das hier als heilig erachtet wurde? Es war alles so rätselhaft, und Madoc war des Denkens müde. Er ließ sich an einen grauen Felsen fallen. Wie gerne wäre er jetzt im Stein gewesen, wo alles still und dunkel war.

Alle waren weg, vom Winde verweht wie die Samenkörbchen des Löwenzahns. Nur Conlaf behandelte Madocs Wunde an der Hüfte mit Salbe. »Wird schon wieder! Wo ist dein Hemd?«

»Kaninchen hat es genommen.«

»Meines ist auch weg.« Conlaf rieb sich über die Kratzer an seiner Brust. »Diese Leute nehmen sich einfach, was sie wollen. Einfach so!«

»Ja, sie ziehen es einfach weg!« Madoc rappelte sich auf, er wankte. Doch die Schwäche würde vorübergehen, sagte er sich. »Ein Mann in einem blauen Hemd hat Troyes mitgenommen. Hast du seinen blutigen Arm gesehen?«

»Ich habe ihn nicht gesehen. Meine juckende rechte Hüfte wurde aufgeritzt, und dieser verfluchte Häuptling hat mein Hemd geklaut! Ich weiß gar nicht, wie er das angestellt hat! Er rieb sich die Seite und wischte sich mit dem Unterarm die Stirn. »Troyes ist weg, sagst du? Bei den Schiffen?«

»Ja, ich glaube schon, aber ich bin mir nicht sicher. Es war jemand in einem blauen Hemd, vielleicht war es dein Hemd, vielleicht ist Brett auch bei ihm.«

»Dewi sagte, du hättest Troyes zu Fall gebracht, die Wilden dachten, er sei tot, ließen ihn liegen und verfolgten Brett.«

»O Lugh! Wo ist der Junge?«

»Beim Häuptling.«

»Was macht er dort?«

Conlaf sah verwirrt aus. »Brett meinte, es ginge ihm gut.« Madoc erinnerte sich, dass er Brett und Troyes befreien und als Held dastehen wollte. Er stöhnte.

»Du hast mit zwei Wilden gekämpft. Prima!«, sagte Conlaf.

»Kämpfen ist nichts für mich.« Madoc schauderte. »Hast du gesehen, wie Kaninchen mein Hemd genommen hat? Wie hat er das gemacht? Trägt er nun mein Hemd? Traust du ihm?« Er spürte geheimnisvolle wilde Schwingungen in der feuchten Luft und zitterte.

»Ein Trick, das ist alles.«

»Wo ist dein Hemd?«, fragte Madoc wieder.

»Sagte ich doch – verloren. Ich habe es dem verwundeten Mann gegeben und diese grässliche schwarze Brühe getrunken. Dann habe ich das Gedächtnis verloren. Ich habe mich an den Arzneibeutel geklammert. Schelte mich also nicht!«

»Ich schelte dich nicht. Das mit den Pferden ist dein Trick.« Madoc beobachtete die dunklen Wolken, die von Westen aufzogen. Ob sie Regen oder Wind brachten? Er betete für beides. Je früher die Dunkelheit einbrach, desto früher würden die Pferde kommen und die Wilden zutiefst verwirren. Er hörte fernes Donnergrollen. Er zog den Beutel aus der Kitteltasche, den Kaninchen ihm gegeben hatte. Nun hätte er Zeit, ihn zu untersuchen. Er stank wie eine tote Ratte.

Madoc und Conlaf folgten den Wilden zu den Stufen in der Erde, die den Platz umgaben wie einen walisischen Kampfplatz.

Einige Männer drohten ihnen mit Dolchen.

»Ich habe Steine im Kittel, falls es eng werden sollte!«, flüsterte Conlaf.

»Mit Kämpfen kommen wir nicht weiter; das haben wir gesehen. Wirf die Steine weg und denke daran, dass wir Druiden sind. Ich werde mit den Wilden verhandeln.«

»Du kannst doch ihre Sprache gar nicht.«

»Es gibt auch andere Möglichkeiten, sich zu verständigen.«

»Ich habe Achtung vor deiner Klugheit, aber gerade stocherst du im Nebel. Wir haben es mit Wilden zu tun! Die spalten dir den Schädel so schnell, wie sie auch einen Apfel spalten.«

Madoc biss sich auf die Zunge. Im Moment konnte er sich eine Auseinandersetzung mit Conlaf nicht leisten.

»Ebne den Weg, damit ich mich um den steifen Arm und das steife Bein des Häuptlings kümmern kann«, sagte Conlaf. »Das ist unsere letzte Chance.«

»Du vergisst die Pferde. Die Zeit ist auf unserer Seite.«

Conlaf blickte in den Himmel, der sich verdunkelte. »Und du vergisst die schaukelnde Hängebrücke im Sturm!«

Die Menge verstummte, als die beiden Käfige gebracht wurden. Mit weiß geschminkten Gesichtern und im Kranichkostüm krochen die Jungen heraus und stellten sich neben die Pfähle. Barbusige Frauen schmückten den einen Jungen mit weiteren Federarmbändern, Fußbändern und einer Perlenkette. Der Junge lächelte, der Kranichhals neigte sich. Eine andere Frau schüttelte die Federn am anderen Kranichkostüm auf, der Junge war ruhig, er bewegte sich nicht. Mit den weißen Gesichtern konnte man die Jungen nicht voneinander unterscheiden.

»Das ist Brett«, wusste Madoc. »Der Junge ist vor Angst wie gelähmt.«

Die Frauen führten die Kraniche an den Stufen vorbei, die voller Leute waren. Madoc fragte sich, ob die Lautstärke des Zischens und Klatschens entschied, welcher Kranich der bessere war. Wenn das zutraf, so war Brett in Sicherheit. Der Junge stolperte ungeschickt über seine Füße, er wusste nicht, wohin mit sich. Der eingeborene Junge hielt den Kopf erhoben und zeigte seine Perlenkette.

Die weißen Gesichter der Jungen trugen Masken, die aussahen wie das weiße Brustgefieder eines Kranichs. An ihren nackten Füßen waren dreizehige Ständer aus schwarzem Leder befestigt. Die Jungen mussten aufpassen, dass sie nicht auf das Leder traten, wenn sie sich nach rechts und links neigten. Madoc konnte nicht mehr sagen, welcher Junge Brett war, und fragte immer wieder: »Welcher ist es?«

Conlaf deutete zögernd auf den Jungen ohne Kette.

Doch Madoc ließ sich nicht überzeugen, er bekam es mit der Angst zu tun. »Ich rede mit dem Häuptling, er kann mir sagen, welcher Junge Brett ist.«

»Ich komme mit.«

Vielleicht konnte Madoc dem Häuptling klarmachen, dass sie nicht kriegerisch waren, und vielleicht konnte Conlaf daraufhin seine Heilkünste im Austausch für Brett einsetzen. Er dachte an die Frauen der Wilden und beschloss, nichts von der Geisel zu erzählen, er musste schließlich nicht alles offen legen, was er zu tauschen hatte. Die Augen der Wilden ruhten auf ihm, ihre Hände hingen neben den Dolchen, bereit zuzustoßen. Madoc hielt den Stab, als sei er die heiligste Sache der Welt. Eine schwüle Brise wirbelte Sand auf und ließ die Federn am Stab zu Berge stehen, als würden sie an unsichtbaren Fäden gezogen.

Conlaf ging hinter Madoc. Ohne zu zögern und erhobenen Hauptes schritten die beiden an den zischenden jungen Männern vorbei, die mit ihren Dolchen wedelten, als sei es Teil des Rituals. Die Wilden hielten den Atem an, als die beiden Fremden vor ihrem Häuptling standen.

Dass diese Fremden so dreist wären, hatten sie nicht erwartet.

Aus den Augenwinkeln sah Madoc die dunklen Wolken kommen, der Sturm zog auf. Er sah in die funkelnden Augen des Häuptlings, dessen gebrochene Nase rot und geschwollen war. Madoc holte tief Luft und unterbreitete langsam und mit fester Stimme seinen Vorschlag, als könnten der Häuptling und die anderen jedes Wort verstehen. Er schielte zu den beiden großen Kranichen hinüber, die stillstanden, nur der eine klapperte hin und wieder mit dem Schnabel. Sicherlich ein Zeichen von Brett, dachte Madoc. Er deutete auf den klappernden Schnabel, dann auf sich und sagte: »Mein Heiler«, wobei er auf Conlaf zeigte, der ein blattförmiges Bronzemesser und eine Phiole mit einer schwarzen Salbe hochhielt, »macht die Narben in der Kniebeuge kleiner und nimmt Euch den Schmerz.«

Conlaf rieb sich die Kniekehlen, ging um den Häuptling herum und berührte die Narbe mit den Fingerspitzen. Er tänzelte, beugte die Beine und zeigte auf die steifen Knie des Häuptlings. Er verzog das Gesicht, als hätte er Schmerzen, rieb sich wieder die Beine, lächelte und holte tief Luft, dann deutete er wieder auf seine geraden Beine und zeigte, dass er sich wieder wohl fühlte. Schließlich deutete er auf Zaunkönigs steifen Arm, wedelte mit seinem eigenen Arm in der Luft, drehte und beugte ihn, um zu zeigen, was man damit alles machen konnte. Die Stille war drückend. Er deutete auf den Kranich, von dem er glaubte, es sei Brett, und verschränkte die Arme auf der Brust. Vielleicht denkt dieser dumme Häuptling, es sei mein Sohn. Gut so! Denn der Junge ist für mich mehr ein Sohn als für ihn, sagte er sich.

Der Häuptling war verwirrt, er atmete durch den Mund und zeigte seine knotigen Narben in den Kniekehlen, dann deutete er auf Madocs gerade, haarige Beine. Er humpelte um Madoc herum, kniff ein Auge zu und zeigte mit dem Finger auf Conlaf.

Conlaf zog die Hosenbeine hoch und führte seine makellosen Beine vor. Er beugte die Knie und verharrte in dieser Haltung, damit er hinkte wie der Häuptling. Er tat so, als würde er das Narbengewebe durchtrennen und Salbe auftragen. Er hielt den Atem an, deutete wieder auf Brett, öffnete den Arzneibeutel und hielt ihn dem Häuptling hin.

Kaninchen machte den Mund auf. »Aaah!«, machte er, als hätte er alles verstanden, doch er sah aus, als hätte er Bauchschmerzen.

Conlaf hielt wieder die Luft an, als der Häuptling ein kleines Skalpell aus dem Beutel nahm und die Klinge an seinem Daumen testete. Im Nu klaffte das Fleisch, und ein Blutstropfen quoll hervor.

Conlaf mühte sich, den Arzneibeutel ruhig zu halten, denn mit einer einzigen Bewegung könnte der Häuptling seine und Madocs Kehle durchschneiden. Zaunkönig riss die Augen auf. Er stach in seinen anderen Daumen. Der Donner grollte so laut, dass die Erde zu beben schien. Lächelnd drückte er seinen Daumen auf Conlafs Stirn und hinterließ einen roten Punkt. Dann drehte er den beiden Fremden den Rücken zu und besprach sich mit Kaninchen, der seine Arme auf der Brust verschränkt hatte wie Madoc. Mit traurigem Blick deutete er auf Madoc, dann auf sich selbst und schließlich auf die beiden Kraniche. Der Häuptling sah angewidert aus. Er fuhr mit der Hand durch die Luft, als wollte er das Gespräch beenden.

Madoc fürchtete schon, der Häuptling könne davonhinken, und fing an zu tänzeln, wobei er laut und deutlich rief: »Brett! Hüpfe herum wie ich, damit wir dich erkennen können. Schnell!«

Der Kranich auf der rechten Seite wackelte mit dem Kopf, gleich darauf fing auch der linke Kranich an zu tänzeln.

Madoc lächelte, sein Herz hüpfte. Der rechte Kranich war Brett, er wusste es einfach. Er sah sich nach einem Fluchtweg um, sie hatten nicht mehr viel Zeit.

Der Häuptling drehte sich mit glänzenden Augen um. Er wollte grinsen, aber seine Nase schmerzte. Schnalzend drückte er seinen blutigen Daumen auf Madocs Stirn. Seine Knie waren zwar gebeugt, aber er war immer noch viel größer als Madoc. Er deutete auf den rechten Kranich, der nun mit dem Schnabel klapperte. Ein rosa Blitz zerriss den Himmel, Donner dröhnte. Madoc berührte Zaunkönigs Hand, der Häuptling machte einen Satz zurück und öffnete die Hand, in der ein kleines Messer aus Conlafs Arzneibeutel lag. Er ließ das Messer fallen, als hätte er in ein Büschel Brennnesseln gelangt. Seine Handfläche war zerschnitten und blutig; damit hinterließ er einen Abdruck auf der Kranichmaske. Er führte den Jungen zu den Grasstufen, winkte Madoc, Conlaf und Brett zu sich. Dann ging er zurück, hob das Messer auf und gab es Conlaf, als sei es Teil einer Theaterprobe.

Die Menge war nun ganz still; das hier war etwas Neues. Der Häuptling hielt sich die schmerzende Nase, atmete durch den Mund und wedelte mit der blutigen Hand. Er heulte auf, die Zeremonie konnte beginnen. Die Menge brach in lautes Klatschen aus.

Madoc war ganz benommen. Er drückte den Kranich zwischen sich und Conlaf auf die breite Stufe, während Conlaf das wertvolle Messer in den Arzneibeutel steckte. Er konnte sich nicht erinnern, dass der Häuptling es genommen hatte, er hatte gar nicht gemerkt, dass es fehlte. Das ist ein mächtiger Häuptling!, dachte er.

Madoc zog ein Grimasse vor der blutigen Kranichmaske, die Brett trug, und flüsterte ihm zu: »Ich bin stolz auf dich, du hast gehandelt wie ein Mann, auch wenn du in Federn steckst.«

Brett lachte nicht.

»So ist eben das Leben«, sagte Madoc. »Egal, wie schwierig die Zeiten werden, sie sind nie so schlimm, wie sie sein könnten.«

Brett klapperte mit dem Schnabel.

Madocs Herz hüpfte, er lächelte. »Sobald wir auf dem Weg zu den Schiffen sind, rupfen wir dich.«

Brett grunzte.

»Deshalb musst du noch lange nicht wie ein Kranich sprechen!« Er wechselte einen Blick mit Conlaf und legte dem Jungen den Arm um die Schulter.

XIX

Brett

Das Los der Gefangenen bei den Indianern des Südostens variierte beträchtlich. Manchmal wurden sie aufgenommen und wie Sippenmitglieder behandelt, in anderen Fällen bekamen sie den prekären und unsicheren Status eines »Sklaven« oder sie wurden auf grausamste Weise zu Tode gefoltert ... Die Calusa [an der Golf-Küste Floridas] sollen jährlich einen Gefangenen als Sühneopfer getötet haben.
Charles Hudson, The Southeastern Indians

Ich bin vielleicht verrückt, aber dumm bin ich noch lange nicht!, dachte Cougar. Ich stehe unter dem Schutz von Hellhaar, und er bringt Nohold hierher. Und dann? Ich weiß nicht einmal, was in meinem alten Dorf passiert ist. Was wird Zaunkönig tun, wenn er herausfindet, dass ich hier bin, dass ich lebe? Ihn fürchte ihn. Und was wird er tun, wenn er Kleine Mutter findet? Was wird er ihr antun? Wer wird sich um sie kümmern? Unzählige Fragen ohne Antworten; es war zu viel. Cougar spürte das Gewebe der Decken, leicht und weich, bequemer als Häute oder geflochtene Fasermatten. Sie spürte auch die Matratze, sie war mit getrockneten Gräsern gefüllt, die breiter und feiner waren als Binsen. Sie mochte den Geruch und das Rascheln, wenn sie sich bewegte. Sie schloss die Augen und fragte sich, wohin wohl Kleine Mutter und Ibis gegangen

555

waren. Vor ihrem geistigen Auge sah sie den Häuptling über den Strand gehen, nachdem der Dolch sie getroffen hatte. Sie war dankbar, dass er nicht mit jenem Gift getränkt war, das die Calusa normalerweise zum Töten von Fischen, nicht von Menschen, verwendeten. Aber nun, da Zaunkönig Häuptling war, war alles anders, er richtete sich nicht immer nach den Calusa-Bräuchen. Wie die Tekesta hatte er sich die Schneidezähne angespitzt und den Männern weisgemacht, dass Entstellungen im Gesicht, an Gliedern und Oberkörper schön seien. Er hatte die Knaben umgebracht, weil er fürchtete, dass ihm einer oder mehrere einmal seinen Platz streitig machen könnten. Er hat mich getreten, weil er glaubte, ich sei tot, und meine Leiche wollte er den Krähen und Aasgeiern zum Fraß lassen. Kam er zurück und sah, dass ich verschwunden war? Erinnert er sich, dass er mich Schwarzhaar gab? Dachte er, Schwarzhaar sei ein Aasgeier? Nun, da irrt er! Schwarzhaar behandelte meine Wunden so sanft wie eine Medizinfrau und gab mir einen Platz zum Schlafen. Er hat ein lustiges, haariges Gesicht und spricht so hauchig und leise wie der Wind. Ich habe ihm aufmerksam zugehört und Namen verstanden. Ich weiß, dass Hellhaar Madoc heißt, das klingt wie zwei Äste, die im Wind aneinander schlagen. Ist Zaunkönig wütend auf Kleine Mutter und Ibis? Will er mich in der Erde begraben oder mich in kleine Stücke schneiden, die er dem immer hungrigen Heiligen Feuer zu essen gibt?

Sie schlug die Augen wieder auf. Vielleicht sollte sie den Fremden raten, Erde aufzuhäufen, damit es aussah wie ein frisches Grab. Zaunkönig würde sich nicht um sie scheren, wenn er davon ausgehen konnte, dass sie begraben war. Sie setzte sich auf. Der Mann, der sich um sie gekümmert hatte, war weg. Sie drapierte die Decken so, dass es aussah, als würde sie schlafen, und kletterte die

Strickleiter hinunter, die nun, bei Ebbe, nicht bis ins Wasser reichte. Sie sprang und hoffte, niemand würde sie sehen oder hören. Sie schwamm an Land und rannte zu der Stelle, wo sie niedergestochen worden war. Schnell schob sie den Sand über das Gras und schaufelte einen Grabhügel auf, fasste ihn mit Steinen ein und legte weiße und rosa Muschelschalen darauf. Dann setzte sie sich einen Moment und lauschte, doch sie hörte nur das Rauschen der Brandung. Kleine Mutter war Ibis sicherlich nicht zu Zaunkönig gefolgt, sie wusste, wohin Kleine Mutter gegangen war. Der Nebel zog von der See herein, sie sah kaum noch Noholds Hütte.

Sie rief leise. Niemand antwortete, sie trat ein. Der Raum wirkte viel größer als zuvor, aber das konnte doch nicht sein! Die Hütte war leer, nur die Glut lag noch in der Feuerstelle, ein paar Stücke Treibholz waren verstreut. Sie stieß gegen ein paar Holzklötze an der Wand, schürte das Feuer und sah sich um. Die Schlafmatten und Kleider, die an den grasverkleideten Wänden gehangen hatten, waren weg, nur noch ein paar leere Beutel hingen an den Stotzen. Nohold war ausgezogen. Wohin? War Kleine Mutter bei ihm? Und Ibis?

Draußen im Nebel roch es nach feuchter Erde und zertrampeltem Gras. Sie zitterte. Wer, was hatte das Gras zertrampelt? Sie versuchte, in der Dunkelheit etwas zu erkennen. Sie hörte ein Flüstern und roch Rauch. Oder hing der Geruch von Schwarzhaars Decken noch an ihr? Nein, es war der Rauch von schwelendem Holz und Gras. Es brannte! Orangerote, hungrige Flammen loderten über die Wand von Noholds Hütte. Gute Geister, helft mir! Ich habe das Feuer doch nicht etwa beim Schüren entfacht? Ich habe keine Funken gesehen, die auf das Treibholz übergesprungen waren. Hätte ich es an der Wand aufschichten sollen? Sie drehte sich um, doch als sie jemanden husten hörte, blieb sie wieder stehen und sah sich nach einem Versteck um. Neben der Hütte war nur Gras. Das Feuer züngelte schon über die Pfähle zum Dach.

Sie rannte in die Mangroven und packte einen dicken Ast, der ihr Gewicht hielt. Der Ast war kalt, feucht und schälte sich, doch er war robust. Sie zog sich hoch und schrie fast auf, als ihr der Schmerz zwischen die Schulterblätter fuhr. Sie wollte den Schmerz ignorieren und immer höher klettern, sie durfte gar nicht daran denken, dass die Wunde wieder aufgeplatzt war und heftig blutete. Am nächsten Ast zog sie sich höher, aber er neigte sich unter ihrem Gewicht. Sie tastete und fand einen Zweig mit Blättern, kletterte hinauf und legte sich auf den Bauch. Von dort aus hatte sie eine gute Sicht, doch sie schob sich zurück, bis sie den Stamm spürte, stemmte sich hoch, zog die Beine an und lehnte sich an. Über sich sah sie das dunkle Geflecht der Äste, vom Dach der Hütte sprangen die Funken und verloschen; es war windstill, und sie musste sich nicht sorgen, dass der Baum Feuer fing. Sie befühlte ihren Rücken, der Verband war noch da und er war trocken. Mit zusammengebissenen Zähnen lehnte sie sich wieder an und wünschte, der Schmerz würde vergehen. Da krabbelte etwas über ihren nackten Fuß. Käfer? Spinnen? Skorpione? Sie schüttelte den Fuß, zog ihn an und schlug zu. Ihre Füße waren kalt, sie rieb sie warm. Neben der Hütte hörte sie Äste knacken. War es der Häuptling und seine Mannen, die Nohold im Schlaf überraschen wollten? Vielleicht war Zaunkönig wütend geworden, weil die Hütte leer war. Vielleicht hatte er sie in Brand gesetzt. Zum Glück hat er mich nicht gefunden! Sie lächelte.

Die hellen gierigen Flammen leckten zischend und rauschend über die Hütte. Das Dach brach ein, es toste lauter als ein Wasserfall. Cougar erschrak und drückte sich an den Stamm. Schön sahen die Funken aus, die wie Glühwürmchen durch die Luft flogen. Wenn sie die Augen schloss, konnte sie noch eine Weile helle Punkte auf ihren Lidern tanzen sehen.

Vielleicht war sie eingenickt. Jedenfalls zog das Feuer einen Kreis durchs feuchte Gras.

Vielleicht hatte sich Zaunkönig im Gras versteckt und wartete darauf, dass Nohold bei Tagesanbruch zurückkam. Sie bildete sich ein, ihn lachen zu hören. Doch was ist, wenn Zaunkönig Nohold, Kleine Mutter und Ibis geholt hatte, bevor er die Hütte angezündet hat? Wohin hätte er sie gebracht? Daran wollte sie gar nicht denken. Wie sollte sie wieder vom Baum herunterkommen, ohne ein Geräusch zu machen? Sie beugte sich vor, um besser zu sehen. Ging da jemand in die Hütte? Nein, da war niemand. Schaudernd schalt sie sich, dass sie Hellhaars Hütte verlassen hatte. Hätte ihr Rücken dort auch so geschmerzt? Nein. Und sie hätte erfahren, wer Hellhaar war und woher er und seine Leute kamen, sie hätte auch ein paar fremde Wörter gelernt. Und es wäre ihre Chance gewesen, Zaunkönig zu entkommen; die hatte sie nun verpasst, weil sie sich so sehr um Nohold und Kleine Mutter gesorgt hatte. Und Ibis – sollte sie sich auch um Ibis sorgen? Natürlich! Zaunkönig könnte ihr etwas antun. War es denn so falsch, die Hütte der Fremden zu verlassen? Ich würde es jedenfalls wieder tun. Meine Freunde sind in Not. Ich muss ihnen helfen. Sie schloss die Augen und versuchte, sich zu entspannen, doch ihre Beine verkrampften sich, ihre Arme und ihr Rücken wurden steif. Hatte sie da etwas in den Büschen gehört? Der Nebel strich feucht über ihre Wangen und mischte sich mit ihren Tränen. Ihr Haar war ganz nass. Es war zu dunkel, um etwas zu sehen, außer den verlöschenden Flammen im Gras. Nun war es totenstill. Das Rauschen der kommenden Flut wurde vom tief hängenden schweren Nebel verschluckt.

Die Flammen hinterließen eine Glut, die aussah, als würde sie atmen. Cougar glitt vom Ast auf den nächst unteren und sprang schließlich auf den Boden. Sie rutschte aus, fiel, schürfte sich Knie und Handballen auf und verrenkte sich den Rücken. Mit wackligen Beinen stand sie da und lehnte sich an den Baum. Es nieselte, aber das störte sie nicht, sie hatte Wichtigeres zu tun.

Noholds Hütte war abgebrannt, rote Glut schwelte. Sie kickte Sand auf die Flammen im Gras, die so heiß gewesen waren, dass sie im Nebel nicht ausgegangen waren. Über der Feuerstelle der Hütte lagen zwei verkohlte, qualmende Balken aus Hickoryholz, sie waren so heiß, dass sie sich verbrannte. Jemand muss sie hingelegt haben, nachdem ich gegangen bin. Also war doch jemand da! Die gekreuzten Balken waren nämlich ein Zeichen für das Heilige Feuer, das entfacht wurde, damit es die Geisterseele aus einer verhexten Hütte fraß. Danach war der Geist nicht mehr zu hören, zu sehen oder zu riechen. Vielleicht wollte Nohold Zaunkönig ablenken! Er war also hier! Sie wollte durch Rauch und heiße Asche rennen, ihn finden und ihn nach Kleiner Mutter und Ibis fragen, sie wollte schreien, aber sie zwang sich, langsam um die verrußte Ecke der Hütte und durch das versengte Gras zu gehen. Mit nassen Füßen trat sie schließlich an die Hütte, ihre Füße wurden kalt am Rist, doch ihre Sohlen brannten, als sie gegen die Aschehaufen kickte. Sie fand nichts und eilte wieder etwas weg, um ihre schwarzen Füße zu kühlen. Das Feuer hatte alles aufgefressen außer den beiden Balken, nur Asche und Glut zeugten davon, dass hier jemand gelebt hatte.

Vorbei, dachte sie, vorbei wie meine Vergangenheit. Sandpoint hat sich so verändert, dass von Großmutter, Silberreiher und Otter nichts geblieben war. Der erste Teil meines Lebens ist zu Ende, ausgelöscht. Im beißenden stinkenden

Qualm musste sie husten. Wenn Zaunkönig und seine Männer kommen, um Nohold und die Seinen zu vertreiben oder zu töten, würde er niemanden mehr finden! Ha, Zaunkönigs Gesicht möchte ich gerne sehen!

Der Platz, wo einst die Hütte gestanden hatte, sah kleiner aus. Sie schauderte und konnte sich nicht aufraffen, noch einmal durch die heiße Asche zu gehen. Ihre Schreie konnte sie kaum mehr zurückhalten, sie stöhnte immer wieder heiser: »Nohold! Nohold!« Mit schmerzendem Rücken legte sie sich ins nasse Gras, sie wollte einen Augenblick ausruhen, sie zog die Beine an und umschlang ihre Brust. Sie spürte die bunte Perlenkette am Hals. Im Geiste sah sie sich zu Hellhaars Hütte auf dem Wasser rennen.

Sie musste an Großmutter denken, die in dem hohen Haufen Treibholz herumgetastet hatte. Nun war das Treibholz weg und machte einem Stein mit Zaunkönigs Gesicht Platz. Großmutter fand das eigenartige Mädchen im Holz und nahm es zu sich. Es war immer ein Trost, bei Großmutter zu sein und später zu erfahren, dass sie verwandt waren. Großmutter hatte ihr so viel Liebe und Geborgenheit geschenkt. Cougar weinte. Sie dankte Großmutter, dass sie ihren Kopf nicht ans Wiegenbrett gedrückt hatte, auch Großmutter selbst hatte nie auf einem Wiegenbrett liegen müssen und ihr Kopf war nicht missgestaltet. Wenn die Calusa diese hellhäutigen Fremden richtig anschauen würden, würden sie sehen, wie schön Leute ohne fliehende Stirn waren. Sie weinte um Silberreiher, den besten Großvater, den sie je gehabt hatte, und um alles, was er ihr beigebracht hatte. Sie weinte um Kleine Mutter, das ungeborene Kind und Otter, der keine Chance gehabt hatte, ein Mann zu werden. Er wäre ein feiner Mann gewesen, wie Silberreiher. Sie weinte um Hyazinthe und Eule, die den Gedanken nicht zulassen konnten, dass sie ihre Tochter war, denn in ihrer Vorstellung war diese Tochter immer noch ein zweijähriges Mädchen. Sie weinte um Medizinfrau, die einzige Verwandte, die sie noch hatte und die sie liebte und so akzeptierte, wie sie war. Sie weinte um Ibis, die die Freuden des Lebens in Sandpoint vor der Zeit des tyrannischen und mörderischen Zaunkönigs nicht gekannt hatte. Sie weinte aus Schmerz, vor Erschöpfung und weil sie wusste, dass nichts mehr so sein würde wie früher.

Stimmen weckten sie. Die Sonne war noch nicht über den Horizont gestiegen, aber der Himmel wurde schon hell, der Nebel war dünn. Cougar war ganz steif, ihr Rücken schmerzte. Sie erinnerte sich, dass Zaunkönig sie auf keinen Fall finden und seinem armseligen Gott opfern durfte. Sie kauerte sich ins Gras.

Da sah sie Nohold. Den Frauenschurz, den sie ihm gegeben hatte, trug er nicht mehr, dafür hatte er lederne Hosen, Mokassins und ein Hemd aus demselben Stoff wie Schwarzhaars Decken. Er sah jünger und kräftiger aus. Er scharrte Sand auf ein kleines Feuer, das im Gras züngelte. Kleine Mutter, Ibis und zwei Fremde taten es ihm gleich. Sie begriff, was die Leute da taten – sie wollten verhindern, dass das Feuer sich nach Sandpoint ausdehnte. Gut! Sie hatten die Hütte verbrannt, damit Zaunkönig nicht länger nach ihnen suchte. Aber wohin wollten sie? Natürlich – zu Hellhaars Hütte!

Ibis sah sie. »Was tust du hier? Ist dein Rücken verheilt?«

»Ich wollte euch holen, damit wir zusammen zu Hellhaars Hütte gehen.«

»Ich mag dich«, sagte Ibis. »Ich werde dich nie vergessen. Du hast mich nicht gesehen! Ich liege in der Hütte und warte, bis mein Mann sagt, es sei Zeit, das Morgenfeuer anzuzünden.« Sie legte einen Arm um Cougar. »Huh, du riechst nach Rauch! Ich auch. Ich muss das Feuer anzünden, damit mein Mann mich dafür schelten kann, dass ich im Rauch hocke. Ich habe Nohold gewarnt, dass Zaunkönig seine Hütte in Brand setzen wollte, aber Nohold hatte sie schon selbst angezündet. Kleine Mutter war bei ihm. Und dann trafen wir die beiden Männer, Conn und Clare; auch sie suchten Noholds Hütte, weil du sie gebeten hast, ihn zu holen. Als du kamst, ging hier plötzlich alles drunter und drüber. Den Hellhaarigen wollte ich beim Fest der Segnungen zur Gesundheit warnen, aber vielleicht hat er mich nicht verstanden. Ich glaube dir, dass er ein guter Mensch ist. So geh zu ihm und pass auf Nohold und Kleine Mutter auf. Ihr müsst vor Sonnenaufgang verschwinden, bevor das Dorf erwacht. Hierher wird Zaunkönig als Erstes kommen.« Sie drehte sich um und ging barfuß und lautlos durchs feuchte Gras.

Cougar umarmte Kleine Mutter, dann ging sie zu Nohold, nahm einen Kiefernast mit vielen Nadeln und fegte über die verkohlten Stellen und die Spuren unter den Bäumen. »Ibis hat Recht, wir müssen uns beeilen. Sobald die Sonne sich zeigt, kommt Zaunkönig hierher. Er soll denken, dass wir alle verbrannt sind.« Sie zeigte Clare, wie man im Sand ihre Fußspuren verwischte, dann warf sie den Stock in die Büsche, wo er aussah wie normaler Windbruch.

Clare nahm Nohold und Cougar an Bord seines Currachs, Conn nahm Kleine Mutter mit und deutete an, dass sie mit ihrem Bauch für zwei zählte. Cougar verstand, was er sagen wollte, sie lächelte. Er drehte den Nachen, und sie klammerte sich am Rand fest, als wäre sie in einer Fontäne gefangen, die jeden Moment aus dem Meer steigen könnte.

Als sie zum Schiff kamen, erfuhren Conn und Clare, dass die Männer die Pferde nicht ins Dorf geführt hatten, wie Madoc befohlen hatte, denn sie fürchteten, die Tiere wären nicht kräftig genug, um sie zu tragen. Sie stritten immer noch, was nun zu tun wäre.

Kleine Mutter hatte Angst, die Leiter hochzusteigen, über die Reling zu klettern und an Deck zu gleiten. Als sie mehr Männer mit diesen runden Köpfen und Bärten und schließlich die dürren Kühe sah, schrie sie auf; sie dachte, es wären wilde Tiere. Nohold stand ganz steif da, auch er hatte Angst, sich vor den komischen Tieren zu bewegen. »Beachte den Geruch nicht, die Tiere sind eingesperrt, sie tun dir nichts. Sie sehen komisch aus, aber sie sind nicht wild. Und die Männer mit den Haaren im Gesicht sind auch in Ordnung, sie haben nur keine Frauen, die ihnen die Barthaare ausreißen.«

Kleine Mutter machte sich gleich ans Zupfen, sie dachte, die Männer erwarteten das von ihr, aber die Druiden hörten gar nicht auf ihr Geplapper, sondern gaben ihr und Nohold Schlafmatten. Cougar legte ihre Matte zu den Freunden und beruhigte sie. Als Kleine Mutter und Nohold sahen, wie ruhig und furchtlos sie war, ging es ihnen schon besser, und in wenigen Minuten waren sie eingeschlafen.

Gerard von der *Grey Wolf* rief Kabyle zu: »Die Pferde können bald zu Conlaf und Madoc gebracht werden. Führe du die schwachen Tiere, reiten kann man nicht, höchstens einer, der fast nichts wiegt.« Und er dachte an die kleine Wilde, die angeblich auf Madocs Schiff war.

Auf der *Gwennan Gorn* beugten sich Brian und ein anderer Junge über die schlafenden Wilden. Sie debattierten, ob alle drei Frauen seien, denn keiner sah so kräftig aus wie ein Mann. Doch eine Person hatte ein hageres Gesicht, große Füße, nur eine Hand und einen so breiten Kiefer, dass es keine Frau sein konnte. Außerdem trug die Person merkwürdige Lederhosen und ein zerknittertes Leinenhemd. Brian streckte die Hand aus und strich sich das Haar aus dem Gesicht, da schlug Nohold die Hand vor den Mund, gab einen erstickten kehligen Schrei von sich und sah sich wie ein verschrecktes Tier um. Nohold mochte es nicht, dass diese jungen Menschen mit dem schwarzen Haar und der gespenstisch hellen Haut ihn so ansahen. Er sagte etwas, was die Jungen nicht verstanden, wedelte mit seinem Armstumpf und sah Clare an.

»Was ist denn das für ein Benehmen, Jungs?«, schalt Clare. »Geht zurück, man starrt die Leute doch nicht so an!«

»Wir wollten doch nur mehr über sie wissen«, gab Brian zurück.

»Das ist ein Er, er trägt mein Hemd, weil er gefroren hat nach dem Regen. Außerdem ist er ausgehungert. Vielleicht ist er mit dem verwundeten Mädchen verwandt; er hat mit Handzeichen ausgedrückt, dass das Mädchen ihn gefüttert hatte. Aber sieh ihn nur an – er ist wirklich halb verhungert. Ihr habt jetzt die Aufgabe, ein bisschen Fleisch auf seine Rippen zu zaubern. Und das andere Mädchen mit dem dicken Bauch ist die Frau von Zaunkönig, vom König des Dorfs. Aber sie hat Angst vor ihm; ich weiß nicht, warum. Ich weiß nur, dass wir da mitten in einen Familienstreit hineingeraten sind. Ich hoffe, dass die Leute in Sicherheit sind und keine kriegerischen Wilden an Bord kommen. Vielleicht können wir von den dreien etwas lernen.«

Clare hatte begriffen, dass Kleine Mutter sich vor dem Kuhpferch ekelte, und hatte ausgemistet, nachdem er überprüft hatte, dass Cougars Verband noch fest saß und die Wunde nicht blutete. Während er die Kuhfladen von Bord schaufelte, hatte er Cougar mit Handzeichen gefragt, warum sie vor ihm und den anderen Männern keine Angst hatte.

Sie hatte ihm klargemacht, dass Hellhaar ihr schon im Traum begegnet war und sie wusste, dass die Fremden

Geisterseelen guter Menschen waren. Ihre Worte und Gesten verwirrten Clare. Wie konnte sie Madoc kennen und glauben, dass er ein Geist war? Um wirklich herauszufinden, was das zu bedeuten hatte, müsste er ihre Sprache lernen. Er setzte sich neben Cougar auf die Matte und fragte sie, ob sie reiten könne. Sie verstand nicht, sie hatte noch nie ein Pferd gesehen. Clare nahm sie mit zum Strand und zeigte ihr die vier ausgemergelten Tiere. Mit angehaltenem Atem beobachtete sie, wie Clare aufsaß und wieder abstieg. Er fragte, ob sie auch reiten wolle. Wenn er es konnte, konnte sie es auch, aber sie hatte Angst, denn sie hatte noch nie jemand auf dem Rücken eines Tieres mit vier Beinen reiten sehen. Clare führte das Pferd am Zügel langsam über den feuchten Sand. Nach einer Weile fasste Cougar Zutrauen, sie schien sogar fasziniert zu sein. Clare gab ihr die Zügel. Sie grub ihre nackten Fersen in die Flanken, und das Pferd ging im Kreis.

»Gut! Du lernst schnell. Das wird Madoc gefallen!«

»Gut!«, rief Cougar. »Ha!«

Kabyle sah ehrfürchtig zu, wie die hübsche Wilde zum ersten Mal in ihrem Leben auf einem Pferd saß. Sie hatte keine Angst mehr, sie war ganz locker und schien es zu genießen.

»Sie wird Madoc eine große Hilfe sein«, sagte Kabyle zu Clare. »Sie kann sich vor ihren Leuten für ihn einsetzen und Troyes befreien. Allah steht uns heute Nacht bei.« Er tätschelte dem Pferd die Nase und versuchte, ihr klarzumachen, dass sie den Mann und den Jungen, die ihre Leute gefangen genommen hatten, hierher zurückbringen sollte.

Sie verstand, dass Madoc und Schwarzhaar, der Conlaf hieß, versuchten, den Jungen mit dem Flammenschopf und den Mann mit den schwarzen Wellen im Haar zurückzubringen, und sie sollte dem Häuptling klarmachen, dass es sich bei den beiden nicht um ein Geschenk handelte. Dem Mann, der seinen Kopf groß machte, indem er ihn in eine rosa Wolke hüllte, gab sie zu verstehen, dieser Mann hatte versucht, sie zu töten, und sie wollte nicht mit ihm sprechen.

»Sprich vom Pferd aus mit ihm«, schlug Kabyle vor. »Dann bekommt er Angst, und du kannst ihm zeigen, wer hier der Meister ist.«

Cougar verstand das Wort »Meister« nicht.

»Er hat das Sagen, er hat die Macht.«

»Ja, ich Meister. Zaunkönig hört. Zaunkönig gibt zurück. Zaunkönig Dieb. Madoc lacht.«

Clare holte dem Mädchen ein paar warme Kleider.

Es nieselte immer noch, sodass der Wind den Sand nicht aufwirbelte. Die Wilden, die zusammengekommen waren, kreischten wüst, doch Madoc war so dankbar, dass Brett neben ihm saß und nicht an den Rahmen gebunden war, dass er den Lärm kaum hörte, er sah auch nicht, dass die dreizehigen Füße des zweiten Kranichs an den beiden unteren Enden der Pfähle und seine kleinen weiß geschminkten Hände am oberen Ende gefesselt waren. Arme und Knöchel des Jungen waren mit Federbändern geschmückt, die der Regen an seine dünnen Glieder drückte. Der Wind bauschte seinen Umhang und entblößte eine hagere, wunde Brust und ein Perlenhalsband. Madoc hätte den kleinen Wilden gerne befreit, aber er hatte hier nichts zu sagen; diese Leute hier waren anders, sie hatten andere Vorstellungen. Als er klein war, hatte ihm Llieu beigebracht: »Die Geschichte der Menschheit besteht zur einen Hälfte aus der Entwicklung des Wissens, zur anderen aus Katastrophen.« Er konnte sich nicht vorstellen, was für ein Wissen diese Leute hatten oder welche katastrophalen Fehler sie machten. Er wollte sich seine Gefühle nicht anmerken lassen. Der aufziehende Nebel und dieser Nieselregen, der ihm den Rücken hinunterrann, deprimierten ihn, er hätte gerne sein Ölzeug gehabt. Er sah Brett an und fragte sich, ob die Federn wohl auf seiner Haut modrig würden. Er sah nach dem blutigen Handabdruck auf der Maske, doch der Regen hatte ihn verwischt.

Amsel, der zittrige Unterhäuptling, schüttelte die Federn am Umhang, an Arm- und Knöchelbändern wieder auf, damit der Kranich im Rahmen aussah wie eine großartige Trophäe.

Eine spärlich bekleidete junge Frau gab Zaunkönig einen Stab mit einem geschnitzten langschnabligen Vogel am oberen Ende, das untere Ende war ungewöhnlich breit. Zaunkönig lehnte eine Weile mit gebeugtem Haupt auf dem Stab, sein Mund stand offen, aus seiner Nase tropfte Blut. Das gebrochene Nasenbein schmerzte ihn sehr. Schließlich trippelte er um den Kranich mit den gespreizten Schwingen herum und gab den Stab wehmütig an Unterhäuptling Wolf weiter, der ihn Amsel gab.

Madoc wurde sein schlechtes Gefühl nicht los. Er dachte an die Narbenbehandlung, die Conlaf zum Tausch vorgeschlagen hatte. Wenn es nur schon so weit wäre!

»Was haben die Wilden denn jetzt vor?«, fragte Conlaf.

Madoc zuckte mit den Schultern.

Zaunkönig stellte sich hinter den nassen, schmutzigen Kranich und hielt den Stab über seinen Kopf.

»Spricht er einen Fluch aus?«, fragte Madoc nervös. »Lieber wäre mir, der Junge wäre nicht hier. Sind er und Brett denn die einzigen Knaben? Kaninchen schleicht so verstohlen um den Jungen herum. Ich glaube fast, es ist sein Sohn, und er wurde für einen ganz besonderen Zweck aufgespart. Ob wir Zeugen eines alljährlichen Rituals zur Besänftigung einer Gottheit werden?«

Ein gellender Schrei fuhr aus Kaninchens Kehle, als Zaunkönig mit dem Stab auf den Kopf des Jungen schlug. Es klang wie eine Kalebasse, die auf einem Stein zertrümmert wurde. Da lagen die Federn verstreut auf der nassen Erde, die Kranichmaske hing auf der linken, gebrochenen Schulter, der Oberkiefer war neben die blutige Nase des Jungen gerutscht und verlieh ihm ein schauerliches Lachen. Wolf ging um den Rahmen herum und trat dem Jungen in den Rücken, dass dessen Kopf nur so wackelte. Die Menge schrie und geriet ganz außer sich.

Madoc wurde übel. Er musste sich abwenden, um sich nicht vor Brett zu erbrechen. So eine Grausamkeit wollte er gar nicht wahrhaben. Die druidische Weltsicht sagte ihm, dass die Leute an die Überwindung des Schmerzes glaubten, sie durften keinen Schmerz zeigen. Aber das hier war eine grässliche Zurschaustellung ritueller Gewalt eines Mannes gegenüber einem Kind. Es war mehr noch als brutal, er fand keine Worte dafür.

Zaunkönigs Gesicht war zur Maske erstarrt, aber in seinem Blick lag Triumph, als er den Stab an Amsel weitergab und seine Hände auf die lädierten Schultern des Jungen legte. Die Trommeln schlugen leise einen langsamen Takt. Zaunkönig hielt die Hände in den Regen und leckte ihn ab. Zufriedenheit stand in seinem nassen Gesicht geschrieben, als hätte er einen schrecklichen Durst gestillt oder als würde er spüren, dass der Regengott glücklich war.

Madoc vermutete, dass der Junge das jährliche Sühneopfer an den Regenmacher war, der das erfrischende Nass dann schickte, wenn es am dringendsten gebraucht wurde: am Ende eines heißen Sommers. Der Lauf der Jahreszeiten war wichtig für alle Lebewesen. Er sah die Angst in Kaninchens Gesicht und fragte sich, wie es der Mutter des Jungen wohl ging.

Zaunkönig hob das Gesicht zum grauen Himmel, um den Nebel einzufangen. Er war stämmiger geworden, muskulöser und sehniger, als er in seiner Jugend gewesen war. Sein vernarbtes Gesicht war so zerfurcht und dunkel wie ein Stück Rinde. Seine braunen Augen waren hart wie Nüsse.

Amsel schlug dem Jungen wieder in das zerfleischte Gesicht – Blut, Hirnmasse und gesplitterte Knochen spritzten. Er wischte sich das Gesicht, legte den blutigen Stab auf die blutige nasse Erde und warf dem Häuptling, der bewiesen hatte, dass er kräftig genug war, den ersten tödlichen Schlag zu führen, einen leidenden, jämmerlichen Blick zu.

Die Trommeln schlugen schneller und lauter, die Wilden johlten und grölten und wuselten herum wie ein Schwarm Ameisen im Honigtopf. Sie zwängten und drängten sich durch die Menge auf dem großen Platz, damit sie den toten Jungen besser sehen konnten. Sie rissen an den blutigen Federn, als seien es Kultgegenstände. Mit den Ellbogen stießen sie den Häuptling an, der seinen Platz verteidigen und zeigen musste, wer der Stärkere war. Doch in dem ganzen Gedränge und Handgemenge wurde er zu Fall gebracht; mit einer Hand konnte er noch seine schmerzende Nase schützen. Man trat ihm auf den Kopf und trampelte über seine Beine. Die Eingeborenen schrien immer lauter – das sollte wohl bedeuten, dass sie stärker waren als der Häuptling. Für Madoc sah es so aus, als hätten sie nun nur noch eines im Kopf, nämlich die Federn vom Kostüm des geopferten Jungen zu reißen. Wolf beugte sich über die erbarmungswürdige Leiche und zog ihm die blutige Haut vom Kopf und von dem gebrochenen Kiefer.

Madoc und Conlaf wurde ganz schlecht von den primitiven Schreien und diesem grausigen Anblick, der für zivilisierte Menschen einfach zu viel war. Es war eine sinnlose Ausgeburt des menschlichen Geistes, vor der sie nur Abscheu empfanden. Madoc drehte sich weg und schirmte Brett von dem wilden Spektakel ab. Singend folgten die Männer Unterhäuptling Amsel, der seine blutige Trophäe, die Füße des Jungen, zur Ratshütte des Dorfs trug.

Die Trommeln verstummten, die Stille war drückend.

Dutzende von Frauen und Kindern drängten sich um den Toten, stocherten mit angespitzten Stöcken an seiner Leiche und dem gehäuteten Kopf herum und rissen das rohe Fleisch auf. Auch sie packten die übrigen verstreuten Federn.

Ein paar Frauen wischten ihren Kindern Regen- und Bluttropfen vom Gesicht und schlugen mit den Stöcken nach den Hunden, die an dem mit Fliegen übersäten Fleisch des Jungen rissen.

Madoc entdeckte den Häuptling, der verlassen mit der Nase im Schlamm lag. Er nahm Brett an der Hand, und sie bahnten sich ihren Weg vorbei an Frauen und Kindern. Conlaf folgte ihnen, er kickte die räudigen Hunde weg und kniete sich neben den ramponierten Häuptling. Mit Blick auf die dunklen Wolken, die am Horizont aufzogen, sagte er: »Es kommt noch mehr Regen. Bringen wir ihn in die Hütte.« Er zog Zaunkönig hoch, der gestützt von Madoc und Conlaf humpelte. Zaunkönig biss die Zähne zusammen, er wollte vor den Fremden nicht zeigen, dass er körperliche Schmerzen empfand.

Brett schien den Weg zu kennen. Er führte sie zu einer Hütte, schlug die Türklappe zurück und ging die Stufen zu einem großen Raum hinunter.

Als sich Madocs Augen an die Dunkelheit gewöhnt hatten, sah er zwei Frauen, die auf einer mit Fellen bedeckten Bank saßen, nähten und aßen. Madoc nickte ihnen zu, doch sie sprangen verlegen auf, weil ein Mann sie beim Essen erwischt hatte. Madoc erkannte die Frau wieder, die nun die Pelze auf der Schlafbank glatt strich. Sie hatte hinter dem verwundeten Mädchen gestanden und sie hatte ihnen auch das Essen gebracht. »Madoc«, sagte sie mit klarer Stimme.

Brett fuhr sich mit dem Daumen über die Kehle – die Frauen schlugen die Hände vor den Mund und flüchteten sich aus der Hütte. Brett folgte ihnen, Madoc rief ihn zurück, doch er setzte sich auf die Stufen und wollte nicht kommen.

»Warte hier auf uns«, sagte Madoc schließlich. »Wer ist das Mädchen, das meinen Namen kennt? Ich will mit ihr sprechen.« Er deutete zur Tür.

Brett zuckte mit den Achseln.

»Wo sind die anderen Frauen, die dabei waren, als das Mädchen mit dem Dolch angegriffen wurde?«

Wieder zuckte Brett mit den Achseln.

Ein aufflackerndes Feuer in der Mitte der Hütte lenkte Madoc ab. Dort lag der Häuptling stöhnend und keuchend auf einem halben Baumstamm, der mit Fellen bedeckt war. Über ihm hingen Kleider aus Federn und Leder an Zapfen.

Conalf wischte sich erst die Regentropfen aus dem Gesicht, von den Armen und von seinem Hemd, bevor er Zaunkönigs Gesicht wischte. »Zuerst behandeln wir seine Nase.« Er zog seinen Arzneibeutel vom Gürtel und sagte zu Madoc: »Mach Teewasser warm.«

Madoc fand keinen Kessel und auch keinen Topf, doch Brett ging hinaus und holte die Frau, mit der Madoc sprechen wollte.

Sie deutete auf eine Tonschüssel an der Feuerstelle. Madoc gab ihr den Beutel mit den getrockneten Blättern, sie roch daran, verstand und ging mit der Schüssel hinaus.

Als sie die Türklappe zurückschlug, sah Madoc ein nacktes Mädchen, das reglos auf einem Wiegenbrett festgebunden war, ihr Kopf war in ein Dreieck aus Brettern gespannt, das ihre Stirn platt drückte, ihre Augen saßen an den Seiten des Kopfs wie bei einem Pferd.

Die Frau kam zurück, das Haar hing ihr in feuchten Strähnen ins Gesicht. Die Schüssel stellte sie auf einen heißen Stein, dann holte sie Holz aus einem Korb und schürte das Feuer. Ihre Augen funkelten im Widerschein, als sie eine Fingerspitze voll Blätter ins Wasser gab. Nach ein paar Sekunden rührte sie mit dem Finger um, leckte ihn ab und gab noch mehr Blätter hinzu. Lächelnd deutete sie auf sich selbst und zeichnete das Bild eines langbeinigen Sumpfvogels mit einem schmalen sichelförmigen Schnabel.

»Ibis«, sagte Madoc, der den charakteristischen Schnabel gleich erkannte. Als Ibis wieder lächelte, kribbelte seine Haut. Vielleicht kann ich mich doch mit ihnen verständigen, vielleicht kann ich mit ihnen auskommen, dachte er und überlegte, welche Gemeinsamkeiten es zwischen dem Aberglauben der Wilden und der Weltsicht der Druiden gab. Er bedeutete ihr, mit ihm zusammen die Bank mit dem Häuptling näher zur Tür zu tragen und die Türklappe festzubinden, damit Conlaf besser sehen konnte.

Conlaf wühlte im Holzkorb nach zwei Stöckchen. Die Nase des Häuptlings rieb er mit einer Salbe ein, klebte die Stöckchen darauf und drückte. Es krachte, und dann war das Nasenbein wieder an seinem Platz.

Der Häuptling schloss stöhnend die Augen.

Madoc deutete auf den Häuptling.

Ibis zeichnete einen kleinen Vogel in die Erde.

»Zaunkönig«, sagte Madoc.

»Zaunkönig.« Ibis deutete auf Conlaf.

»Arzt«, sagte dieser.

»Atztzt«, wiederholte Ibis.

Madoc lachte. »Conlaf, der Heiler!«

»Conlaf«, sagte Ibis und machte ein kehliges Geräusch. Sie

zeichnete drei Strichmännchen auf die Erde: ein Mann und zwei Frauen, eine mit einem dicken Bauch. Darum herum malte sie ein Schiff mit einem Segel, das aussah wie ein Flügel.

Madoc sah das Bild lange an und versuchte herauszufinden, was es bedeuten sollte. »Ich glaube, sie will mir sagen, dass wir drei Wilde auf der *Gwennan Gorn* haben.«

Draußen hörte man Stimmen. Ibis verwischte das Bild mit ihren nackten Sohlen und ging zu Conlaf, als würde es sie interessieren, was er da mit dem Häuptling tat.

Die andere Frau kam zurück und stellte sich neben Ibis. Wolf und Amsel humpelten wie alte Freunde herein. Wolf wedelte mit den Armen und boxte die Frau weg, damit nur er neben Conlaf stehen und sehen konnte, was er tat.

Ibis legte zwei Finger aneinander, um Madoc zu sagen, dass Wolf und die Frau verheiratet waren. Dann zeigte sie auf Zaunkönig und legte wieder zwei Finger zusammen.

Ibis ist also Zaunkönigs Frau, dachte Madoc und sagte laut zu Wolf: »Frauen schlägt man nicht, auch nicht die eigene. Und geh zur Seite, damit der Arzt Platz hat.«

Wolf spähte über Conlafs Schulter, der durch die Zähne pfiff, um seine Nervosität zu lindern. Er zwinkerte Madoc zu und riss so schnell die Schulter hoch, dass Wolfs Zähne zusammenschlugen und er sich auf die Zunge biss. Madoc hielt den Atem an und fürchtete schon, dass Streit ausbrach, aber Wolf ging weg, nahm seine Tochter auf den Arm und gluckste ihr ins Ohr.

Die Frauen lächelten hinter vorgehaltener Hand und flüsterten: »Conlaf, machen.«

Conlaf packte Waid um die Stöckchen an Zaunkönigs Nase und spannte ein Stück dünnes Leder darüber und unter den Ohren hindurch und band es mit Madocs Hilfe am Hinterkopf des Häuptlings fest.

574

Amsel beobachtete jede Bewegung, und Conlaf war sich sicher, dass er ein Heiler war. Er hielt dem Häuptling einen Becher Tee an die Lippen. Amsel trat vor, nahm den Becher und kostete, dann nickte er den Frauen zu und ließ sie auch schmatzend nippen. Schließlich hob Zaunkönig den Kopf und leerte den Becher.

»Bring die Leute raus, sonst haben wir nicht genügend Tee, um ihn bewusstlos zu machen, während ich seine Beine operiere!«

Madoc sah sich um und überlegte. Schließlich hielt er sich die Nase zu und deutete auf das Kind.

Die Frauen schlugen verlegen die Hand vor den Mund. Eine stieß das Kind an, weil es sich voll gemacht hatte. Ibis zog das Wiegenbrett mit dem schreienden Kind von der Bank und putzte glucksend und gurgelnd die Bescherung. Das Kind legten sie in eine große Tonschale und trugen es hinaus.

Conlaf gab dem Häuptling mehr Tee. Als die Frauen nach einer guten Weile zurückkamen, hatte das Kind blaue Fingernägel und zitterte, aber es war sauber. Sie stopften Moos zwischen die Beine und banden es wieder aufs Brett und wiegten es abwechselnd. Immer wenn die Kleine schrie, drückten sie ihre Lippen zusammen, damit sie durch die Nase atmen musste und nur wimmern konnte.

Conlaf gab Amsel ein Tontöpfchen zum halten, während er den Häuptling auf den Bauch drehte. Madoc drehte Zaunkönigs Kopf auf die Seite, dass er nicht auf der geschienten Nase lag. Conlaf schmierte Salbe auf das vernarbte linke Bein und schnitt in das rosa, faltige Gewebe. Mit dem Daumen auf dem Messergriff regulierte er die Tiefe des Schnitts.

»Ich brauche Wasser«, sagte Conlaf.

Madoc hob die Hand, zeigte auf die große Schale, in der das Kind gelegen hatte, und machte Schöpfbewegungen.

Ibis nickte, trug die Schale hinaus und kam mit kaltem Wasser zurück. Conlaf zog dem Häuptling das Hemd aus, tränkte es, wrang es aus und wischte das blutige Bein sauber. Zaunkönig stöhnte und verdrehte die Augen. Madoc musste sich auf die Arme des Häuptlings knien, dass er nicht um sich schlug, Wolf stellte sich auf sein linkes Bein. Als Zaunkönig wieder aufstöhnte, sagte Amsel: »Ju!«, schob Madoc zur Seite und rieb Salbe auf das rechte Bein des Häuptlings, bevor Conlaf das Narbengewebe aufschnitt.

Amsel grinste Madoc an, tätschelte eine kleine Ausbuchtung in seinem Lederhemd und schürzte die Lippen. Unweigerlich griff Madoc in Amsels Hemd, er hoffte, er würde in nichts Nasses, Schleimiges oder ins Maul einer Schlange fassen. Da zog er sein Leinenhemd heraus. »Hurra!« Er schlug Amsel auf den Rücken.

»Reiße dein Hemd in Streifen, säubere die Wunde, trage Salbe auf, presse die Wundränder zusammen und verbinde das rechte Bein«, sagte Conlaf.

Während Madoc sich an seinem Hemd zu schaffen machte, zog Amsel den Federumhang aus und legte ihn über Zaunkönigs Kopf. Mit einem Finger kratzte er sich grinsend am Kopf.

»Raus mit diesen blutigen Federn«, gellte Conlaf. »Mit Glück und Lughs Wille heilen die Beine wieder, aber Federn können jede Heilung verhindern!« Er schleuderte den Umhang durch den Raum.

»Ju!«, machte Wolf.

Amsel hielt sich den Bauch und rief: »Lugh!«

Die Frauen lachten.

Es war fast dunkel draußen, Conlaf brauchte Licht.

Madoc machte eine Fackel aus ein paar Stöcken und einem Klumpen Teer, den er in Conlafs Beutel fand. Er hielt sie vom Dach und den Wänden der Hütte fern, doch er hielt sie hoch genug, dass Conlaf gut sehen und die Operation beenden konnte.

Amsel lächelte, als Conlaf ihm die Salbe reichte, Zaunkönigs Beine glatt zog und Wolf auftrug, sie am Boden zu halten. Dann säuberte er die blutende Wunde am linken Bein, trug noch mehr Salbe auf und verband das Bein fest. Er versuchte, Amsel und Wolf zu erklären, dass der Häuptling in ein paar Wochen wieder richtig laufen konnte, aber er war sich nicht sicher, ob die Männer seine Worte und Gesten auch verstanden. Madoc drehte den Häuptling auf den Rücken, und Conlaf behandelte den steifen Arm. Als er seine Salbe zurückforderte, wollte Amsel sie nicht hergeben und drückte sie an die Brust.

»Lass sie ihm«, sagte Madoc. »Er ist der Medizinmann im Dorf. Und er wird seinen Leuten sagen, dass er das Zaubermittel besitzt, das den Häuptling vom Hinken erlöst hat, das seinen Arm gerade gemacht und seine Nase wieder zusammengefügt hat. Er wird wichtig sein, und diese Wichtigkeit will er nicht an uns Fremde verlieren.«

Conlaf verstand.

»Zeit zu gehen«, sagte Madoc. »Wir können ihnen sowieso nicht verständlich machen, was sie tun sollen. Du musst eben einfach glauben, dass du einem Wilden etwas Gutes getan hast.«

Conlaf reinigte das Messer in dem blutigen Wasser, wischte es an den Fetzen von Madocs Hemd ab und verstaute es. Der Häuptling stöhnte. Conlaf bedeutete Amsel, er solle ihm einen Becher Tee geben, doch Amsel trank die Hälfte selbst, die andere Hälfte gab er Wolf.

»Die werden bald zu schläfrig sein, um sich um den Häuptling zu kümmern«, flüsterte Conlaf. »Dann sind sie schon außer Gefecht gesetzt, und die Frauen können übernehmen.« Er deutete auf die Frauen, den Tee und den Häuptling.

Die Frauen kicherten, Ibis nahm eine Hand voll Teeblätter. Conlaf entdeckte sein feuchtes, blutiges Hemd in Wolfs Händen und ließ es zurück.

Es war ein langer Tag gewesen, Madoc und Conlaf waren wie benommen vor Erschöpfung, alles tat ihnen weh, doch Conlaf machte noch eine Bemerkung über die schöne Landschaft. Madoc war eher irritiert vom Land, er sah lieber die Sterne und den Viertelmond an, der zwischen den wabernden Nebelschwaden hing. Er horchte auf Hufschläge oder vertrauten Gesang, doch er hörte nur das Surren von Myriaden von Insekten und das Quaken der Frösche im Tümpel.

Brett saß nicht mehr auf den Stufen. Wie das? Er sah sich um. Warum war er nicht mehr da? Wo konnte er sein?

Sie gingen hinter der Ratshütte vorbei zu dem Weg, der den Hügel hinabführte. Doch Brett war nirgends zu finden, der Platz war leer und still. Madoc bekam plötzlich ein flaues Gefühl in der Magengrube. Es gab keinen Grund zur Angst, doch es war so bedrohlich wie diese ungeschlachte Brutalität hier. Vielleicht kam es nur daher, dass diese Leute so anders waren in ihren Sitten und Bräuchen. Oder wurden sie beobachtet? Die Lebensweise in diesem Dorf beunruhigte ihn, andererseits waren sie als die ersten Menschen von der anderen Seite des Meers auch beunruhigend für die Eingeborenen. Er war zu erschöpft, um zu sprechen, und er wusste, dass es Conlaf genauso erging.

Im Licht der wenigen Sterne sahen sie einige Frauen am Gerüst auf dem Platz. Die Leiche war weg, doch zwischen den kichernden Frauen hüpfte ein großer, zotteliger Kranich auf drei Zehen herum.

»Bei Lugh!« Madoc rannte. »Brett! Was ist passiert? Du siehst ja schrecklich aus!« Er sah Conlaf an, dann wieder

Brett. Die Frauen schnalzten mit der Zunge. Das Herz setzte Madoc aus.

Brett hatte die grässliche Maske verloren, beim Hüpfen fiel sein rotes Haar von einer Seite auf die andere.

Madoc fragte sich, warum Bretts Haar nicht nass war, wie das der Frauen. Wahrscheinlich weil er die Maske getragen hatte. Auch die Federbänder an den Knöcheln fehlten, die Füße waren nass und schwarz vom Schlamm und mit langen roten Kratzern überzogen. Er grinste schief mit seiner Stupsnase.

Madoc hatte das Gefühl, er sei tagelang beim Häuptling in der dunklen Hütte gewesen. Er umarmte Brett, der nun ganz steif dastand, und sah seine Handrücken an, die voller weißer Narben waren. Er schob den Jungen weg und sah in fremde dunkle Augen. Diese vollen Lippen, diese fliehende Stirn – das war nicht Brett! Das Herz schlug ihm bis zum Hals.

Der kleine Wilde trug Bretts Gesichtshaut mit den Sommersprossen als Maske. Die Ohren waren herausgeschnitten, in den Löchern steckten die Ohren des anderen, die Kopfhaut mit dem roten Haar hatte der Junge übergezogen. Er gab einen abscheulichen Laut von sich, und seine plumpen Vogelfüße quatschten im Schlamm, als er mit vorgehaltenem Federumhang herumstolzierte.

Conlaf war erschüttert. Er konnte nicht glauben, was er da sah. Er schüttelte den Jungen. »Brett! Sag etwas, Junge! Spiel nicht mit mir!«, schimpfte er so ganz sinnlos.

Der Junge wankte zurück zu den lachenden Frauen.

»O Lugh! Was habe ich getan!« Madocs Beklemmung hatte sich zu nackter Wut gesteigert und sich in einem Schrei, der aus seinem zersprungenen Herzen kam, Luft gemacht.

XX

Schwarzer Sumpf

In prähistorischer Zeit wurden bei den Bestattungsriten im Südosten ... die Leichen mit rotem Ocker [Hämatit, Roteisenerz, Fe_2O_3] betupft und Grabbeigaben zerschlagen.
Charles Hudson, The Southeastern Indians

Mit gebrochenen Herzen verließen Madoc und Conlaf das schlafende Dorf. Sie gingen hintereinander, ein jeder in seine Gedanken versunken. Wieder und wieder sahen sie die Bilder der beiden Kraniche, und jedes Mal hätten sie wieder den Jungen mit dem wackelnden Kopf für Brett gehalten, denn er hatte so genickt wie Brett. Es musste Brett gewesen sein! Wussten die Eingeborenen, wer welcher Junge war? Wusste es der Häuptling? Wahrscheinlich.

Was hatte Kaninchen ihm sagen wollen?, fragte sich Madoc. Er hatte so traurig ausgesehen – was hatte das zu bedeuten? Brett war unsere Hoffnung, er schenkte uns Kraft und Freude. Er war so jung! Sein Tod war gemein, grässlich und so grauenvoll, dass es jeder Beschreibung spottete. Und wofür? Der Wind kühlte Madocs schweißnasses Gesicht, er zitterte.

»Brett war der Tapferste!«, sagte Conlaf, und in den ziehenden schwarzen Wolken grollte es zustimmend.

»Am liebsten würde ich jedem Einzelnen von diesen Wilden den Hals umdrehen, den Schädel einschlagen und ihm den Schneid aus dem Leib treten, ich möchte sie bis aufs Blut bekriegen!«

»Aber als Brett starb, hat er dem kleinen Wilden das Leben gerettet«, sagte Conlaf, »das ist Druidenart.«

Madoc traute seinen Ohren nicht. »Wie kannst du einen Wilden mit einem von uns vergleichen? Sie denken nicht wie wir, sie sprechen nicht wie wir. Sie opfern sich!«

»Ich dachte immer, du weißt, dass das Leben eines Menschen, egal, welcher Rasse er angehört, die wundervollste Schöpfung ist, die es auf dieser Welt gibt. Wenn wir hier aufgewachsen wären, würden wir genauso denken wie die Wilden. Wir verstehen sie einfach nicht. Anstelle von Narben haben wir Ehrenmale, auf die wir stolz sind. Und sie sind stolz auf ihre Opfer.«

Außerhalb des Dorfs trafen die beiden erschöpften Männer auf zwei alte Weiber, die um ein Feuer saßen. Madoc hatte Durst, er deutete auf die Wasserschüssel, dann auf seinen Mund. Die Frauen zuckten mit den Schultern und gingen wieder ihrer Arbeit nach, die darin bestand, rot glühende Steine mit Stöcken in einen großen, dicht geflochtenen Korb mit Wasser zu bugsieren. In der dampfenden Brühe lagen Stücke rohen Fleischs. Plötzlich fuhr Madoc zusammen – aus dem Wasser lugte ein kleiner heller Fuß mit vier Zehen. Er musste sich abwenden, so übel wurde ihm.

Die Frauen sahen lächelnd in den dunklen Himmel und deuteten auf einen Schwarm Sterne, die zwischen den Wolkenfetzen funkelten. Dann zeigten sie auf den Fuß, als sei er ein Geschenk des Himmels. Oder ein Geschenk für den Himmel.

»Das schätzen sie hoch.« Conlaf war unnatürlich ruhig und beherrscht. »Ein Geschenk an den Regenmacher, der im Himmel lebt. Ein Dank für den Regen, der heute fiel und in Zukunft noch fallen wird.«

581

Madoc brachte kein Wort heraus.

Die eine Frau drückte den Fuß mit einem abgeschälten Zweig ins Wasser, die andere holte das gekochte Fleisch heraus und legte es auf ein Stück Leder.

Madoc schlug die Hand vor den Mund und rannte ins hohe Gras. Als das Würgen nachließ, reckte er sich und sah zum Weg. Am Fuße des Hügels sah er wieder die sieben radähnlichen runden Hügel. Ein Rad hatte sieben offene Speichen, die mit rotem Ocker gesprenkelt und bereit waren, Leichen aufzunehmen. Zerbrochene Tongefäße und Perlen lagen auch schon bei. Madocs Magen zog sich zusammen, ein Schauder lief ihm durch Arme und Beine, und er zitterte wie Espenlaub. Diese Leute betupften ihre Toten mit rotem Ocker wie die walisischen Druiden. Warum? Glaubten auch sie, Hämatitpulver würde die Gebeine schützen, damit man sie in der Anderswelt wieder gebrauchen konnte? Das war ein Jahrhunderte alter Brauch, wann er begonnen wurde, lag jenseits aller Erinnerung. Mit geballten Fäusten stand Madoc reglos neben seinem Freund im Nieselregen.

»Brett sorgte sich, dass ihm etwas zustoßen würde«, sagte Conlaf. »Er spürte, dass sein Glück versiegte. Haben wir und die Götter ihn verlassen? Wir sollten von den Frauen seine Überreste verlangen!«

»Ich dachte, wir ließen Brutalität und Verrat hinter uns«, sagte Madoc. »Wir sind doch nicht hierher gekommen, damit Wilde unsere Jungen töten und ihre Gebeine in einem Grabhügel verbuddeln!«

»Vielleicht haben die Götter ihn gewarnt, und er wusste nicht, was tun. Wir sollten die Hütten dieser Wilden niederbrennen, während sie schlafen. Sie hätten es verdient!«

»Wir müssen nachdenken, bevor wir handeln. Unglück und Tod kommen über jeden von uns, normalerweise wissen wir nicht, wann. Wir sind hier aufgetaucht, und die Wilden haben Brett genommen, weil er ungewöhnlich war, er war etwas Besonderes. Sie haben ihn geehrt und ihrem Gott geopfert. Das sind deine eigenen Worte! Menschenopfer sind hier normal. Vor Jahrhunderten kamen die Kelten in unser Land und führten das Menschenopfer ein. Bei den Druiden gab es das also auch. Dann kamen die Römer und Normannen und haben sich mit den Kelten zu Iren und Walisern vermischt. Das ist alles. Hier hätte ich so etwas nicht erwartet, aber die Wilden haben uns nicht betrogen. Und wir können ihre Bräuche verstehen, weil auch unser Volk das durchgemacht und überlebt hat. Lassen wir ihnen also Bretts Überreste. Wir können ihm nun eh nicht mehr helfen.«

»Doch, wir wurden betrogen! Wenn nicht von den Wilden – von wem dann?«

»Wir haben uns selbst betrogen. Durch unsere Wahrnehmung der Wilden und ihrer Taten. Brett vertraute darauf, dass wir ihn befreien. Er glaubte an uns, das gab ihm die Kraft einer Eiche. Wir haben ihn betrogen.«

»Nein, unsere Wahrnehmung hat uns getrogen, eine kurze Zeit lang glaubten wir, wir hätten Brett tatsächlich gerettet. Wir wussten nicht, dass wir den falschen Jungen hatten. Wir fühlten uns sicher im Herzen.«

»Wir hätten unseren Verstand gebrauchen sollen, nicht unsere Herzensgefühle!« Madoc rieb sich die Augen. »Die Wilden sind genauso hinterhältig wie wir, wenn wir in die Enge getrieben werden. Damit hätten wir rechnen müssen.«

»Hinterher ist man immer schlauer«, sagte Conlaf. »Die Frage ist: Woher kommen diese Wilden?«

»Wer war hier, als sie kamen?«

Es hörte auf zu regnen. Madoc deutete auf die hohen Knopfmangroven hinter dem sumpfigen Tümpel, der Umfang der Stämme war so groß wie zwei Männer, wenn man sie um den Baum herumlegte. An den oberen Ästen wuchsen an fadenähnlichen Stängeln kleine Kugeln, an den Enden der Äste hingen silberne Stränge dünnen krausen Mooses, das im Wind schwang.

»Sieht aus wie Conns dünner Bart«, sagte Madoc.

Plötzlich wurde es windstill, kein Hauch bewegte die Luft. Wolken und Sterne spiegelten sich im Tümpel, das schlammige Wasser sah schwarz und unheimlich aus. Im Tümpel zwischen den Rohrkolben wateten unzählige weiße Vögel. Ein Schwarm rosabrüstiger Vögel, die am schlickigen Ufer pickten, flatterte plötzlich auf.

Die zwei Alten warfen Fleischstücke ins Wasser, um die die Vögel kämpften. Erst kamen die Pelikane, dann steckten die Reiher ihre Schnäbel ins Wasser, warfen die Köpfe auf und schluckten umständlich.

Wieder krampfte sich Madocs Magen zusammen. Er wandte sich ab. »Ich hoffe nur, dass Troyes in Sicherheit ist. Wenn er es nicht zum Schiff geschafft hat, wage ich mir kaum vorzustellen, was die Wilden mit ihm angestellt haben.«

»Denkst du, die Wilden haben ihn noch?«

»Ich habe so ein Gefühl. Sicheres wissen wir erst, wenn die Reiter kommen.«

In den Knopfmangroven wollte Conlaf ausruhen. »Wir können hier auf sie warten.«

»Komm, weiter! Wir ruhen uns aus, wenn die anderen hier sind.«

Nach einer Weile blieb er stehen und witterte. »Ich rieche Pferde.« Er lauschte und schlug Conlaf auf die Schulter. »Aber – warum haben sie so lange gebraucht?« Er setzte eine heitere Miene auf und eilte zur Begrüßung seiner Männer an den dicken Bäumen vorbei, die in der Dunkelheit schlecht zu erkennen waren und dünne, spitze Blätter hatten.

Auf der anderen Seite der Hängebrücke standen vier Menschen und vier Pferde.

»Bei Lugh! Worauf wartet ihr?«, schrie Madoc.

»Das Mädchen hat reiten gelernt«, rief Clare. »Sie ist auf unserer Seite, sie scheint Nerven wie Drahtseile zu haben. Behandle sie gut. Es war Kabyles Idee, dass sie auf einem Pferd ins Dorf reitet.«

»Aber die verdammten Gäule wollen nicht über diese wacklige Brücke«, brüllte Erlendson.

»Wisst ihr, wo Troyes ist?«, fragte Madoc.

»Wir dachten, er sei bei dir«, rief Einon. »Caradoc, Riryd und Dewi sind inzwischen wieder bei den Schiffen.«

Madocs heiteres Gesicht verfinsterte sich wieder. »Es gab da ein Durcheinander. Einer in einem blauen Kittel hat Troyes weggebracht.«

»Ich war's nicht«, so Einon. »Ich habe den Franzosen seit heute Morgen nicht mehr gesehen.«

Madoc presste die Daumen an die Schläfen, dann boxte er Conlaf in die Brust. »Denk nach! Was ist mit deinem Hemd passiert?«

Conlaf wurde rot. »Zaunkönig hat es genommen, aber zuerst hat jemand meinen Kittel genommen. Ich weiß wirklich nicht, wie das geschehen ist. Vielleicht hat Kaninchen ihn geklaut, als ich von dem schwarzen Trank benebelt war.«

»Welche Farbe hatte dein Kittel.«

»Blau, das weißt du doch!« Conlaf ließ den Kopf hängen.

»Wo war Kaninchen, als du Zaunkönigs Beine operiert hast?«

»Woher soll ich das wissen? Es ist schon schlimm genug, dass du mich vor allen bloßstellst, weil ich nicht weiß, wo mein Kittel abgeblieben ist. Ich weiß es einfach nicht. Der Häuptling hat mein Hemd angehabt, ich habe damit das Blut aufgewischt und es Wolf gelassen, das weißt du auch!« Er rieb sich die nackte Brust und die schuppige rechte Hüfte.

»Ein Wilder in deinem Hemd hat Troyes geholt. Wenn die Pferde nicht über die Brücke wollen, müssen wir sie zu zweit oder dritt tragen. Wir holen nur zwei Pferde, die beiden anderen schicken wir zurück.«

»Aber du wolltest doch vier Pferde!«, beschwerte sich Einon.

»Halt!« Zu aller Überraschung sprach Cougar und führte ihre Stute zur Brücke. »Ihr Streit wie klein Junge. Ich Meister. Ich reiten, ich führen Tier. Nicht tragen über Schaukelbrücke.«

Madoc konnte gar nicht glauben, dass diese kleine Wilde auf einem Pferd saß und ihm und seinen Männer sagte, was sie tun sollten! Auch Conlaf fand es grotesk und lachte. Madoc sah ihn an und lachte in sich hinein, aber er wusste, dass sie Recht hatte. Sie konnte mit den Wilden sprechen, sie kannte sich aus. Und sie ritt! Und sie sprach schon so, dass er sie verstehen konnte! Er ging zu ihr.

»Folge mir, ich zeige dir, wie man ein Pferd über die Brücke führt. Geh langsam, singe ein bisschen, nicht zu laut.«

»Helfen!« Sie schwang ihre Beine auf die Seite und glitt von dem kleinen Rappen in Madocs ausgestreckte Arme. »Pferd wie Kanu im Sturm. Angst.« Sie klammerte sich lächelnd an Madoc, ihre Augen waren ganz groß vor Aufregung. »Zeigen Dorf nachts. Mit Pferd, große Schmetterlinge in mir.«

»Wir gehen doch nicht in dieses Dorf und zetteln mitten in der Nacht einen Krieg an.« Conlaf hob warnend den Finger.

»Es gibt keinen Krieg. Das Mädchen wird dem Häuptling sagen, was ich ihr auftrage. Wir haben Pferde und Worte, das sind unsere Waffen. Und wenn die Wilden nicht auf die Vernunft hören, dann kann sie vielleicht die Angst vor etwas überzeugen, das sie noch nie gesehen haben und das sie nicht begreifen können.«

Madoc nahm einen Braunen mit dürren Beinen, der aber kräftiger und weniger scheu aussah als die anderen. An Stricken führte er das Pferd langsam über die Brücke. Er sprach die ganze Zeit beruhigend auf es ein und blieb immer wieder stehen, bis die Brücke ausgeschwungen hatte. »Komm schon, es ist wie auf Deck eines Schiffs. Komm ganz langsam weiter, du kannst es, einen Huf vor den anderen, ja, gutes Tier!« Die Männer hinter ihm tuschelten. Madoc wusste, dass sie dachten, jeder Schritt könnte der letzte für den Hengst sein, und er würde sich aufbäumen und in die Schlucht fallen. Der Mond schien nicht, aber zwischen den Wolken schimmerten hier und da Sterne. Madoc schob einen Fuß vor den anderen, um nie den Kontakt mit der Brücke zu verlieren. Auf der anderen Seite angekommen, seufzte er auf und rieb sich die angespannten Nackenmuskeln. »Wir haben es geschafft!«, brüllte er.

»Wo ist Brett?«, rief Einon.

Diese Frage stach Madoc wie ein Eiszapfen ins Herz. Er holte tief Luft, fasste sich wieder und antwortete: »In der Anderswelt. Sammelt euch und singt, um seine Seele im Sid zu erfreuen. Conlaf wird euch von der Tapferkeit des Jungen erzählen.«

»Ich bleibe bei dir!«, rief Conlaf.

»Nein, du bist wichtig, du bist Arzt. Ich und die Kleine erledigen das.«

»Troyes ist auch Arzt«, sagte Conlaf.

»Geh zurück! Es ist besser so. Zehn Schiffe voller Männer können gar nicht genug Ärzte haben. Geht jetzt alle zurück!«

»Aber du bist der Kapitän, der Anführer!«, brüllte Conlaf.

»Dann befolgt meine Befehle! Ich bin nicht alleine, ich gehe mit dem Mädchen!« Er hörte, wie sie sanft mit der Stute sprach und sich barfuß über die Brücke schob. Er hörte die Männer wieder tuscheln und für einen Moment wusste er genau, was das Mädchen fühlte. Er zweifelte, dass er als Führer geeignet war, er hatte sich gegen die Wilden nicht behaupten können, und sein jüngster Fehler war, dass er nicht auf Troyes aufgepasst hatte. Er war wütend auf sich selbst. Er dachte nicht wie ein Wilder und konnte daher auch nicht wissen, wozu sie fähig waren. Die Ungewissheit verhinderte jeden klaren Gedanken. Stur biss er die Zähne zusammen, als er Cougar über die Brücke winkte und ihr aufs Pferd half. Ohne hinter sich zu blicken, ritt er auf dem Hengst davon und betete, dass Troyes wohlauf wäre.

Um das Dorf herum brannten keine Feuer. Doch zwei Männer liefen auf dem Weg auf und ab, möglicherweise Wachen.

Cougar holte auf und flüsterte: »Ju. Madoc.«

Den Umhang, der mit einer Kordel um ihre Taille gebunden war, zog sie sich wie eine Kapuze über den Kopf und zog die Kordel am Hals zu. Ihr Gesicht war kaum zu sehen. Unter einer Art Lendenschurz trug sie einen Moosrock. Madoc erschrak, als sie ihn am Arm berührte, lächelte und ihr kehliges »ju« wiederholte, was so viel bedeutete wie »gut«. Sie legte die Finger an die Lippen, deutete auf die Männer und schlug sich die Hände vors Gesicht. Madoc glaubte, sie wollte ihm sagen, dass es Wachen sind. Er deutete auf sie und fragte: »Name?« Sie beugte sich zu ihm: »Name Madoc, Name Clare, Name Kabyle. Ich Cougar.«

O ho! Clare hatte ihr Unterricht gegeben. »Gut, Cougar!« Er drückte dem Hengst die Fersen in die Flanken, und sie ritten weiter. Er hörte noch ihr leises: »Ju.«

Die Wachen sprangen zur Seite, sie waren so bass erstaunt, dass sie nicht wussten, was sie da sahen oder was sie glaubten zu sehen. Ein Mann und eine Frau, die aus den Rücken von zwei unbekannten, vierbeinigen Tieren herauswuchsen, waren so undenkbar, dass man niemandem sagen konnte, was man da sah. Für so ein zweiköpfiges Monstrum gab es keinen Namen.

Die Hunde rannten bellend hinter den Pferden her, doch als sie wieherten, blieben sie knurrend zurück. Cougar musste lachen.

Madoc wusste nicht, wo Kaninchen wohnte. Er hielt das Pferd an, legte die Hände an die Seiten des Kopfs und sagte: »Kaninchen.«

Cougar antwortete, doch er war sich nicht sicher, ob es »gut« oder »komm« hieß. Er folgte ihr. Die Nacht war warm und schwül, ihm war, als hätte er Watte im Kopf, und er fragte sich, wie Cougar es unter ihrer Kopfbedeckung aushielt.

Vor einer Hütte am Rand des Dorfs machte sie Halt. Er stieg ab, hielt die Zügel und half Cougar vom Pferd. Sie scharrte an der Türklappe und schlug nach unsichtbaren Stechmücken.

Eine verschlafene Frau mit einem Pelzumhang über den nackten Schultern kam zur Tür. Es war so dunkel, dass sie die Pferde nicht sehen konnte, aber sie schnüffelte argwöhnisch.

Madoc legte wieder die Hände an die Seiten seines Kopfes und zeigte auf die Stelle am Unterarm, wo Kaninchen seine Narbe hatte.

Wieder schnüffelte die Frau, der Geruch von frischem Pferdemist verwirrte sie. Sie zeigte in die Mitte des Dorfs und hielt vier Finger nach oben. Das sollte heißen, Kaninchen wohnte in der vierten Hütte hinter der Ratshütte. Aber auf welcher Seite?

Das wusste Cougar. »Komm.« Madoc hob sie aufs Pferd, und sie ritt los.

Madoc stieg auf. Die Frau schrie, als sie davongaloppierten. Sicherlich würde sie nun die Nachbarn wecken und so einen Höllenlärm veranstalten, dass die Luft zittern würde.

Cougar ritt an Großmutters Hütte vorbei. Bei Kaninchens Hütte stieg sie wieder mit Madocs Hilfe ab, er nahm die Zügel und ließ sie vorausgehen. Als sie an der Tür aus Weidengerten scharrte, kam kein Laut von drinnen.

Madoc ritt näher zur Hütte und stieg ab. »Troyes, komm raus!«

Sie hörten Schritte, dann war es wieder still. Cougar sagte etwas, und Kaninchen kam in einem blauen Kittel, in Troyes' Hosen und Stiefeln zur Tür. »Ma-tuk!«

In der Mitte der Hütte hockten Troyes und ein Junge in Bretts Alter um ein kleines Feuer. Sie trugen Hosen, die aus zwei Beinlingen bestanden, und einen Lendenschurz, der hinten und vorn herunterhing. In ihrem schlammverklebten Haar steckten getrocknete Eidechsen. Troyes' Gesicht war geschwollen und zeigte rote gepunktete Doppellinien. Mit seinen muskulösen Armen, dem schwarzen Haar und den dunklen Augen sah er aus wie ein Wilder.

Cougar erklärte, dass der Junge Kaninchens Sohn war, der für das diesjährige Opfer aufgespart worden war, aber wegen glücklicher Umstände würde er nun noch mindestens ein weiteres Jahr leben. An seiner Stelle hätten sie den unschuldigen fremden Jungen geopfert. Sie drehte sich wieder zu Kaninchen und fragte ihn etwas. Ob sie nächstes Jahr Troyes opfern wollen?, dachte Madoc.

Kaninchen nickte.

Mit finsterer Miene ging Cougar in die Hütte und setzte sich neben Troyes und den Jungen. Kaninchen schlug mit seinen vernarbten Armen die Türklappe weiter auf, ließ

Madoc ein und bat ihn auf den Ehrenplatz an der Wand gegenüber der Tür. Mit Ranken hatte Kaninchen einen Dolch am Oberarm festgebunden.

Madoc bat Cougar, Kaninchen zu sagen, dass Troyes den Männern gehörte, die mit den Schiffen am Strand gekommen waren. Sie sprach leise mit Kaninchen und schob Troyes und den Jungen hinaus. Der Junge schrie, Kaninchen rannte nach draußen, blieb aber wie angewurzelt stehen, als er die Pferde im welken Besengras weiden sah.

Cougar fuchtelte herum und bedeutete Troyes, den Hengst zu nehmen. Sie gab ihm die Zügel und zog sich an der Mähne auf die Stute.

Madoc sah, dass Troyes Schuhe aus einem einzigen Stück Leder trug, das an der Ferse abgenäht und mit einem Band um den Knöchel zusammengezogen wurde. An den Zehen warf das Leder Falten. Er fragte sich, ob Cougar ihn gegen Troyes ausgetauscht hatte und er nun bei den Wilden bleiben müsste. Aber sie gab ihm die Zügel ihres Pferds und bat ihn zu führen.

Kaninchens Kupferohrringe baumelten, er hatte Angst näher zu gehen. »Diese geisterhaften Fremden mit ihren komischen Tieren, die größer sind als Hunde, haben mehr Macht als unser Volk«, sagte er zu Cougar.

»Zaunkönig ist gefährlicher als jedes große Tier«, gab sie zurück.

Kaninchen sah bestürzt aus. Er konnte gar nicht glauben, dass mitten in der Nacht ein Mädchen auf einem vierbeinigen Ungeheuer zu seiner Hütte kam und die Stirn hatte, gegen den Häuptling zu hetzen. Ungeheuerliches war in Sandpoint passiert! Er drückte seinen Sohn an seine Seite.

Inzwischen standen schon neugierige Männer, Frauen und Mädchen in den Türen. Voller Angst und Ehrfurcht beäugten sie die großen, knochigen Tiere, die wankend das Stroh an den Wänden einer Hütte abfraßen. Keiner von ihnen hätte sich träumen lassen, dass jemand, und vor allem ein Mädchen, das einige Jahre weg gewesen war, so dreist sein und wie ein Häuptling reden konnte und auf einem Tier ritt, das größer war als ein Hund. Dass sie nicht den Mut hatten, vor die Tür zu treten, erleichterte Madoc. Der Hengst schnaubte die Stechmücken von seiner Nase. Frauen und Kinder rannten schreiend ins Haus, die Hunde jaulten und knurrten. Es sah alles aus wie eine Ratsversammlung feiger Männer, die sich nicht zur Tat entschließen konnten.

Kaninchen lächelte unsicher, als sein Junge wieder in die Hütte lief.

Madoc tätschelte die Flanke des Hengstes. Da kam der Junge zurück und gab Madoc ein Päckchen, das in Blätter eingewickelt war. Es roch wie Rauchfleisch. Der Junge sagte etwas zu Madoc, der Cougar um eine Übersetzung bat.

»Tun Leid für Kind. Mögen ihn. Freund.«

Das ließ Madoc das Wasser in die Augen schießen. »Danke, Freund«, sagte er und berührte die Stirn des Jungen.

Kaninchen berührte vorsichtig das Pferd, zog jedoch schnellstens seine Hand wieder zurück, als hätte er sich verbrannt. Die Nachbarn lachten hinter vorgehaltener Hand, trauten sich aber nicht aus ihren Häusern und in die Nähe der Tiere.

Madoc verbeugte sich viermal und zog sich vor Troyes an der Mähne auf den Hengst hinauf. »Wir reiten wie der Blitz!«

»Na dann!«, schrie Troyes.

»Col-Uza«, rief Cougar.

Und bevor jemand noch eine Schleuder nehmen oder sich darüber klar werden konnte, ob das, was sie gesehen hatten, wirklich oder nur ein Traum gewesen war, ritten sie schon über die Kuppe und waren verschwunden.

Madoc hielt an einem Busch, gab Troyes die Zügel und das Päckchen. »Halte mal, ich bin gleich wieder da. Ich muss noch etwas erledigen, ich muss mit diesen Leuten und mit mir selbst ins Reine kommen. Cougar muss übersetzen.«

Er hatte die Hütte des Häuptlings gesichtet, er wollte sich hinter den Wachen vorbeischleichen und dem Häuptling etwas geben, worüber er den Rest seines Lebens noch sprechen würde. Er nahm die Zügel der Stute und erklärte ihr langsam, worum es ging. Sie gingen tapfer zur Hütte, scharrten an der Tür und hielten die Klappe auf, damit Cougar hineinspicken konnte, bevor sie eintraten. In der Mitte loderte ein kleines Feuer. Zwei Frauen lagen auf einer Matte, ein Kind auf dem Wiegenbrett hing an der Wand. Wolf lag zusammengerollt an einem Baumstamm, der Häuptling lag unter einer Decke aus kleinen Fellstücken und schnarchte. Cougar weckte die Frauen und bat Ibis, Tee zu kochen. Ibis rieb sich die Augen und tat, ohne zu fragen, was Cougar wollte. Dann weckten Ibis und Amsels Frau Wolf auf, der angenehm überrascht war, Madoc zu sehen.

Er streckte sich, dass seine Muskeln hervortraten, und setzte sich auf. Hinter ihm lag Amsel mit seiner breiten Brust, die aussah wie die Brust eines wohl genährten Pferds. Madoc wünschte, er hätte das Pferd gleich mitgebracht, aber das hätte alle zu Tode erschreckt, und sie hätten ihn nicht angehört. Er zog Wolf auf die Füße und sagte: »Du hast die ganze Zeit gewusst, dass der Junge, den ihr geopfert habt, uns gehörte. Das war hinterhältig!« Er hob eine Braue, gackerte wie eine Gans und watschelte umher, damit alle verstanden, dass er über den toten Jungen sprach. Er deutete auf das schlafende Kind im Wiegenbrett und sah erst Wolf, dann seine Frau an. »Wie würde es euch gefallen, wenn jemand eure Tochter häuten und ihr von den Vögeln die Augen auspicken lassen würde?«

Cougar wurde ganz weiß, aber sie übersetzte. Dann sagte sie zu Madoc, er solle leise sprechen. Wolf blinzelte und deutete auf Zaunkönig, der immer noch schlief. Amsel stand auf und spuckte den Häuptling an.

»Es ist nicht nur der Fehler eures Häuptlings! Ihr habt ihn ja nicht daran gehindert, die Jungen im Dorf zu töten und die Frauen zu misshandeln. Es ist mir egal, wenn er aufwacht und vor Schmerz schreit! Euch verdammten Wilden werde ich jetzt eine Lektion erteilen. Legt nie wieder Hand an einen Angehörigen unseres Volkes und benutzt keinen von uns für eure mörderischen heiligen Opfer!« Er spürte, wie die Wut in ihm aufstieg und sein Herz klopfte. Er hielt eine Weile inne, ließ Cougar übersetzen und zwang sich, anschließend ruhiger und langsamer zu sprechen, denn er wollte, dass diese Männer seine Freunde wurden. »Es ist Zeit, dass ihr eigenständig denkt!« Er tippte sich an die Stirn und hämmerte auf seinen Kopf. »Zaunkönig wird euch vernichten, so wie er die Jungen getötet hat und den Frauen vorschreibt, was sie zu tun haben.« Er schaukelte mit den Armen hin und her, als würde er ein Kind wiegen. »Wählt einen anderen Führer! Es ist an der Zeit, dass ihr mit anderen Stämmen Handel treibt und euch einen Platz in der Zivilisation erobert. Versteht ihr? Setzt euren Häuptling ab! Kein Häuptling Zaunkönig mehr! Gebt ihm ein Fischernetz, ein Kanu und ein Paddel und jagt ihn davon!«

Amsel bleckte seine gelben, schiefen Zähne. Es war kein Lächeln. Er konnte nicht klar denken, er versuchte aufzustehen, war aber ganz wacklig auf den Beinen. Madoc wusste, dass er noch unter der Wirkung des Betäubungstees stand.

Bei einem Streit zog Madoc immer das Gespräch vor. Mit den Händen in den Hosentaschen trat er einen Schritt zurück. »Kaninchen und sein Sohn würden mit euch gerne das Dorf wieder in den Zustand von damals bringen, als ihr noch wusstet, was recht und was falsch war. Es ist eure Entscheidung, aber ich glaube, Kaninchen wäre ein guter Häuptling, wenn Zaunkönig weg ist.«

Er drehte sich zu Cougar: »Ich muss sicher sein, dass sie verstehen, was ich sage. Und wenn es sein muss, dann erklärst du es ihnen zwei- oder dreimal.«

Dann sah er wieder Amsel und Wolf an. »Geht morgen früh zu Kaninchen und besprecht alles. Und solange Zaunkönig ans Lager gefesselt ist, geht zu den anderen Leuten. Denkt nach. Wir sind einen weiten Weg über das Meer im Westen gekommen und wollen Freunde sein.« Er verschränkte die Hände auf dem Herzen. »Wir suchen einen Ort, wo wir ein Dorf gründen können. Wenn es so weit ist, laden wir euch ein. Ihr werdet willkommen sein, Freunde.«

Wolf schloss die Augen. Madoc dachte schon, er schliefe. Es schien unmöglich, mit diesen Leuten zu reden, aber einen anderen Weg sah er nicht. Als Cougar geendet hatte, schickte er sie das Pferd holen. Wolfs Frau folgte ihr.

Madoc fluchte leise.

Die Muskeln in Wolfs Kiefer zuckten. Vielleicht verfluchte er ihn. Aber das war ihm egal. Er konnte auch fluchen, wenn Cougar nicht übersetzte. »Ihr seid zwei gottverdammte, abscheuliche Wilde, schlimmer noch als Heiden und nicht besser als räudige Bastarde!« Er war flink genug, Wolfs erstem Schlag auszuweichen, aber der zweite nahm ihm den Atem und brachte ihn zu Fall. Er beugte sich so weit, wie er konnte, und wartete, dass er wieder Luft bekam, dann schnellte er hoch und traf Amsel mit dem Kopf am Kinn, mit dem Ellbogen traf er Wolfs Nase. Amsel biss sich auf die Zunge und spuckte Blut, aus Wolfs Nase spritzte ebenfalls das Blut.

Wolfs Frau brachte Wasser, schichtete das Feuer auf und erhitzte Wasser in einem Krug. Sie sah nach dem Kind, setzte sich zufrieden auf die Matte und schlug sich kichernd die Hand vor den Mund, als sie die drei Männer sah. Offenbar war dieses Handgemenge das Lustigste, was sie in ihrem Leben gesehen hatte.

Die beiden Männer lächelten und streckten die blutigen Hände aus. Madoc packte beide. »Freunde.« Ein bisschen benommen rieb er sich über die Stirn, dann über Wolfs und Amsels Stirn und hinterließ einen breiten roten Streifen. Er hörte ein Schnauben und hielt die Türklappe auf. Alle hielten die Luft an, als sie dieses Riesenvieh mit Cougar auf dem Rücken kommen sahen. Sie zog die Zügel, damit das Pferd stehen blieb.

»Madoc führt Männer mit mächtigem Geist«, sagte sie. »Sie geben ihre Kinder nicht den Göttern. Sie sagen, es ist egal, was man tut, der Regen kommt so oder so.«

Zaunkönig stiess einen entsetzlichen Schrei aus, er saß mit ausgestreckten Beinen da und ballte die Faust, die so groß war wie eine große Rübe. Seine Augen waren im Wahn weit aufgerissen. Er war kampfbereit, aber er konnte seine Beine nicht bewegen, weil sie so fest bandagiert waren.

»Bei Lugh! Ibis, gib ihm Tee«, sagte Madoc. Seine Wut war verflogen. »Wir müssen jetzt gehen. Ich habe meine Sache erledigt.«

»Gut, gut erledigt«, bestätigte Cougar.

Zaunkönig machte ein Gesicht, als hätte er einen Feuerdrachen gesehen, und stieß einen weiteren Schrei aus, der allen das Blut in den Adern gefrieren ließ. Er schürzte die Oberlippe und gab etwas von sich, das wie ein Fluch klang.

Draußen sagte Cougar: »Der Häuptling geschworen, mich töten, wenn er wieder gehen kann, auch wenn ich dann Geist bin. Falsche Schlange, weiche Schnecke!« Sie ritt davon, Madoc folgte ihr zu Fuß.

Amsel und Wolf standen vor der Hütte und sahen ihnen nach.

Noch Dekaden später erzählten sich die Calusa die Sage über die hellhäutigen Männer, die in schwimmenden, geflügelten Hütten zu ihnen gekommen waren und ihnen das Geschenk des heiligen Bechers und eines Kinds mit flammendem roten Haar gebracht hatten. Sie glaubten, tagsüber seien es Geister, nachts Kentauren. Ein Mann habe die gebrochene Nasse des Häuptlings wieder zusammengeflickt, derselbe Mann habe mit einem Zaubermesser Zaunkönigs Kniekehlen und Ellbogen behandelt, sodass er nach ein paar Tagen wieder gehen konnte, ohne zu hinken. Seine Beine schmerzten auch nicht mehr, es sei denn, Regen kündigte sich an. Mit Stolz in der Stimme erzählten sie, dass Kaninchen, Zaunkönig, Amsel und ein geisterhafter Mann mit einer komischen Sprache und Haaren von der Farbe sonnengelben Grases Brüder geworden seien. Die geisterhaften Männer hätten den Geist von Zaunkönigs schwangerer Frau, von Cougar und dem einarmigen Händler Nohold mit sich genommen. Sie ritten auf großen Vierbeinern, die schnaubten und mit langen haarigen Schwänzen schlugen, die viel, viel länger waren als ein Hundeschwanz. Nach einiger Zeit verließen diese Wesen das Calusa-Dorf und schwammen in ihren Hütten davon.
Und es gab auch noch einen Geist mit dunklem, wallendem Haar, den Kaninchen an Sohnes statt annehmen wollte. Der Geist hinkte ohne zu jammern um Kaninchens Hütte herum und hätte wahrlich einen tapferen Kriegerführer abgegeben. Wie die anderen Geister flog auch Wallendes Haar auf dem Rücken der Vierbeiner davon und zog eine Silberwolke hinter sich her, die sich schließlich auf den Sand setzte. Häuptling Kaninchen feierte einmal jährlich das Gedenken an den Geist. Er opferte keine Men-

schen mehr und der Regen kam trotzdem und tränkte die Erde.

Troyes erfuhr nie, dass er als Kriegerführer ausersehen worden war. Er wusste nur, dass er nie dankbarer gewesen war, jemanden zu sehen als in jener Nacht, als Madoc und die kleine Wilde in der Tür von Kaninchens Hütte standen.

Auf dem Weg zu den Schiffen scheuchten sie einen Waschbär auf, der gerade eine Maus vertilgte. Madoc nahm es als Zeichen, Troyes und Cougar von Brett zu erzählen. Er war sich nicht sicher, ob das Mädchen verstand, denn sie schien über die Schilderung des Gerüsts, an das man Brett gebunden hatte, genauso erstaunt zu sein wie Troyes. Sie glaubte, Zaunkönig hätte das anderen Stämmen, möglicherweise den Ais, abgeschaut und im Dorf eingeführt, weil er den Regengott mit der Macht über sein Volk beeindrucken und den Leuten zeigen wollte, dass er so mächtig war wie ein Gott. Aus diesem Grund ließ er alle Jungen unter zwölf töten. Für Kleine Mutter und alle Calusa von Sandpoint würde dieses Massaker unvergesslich bleiben. Damals hatten die Leute gedacht, in der Regenzeit würde es so viel Wasser geben, dass sie in ein höher gelegenes Gebiet umsiedeln müssten, doch der Regen kam und ging wie in jedem Jahr. »Ich glaube, die Leute in Sandpoint haben angefangen, selbständig zu denken.«
Madoc verstand nur die Hälfte von dem, was Cougar über den fetten, immer hungrigen Regengott und die Denkweise der Leute von Sandpoint sagte.
Troyes meinte, sie würde über die nächsten, großen Regenfälle sprechen. Er war bestürzt über Bretts Tod und stellte keine Fragen. Immer wieder wischte er sich die Tränen aus den Augen. Als sie bei den Büschen mit den spitzen Blät-

tern angekommen waren, sagte er: »Ich habe den Kleinen geliebt wie einen Bruder. Und wenn ich einen Freund finde, wird mein Herz zur Zielscheibe. Diese verfluchten Barbaren haben die Zielscheibe gefunden und zerschossen.«

Madoc sah, dass Cougar müde war und auf dem Rücken der Stute schaukelte. An der Brücke hielt er an. Er war enttäuscht, dass Männer und Pferde nicht auf ihn gewartet hatten, denn die beiden Tiere keuchten und schwitzten schon. »Wahrscheinlich sind sie des Wartens müde geworden und zu den Schiffen zurückgegangen.«

Troyes rieb die Pferde mit Gras ab und versuchte, den Hengst über die Brücke zu führen. Er bockte, doch als Cougar die Zügel nahm und leise mit ihm sprach, folgte er bereitwillig. Madoc nahm die Stute. Jedes Mal, wenn die Brücke ins Schaukeln geriet, blieb sie stehen, bis es vorbei war. »Das ging leichter, als ich dachte. Immerhin haben die Wilden nun zum ersten Mal ein Pferd gesehen.«

Cougar stolzierte ein wenig herum, um zu zeigen, dass sie keine Angst mehr vor den Tieren hatte, obwohl sie jedes Mal zusammenfuhr, wenn sie wieherten.

Madoc fragte sie mit Handzeichen, ob ihr Rücken schmerzte.

»Nein«, sagte sie und fügte zu seiner Überraschung hinzu: »Schlafen.« Und sie schloss die Augen.

Madoc nahm sie auf den Schoß, als er auf den Hengst aufsaß, Troyes freute sich, dass er die Stute alleine reiten durfte. Während Cougar schlief, erzählte Troyes: »Amsel hat die dicken Blätter einer fleischigen Pflanze mit kleinen spitzen Punkten aufgeschnitten und den schleimigen Saft auf meine Stichwunde geschmiert. Es hat nicht gebrannt und auch nicht wehgetan. Dann hat er die Wundränder übereinander gelegt und mit einem Tuch aus gewobener Pflanzenfaser fest verbunden. Ich will aber keine hässliche, wulstige Narbe!«

»Llieu oder Conlaf können dich neu verbinden, damit die Wunde glatt verheilt.«

»Als Kaninchen schlief, setzte ich mich in eine dunkle Ecke und zog die Wundränder wieder auseinander. Ich musste mir auf die Zunge beißen, damit ich nicht aufschrie. Die Haut war schon wieder zusammengewachsen. Aber von dieser Heilpflanze können wir etwas gebrauchen.«

Troyes' Pferd stolperte über einen großen Stein, der auf dem gepflasterten Weg überstand. Er stieg ab und sah nach dem Bein der Stute. Cougar wachte auf, auch sie und Madoc stiegen ab. Die Stute schien sich nichts gebrochen zu haben, aber vorsichtshalber wollten sie das Tier schonen.

Sie kamen an einen großen schwarzen Sumpf, wo sich Gräser und Kürbisse rankten. Das nasse, sandige Ufer federte. Madoc wusch sich das Blut von den Armen und aus dem Gesicht, denn er dachte, es würde die kleinen summenden Stechmücken anziehen, von denen die Luft voll war. Er mochte den angenehmen Geruch der weißen Blüten im Sumpf, die rochen wie Geißblatt, doch die Mücken hasste er.

Auch Troyes schlug nach ihnen und kratzte sich. Er deutete auf die dunklen unregelmäßigen Wesen, die wie Baumstämme herumlagen. In der Mitte des Morasts schnellte eines hervor. Es hatte eine gelbliche Unterseite und gelbgrüne Augen unter warzigen Brauen. Die Männer waren entsetzt und ängstlich, aber sie waren auch neugierig. Cougar beeindruckte das nicht. Sie sagte zu den beiden, sie sollten nicht ins Wasser gehen, dann schloss sie wieder die Augen.

»Ich habe noch nie Baumstämme gesehen, die mit offenem Maul daliegen und Zähne wie Dolche haben.« Doch er konnte die Tiere nicht eingehend begutachten, denn je weiter sie im Sumpf vordrangen, desto weicher wurde der

Grund, und sie sanken bis zu den Knöcheln ein. Die Pferde sanken so weit ein, dass Madoc vorschlug, auf festeren Boden zu gehen. Sein Herz setzte aus, als zwei schuppige Tiere ans Ufer glitten und auf Stummelbeinen mit scharfen Krallen im Farn verschwanden, ihre Schwänze, die wie Äste mit borkiger Rinde aussahen, zogen sie hinter sich her. Eines riss das Maul auf, zeigte seine spitzen Zähne und klappte es mit einem lauten Krachen wieder zu.

Troyes packte Madoc am Arm, beide schlugen sie die Hand vor den Mund, um nicht zu kreischen wie ängstliche Mädchen.

»An diesen Teil des Wegs kann ich mich gar nicht erinnern«, sagte Madoc. »Hoffentlich haben wir uns nicht verlaufen. In der Dunkelheit sieht die Landschaft ganz anders aus. Wir sollten hier bleiben und warten bis es hell wird.«

Im Morgengrauen wachte Troyes auf und sah, wie sich ein paar dicke Schlangen im Sumpf wanden. Aufgeregt weckte er die anderen. Er wollte nur noch weg und deutete auf seine Mokassins, die immer im Schlamm stecken blieben.

»Eine Schlange kann sich mit ihren scharfen Zähnen leicht durch deine Schuhe beißen. Willst du wieder aufsitzen?«, fragte Madoc.

Troyes fühlte sich schon sicherer auf dem Hengst. Madoc half Cougar auf die Stute.

Es wurde immer heller, und als die Sonne über den Horizont glitt, sah man kaum noch, wo sich die grünen Wasserpflanzen vom moosigen Grund abhoben, alles hatte die gleiche Beschaffenheit und die gleiche Farbe. Madoc führte die Pferde einen Hügel hinunter, sie rutschten und schnaubten. Die Beine der Stute knickten immer wieder ein. Das ausgemergelte Tier wieherte und bockte, es wollte wieder festen Boden unter den Hufen haben.

Cougar glitt vom Pferd. Madoc nahm die Zügel, doch die Stute bewegte sich nicht, er musste sie langsam durch schwarzen Schlamm und grüne Pflanzen abwärts ziehen. Sie rollte mit den Augen und legte die Ohren an, sie schwang den Kopf hin und her, als würde sie in einer grünen Wiese liegen. Dann reckte sie den Hals und klatschte mit dem Kopf voraus in den schwarzen Morast.

Cougar sah sich nach einem Stock um. Madoc warf ihr den Zeremonienstab zu. Daran band sie die Zügel fest und legte ihn hinter einen halb versunkenen Baumstamm. Troyes suchte mehr Holz, Madoc zerrte an den Zügeln, um die Stute herauszuziehen, aber es half alles nichts. Schnaufend sank sie immer weiter ein. »Jedes Mal, wenn sie den Kopf dreht, dringt ihr der Schlamm in Maul und Nüstern«, sagte Madoc, der bis zu den Hüften im Sumpf stand und selbst immer weiter zwischen den Grünpflanzen versank.

»Ich glaube, du solltest rauskommen«, meinte Troyes.

»Ich kann meine Beine nicht mehr bewegen, du musst mich rausziehen.«

»Ich finde keinen Stock, der so lang ist, dass ich dich oder Cougar erreichen kann.«

Das Mädchen streckte den Arm nach Madoc aus, er reckte sich und packte ihre Hand, dabei zog er sie fast vom Baumstamm. Sie reichte ihm den Stab, und er zog sich Handbreit um Handbreit zur Stute, die wiehernd und spotzend mit dem Kopf schlug.

»Ich weiß nicht, was ich tun soll!«, sagte Troyes.

»Wenn das blöde Pferd endlich mal stillhalten würde, könnte ich aufsitzen!«, sagte Madoc. »Aber wie können wir verhindern, dass sie schlegelt, sie ist schon halb ertrunken, ihre Beine tragen sie nicht mehr.

»Dolch«, sagte Cougar und streckte die Hand aus.

Madoc zog den beinernen Dolch aus dem Bund, warf und ließ die Zügel fallen, die auf ein Büschel Kraut klatschten.

Cougar fing den Dolch am Griff und zog die Zügel zu sich, bis sie den Zeremonienstab hatte. Dann legte sie sich auf den Baumstamm und schob den Stab unter ihren Bauch, damit er nicht ins Wasser fiel. Sie sprach leise mit der Stute und hielt ihren Kopf zwischen ihren schlammigen Händen. Tränen brannten ihr in den Augen. Sie blinzelte und schlitzte der Stute mit einem kräftigen Schnitt die Kehle auf. Das Pferd erschrak und rollte mit dem Kopf, dann war alles still.

Madoc und Troyes waren überrascht, dass Cougar etwas getan hatte, wozu sie sich kein Herz hatten fassen können. Es war gut und traurig zugleich. Cougar staunte, wie warm das Blut war, das aus der Wunde quoll, es fühlte sich tröstlich an in ihren Händen, in denen noch schwer der Kopf des Pferdes lag, das bis zur Brust im Morast steckte. Sie warf Madoc den Stab mit den Zügeln zu; er zog sich Stück für Stück auf den Pferderücken und legte sich darauf.

Madocs Arm schmerzte. Er müsste ans Ufer kommen, ohne einzusinken, aber er fürchtete, die Stute würde ganz versinken, bevor er sich in Sicherheit bringen und über den schwammigen Grund kriechen könnte. Er hätte Cougar am liebsten angeschrien, weil sie die Stute getötet hatte, aber er wusste, sie hatte das einzig Richtige getan. Sie hatte das Leben der Stute für sein Leben geopfert. Er hörte, wie Troyes ihm zurief, er solle sich an der Mähne festhalten, damit er nicht herunterfiel. Er hörte auch, wie der Hengst mit dem Schweif nach den Stechmücken schlug, er hörte, wie die stinkenden Blasen an der Oberfläche platzten. Dann spürte er, wie Cougar ihn anstieß. Sie hielt den ramponierten Stab hoch, der nun nicht mehr an den Zügeln hing, und warf ihn Troyes zu, doch er musste noch ein Stück in den Sumpf waten und ihn holen. Schnell hechtete er wieder ans Ufer, bevor er einsank.

»Ein Pferd andere Pferd ziehen!«, sagte sie zu Troyes. Dann umfasste sie Madocs Bein. »Ju.«

Troyes war überrascht, dass sie die Pferde so gut beobachtet hatte und wusste, dass sie auch schwere Lasten ziehen konnten. Er hatte nun größere Achtung vor ihr und band die Zügel der Pferde zusammen. Den Stab hakte er im Vorderlauf des Hengstes ein und zog. Der Hengst machte einen Schritt, und Troyes betete, dass der Stab nicht brechen würde und das tote Pferd auch tatsächlich loskam. Der erschöpfte Hengst weigerte sich weiterzugehen, schließlich zog er selbst an den Zügeln. Als das Pferd mit Madoc schon nah am weichen Ufer war, sagte Cougar, er solle abrutschen und sich in den Schlamm legen.

Auch Cougar glitt vom Baumstamm und zeigte ihm, wie er sich mit den Händen an den Schlangen vorbei durch die Pflanzen ziehen konnte. Geschmeidig bewegte sie sich Stück für Stück, bis sie schließlich im knöcheltiefen Wasser lag und nach Luft schnappte.

Troyes hockte am Ufer und musste zusehen, wie die Stute versank und nicht mehr auftauchte. Er half erst Cougar, dann Madoc aus dem Wasser.

»Sumpf wollen Tier mehr als uns. Blutdurst.«

Madoc drohte dem Sumpf mit der Faust und dankte ihr für ihre Tapferkeit. »Dafür, dass du so klein bist, hast du ein großes Herz.«

Cougar lachte und deutete mit dem Dolch in Richtung Baumstamm. »Ju.«

Vor lauter Erschöpfung sahen Troyes und Madoc nur die Ironie von Cougars Tat. Sie hatte das Schicksal von einem Ertrinkenden abgewandt und dafür eine arme dürre Stute geopfert. Troyes wischte sich die Tränen aus den Augen. »Ich dachte schon, ihr wärt beide verloren, ich hatte fürchterliche Angst.«

Zur Antwort wedelte Cougar die Fliegen vom Rauchfleisch, einem Rehschinken, den Kaninchens Sohn Madoc gegeben hatte und den sie aus den grünen Blättern ausgepackt hatte. Sie schnitt vier dünne Scheiben ab, warf sie in die vier Himmelsrichtungen und schnitt vom Rest drei große Stücke ab. Ihren Anteil steckte sie sich in den Mund und wischte sich die Hände an ihrem schlammigen Rock ab.

Mit vollem Mund und knurrendem Magen sagte Madoc: »Meine Güte! Ich glaube, der Geist der kleinen Stute wollte, dass wir leben! Ich danke dem Jungen für das Fleisch, ich danke euch beiden und der Stute und dem Hengst, denn euch verdanke ich mein Leben.« Er schloss die Augen.

Als er sie wieder öffnete, schlugen große Wesen mit dem Schwanz im Wasser und rissen das Fleisch von der Stute. »Auch ich verdanke euch mein Leben, ich werde euch immer dankbar sein«, sagte Troyes.

»Madoc! Troyes!« Cougar schnurrte zufrieden.

Nach einer Weile war die Wasseroberfläche wieder glatt und spiegelte den Himmel. Die Pflanzen in der Mitte des Sumpfs waren ausgerissen und immer noch rot vom Blut; rosa Fleischstücke trieben darin; am Ufer war der Sumpf grün und weich. Madoc stellte sich vor, wie das Leben darin wuselte – Schlangen, Baumstämme mit langen Schnauzen und unbekannte schleimige, schlängelnde Kreaturen, die sich gegenseitig unbarmherzig, wie die Natur war, auffraßen. Die Luft war feucht. Unzählige Gerüche stiegen von der Erde auf. Beim lauten Hämmern eines Spechts fuhren sie auf. Es war Zeit weiterzugehen. Cougar trug den Rest des Fleischs, Madoc ging mit dem Zeremonienstab in der Hand voraus, Troyes führte den erschöpften Hengst.

Sie kamen an eine offene Fläche, wo die Sonne den Schlamm zu wirren Strukturen getrocknet hatte. Sie hörten ein leises Zischen; es waren Gase, die aus den Rissen in der Erde entwichen. Cougar hielt sich die Nase zu. Madoc schauderte, blieb kurz stehen und steckte den Stab in eine Pfütze aus schwarzem Schlamm, dass die Wolken zerrissen, die sich darin spiegelten. »Behalte den Stab«, sagte er zum Sumpf und eilte weiter, ohne zurückzublicken. Er fühlte sich wohl neben Cougar, sie wusste, wie man in diesem Land überlebte, sie war klug und lernte schnell. Sie kannte mittlerweile schon viele Wörter in seiner Sprache und sie hatte keine Angst mehr. Sie konnte reiten und sie konnte auch ein Pferd töten, um das Leben eines Menschen zu retten. Sie war eine wundervolle Freundin. Er nahm ihre Hand. Sie sagte etwas, das mit seinem Namen endete. Das gefiel ihm. »Freunde«, sagte er.

Sie wiederholte das Wort und drückte seine Hand.

Den Schlamm und das Blut, die auf ihren Kleidern festgebacken waren, sahen sie gar nicht. Sie blickten sich nach Troyes um, auch er war von Kopf bis Fuß verschmiert.

»Du siehst aus wie ein Sumpfgeist«, meinte Madoc.

»Kapitän Madoc, sieh in den nächsten Süßwassergumpen, dort leben die Sumpfgeister«, gab Troyes zurück. »Unsere Bootsjungen werden uns für Wilde halten.«

Sie kletterten über umgestürzte Bäume und bahnten sich ihren Weg durch den Kiefernhain. Alles tat ihnen weh. Madoc war froh, dass er das sabbernde Pferd nicht führen musste, das noch erschöpfter wirkte als die drei Menschen. Als sie schließlich am Sandstrand waren, sahen sie kein Schiff.

»Sind sie ohne uns abgesegelt?«, fragte Troyes.

»Müssen wir nach rechts oder nach links?«, fragte Madoc.

»Sitzen«, sagte Cougar.

»Hoffen wir, dass unsere Augen und Ohren uns eine Antwort geben«, sagte Troyes. Er lauschte dem Wind in den Kiefern und spitzte die Ohren nach einem Geräusch, das ihnen verriet, wo die zehn Schiffe waren. Doch er war zu müde, um die Zeichen des Winds zu lesen.

Madoc scharrte eine Loch in den Sand und machte ein kleines Feuer aus Treibholz. Den Rehschinken spießte er auf zwei dünne Stöcke. Als das Fleisch heiß war, schnitt er vier kleine Stückchen ab und warf sie in die vier Winde.

Cougar nickte zustimmend. Es war das beste Rehfleisch, das sie je gegessen hatte. Nach dem Essen ging es ihnen schon besser, und die beiden brachten Cougar noch mehr Wörter bei – Gras, Muschel, Feuer, Rauch, Holz, Arbeit, Rennen, Lachen. Sie betrachtete die Hände der Männer und verglich ihre Handlinien mit ihren eigenen. Sie legten sich ins hohe Gras hinter einer Düne; als sie wieder aufwachten, war die Sonne schon über ihren Höchststand hinausgewandert. Sie hörten ein Klopfen, wie ein Hammer auf Holz. Sie gingen in Richtung des Geräuschs und hofften, dass es kein Specht sei. Nach einer Weile sahen sie die Schiffe, klopften ihre Kleider aus und eilten weiter.

Madocs muskulöse Arme schwangen beim Gehen an seinen breiten Schultern. Er sah aus wie ein Mann, der harte Arbeit gewöhnt war. Cougar stellte sich vor, wie er nur mit einem Lendenschurz bekleidet eine Hütte baute, wie er Netze voller Fische an Land zog und ihm im Wind das helle Haar in die Stirn fiel. Seine großen, geschickten Hände strichen sich die Locken aus dem Gesicht, er drehte sich um und blickte zurück. Wenn er lächelte, blitzten seine Zähne in der Sonne. Er sah rau aus, aber nicht roh und derb, sein Blick war forschend, mitfühlend, klug und seine Augen waren so blau, dass es ihr schier den Atem raubte, wenn er sie ansah. Madocs Augen erinnerten sie an das Blau in einer runden weißen Muschelschale. »Ju.« Die Geister hatten ihr den besten Mann mit auf den Weg gegeben. Dafür war sie dankbar.

XXI

Riryd

Aber-Kerrik-Guignon:
non sunt
Guigon Gorn, Madauc,
Pedr Sant †, Riryd, *filius*
Quenti Gueneti
an, 1171.

Vor einigen Jahren machte Reverend E. F. Synnott, der
ehemalige Pfarrer von Iden in der Grafschaft Kent, bei einer
Auktion in Rye (Sussex) eine erstaunliche Entdeckung ...
Bei den Manuskripten ... handelte es sich um Hafenberichte aus
Wales und England aus dem 12. und 13. Jahrhundert, in denen
teilweise in lateinischer Sprache, teilweise in gebrochenem
Englisch ... verschollene und untergegangene Schiffe verzeichnet waren. Der Name von Madocs Schiff war nicht markiert,
doch hinter *Pedr Sant* stand das Zeichen des Kreuzes ..., das
möglicherweise darauf hindeutet, dass sie gesunken war.
Richard Deacon, Madoc and the Discovery of America

Kaum sah Riryd seinen Bruder, bekam er einen Wutanfall,
bevor noch irgendjemand die drei richtig begrüßen konnte.
Er wedelte mit der Faust und schrie: »Du siehst aus wie
ein Wilder, wie diese Barbaren! Wir sollten uns zusammen-
scharen, uns mit spitzen Zuckerrohrstöcken und Schwefel-
bällen bewaffnen und noch heute auf das Dorf marschieren. Für Bretts Leben werden sie teuer bezahlen! Das ist
nur der gerechte Ausgleich!«

Ohne sich das Blut vom Gesicht und von den Händen zu waschen, sagte Madoc:»Wir sind ihnen unterlegen, es wäre dumm, einen ungleichen Kampf zu beginnen. Du bist kein Feigling, aber willst du noch ein weiteres Menschenleben opfern? Gut, wir haben Brett an die Wilden verloren, aber wir konnten Troyes befreien und wir haben drei Eingeborene als Freunde gewonnen. Ich musste die kleine Stute im Sumpf lassen. Wir sind nicht hierher gekommen, um zu kämpfen. Hör zu, wir können weiterziehen, an einen Ort segeln, wo niemand das Land beansprucht.« Madoc fühlte sich, als hätte man ihn durch den Sand geschleift und als seien stämmige Pferde auf ihm herumgetrampelt. Er bereute schon fast, dass er zurückgegangen war und Amsel und Wolf etwas zum Nachdenken gegeben hatte. Vielleicht wäre es besser gewesen, einfach zu gehen und sie alleine zu lassen. Wie konnte er nur denken, dass eine gute Führerschaft, Stolz und Rechtschaffenheit solch einen Todeskampf rechtfertigten?

»Du hörst jetzt zu!«, versetzte Riryd. »Einon, Willem und ich haben uns besprochen. Und wir, deine Familie, glauben, dass du, unser Führer, Brett deine Achtung erweisen solltest, indem du dich an dem Häuptling dieser Wilden rächst!«

»Bleibt die Frage, wer die Wilden sind«, gab Madoc zurück. »In der heiligen Schrift der Anhänger des neuen Glaubens steht, dass Gott den Menschen nach Seinem Abbild geschaffen hat. Wie und wo? Wurde die Menschheit in Britannien, im Nordland oder hier geschaffen? Oder gab es mehr als nur eine Schöpfung? Irrt die heilige Schrift? Wer sind diese Leute? Hast du mit ihnen gesprochen?«

»Natürlich nicht! Und du weißt, was sie sind – Kannibalen, Wilde!«

»Hör auf! Ich habe sie nie rohes Fleisch und schon gar

kein Menschenfleisch essen sehen! Conlaf und ich sahen nur, wie zwei alte Frauen Knochen auslösten, vielleicht waren es sogar Bretts Gebeine, denn wir … wir sahen einen Fuß mit vier Zehen. Das ist alles. Das Fleisch warfen sie für die Vögel in den Tümpel. Troyes glaubt, dass sie Bretts Überreste in einen dieser Ledersäcke legten, die wir in der Ratshütte sahen, und an einem Ehrenplatz bestatteten, nämlich in diesen siebensprossigen Rädern, die mit rotem Ocker ausgelegt waren – das die Druiden auch in ihre Gräber geben. Das wird Bretts Seele gefallen, er wird sich zu Hause und seiner Familie nah fühlen.«

Aber Riryd hörte nicht auf. »Wir müssen den Wilden zeigen, wer mächtiger ist! Wir sind Falken – sie die Bussarde.«

Madoc zog aus der schlammigen Kitteltasche den schmutzigen stinkenden Lederbeutel, den Kaninchen ihm zugeworfen hatte. War das gestern oder vor drei Tagen gewesen? Er hatte den Eindruck, es wäre in einer anderen Zeit geschehen. »Ein Geschenk von den Bussarden.« Er hielt es am ausgestreckten Arm, damit alle sehen konnten, was da herausfiel. Es war schwer – er rechnete schon mit einer toten Eidechse oder einer Vogelspinne, die mit Kieselchen ausgestopft war, doch es war ein Kupferwürfel, so groß wie seine Handfläche. Vier Seiten waren mit kleinen Löchern versehen, die einen sommersprossigen Jungen mit Federumhang und hoher Kranichmaske darstellten. Sein Fuß hatte vier Zehen.

»Das ist ja Brett!« Troyes kratzte sich am schlammverklebten Kopf.

Unten im Beutel war die Perlenkette, die Brett als Kostümschmuck getragen hatte. »Wir sprechen vielleicht eine andere Sprache, aber wir konnten uns verständigen«, sagte Madoc mit erstickter Stimme. »Kaninchen und sogar sein Sohn haben verstanden, dass wir den Jungen liebten.«

»Warum ließen sie dann zu, dass er geopfert wird?«
Troyes sah Cougar an in der Hoffnung, dass sie Licht auf
diese grausame Tat werfen könnte.

Ihre Augen waren voller Tränen. »Frauen und Männer lieben Kind!« Sie fingerte an der Kordel mit kleinen bunten
Edelsteinen herum, die sie um den Hals trug. Eltern liebten also ihre Kinder, sie würden alles für sie tun. Doch
wenn sie ausgewachsen waren, waren sie auf sich alleine
gestellt, und die Eltern erkannten sie nicht einmal wieder,
geschweige denn, dass sie ihnen den Weg ebneten. Die
Erfahrung mit ihren eigenen Eltern war immer noch
schmerzlich.

»Kaninchen hat nicht entschieden, welcher Kranich gehäutet wird«, sagte Madoc leise und schleuderte die lange
Kette auf den Boden, als würde ein Fluch darauf liegen.
»Es war Zaunkönig. Ich hätte ihm noch einmal die Nase
brechen können, stattdessen ging ich und ließ ein Stück
meines Denkens bei Amsel und Wolf, ich sprach mit ihnen
wie mit meinen Brüdern, Cougar hat übersetzt. Wir wurden Freunde. Cougar erschreckte den Häuptling zu Tode,
als sie auf der Stute vor die Hütte geritten kam. Er
glaubte, sie sitze auf einem Biest aus der Geisterwelt. Nun
sind wir quitt.«

Conlaf hob die Kette auf. »In Wales bekommt man dafür
ein Segelschiff.«

»Ja, es ist Bretts Vermächtnis.« Madoc rieb sich die Schläfen. »Das ist alles, was uns von ihm geblieben ist, abgesehen vom Gedenken an seine Tapferkeit.« Zusammen mit
dem Kupferwürfel steckte er die Kette wieder in den Beutel. »Die Ärzte haben gesehen, wie die Pest alle möglichen
Völker niedergestreckt hat. Ist die Pest mächtiger als die
Menschen, die sie dahinrafft? Wie kann man das messen?
Wir haben Schiffe und können an einen anderen Ort fahren. Wenn wir *unser* Land gefunden haben, setzen wir

Mahnmale zum Gedenken an Brett und die anderen Män-
ner, die ihr Leben gaben, damit wir Frieden finden kön-
nen.«
Riryd ließ nicht von seinen kriegerischen Gedanken ab.
»Wir könnten uns mit Dornenzweigen bewaffnen. Diesen
Wilden wird Hören und Sehen vergehen!«
Madoc nieste. Er hatte das Gefühl, heißes Eisen würde
sich zischend in seine Seele bohren. Er verstand seinen
Bruder, auch er hatte zornig auf Bretts schrecklichen Tod
reagiert. »Meinst du wirklich, ein Kampf würde irgendetwas ändern?«
»Ja!« Riryd ballte die Faust. »Er würde diesem Kannibalis-
mus ein Ende machen!«
»Ich habe dir doch gesagt, dass die Frauen das Fleisch
nicht gegessen haben.« Madoc regte sich über Riryds
Sturheit auf und über seine Unfähigkeit, die Dinge so zu
betrachten wie er selbst. »Die Menschen werden immer
weiter kämpfen. Das haben wir doch in Wales gesehen.
Die Wilden leben hier weit länger, als wir uns vorstellen
können, nach ihren Regeln. Und wir sprechen nicht ihre
Sprache. Kluge Menschen kämpfen nicht.« Er ging auf
und ab und fuhr sich durch die zerzausten Locken. »Be-
kämpfst du die See, wenn sie einen Freund verschlingt?«
Niemand antwortete. Er wünschte, Conlaf würde etwas
sagen und dieses Gespräch beenden. Ihm war ganz
schlecht von all der Wut, die sich in seinem Herzen zu-
sammengeballt hatte. Die Trauer übermannte ihn so heftig,
dass er wankte. Er blieb stehen, sah Riryd in die Augen
und sammelte sich. »Jede Erfahrung birgt eine Erkenntnis.
Lasst uns also klüger abfahren, als wir gekommen sind.«
Wieder nieste er, sein Kopf schmerzte, sein Hals war rau,
sein Herz schwer.
Er legte die Hand auf Riryds Schulter und sagte mit beleg-
ter Stimme. »Wie ist das mit dir und meinen anderen Brü-

dern? Spürt ihr Liebe und Treue zischen uns und unseren Gefährten? Wisst ihr, dass wir nun große Verantwortung für die drei Eingeborenen auf meinem Schiff haben? In der Heimat wurden wir von Unwissenden zu Unrecht verfolgt. Wir verließen einen Krieg zwischen Landesherrn und Bauern, der weit mehr als nur die Herzen der Anverwandten und Freunde bricht. Wollen wir denn hier einen neuen Krieg beginnen? Nein, wir sind Druiden und wir haben wichtigere Dinge zu tun! Wir müssen einen Ort finden, wo wir ohne Krieg leben können. Wir müssen die Wilden in Ruhe lassen und die Sterne studieren, die hier so anders am Himmel stehen. Es gibt unbekannte Pflanzen und unbekannte Tiere zu erkunden. Die drei Eingeborenen werden uns ihr Wissen über dieses Land weitergeben, dafür bringen wir ihnen bei, was wir wissen. Nachts kühlt es hier nicht ab, die Nächte sind genauso warm oder gar wärmer und doppelt so feucht wie der Tag. Wir werfen über Nacht Anker in der Bucht und beim ersten Licht brechen wir auf an neue Gestade.«

Riryd nahm Madocs Hand. »Ich bin überzeugt, dass wir diese verfluchten Wilden sich selbst überlassen sollten, dennoch müssen wir die drei mitnehmen, oder sie werden getötet. Das Töten haben wir auch in unserem Volk erlebt. Also nehmen wir sie mit, wir teilen mit ihnen, sie teilen mit uns. Das ist ein guter Tausch. Ich liebe dich, *Cymro*.«

Madoc ging an Bord der *Gwennan Gorn*.

»Conlaf, kümmere dich bitte um Cougars Wunde. Das Mädchen verhält sich, als würde sie uns schon ewig kennen, sie hat keine Angst und keine Vorurteile. Sie sagt mir, was ich tun soll, sie ist die geborene Führerin. Sie lernt unsere Sprache schneller, als ich ihre Worte überhaupt auseinander halten kann, ihre Sprache klingt in meinen Ohren wie Wasser, das in einer Kalebasse plätschert. Ich muss immer denken, was wohl aus ihr geworden wäre, wenn sie in Irland oder Wales aufgewachsen wäre, vielleicht eine weise Frau oder die Fürstin über eine große Provinz oder besser noch die Leiterin einer Anstalt für elternlose Kinder. Sie hat ein großes, liebendes Herz für die Notleidenden.«

»Lässt du dich jetzt von einer kleinen klugen Wilden einwickeln? Seit wann bist du denn ein Schürzenjäger?« Conlaf wühlte sich durch die Salben und Schachteln in seinem Lederbeutel.

Erfreut sah er, dass die Stichwunde an Cougars Rücken verheilte und die Haut gut zusammenwuchs.

Wolken zogen auf und verdeckten die Sterne. Gwalchmai sang ein Loblied auf Madoc, der Troyes wohlbehalten zurückgebracht hatte. Conlaf sang ein Spottlied auf die Götter, die Madoc zum falschen Kranich geführt hatten, ihn vom richtigen Weg abgebracht und sein gutes Pferd geholt hatten. Er besang auch die geheimnisvollen Säfte, genannt Temperamente, die in Madocs Körper aus dem Gleichgewicht geraten waren. »Du hast die Krankheit aller klugen Männer – du verschenkst dein Herz zur falschen Zeit. Von nun an werden die Götter und wir Seeleute alle deine Taten überwachen.«

»Das könnt ihr nicht.« Und Madoc nieste wieder.

Neun Schiffe ankerten in einem engen Kreis um die *Gwennan Gorn;* man unterhielt sich und sang. Madoc dichtete ein eigenes Spottlied von der Art, wie sie die Waliser sangen, wenn sie sich schlecht fühlten. Alle hatten den Eindruck, Madoc habe sich innerlich verausgabt und sei beim Singen nicht ganz er selbst. »Willst du, Conlaf, mein bester Freund, mich für die Wahl des Kranichs bestrafen, wo doch mein Kopf so schwer ist wie ein Stein? Die Götter bestrafen mich noch immer, ich bekomme keine Luft, mein Herz ist gebrochen. Troyes wollte bei den Wilden bleiben, er trug sogar ihre Kleider. Seine Stiefel waren so weich, dass sie ihm fast von den Füßen fielen und er reiten musste. Doch er folgte uns und sagte kein Wort, als wir uns verlaufen hatten und einen schwarzen Sumpf durchqueren mussten. Er stand am Ufer und rang die Hände, während ich im Schlamm strampelte und fast versunken wäre. Oh, Troyes ist ein tapferer Gefährte, aber die Wilden trieben ihm den gesunden Menschenverstand aus dem Leib. Ich nehme an, er und seine Männer wollen meutern, und ich kann es ihnen nicht verdenken, denn sie glauben, sie können bei den Wilden leben.« Er hustete und wünschte, er wäre in einem Federbett mit heißen Steinen am Fußende.

»Trink Wasser«, sang Conlaf. »Trink, bevor du dir den Tod holst.«

»Ich hole mir nicht den Tod, davon bin ich noch weit entfernt.« Er wollte noch etwas anderes singen, aber er konnte die Verse nicht erinnern. Wenn er doch nur heißen Met hätte, der würde seinem rauen Hals gut tun.

Conlaf schob ihm ein Stückchen Baldrianwurzel unter die Zunge. Er fühlte sich zu elend, um sich zu seiner Schlafmatte zu schleppen, und so legte er sich neben Cougar und die beiden anderen Wilden auf die Decksplanken. »Ich komme mir so jämmerlich vor wie ein Bär, der aus dem Winterschlaf erwacht. Was ist nur los mit mir?«

Cougar nahm seinen Kopf auf ihren Schoß und streichelte ihm Stirn, Wangen und Hals, sie massierte ihm Schulter und Rücken. Als er eingeschlafen war, setzte der Nieselregen ein, und sie rollte sich um ihn wie eine Mutter, die ihr Kind beschützt.

Im Morgengrauen hörte der Regen auf. Troyes drehte bei der *Gwennan Gorn* bei. »Ich fahre mit der *Un Ty* und mit meinen Männern zurück nach Wales. Es wäre schön, wenn noch andere Schiffe folgen würden. Wir segeln von

Westen nach Norden gegen die Sonne. Vielleicht fahren wir auch in Unglück und Tod, aber lieber ertrinke ich, als dass ich mich von den Wilden in Stücke reißen oder vom Kapitän verspotten lasse!«

Madoc stöhnte. Kalter Schweiß brach ihm aus, seine Gelenke waren ganz steif. Er ließ einen Currach zu Wasser, paddelte zur *Un Ty* und kletterte an Bord. So gut es mit seinem rauen Hals ging, erinnerte er die Leute an ihre Verantwortung und ihre Pflichten. »Früher oder später sterben wir sowieso. Doch wenn wir in Wales geblieben wären, wären wir höchstwahrscheinlich schon lange im Sid«, wetterte er. Das war sein Kampf. »Für uns gibt es nichts Gutes in Wales und für dich nichts Gutes in Frankreich, Troyes. Wie Conn gestern sagte, hat sich das Rad des Schicksals gedreht und uns wieder einmal den Kelch des Glücks aus den Händen geschlagen. An diesem Missstand bin ich schuld, nicht ihr. Und ich sage heute, ohne jede Ironie, dass das neue Land Überraschungen für uns bereithält, und vielleicht wird uns der Kelch des Glücks dort gereicht. Wenn wir einen echten Feind haben, dann gönnen wir ihm keine Ruhe; wenn er es am wenigsten erwartet, schlagen wir ihn mit machtvollen Worten, unterstrichen durch Gesten, und überzeugen ihn davon, dass ein Kampf, auch wenn er ihn will, für beide Seiten eine verlorene Sache ist. Komm mit uns, Troyes. Es ist unsere Bestimmung, eine freie und friedliche Kolonie zu gründen. Brett, der eines Tages mit seinen ersten Waidmalen geehrt worden wäre, erwartet das von dir.«

Troyes senkte den Kopf und hielt sich den schmerzenden Arm. Ein Schluchzer entfuhr seiner Brust. »Wenn es Bretts Leben einen Sinn gibt, dann werde ich in einem neuen Land leben und diese verdammten Wilden zivilisieren. Ich bin dabei.«

»Wir sind auch dabei«, tönten die Männer von der *Un Ty*.

616

Madoc war erleichtert, dass Troyes seine Meinung geändert hatte. »Dann zieht das Segel auf und folgt der *Gwennan Gorn* und den anderen acht Schiffen.«

Sie hatten den Wind jedoch gegen sich, und die Leute konnten nur nach Lee flüchten und abwarten. Mit jeder sechsten oder siebten Welle schwappte gischtendes grünes Wasser an Deck. Der Sturm ließ die ganze Nacht nicht nach.

Madoc band Kleine Mutter und Cougar neben sich an die Reling. »Ihr Mädchen müsst am Leben bleiben, und ich muss meine Schiffe schützen, damit die Männer am Leben bleiben. Das ist das Gleiche. Hauptsache: Überleben. Das dürfen wir nie vergessen.«

Die Druiden würden nie erfahren, wie nahe ihnen an jenem Morgen Zaunkönigs Wilde gewesen waren. Als die Sonne über den Horizont glitt und die schwelende Asche von Noholds Hütte beschien, schwärmten ganze Horden in Kriegsbemalung und mit Schleudern und Bögen aus der Sandmulde, wo sie genächtigt hatten. Wolf, der Führer der Kriegerpartei, streckte seine verkrampften Muskeln, rieb sich vorsichtig die roten Augen und verlangte von den Männern, eine der schwimmenden Hütten zu erobern. Er erzählte ihnen von den wundersamen Dingen, die sie dort zu Gesicht bekommen würden, einschließlich der riesigen Hunde, auf denen die Fremden ritten oder die sie an einem Seil führten. Während sie sich an den kleinen Feuern noch den Schlaf aus den Augen rieben, waren sie felsenfest davon überzeugt, dass die Hellhäutigen noch am Strand waren, und sie waren richtig überrascht, als die schwimmenden Hütten und die komischen Tiere verschwunden waren. Wolf, Amsel und Kaninchen tauschten zufriedene Blicke aus. Bevor sie die Hütte des Häuptlings verlassen hatten, hatten sie ihm gesagt, dass die geistweißen Menschen niemals mit ihnen Krieg führen würden und dass sie gerechte und redliche Händler seien, die über Probleme nachdachten und sie friedlich besprachen. »Wir sind Freunde geworden«, sagte Kaninchen. »Nein, das kann nicht sein!«, schrie Zaunkönig. »Es sind Geister, Geister können keine Freunde sein.«

Am nächsten Abend war der Sturm vorüber. Die Druiden fuhren einen weißen Strand an, sangen Ehren- und Klagelieder auf Brett, während sie Segel und Kleider flickten und in Currachs das Abendessen angelten.
Am nächsten Morgen zeigten Cougar und Kleine Mutter den Bootsjungen, wie die Calusa Austern sammelten und nach Herzmuscheln gruben, und Nohold zeigte ihnen, wie man Fallen für Fischotter aufstellte; die Tiere lieferten ganz weiches Leder für Mokassins, die sie an Bord tragen konnten. Die Frauen brachten den Männern bei, die dicken Wurzeln der Purpurwinde zu sammeln, zu kochen und anderes salziges und wohlschmeckendes Gemüse und gemahlene Nüsse hinzuzugeben. Madoc stellte fest, dass die Misteln ähnlich aussahen wie die heilige Pflanze in Wales, auch hier wuchs der Halbschmarotzer an der Rinde von Bäumen und Büschen. Deshalb nannten die Calusa sie »verheiratet«. Madoc erfuhr auch, dass der zierliche Frauenschuh bei den Calusa »Rebhuhnmokassin« und der Wurmfarn »Worauf sich der Bär legt« hieß, denn die Bären schliefen gerne im Farnbett.
Vier Tage Rast am weißen Strand waren genug. Dann fuhren die zehn Schiffe mit der Morgenflut nach Westen in Gewässer, die ungewöhnlich warm und salzig, blau und klar waren. Am Nachmittag wurde es drückend schwül. Die Männer waren schlecht gelaunt, die Kapitäne verdrossen. Conlaf musste niesen, kalter Schweiß brach ihm aus, der nicht verdampfen wollte, sein Puls war erhöht, er war brummig.

Madoc fragte sich, ob sie überhaupt ein Land finden würden, das den meisten passte, und meinte schon, die Götter lachen zu hören, weil es so etwas wie ein »passendes Land« nicht gab. Wollte er wirklich neues Land finden oder wollte er nur die Meere befahren und Fremdartiges sehen? Würde ihn schrecken, was er am passenden Land vorfinden könnte? Diese Wilden, die er gar nicht erwartet hatte, gaben ihm die meisten Rätsel auf. Nohold war ein netter, fleißiger Mann, der mit nur einer Hand die meisten Arbeiten verrichten konnte, und er kümmerte sich mit herzerfrischender Zärtlichkeit um Kleine Mutter. Madoc musste zugeben, dass er sich zu Cougar hingezogen fühlte, weil sie klug und besonnen war, lieb und süß, lustig und mutig. Ihre dunkle Schönheit kam ihm mit einem Mal so natürlich und anregend vor, dass er es nie müde wurde, sie zu betrachten.

In der Dämmerung zogen dunkelrote Wolken mit einem Stich ins Grüne herauf. So etwas hatte Madoc noch nie gesehen. Er fragte Cougar, was das zu bedeuten hatte.

»Kein Glück.« Sie berührte Madocs Hand, die das Steuerruder umklammerte.

Bei den ersten Böen zogen die Männer ihr Ölzeug an. Madoc nahm sich vor, am nächsten sonnigen Tag seinen durchlässigen Umhang einzufetten und im warmen Wasser zu schwimmen; in der Schwüle entfalteten sich alle unangenemen Körpergerüche, und es stank nach faulem Fischtran auf dem Schiff. Er sah, dass der Riss im Segel nicht geflickt worden war, wollte deswegen aber nicht meckern, sondern Cougar darum bitten.

Er wollte ihr zeigen, wie man die Nadel durch zwei Schichten Segeltuch drückte, das im Wind flatterte, doch sie war stumpf. Mit aller Kraft versuchte er, die Nadel gegen den Baum zu drücken, doch als sie halb durch den Stoff gezogen war, rutschte er ab, das Ör glitt in seinen

Handballen und brach. Es schmerzte, wenn er sich die Hand rieb. »Ich gottverdammter Dummkopf! Lugh, bin ich ungeschickt! Mach du weiter!«

Cougar kam mit den Eisennadeln leicht zurecht, auch wenn sie spitzer waren als die Knochennadeln der Calusa. Sie flickte das Segel, während Conlaf hustend versuchte, mit dem Skalpell das Ör aus Madocs Hand zu pulen, doch es wollte nicht klappen. Cougar bot sich an, es auch zu versuchen, doch Conlaf fürchtete, sie würde den Splitter nur noch tiefer ins Fleisch treiben. Also schlug sie vor, Madocs Hand mit Kräutersalbe zu betupfen und zu verbinden.

Madoc ließ das Segel aufziehen und versuchte, seine schmerzende Hand zu ignorieren. In der Nacht schwoll sie an, doch er hatte keine Zeit, sich hinzulegen und zu schlafen oder sich um den stechenden Schmerz zu kümmern. Wenn der Druck auf dem Segel zu groß war, musste er reffen. Er verfluchte Conlaf, der die Fallleinen nicht aufgeschossen hatte, und bat ihn, die Leinen zu entwirren, zu spannen und das Segel einzuholen. Unter Schmerzen beobachtete er, wie Conlaf die Fallleinen aufschoss und verknotete.

Conlaf hatte schon Fieber, als er Madoc Weidenrinde zum Kauen brachte, die seinen Schmerz lindern sollte.

Eine Welle brach sich über der Reling und ließ den Bug in die Höhe schnellen, sodass das Schiff aufragte wie eine steile Klippe. Madoc und Conlaf duckten sich und hängten sich an Segel und Baum. Alle warteten nur auf einen neuen Schwall Wasser. Kleine Mutter schrie, Nohold drückte sie an seine Brust und machte sich und das Mädchen an der Reling fest, wie Madoc es ihm befohlen hatte. Cougar war kreideweiß, mit zusammengepressten Lippen band sie sich neben Madoc und sah zu, wie er sich ans Steuerruder klammerte.

Die Kühe auf der *Gwennan Gorn* hatten Hunger und Sturm überlebt, doch in jener Nacht war ein abgemagertes Tier an seinem Strick erstickt. Die andere Kuh muhte so kläglich, dass Madoc Conlaf zurief, sie auch zu erdrosseln. Conlaf kicherte. »Madoc, du musst noch lernen, wie man Befehle gibt, wenn du wirklich willst, dass wir, diese verdammte Horde von Seeleuten, sie auch ausführen!«

»Kopf hoch! Halte Augen und Ohren offen und vergewissere dich, dass zwei Männer die Bilgen schöpfen. Und du, Cougar, pass auf Kleine Mutter auf.« Er band Nohold los und zeigte ihm, wie man die Halteseile der Currachs überprüfte, was Nohold mit einer Hand ebenso gut konnte wie andere Männer mit zwei Händen. »Diese Currachs können ein paar Leben retten. Wenn es weiter so stürmt, könnte das Schiff brechen, behalte also die Plankennähte im Auge, wo die See wild dagegenpeitscht.«

Madoc musste so heftig husten, dass er Nohold kaum zeigen konnte, wie man eine Fackel im Heck anbrachte und am Brennen hielt. Nohold baute aus drei Brettern ein dreieckiges Schild, das den Wind abschirmen sollte, doch es half nichts, die Fackel ging immer wieder aus. Ab und zu erschienen Sterne am Himmel, die im Wasser tanzten. Manchmal hing das Schiff eine Weile auf einem Wellenkamm, dann glitt es langsam in Wellentäler hinab, die so tief waren, dass sie bodenlos schienen. Es war so dunkel, dass man nur die weißen Schaumkronen neben dem Schiff sah. Die Wellen tosten, der Regen prasselte ihm auf den Rücken. Zitternd stellte er sich vor, wie die Wogen an unsichtbare Felsen auf dem Grund der Wellentäler schlugen und Schiff und Menschen daran zerschellten. Spät kam der erste Strahl des Morgenlichts; Madoc fluchte. Immer wenn das Schiff ins Wellental glitt, schien das Wasser zu zerstieben und Myriaden weißer Vögelchen aufzufliegen. Manche tropften in Madocs Mund, wo sie einen salzigen

Geschmack hinterließen, doch die meisten fielen zurück ins Meer und lösten sich auf wie Eiswürfel in heißem Wasser.

Als der Tag hell angebrochen war, zerrte der Wind zwar noch an den Fallleinen, doch er schien nicht mehr so stark zu sein, auch der graue Himmel hellte sich mit einem Grünstich auf. Nur die See blieb pechschwarz.

Dewi stand im Windschatten neben Madoc und Conlaf. »Grüne Wolken bringen Sturm.« Dann streckte er den Finger aus. »Guter Gott, ein Wasserspeier!« Der Wind nahm seine letzten Worte mit.

Die Wolken ballten sich zu einer Kugel zusammen, die sich auf die Wasseroberfläche senkte und die See als dunkle Bänder in sich hineinsaugte. Die wilde Nixe, die plötzlich aus dieser gewaltsamen Paarung entstanden war, kreiste und tanzte schnell wie ein Wirbelwind und mit einem ohrenbetäubenden Lärm über die See direkt auf den Bug der *Gwennan Gorn* zu.

»Wir werden mitten hineingesaugt!« Conlaf war schweißgebadet.

»An die Riemen! Los!«, befahl Madoc. Mit weißen Knöcheln lenkte er das Schiff weg von dem unheimlichen dunklen Fangarm der Wolke.

»Wir werden kentern!«, schrie Dewi. Seine abstehenden Haare wehten hin und her.

Die Windhose rollte immer schneller heran und schien immer größer zu werden. Das Schiff kämpfte gegen die Wellen, die der Hauptströmung entgegenliefen. Dewi zog hart am Riemen. Conlaf und Tipper stöhnten und klagten und verfluchten die zürnenden Meeresgötter.

Die Seevögel kreischten Furcht erregend und fielen mit ausgebreiteten Schwingen in die Wellentäler, dort lagen sie reglos, als hätten sie ihr Leben aufgegeben angesichts eines Winds, gegen den sie nichts ausrichten konnten.

Madoc war so fahl wie das ausgebleichte Segel, das zusammengerollt auf Deck lag. Mit einer Hand hielt er das Steuerruder, das keinen Kontakt mehr mit dem Wasser hatte, mit der anderen hielt er sich an der Reling fest. Er blickte sich nicht nach den Schiffen hinter ihm um, stattdessen ließ er den Strudel nicht aus den Augen und betete, die Götter möchten ihn führen. Er wusste, wie gefährlich es war, in ein Wellental zu fahren, denn dort hatte er keine Kontrolle mehr über sein Schiff, aber es war die einzige Möglichkeit zu verhindern, dass das Schiff kenterte.

»Wir werden alle ertrinken!«, schrie Tipper, als das Schiff so krängte, dass die Reling fast unter die Wasseroberfläche tauchte. »Das kommt davon, wenn man Weiber an Bord nimmt! Und wir haben zwei – also doppelten Ärger!«

Die zwei Männer in den Bilgen schöpften, so schnell sie konnten. Madoc rief ihnen zu: »Stop! An den Mast! Richtet das Schiff auf! Das ist unsere letzte Chance! Bei Lugh, schnell! Alle anderen legen sich mittschiffs!«

Die Männer schrien. »Den verfluchten Kapitän hat wohl der Mond gestochen! Bindet euch lieber an die Reling!«

Madoc sah, dass Cougar noch immer festgebunden war, aber sie lag an Deck und hatte einen Arm und ein Bein über Kleine Mutter geschlungen, hielt sie fest und sprach leise zu ihr. Madoc hingegen drohte sie mit der Faust. Er hörte, wie ihm der Sturm seinen Namen zutrug, und einen Augenblick lang fragte er sich, was sie in diesem schrecklichen Moment wohl über ihn sagte. Wahrscheinlich gaben ihm die Frauen die Schuld an der schweren See. Für die Wilden musste es der schlimmste aller Schrecken sein, im Sturm an Bord eines Schiffs zu sein.

Keuchend überschrie er den Wind und rief den Männern zu, die weder an den Riemen noch an den Bilgen waren: »Steht nicht rum! An den Mast! Zieht! Zieht! Gut so! Zieht, so schnell und so dicht es geht ins Auge des Hurrikans hinein! Verstanden! Los, weiter, hängt euch dran! Zieht!«

Vielleicht konnte er das Auge nicht zerstören, aber er musste die Männer beschäftigen und versuchen zu verhindern, dass der Sturm sein Schiff in Millionen Stücke zerschlug und die Männer auf einen Schlag ins Meer spülte.

Das Schiff schoss so dicht auf den Strudel zu, dass das Getöse nicht auszuhalten war. Wieder hing das Steuerruder über dem Wasser. Aus den Augenwinkeln sah Madoc, wie Nohold Conlaf und Dewi half, den Mast ins Auge des Wirbels zu stoßen. Der Mast krachte, das Wasser klatschte und spritzte samt Fischen, Vögeln und Treibholz an Deck und spülte im nächsten Moment alles wieder von Bord. Madoc hing am Ruder und betete, dass niemand ertrank. Alle hatten blutige Hände, Knie und Ellbogen, manch ein Finger und Zeh war gebrochen. Das Schiff stampfte und rollte, doch es blieb über Wasser. Madoc war stolz auf die *Gwennan Gorn,* sie war ein Teil von ihm, und er war ein Teil von ihr. Bislang war keiner über Bord gegangen, und er liebte sein Schiff, denn es hatte nicht nur sein Leben gerettet, sondern auch das der anderen, es hatte sogar drei Wilde vor den brutalen Menschen, die an Land lebten, und vor den Stürmen, die übers Meer tobten, gerettet. Und das war schließlich Sinn und Zweck dieser Flotte: Überleben.

Die grünlichen Wolken warteten, bis die *Gwennan Gorn* direkt unter ihnen war, dann öffneten sie sich, der Regen fiel in Strömen. Die Bilgenwache ging zurück an die Arbeit. Die Regentropfen gefroren zu haselnussgroßen Hagelkörnern, die schmerzhaft auf die nackte Haut der Männer prasselten und Dellen in die weichen Kiefernholzfässer drückten. Mittschiffs sammelte sich in einer Welle der Hagel. Madoc bat zwei Jungen, die Schloßen in Töpfe und Eimer zu schaufeln, damit sie Süßwasser hatten.

Die Wolken zogen weiter, und als die Sonne wieder durch einen riesigen bunten Regenbogen schien, besangen die Männer ihren Sieg. Alle Planken und Borde dampften in der heißen Sonne, als würde darunter ein Feuer brennen. Madoc lief der Schweiß in die Stirn, als er die Decken zum Trocknen aufhängte.

Zum Abendessen brach ein jeder eine große Nuss auf, trank die süße Milch und knabberte an dem gehaltvollen weißen Fleisch. Die Bootsjungen waren den Rest des Tages damit beschäftigt, alles von Bord zu werfen, was im Sturm Schaden genommen hatte, den Rest zu trocknen und die Vorräte neu zu stauen.

Nach dem Essen ging Madoc an der Reling entlang und sah sich in allen Himmelsrichtungen nach den anderen neun Schiffen um. Ohne den Anblick der Flotte hinter ihm oder um ihn herum fühlte er sich unvollständig. Steuerbord lag flaches Land aus Sand, Dünen zogen sich, so weit das Auge reichte. Vielleicht hatten die Schiffe im Sturm Fahrt gemacht. Aber gleich darauf schrie er aus dem Bug:»Sandbank voraus! An die Riemen!« Als das Schiff sich der langen, schmalen Sandbank näherte, sah er auf der andern Seite eine weite Rinne und eine Ansammlung von Klinkerschiffen so sicher wie in Mutters Schoß. Ein Stein fiel ihm vom Herzen, er lächelte.

Auch Conlaf fühlte sich schon weitaus besser.»Schiffe voraus – sieben, vielleicht acht.«

Madoc umrundete die Sandbank und sichtete eine Insel von ein paar Meilen Länge, die am Ufer mit Seegras bewachsen war. Der Boden sah massiv aus, doch dort könnten auch noch ein paar Ellen Wasser unter den Pflanzen sein. Madocs Lächeln verflog, seine Brust wurde eng. Schwer zu sagen, aber in dem Grünzeug schienen Bretter zu schwimmen – Schiffsplanken. Möglicherweise waren die anderen Kapitäne so damit beschäftigt gewesen, sich aus der schweren See in eine sichere, geschützte Bucht zu flüchten, und hatten gar nicht gesehen, dass ein Schiff gesunken war. Den letzten Gedanken wollte er nicht zu Ende denken – schließlich waren ihm bei der letzten Sichtung nur acht Schiffe gefolgt. Und er wollte sich auch nicht die Frage stellen: Wo war das neunte Schiff?

Schließlich musste er sich sagen, dass er noch nie Wilde in einem Klinkerschiff gesehen hatte, somit gab es nur eine logische Schlussfolgerung. Ein Kloß saß ihm im Hals. Die Planken im Schilf stammten von einem Schiff seiner Flotte. Er machte den acht Schiffen Zeichen, am Strand zu ankern. Das Algenbett wollte er selbst untersuchen. Vor Sonnenuntergang zog er die *Gwennan Gorn* auf die Sandbank und fuhr mit dem Currach in die Bucht.

Mit dem Paddel stocherte er in Trümmern und Wasserpflanzen herum und schlug an den gebrochenen, gesplitterten Rumpf des gekenterten Schiffs. Der Mast trieb neben dem Wrack, es gab kein Zeichen von Leben. Erst weigerte sich sein Hirn, das Schiff zu erkennen. Er saß lange nur da, starrte es an und fragte sich, wie es wohl hierher gekommen war.

Conlaf drehte in einem Currach bei. »Die See war fürchterlich schwer, ich glaube, alle sind ertrunken. Ein Jammer, wo wir doch so nah dran waren, einen Ort für eine Kolonie zu finden. Sie hätten unser neues Land bestimmt gerne gesehen und mitentdeckt.«

Vielleicht können sie es sehen, wenn wir sie finden!, dachte Madoc und stupfte in eine aufgequollene graue Masse, die er nicht identifizieren konnte. Er glaubte, die Männer von der *Pedr Sant* wären am Leben und trieben irgendwo im Meer.

»Das ist der aufgedunsene Kadaver eines Schafs. Nur die *White Crane* und die *Pedr Sant* hatten Schafe an Bord.«

»Die *White Crane* ankert in der Bucht«, sagte Madoc leise und betrübt. »Also sind das die Überreste der *Pedr Sant* – und ihrer Mannschaft? Nein! Riryd ist ein guter Kapitän, seine Männer wissen, wie man einen Sturm übersteht.«
Er sah seinen Bruder vor sich; das schwarze Haar, die lebhaften strahlenden Augen. Wenn er mit seinem irischen Akzent sprach, tanzten immer die Sommersprossen auf seiner Nase. Madoc konnte ihn hören: »Ich lieb' dich, *Cymro*.«
Er sah auch das ernste Gesicht und die rote Nase seines Halbbruders Einon.
Madoc stand auf und schwang das Paddel gegen den Horizont, dass der Nachen nur so wackelte und Wasser hereinschwappte. Ohne Luft zu holen, polterte er: »Lugh! Hast du das getan? Hast du die *Pedr Sant* samt meinen Brüdern und Seeleuten zu dir genommen? Wenn du das warst, spreche ich nie wieder zu dir. Kein Wort! Nie wieder!« Er ließ das Paddel ins Wasser platschen. Wie konnte ich je zu einem Gott beten, der so viele gute Männer sterben lässt?, dachte er.
Conlaf fischte das Paddel aus dem Wasser und ließ es in den Currach gleiten, wo Madoc reglos saß. Er hatte die Knie angezogen und umschlungen. Seine Augen waren trocken, sein Kopf gesenkt. Er starrte auf die geschälten Weidengerten, die den Boden des Currachs bildeten.
Plötzlich sah er auf, durchströmt von der unergründlichen Energie, die ihm die Trauer verlieh. Entschlossen wollte er alles von der *Pedr Sant* bergen, was nicht in ihr nasses Grab gesunken war. Aus den Schafshäuten könnte man warme Stiefel oder Decken machen, mit den Planken könnte man die anderen Schiffe reparieren. Die Seelen der zweiunddreißig Toten schienen Madoc Kraft zu schenken. Er befestigte das geschnitzte Ende seines Paddels an Conlafs Currach und zog die driftenden Planken in die Nachen. Zusammen bargen sie auch den Mast und alles,

was sie der See noch entreißen und mit den Currachs transportieren konnten. Dann luden sie auf der Insel ab und paddelten noch einmal hinaus. Als sie fertig waren, setzte sich Madoc mit hängendem Kopf neben sein Boot in den Sand. Er war so erschöpft, dass er nichts mehr hörte, sah oder spürte. Mit jeder Faser seines Seins, allen seinen Organen, allen seinen Gedanken, war er in einem massiven Gerippe gefangen, das von einer harten Haut umschlossen und zusammengehalten wurde.

»Lasst ihn«, sagte Conlaf zur Mannschaft. »Seine Seele sucht ihren Frieden. Wir übernachten hier. Morgen früh werde ich ihm Arme und Beine mit Duftöl massieren, und noch bevor der nächste Tag zu Ende ist, wird unser Kapitän wieder herumstolzieren, uns herumkommandieren und uns befehlen, all diese Planken ans Festland zu bringen! Ihr werdet schon sehen! Doch dieses Mal haben wir seinen Blutsbruder, seinen Halbbruder, dreißig Herzensbrüder und sechs Schafe an die See verloren; das ist mehr, als die Wilden uns genommen haben. Warum müssen wir für unseren Frieden so fürchterlich kämpfen? Rafft uns am Ende unser eigener Sturm hinweg?« Seine Stimme brach, die Worte blieben ihm im Hals stecken.

»Wir wissen, dass man uns in Wales wegen unseres Glaubens getötet hätte«, sagte Tipper. »Und wir wissen, dass wir in einem unentdeckten Land an fremden Gestaden den Tod finden können. Wir selbst haben das Unbekannte gewählt, niemand hat uns gezwungen. Wir haben gelobt, einen Ort der Freiheit, des Friedens und des Verständnisses aufzubauen. Und das tun wir auch, egal, was passiert. Wir tun es aus Liebe zu unseren Druidenbrüdern und um die alte Religion in Ehren zu halten.«

»Ja! Ja!«, schrien Madocs Mannen.

Nohold und die beiden Frauen schabten das Fleisch von den Schafshäuten. »Für dein kleines Mädchen machen wir die weichste Decke, die es gibt«, versprach Cougar Kleiner Mutter. »Weiches, weißes Fell ist schön für ein Mädchen.« »Das wird ein großes Mädchen.« Kleine Mutter legte die Hände auf ihren großen, geschwollenen Bauch.

Am nächsten Morgen wurden die Planken und der Mast der *Pedr Sant* auf die *Gwennan Gorn* geladen. Madoc fuhr in die Bucht, deren Einfahrt mehrere Dutzend Meilen breit war und die mit ihrer runden Form einen guten Schutz vor Stürmen bot. Er erkundete die Küstenlinie, bevor er sich zu den anderen acht Schiffen am Strand gesellte. In den darauf folgenden Tagen schickte er immer zwei, drei Schiffe auf einmal los, sie sollten nach Männern Ausschau halten, die auf Wrackteilen oder in Currachs im Wasser trieben. Doch sie fanden nichts. Auch sichteten sie abends keine Feuer von Wilden am Strand, es gab keinerlei Hinweise auf andere Menschen.

Madoc gefiel der feine weiße Sand, der ihn an den Strand von Aberffraw erinnerte. Er hockte sich hin und blickte über die ruhige Bucht, wo er nichts sah, was ihm Angst machte. Dieser Ort war ein Paradies, verglichen mit den Sümpfen voller Insekten. Die Bucht war von Hügeln geschützt, die die Schiffe umfingen wie eine Mutter. Er fühlte sich wohl und geborgen – ein sicherer Ort. Mit geschlossenen Augen stand er alleine auf der linken Seite der Bucht und ließ die Arme an den Seiten hängen, während er der geliebten Menschen gedachte, die er in seinem Leben schon verloren hatte.

Seine Zieheltern Dornoll und Seth und seine Schwester Wyn hatten ihm die Möglichkeit gegeben, die Sterne zu beobachten und die Seefahrt zu erlernen. Sein leiblicher Vater Owain hatte ihm den Weg geebnet, dass er reisen und andere Völker kennen lernen konnte. Seine geliebte Frau Annesta hatte ihm eine Tochter und große Ehre geschenkt. Brett hatte ihn mit seinem Witz erfreut. Sein Bruder Riryd und sein Halbbruder Einon hatten ihm immer einen guten Kurs angegeben. Je mehr er an die Menschen dachte, die nun in der Anderswelt weilten, desto mehr wurde er sich bewusst, wie viel er ihnen verdankte. Und er könnte es ihnen niemals zurückgeben. Wie auch? Und nun war ihm, als würde der Wind Riryds weiche Stimme zu ihm tragen:»Ich habe diesen Platz gefunden, aber ich konnte nicht mehr in den sicheren Hafen einfahren, bevor uns der Sturm hinwegraffte. Das ist unser Geschenk für dich, *Cymro*.«

Er öffnete die Augen und sah eine Blumenwiese und eine Herde Rehe, die einen seichten Fluss querte. Blumen, Süßwasser, Wild – was wollte er mehr?»*Diolch!*«, sagte er laut,»danke!«

Da fiel ihm plötzlich ein, dass eine Kuh im Sturm verendet war und immer noch stinkend im Pferch lag.

Auf dem Schiff fragte ihn Tipper verlegen:»Sollen wir an Land gehen und sie braten?«

Madoc hielt die Luft an in dem Gestank und zog die Stirn kraus. Er half Tipper, die verwesende Kuh loszuschneiden und über Bord zu hieven. Er merkte, dass seine Hand nicht mehr bei jedem Herzschlag schmerzte, und nahm den schmutzigen Verband ab. Sein Handballen war abgeschwollen, aber er war noch rot und man sah die Wunde von Conlafs Messer, darin glänzte in der Sonne ein kleines Metallstück. Er zeigte ihn Cougar.»Du hast Recht, es hat Unglück gebracht, aber vergiss nicht: Meerwasser von einem Hurrikan ist die beste Medizin gegen ein Stück Nadel in einer Eiterwunde.«

Sie lächelte dünn, als sie sah, dass Madocs Hand schon fast geheilt war.»Kein Glück, Frauen in Hütte?«

»Das sagen die Männer. Aber egal, ich weiß ja, dass es nicht stimmt. Frauen bringen Glück, kein Unglück. Tote

Kühe bringen Unglück«, sagte Madoc lachend. Er fühlte sich wieder ganz wohl. Sein Fieber war gesunken, sein Hals schmerzte nicht mehr, die Götter waren mit ihm, und alle auf dem Schiff hatten verbissen gegen den Sturm gekämpft. Das Rad des Schicksals hatte sich gedreht, und die meisten Kelche waren an ihnen vorübergegangen.

Am Morgen erkundete er das andere Ende der Bucht und die beiden mäandernden Flüsse, die aus einem weitläufigen Gebiet im Norden zu kommen schienen. In der Ferne sah er Berge im Dunst.

Am Nachmittag fingen die Jungen Tauben so groß wie Hühner, indem sie die Netze auf sie warfen, wenn sie dicht über dem Boden flogen. Sie buken sie in Lehm, in dem die Federn samt der fettigen Haut stecken blieben, wenn sie ihn aufbrachen. Nach dem köstlichen Mahl besprachen sich die Männer; sie wollten den schlammigen Fluss hinauffahren und das Gebiet oberhalb der Flussmündung erkunden.

Die *Gwennan Gorn* ließ die Gezeitenmarke und das Brackwasser hinter sich. An den hohen Ufern des seichten Flusses wuchsen statt Sumpfgräsern nun Bäume. Madoc ankerte, ein paar Männer, darunter auch Nohold, fuhren mit Currachs flussaufwärts. Der Fluss teilte sich in viele Seitenarme, zwischen denen grasbewachsene Inseln lagen; dort lebten Kaninchen, große Vögel, Opossums und Schlangen. Es gab keine menschlichen Siedlungen und keine Kannibalen. Nohold versuchte, den anderen klarzumachen, dass er nie zuvor hier gewesen war und auch nicht gehört hatte, dass ein Händler je dieses Gebiet betreten hätte. Er war sicher, dass dieses Land nur den Tieren gehörte.

Am Abend verkündete Madoc:»Das ist unser Land! Die Schiffe können leicht flussaufwärts fahren, und auf der hohen Böschung fühlt man sich, als würde man auf dem Dach der Welt stehen. Dort bauen wir ein großes Dorf.«

»Hurra!«, schallte es.

Die Männer rannten singend umher wie die Kinder. Madoc war zwar immer noch traurig, aber er musste lachen, als Cougar bis zur Hüfte in den feinen Sand einer Düne sank, wo Getreide an einem Hang im Windschatten wuchs. Es war so steil, dass sie eine donnernde Lawine auslöste, als sie ihr Bein herauszog und einen neuen Tritt suchte. Im Nu standen ein Dutzend Männer auf der Kuppe der Düne, und Cougar zeigte ihnen, wie das Spiel ging. »Tote Männer mit uns. Lachen«, sagte sie zu Madoc und ließ eine weitere Lawine laut zu Tal gehen.

Dieses Schauspiel kam so unerwartet und war so herzerfrischend, dass Madoc und seine Mannen die Trauer überwanden und sich freuten wie kleine Jungen an einem neuen Spielzeug. Den ganzen Tag kletterten sie begeistert auf den Dünen herum und lösten tosende Sandlawinen aus.

Am Abend segelte die *Gwennan Gorn* den acht Schiffen voraus zu einer Lagerstatt, die auf drei Seiten vom Fluss begrenzt wurde. In Wales wäre das ein idealer Ort für eine Festung. Wenn man die dicht stehenden Weiden fällte, wäre der Uferstreifen breit genug, um dort die Schiffe auf Baumstämmen an Land zu rollen. In die Böschung könnten sie Stufen schlagen und die Weiden oben erreichen. Nohold schlug vor, die Stufen mit Steinen zu befestigen, und zeigte den Männern, wie leicht das ging.

Madoc erinnerte sich an die Strickleiter, die er damals mit Brett gesehen hatte. »Leitern aus Gerten kann man aufziehen, falls Wilde vom Wasser aus einfallen.«

»Aber über eine Treppe kann man Dinge leichter tragen«, gab Llieu zu bedenken. »In unserem Fall entscheiden unsere Waffen, die Worte, über den Ausgang eines Kampfs, und nicht so sehr die Art der Befestigung der Siedlung, auch wenn man einen Feind nicht lange abhalten könnte.«

Nohold, der ehemalige Händler, hatte die Sprache der Druiden schnell gelernt. »Wenn ihr plant auf Frieden, dann setzt auf Worte und Taten. Auch andere Waffen nötig, aber zweitrangig.«

Die grasbewachsene Ebene lag oberhalb der Flutmarke, und man hatte einen guten Blick in alle Richtungen. Auf der zum Land gewandten Seite lag ein Kiefernwald, am Ufer wuchsen Weiden, wo Vögel nisteten. Es wäre leicht, daraus einen Schanzzaun gegen Plünderer aller Art zu errichten, ob Menschen oder Tiere.

»Ja, das ist unser Land«, wiederholte Madoc. »*Cymru Newydd* – das Neue Wales. Lasst uns dem Großen Gott danken, dass er uns hierher geführt hat.«

Die Männer klatschten. Madoc zog Cougar und Kleine Mutter in den Kreis neben Nohold.

»Alle gleich?«, fragte Cougar.

»Ja, hier sind alle gleich.«

»Ju.«

Madoc schloss die Augen und konzentrierte sich auf Druidenart. »Tote mit uns«, hatte Cougar gesagt. Er wollte die Seele eines jeden, der sein Leben auf der Fahrt gelassen hatte, in den Kreis der Lebenden bringen. Er hob sein Gesicht zum Himmel und dachte an den dünnen Schleier, der die Toten und die Lebenden trennte. Der Wind seufzte in den Kiefern. Madoc stand reglos da und atmete die warme, feuchte Luft. Die Druiden sangen leise ihren Dank und drehten sich erst im Sonnensinn, dann gegen den Sonnensinn um ihren Führer.

Vor seinem geistigen Auge sah Madoc, wie dunkle, grüne Bäume über fremde singende, bärtige Männer wachten und nicht ihn, sondern ein loderndes Feuer umstanden. Das Bild verschwamm, dann säumten die Bäume einen Kreis von Menschen, die singend um einen Baum saßen. Er spürte, dass Bretts und Riryds Seele nah waren. Sie hatten ihm gezeigt, dass über die Jahrhunderte immer wieder andere Menschen an diesem Ort gelebt hatten. Er hatte wirklich das Gefühl, als könnte er die Gegenwart von Seelen spüren. Die Druiden sangen lauter, der Wind pfiff durch die Wipfel, dann war es plötzlich still. Madoc holte tief Luft und blies sie langsam wieder aus. Er streckte die Arme aus, um den Gott der Götter zu umfangen. Seine rechte Hand zitterte, als würde weiche Gaze darüberstreichen. Er schlug die Augen auf und sah, wie der letzte Strahl der Sonne diese außergewöhnlichen Menschen mit goldenem Glanz überzog. »Wir haben Dank gesagt, nun bitten wir die Götter, unser *Llan Newydd* zu segnen und uns ein Zeichen zu senden«, schloss Madoc das Gebet.

Ein einsamer Adler glitt gemächlich über sie hinweg und setzte sich auf einen Baumwipfel, als wollte er die Neuankömmlinge begutachten.

Zu Madocs Füßen fiel eine goldbraune Feder. Das Geschenk der Götter.

XXII

Himmel und Erde

Um eine Schwangerschaft zu verhindern, trinken Frauen sofort
nach dem Beischlaf ein Glas Wasser mit einem Teelöffel voll
Mohrrübensamen ... Um ihre Fruchtbarkeit zu vermindern,
kauen sie die trockenen Samen der wilden Möhre. Diese
Verhütungsmethoden kennen Frauen schon seit 2000 Jahren.
John M. Riddle, J. Worth Estes, Josiah C. Russell,
»Birth Control in the Ancient World«, in: Archaeology 1994

Madoc steckte die Adlerfeder in die rechte Wand seiner
Gestrüpphütte, wo sie alle sehen konnten – ein Zeichen,
dass ihre Mühe Früchte tragen würde.

Auch die anderen Druiden saßen in ihren Hütten und begutachteten die Fischspeere der Wilden, die ähnlich befie-
dert waren wie Pfeile. Nohold zeigte ihnen, wie sie ge-
fertigt wurden. Die Federn der einzelnen Speere wurden
von je der gleichen Schwinge genommen, damit der Drall
stimmte.

Madoc stellte fest, dass zum Beispiel Rohrkolben, Wegerich, Strandhafer, Weiden, Eichen, Wildrosen, Roter Klee,
Zaubernuss und Eselsdistel den Arten in Wales ähnlich
waren. Die fingergroßen Zweige eines unbekannten kleinen Krüppelbaums mit Luftwurzeln eigneten sich hervor-
ragend zum Fertigen von Bögen, indem man sie schälte
und über einem verlöschenden Feuer härtete. Das Holz
war nicht so weich wie das der Kiefer und nicht so hart
wie das der Eiche.

Eines Morgens, als er Zweige für einen Bogen schnitt, hörte er, wie Cougar und Kleine Mutter sich unterhielten. Cougar schien aufgebracht. Zuerst dachte er, Frauen würden auf diese Weise sprechen, wenn sie etwas Besonderes gefunden hatten, und er wartete, dass sie ihm ihre Entdeckung zeigen würden. Vielleicht saftige, süße Beeren. Er hatte einen richtigen Heißhunger auf etwas Süßes. Doch die Frauen kamen nicht, also ging er zu ihnen und sah, dass sie eine Art Sauerampfer pflückten. »Was macht ihr damit?«, fragte er und brach eine Blüte.

»Suppe.« Cougar brach noch ein paar Halme mit drei Blättern. »Tee.«

Kleine Mutter drückte stöhnend die Hände auf ihren großen Bauch. An ihren Schenkeln rann Wasser hinunter. »Oh! Ju!« Sie krümmte sich.

Cougar lugte unter den Rock der Schwangeren und bat sie, sich unter den Kiefern, wo es kühl war, auf den Rücken zu legen. Sie berührte Madocs Arm und deutete auf den Boden.

Er wollte nicht bleiben, besser, er fand Troyes oder Conlaf. »Ich hole einen Arzt.«

Cougar drückte ihm in die Kniekehlen, sodass er neben Kleiner Mutter zu Boden ging, und legte seine Hand auf den runden Bauch. Darin bewegte sich etwas, drehte und wand sich ganz langsam, und plötzlich wurde der Bauch hart wie Stein. Er zog seine Hand zurück und sprang auf. »Ich hole Hilfe.«

Cougar packte ihn. »Cougar Medizinfrau. Ich brauche dich. Bleib.«

Kleine Mutter verzog das Gesicht vor Schmerz. Als sie sich wieder entspannte, machte sie kurze Atemzüge, Schweißperlen standen ihr auf der Stirn.

Madoc hockte da und wischte ihr das Gesicht, seine Hände putzte er an den Kiefernnadeln ab. Mit wildem

Blick sah er Cougar an. »Ich habe wirklich keine Ahnung von Geburtshilfe, ich weiß nur, wie ein Hund seine Jungen wirft. Ist das dasselbe? Ich hole lieber meinen Freund Conlaf, er ist der beste Arzt, den ich kenne.«

Ich mag diesen Mann, dachte Cougar, er weiß alles über Männer und hat keine Angst vor dem, was sie denken. Er spricht zu ihren Herzen und zu ihrem Geist und vermittelt ihnen seine Gedanken. Er kann sich mit ihnen freuen und mit ihnen trauern. Sie folgen ihm überallhin, weil sie ihn lieben. Er ist ehrbar und kennt seine Verantwortung gegenüber seinen Leuten. Bestimmt hatte er eine gute Mutter. Und eine Frau. Aber über Frauen weiß er nicht so viel, also ist sein Wissen nicht vollständig. Doch ein erwachsener Mann muss auch die Gegenseite kennen. Ich will es ihn lehren.

Sie band ihr Haar mit Grashalmen zu Rattenschwänzen, setzte sich neben ihn und legte wieder Madocs Hand auf den Bauch. Atemlos sagte sie: »Ju«, als wollte sie sagen: »Gut. Das musst du tun. Hilf mir und ich werde dir helfen, die Frauen kennen zu lernen.«

Die Brüste von Kleiner Mutter mit den rotbraunen Warzenhöfen blickten wie zwei große Augen in den Himmel. »Hilfe«, wollte er schreien, als er daran dachte, was man in Wales oder Irland tat. Dort würde man den Männern nicht erlauben, bei der Geburt dabei zu sein. Entweder die Frau hatte eine Hebamme, oder sie war auf sich allein gestellt. Kinder zu bekommen, war etwas ganz Natürliches. Die Frau brauchte die Hilfe eines Mannes und Arztes nicht.

Cougar zog Kleiner Mutter den Moosrock aus, dann nahm sie die Sauerampferblüten aus einem großen Topf und trug ihn zum Bach. Während sie weg war, sah Madoc fasziniert, wie sich im Bauch von Kleiner Mutter sichtbar eine Kraft regte, ein Lebewesen, das seine Energie im widerstrebenden Körper von Kleiner Mutter austobte. Das verursachte Kleiner Mutter so großen Schmerz, dass sie nicht mehr merkte, was um sie herum geschah. Er strich ihr die Haare aus den Augen und sagte:»Alles wird gut. Du bist nicht die erste Mutter auf der Welt.« Er dachte an seine Kindheit, an die kurze Zeit, als er sich mit Heilkunde beschäftigt hatte. Erzdruide Llieu wusste schon bald, dass er kein Heiler werden würde, denn Madocs Traum war die Seefahrt. Aber sein Unterricht war nichts im Vergleich zu dem, was er hier sah. Er fragte sich, ob Llieu oder Conlaf je eine Frau in Wehen gesehen hatten. Troyes hatte ihm einmal erzählt, er wisse, was man einer Frau geben müsse, damit die Frucht abgeht: Weizen, der vom Rostpilz befallen war. Aber selbst in Paris war Troyes nie bei einer Geburt zugegen gewesen. Er fühlte sich fast geschmeichelt, dass Cougar ihn gebeten hatte zu bleiben, dennoch war er beklommen. Er hatte keine Ahnung, was er tun sollte.

Kleine Mutter war ihm auch keine Hilfe. In ihren Schmerzen beachtete sie ihn gar nicht. Es war ihr egal, dass er sie nackt sah, ihr Blick war nach innen gewandt, sie sah ein kleines Mädchen, das darum kämpfte, ihren Bauch zu verlassen, auf der Erde herumzuspazieren und in den blauen Himmel zu blicken. Aus Erfahrung wusste sie, dass sie dem Willen des fremden neuen Menschen in ihrem Bauch unterworfen war, denn dieser Wille war stärker als ihr eigener. Es spielte keine Rolle mehr, was die Mutter wollte, vorrangig war, was das Mädchen wollte.

Madoc nahm ihre Hand, sie drückte so fest, dass er ihre kurzen Nägel spüren konnte. Sie riss den Mund auf, röchelte und keuchte haltlos, dann schrie sie wie ein Tier, das in einer hinterhältigen Falle gefangen war.

Cougar kam zurück und sprach leise auf sie ein. Sie tröpfelte Wasser von dem Tontopf auf die Lippen von Kleiner

Mutter, wenn sie den Mund verzog. Das Wasser rann ihr aus den Mundwinkeln.

»Gut machst du das. Bald ist es zu Ende«, sagte sie zu Kleiner Mutter. »Hellhaar ist hier, er weiß Dinge, von denen du und ich noch nie gehört haben, aber er weiß nicht, was eine Frau empfindet, wenn sie ein neues Leben gebiert. Du wirst ihn dieses Wunder lehren, damit er es niemals mehr vergisst. Wenn er mich berührt, kribbelt meine Haut, ich habe plötzlich Schmetterlinge im Bauch. Er wird uns helfen, dein Kind zu retten.«

Stöhnend verzog Kleine Mutter das Gesicht. Ihre Augen schlossen und öffneten sich ruckartig.

Cougar legte ihr Ohr auf den drallen Bauch. »Noch ein bisschen, noch ein bisschen. Ju!«

Auch Madoc wollte das Geräusch hören, aber er traute sich nicht, sein Ohr auf den Bauch zu legen. Er blickte auf Cougars kleine Hände und ihre langen, schlanken Finger, dann wanderte sein Blick ihre Arme hinauf zu Schultern und Hals. Sie hatte ebenmäßige Züge, sie war schön. Mit gelassener Miene spreizte sie die Beine von Kleiner Mutter, beugte die Knie und stellte die Füße fest auf den Boden. Dann senkte sie den Kopf und besah sich die rote Stelle zwischen den Beinen. Sie schob zwei Finger in das dunkle Loch, dann drei, den Schleim wischte sie am Gras ab. Sie setzte sich neben Kleine Mutter, legte ihre Hand auf Madocs Hand auf dem Bauch und sang wieder und wieder eine Strophe auf drei Tönen. »Komm, komm, kleines Kind, ich zeige dir Himmel und Erde«, übersetzte sie für Madoc, damit er mitsingen konnte.

Kleine Mutter schrie kehlig auf, als eine weitere Wehe ihren Bauch zusammenzog. Cougar drückte auf Madocs Hand. Er war sicher, dass Kleine Mutter sich auch zerreißen würde, wenn es nötig wäre, um das kleine Leben aus ihrem Bauch zu treiben. Das war ganz normal bei Frauen

– erschreckend, aber wundervoll. Er musste sich eingestehen, dass er nicht verstand, warum Frauen jemals einen Mann aufnahmen. Aber die Männer schafften es immer wieder. War das letztendlich die Schwäche der Frauen? Es ergab keinen Sinn. Er stand auf, ging zum Bach und schnitt Rinde von jungen Weiden, die er in kleine Stücke brach und Kleiner Mutter zum Kauen gab. »Das lindert den Schmerz.«

Die Sonne ging langsam am Horizont unter, es wurde kühler, doch kleine Mutter schwitzte. Ihr Teint hatte die gesunde Bräune verloren und war nun von der Farbe dreckigen Sands. Cougar versuchte mit Grunzlauten, Kleine Mutter zum Pressen zu verleiten. Sie hielt die Hand hoch, um zu zeigen, dass der Muttermund weiter offen war als drei Finger. Madoc hielt wieder die Hand von Kleiner Mutter, doch nun drückte sie nicht mehr so fest. Bei jeder Wehe presste Cougar mit ihren kleinen Händen unterhalb des Brustkorbs auf den Bauch, um dem Kind nachzuhelfen. Doch sie konnte kaum still sitzen. Murmelnd ging sie um Kleine Mutter herum und lugte zwischen ihre Beine, um zu sehen, ob da noch mehr herauskam als blutiges Wasser.

Kleine Mutter war völlig erschöpft. Ihr Gesicht war eine mausgraue flache Maske des Schmerzes. Sie röchelte wie ein waidwundes Tier, starrte mit leerem Blick vor sich hin und schrie bei jeder Bewegung, die ihr Sprössling machte, wenn er die Ärmchen und Beinchen streckte, um sich aus dem Schoß zu befreien. Himmel und Erde schluckten still das große Drama, das sich schon seit Anbeginn der Zeiten auf der ganzen Welt abspielte.

Cougar ist zu jung, um Heilerin zu sein, dachte Madoc. So hatte er sich eine Hebamme nicht vorgestellt, die dem Kampf zwischen Mutter und Kind beiwohnte. Die Macht, mit der die nächste Wehe einsetzte, machte ihn schaudern. Beide Mädchen stöhnten und grummelten, als der Schmerz nachließ. Madoc stand wieder auf. »Ich hole einen Arzt.«

Cougar deutete mit dem Finger auf ihre Brust. Sie wusste, dass er nur heilkundige Männer im Trupp hatte, und die hatten wenig oder gar keine Ahnung von Geburtshilfe. »Sitzen.«

Er lächelte sie an, sie begegnete seinem Blick und hielt ihm stand, bis er die Augen niederschlug.

Erfreut sah sie, dass ihr Blick ihn verunsicherte; er merkte also, dass sich zwischen ihnen etwas anbahnte. Sie hielt seine Hand, mit der anderen Hand strich sie über seinen Arm, dass er Gänsehaut bekam. Sein Herz raste. Dieses Mädchen hatte Zauberkraft in den Fingern.

Die Wehen setzten in immer kürzeren Abständen ein und wurden immer schlimmer. Kleine Mutter hatte kaum mehr Zeit, zwischen den einzelnen Kontraktionen tief Luft zu holen. Sie schrie nicht mehr, sie gab nur mehr tiefe kehlige Laute von sich. So muss es bei der Weltenschöpfung geklungen haben, diese Laute waren so alt wie Geburt und Tod der Sterne, so alt wie die Berge, die sich aufgefaltet hatten, das Eis, das auf den Flüssen brach, das Reißen der Baumrinde, der erste Schrei eines Neugeborenen, der gerade seine schützende Hülle voller Wasser verlassen hatte.

Madoc setzte sich. Cougar gab ihm Wasser, den Rest träufelte sie auf die Lippen der Gebärenden, deren Kehle so zugeschnürt war, dass sie kaum noch Luft bekam. Sie kniff die Augen zusammen und grollte tief in der Brust.

Madoc konnte nicht glauben, dass jemand so große Schmerzen aushalten, gar überleben könnte. Ob es das alles wert war?

»Bald«, sagte Cougar mit einem Blick zwischen die Beine von Kleiner Mutter, und ermutigte sie grunzend und stöhnend.

Lugh, lass sie nicht sterben!, betete Madoc.

Cougar nahm Madocs Arm, legte ihn unter die Brüste von Kleiner Mutter und drückte. »Uargh! Drücken! Uargh!« Immer wenn er die kurzen tiefen Schreie hörte und spürte, wie die müden Muskeln sich zusammenzogen, drückte er langsam und sanft mit dem Unterarm auf das geschwollene Fleisch. Er hatte Angst, zu stark zu drücken, er wollte Kleiner Mutter nicht wehtun. Und wenn er nun auf den Hals des Kindes drückte? Würde es ersticken? Er drückte ein wenig stärker und spürte wie sich die Muskeln beugten und entspannten. Als Cougar ausatmete, hörte er auf zu drücken.

Cougar hockte sich hin, und beide starrten in den Schoß, wo plötzlich ein nasser schwarz glänzender Haarschopf zu sehen war, der wieder verschwand, als die Wehe nachließ. Madoc sah Cougar an, als wollte er sagen: Du hattest Recht – bald.

Sie verzog das Gesicht. »Drücken!« Und ihr Unterarm fuhr in Madocs Bauch. »Uargh!«, entfuhr es ihm. Er krümmte sich. Sie beugte sich über ihn, er spürte ihren Atem und ihre Wimpern an seiner Wange. Sie strich ihm über Brust und Bauch und drückte. Es war klar, was er tun sollte. Dieses Mal würde er es richtig machen.

Sie nahm den leeren Topf und holte frisches Wasser.

Wieder legte Madoc seinen Unterarm auf den Bauch von Kleiner Mutter. Sie packte ihn wie einen Haltegriff. Als sie die Luft anhielt, spürte er, wie sich ihre Muskeln anspannten, wieder hörte er ihr Wimmern und drückte. Kleine Mutter verkrampfte die Hände. Er legte sich fast auf sie, drückte auch mit dem anderen Arm auf ihren Unterleib und stützte sich mit der anderen Hand am Boden ab, um einen besseren Hebel zu haben. Er hatte den Eindruck, er könnte spüren, wie das Kind ein Stück hinunterrutschte. Er drückte fester, es war, als würde er im Sturm das Steuerruder halten, wenn seine Hände mit dem Holz verschmolzen, als würde er sehen, wie zwei kleine Beine gegen seinen Arm kickten. Er hörte einen Laut – wie ein Frosch, der in einen Tümpel springt. Mit angehaltenem Atem hoffte er, das Kind würde nicht herausschießen wie ein Pfeil von der Bogensehne. Um Cougar nicht zu enttäuschen, drückte er weiter, bis Kleine Mutter nach Luft rang. Er zog einen Arm zurück, sank auf die Fersen und ließ den anderen Arm unter den warmen, schweren Brüsten liegen.

Mit kalten Fingern griff Cougar seinen Arm und zog ihn weg, sie roch nach Goldrute. Sie zeigte ihm die harten bitteren Blätter, die sie am Bach gefunden hatte. »Später. Stoppt Blut.« Sie kniete sich neben ihn und drückte ihre kühle Wange an sein heißes Gesicht. Er spürte ihre Tränen, schmeckte das Salz auf seinen Lippen und holte tief Luft. Er war bereit zu drücken, wenn sie es wieder von ihm verlangte. Zu seiner Überraschung hielt sie aber zwei Finger hoch. »Kinder.«

Der große Topf war halb voll mit Wasser, einem Häufchen grünem Torfmoos und einer Hand voll Goldrute und Wegerich. Als er fragte, ob er ein Feuer machen sollte, um den Sud zu erhitzen, schüttelte sie lachend den Kopf und schob das Moos unter den blutig nassen Hintern von Kleiner Mutter. Plötzlich wurde aus der schleimigen dunklen Kappe zwischen den Schenkeln eine richtige Kugel – das Köpfchen kam heraus. Cougar fuhr mit der Hand darüber, streichelte das kleine Ohr und drehte den Kopf, dass sie das Gesichtchen sehen konnte. Mit den geschlossenen Augen sah das Kind wie tot aus. Cougars Hand strich um die Schulter und griff unter die Achsel, sie zog gleichmäßig, als würde sie etwas aus dem Treibsand befreien. Das Kind fiel in ihre Arme, es rollte sich zusammen und zog die Beine an. Es war mit Schleim und Blut überzogen, das rote Gesichtchen war verrunzelt wie bei einem verhutzelten alten Mann. Zwischen den faltigen Beinen sah Madoc den Wurm. Cougar legte den Jungen bäuchlings auf den Moosrock von Kleiner Mutter. Eine biegsame dünne Schnur erstreckte sich von der Mitte seines Bauchs bis in den Körper der stöhnenden Mutter hinein. Cougar flößte ihr Tee ein, den sie aus den getrockneten Blättern und Wurzeln der Wachslilie gebrüht hatte. Kleine Mutter trank mit geschlossenen Augen. Da kam neben der Schnur ein zweiter Kopf heraus. Cougar wusste genau, was sie tun musste. Wieder drehte sie den Kopf mit dem Gesicht nach oben, hielt das kleine Kinn in der andern Hand, und mit einem Ruck kamen erst Hals und Schulter und die Arme, dann glitt der zweite Junge vollends heraus. Auch an seinem Bauch hing eine dunkelrote Schnur. Cougar gab Madoc das Kind und biss die Nabelschnur des ersten Jungen durch. Ein paar Tropfen Blut quollen heraus, sie drehte die Schnur und umwickelte sie mit einer Strähne ihres Haars. Irgendwann würde der Stummel austrocknen und abfallen. Dann legte sie das Kind bis zum Hals in den Topf mit Wasser und gab Kleiner Mutter mehr Tee. Madoc gab ihr das zweite Kind, damit sie die Nabelschnur durchbeißen konnte, und rieb das erste Kind mit einem Strang Moos sauber. Es dauerte einige Zeit, bis der käsige Schleim sich löste. Das Kind sah in den Himmel, zitterte und schrie aus vollen Lungen. Er hielt das Kind am ausgestreckten Arm auf der Hand und ließ es pinkeln, dann wickelte er es in den Moosrock.

Summend legte Cougar das zweite Kind in den Topf, nachdem sie die Nabelschnur wieder mit einer Haarsträhne abgebunden hatte. Madoc wusch es und trocknete es mit Moos ab. Das Kind schlug die Augen auf, röchelte und wedelte mit den Ärmchen. Madoc legte es auf den Bauch, wo es pinkelte und laut schrie, dann wickelte er es in sein Hemd.

Cougar ließ ihn das blutige Wasser nicht ausleeren, sondern stellte es vor den Schoß der Mutter. Madoc hockte sich hin und wiegte das zweite Kind leise singend in den Armen. Es hörte auf zu wimmern und schloss die Augen. Es sah aus wie eine Puppe.

Bald legte Madoc die Zwillinge auf den Bauch von Kleiner Mutter. Sie schlang die Arme um sie, sah sie kurz an und schloss gleich die Augen. Enttäuscht sagte sie:»Wollte Mädchen.«

»Aber zwei Jungen sind eine tolle Ausbeute!«, sagte Madoc.

Das Wort »Ausbeute« verstand sie nicht. Sie biss die Zähne zusammen und presste noch einmal heftig. Ein Klumpen rotes Fleisch in einer durchsichtigen Hülle, durchzogen von blauen Adern, glitt aus der blutenden, angerissenen Scheide.

Erschrocken nahm Madoc die Kinder an sich. Dass es eine Nachgeburt gab, hatte er nicht gewußt.

Cougar nahm den Mutterkuchen, als hätte sie nur darauf gewartet, und legte ihn beiseite. Zitternd leckte Kleine Mutter über ihre blauen Lippen. Cougar wusch sie mit dem blutigen Wasser und drückte eine Hand voll Wegerichblätter und Moos in ihren Schoß, um die Blutung zu stoppen. Dann löste sie die Kordel von ihrem Rock und legte ihn um Kleine Mutter.

Wenn ein Kind schrie, fing auch das andere gleich an. Madoc hielt beide im Arm, das eine in den Moosrock, das andere in sein weiches Leinenhemd gewickelt. Summend ging er auf und ab. Er war in Hochstimmung; er war dabei gewesen, als die Kinder ihren ersten Atemzug machten, und die Mutter hatte all die Strapazen überlebt.»Wir danken dir, Lugh, für diese starke Mutter«, sagte er gerührt.

Cougar legte die Nachgeburt ins blutige Wasser und begrub sie hinter einem Stein im Sand, tief genug, um wilde

Tiere und böse Geister fern zu halten. Den Topf rieb sie mit Blättern und Sand aus und ließ ihn trocknen.

Der erste Junge wollte an Madocs Finger saugen. Er war erstaunt, dass das Kind es nicht instinktiv konnte. Lächelnd saß er neben Kleiner Mutter, damit sie ihre Zwillinge sehen konnte. Er sah, dass sie ihre Enttäuschung über die Knaben überwunden hatte. Sie lächelte mit geschlossenen Augen. Wahrscheinlich ist sie froh, dass die Kinder nun auf der Welt sind und alles vorbei ist, dachte er. Er hatte noch nie gehört, dass eine Mutter sich über die Last der Schwangerschaft oder die Angst vor der Geburt beklagt hätte. Damit muss eine Mutter eben fertig werden, wenn sie das Wunder der Geburt eines neuen oder gar zwei neuer Leben erleben will. Plötzlich fiel ihm ein, dass Annesta das Kind – ihr gemeinsames Kind – ohne ihn geboren hatte; natürlich war seine Mutter bei ihr gewesen und sie wusste, was zu tun war. Brenda würde Cougar mögen. Mit den Zwillingen im Arm sah er sie an: »Erde, eingewickelt in deinen Rock. Himmel, eingewickelt in mein Hemd. Ich bin froh, das du wusstest, was zu tun war. Du bist eine wunderbare Heilerin, danke, danke!«

»Danke, danke«, wiederholte sie und erzählte ihm dann vorsichtig, dass Kleine Mutter, die Zwillinge, Nohold und sie niemals mehr in ihr Dorf zurückgehen könnten, denn Zaunkönig würde sie töten. Sie glaubte, die Zwillinge seien ein besonderes Zeichen der Götter: doppelte Kraft. Und die Zwillinge würden überleben. Wenn sie groß wären, müssten sie sie vor dem Häuptling von Sandpoint schützen. Jede Calusa-Frau wusste, dass der schwächere Zwilling nachts an einen Alligator-Sumpf gelegt wurde. Wenn das Kind am nächsten Morgen noch lebte, wurde es groß gezogen. Mit wenigen Worten, mit Handzeichen und Grimassen erklärte sie, dass die Alligatoren von Sandpoint heutzutage wohl genährt seien, weil Zaunkönig alle neugeborenen Knaben aussetzte, damit sie sich nicht eines Tages zusammentun und ihm seine Stellung streitig machen konnten. Wenn eine Mutter ihren Jungen versteckte und man ihn später fand, wurde er dem Regengeist geopfert, indem man ihn den Baumstämmen mit den scharfen Zähnen zum Fraß vorwarf – den Alligatoren. Auch Kaninchens Sohn hatte man versteckt, er sollte bei der Kranich-Zeremonie ein besonderes Geschenk an den Regengeist sein. Wenn Kaninchen ihn nicht wegbrachte oder wenn dem Häuptling nichts zustieß, wäre er nächstes Jahr an der Reihe.

Madoc war sprachlos. Er konnte kaum glauben, dass die Wilden wie die Engländer reagierten, wenn sie die Macht besaßen. Das wollte er ihr sagen, aber er war nicht sicher, ob sie verstand, was er ihr über den englischen König und seinen Halbbruder Dafydd erzählte.

Er legte die Kinder an Kleine Mutters Seite, sie schloss sie in die Arme und fuhr mit schwachen Fingern durch ihr weiches, dunkles Haar. Tränen rannen über ihre Wangen. »Oh! Ti hi«, kicherte sie, als beide Jungen sie nass machten. Cougar und Madoc fielen in ihr Lachen ein. Ein schöner Tag!

»Ha, Hemd und Rock sind trocken geblieben.«

Cougar lächelte ihn an, als hätte sie seine Gedanken gelesen. Er schob den Stoff etwas zur Seite und rieb Sauerampfer an Erdes Knöchel, damit er ein unverwechselbares Mal hatte.

Lächelnd legte sie ihre nassen Finger an Madocs Lippen und umarmte ihn, sie rieb ihr Gesicht erst an seinem Arm, dann an seiner Wange. Für einen Augenblick bestand die Welt nur aus den beiden. Zusammen hatten sie etwas so Wundervolles vollbracht, dass es nicht zu beschreiben war. Sie drückte ihre weichen kleinen Brüste an ihn und zog seine Lenden an sich, dass er ihre Hüftknochen spürte.

Seine Erschöpfung war wie weggeblasen. Am liebsten hätte er sie nie wieder losgelassen. Er war so erregt, dass er mit ihr am moosigen Ufer des Bachs liegen wollte, doch er schalt sich für diesen Gedanken und war froh, dass er sich nicht vergessen hatte. Sanft schob er sie von sich. Er könnte schließlich das schöne junge Mädchen, das er kaum kannte, nicht ausnützen. Aus purem Zufall war er bei dieser Geburt dabei gewesen, und Cougar hatte bestimmt schon viele Geburten erlebt. War sie eine Hebamme? Oder eine richtige Medizinfrau? Wer hatte ihr die Heilkunde beigebracht? Ihre tote Großmutter? Er konnte sich keinen Reim auf das Mädchen machen, er wusste nur, dass sie interessant und aufregend war. Sie war zwar eine Wilde, aber sie hatte ihm ihre Welt aus einer wilden, primitiven Sicht neu gezeigt.

»Ich will die Kinder Himmel und Erde nennen.«

Cougar deutete auf Kleine Mutter.

Natürlich würde er sie fragen, sobald sie wieder wach war.

Zwei Tage später ging Madoc zu Conlaf. Er sorgte sich, weil Kleine Mutter immer noch nicht aufgewacht war und so komisch roch. »Sie stinkt wie eine tote Kuh. Ist das normal nach einer Geburt?«

Conlaf war noch nie bei einer Entbindung dabei gewesen, das war schließlich Frauensache. Er neckte Madoc, weil er Hebamme gespielt hatte, aber nachdem er Stirn und Arme von Kleiner Mutter gefühlt hatte, sagte er: »Sie ist heiß. Sie hat Fieber, ich kann das mit Sassafraswurzel behandeln.« Er wies Clare und Tipper an, eine Trage zu flechten und Kleine Mutter zum Lager zu bringen, wo er sie in Decken wickelte und ihre Stirn mit einem feuchten Tuch kühlte. Er gab ihr Sassafras, Cougar brühte ihr Wegerich- und Kampfertee.

Nohold strahlte, als wären es seine eigenen Kinder.

Am dritten Tag kam Kleine Mutter zu sich. Nohold brachte ihr Wasser, rieb ihr Hals und Schultern ab und sprach mit ihr. Nachdem er erfahren hatte, dass Madoc die Kinder Himmel und Erde nennen wollte, murmelte er die Namen vor sich hin. »Himmel. Erde.« Kleine Mutter fragte ihn nach der Bedeutung der Wörter. Nach dem Abendessen ging er immer noch strahlend zu Madoc. »Himmel. Erde. Ju! Gut.«

Madoc ging mit ihm, um nach den Kindern zu sehen. Oder eher nach Cougar? Er war sich nicht sicher. Kleiner Mutter ging es schon besser, sie war nicht mehr so heiß. Sie saß mit Cougar an Deck der *Gwennan Gorn,* jede hatte ein Kind auf dem Arm und stieß es an die Brust. Die Kinder grapschten und strampelten. Madoc war entsetzt. Was tat Cougar da? Sie führte sich auf wie eine Wilde! Sie war doch nicht die Mutter! Er hockte sich an Deck und kaute auf einem Algenstängel.

»Keine Milch«, erklärte Nohold. »Kinder lernen.« Er schmatzte.

Conlaf konnte sich vor Lachen kaum halten, bis Madoc fragte: »Was ist denn daran so lustig?«

»Sie bringen den Kleinen das Saugen bei. Wenn Kleine Mutter in ein, zwei Tagen Milch hat, werden die Kinder wissen, was sie tun müssen. Das ist wunderbar! Unsere jungen Mütter könnten hier etwas lernen.«

»Wenn du meinst.« Daran hatte er gar nicht gedacht, er war beleidigt. Und er war auch beleidigt, weil Cougar vor diesen Männern ihre schöne kleine Brust entblößte. Das gehörte sich nicht. Bei Kleiner Mutter war es etwas anderes, es waren schließlich ihre Kinder, und sie mussten gestillt werden. Aber Cougar war nach allen Maßstäben ein hübsches Mädchen. Er spürte, wie ihm heiß wurde, er musste aufhören, solche Gefühle für sie zu hegen. Er holte tief Luft, er durfte nicht so dumm sein, er war der Kapitän und er hatte sein Wort gegeben, mit den Wilden nicht zu paktieren. Ja, aber man konnte durch Freundschaft eine Menge über das neue Land lernen, Nohold konnte seinen Männern vieles beibringen, er war ein rechtschaffener fleißiger Mann, dem man ansah, wie stolz er auf Kleine Mutter und die Kleinen war. Und er war nicht mehr so schwach wie damals, als sie ihn gefunden hatten. Madoc mochte ihn.

In nur wenigen Tagen baute Nohold eine Hütte für Cougar, Kleine Mutter, die Kinder und sich. Dann bot er den anderen Männern Hilfe beim Bau an. Da die Kinder so viel schrien, bat er Conlaf und Llieu, nach ihnen zu sehen. Llieu fand es ganz normal, dass Kinder schrien, und sah keinen Grund zur Sorge. Conlaf hingegen fand, dass die Kinder zu wenig Nahrung hatten und nicht an Gewicht zunahmen. Er gab ihnen seinen kleinen Finger, und sie saugten kräftiger daran als Egel. Vielleicht war Kleine Mutter doch krank. Conlaf ging zu ihr, sie saß mit dem Rücken an eine Kiefer gelehnt und mahlte langsam wildes Getreide. Conlaf fand, dass sie immer noch komisch roch – wie eine tote Kuh, hatte Madoc gesagt. Erst hatte er es als Blutgeruch abgetan, die meisten Frauen rochen während der Blutung anders. Er setzte sich neben sie und legte eine Hand auf ihre zitternden Arme. Sie war heiß wie ein Fels in der Mittagssonne, ihr Gesicht glänzte, ihre Augen waren glasig. Er sah ihr in den Rachen, konnte aber nichts Ungewöhnliches entdecken.

»Hast du Beulen oder Wunden?«

Sie schüttelte den Kopf.

»Blutest du noch.«

»Wenig.«

»Kann ich mal sehen?«

»Nein, du nicht mein Mann! Schande!«

Er rief Cougar. »Ich glaube, da ist noch etwas von der Geburt zurückgeblieben. Kannst du in ihren Schoß schauen und mir sagen, was du siehst? Wann hatte sie zum letzten Mal Verkehr?«

Cougar starrte Conlaf an, drehte das Gesicht weg und spuckte aus: Die Frage war unnötig. »Erst wenn Kinder Brei essen.« Sie legte die Hand auf Kleine Mutters Brust.

»*Bist*, atmen, bisschen, *Bist*, atmen …«

»Was ist *Bist*?«

»Kommt beim Atem.«

»Aha, lass uns nachsehen.«

Cougar bat Kleine Mutter, sich auf den Rücken zu legen und die Beine anzuziehen.

Conlaf ging auf alle viere, er konnte die Entzündung förmlich riechen, die Vulva war dunkelrot und geschwollen, er sah den Riss.

Cougar sagte ihm, dass sie Kleiner Mutter jeden Morgen Wegerichblätter gab, nachdem sie bis zur Hüfte in den Bach gewatet und sich gereinigt hatte. Mehr war ihr auch nicht eingefallen.

Er runzelte die Stirn. Das gefürchtete Kindbettfieber kannte er, aber er hatte noch nie eine Frau behandelt. Das war Aufgabe einer Hebamme. Dort, wo er herkam, war diese Krankheit häufig, und sie ging immer tödlich aus. Conlaf wies Kleine Mutter an, die nächsten Tage auf keinen Fall in den Bach zu gehen, sondern auf dem Lager zu bleiben.

»Vielleicht hat der kalte Bach die Milch ausgetrocknet. Die Kinder haben Hunger.«

Cougar war scharfsinniger, als Conlaf dachte.

»Mach ihr jeden Tag eine Binde mit frischem Wegerich. Sie soll nicht stillen, bis ich es sage, aber sie soll so viel Kampfertee trinken, wie sie will.«

»Dann sterben die Kinder.« Sie warf Conlaf einen Blick zu, der besagte: Er war der dümmste Medizinmann, mit dem sie je zu tun gehabt hatte.
»Nein, nein, dein Freund Madoc zeigt dir, wie du sie füttern kannst. Mit Wolle, einer Tonflasche und warmer, verdünnter Ziegenmilch vollbringt er wahre Wunder. Das hat er vor Jahren auf unserer Fahrt von Island nach Wales erfunden.«
Sie verstand zwar kein Wort, aber sie hörte nur »Madoc« und wusste, dass sie sich keine Sorgen machen musste, Madoc würde ihr helfen.
Erstaunt beobachtete sie, wie Madoc Milch aus einer Flasche auf ein Stück Wolle gab und die Kinder saugen ließ. Sie konnte gar nicht glauben, dass er über Kinder so viel, über Frauen aber so wenig wusste. Hellhaar der Hübsche war ihr ein Rätsel.

In regelmäßigen Abständen zogen die Jäger vor Sonnenaufgang und vor Sonnenuntergang aus und lauerten am Ufer auf das Wild, das dort zur Tränke kam. Noch nie hatten die Männer so viele kleine Rehe gesehen. Sie versammelten sich immer an der gleichen Stelle, drängelten und stießen einander weg, um an das schlammige, seichte Wasser zu kommen. Mit schussbereiten Bögen standen die Druiden gegen den Wind und erlegten sechs Rehe, bevor der Rest aufgescheucht floh.
Clare und fünf andere Männer dörrten und räucherten das Fleisch. Sie waren überzeugt, dass Nahrung und Kleidung im neuen Land niemals knapp werden würden. Wie in Wales verarbeiteten sie auch hier das ganze Tier, sogar die Knochen wurden gemahlen und als Stärke in die Suppe gerührt. Hörner und Hufe wurden zu Gallert gekocht, mit dem Bögen geschmeidig gemacht und die Befiederung sowie die Spitzen an die Pfeile geklebt.

Gerard mit seinem langen schwarzen Haar, das er mit einer Lederkordel im Nacken zusammengebunden hatte, wanderte auf der Suche nach Muschelhaufen flussaufwärts, fand aber nichts. Stattdessen entdeckte er einen weißen Felsen, der ähnlich aussah wie das Kalkgestein, mit dem er in Wales Haare von Häuten gelöst hatte. Das Mineral wurde pulverisiert, erhitzt und mit Meerwasser gemischt. Die Häute wurden mit dem Fell nach unten in Erdlöcher oder Bottiche mit der Lösung gelegt, bis die Haare weich wurden und abfielen. Dann wurde der Talg von den Häuten geschabt. Zum Gerben wurden sie dann mehrere Tage in andere Erdlöcher gelegt, die aufgelöste gemahlene Eichenrinde enthielten. Aus gegerbtem Leder wurden Stiefel, Kittel und Hosen gemacht. Häute von minderer Qualität wurden nicht bearbeitet, sie dienten in Wales als Türklappen.

Gegen Ende des Sommers ersetzten Conn und andere Schiffsbauer die provisorischen Gestrüpphütten durch stabilere Hütten aus Weidengeflecht, das mit Flussschlamm und Stroh verputzt wurde. Um einen quadratischen Platz herum standen auf jeder Seite fünf Hütten, die von je zwei Mann bewohnt wurden, es gab insgesamt sechs Plätze mit einem breiten gepflasterten Weg ringsherum.
Gwalchmai, der alte Barde, wurde wunderlich und wollte in einer eigenen Stube wohnen, damit er zu jeder Zeit ruhen oder Verse zitieren konnte, ohne jemanden zu stören. Die leer stehenden Hütten dienten bei Regen und Sturm als Werkstätten oder Lagerräume. Conn hängte gedörrtes und gerauchtes Rehfleisch in groben Leinenbeuteln in eine gut durchlüftete Hütte. Dörrfisch wurde in einer anderen Hütte auf flache Steine geschichtet, jede Schicht wurde mit trockenem, salzigem Sand bedeckt. Das Salz verlieh dem Fisch Geschmack und entzog ihm die Feuchtigkeit, sodass

das Fleisch trocken blieb und nicht faulte. Aus Weidengeflecht baute Conn auch Ställe für die Schafe, die Ziegen, das letzte Pferd und die verbleibende Kuh.

Conn hatte auch ein Auge auf Nohold, der außerhalb des Dorfs und nahe am Bach ein Langhaus nach Art der Wilden baute, wo er mit den beiden Mädchen und den Zwillingen wohnen wollte. Er grub zuerst ein großes Loch, damit die Hütte halb in der Erde vor starkem Wind geschützt wäre. Für Conn sah es aus wie ein Regenwassersammelbecken. Er sprach mit Nohold und schickte anschließend ein paar Männer zum Helfen. Das Loch wurde wieder zugeschüttet und die Hütte direkt auf der Erde gebaut, damit das Wasser ablaufen konnte. Die Innenwände wurden mit aufgeschlämmtem Kalk und Haaren aus den Gerberbottichen verputzt. Für Cougar und Kleine Mutter war es die schönste Hütte der Welt.

Kleine Mutter verbrachte immer mehr Zeit im Haus. Sie sagte, der Wind mache sie nervös, die Kinder hielten sie nachts wach. Sie war immer noch erschöpft vom Kindbettfieber und wollte nur noch schlafen. Cougar sammelte Vogelfedern und verbrannte sie in einem Feuer aus gelben Kiefernspänen. Kleine Mutter inhalierte den Rauch, aber ihre Schmerzen ließen nicht nach. In der Nacht ließ sie die Türklappe offen, weil ihr heiß war. Jeden Tag überzeugte sich Cougar, dass sie auch genug Kampfertee trank, den sie mit Traubenkirschensaft, gemahlener Malvenwurzel und Tollkirsche mischte. Immer wenn Cougar nach ihrem Befinden fragte, sagte sie, es gehe ihr gut, doch sie magerte zusehends ab und wurde ganz teilnahmslos.

»Wahrscheinlich dauert es lange, bis man sich von einer Zwillingsgeburt erholt hat«, meinte Cougar und fütterte Himmel mit Ziegenmilch, während Erde heulte. Sie wollte, dass Kleine Mutter ihr Kind selbst fütterte, aber sie brachte es nicht übers Herz, sie vom Lager zu scheuchen, wo sie doch ruhen musste. Als Himmel eingeschlafen war, nahm sie Erde, streichelte sein Gesicht und klopfte ihm auf den Rücken, bevor sie auch ihn fütterte. Seine Lippen waren trocken und aufgesprungen, seine Haut war heiß. Er saugte unregelmäßig, als würden Mund oder Hals ihn schmerzen.

Kleine Mutter schlug die trüben Augen auf.»Wo sind meine Kinder?« Himmel schlief neben ihr, Erde jammerte neben ihrem Ohr. Wie sollte Cougar ihr sagen, dass Erde Fieber hatte? »Hier. Erde jammert. Einer schreit immer, einer hat immer Hunger.« Sie wiegte Erde, aber er hörte nicht auf zu schreien. Sie ging in der Hütte auf und ab, putzte ihm den Hintern und wickelte ihn mit frischem Moos.

Nohold kam herein, sprach mit Kleiner Mutter und ging gleich wieder hinaus.

»Er hofft, dass die Kinder heute Nacht schlafen, vielleicht sollte ich sie stillen«, meinte Kleine Mutter.

Cougar deckte Kleine Mutter auf und fühlte ihre heißen Brüste. Sie wusste, dass die Kinder von der fieberheißen Milch Magenkrämpfe bekamen.»Mach dir keine Sorgen«, sie biss sich auf die Zunge,»manche Kinder brauchen etwas länger, bis sie Nahrung annehmen, Erde wird es in ein paar Tagen wieder gut gehen.«

Sie stillte Erdes Durst mit kaltem Kampfertee. Er trank gierig, also gab sie ihm wieder warme Ziegenmilch, doch wieder schrie er mit tränenlosen zusammengekniffenen Augen. Er hörte kaum lange genug auf zu schreien, um ein paar Tropfen zu trinken. Sein Gesicht war rot, sein Mund stand weit offen, die Zunge zuckte. Das Jammern ließ Cougar verzweifeln, am liebsten hätte sie ihn geschüttelt, bis er aufhörte, aber sie drückte ihn an die Brust, tätschelte seinen kleinen Rücken und sang ihm leise ins Ohr. Schließlich gab sie ihm verdünnte kalte Ziegenmilch und er saugte gierig. »Du willst also etwas Kaltes! Wenn du mir das nur gesagt hättest!« Sie gab ihm einen Nasenstüber und roch den süß-säuerlichen Geruch. Es war anstrengend, das Kind mit dem Wollpfropfen zu füttern. Sie holte tief Luft und zwang sich, wie eine Medizinfrau zu denken. Erde ging es besser, sein Fieber war gefallen. Das war der Wendepunkt. Himmel schlief friedlich; sie betete, dass er gesund blieb. Die Decke, die Madoc ihr gegeben hatte, legte sie um Kleine Mutters Schulter. Da fuhr ihr der Übelkeit erregende Gestank in die Nase, es war schlimmer denn je, Kleine Mutter wurde nicht gesund. Aus den Sporen eines Bovists machte sie einen Brei und schmierte ihn auf Kleine Mutters Vulva. Dann ging sie zu Madoc und berichtete vom schlechten Zustand der jungen Mutter. Er brachte sie zu Llieu, und zusammen versuchten sie, ihm die Situation zu erklären. Llieu konnte kaum glauben, dass Madoc bei einer Zwillingsgeburt Hilfe geleistet hatte. Als kleiner Junge hatte er kaum einer Hündin beim Werfen zusehen können. Zu dritt gingen sie zu Kleiner Mutter. Sie hustete und klagte, dass sie nachts nicht schlafen könne, weil die Kinder immer schrien.

Auch Llieu roch den Gestank. Er schüttelte den Kopf. »Ich weiß nicht, was man ihr geben kann. Vielleicht Kekse aus der Milch des Wassersalats – sie werden braun in der Luft, aber das ist egal. Sie helfen gegen Fieber und Schüttelfrost und machen schläfrig. Versucht es.«

Kleine Mutter hustete wieder und hielt sich die Brust.

»Träume davon, dass es dir gut geht und du bald deine beiden Kinder hätscheln kannst.« Llieu legte seine kühle Hand an ihre Wange. »Ach, du bist noch so jung – kaum zu glauben, dass du davor schon zwei Kinder hattest. Vielleicht helfen die beiden Kleinen, das Loch in deiner Brust zu füllen, das der Tod deiner älteren Kinder gerissen hat.«

»Woher weißt du?«

»Cougar hat mir von deinem wunderbaren Sohn Otter und deinem süßen kleinen Kolibri vorgeschwärmt.«

Um Llieu eine Freude zu machen, schluckte Kleine Mutter das bittere braune Zeug, das er ihr in den Mund schob, und nach einer Weile fühlte sie sich schon besser. Der Schmerz ließ nach, sie schloss die Augen. Llieu zeigte Cougar, wie man einen Brei aus gemahlenen Anissamen und Lanolin mischte, das er aus Schafstalg gewann und von dem er immer noch Vorräte hatte. Er erhitzte den Brei über dem Feuer in der Mitte der Hütte und strich ihn auf einen Strang Moos. »Du wechselst jeden Morgen die Binde.«

Mit angehaltenem Atem besah er sich die stinkende alte Binde, die Cougar schnellstens entsorgen wollte, und gab sie kopfschüttelnd zurück. Er sammelte sich und überspielte seinen Schreck, indem er ein ruhiges, gelassenes Gesicht aufsetzte. Er gab Cougar ausreichend Lanolin, gemahlene Anissamen und kleine braune Kekse. »Deine Freundin ist sehr krank. Wir können die Entzündung heilen, aber die Krankheit in ihren Lungen ist schlimmer. Leg dein Ohr auf ihre Brust und höre, wie es klingt, wenn sie atmet. Sie muss das Bett hüten, sie darf nicht im kalten Bach baden. Tag und Nacht soll sie Kampfertee trinken, und sie darf nur aufstehen, wenn sie sich erleichtern muss. Wenn du irgendetwas nicht verstanden hast, frag Madoc, er kann sich offenbar gut mit dir verständigen. Und dann sage ich dir noch etwas, was er dir nie sagen würde: Spiel nicht mit seinem Herzen! Er wird es dir nicht öffnen.« Llieu wandte sich ab, denn er wollte weder den Schmerz in Cougars Blick noch die Wut in Madocs Augen sehen.

Tagelang sprach Madoc nicht mit Llieu, weil er sich in etwas eingemischt hatte, das ihn nichts anging. Conlaf gegenüber beschuldigte er seinen alten Lehrer, aufdringlich zu sein und über andere bestimmen zu wollen. Jeden Morgen brachte Madoc Ziegenmilch für die Kleinen zu Noholds Hütte, und Cougar gab Mehl, Beerensaft und frisches Wasser dazu.

Die Knaben wuchsen und schliefen tagsüber schon weniger. Himmel schlief die Nacht durch, Erde wachte hin und wieder auf und verlangte zu trinken.

Madoc hatte Cougar gezeigt, wie man die Behälter mit Sand reinigte und in der Sonne trocknen ließ. Die Wolle wusch sie aus.

Alle sorgten sich um Kleine Mutter. Nohold hockte an ihrem Lager und wollte gar nicht arbeiten gehen. Sie rodeten gerade Bäume, um im Frühling dort Getreide anzupflanzen. Er mochte Kleine Mutter so, dass er sie zur Frau wollte. Und das sagte er ihr auch.

Kleine Mutter weinte.

Cougar fuhr ihn an: »Du bist wohl übergeschnappt! Du kannst sie nicht zur Frau nehmen, sie ist schon die Frau des Häuptlings von Sandpoint. Zaunkönig wird dir den Hals umdrehen.«

»Nein, er sucht mich nicht, für ihn bin ich gestorben. Kleine Mutter braucht Hilfe mit den Zwillingen. Wir sind wie eine Familie. Ich mag sie, sie ist eine gute Freundin und Gefährtin. Wenn die Kinder älter sind, können die Jungen mit mir auf Handelsreise gehen.«

»Ich mag sie auch, aber deshalb geht es ihr noch lange nicht besser.«

»Ich fange eine Schildkröte, die gute Suppe wird sie kräftigen.«

Brian hatte sich mit einem Jungen von einem anderen Schiff angefreundet. Beide waren ungefähr gleich groß, hatten schwarze Haare, Sommersprossen auf der Nase und leuchtende braune Augen. Madoc übertrug ihnen die

Aufgabe, die Samen, die die Druiden in Säcken gelagert und mit Ölzeug abgedeckt hatten, zu säen, die Frucht zu düngen und schließlich zu ernten.

Sie streuten Schlachtabfälle auf die Felder und baten Gerard um den restlichen Dung, den er nicht zum Gerben brauchte.

Gerard machte ein finsteres Gesicht. »Sollte mich jemand beschimpfen, weil ich einen Beruf habe, wo ich Scheiße sammeln muss, dann, dann – dann stopf ich ihm mal so eine Scheißwurst ins Maul!«

Um das ganze Dorf wurde ein Graben von zwei Ellen Breite und zwei Ellen Tiefe gezogen. Auf drei Seiten schützten hohe Klippen die Siedlung vor unerwünschten Eindringlingen, auf der vierten, zum Wald hin gelegenen Seite baute Dewi mit einem Trupp einen dichten Schanzzaun aus spitzen Kiefernpfählen auf der Innenseite. Sie schonten ihre Metallwerkzeuge und benutzten sie nur im Notfall. Ansonsten gingen sie mit Bein- und Steinwerkzeugen zu Werk wie früher die walisischen Katner, ähnliche Techniken wandte auch Nohold an.

»Ihr macht vieles so, wie die alten Leute am anderen Ende des Meers im Westen«, sagt Madoc zu Nohold. »Ich glaube, ihr seid uns ähnlich, nur ein, zwei Jahrhunderte hintendrein.«

Aber Nohold wusste nicht, was ein Jahrhundert war.

Die Männer arbeiteten von Sonnenaufgang bis Sonnenuntergang und waren so braun wie die Wilden. Im heißen, feuchten Klima trugen sie nur Stiefel und Hosen. Oft lagen sie nachts mit schmerzenden Muskeln auf dem Lager, aber keiner beklagte sich über den Hunger oder die Stechmücken. Mittlerweile wehte schon der Wind durchs Dorf, hielt die Fliegen fern und kühlte die spätsommerlichen Sonnentage.

Im Herbst starb das letzte Pferd. Vielleicht war ihm das

Herz gebrochen, nachdem es keinen Artgenossen mehr zur Gesellschaft hatte, vielleicht war es auch krank gewesen. Seine Gedärme waren voller Würmer, Fadenwürmer, die man auch in den Eingeweiden der Rehe fand. Llieu gab zu, dass er aus Würmern keine Omina lesen könne, er sagte nur: »Voraussagen auf der Grundlage von Würmern in den Därmen eines Pferdes sind nicht sehr stichhaltig. Es wäre so, wie wenn man sagt, dass es im Winter in den Bergen warm ist, wenn man im Januar die Snowdons betrachtet und ein Loch am Fuße eines Berges sieht, in dem kleine Feldmäuse einen Bau bezogen haben.«

Efyn, der blinde Alchemist, der mit Rhan in einer Hütte wohnte, räusperte sich und sagte zu Llieu: »Die kleinste Kleinigkeit ist wichtig für ein Geheimnis, ob es nun darum geht, die Zukunft vorauszusagen oder ein Schönheitsmittel zu finden. Und da wir schon davon sprechen – wenn du dein graues Haar schwarz färben willst, kann ich dir einen Absud aus einem Egel machen, der sechzig Tage in einem essiggefüllten Bleigefäß faulte. Das ist so eine starke Mischung, dass du Öl im Mund haben musst, während die Farbe auf deinem Kopf wirkt, damit deine Zähne nicht schwarz werden. Ich habe neben den Salzpfannen der Wilden einen Würfel Blei gefunden.«

Madoc war überrascht. »Salzpfannen? Hier?«

»Ja, ich spazierte an der Böschung entlang, da fand ich die Pfannen auf einem Feuer in der Sonne, wo das Wasser schnell verdampft. Ich beugte mich hinunter und ertastete den Bleiwürfel. Hier, fühl mal. Glatt und geschmeidig. Wirklich eine Überraschung, so etwas im neuen Land zu finden, was? Ich zeige dir gerne, dass Blei Wunder wirkt, wenn man schwarze Farbe machen will. Den Trick hat mir ein Alchemist in Dubh Linn gezeigt. Hast du schon einmal einen Wilden mit grauem Haar gesehen? Nein. Sie haben alle schwarze Haare. Du und Gwalchmai, ihr seid hier die

Einzigen mit grauen Haaren. Ob sie wohl auch Alchemisten haben?«

»Keine Ahnung.« Llieu war erstaunt, dass der Blinde seine Haarfarbe kannte. »Grau steht mir, ich will keine schwarzen Haare, aber ich denke, du hast Recht, was die Kleinigkeiten angeht. Plötzlich entsteht etwas – tagelang sieht man keine Veränderung und nichts Widriges, dann plötzlich kriechen Würmer herum. Davon hast du sicherlich schon gehört.« Er wusste natürlich, dass Efyn nicht sehen konnte, trotzdem fuhr sich Llieu mit dem Zeigefinger ums rechte Ohr, um zu zeigen, dass er womöglich genauso wunderlich wurde wie der Alchemist, der in seiner Kitteltasche Phiolen und Töpfchen mit sich herumtrug. Er hatte einen Topf mit dem Zeichen eines geflügelten Stabs gesehen und wusste, dass Efyn Quecksilber mit ins neue Land gebracht hatte.

»Kann man denn Pferdefleisch essen?«

Llieu setzte sich und schloss die Augen, das Kinn stützte er auf die Handfläche, mit der anderen Hand hielt er sich das Ohr zu.

»Kann man Pferdefleisch essen?«, wiederholte Madoc.

Wieder antwortete Llieu nicht.

»Hörst du mich?«

Llieu schlug die braunen Augen auf und lächelte. »An dem Tag, da du mir sagst, du hättest die Urmaterie gefunden, aus der alles entstanden ist, höre ich dir mit beiden Ohren zu. Im Moment reicht es, wenn du weißt, dass Pferdefleisch so sauber ist wie Rehfleisch. Es hat keine Würmer. Die Jungen können es räuchern oder dörren.«

»Wenn die Männer Würmer bekommen, haben wir ein Problem.«

»Und was willst du dann tun?«

»Dann müssen du, Conlaf und Troyes alle möglichen Kräutertinkturen ausprobieren, bis ihr das Gegenmittel gefunden habt.«

661

»Wenn wir uns doch nur mit den Wilden besser verständigen könnten!«, sagte Llieu. »Ich wette meine modrigen Stiefel, dass diese Kleine eine Menge weiß, und wenn du sie verstehen kannst, wird sie dir dieses Wissen weitergeben. Ich wette auch, dass sie die Würmer in den Rehdärmen gesehen hat. Wir brauchen ihre Erfahrung und ihr Wissen, um hier zu überleben.«

Madoc biss sich auf die Lippe. »Seit neuestem frage ich mich, ob der Weg zum Wissen eher durch die Beobachtung aktueller Gegebenheiten führt als durch das Stillsitzen zu Füßen eines Lehrers. Ich habe dir alles gesagt, was ich bei der Zwillingsgeburt erfahren habe, indem ich dabei war, indem ich zusah, zuhörte und half. Cougar kümmert sich wie eine richtige Heilerin um Kleine Mutter, dank ihrer Hilfe hat sie bis jetzt überlebt. Du hast Recht, sie weiß viele Dinge, von denen wir keine Ahnung haben.«

»Du bist ein Denker, mein Sohn. Du weißt, dass die Wilden Dinge wissen, die uns fremd sind. Die Menschen entwickeln sich unterschiedlich, je nachdem, was sie tun.«

»Mein Wissen ist größer geworden, seit ich Wales verlassen habe. Aber habe ich auch größere Weisheit erlangt? Bin ich noch derselbe Mensch, der ich in Abergele war?«

»Der Mensch verändert sich mit der Zeit.« Llieu mistete den Stall des toten Pferds. Den Mist, in dem überall kleine Würmer herumkrabbelten, zog er mit einem Schlitten aus grobem Holz durchs Gras zu einer Stelle zwischen Dorf und Feldern, wo er den Dung verstreute, damit die Sonne ihn reinigen konnte. Den Trog schob er in den Schafpferch, die Baumstämme des alten Stalls verwendete er als Pfähle, auf denen er ein Dach aus geflochtenen Gerten anbrachte, unter dem die Tiere vor Sonne und Regen geschützt waren.

Am Abend versammelten sich die Männer um die Feuer in den verschiedenen Hütten, spielten *tawlbwrdd*, das Spiel der Weisen, erzählten Geschichten, sangen und spielten auf Leiern und Zithern.

Madoc fiel auf, dass Finn, ein guter Geschichtenerzähler, und seine Freunde niemanden in ihre Hütte einluden, aber er war so beschäftigt, diese kleine Kolonie aufzubauen und zum Funktionieren zu bringen, dass er sich mit solchen Kleinigkeiten nicht abgeben konnte. Jeden Tag dankte er den Göttern, dass sein Leben und das Leben seiner Männer nicht mehr bedroht war, dass sie frei waren, singen konnten, musizieren, dichten und gar streiten. Es war ein gutes Land. Er beglückwünschte sich zu seinem Erfolg. Er gesellte sich zu den Männern, wenn sie ihre Angelegenheiten besprachen, er war zu allen höflich und wollte keinem mit autoritärem Verhalten auf die Nerven fallen. Er spürte, dass er geliebt wurde; alle konnten ihm in die Augen sehen und ihre Zuneigung ausdrücken. Wenn sie sich nicht einig waren, folgte auf ein Stirnrunzeln dennoch ein Lächeln. Wenn sie sich einig waren, wurde gelacht und ein Lied aus dem Stegreif gesungen. Niemals verließ ein Mann verstimmt ein Ratstreffen.

Doch nach Wochen der Zufriedenheit begann sich Madoc allmählich zu fragen, ob das, was ihnen hier zur Verfügung stand, für ein gutes Leben ausreichte. Er ärgerte sich, dass er keine Frauen mitgenommen hatte, und gab den Göttern die Schuld, dass sie die Frauen vor der Fahrt geschützt hatten. Rückblickend fand er, dass sie sich auf der Reise genauso gut geschlagen hätten wie die Männer.

Ihm fehlten die Frauen, ihm fehlte ihr Geplauder und ihr Lachen. Ein Dorf nur mit Männern, das war nicht normal. Er ging zu Nohold. Er wollte ihn und die Frauen einladen, Musik und walisische Lieder zu hören. Vielleicht würde Cougar auch ein paar Lieder zum Besten geben. Er würde sie fragen.

XXIII

Samhain

Jahrhundertelang war Samhain ein wichtiges Fest,
es war Hallow E'en, der Winteranfang. Dann drohten
die Mächte des Dunkeln, auf immer die Leben spendenden
Strahlen der fruchtbar machenden Sonne zu verschlingen.
In der keltischen Überlieferung waren die Götter zu diesem
Zeitpunkt sehr gefährlich und feindlich gesinnt; ihren
Anhängern spielten sie grausame Scherze und ließen sich durch
Sühne- und Menschenopfer gnädig stimmen. Immer noch
ist das Fest von Feuer und Gewalt beherrscht. Die jungen
Männer wollen Gaben von jenen, zu deren Häusern sie Zutritt
fordern, und wenn ihnen die Gastfreundschaft verwehrt wird,
reagieren sie mit Vandalismus. Sexuelle Freizügigkeit und
das vorübergehende Außerkraftsetzen von Normen
sind gängige Praxis.
Anne Ross, »Material Culture, Myth and Folk Memory«,
in: The Celtic Consciousness

Vor der Hütte sah Madoc jemanden mit den Zwillingen
sitzen. Er dachte, es sei Kleine Mutter und war erleichtert,
dass es ihr besser ging, doch als er näher kam, sah er, dass
es Cougar war. Sie weinte. Madoc nahm den lächelnden
Erde, der nach seinem Kinn grapschte. Cougar zeigte auf
die Tür. Drinnen saß Nohold an der Feuerstelle, den Kopf
von Kleiner Mutter auf dem Schoß, die sich um ihn gerollt
hatte. Er wiegte sie und sang ein Lied auf drei Tönen, es
klang so verzweifelt wie der Schrei der Gänse, wenn sie in
wärmere Zonen zogen.

Nohold nickte Madoc zu. »Wie holt man jemanden aus einem langen Schlaf zurück?«

Madoc besah sich Kleine Mutter genauer. Er strich ihr die Haare aus der Stirn, sie war kalt wie ein Stein. Mit runden Augen starrte sie ohne zu blinzeln ins flackernde Feuer. »Wann ist sie in die Anderswelt gegangen?«

»Ich weiß nicht« sagte Nohold. »In der Nacht haben die Mädchen gestritten. Kleine Mutter wollte die Zwillinge stillen, aber Cougar sagte, das könne sie erst, wenn ihr Fieber gesunken sei. Kleine Mutter sagte, sie habe kein Fieber, ihre Brüste seien so drall, dass sie schmerzten. Cougar widersprach – die Brüste seien schlaff und heiß, und die Milch würde die Kinder krank machen. Als sie aufgehört hatten zu streiten, kam Kleine Mutter an mein Lager, wir lagen zusammen wie Mann und Frau. Sie weinte und sagte, sie weine um mich, weil ich sie liebte. Ich war glücklich, denn ich dachte, es ginge ihr nun besser und ich würde eine richtige Familie haben. Am Morgen stand Cougar als Erste auf, machte Feuer, fütterte die Kleinen und wickelte sie mit frischem Moos. Sie weinte, sagte, Kleine Mutter sei so kalt und sie könne ihren Puls nicht mehr fühlen, aber ich war sicher, dass ich den Atem meiner Frau spürte. Als sie sich zu mir gelegt hatte, war sie warm gewesen. Ich sagte zu Cougar, sie wisse wohl nicht, was sie da sage, und sie solle gehen, denn ich wollte ihr Schniefen nicht hören. Die Knaben nahm sie mit. Ich trug Kleine Mutter ans Feuer und nun warte ich, dass sie die Augen wieder aufschlägt und wieder warm wird.« Tränen rannen ihm über die Wangen.

»Sie macht die Augen nicht mehr auf«, wusste Madoc. Er schwieg eine Weile, damit Nohold begriff, dann sagte er leise: »Wir werden ihren Geist bei einem schönen Fest in die Anderswelt schicken. In Wales ist nun Erntezeit und die Zeit, sich mit Samhain auf den Winter vorzubereiten.

Wir wickeln sie in eine Decke und begraben sie in rotem Ocker. Wir machen Musik und singen Lieder, wie du sie noch nie zuvor gehört hast. Anschließend gibt es ein Festmahl mit Pferdefleisch.«

»Die Calusa feiern die Bestattung genauso.« Nohold legte Kleine Mutter auf ihr Lager und grub ein Loch von der Größe ihrer Matte. Bevor er sie in die Erde legte, drapierte er ihr Haar um den Kopf und zog den Rock über die angewinkelten Beine, dann bedeckte er den Leichnam, außer den Kopf, mit einer Haut, darauf legte er ihre Arme.

»Es gefiel ihr, wie ich und Cougar uns um die Kleinen kümmerten. Sie wollte noch ein Fell von diesen wolligen Schafen, damit ihre Kinder es weich und warm hätten. Ich versprach ihr, mit dir zu sprechen. Sie erinnerte mich daran, dass die Jungen schnell wuchsen, dann legte sie ihren Kopf auf meine Brust und schloss die Augen. Ich bewegte mich vorsichtig, um sie nicht zu wecken. Ich träumte von allem, was wir zusammen machen würden hier, wo wir bei euch guten Menschen leben, die uns helfen, wenn wir in Not geraten. Ich träumte von den guten Zeiten, die wir zusammen haben würden. Als ich aufwachte, lag ihr Kopf immer noch auf meiner Brust, und ihr Gesicht war blau und kalt. Ich will, dass sie es bequem hat, sie soll im Grab liegen, nicht sitzen.«

Madoc brachte seinen Männern die Nachricht vom Tod Kleiner Mutters und Noholds Wunsch, sie in der Hütte mit ihrer Schlafmatte zu begraben.

Gwalchmai stützte sich auf seinen Stock und sagte: »Nun da die Erde unter dem Himmel des Skorpions steht, ist es die Zeit der Reinigung. Ich denke, es ist ein guter Tag, Samhain zu begehen und das Feuer zu entzünden, das uns von unseren Schwächen läutert, damit wir im neuen Land neu beginnen können. Die alten Richter-Druiden bestraften unverbesserliche Verbrecher, indem sie sie in großen Weiden-

käfigen verbrannten, die aussahen wie Puppen. Wir können uns von Neid und Übellaune befreien, indem wir ein Feuer entzünden aus neun Stöcken von neun verschiedenen Bäumen, überbracht von neun Männern.«
Madoc war begeistert. »Wunderbar! Du kümmerst dich um das Feuer.«

Vor Samhain machte Erlendson Reusen aus Weidengerten und warf sie in den Fluss. Er fand auch einen Hain wundervoll duftender Zedern. »Vielleicht können wir daraus einen Heiligen Kreis machen. Es sind zwar keine Steine, aber ihr rotes Holz verrottet nicht. Caradoc studiert den Stand der Sterne dort. Er wird Sonnenaufgang und Sonnenuntergang am Tag vor und am Tag nach Samhain markieren, damit er den Königsstein und den Fersenstein bestimmen kann.«
»Dann brauchen wir die neun größten Bäume, wir müssen die Rinde schälen und in jeden Stamm Runen ritzen.«
Wenn die Bäume erst im Kreis in den Boden gelassen wären, wollte Madoc den Namen jedes einzelnen Mannes eingravieren und in die Namen der Toten roten Ton reiben lassen. Er wollte ein richtiges Denkmal.
»Die Namen der Lebenden einzugravieren, würde ewig dauern, aber die Namen der Toten schreibe ich ein«, sagte Erlendson. »Die Namen der Lebenden schreibe ich auf Lederstücke, stecke sie in eingefettete Beutel und begrabe sie unter den neun Stämmen.«
»Und füge den Namen unserer Männer in der Anderswelt noch etwas Besonderes hinzu«, wollte Madoc. »Ihren Seelen müssen wir Ehre zollen.«
»Gut. Je ein, zwei Worte zum Gedenken.« Aber er wusste, dass Madoc noch nicht fertig war, und wartete.
Schließlich sagte Madoc: »Was für eine Verschwendung, siebenunddreißig Männer an Sturm, Hunger und Schiff-

bruch und einen an die Wilden zu verlieren! Ich hasste Lugh dafür, aber ich gebe zu, das war ein Irrtum.«

»Du gibst also zu, dass du nicht vollkommen bist?« Erlendson kicherte. »Ich habe einmal geschworen, dass ich nie mit dir segeln würde, doch das war auch ein Irrtum, muss ich zugeben. Wie auch immer – einen Fehler hast du immer noch.«

»Und welchen?«

»Du erwartest zu viel von deinen Männern und noch mehr von dir selbst. Wo ist dein Selbstvertrauen, Kapitän Madoc?«

»Meine Männer geben mir Vertrauen.«

»Ja, sie schenken dir ihr Vertrauen. Die Götter frohlockten am Tag, als wir mit dir aufbrachen. Wir haben Unglaubliches gesehen, wir haben Geschichte geschrieben.«

Madoc wurde rot, Lob war er nicht gewöhnt.

Am Abend erzählte Caradoc den Männern: »Es ist an der Zeit, uns selbst als Entdecker zu ehren. Wie könnte das besser gehen, als mit einer kleinen Tätowierung? Wir schreiben uns gegenseitig Madocs Name auf den rechten Schenkel.«

Und so fügten sie Madocs Zeichen, dem kleinen Dreieck auf dem Halbkreis – dem Segelschiff –, auch seinen Namen hinzu.

»Am Ufer sollten wir ein Rath bauen oder wenigstens einen Cairn anlegen«, schlug Clare vor.

»Und einen Versammlungsplatz mit geschälten Kiefernstämmen, wo wir im kühlen Abendwind sitzen können«, fügte Gerard hinzu.

»Ich studiere weiterhin die Bewegung der Sterne«, sagte Caradoc, »und setze Sommer- und Winteranfang durch die Position der neun Zedernstämme im Kreis fest.«

Samhain, der erste Tag des Monats November, war die beste Gelegenheit, den Göttern zu danken, dass sie sie in dieses warme fruchtbare Land am Fluss geführt hatten. Es war die Zeit, all jener zu gedenken, die ihr Leben lassen mussten. Llieu wollte Lob- und Spottverse rezitieren, die anderen wollten die Außenstehenden – Kabyle, Erlendson, Bjorko, Camin, Brian und Troyes – in den Kreis der Druiden aufnehmen. Nohold und Cougar sollten einen Nachruf auf Kleine Mutter vortragen.

Nohold schnürte es die Kehle zu, er konnte nichts sagen. Stattdessen entzündete er einen Kiefernscheit und löschte ihn in einem Eimer Wasser zum Zeichen, wie schnell das Leben Kleine Mutter verlassen hatte.

»Ich fürchtete schon länger, dass sie nicht überleben würde«, sagte Cougar. »Die gelben Orchideen hatten vor der Zeit geblüht, noch vor Frühjahrsbeginn, das war ein Zeichen, dass bald jemand sterben würde. Am Morgen spürte ich, wie ihr Geist in mich kroch. Ich konnte ihren Atem riechen. Ich glaube, sie wollte sehen, wie ihr Männerseelen den letzten Tag vor dem Winter feiert, und sie wollte auch sicher sein, dass ich für ihre Kinder sorge.«

Nach Cougars Rede traute sich keiner mehr, den Mund aufzumachen.

Am nächsten Tag, am Tag vor Samhain, wurden die sechs Druiden-Anwärter zum Versammlungsplatz geführt und in den Kreis der Druiden geladen. Kabyle fühlte sich hoch geehrt, als er gefragt wurde, ob er Druide werden wollte. »Meine Religion reicht mir allerdings aus, und in vieler Hinsicht, vor allem in Bezug auf das Wissen und die Geheimnisse des Allmächtigen, unterscheidet sie sich auch nicht sehr vom druidischen Glauben. Außerdem will ich keine Tätowierungen an den Nagelbetten.« Und mit einem schüchternen Lächeln fügte er hinzu: »Doch wenn es euch Druiden Freude macht, lasse ich mich einweihen, glaube aber weiterhin an Allah, der mich vor Not bewahrt. Und als Tätowierung hätte ich gerne ein großes Schiff wie die *Vestri* mit einem vollen Segel auf der Brust.«

Llieu war es zufrieden und tätowierte zur Krönung der Feier Kabyle als Ersten. Sigurd sang und führte die eingeweihten Männer in eine Trance, damit das Stechen der Bilder mit der Mischung aus Waid und Talg nicht zu schmerzhaft wurde. Kurz vor dem Ende der Zeremonie bat Llieu, der ein langes graues Gewand und ein Gürtelband in allen Regenbogenfarben trug, Madoc, sich vom Ehrenplatz im Kreis zu erheben und vorzutreten.

Sigurd sang immer noch. Conlaf hielt ein brennendes Holzscheit, damit Llieu auf Madocs linkem Schienbein einen Delphin stechen konnte, dessen Kopf unterhalb des Knies saß und dessen Schwanz seinen Knöchel berührte, das Symbol für den Herrn der Meere. Madoc erinnerte sich, dass sein Vater das gleiche Ehrenmal getragen hatte, und fragte sich, ob der Tod die Geheimnisse im Leben eines Mannes vernichten konnte.

»Heute Nacht lassen wir die Türklappen offen«, sagte Sigurd, »damit die Seelen unserer Gefährten hereinkommen und sehen können, dass es uns gut geht.«

Kurz vor Morgengrauen wurde die Kuh, auch wenn sie keine Milch mehr gab, zusammen mit zwei Ziegen, zwei Zicklein, sechs Schafen und vier Lämmern durch den Rauch des reinigenden Samhain-Feuers getrieben, damit sie im kommenden Jahr gesund blieben.

Tipper schlug vor: »Um den Göttern Dank zu sagen, sollten wir die Kuh schlachten und ein Mahl ausrichten. Sie ist die Letzte ihrer Art und wird sowieso nicht mehr kalben. Und nächstes Jahr wäre ihr Fleisch zu zäh.« Er fuhr fort: »Kapitän Madoc will sich zwar nicht von uns abheben, doch ich denke, dass seine Hütte als Türklappe eine Kuhhaut statt einer normalen Rehhaut haben sollte.«

Madoc hätte am liebsten die Kuhhaut zusammen mit der

schrecklichen Erinnerung an das verfluchte Vieh an Bord seines Schiffs zurückgewiesen, doch dann merkte er, wie kleingeistig er war. Stattdessen bat er auch um die Hörner; aus Weidenholz, das die richtige Größe für zwei Flöten hatte, wollte er ein traditionelles walisisches Instrument mit zwei Hörnern an der Spitze machen.

Am Abend schlachtete Dewi die Kuh. Er war nicht überrascht, dass er Würmer im Darm fand, doch das Fleisch schien frei von Parasiten. Vor Mondaufgang begrub er die Eingeweide tief drin im Kiefernwald, um die *Tylwyth Teg* zu bannen, mächtige kleine Geister, die ganz unberechenbar und oft böse waren. Er hatte noch nie welche gesehen, und es gab keinerlei Hinweise, dass sie auch im neuen Land lebten, doch er hielt es für seine Pflicht, kein Risiko einzugehen und zu verhindern, dass die Würmer auch in die Männer eindrangen.

Lange vor Sonnenaufgang wurde die Kuh auf einem Spieß geröstet. Schmatzend rissen die Männer das Fleisch von den Knochen und fingen an zu singen, als der erste Strahl der Sonne rot auf Caradocs Königsstein im Heiligen Kreis der Zedern fiel. Er sang einen Willkommensgruß an den neuen Tag im neuen Land. Der Fersenstein würde bei Sonnenuntergang gegenüber dem Königsstein errichtet. Auch Mondaufgang, Monduntergang und der Stand der wichtigsten Sterne wurden markiert. Als Caradoc endlich zufrieden war, wurden die Zedernstämme fest in den Boden gesteckt.

Am Samhain-Morgen spielte Madoc schon auf seiner neuen Flöte. Er sah aus wie ein Lausbub, der versuchte, das Kreischen und Knarzen seines Spielzeugkarrens abzustellen. Er war so begeistert von seinem selbst gebastelten Instrument, dass er während des ganzen Mahls spielte. Dann hielt er eine Rede.

»Wir haben ein neues Wales erobert, *Cymru Newydd*. Wir sind nun keine Waliser mehr, wir sind Druiden, ein tapferes, mächtiges Volk. Unser Barde Gwalchmai wird ein Lied über unsere Taten dichten, das unseren Nachfahren erzählt, wer wir waren. Das ist wichtiger als die Geschichte – wenn sie richtig erzählt wird. Gwalchmai braucht wohl ein paar Tage, aber dann wird er uns vorsingen.«

Gwalchmai sah blass und kränklich aus. Er stand nicht auf. Er nickte und kreuzte breit lächelnd die Hände auf der Brust zum Zeichen, dass er seine Gefährten liebte und dass es ihm eine große Ehre war.

Llieu stand auf und sprach die Lobesworte:»Madoc, ich preise dich als meinen dickschädligsten Schüler. Nicht alle sind wir tapfer und mächtig. Sieh mich an. Ich habe Angst vor diesen schwarzen Vogelspinnen und vor den gelben Schlangen, die in meine Hütte kriechen. Seit ich Wales verlassen habe, bin ich geschrumpft, ich habe Runzeln bekommen und bin kurzatmig geworden. Ich stimme dir zu, wir sind Druiden, wir sind die Verbindung zwischen dem alten und dem neuen Land. Und mit gutem Gewissen grüße ich dich, meinen ehemaligen Schüler, als Meister Madoc, unseren Führer im neuen Land *Llan Newydd*.«

Die Männer jubelten und sangen in tief empfundener Eintracht zu Gwalchmais Leierspiel. Madoc hatte Spott von Llieu erwartet, nicht aber so ein großes Lob. Er hielt den Kopf hoch erhoben und faltete seine Hände, damit niemand sehen konnte, dass er rot geworden war. Madoc wurde als Führer bestätigt und es wurde beschlossen, dass sie sich vom nächsten Tag an»Druiden« nannten und das Dorf ganz einfach *Llan Newydd* hieß.

Nohold konnte nicht mehr in der Hütte leben, wo Kleine Mutter kalt und leblos in der Erde lag. Er konnte auch nicht mit ansehen, wie die hellhäutigen Männer ein Fest begingen, das er nicht verstand. Er war am Boden zerstört, alle seine Pläne waren gescheitert, nun saß er da mit zwei Kindern, die nicht die seinen waren. Er wollte sterben. Die Augen von Kleiner Mutter waren geschlossen unter den roten Steinen und sie konnte nicht in den Himmel sehen.

Nohold führte Madoc um das offene Grab, während Cougar mit den Kindern auf dem Arm leise summte, sich die Tränen aus den Augen wischte und rotes Ocker auf den Leichnam streute.

Sie gab Nohold die alte Haut, die er über Kleine Mutter legte. Sie hatte sie mit grünen Ranken und kleinen Tiergesichtern bemalt, weil sie dachte, Kleine Mutter würde gerne unter einer bunten Decke liegen. Madoc war überrascht, wie schön die Zeichnungen waren. Er schaufelte Erde ins Grab, Nohold stampfte die Erde fest und legte Steine darauf, damit keine Tiere darin graben konnten.

Auch Kabyle war da, er sah schön aus mit seinem frisch gewaschenen roten Turban.

Cougar wollte mit Nohold sprechen, doch er verließ die Hütte. Sie folgte ihm und setzte sich mit den Kindern auf dem Schoß an eine Kiefer. Beim Geruch des gebratenen Fleischs, der von der Böschung herüberwehte, drehte es ihr den Magen um, und sie ging nicht mit Madoc und Nohold zum Fest. Doch sie wollte auch nicht in die Hütte gehen, wo Kleine Mutter begraben war, also blieb sie draußen und hielt die Kinder eng umschlungen, damit sie nicht froren.

Am nächsten Nachmittag brauchte sie Ziegenmilch. Sie ging ins Dorf und suchte Madoc. An der Hauptstraße standen große Puppen, die Finn und seine Freunde in wochenlanger Arbeit heimlich zu Hause fürs Feuer gemacht hatten. Nun wurden sie von allen bewundert, und ein jeder war gespannt, was als Nächstes passieren würde.

Die erste Puppe hatte Boviste an Hals und Armen – für Cougar kein Zweifel, dass sie Amsel darstellen sollte. Der nächsten fehlte ein Ohr, sie hatte einen bandagierten Arm und verbundene steife Beine – natürlich Zaunkönig. Die auffälligste Figur erinnerte an das rundliche pflanzenfressende Seeungeheuer, genannt Seekuh. Die Flossen waren aus den üppigen Blättern der Fächerpalme, der Schwanz aus den Ranken der Seetraube. Andere Puppen waren aus langem gelben Gras und Schilf und sollten wohl einige Hellhäutige darstellen. Vor einer Strohpuppe blieb sie verblüfft stehen, es war ein Mann, der seinen Arm um eine weibliche Strohpuppe mit Strohzwillingen im Arm gelegt hatte. Tränen traten ihr in die Augen. Damit sollte die Seele von Kleiner Mutter geehrt werden, die nun in die Geisterwelt gegangen war. Die Freundlichkeit und Gutwilligkeit dieser Männer, die selbst aus der Geisterwelt gekommen sein mussten, überwältigte sie.

Clare stellte sich neben sie und bewunderte die Zwillinge. »Sie wachsen so schnell, dass sie bestimmt bald durch die Straßen rennen«, sagte er. Cougar musste lächeln. Er fragte sie nach Nohold, sie sagte ihm, dass er traure, dass er aber sicherlich heute noch zurückkäme. Auch andere Männer kamen, jeder wollte Himmel und Erde auf den Arm nehmen. Die Männer sprachen über ihre Kinder zu Hause und wie sehr sie sie vermissten.

Troyes rannte mit Himmel davon. Cougar rief ihm nach. Da schrie Gwalchmai auf und deutete auf eine brennende Puppe. Gedankenlos hatte jemand eine brennende Fackel an die Seekuh gelehnt, das Feuer war aufgelodert und hatte sich knisternd und krachend über das trockene Laub und die Kiefernnadeln auf andere Figuren ausgebreitet. Die Druiden mussten vor den prasselnden Flammen zurückweichen.

Eine Bö wehte eine Funkenspur ins trockene Gras, die sich

hell auf die Kiefern zubewegte, die sich hinter dem Dorf im Wind wiegten und sangen. Cougar steckte in der Menge fest, die Kinder waren nicht mehr zu sehen. Die Druiden drängelten, rempelten sich an und versuchten, das Feuer auszutreten und mit Rehhäuten auszuschlagen. Sie keuchten und husteten im Rauch. Die hohen Flammen teilten sich in Dutzende glühender Finger, die alle in die gleiche Richtung zeigten: die Ebene hinunter auf die nächst tiefer gelegene Fläche, wo Noholds Hütte stand, deren Türklappe einladend offen war. Das Feuer breitete sich immer weiter aus, Cougar rannte und trat es im hohen, welken Gras um die Hütte herum aus. Sie lief auf die Rückseite, dort fand sie die Schaufel, die Nohold aus dem Beckenknochen einer Rehgeiß und einem geraden Stock gemacht hatte. Sie scharrte das Gras weg, doch dann erstarrte sie – auf dem trockenen Boden züngelte das Feuer schon von einem Wurzelstock zum anderen. Soll doch alles brennen, dachte sie, damit Nohold Kleine Mutter nicht überall sieht, wohin er blickt.

Madoc kam mit einem Eimer Wasser den Hügel herunter. »Nein«, schrie sie, »lass das Feuer die Hütte fressen.« Sie wandte den Blick ab. Madoc stellte den Eimer ab und nahm sie in die Arme. Doch dann schob er sie langsam und sanft wieder von sich weg und zeigte zum Dorf. In die eine Hand nahm er die Schaufel, den Eimer in die andere, auch Cougar fasste am Henkel mit an und war erstaunt, wie scharf er in ihre Hand schnitt. Mit einem Büschel Gras schützte sie ihre Handfläche.

»Ju«, sagte Madoc und tat das Gleiche.

Das Feuer änderte die Richtung und umzingelte zwei Plätze. Vierzig Hütten, darunter auch die Stuben von Finn und seinen Freunden, wurden ein Raub der Flammen, obwohl eimerweise Wasser darauf geschüttet wurde. Die hellroten Finger teilten sich wieder und wieder fächerartig

675

in eine Fläche aus Flammen, Funken und Rauch. Das Feuer wollte nicht verlöschen, egal, wie viele Druiden schaufelten, stampften und rannten.

Am Bach fand Cougar Brian mit den Zwillingen, die tief und fest im grünen Moos schliefen.

»Ich mag sie«, sagte er, »sie erinnern mich an meine kleinen Schwestern.«

Cougar schöpfte Wasser und trug die Eimer zu den schwitzenden, durstigen Männern.

Madoc fällte brennende Bäume und schaufelte die lodernden Büsche aufs freie Feld. Er dachte an die tollen Puppen, bei deren Anblick er vor Freude eine Gänsehaut bekommen hatte, nun aber hatte sich seine Stimmung ins Gegenteil verkehrt. Seine Haut brannte wie angesengt, er spürte, wie ihm das Blut in den Kopf stieg und er drauf und dran war zu schreien. Wie konnte man so unvorsichtig, so gedankenlos sein? Wurden die Druiden langsam kopflos? Doch er sagte nichts, weil er fürchtete, seine Worte könnten jemanden verletzen, der nahe genug stand, sie zu hören.

Die Männer arbeiteten unermüdlich, sie schlugen das Feuer aus, doch ihre Mühen bewirkten nur, dass es auf die dichte Schicht aus Kiefernnadeln am Waldrand übergriff und schließlich die trockenen Bäume erreichte, deren Rinde man ringförmig angeschnitten hatte, damit die Bäume abstarben und für die nächste Pflanzzeit im Frühjahr ein Feld gerodet werden konnte.

Am Abend fand Cougar in den schwarzen Kohlen, wo Noholds Hütte gestanden hatte, die Tonfläschchen mit Milch. Sie wollte den Ruß wegschrubben, doch es war nutzlos. Sie bat Madoc um mehr Wolle und einen neuen Tonkrug Ziegenmilch, damit sie Brian von seiner Pflicht als Kindermädchen befreien konnte. Sie fanden ihn am Bach, wo er laut pfeifend mit den beiden schreienden Kindern auf dem Arm auf und ab ging.

»Meine Schwestern mochten es, wenn ich pfiff, aber die Knaben haben Hunger. Ich habe sie gewickelt.« Er wurde rot. »Und … und aus dicken Rindenstücken und ein paar Lederstreifen, die ich aus Noholds Hütte bergen konnte, bevor sie einfiel, habe ich ein Tragegestell gemacht, damit kannst du beide leicht auf den Rücken nehmen, den einen rechts, den anderen links.« Er zeigte ihr, wie sie das Gestell anlegen musste. »Ich kann das Leder auch noch stanzen, und du kannst es bemalen, so wie die Haut, mit der du deine tote Freundin bedeckt hast. Ach, war die schön!«

»Das ist schön.« Cougar strahlte über das große schöne Wiegenbrett. Brian hatte es schon mit Moos ausgelegt, damit die Kinder es weich hatten. Und es passte wie angegossen. »Die Kinder sollen einen runden Kopf haben, wie du. Rund ist besser als flach, denn es sieht aus, als sei jemand darauf getreten.«

Auch Madoc lobte Brian, schickte ihn zum Essen und bat ihn, vor Einbruch der Dunkelheit auch für Cougar und ihn etwas Essbares zu bringen.

Schließlich kam er mit gebratenem Fleisch und Zwieback wieder. Das Fleisch war zäh und bitter und schmeckte nicht so delikat wie Reh. Zwieback hatte Cougar noch nie gegessen, er war so leicht wie eine Pusteblume und so schmackhaft, dass sie schmatzen musste. Madoc nickte ihr zu und aß auch mit den Fingern.

Auf den Schiffen gab es für ein paar Männer noch Schlafplätze. Madoc war wütend auf Nohold, weil er Cougar allein gelassen hatte, also blieb er bei ihr am Bach.

In der Nacht wurde es kalt, sie stand auf und machte ein Feuer. »Nicht!«, schrie er. »Kein Feuer! Weg mit den Feuersteinen!«

Als Madoc den Schreck auf Cougars Gesicht sah, lächelte er. »Ich hätte dich nicht anschreien dürfen. Ich hole eine Decke für uns.«

677

»Hast du gedacht, ich würde wieder ein großes Feuer machen?«

»Nein, natürlich nicht.«

Als er zurückkam, hatte sie sich an die Kinder gekuschelt. Er legte sich an ihren Rücken und zog die Decke über sie alle.

Sie erzählte ihm von den Träumen, die sie hatte, bevor sie ihn getroffen hatte. Er begriff nicht, wie sie ihn kennen und von ihm träumen konnte, bevor sie ihn gesehen hatte. Er legte die Hand an ihre Wange und spürte ihre Tränen, er zog sie an sich und umfasste ihre Taille. Als er sie auf den Nacken küsste, roch er den Rauch in ihrem Haar. Ein Kuss – das war etwas Neues. Er entzündete einen Funken in ihrem Bauch. So wie damals, als sie mit Otter zusammen gewesen war. Sie fand es rätselhaft, dass ein Geist solche Empfindungen bei ihr auslösen konnte. Sie nahm seine Hand und drückte ihre Lippen darauf. Sie brannte. Sie schloss die Augen und spürte, wie sie in seine Wärme glitt.

Die Kinder schrien, sie musste aufstehen und sie füttern. Es war immer noch dunkel, alles roch nach Rauch. Eine leise Brise wirbelte die Asche der verbrannten Hütte auf. Ihr war, als würde sich in den Bäumen etwas bewegen. Doch dann war alles wieder still, und sie dachte, es war nur der Wind. Sie vergewisserte sich, dass die Zwillinge gut eingepackt waren, und schlüpfte wieder zu Madoc unter die Decke, diesmal drückte sie ihren Bauch an seinen Rücken und streichelte ihn. Er drehte sich um und strich mit seinen großen Händen über ihren Körper, ihre Lippen öffneten sich, sein Mund drückte sich auf ihren Mund, seine Lippen waren fordernd, aber zärtlich. Sie wusste nicht, wie man diese Situation nannte, aber sie wurde so schwach, dass sie alles um sich herum vergaß und sich an ihn presste. Er war der Mann, nach dem sie sich immer gesehnt hatte.

Madoc nahm ihr Gesicht zwischen seine Hände, schob sie ein Stück von sich und holte tief Luft. »Ich weiß nicht, wer du bist, aber ich mag dich. Sehr. Oh, so sehr! Aber es ist dir gegenüber nicht fair, denn du kennst mich auch nicht, ich bin ein Druide aus Wales. Ich habe geschworen, mich nicht mit den Wilden zu verbrüdern.« Sie verstand ihn nicht und wich zurück. Doch dann legte sie zwei Finger auf seine Lippen und drückte sich an ihn, so dass ihre nackten Brüste seine nackte Brust berührten. Ihre Hand strich über seinen Bauch, sie küsste ihn. Er strich mit der Zunge über ihre Lippen und nahm ihre Hände. »Aber das war, bevor ich dich traf.« Er lächelte. »Nicht küssen – ich muss dir etwas sagen.« »Küssen«, wiederholte sie und spitzte die Lippen. Vielleicht sollte sie aufstehen und anderswo schlafen, aber sie wollte nicht weg von Madoc, sie wollte ihm nah sein und seine Hände auf ihrer Haut spüren, wollte, dass er ihre empfindlichste Stelle berührte, wollte ihn in sich spüren. Ja, sie wollte, dass er sie nahm, wie ein Mann eine Frau nimmt, sie wollte ihm gehören. Ihre Eltern hatten sie nicht gewollt, Nohold war einfach wegegangen, ihre Freunde waren tot. Sie konnte tun, was sie wollte, sie war frei. Nur Medizinfrau lebte noch. Sie könnten zusammen dort leben. Sie würde ihn lieben. Genau das wollte sie, das war das Richtige. »Ich wünschte, ich hätte Met«, sagte er. »Met?« »Ein Getränk, von dem einem ganz warm und schwindlig wird.« »Ich bin schon schwindlig, ich will –« »Du wirst noch merken, dass man nicht immer bekommt, was man will. Manchmal ist das, was die Menschen wollen, nicht gut für sie.« Seine Worte schmerzten. Sie setzte sich auf. »Du bist gut für mich.«

»Nein, du denkst nicht folgerichtig.«

»Findest du mich hässlich?«

»Nein, du bist sehr schön, du bist die schönste Frau, die ich gesehen habe, seit ich Lundy verlassen und meiner alten Freundin Blackberries zum Abschied gewinkt habe. Du siehst ihr sogar ein bisschen ähnlich.«

»Ich sehe wie deine andere Frau aus?« Sie bewarf ihn mit einem verkohlten Stock. »Du meinst also gar nicht mich?«

»Nein, nein, das wollte ich damit nicht sagen! Wir gehören verschiedenen Kulturen an. Ich bin als Ziehsohn aufgewachsen, ich habe meine leiblichen Eltern erst kennen gelernt, als ich schon groß war. Mein Vater war ein Häuptling, ein Führer, der Fürst eines Landes, meine Mutter ist eine weise Frau, eine Medizinfrau. Mein Halbbruder brachte meine Frau um. Dann stach ich mit zehn Schiffen in See, mein Lebenswille erwachte wieder, und nun trage ich für alle diese Männer Verantwortung. Wir haben unser Land verlassen, damit wir nach unserer Weltsicht leben können und nicht mehr um unser Leben bangen mussten.«

»Mein Vater ist Schamane beim Oberhäuptling der Calusa. Meine Mutter kümmert sich um Waisen und bereitet sie auf das heilige Opfer für den Geist der Sonne oder des Regens vor. Sie glauben nicht, dass ich ihre Tochter bin, sie glauben, ich sei als kleines Kind ertrunken. Wenn ich immer noch zwei Sommer alt wäre, würden sie mich vielleicht wieder aufnehmen. Nur die alte Medizinfrau glaubt mir, aber sie lebt weit weg am Großen See. Nohold ist so voller Trauer, dass er mich gar nicht wahrnimmt. Kleine Mutter ist tot. Kolibri, Otter, Silberreiher und meine weise Großmutter, die mir ihre Lieder beigebracht hat, alle sind tot. In guten wie in schlechten Zeiten habe ich ihre Musik im Kopf. Sie vermisse ich am meisten. Sie glaubte mir, als ich träumte, du und deine Gefolgsleute würden in schwimmenden Hütten hierher kommen. Ich habe daran geglaubt, dass die Geister dich zu mir bringen. Warum willst du nicht mir gehören?«

»Vielleicht kommen wir beide von interessanten Orten. Was haben wir sonst noch gemeinsam? Einsamkeit? Heißt das, dass ich dir gehöre und du mir? Ich glaube kaum.« Der belustigte Unterton in seiner Stimme verunsicherte sie.

»Willst du deinen Stab in mich hineinstecken? Du und ich, ganz eng zusammen?«

Er hob die Augenbrauen. So dreist war noch nie eine Frau gewesen, so unschuldig und so direkt. Allein ihre Worte konnten einen Mann erregen. »Ja und nein. Ich bin zu alt für dich, ich meine, du könntest meine Tochter sein. Ich will für dich sorgen.«

Sie machte ein finsteres Gesicht, ihre Haut brannte.

»Oder wie eine Schwester, wie eine Freundin. Komm, setz dich in die Wärme, wir können darüber reden.«

Das wollte sie. Aber im Moment hasste sie diese Tochter-Schwester-Freundin-Geschichte. Sie musste nachdenken. Nohold fehlte ihr, sie wünschte sich sehnlichst, er wäre hier. Wo war er? Ging es ihm gut? Er konnte doch nicht einfach weggehen und sterben wie alle anderen! Das würde sie nicht aushalten, sie würde zusammenbrechen, aber das konnte sie sich nicht erlauben, denn die Zwillinge brauchten sie. Bei den meisten Stämmen wurde der schwächere Zwilling eine Nacht lang ausgesetzt und nur aufgenommen, wenn er überlebte. Von diesen Kindern war keines ausgesetzt worden, beide waren gesund und brauchten andauernde Fürsorge. Würde Madoc für die Kleinen sorgen? Sie war sich nicht sicher. Es war ihre Aufgabe, sie musste sich zusammennehmen und durfte nicht an Nohold und die anderen denken. Sie nahm die Kinder und ging, ohne zurückzublicken, bachabwärts, wo sie im kühlen feuchten Sand und den Kieseln eine Schlafstatt fand. Doch sie konnte lange nicht einschlafen.

Madoc erwachte erschöpft, die meisten Männer waren erschöpft. Blutrot ging die Sonne auf. Der einstige schöne Kiefernwald hinter dem Dorf bestand nur noch aus schwelenden schwarzen Stotzen, die Erde war mit grauer Asche bedeckt. Unter den verbrannten Bäumen standen auch noch ein paar grüne Hölzer, schwer von duftendem Harz, die wie durch ein Wunder, sei es durch Wind oder Nebel, dem Feuer entgangen waren. Der Rauch stieg auf und mischte sich mit vereinzelten Wolken. Die Sonne blieb weiterhin zornig rot, bis dunkle Wolken zwei Tage später ihr Antlitz verdeckten. Das Samhain-Feuer hatte das Land, das für die Rodung abgesteckt war, schneller verbrannt, als die Druiden erwartet hätten.

Madoc sah keinen Grund, Finn und seine Freunde zu rügen oder gar zu strafen, sie hatten schon genügend Gewissensbisse und bauten fleißig die zerstörten Hütten wieder auf. Sie entfernten die verkohlten Weidengerten, flochten neue Ruten ein und verputzten die Außenwände mit frischem Schlamm. In neun Tagen waren sie fertig.

Conlaf sagte: »Ich glaube, die Wilden haben sich an uns gerächt und ihre Geister mit Feuer zu uns geschickt. Ihre Geister sind stärker als unsere.«

»Willst du damit sagen, dass sie jede erdenkliche Feindseligkeit schon erlebt haben und immer noch weitermachen?«, fragte Madoc. »Andererseits kann man nicht sicher sein, dass das große Feuer nur durch einen leichtsinnigen Fehler von Finn und seinen Freunden entfacht wurde. Oder war es Bestimmung?«

»Schicksal?«, fragte Conlaf.

»Was die Menschen gemeinhin Schicksal nennen, ist meistens in ihrer eigenen Dummheit begründet«, schnaubte

Madoc. Er befühlte seinen Kopf – etwas Nasses hatte ihn getroffen. Er sah in den Himmel. Vor dem Feuer hatten große Möwen in Schwärmen den Himmel verdunkelt und in den Bäumen gehockt. Es waren so viele gewesen, dass die Äste unter ihrem Gewicht brachen. Mit Fackeln hatten die Männer sie geblendet und mit langen Stangen von ihrem Nachtlager geholt. Heute war der Himmel auch dunkel, aber Möwen gab es nicht. Der Wind frischte auf und wirbelte Asche und Rauch durchs Dorf. Die Regentropfen wurden größer und fielen dichter – der erste gute Regen, seit sie das Dorf gebaut hatten. Die Männer eilten in die Hütten und entfachten kleine Feuer, damit der aufsteigende Rauch verhinderte, dass der Regen durchs Rauchloch fiel. Bald kamen sie wieder nach draußen und gruben Ablaufrinnen um die Hütten herum, die alle in einen großen Graben in der Mitte der Straße liefen, durch den das Wasser in den Graben vor dem Schanzzaun geleitet wurde.

Madoc sah Cougar. Sie saß vor der Gestrüpphütte, die sie gebaut hatte. Von Nohold keine Spur. Ob er sie verlassen hatte? Aber er wagte nicht, zu ihr zu gehen und sie zu fragen.

Neun Tage später kam Nohold zurück, seine Trauer war überwunden. Er baute eine neue Hütte für sich und eine Hütte für Cougar und die Kinder.

Madoc beobachtete Cougar aus der Ferne, ging aber nicht zu ihr. Clare und ein paar andere Männer halfen Nohold beim Bau. Sie berichteten, die Kinder seien rund und gesund und so süß wie Lämmlein.

XXIV

Llan Newydd

Die Seefahrer des 11. Jahrhunderts kannten den Kompass;
er bestand damals nur aus einer Magnetnadel, die auf Stroh
oder Kork schwamm und nach Norden zeigte.
Zella Armstrong, Who Discovered America?
The Amazing Story of Madoc

Finn und seine Freunde bauten den Großen Saal wieder
auf, ein Langhaus mit einer Feuerstelle am Ende des ge-
stampften Erdbodens und einem langen Tisch auf der
Seite. Zwei parallele Balkenreihen aus behauenen Baumstämmen trugen das Dach. Lange Äste, die sich nach innen
bogen, wurden am oberen Ende der Stämme belassen und
mit einem geraden Stück Holz belegt, auf dem die Dachsparren angebracht wurden. Wände und Dach wurden mit
einem Flechtwerk aus Gerten ausgefüllt und mit Schofen
abgedeckt. Unabhängig vom Wetter konnten die Männer
dort zusammen essen, reden und sich unterhalten. Madoc
band eine goldbraune Adlerfeder an den Türsturz.
Auch der Schanzzaun und eine Seite des verbrannten
Schafpferchs wurden erneuert. Finn sah, dass ein Lamm
fehlte.
Conlaf baute sich ein neues Bett aus Kiefernzweigen, die
er mit Rehleder abdeckte und mit zerrissenen Decken
polsterte. Danach bekam er ein schreckliches Brennen im
Magen.

Madoc bat Llieu um einen Becher starken Weidenrinden-sud, der Conlafs Bauchschmerzen lindern sollte. Llieu riet ihm auch, die nächsten Tage keine feste Nahrung zu sich zu nehmen.

Bald ging es Conlaf wieder besser, und er besprach mit Madoc seine Pläne zur Bepflanzung der verkohlten Erde hinter dem Schanzzaun. »Jedes schlechte Ding hat auch eine gute Seite. Das Feuer war ein Segen. Es hat das Unterholz und das verrottende Laub verbrannt. Nun kann kein Blitz mehr ein Feuer auslösen, auch die Wilden, die sich vielleicht nach Llan Newydd schleichen, können nichts mehr ausrichten. Und mehr noch – das Feuer hat Asche auf der Erde hinterlassen, so gedeiht das neue Gras saftig und üppig, außerdem wachsen Pilze. So viel Land hätten wir nicht einmal in sechs Jahren roden können! Nun sehen wir, wer und was sich auf der freien Fläche bewegt. Ohne Bäume und Büsche ist das Land eine Weide für große Vögel und Wild. Das Gute gleicht das Schlechte wieder aus. Wir werden das Jahr 1171 als ein gutes Jahr in Erinnerung behalten.«

»Wir können die Obstkerne und Nüsse pflanzen, die wir mitgebracht haben. In ihnen ruht das Leben. Es ist an der Zeit, dass sie Wurzeln schlagen.«

In der Nacht kam Wind auf, er fegte über die Klippen und knickte ein paar verkohlte Baumstämme um, die wie Skelette im Wald gestanden hatten. Nach drei Tagen Regen zog Conlaf trotz seiner Magenschmerzen mit sechs Männern aus und legte verbrannte Stämme um die abgesteckten Felder; ähnlich wie in Wales, dort begrenzte man Weiden mit Steinen. Bald waren die Männer voller Ruß, Asche und Erde. Madoc bat sie, Stufen in die Böschung zu schlagen, damit sie dort waschen konnten. Er wollte nur noch das Flusswasser nutzen, der Bach gehörte Nohold und Cougar. Er hatte den Eindruck, dass er langsam ein guter

Führer wurde, der über den Gefühlen seiner Männer stand und seine eigenen Gefühle unter Kontrolle hatte.

Die Rehe kamen nicht zurück ins verbrannte Land. Möwen und Wandertauben zogen in Schwärmen vorüber, doch sie blieben nie auf den schwarzen Stümpfen sitzen. Am Tag glitt ein Adler im Wind übers Dorf, nachts hockte er auf einer frei stehenden grünen Kiefer, die wie eine Wächterin im Land stand. Madoc fand eine Feder mit schwarzer, brauner und weißer Färbung – sicherlich ein Geschenk des Adlers.

Die Tage waren warm, die Nächte kalt, jedoch nicht so kalt wie die Nächte in Wales zu dieser Jahreszeit. Die Druiden lernten den Unterschied kennen zwischen den niedrigen Wolken und dem Nebel, der in der Nacht von der See hereinzog und sich bis Mittag wieder lichtete. Die grauen Wolken brachten keinen Schnee, nur milden Dunst und schließlich anhaltenden Regen.

Am 29. Dezember 1171 sagte Madoc, er habe das Gefühl, die Sonne hätte sie verlassen.

Abends im Langhaus aßen die Männer schmatzend gebratene Möwen und getrocknete Südfrüchte, die je zwei flache Samen enthielt. Conn stimmte ein walisisches Lied an, in dem die Sonne gebeten wurde, ihr Gesicht zu zeigen, damit die Bauern wussten, dass sie immer noch eine treue Freundin war. Conns graues, widerspenstiges Haar fiel ihm auf die Schultern. Er trug neue Lederschuhe, die eher wie hohe Bundschuhe aussahen denn wie Stulpenstiefel. Seit Gwalchmai zu krank war, um das Lager zu verlassen, war Conn der Dorfbarde.

Madoc dankte den Sängern und setzte sich zu Conn. »Geh zu Gwalchmai und lerne die Verse, die er auf Llan Newydd gedichtet hat. Solange noch Worte aus seinem Mund kommen, lebt er. Der Tod ist für ihn ein Abenteuer, das zu groß ist, als dass er es schon jetzt angehen kann.«

»Bis wir mehr Velin haben, lerne ich die Verse auswendig
und schreibe sie auf Rinde.« Conn zögerte einen Moment
und sah Madoc an, der reglos dasaß wie ein Stein. Er legte
die Hände schwer auf Madocs hängende Schultern und
wartete geduldig, bis Madoc ihn ansah. »Ich sehe, eine
alte Sorge macht dich traurig, Meister. Willst du darüber
sprechen?«
»Du siehst zu viel. Aber es stimmt, seit Tagen bin ich me-
lancholisch und sentimental. Wie Nebel vor dem Regen.
Ich muss an den Tod meines Vaters vor zwei Jahren denken. Ich kannte ihn nicht gut, die Bande mit meinen Zieh-
vätern sind sehr viel stärker. Ich dachte immer, der Tod
meiner Frau, von Brett oder den anderen Männern würde
mir so nah gehen, aber das alles scheine ich überwunden
zu haben. Ich weiß nicht, warum mich diese Erinnerung
so quält, gerade heute ist es am schlimmsten. Ich denke an
ihn, an den Landesherrn von Gwynedd, der seine Untertanen führt, und der so wichtige Menschen wie einen
Thomas Becket trifft.« Plötzlich wurde er bleich. »E-es ist
lächerlich«, stotterte er. »Owain ist tot, und Thomas ... Ich
weiß nicht, wo Thomas ist. Er war ein guter Freund meines Vaters. – Sing mir etwas herzerfrischendes, damit ich
auf andere Gedanken komme.«
»Die Seelen wollen deine Aufmerksamkeit«, sagte Conn
mit einem breiten Grinsen und funkelnden Augen. Er
wühlte in einem Ballen Felle an der Wand und zog die
Leier heraus. »Höre!« Er klimperte eine Weise, die er in
der Werft von Dubh Linn gelernt hatte. Als ihm ein Vers
eingefallen war, stellte er sich auf eine Bank aus einem
halben Baumstamm, schlug leise die Saiten an und verkündete: »Die heutige Abendunterhaltung soll zu Ehren
des mächtigen Fürsten von Gwynedd, Owain ap Gruffudd, sein. Sicherlich schätzt der Fürst unsere Fahrt zur
Entdeckung eines Landes, wo die Menschen nachts ohne

Furcht vor mordenden Soldaten, Nachbarn oder Anverwandten schlafen können. Nur eines versteht Owain vielleicht nicht – dass wir keine Pferde und keine Frauen haben, denn er liebte Frauen und Pferde. Ich sehe, wie er mit erhobenem Zeigefinger schimpft:

Wie wollt ihr ohne Gaul einen Karren ziehen?
Euer Dorf wird bald zugrunde gehen.
Und das Wissen und die Geheimnisse der Alten Religion
werden mit dem Dorf sterben, sehr bald schon.
Keine Kinder könnt ihr lehren beizeiten,
ihr tut mir Leid, ihr dummen Heiden!«

Im Großen Saal war es ganz still geworden, nur das Feuer krachte. Die Männer sahen sich an – Conn hatte Recht. Keiner würde ein Schaf vor einen Karren spannen, damit es Grassoden zieht. Auch würde keiner eine Wilde in seine Hütte lassen, nur damit die Kinderstube voll wurde. Bei all diesen Gedanken fühlten sich die Männer unwohl. Sie zuckten mit den Achseln und lachten nervös. Conn summte, stieg auf den Tisch, schloss die Augen in der warmen Luft unter dem Dach und fuhr fort:

Owain ap Gruffud, wir hielten dich für gerecht und ehrbar auf Erden.
Und im Sid, konntest du da auch ein achtbarer Führer werden?
Bitte uns nicht, das Land zu tauschen, Lugh steh uns bei!
Haben wir doch Frieden gefunden und bleiben dabei!

Conns Worte gingen Madoc nicht mehr aus dem Kopf. Er schloss die Augen und musste an Cougar denken. Damit noch weitere Generationen entstanden, brauchte dieses Männerdorf unbedingt Frauen.

Am Morgen schichtete Cougar das Feuer neu auf und fütterte die Kinder mit einem Brei aus gemahlenem Getreide und Wasser. Durch die offene Tür sah sie, dass Nohold noch schlief. Sie betete, dass er nun für immer bei ihr blieb. Trauer war wichtig, doch wenn sie zu lange dauerte, wurde der Trauernde krank. Sie stellte sich an sein Lager und fragte sich, ob er mit Madoc gesprochen hatte. Immerzu musste sie an Madoc denken. Sie schloss die Augen und sah sein Gesicht, die himmelblauen Augen, die goldenen Locken, die sich wie Herbstgras darum rankten und weich waren wie Distelstroh, sogar seine Barthaare waren weich. Jede Nacht sehnte sie sich nach seinen großen, zärtlichen Händen an ihren Wangen, sie wollte, dass er sich eng an ihren Rücken schmiegte und mit ihr sprach, wollte ihm sagen, dass sie ihn nie als Bruder sehen könnte. An den kühlen Herbsttagen hatte sie ihn mit seinen Männern bei der Arbeit gesehen. Sie wusste, dass der Grauhaarige, der immer so schön auf der Leier gespielt hatte, die Wurmkrankheit hatte. Sie hatte Conlaf dem Heiler, dem Schwarzhaarigen mit den sanften braunen Augen geraten, ihm einen Absud aus gemahlenem Wurmkraut oder Stechapfel zu geben, doch Conlaf meinte, er wisse es besser, und gab ihm die Wurzel des Wohlriechenden Gänsefußes, was den Barden nicht von den Würmern befreite.
Sie hatte auch mit Madoc gesprochen, aber er war mit wichtigeren Dingen beschäftigt. Vielleicht sollte sie noch einmal zu Madoc gehen, aber er hatte so dumme Sachen gesagt und gemeint, sie wäre wie eine Schwester. Er müsste schon zu ihr kommen. Und dann würde sie ihm zeigen, dass sie weit mehr sein konnte als eine Schwester. Wir beide müssten zusammen sein. Sie lächelte.

»Ich glaube, Cougar zeigt mir die kalte Schulter, weil ich zu ihr gesagt habe, sie sei wie eine Schwester«, sagte Madoc zu Conlaf. »Sie glaubt doch, dass wir Geistwesen sind und im Gegensatz zu ihr, einem lebenden Menschen, kein Lamm brauchen. Ich soll ihr ein Lamm geben, damit sie für die Kleinen einen Strampelsack machen kann. Weiber! Und dieses Weib weiß nicht einmal, was ein Lamm ist und wie man sie hegt.«

»Sie will also nicht deine Schwester sein? O Lugh, hast du denn vergessen, wie Frauen denken?«

»Natürlich nicht! Wie kann ich etwas vergessen, das ich nie gewusst habe! Ich kann mich nicht mit einer Wilden einlassen! Sie ist anziehend, ein hübsches Ding, ein Augenschmaus, und sie hat auch unsere Sprache gelernt. Aber sie hält mich für eine Art Gott und will mich für sich beanspruchen.«

»Sie will natürlich deine Frau sein!«, schnaubte Conlaf.

»Hört sich an, wie eine Frau in Hitze! Ich kann gar nicht glauben, was du mir da erzählst. Die meisten Männer würden gerne mit dir tauschen! Und alle würden dir sagen, was für ein verdammtes Glück du hast. Oder willst du sie noch eine Weile zappeln lassen?«

»Zappeln lassen? Für wen hältst du mich! Ich habe den Druidenschwur abgelegt, dass ich unsere Kolonie, unser Dorf, rein von fremdem Blut halte. Wenn ich eine Frau will, gehe ich nach Wales und hole mir eine!«

»Meinst du, Cougar ist sicher vor all diesen Männern?«

»Natürlich, sie lebt bei Nohold, er passt auf sie auf. Und unsere Männer sind ehrbar, sie sind Druiden. Sie haben alle den Eid abgelegt, so wie du und ich.«

»Dann solltest du vielleicht mit ihr über das fehlende Lamm sprechen. Aber reg dich nicht auf – finde nur heraus, ob sie weiß, wo es ist, und ob sie vielleicht schon Lammleder vernäht.«

»Das werde ich.« Madoc war verwirrt, weil Conlaf dachte, Cougar hätte das Lamm gestohlen. »Ich frage sie nach dem Lamm und ich frage sie auch, was die Wilden gegen Bauchschmerzen trinken!«

»Bevor du gehst – noch eine Frage: Wenn wir hier walisische Frauen hätten, würdest du dir das mit Cougar auch überlegen?«

Madoc zuckte mit den Schultern und kam wieder auf Conlafs Krankheit zurück. Was sein Freund über Cougar gesagt hatte, ärgerte ihn. Was wusste er schon von ihr? Er hatte es satt, darüber ausgefragt zu werden, was er über Frauen im Allgemeinen und Cougar im Besonderen dachte.

»Ich warte auf deine Antwort?«

»Hör endlich auf!« Madoc war verdrossen. Doch vielleicht würde es ihm besser gehen, wenn er seinem Freund erzählte, wie es ihm wirklich ging. Vielleicht würde er ihn dann in Ruhe lassen. »Also, unter uns – ja, ich würde, wenn ich es mir selbst gestatten würde. Du machst mich unsicher. Ich fühle mich unglaublich wohl mit ihr, aber gleichzeitig treibt sie mich zum Wahnsinn. Du weißt sehr gut, was ich meine. Ich mag sie.«

»Ich weiß, du bist verliebt, du Dickschädel!«

Den Winter über blieb Madoc immer in der Nähe der Männer, überwachte die Arbeiten und entwickelte Formen des Tauschhandels zwischen den Gruppen.

Das verkohlte Gras war vom steten Regen schließlich wie reingewaschen, und an einem Morgen entdeckten sie hier und da graue Ringe von einem Durchmesser von drei bis sechs Handbreit im feuchten, gelben Gras.

»Elfenringe, wie in Wales!« Tipper war überzeugt, dass die Elfen sie gefunden hatten und nun bequem unter Felsen und im Gebüsch lebten. »Ruhm sei dem Elfenvolk, das nachts zum Vorschein kommt und im Reigen tanzt!«

»Ja, das hier sieht mehr und mehr aus wie *Bychan Cymru*, das Kleine Wales.«

Einer schlug vor: »Vielleicht sollten wir einen Stab mit einer Flagge auf der Klippe aufstellen, dann wissen die Männer, die über den Fluss kommen, gleich, dass sie ihre Heimat anfahren.«

Noch nie hatten Druiden eine Flagge gehabt, und wenn, dann so heimlich, dass sie keiner kannte.

»Die Wikingerflagge zeigt einen schwarzen Raben mit gespreizten Flügeln auf weißem Grund«, wusste Erlendson.

»Zu Ehren der *Pedr Sant*, Kapitän Riryd und seiner Mannschaft könnten wir die irische Fahne aufziehen«, meinte Dewi, »grün, weiß, orange.«

Schließlich hissten sie die einzige Flagge, die sie hatten, nämlich einen roten Drachen, den der Maler Glyn auf ein viereckiges Stück Leder gemalt hatte.

Eine Woche lang regnete es ununterbrochen. Der Fluss schwoll so stark an, dass die Schiffe Ende Januar an Bäume am Fuß der Klippen gebunden werden mussten. Eines Nachts zermalmte der Sturm die kleine *Ystwyth* zwischen der *Grey Wolf* und der *Buck Deer*. Am nächsten Tag ließ Madoc alle beweglichen Güter von den bislang unversehrten Schiffen holen und die Schiffe ein paar Meilen flussabwärts auf Baumstämmen ans höher gelegene Ufer ziehen. Die Fischer-Currachs wurden ins Dorf getragen. Über das Rauchloch seiner Hütte legte Conlaf einen umgedrehten Currach, damit es nicht hereinregnete, und so musste er die Türklappe offen lassen, damit der Rauch abziehen konnte.

Madoc holte sein Velintagebuch vom Kasteel der *Gwennan Gorn* und legte es auf das Holzregal in seiner Hütte. Er wollte die winterlichen Fluten verzeichnen, außerdem schien die Zeit reif, Erbsen, Gerste und Hafer zu säen. Bald hätte er ein neues Buch für seine Aufzeichnungen. Er hoffte, dass sich die wenigen Schafe bald vermehren wür-

den und sie ein Tier für Nahrung und Leder schlachten
könnten. Rehleder konnte nicht so fein geschabt werden
wie Lammleder. Wyns Tonfigürchen stellte er auch aufs
Regal. Wieder war er erstaunt über die Schönheit und Le-
bendigkeit der kleinen Tiere. Ein Kloß saß ihm im Hals,
als er den kleinen Fuchs streichelte und mit ihm sprach,
wie Kinder mit ihren Spielsachen sprechen. Er versprach,
Schaden von ihm abzuwenden, und murmelte Kinder-
weisheiten, die durch die Kraft des liebevollen Gedenkens
wahr wurden. Was hätte seine liebe Schwester alles erreichen können, wenn sie länger gelebt hätte! Den Eisenkessel, in dem er die Tonfiguren aufbewahrt hatte, drehte
er um und benutzte ihn als Schemel. Da saß er, den weichen Schein des Feuers auf dem Gesicht, und starrte auf
die Tierchen, die im Widerschein tanzten.

Am nächsten Tag sorgte er sich wieder um seinen Freund
Conlaf, der erneut über Bauchkrämpfe klagte und so erschöpft war, dass er das Bett hüten musste.
»Ich bleibe ein wenig bei dir und mache Pause zwischen
all der Arbeit, die es bedeutet, diese Kolonie aufzubauen
und am Laufen zu halten.«
»Ich mag deine Gesellschaft.« Conlaf hatte nie über die
brennenden roten Kratzer geklagt, die die Wilden ihm an
der rechten Seite zugefügt hatten. Die ausgeheilten leprö-
sen Stellen waren knotig wie ein Knäuel Garn. Er legte die
Hand auf den Bauch und wiederholte viermal den Zau-
berspruch gegen einen übersäuerten Magen. »Ich fange
dich unter meiner Hand, Lo, die Hitze meiner Hand ver-
brennt die Dämonen im Inneren. Hüte dich vor der Hitze
und rolle dich in friedlichen Schlaf und hege keine Bosheit
gegen den, der dich in sich wohnen lässt.«
Madoc schloss die Augen. Er wollte Cougar mit dem Willen herbeizaubern, damit sie Conlafs Schmerzen linderte.

693

Doch Cougar hörte sein Flehen nicht, und wenn, dann schenkte sie ihm keine Beachtung. Dann betete er, dass die Frühlingssonne die Gesundheit seines Freundes wiederherstellen würde. Sollte Conlaf sterben, würde er zusammenbrechen, sein Körper würde zu Staub zerfallen, nur die rinnenden Tränen würden bestehen, doch die Tränen konnten so viel Staub nicht zusammenhalten.

Die Druiden begingen Imbolc, den ersten Februartag. In Wales war es die Zeit, da sich das Frühjahr tief im Bauch der gefrorenen Mutter Erde zu regen begann. Der Winter war grau und feucht gewesen, für Schnee war es nicht kalt genug. Die Männer feierten und geleiteten mit Liedern das Sonnenlicht auf die Erde zurück. An jenem Tag erschrak das Waldmurmeltier nicht vor seinem eigenen Schatten, die Waliser sagten, es käme heraus und suche nach Futter und nach einem Weibchen. Nun hielten die Druiden hier nach ähnlichen Zeichen des Murmeltiers Ausschau und sahen einen unbekannten Nager, einen Wasserbewohner mit Schwimmhäuten an den Füßen und einem langen unbehaarten Schwanz.

Im März nahmen die Regenfälle wieder zu. Auf dem verbrannten Land hinter dem Dorf wuchs grünes Gras, rote und gelbe Blumen leuchteten; eine Wiese. Die schwarzen Skelette der verkohlten Kiefern bekamen einen moosigen Überzug. Gorlyn fand essbare Pilze, die wie Schwämme an den Stümpfen der Bäume klebten. Die Männer aßen diese Pilze zusammen mit Gemüse, bis sie zurückschreckten, als an ihren hölzernen Speisebrettern kleine Schwämme wuchsen. Denen, die am lautesten schrien, wurde gezeigt, wie man diese Pilze zum Trocknen mit dem Kopf nach unten aufhängte, damit man sie später essen konnte.

Bei diesem Speiseplan bekam Conlaf wieder Farbe ins Gesicht und wollte das Haus nicht mehr hüten. Früh stand er auf und erkundete das neue Land, er wanderte durchs Röhricht, naschte Beeren und zerstörte filigrane Spinnennetze, in denen Tautropfen funkelten. Zwischen den Bäumen, die mit langen Strängen silbergrauen Mooses behangen waren, wanden sich Diamantklapperschlangen auf der Suche nach Nagetieren durch den Farn.

Die Nächte waren klamm, die Tage schwül. Grasmücken schossen durch die Zweige, Schopfspechte hämmerten, während die Männer Pflanzstäbe in große Felder steckten, an die sie die Schösslinge binden wollten. Die Krume wurde mit beinernen Schaufeln umgepflügt, sodass das Gras nach unten wuchs. Mit Stöcken stemmten sie die Schollen auseinander, die durch krumme Wurzeln verbunden waren, dann rechten sie die Erde mit schweren Rechen; sie bestanden aus Stöcken, die an kurzen Brettern befestigt waren, in die wiederum Knochenstücke in einer Reihe gebohrt waren.

Auf dem sandigen Boden gediehen Gerste und Hafer gut. Auch die Erbsen wuchsen hoch und üppig. Manche meinten, die Erbsen hätten früher gesät werden sollen, als die Zeit beim zunehmenden Mond günstig war. Andere wiederum sagten, man hätte sie abseits des Baumschattens pflanzen sollen.

Sigurd war kein Bauer, aber er wunderte sich, warum die Männer keine Samen der einheimischen Pflanzen sammelten und säten. In Irland hatte er gesehen, dass die kultivierte Art größer war als die Wildpflanze.

Efyn, der Alchemist, verstand etwas vom Okulieren. Er könnte den Ast eines walisischen Apfelbaums auf einen einheimischen Hickorybaum pfropfen und mit diesem Zauber die Wilden beeindrucken.

Madoc schrieb die Vorschläge in sein Tagebuch, manche waren durchaus einen Versuch wert. Auf jeden Fall wollte er im Sommer Körner von wilden Getreidearten sammeln und im nächsten Frühjahr säen. Er saß an einen warmen grauen Stein gelehnt im Schatten, schloss die Augen und fühlte sich ganz aufgeräumt und ausgeglichen. Das war ein Neuanfang. Er glaubte, dass er alles hatte, was er wollte und brauchte – da kitzelte ihn etwas an der Nase. Er schlug die Augen auf. Cougar stand vor ihm, in der Hand einen Grashalm.

»Nohold passt auf die Zwillinge auf. Ich wollte dir zeigen, wie man auf einmal viele Fische fängt.« Unterm Arm trug sie ein zusammengerolltes Netz aus gedrehten Pflanzenfasern. »Hol die Eierschalen, die runden Boote. Ich hole Essen für uns und Futter für die Fische.«

Madoc steckte sein Tagebuch ein und trug einen Currach für zwei Mann überm Kopf auf einem Wildpfad am Ufer entlang über mehrere Erhebungen. An einer weiten Ebene an der Mündung setzte er ihn ab, stieß ihn ins hüfthohe Wasser und stieg ein. Rücken an Rücken saßen sie, Madoc paddelte, bis Cougar ihm die Stelle zeigte, wo sie vor zwei Tagen Blaukrabben gesehen hatte. Sie watete an Land, suchte einen großen Stein und band ein Faserseil darum, den Steinanker ließ sie neben dem Currach zu Wasser, stieg wieder ein und band das andere Ende des Seils an eine Spante.

Sie zog das Wurfnetz auf, holte einen großen Lederbeutel mit ein paar Heuschrecken heraus, band ein Insekt an eine einzelne geflochtene Leine und gab sie Madoc in die Hand. »Halt sie ins seichte Wasser, wenn die Krabben anbeißen, zieh langsam und lege die Krabben in den Korb.«

Madoc lernte schnell und wollte schon ins Dorf zurückgehen und stolz ihren Fang zeigen. Aber Cougar sagte: »Nein«, und band den Korb zu, damit die Krabben nicht fliehen konnten. »Nun fischen wir.«

Madoc hörte einen Knall; er dachte, es sei ein Stelzvogel, der Elritzen jagte.

Kichernd deutete Cougar auf eine Stelle, wo die Ebbe dunkle glatte Steine, Muschelhaufen und breite Fladen von rotbraunem, porösem Schlamm für die Sonne entblößt hatte. Gase, die im nährstoffreichen Schlamm gefangen waren, dehnten sich aus, die Blasen brachen auf, die Löcher liefen mit Wasser voll. Madoc paddelte zu einem tiefen grünen Gumpen, der von Zypressen umstanden war. Der Wasserlauf durch den Gumpen war kaum sichtbar. Glucksend zeigte Cougar ihm einen großen Fisch.

Sie schüttelte das große plumpe Netz auf, vergewisserte sich, dass die Öffnung weit offen war, und behielt das eine Ende der Zugschnur in der Hand, in der gleichen Hand raffte sie die Kante. Mit der anderen Hand nahm sie einen Stein, der als Gewicht an der Unterseite angebracht war. Madoc staunte, als sie Hüften und Schultern erst nach links, dann nach rechts schwang und mit der rechten Hand das wirbelnde Netz steuerte. Das Netz sprang auf und landete mit einem lauten *Platsch* über dem Fisch. Nach ein paar Minuten holte sie das geschlossene Netz ein – ein paar Meeräschen und eine Hand voll Garnelen. »Ju!« Sie gab Madoc das Netz, nahm die zuckenden Fische und spießte sie auf einen gegabelten Weidenstock. Die Garnelen wanderten in den leeren Beutel, wo sie die Heuschrecken aufbewahrt hatte.

Madoc vergaß beim ersten Wurf, das Steingewicht loszulassen, und das Netz fiel in einem Knäuel vor den Currach. Cougar zeigte ihm alles ein zweites Mal und fischte noch mehr Äschen und so viele Garnelen, dass sie den harten Fladen nicht essen mussten, den Cougar mitgenommen hatte. Die Fische kamen in den großen, die Garnelen in den kleinen Lederbeutel. Das wiederholte sie noch ein paar Mal, dann war Madoc wieder an der Reihe. Alle Beutel und der Boden des Currachs waren voller Fische und Garnelen.

Madoc war begeistert von dieser Angelmethode. Als er das nächste Mal warf, klatschte das Netz rund ins Wasser und wurde so schwer, dass er fürchtete, es zu verlieren. »Stillsitzen, sonst kentert das Boot!« Cougar krümmte sich vor Lachen. Zusammen holten sie das Netz ein und zogen es ins Boot.

»Ju! Lugh!«, rief Cougar, als ein Monster mit scharfen Zähnen auf Äschen und Garnelen und neben ihren nackten Füßen und Waden zuckte.

Im Nu waren beide ins Wasser gesprungen. Der Hai biss sich aus dem Netz und fraß die Garnelen, dann wollte er sich über Madocs Stiefel hermachen. Madoc schlug ihm ein paar Mal mit dem Paddel auf den Kopf, und als der Hai schließlich verschwand, stiegen sie wieder ins Boot.

Cougar meinte: »Der hätte uns gefressen, samt Kleidern. Genug für heute.«

Madoc nahm das vordere Ende, Cougar das hintere Ende des Currachs samt dem Fang. Er fühlte sich gar nicht wohl, weil er sich so ungeschickt angestellt hatte, und sprach nicht viel auf dem Rückweg. Ihm fiel gar nichts zu sagen ein, er war verwirrt und wollte nur noch schnell zurück ins Dorf. Er drehte sich um und blickte Cougar an. Sie sah auf wie aus weiter Ferne, lächelte schief, begegnete aber seinem Blick nicht. Sie weiß etwas, das ich nicht weiß, dachte er.

Am Abend, als Cougar, Clare und Conn die Fische putzten, ging Madoc zu Nohold und lud ihn zu einem Mahl aus Meeresfrüchten im Großen Saal zu Llan Newydd ein. Cougar konnte nicht an sich halten und erzählte die Geschichte von Madocs Hai. Die Männer hielten sich die Bäuche vor Lachen. Und bevor der Abend noch zu Ende war, wetteiferten sie mit Geschichten vom Fischfang, bis jeder, der eine Geschichte wusste, sie auch zum Besten gegeben hatte.

Nohold kämpfte mit den Worten, aber er erzählte von einem Winter, als er noch ein Junge gewesen war. Es war zu kalt zum Schwimmen, die Kälte ließ die Temperatur des Wassers so schnell sinken, dass die Forellen erstarrten. Die Leute aus dem Dorf häuften die Fische in alle Behältnisse, die sie nur finden konnten, und hatten nicht nur ein großes Festmahl, sondern es blieb auch so viel übrig, dass sie noch weit ins Frühjahr hinein Salzfisch hatten. Gwalchmai versprach, ein Lied zu dichten, das die Fische im seichten Fluss stolz machen würde.

Am ersten April wies Madoc ein Gruppe Männer an, Moos und Moder vom Rumpf der *Gwennan Gorn* zu schrappen. Tipper trat neben ihn in den Schatten, den das Schiff warf, und sagte:»Die Rehe sind wieder da, ich sah sie auf der Weide, wo einst der verbrannte Wald stand. Komm morgen mit uns jagen. Vielleicht hat Nohold auch Lust mitzukommen.«

»Danke. Ich werde ihn fragen. Erinnerst du dich, dass er uns beibringen wollte, eine kleine Herde einzukreisen und sie über die Klippen zu treiben? Das wäre einfacher, als sich nah anzupirschen, einen Speer zu werfen oder ein paar Pfeile abzuschießen. Wir könnten die Tiere am Ufer schlachten und Fleisch und Häute über die Treppen transportieren. Was meinst du?«

»Ich denke, ich kann zwanzig Mann für die Treibjagd zusammentrommeln. Und – Wunder, o Wunder – ich habe das verlorene Lamm gefunden. Du kannst es mit einem Netz einfangen.«

»Spielst du jetzt den Singvogel, der sich einbildet, ein verlorenes Lamm gesehen zu haben?« Madoc nahm Tippers Schaber.

»Ha! Ein paar Meilen entfernt hängt Wolle in einem

Wurmkrautdickicht.« Tipper zog einen Strang Wolle aus der Kitteltasche.

»Bei Lugh! Ich muss mich bei Cougar entschuldigen.« Madoc legte den Schaber aufs Deck. »Ich habe wirklich gedacht, sie hätte das Lamm gestohlen und gehäutet, weil sie für den einen Jungen einen Strampelsack machen wollte.«

Am Bach machte Madoc Halt und schöpfte Wasser. Sein Gesicht kühlte er wohltuend mit den nassen Händen. Der Bach floss ruhig und tief dahin, die überhängenden Farne bewegten sich kaum. Eine Libelle mit schimmernden Flügeln flog auf und kreiste über Madocs Kopf. Unter einem großen Baumstamm hatte sich ein Strudel gebildet, die Blasen flüsterten leise. Es war eine Weile her, dass er mit Cougar gesprochen hatte. Hatte er ihre Gespräche vermisst? O ja! Dutzende Male wollte er zu ihr gehen seit dem Tag, als sie zusammen Fischen waren, wollte an kühlen Tagen an ihrem Feuer sitzen und mit ihr sprechen.

Er spitzte die Ohren. Schrien da die Kinder? Sie würden gewachsen sein, Kinder wachsen schnell. Plötzlich hatte er es nicht nur eilig, Cougar zu sehen, sondern auch die Zwillinge. Keuchend und mit klopfendem Herzen kam er an. Er hatte ihre neue Hütte noch gar nicht von innen gesehen. Würde die Einrichtung zu ihr passen? Würde sie auch diesen Zauber ausstrahlen? Er befühlte die raue Rinde einer Kiefer; aus einem gebrochenen Ast war Harz getropft und hart geworden wie Tränen aus Glas.

»Madoc! Wie lange stehst du denn schon hier?«

»Was?« Ihre Stimme riss ihn aus seinen Gedanken, er fuhr zusammen, als hätte eine Biene ihn gestochen. »Nicht lange. Ich wollte sehen, ob der große Baumstamm immer noch quer im Bach liegt. Ich kann ihn wegschieben, wenn

du willst, oder zerhacken, dann kannst du ihn verfeuern, und außerdem kommst du leichter ans Wasserloch.«
»Ich gehe manchmal über den Stamm ans andere Ufer oder sitze darauf und höre den Bach plätschern. Lass ihn, ich mag ihn. Ich brauche viel eher ein Lammfell.« Sie legte die Zwillinge ins weiche Moos. »Hier können sie krabbeln, das ist besser als auf der Erde in der großen Hütte. Aber ich muss aufpassen, sie gehen so gern ans Wasser.«
»Ein Lamm ist entlaufen«, sagte Madoc. »Hast du das gewusst?«
»Nein. Kann ich dir suchen helfen?«
»Conlaf soll es holen.« Er war verlegen. »Vielleicht gehe ich mit ihm. Aber eigentlich wollte ich mich bei dir entschuldigen, weil ich dachte, du hättest das Lamm gest-, äh, genommen. Ich konnte mir das, ehrlich gesagt, nicht vorstellen, aber andererseits fiel mir niemand sonst ein, der es wollte – wirklich wollte.«
»Danke, dass du an mich gedacht hast, das freut mich. Und du hast Recht, wenn jemand das Lamm gestohlen hätte, wäre ich es wahrscheinlich gewesen.« Sie grinste ihn an. »Wenn ich es je tun sollte, dann verspreche ich, dir ein Dankeschön zu hinterlassen – so hast du euren Tauschhandel erklärt. Du gibst mir etwas, das ich will, und ich gebe dir dafür etwas, das du willst. Komm, sieh dir die große Hütte an.«
»Die große Hütte?«
»Ja, wir leben in der großen Hütte. Im Winter ist es dort wärmer, im Sommer kühler. Außerdem können wir zu zweit besser auf die Kleinen aufpassen und kochen. Nohold liebt die beiden wie seine eigenen Kinder.«
Madoc nahm Himmel vom Boden, der gerade in den Tümpel mit den Kaulquappen krabbeln wollte. Erde kam hinterher. »Da, da!« Erde nahm er unter den anderen Arm. Beide Kinder strampelten, weil sie wieder herunter wollten.

Cougar lachte. »Komm mit zu Nohold, er freut sich sicherlich, dich zu sehen.«

»Dann lebst du bei Nohold?« Er kam sich dumm vor. »Du und er –«

Himmel jauchzte vor Freude, als er Madocs Bart zu fassen bekam.

»O ja. Er und ich. Es funktioniert.« Sie hielt inne, sah ihn an und sagte: »Madoc, wir beide werden immer ... Freunde sein, Freunde, wie du sagtest, ja? Ich habe darüber nachgedacht. Ich denke an dich, ich träume von dir, aber ich kann nicht mit einem Geist leben, denn eines Tages gehst du zurück in deine Geisterwelt auf der anderen Seite des Meers, und ich gehe vielleicht zurück zur Medizinfrau, zu meiner Großmutter am Großen See.« Ihre Miene war ruhig, ihre dunklen Augen voller Wärme. »Dein Gesicht, der Klang deiner Stimme, die Berührung deiner Hände – irgendetwas von dir wird immer in meinem Herzen wohnen, gleich neben Großmutters Liedern. Das alles gehört mir, und ich kann daran denken, wann ich will.«

»Hast du mich vermisst? Ich meine, wolltest du jemals zu mir kommen, weil dein Herz sich so nach mir gesehnt hat?«

»Im vergangenen Winter hat mein Herz wirklich geschmerzt, und ich wäre fast ein paar Mal zu dir gegangen. Ja, ich habe dich sehr vermisst, ich dachte, das Herz würde mir brechen, und ich war sicher, es würde nie wieder heilen. Die Gespräche mit dir haben mir gefehlt, aber stattdessen habe ich mich eben um diese beiden wertvollen Kinder gekümmert. Als wir zusammen Fischen waren, wurde mir klar, dass sie ein Geschenk von dir waren, dass sie durch deine Hilfe lebten. Auch Nohold und ich verdanken dir unser Leben. Vielleicht bist du ja in unser Land gekommen, um uns zu retten. Wie du sagtest: Es ist Schicksal. Nun weiß ich, was das bedeutet.«

Madoc holte tief Luft. Er wollte sie an sich ziehen und ihren Atem an seiner Wange spüren. »Auch mir hat deine Berührung gefehlt«, fuhr sie fort. »Aber du hattest Recht, du kannst all diese Männer nicht verlassen, die von dir abhängig sind. Nohold und ich sind Mann und Frau, und du bist unser Freund.« Sie wischte schnell die Tränen ab. »Nohold ist der Richtige für mich, er weiß, wer ich bin, ich weiß, wer er ist. Wir sind eine Familie. Und ich wollte immer eine Familie. Ich danke dir, deinen Göttern und deinen Geistwesen Tag für Tag.«

»Und ich danke den Elfen, die hier unter den Steinen leben, dass sie uns hier in Freiheit, Frieden und Sicherheit leben lassen. Wusstest du, dass die Rehe wieder da sind?« Madoc war verlegen. »Das Elfenvolk hat uns das Feuer verziehen, nun tanzen und singen sie jede Nacht in ihren Kreisen. Wenn du auf dem Baumstamm am Bach sitzt und aufmerksam lauschst, kannst du sie hören.«

»Elfen? Kenne ich nicht.«

Nohold kam aus der großen Hütte und lächelte Madoc zu. »Komm rein und sieh dir an, wie schön Cougar alles hergerichtet hat.«

An den gekalkten Wänden waren Regale und Holzzapfen für Kleider angebracht, die allerdings alle auf dem Boden lagen. Wo in Madocs Hütte Fensteröffnungen waren, war hier an zwei Seiten die Landschaft gemalt. Cougar stieg über einen Kleiderhaufen und zeigte Madoc das Bild vom Bach mit dem Baumstamm, auf dem eine Möwe hockte, an den Wurzeln wuchs Farn. Das andere Bild zeigte zwei lächelnde Kinder im Wiegenbrett, das an dem großen Baum neben der Hütte hing. Die Farben hatte sie aus fein gemahlenem Erz, getrockneten Pflanzen und dem Eiweiß der Möweneier hergestellt, als Pinsel diente ein Hasenschwanz. Sie hatte alles Mögliche ausprobiert, auch Gänsefett und Kiefernharz, bevor sie herausfand, dass Eiweiß beim Trocknen geschmeidig blieb und dass Hasenhaare die Farben besser zur Geltung brachten als alles andere. Für Madoc waren es die schönsten Malereien, die er je gesehen hatte, auch außerhalb von Wales. Ein Kloß saß ihm im Hals, er wusste gar nicht, was er sagen sollte. In seinem Land malten Frauen nicht, sie nähten und stickten Bilder. Hier in diesem Land hielten die Frauen ihre Hütten sauber und ordentlich, aber Cougar hatte Besseres zu tun, als aufzuräumen und Matten aufzurollen. Er war sicher, mit buntem Garn könnte Cougar die schönsten Dinge herstellen.

»Sie hat zwar viele, viele Tage gebraucht«, sagte Nohold stolz, »aber niemand hätte es besser gemacht als meine Frau.«

Madoc nickte, während Noholds Worte in seinem Kopf tanzten, »meine Frau«. Schließlich fragte er ihn, ob er auf die Jagd mitkommen wollte. Nohold willigte ein und sie verabredeten sich für den frühen Morgen am Tor des Dorfs.

Die Kinder begannen zu schreien. Sie standen und hielten sich an einem großen Korb mit Deckel fest. Cougar setzte sie auf den Boden. »Sie krabbeln, sie stehen, aber laufen können sie noch nicht, auch wenn sie es mit aller Kraft wollen – dann aber wirst du mich um Hilfe rufen hören! Sie werden überall sein und alles auskundschaften!«

Zum Abschied nahm Cougar ihn in den Arm und küsste ihn. »Schön, einen Freund zu küssen!«

Madoc bekam Herzklopfen. Er gab Nohold die Hand. »Ja, wir sind nun für immer Freunde.«

Conlaf musste nichts sagen. Am Morgen sah Madoc an seiner grauen Gesichtsfarbe, dass er krank war und das Bett hüten musste. »Ich bitte Cougar, nach dir zu sehen.«

»Hm. Ich habe einmal mit ihr gesprochen, sie sagt, ich

hätte Würmer wie Gwalchmai. Ich widersprach – das würde sie wohl hoffen! Es ist mir lieber, wenn Troyes oder Llieu kommen, außerdem musst du sie dann nicht erst holen.«

»Zuerst muss ich die Rehjagd absagen. Du und ich, wir gehen nicht.«

»Hm.«

Cougar sah nach Conlaf. Er war weiß wie ein Geist, seine Zunge war belegt, Hände und Füße waren angeschwollen. Sie legte die Hand auf seinen Bauch und tastete ihn ab.

»Au! Das tut weh!«

»Du hast Würmer.«

»Ich habe zwar ein paar dünne weiße Fäden gesehen, aber seit die Sonne wieder scheint, geht es mir besser.«

»Die Sonne scheint schon seit einem Mond wieder. Die Schafe mit Würmern haben harte Bäuche, weil sie Wurmkraut fressen, das immer aussieht wie mit Asche überzogen. Die Pferde und Kühe hingegen fressen lieber die zarten Grasschösslinge, sie haben zwar weiche Bäuche, aber auch Würmer.«

»Woher weißt du das?«

»Ich streichle die Tiere und spreche mit ihnen. Ich lerne sie kennen, ich erfahre Dinge, indem ich hinschaue und zuhöre.«

»Aha, jetzt verstehe ich, warum Madoc dich liebt. Er denkt, du könntest eine Druidin sein.«

»Ein Druide ist doch ein Geist, eine Seele. Ich bin noch nicht bereit, in eure Geisterwelt zu reisen.« Ihr Blick wurde weich, sie blinzelte die Tränen weg. »Du musst Tee aus den Blättern und den spitzen gelben Blüten des Wurmkrauts trinken, dann verschwinden die Krämpfe und du bekommst wieder Farbe. Die Quintessenz des Wurmkrauts tötet die Würmer.«

705

»Jeder, der so redet, ist ein Druide.« Conlaf fühlte sich schon besser, weil er wusste, dass er geheilt werden konnte. »Du gehörst schon zu uns, du redest wie Madoc.«

»Nein! Du machst dich über mich lustig. Ich lerne, weil ich zuhöre. Du hast Würmer, auch andere könnten krank werden. Madoc und Clare zum Beispiel. Ihr solltet alle eine Weile Wurmkraut trinken.«

Conlaf versprach ihr, zu jedem Abendessen Tee auszuschänken.

Und wie durch ein Wunder vergingen Conlafs Bauchschmerzen. Madoc fiel ein Stein vom Herzen. Auch andere, die ganz schwach gewesen waren, bekamen wieder Farbe und Kraft und konnten wieder mit Freude und Schwung ihrer Arbeit nachgehen.

Madoc besuchte den kranken Gwalchmai, der so dünn geworden war wie ein Stock und schwach wie ein Küken und der so heftig husten musste, dass er sich kaum unterhalten konnte.

»Ich habe keine Bauchschmerzen. Aber ich würde nur allzu gerne den Kupferwürfel sehen, den Amsel dir gegeben hat.«

Beim nächsten Besuch gab Madoc dem alten Barden den Würfel und die Perlenkette zum Fühlen.

»Gib den Würfel Bretts Eltern und erzähle ihnen, wie tapfer er war.« Gwalchmai schloss die Augen. »Und von der Perlenkette kaufe ein anderes Schiff.«

»Und wie soll ich das anstellen? Ich bin hier, die Schiffsbauer und Bretts Familie, sollte sie noch leben, sind alle in Wales.«

»Tu es«, beharrte Gwalchmai hustend. »Mein Leben neigt sich dem Ende zu. Der Husten zehrt an mir, der Tod kriecht in mich hinein, ob ich es will oder nicht.« Er schloss die Augen, Madoc ließ ihn allein.

Am Morgen lag Gwalchmai reglos da und atmete nicht mehr.

Mit schweren Herzen zogen die Druiden ihm seinen neuesten gegerbten Kittel und die Hosen an. Er wog kaum noch etwas, als sie ihn auf ein Holzfloß legten und bei Sonnenuntergang aufs Meer hinaus schickten, wie es die Riten beim Tod eines Erzdruiden vorsahen.

Finn besang Gwalchmais größte Taten und die Taten seiner Sippe über neun Generationen. Am Schluss sagte er: »Seit Wochen dachte ich jeden Morgen, mein Freund Gwalchmai sei tot, aber er schlief nur. Heute Morgen lag er so friedlich da, dass ich dachte, er schlief, aber er war tot.«

Am nächsten Morgen ging Tipper mit zwanzig Mann auf die Jagd. Madoc und Conlaf, der wieder bei Kräften war, wollten ein Stück mitkommen und das Lamm holen.

»Ich weiß, dass Cougar das Fell für einen Strampelsack will«, schalt Conlaf, »und du willst das Leder für Velin, aber ich werde das Leben dieses Lamms schützen!«

Als Madoc und Conlaf ans Tor kamen, waren Tipper, seine Männer und Nohold schon versammelt.

Im frischen Gras am Ufer weideten acht Tiere. Die Jäger hatten zur Tarnung Flussweidenrinde an ihre Kleider gehängt. Sie pirschten sich gegen den Wind in einem engen Halbkreis an und trieben die Herde den Hügel hinauf auf einen Felssims. Dort wuchs das Gras nur spärlich, die Tiere wurden nervös und rannten vom einen Ende des Halbkreises zum anderen. Die Jäger schlossen auf und trieben die Tiere über die Klippe. Der Lärm der rutschenden Hufe, der Steinschlag und die Schreie der Rehe waren ohrenbetäubend. Die Männern klammerten sich an Felsen und Gebüsch, um nicht selbst zu fallen.

Als sich der aufgewirbelte Staub gelegt hatte, sahen sie

hinunter – ein Haufen schlegelnder Tiere mit gebrochenen Gliedern.

Tipper rannte als Erster den Hügel hinunter und am Ufer entlang. Er rief nach den anderen, die kommen und ihre Beute holen sollten. Dann spannte er den Bogen und trieb einem Bullen einen Pfeil in die Brust. Er band drei Läufe mit einem Seil zusammen, zog das Tier weg und schlachtete es. Die anderen machten es genauso. Der Fluss färbte sich rot.

Madoc und Conlaf wedelten die aufdringlichen Wespen weg. Jemand holte einen Schlitten, mit dem sie Soden über das feuchte Gras gezogen hatten. Aber der beladene Schlitten war zu schwer, als dass die Männer ihn den Hügel hinaufziehen konnten, also mussten sie Fleisch und Häute auf dem Rücken tragen. Madoc hörte, wie die Männer grummelten, Pferde als Lasttiere würden hier fehlen. Ein anderer sprach von Frauen und wie schön es wäre, ein hübsches Gesicht beim Schlachten zu sehen.

Madoc und Conlaf gingen flussabwärts zu einem kleinen Hain, den das Feuer verschont hatte. Dort hatte Tipper die Wolle gesehen. Madoc trug ein Fischernetz über der Schulter.

»Ich habe Hunger, hoffentlich machen die Jäger ein Feuer und braten einen Teil der Beute gleich am Fluss.«

»Ich habe es satt, immer diesen gallenbitteren Wurmkrauttee zu trinken«, sagte Conlaf, doch er legte gleich den Finger an die Lippen und zog die Äste eines Buschs beiseite. Darunter war ein Nest aus weißen Blumen, die wie kleine Glöckchen aussahen. »Lugh, und ich dachte schon, es sei das dumme Lamm!«, flüsterte er und ließ den Busch zurückschnellen.

Ein paar Eichelhäher flogen auf und landeten auf einem anderen Busch. Ein Rabe krächzte von einem Felsvorsprung und hob einen schmutzigen Flügel, um darunter nach Läusen zu picken. Ein kleiner Schwarm nervöser Zaunkönige huschte herum, ließ sich im Wind treiben und flüchtete danach wieder in sein Versteck in den Büschen.

»Ich segle nach Wales, hole Pferde und Frauen«, sagte Madoc, so sachlich er konnte. »Vielleicht bringe ich auch ein paar gute Hunde mit, nicht so schreckliche Köter wie die der Wilden.«

Conlaf erstarrte. »Das meinst du doch nicht im Ernst! Nein, das kannst du nicht! Und was wird aus Cougar? Aus den Zwillingen? Sie wachsen schneller als eine Windhose! Wir brauchen dich hier!«

»Kabyle kann das Kommando übernehmen. Und Nohold sorgt gut für Cougar und die Zwillinge. Ich habe lange darüber nachgedacht. Die Männer haben Recht – wir brauchen Frauen und Pferde, um hier eine richtige Siedlung zu errichten. Die Normannen wussten das, als sie in Grönland siedelten. Ich fahre mit zwei Schiffen, die anderen bleiben hier, falls ihr aus irgendeinem Grund umziehen müsst oder falls ihr das Holz für robustere Hütten braucht. Ich kaufe zwei neue Schiffe. Und ich bringe Llorfa mit, wenn sie will. Wie findest du das?«

»Ich weiß nicht, was ich sagen soll! Ich dachte, du wolltest ein paar Jahre hier bleiben und das Land testen. Außerdem brauchst du Geld in Wales.«

»Ich habe Bretts Perlenkette. Und wenn ich mehr brauche, gehe ich zu Thomas Becket. Der wird vielleicht Augen machen!«

»Guter Gott! Das kann nicht wahr sein! Zu viel kann passieren. Wie lange wirst du weg sein? Willst du die Götter noch einmal herausfordern?«

»Ich muss gehen, oder unser Dorf wird mit dem letzten Mann sterben. Ich habe nicht umsonst mit der Strömung an der Ostseite der Halbinsel gekämpft, der warme Strom ist stark genug, mich nach Norden zu tragen. Und wenn ich merke, dass ich weit genug oben bin, schaue ich auf die Magnetnadel und fahre nach Osten, bis ich Irland erreicht habe. Das ist kein Problem.«

»Es wird nicht einfach sein, gegen die Sonne zu segeln, das ist gegen alle Gesetze! Hast du den Verstand verloren?«

»Nein. Ich segle von Westen nach Norden und dann nach Osten. Wenn meine Vorstellungen einer walisischen Kolonie Wirklichkeit werden sollen, muss ich im Frühjahr bei günstigem Wetter fahren und Frauen holen.«

»Wenn es doch nur anders ginge!«

»Es geht«, sagte Madoc so leise, dass Conlaf den Kopf drehen musste, um ihn zu hören. »Willst du lieber eine Wilde oder Llorfa?«

»Das ist für mich keine Alternative.« Conlaf schloss die Augen. »Du und Cougar, ihr könntet ein Paar sein, wenn du nicht geschworen hättest, dich nicht mit den Eingeborenen einzulassen.«

»Ja. Also, wünsche mir Lughs Beistand oder guten Wind!« Conlaf riss die Augen auf. »Sieh doch, das Lamm steht da vorn! Pst! Leise! Gib mir das Netz, ich fange es.« Er schob Madoc zur Seite, zielte und warf.

Das Lamm strampelte, verhedderte sich in den Maschen, röchelte und blökte.

»Hurra!«, schrie Conlaf. »Ich hab's.«

Madoc hörte ein trockenes Rascheln wie Samen in einer Kapsel, doch es gab keinen Wind, der die Pflanzen bewegte.

Conlaf nahm das Lamm auf den Arm. Dabei glitt sein rechter Fuß in ein Loch unter einem morschen Baumstamm. Er hockte sich hin, zog die Knie an und hielt sich den Fuß. »Als hätten mich tausend Wespen in den Knöchel gestochen.«

Aus dem Augenwinkel sah Madoc die staubige Schlange vorbeigleiten. Zwischen Auge und Nase hatte sie tiefe Einkerbungen. Mit einem Rascheln, als würde man Knochen aneinander reiben, verschwand sie im Gebüsch. Er nahm das schlegelnde Lamm auf den Arm. Conlaf wiegte sich schwer atmend vor und zurück, um nicht ohnmächtig zu werden. »Au, au! Leg mir – das Lamm – nicht auf den – Schoß. Binde es fest – und sieh – nach meinem – Fuß.«

»Das war eine verfluchte Schlange!«, sagte Madoc. Oberhalb des Knöchels war das Bein schon angeschwollen, die Haut spannte sich glänzend über der Schwellung. Zwei rote Punkte zeigten, wo die Giftzähne sich ins Fleisch geschlagen hatten. Conlaf drückte, ein paar wässrige Blutstropfen kamen heraus, dann drückte er fester, bis das hellrote Blut auf die Erde tropfte. Er hatte noch nie einen Schlangenbiss behandelt, aber er wusste, dass in seinem Arzneibeutel ein zehn Jahre altes Gegengift aus einer zermahlenen Viper, Opium und Honig war, das Llieu immer gegen Vergiftungen verordnete. Reglos lag er da, sein Bein schwoll immer mehr an. Er stöhnte, seine Augen flackerten, sein Mund war so trocken, dass er kein Wort herausbrachte.

Madoc riss dem blökenden Lamm, das sich im Netz nicht bewegen konnte, ein Büschel Wolle aus, tränkte es im Fluss und legte es auf die Wunde. Es ärgerte ihn, dass er nicht mehr von Heilkunde verstand, wo doch hier sein bester Freund, der gerade noch bester Laune gewesen war, nun mit glühendem Fieber dalag und mit dem Tod kämpfte. Er müsste sich etwas einfallen lassen. »Ich hole Cougar, sie lebt in diesem Land, sie weiß sicherlich, was zu tun ist.«

»Nein! Nein! Wir müssen – es selbst – lernen, wenn wir – hier leben – wollen. Wegerich – ist Fieber senkend.«

Madoc zog seinen Stiefel aus, füllte ihn mit Wasser, zerrieb ein paar Wegerichblätter und schmierte den grünen Brei auf die Bisswunde, den Rest rieb er auf Conlafs Lippen. Er kippte Wasser auf die Erde, tunkte die Wolle in den Schlamm und legte sie auf den Brei um Conlafs Bein. Der Knöchel war so angeschwollen, dass er den Stiefel nicht ausziehen konnte. Fluchend schnitt Madoc ihn mit dem dolchähnlichen Messer auf, das er am Gürtel trug. Conlaf hielt die Augen geschlossen, auch als er sich erbrach. Er sagte nichts mehr. Hin und wieder erwachte er aus seiner Benommenheit, stöhnte und versuchte, das Hemd auszuziehen. Madoc fühlte seine Stirn, seine Brust, seine Arme. Er war heiß, die Haut an seiner rechten Seite trocken und schuppig.

Madoc zog sein Hemd aus und deckte Conlaf zu. Wie gerne hätte er Cougar geholt, aber er wagte nicht, Conlaf alleine zu lassen, denn hier gab es Wölfe. Nachts hörte er sie immer heulen. Vielleicht gab es auch Luchse, er selbst hatte zwar keine gesehen, aber Kabyle war ihnen begegnet. Er benetzte Conlafs Stirn und Hände, betete zu Lugh und legte ein Gelübde ab für den Fall, dass er seinen Freund noch einmal davonkommen ließ. Er beugte sich hinunter und sagte laut in Conlafs Ohr: »Du kommst mit mir nach Wales, mein Freund! Lugh allein weiß, was dir hier zustößt, wenn du bleibst. Du bist so tollpatschig! Wieso musstest du auch auf eine Schlange treten? Und wieso musstest du die Hose hochkrempeln? Warum, warum, warum?«

Er holte mehr Wasser. Das Lamm blökte, vielleicht hatte es auch Durst. Ohne es anzusehen, sagte er: »Das ist alles nur deine Schuld! Wärst du bei deiner Herde geblieben, hätten wir dich nicht suchen müssen! Wenn Conlaf stirbt, breche ich dir mit meinen eigenen Händen den Hals, das schwöre ich! Und dann mache ich aus deiner jämmerlichen Haut Velin!«

712

Das Lamm hörte auf zu blöken und döste vor sich hin. Am Abend wachte es wieder auf. Madoc ließ es aus seinem Stiefel saufen und hinkte mit dem anderen Stiefel am Fuß zum Fluss. Er hatte Hunger bekommen und riss ein paar wilde Zwiebeln aus, wusch sie und steckte sie sich in den Mund. Doch weil Conlaf nichts essen konnte, fühlte er sich schuldig und spuckte sie wieder aus.

Mit dem Messer hieb er Späne von ein paar trockenen Zweigen und rieb zwei Granitsteine zusammen. Die Funken fielen nur spärlich auf die Späne, doch schließlich fing das Holz Feuer und begann langsam zu brennen. Seine Hände schmerzten von all der Anstrengung, außerdem hatte er sich verbrannt. Er leckte die Wunde, legte sich erschöpft neben Conlaf und schlief sofort ein. Er träumte, dass er vor seinem Freund zurückwich, als er die hässlichen knotigen Flechten des Aussatzes auf seiner Haut sah. Er träumte auch, wie Conlafs Seele durch den hauchdünnen Schleier trat und in die Anderswelt ging. Er segelte mit der *Gwennan Gorn* zurück nach Wales und berichtete Llorfa, dass Conlaf nun im Sid lebte. Sie heulte so laut, dass er sich die Ohren zuhielt.

Eine gurrende Taube weckte ihn. Er war steif und verkrampft und er fror.

Und da saß Conlaf und sang ein Matrosenlied! Er wischte sich mit dem Handrücken den Mund und deutete auf Madocs Stiefel. »Sag mal, habe ich daraus getrunken? Kein Wunder, dass das Wasser nach Käse schmeckte!«

Madoc sprang auf. »Lugh sei Dank! Du lebst, du verdammter Hundesohn! Geht es dir gut! Gott, ich liebe dich! Deine bösen Lebenssäfte sind ausgeglichen, deine Seele ist leicht!«

»Was habe ich denn Böses getan?« Conlaf versuchte aufzustehen, aber er war noch zu schwach.

»Du hast noch nicht gesagt, dass du mit nach Wales

kommst. Du brauchst mich, ich muss auf dich aufpassen, falls du dir ein Bein brichst, und du musst aufpassen für den Fall, dass ich auf diesen Schurken Robert treffe. Erinnerst du dich?«

»Hatte ich schon fast vergessen. Ich kann es kaum erwarten, Llorfa zu sehen. Llieu, Troyes und Cougar sollen die Heiler von Llan Newydd sein. Du brauchst mich auf der Rückfahrt mit so vielen schönen Frauen an Bord! Wenn du mich nicht mitnimmst, bekomme ich so ein Verlangen, dass es nur eine Wilde stillen kann! Und was würdest du dann sagen, wenn du zurückkommst und eine Wilde in meinem Bett liegt, wenn sie meine Hütte putzt und meine Hosen näht?«

»Conlaf! Das kann nicht dein Ernst sein!« Madoc tat ganz schockiert. »Niemals! Wir sind Druiden, wir können uns doch nicht mit den Wilden einlassen!« Lachend hielt er inne. »Vielleicht können wir Handelsbeziehungen mit den Wilden aufbauen, wenn sie etwas zu tauschen haben, das wir brauchen können. Wenn nicht, dann finden wir eben unsere Nahrung selbst, wir nähen selbst, wir fällen Bäume zum Hausbau und wir bringen unseren Kindern das Denken bei und geben die Erkenntnisse weiter, die wir in diesem schönen Leben hier gewinnen. Wir gründen ein Volk im neuen Land.«

»Das Madoc-Volk! Ein Volk, das nach den Gesetzen des Madoc lebt«, schnaubte Conlaf. Er stand wieder auf, setzte sich aber gleich wieder, weil sein Bein schmerzte. Er drückte wieder an der Wunde herum, die Schwellung ging zurück.

»Du hast diese juckenden Knoten an der rechten Hüfte«, sagte Madoc. »Ich habe geträumt, du hättest Lepra.«

»Ich habe Lepra, das weißt du doch. Ich will darüber nicht reden, ich bilde mir ein, es ist nur schorfiger, entzündeter Milbenbefall.«

»Vor ein paar Jahren hast du in der Nähe von Paris ein krankes Kind getragen. Juckt es seitdem?«

»Llieu hat es sich angesehen und gemeint, es sei nur Schorf. Die Wilden haben daran herumgekratzt, und es hat sich schlimm entzündet. Ich habe es mit Wacholderholzsud abgewaschen, und es ist verheilt, aber jetzt habe ich diese Knoten bekommen. Warum ziehst du die Stirn kraus?«

»Hat Llieu schon mal einen Aussätzigen gesehen?«

»Ach, in ein paar Tagen sind die Knötchen wieder weg. Ich kann mich selbst darum kümmern. Du hast nur geträumt, nichts weiter.« Er biss sich auf die Zunge. Er konnte nicht über die Ursache des Ausschlags sprechen; er hatte ein aussätziges Kind getragen und er hatte einmal das faule Fleisch vom Bein eines Aussätzigen geschabt. Er hatte versucht, mit Llieu zu sprechen, obwohl er wusste, dass der alte Arzt nicht wusste, was er meinte, aber er selbst wusste es und wollte es einfach ignorieren. Er wollte Madoc sagen, dass er das Gefühl in der rechten Hand verloren hatte; das hatte er beim großen Feuer gemerkt. Aber wenn er nun nach Wales ging, gab es Hoffnung, dass ein Mittel gegen den Aussatz gefunden worden war. Und wenn es Hoffnung gab, musste man mit niemandem darüber sprechen. Hoffnung!

Madoc sorgte sich um Conlaf, während er sich auf die Fahrt vorbereitete. Auch er hoffte insgeheim, dass es in Britannien Ärzte gebe, die nun ein Mittel gegen Schorf, Knötchen und nässende Wunden und vor allem gegen die gefürchtete Lepra gefunden hätten. Und er hoffte, dass er in Wales Cougar vergessen würde, war sich selbst gegenüber aber ehrlich genug, dass er es für unwahrscheinlich hielt, denn sie war das interessanteste Mädchen, das er seit langem getroffen hatte. Sie merkte sich alles, was er sagte, und er war sicher, dass sie mehr wusste, als er je über die Wilden lernen würde. Er hörte ihr gerne zu und lernte ihre Sprache, die er melodischer fand als seine eigene. Er sah ihr auch gerne zu, wie sie sich anmutig und ohne Scham bewegte. Ihre Haut war makellos, ihr Haar seidig und sauber und es roch nach Meer, Erde und Blumen. Sie war vertrauensvoll, sie war mutig, abenteuerlustig wie ein Kind und sie sorgte so liebevoll für die Zwillinge, dass ihm jäh ein Stich der Eifersucht ins Herz fuhr, als er daran dachte. Wie könnte ein Mann so eine Frau vergessen?

Erlendson fühlte sich geehrt, mit Madoc segeln zu dürfen. Sie rüsteten beide Schiffe mit dreizackigen Eisenklampen, die schräg nach vorn gebogen waren und in drei Richtungen belegt werden konnten, je nachdem, ob der Wind querab auf Steuerbord oder Steuerbord-Bug kam. Die gerundeten Bilgen wurden mit Kiefernplanken verstärkt, neue Waschborde angebracht und Vorder- und Achterdeck erweitert, damit Menschen und Vieh mehr Platz hatten.
Madoc versprach, Äxte, Beile, Messer, Dolche, Mistgabeln, Mahlsteine, Hämmer, Schlägel, Hippen, Sicheln, Harken, Rechen, Scheren, Waagen, Gewichte und Zimmermannslote zu bringen. Llieu wurde zum ersten Arzt ernannt, Caradoc zum Richter, Kabyle stand den Handwerkern und Bauern vor.
Kabyle bat ihn:»Verschwende deine Zeit nicht damit, Schweine zu bringen! Es wäre eine große Beleidigung für mich, Vorsteher des Schweinestalls zu sein, außerdem rühre ich das Fleisch nicht an. Bring lieber ein paar gute Schäferhunde, und Allah wird dich loben.«

Am Tag der Abfahrt versammelten sich die Erzdruiden vor Morgengrauen am Fluss und verabschiedeten Madoc und Erlendson und ihre zehn Männer in einer besonderen Zeremonie. Mit Glück und gutem Wind sollten sie wieder nach Llan Newydd zurückkommen.

Zehn Druiden stellten sich in den Heiligen Kreis der neun Zedern und begrüßten den neuen Tag mit Liedern. Sie erklärten Madoc lebenslang zum Herrn über die Kolonie und versprachen, die leeren Hütten instand zu halten und sie bis zur Rückkehr ihrer Bewohner lediglich als Vorratsräume zu nutzen. Die aufgehende Sonne wärmte ihre Gesichter, Vögel zwitscherten und flatterten in Schwärmen von Grasbüschel zu Grasbüschel, Tauben gurrten, und es hörte sich an wie:»Heya ho, wir ziehen.« Aus dem Dorf kam die Antwort:»O nein, ihr dürft nicht fliehen!« Später behauptete jemand, es sei keine Taube gewesen, sondern Cougars Klage.

Madoc hatte Wyns kostbare Tonfigürchen in weiches Rehleder gewickelt und in den Eisenkessel gelegt, den er auf den Tisch stellte, damit sie einen Ehrenplatz in seiner Hütte einnahmen. Nur den Fuchs nahm er als Geschenk für seine Tochter mit. Die Figuren waren sein kostbarster Besitz, abgesehen von dem Siegelring des Hauses Gwynedd, den er an einem Riemen um den Hals trug. In sein Kleiderbündel steckte er auch den Kupferwürfel und die Perlenkette. Beim Gedanken, seinen Ziehvater Sein, seine Mutter Brenda und seine Tochter Gwenllian nach Llan Newydd zu bringen, schauderte er vor Freude. Vor sich hin träumend trug er einen Ballen frisch gegerbte Häute zum Schiff, mit denen er die Frauen vom Reichtum auf der anderen Seite des Meeres überzeugen wollte.

Auf dem Weg zum Schiff hielt er am Stall und verabschiedete sich von Lost, dem Lamm, das einmal verloren gegangen war. Da hörte er plötzlich das bekannte trockene Rascheln, und das Lamm fiel auf die Erde. Er legte die Häute ab, kletterte in den Verschlag und fühlte den Puls am Hals des Lamms. Als er sich vorbeugte, sah er die Schlange, die sich davonmachen wollte. Sie sah aus wie die Schlange, die Conlaf gebissen hatte. Der Puls des Lamms war schwach, dann war er nicht mehr zu spüren. Wütend lehnte er den wolligen Kadaver an ein Brett und suchte nach etwas, mit dem er die Klapperschlange totschlagen könnte. Unter einem Holzhaufen kroch züngelnd eine braun-gelbe Schlange hervor und bewegte sich Richtung Klapperschlange, die ihren Kopf nach rechts und links wiegte und stetig klapperte. In dem Moment als sie zubeißen wollte, glitt die andere Schlange weg, und auf der Erde, wo das Gift verspritzt war, blieb ein kleiner dunkler Fleck. Mit gesenktem Kopf und engen Augenschlitzen verharrte die Klapperschlange einen Moment, da riss die andere Schlange das Maul auf und verschlang ihr Opfer. Zoll um Zoll nahm sie an Umfang zu.

Madoc lief zu Noholds Hütte, dabei zog er den Riemen mit dem Siegelring über den Kopf und drückte ihn in der Faust. Ob er Cougar bitten sollte, auf die Tontierchen aufzupassen? Sie könnte einmal in der Woche nachsehen, ob der Kessel noch auf dem Tisch stand, und sie könnte auch nach den Männern sehen. Würden sich die Männer freuen, sie und die Zwillinge zu sehen? Natürlich! Vielleicht würde einer den Kleinen Walisisch beibringen. Das hoffte Madoc. Nohold sollte auf Cougar aufpassen, solange er fort war. Er wäre ihr immer dankbar, dass sie ihm beigebracht hatte, Rücksicht auf die Gefühle anderer Menschen zu nehmen, und dass sie ihn gebeten hatte, bei der Geburt der Zwillinge Hilfe zu leisten. Nicht viele Frauen wollten bei ihren Angelegenheiten einen Mann um sich haben, aber sie hatte ihm Fischen und Geburtshilfe beigebracht, sie hatte ihm die Frauen näher gebracht. Er wollte ihr sagen, dass er immer an sie denken würde, denn das würde er – jeden Tag.

Nohold war auf Bärenjagd, also musste er erst mit Cougar sprechen. Er öffnete die Faust und zeigte ihr das Schmuckstück. »Für dich. Ich lasse einen Teil von mir hier bei dir. Er ist etwas ganz Besonderes; darauf steht, dass ich von einem Ort auf der anderen Seite des Meers komme, aus einem Land namens Gwynedd.«

»Ju!« Tränen standen ihr in den Augen. Sie zog den Riemen über und hielt den Siegelring in der Hand, bis er warm war. Während Madoc die schlafenden Zwillinge betrachtete, entknotete sie die Kette mit den bunten Steinen.

»Trage das, das wird dich schützen. Ich trage es schon länger, als ich denken kann. Wenn ich ein Geist bin, kann ich dich finden – ein Geist mit bunten Perlen.«

»Ich sehe dich wieder, bevor du ein Geist wirst. Nach der Regenzeit komme ich mit vielen Frauen wieder hierher. Du wirst sie mögen, sie werden Garn mitbringen, damit kannst du Bilder sticken, so bunt wie deine Wandmalereien.«

»Sticken?« Sie lächelte und wischte sich mit dem Handrücken die Tränen aus den Augen. Sie stand dicht neben Madoc, legte ihm die Kette an und küsste ihn. Er zog sie an sich, dass er den Schlag ihres Herzens spüren konnte, der im Gleichtakt mit dem seinen schlug. Er erzählte ihr von den Tonfigürchen auf seinem Tisch – den Verbindungsgliedern zu den Frauen in seinem Leben. In großer Ferne gab es Frauen, die ein Gefühl in seinem Bauch auslösten, eine jede war anders, eine jede war besonders. Annesta hatte eine Seele wie Wyn. Und wie Cougar? »Du bist eine gute Seele, du hast ein gutes Herz.« Er ließ die Arme baumeln.

»Du liebst mich, eine Wilde. Und ich liebe dich, einen Geist. Was ist wirklich?«

»Die Seele ist unantastbar.«

»Komm zurück, mein Herz gehört dir«, sagte sie. »Ich mag diese Geisterfrauen nicht, die du mitbringen willst. Wirf sie über Bord und bringe lieber Lämmer mit einem weichen Fell.«
»Konflikte bringen Aufregung und Liebe ins Leben. Das ist gut so. Ich bin schon weg.«

Er eilte den Hügel hinauf, die Hand lag auf den wertvollen bunten Perlen an seinem Hals. Er sprang über den Zaun, schnappte die Häute und lief wieder die steilen Stufen hinauf, um Cougar zu sagen, dass das Lamm und die Klapperschlange tot wären.
Kabyle hatte ihn gehört. »Ich mache Velin daraus und warte auf dich. Gelobt sei Allah für die gelben Schlangen!«
»Aber ich kann nicht warten – gib Cougar die Haut, sie wird dir dafür einen Kuss geben.« Madoc gab ihm die Häute und nahm Kabyles Hand. »Hier habe ich erkannt, dass Tiere und Menschen einander helfen und zusammenleben müssen. Alle Geschöpfe sind auf geheimnisvolle Weise miteinander verbunden. Glaubst du das auch?«
»Ja, das hat Allah dir gesagt.« Und er flüsterte ihm zu: »Ich bin ein Dussel, der zu nah am Wasser gebaut hat. Ich, der ich bleibe, habe genauso viel Angst wie du, der du gehst. Du lässt uns hier in diesem fremden Land allein. Und nun hau ab, bevor Llieu dich in die Arme schließt. Wenn ich den Alten weinen sehe, kommen mir auch die Tränen!«
Madoc trat einen Schritt zurück und strich über Kabyles Arm. »Besuche Nohold, sooft du kannst. Er und Cougar werden dir helfen, mit allem Unbekannten in diesem Land fertig zu werden. Du kannst ihnen vertrauen, sie werden tun, was du sagst.«

Erlendson stand schon an der Reling der *White Crane*, Conlaf winkte ihm vom Bug der *Gwennan Gorn* zu.

»Wir bringen Pferde, die den Pflug ziehen, den ihr baut, solange wir weg sind!«, rief Madoc seinen Gefährten am Ufer noch aufmunternd zu.

»Was die Pferde, Hunde und Kühe angeht, die könnt ihr uns dann durch Güter oder Arbeit abkaufen!«, rief Erlendson.

»Ich mache dir neue Stiefel im Austausch gegen einen Welpen«, sagte Caradoc.

»Und bringt Kohlsamen!«, rief Thurs. »Der wächst hier gut in der Regenzeit.«

»Seid ihr sicher, dass auf zwei, drei Schiffen auch genügend Frauen Platz haben?«, fragte Jorge.

»Je mehr Frauen es sind, desto mehr Schiffe werden wir haben«, gab Erlendson zurück. »Wir bringen ihnen bei, Matrosendienste zu tun. Aber vergesst nicht – jeder Mann kann nur eine Frau haben!«

Llieu sagte: »Wir freuen uns auf die schönen Gesichter, die wir statt der Zottelbärte sehen dürfen. Ich vergesse nicht, dass die Frauen in Führung und Gesetzgebung des Dorfs auch mitreden dürfen.«

»Wählt Vertreter, setzt Tauschpreise fest und macht Gesetze«, rief Madoc.

»Kommt schnell zurück!« Es war Sigurd.

»Wir beten zu den Göttern, sie mögen euch beistehen«, sagte Willem, »und bring meine geliebte Frau, deine Schwester Goeral mit!«

»Vorsicht vor den Nixen!«, rief einer.

»Und Vorsicht vor den Stürmen«, ein anderer.

Madocs Hände waren schweißnass. Er sah, wie Conlaf sich erst an dem heilenden Schlangenbiss kratzte, dann an seinen schorfigen Stellen. Da fiel ihm auf, dass die Druiden am Ufer wirklich Angst hatten, die See könne die

Schiffe auf der Hinfahrt oder auf dem Rückweg verschlingen. »Ich weiß, wie euch zumute ist. Auch mir ist ganz flau in der Magengrube. Aber wir kommen zurück, darauf könnt ihr eure besten Wollsocken wetten!«

»Wir werden die Sterne befragen«, sagte Liam.

Madoc schnaubte heiter. »Die Sterne wissen nichts, sie entscheiden nichts und sie haben keinen Einfluss auf Leben und Wirken der Menschen. Ihr seid frei, frei vom Joch eures Heimatlands, frei zu lernen und zu arbeiten, wie es euch richtig erscheint.«

Jeder wollte noch etwas ganz Besonderes rufen, aber keinem fiel etwas ein, alles wirkte unpassend und platt. Sie winkten und sangen Kanons, bis Conn schließlich ein ganz besonderes Lied anstimmte: Gwalchmais Verse über die Prüfungen und Freuden auf der Suche nach ihrem neuen Land. Er sang auch das Lied des Erzdruiden auf Madocs Erlebnisse beim Fischen mit dem Netz und dem menschenfressenden Hai, der so groß war, dass alle Männer sich an ihm satt essen konnten.

Die Ruderer tauchten die Riemen ins braune Flusswasser und zogen die Schiffe in die Mitte, wo die schnelle Strömung sie aufs Meer hinaustrug.

Und als die beiden Schiffe aus der Mündung hinausfuhren, war da kein Donner, kein Regenbogen, keine Sonnenfinsternis, kein Komet, nur die Sonne brannte heiß durch die feuchte Luft. Auf dem warmen blauen Strom glitten die *White Crane* und die *Gwennan Gorn* nach Norden zurück nach Gwynedd, wo immer noch Bruder gegen Bruder kämpfte.

Als die Schiffe außer Sicht waren, drehte sich Kabyle um und ging zum Schafpferch, um das Lamm zu holen, bevor Bussarde oder Falken den Kadaver entdeckten. Erst war er verwirrt, dann bestürzt, denn das Lamm war weg. Er besah sich die Stelle, wo es gelegen hatte. Weg! Doch am Pfahl hing wie zum Tausch gegen das weiße Lamm der Kadaver eines großen, pelzigen Braunbärs – der erste Bär, den die Druiden in Llan Newydd zu sehen bekamen.

»Amerika ist schon lange vorher entdeckt worden, aber das wurde immer verschwiegen.«

Oscar Wilde (1854–1900)

Nachwort

Die Madoc-Sage. Mythos oder Fakt?

... Bei Bretonen und Walisern kursierten zahlreiche Sagen über
ein großes, unbekanntes Land, das am anderen Ende des Meers
im Westen lag. Dieser Volksglaube war so stark, dass im Jahr
1480 in Bristol eine Expedition aufbrach, die den fernen
Kontinent im Westen entdecken sollte. Genährt wurde diese
Idee durch Stellen in zwei alten Handschriften aus den Abteien
in Strata Florida (die walisische *Caron Uwch Clawdd*) und
Conway, die berichten, König *(sic)* Madoc sei im Jahr 1170 in
Irland in See gestochen und auf der Fahrt habe er viele große
Landstriche jenseits des Meers im Westen entdeckt. Laut diesen
Chroniken kam Madoc nach Wales zurück, um weitere
Menschen für seine Kolonie anzuwerben, in der 120 Siedler
lebten. Mit zehn Schiffen und mehreren hundert Menschen
brach er wieder auf. Das ist das Letzte, was man von Madoc
und seinen Gefährten weiß ... Aus diesen Schriften darf jedoch
nicht automatisch geschlossen werden, dass Madoc
scheiterte. Wie die skandinavischen Amerika-Fahrer 150 Jahre
später zeigten, könnte der Ozean um diese Zeit mehrmals
überquert worden sein.
Paul Herrmann, Conquest by Man

Geschichtlich verbrieft ist, dass Madoc, der uneheliche
Sohn des Fürsten Owain von Gwynedd, von Mitte bis Ende
des 11. Jahrhunderts lebte. Über die genauen Daten herrscht
Uneinigkeit. Alte Bardenverse erzählen, Madoc sei des Krie-
ges müde gewesen und kurz nach dem Tod seines Vaters
am 31. Dezember 1169 mit über zweihundert Mann und

zehn Schiffen in See gestochen in der Hoffnung, in einem unentdeckten Land Frieden zu finden. Hat Madoc Amerika entdeckt? Nein, die Wikinger und vielleicht auch andere sind vor ihm dort gewesen. Hat Madoc in Amerika eine Kolonie gegründet? Ich weiß es nicht; vielleicht, vielleicht aber auch nicht. Was weiß ich also? Eine späte amerikanische Sage, die große Verbreitung erfuhr, ist die des Walisers Madoc (Madog ab Owain Gwynedd). Walisische Dichter des Spätmittelalters stellten Madoc als Seeräuber dar. Zwischen 1578 und 1584 wurde er von John Dee, dem Astrologen Queen Elizabeths I., und Richard Hakluyt, dem Chronisten der Entdeckungsfahrten, rehabilitiert; sie machten ihn zur Sagengestalt und trugen die Geschichte zusammen, er habe Amerika lange vor Kolumbus entdeckt. Als Francis Drake und Walter Raleigh Nordamerika für die Krone beanspruchten, verlieh die Madoc-Sage den Gebietsansprüchen Englands eine gewisse Berechtigung.

Laut Richard Deacons (G. D. McCormicks Autorenname) gut recherchiertem Buch *Madoc and the Discovery of America* starb Madocs Vater Owain Gwynedd ein Jahr vor Thomas Becket und wurde nach großem Streit in geweihter Erde in der Gruft der Lady Chapel der Kathedrale von Bangor beigesetzt. Baldwyn, der nach Beckets Tod Erzbischof von Canterbury wurde, wollte Owains Gebeine aus der Kathedrale entfernen lassen, aber der Bischof von Bangor hatte seine eigenen Vorstellungen, wie ein walisischer Held zu behandeln sei. Er ließ einen Gang von der Gruft durch die Südmauer der Kapelle graben und setzte Owains Überreste zwar außerhalb der Kathedrale, jedoch in geweihter Erde bei. Besucher können heute noch die berühmte Grablege des Owain von Gwynedd in der Lady Chapel besichtigen.

Nach Arthur Davies, *Prince Madoc and the Discovery of North America in 1477*, hatte Fürst Owain neun Kinder aus zwei

Ehen,»er hinterließ viele Kinder von einer großen Zahl Nebenfrauen«. Diese Kinder, vornehmlich Söhne, bekämpften
sich gegenseitig um die Herrschaft über Nordwales.

Anderen Aufzeichnungen zufolge, die sich mit dem Stamm-
baum des Hauses Gwynedd beschäftigen, hatte Owain vierzehn bis siebenundzwanzig uneheliche Kinder. Nach der
Genealogie, die John Edwards Griffith 1914 zusammen-
trug und die in den County Archives von Caernarfon verwahrt wird, hatte Owain neunzehn Söhne, darunter auch
Madoc.

In seiner Abhandlung *Did Prince Madoc Discover America?*
nennt Arthur Rhys die irische Lady Brenda als Madocs
Mutter, Riryd als Madocs Blutsbruder und Goeral als
Blutsschwester. *The Annals of Conway Abbey* beweisen, dass
Madoc sich mit Annesta vermählte; sie war die Magd
Christiannts, Christiannt war Owains Base und zweite
Frau. Madoc und Annesta hatten eine Tochter, Gwenllian
heiratete Meredydd, Sohn des Llowarch ap Bran, den
Herrn von Menai, zusammen hatten sie einen Sohn, Me-
redydd of Bodorgan. Gwenllians Nachfahren wurden von
Kathleen O'Loughlin in *Madoc ap Owain Gwynedd* bis zu
Llewellyn ap Heylin hinaufverfolgt, der möglicherweise
auf der Seite Henry Tudors bei Bosworth gekämpft hatte.
Diese Angabe wird nicht von allen Historikern bestätigt,
einige glauben, es sei lediglich ein Versuch zu beweisen,
Madoc sei ein Stammvater des Hauses Tudor.

Von Owains Barden Llywarch, dem »Schweinedichter«
Prydydd y Moch, ist von 1169 eine Ode auf Madoc überliefert, die später niedergeschrieben wurde. Vielleicht aber
ist der Madoc dieser Verse ein anderer als der Protago-
nist dieses Buchs. Auch Gwalchmai, ebenfalls ein Hof-
barde Owains, dichtete:

Madoc brachte mir Früchte dar,
sodass er mir Freude, nicht Unmut war.

Historiker verweisen darauf, dass Giraldus Cambrensis, der beste walisische Geschichtsgelehrte des 12. Jahrhunderts, Madoc erwähnte, obwohl er mit den Gegebenheiten an Owains Hof vertraut war. Andere behaupten, Giraldus sei damals erst vierundzwanzig gewesen und habe von 1166 bis 1172 seine Ausbildung an der Universität von Paris abgeschlossen; damals sei Madoc schon im Westen gewesen und Giraldus hätte nicht über ihn schreiben können.

Die Barden der damaligen Zeit erinnerten in Liedern und Oden die Geschichte ihres Hauses für neun Generationen. Im Jahr 1450 schrieb Maredudd ap Rhys, ein Geistlicher, der sich selbst Oberbarde nannte, Oden auf Madoc, so auch »Der Sohn des Owain Gwynedd, der die See liebte«. Zur gleichen Zeit schrieb der Priester-Dichter Deio an Ieun Du aus Cardiganshire, Madoc sei ein berühmter Seefahrer und Schutzpatron der Fischer gewesen, »als Ritter des Met und bunter Pfau« sei der Sohn des Owain Gwynedd in die Sagengeschichte eingegangen.

Am 6. November 1493 wurde Petrus Martyr Anglerius, Historiograph am Hof Ferdinands und Isabellas von Spanien, eingeladen, Kolumbus' Berichten der ersten Entdeckungsfahrt zu lauschen. Danach schrieb er in seinen *Decades, Ex-Hispania Curia*: »Manch ein Eingeborenenstamm der Inseln ehrte Matec, als Kolumbus die Küste erreichte.« Kolumbus soll über einen Teil der Sargassosee gesagt haben: »*Questo de Mar di Cambrio* – dies sind walisische Gewässer«, und eine Bucht im Osten des Golfs von Mexiko *Tierra Los Gales*, »Land der Waliser« getauft haben (heute Mobile Bay).

Der Historiker Isypernick von der usbekischen Akademie der Wissenschaften fand 1959 einen Brief von Kolumbus an Isabella, in dem er enthüllt, dass er sehr wohl von der Existenz der Westindischen Inseln gewusst habe, bevor er zu seiner ersten Fahrt aufbrach. Auch darin bezeichnet er die Sargassosee als »walisisches Gewässer« und die Mobile Bay als »Land der Waliser«. Dies beweist, dass Kolumbus nicht zufällig in Amerika gelandet war und dass er eine Karte der Westindischen Inseln hatte, die von früheren Seefahrern gezeichnet worden war, noch bevor Petrus Martyr sie in den *Decades* veröffentlichte.

In einer Veröffentlichung von 1984 schreibt Arthur Davies, dass der Waliser John Lloyd, oder John Scolvus (der Geschickte), auf Grund von Angaben aus Madocs Reisen im 12. Jahrhundert 1477 die nordamerikanische Küste bis hinauf nach Maryland erkundete. Damit war Lloyd fünfzehn Jahre vor Kolumbus unterwegs gewesen, der die Westindischen Inseln 1492 entdeckte.

Im Jahr 1540 landete Hernando de Soto in einer geschützten Bucht (Mobile Bay, Alabama, mit Dauphin Island), wo er Ruinen von Befestigungsanlagen fand. Nach Sotos Meinung waren sie nicht indianischen Ursprungs, sondern von Briten erbaut. Daraufhin glaubten viele, dass die Festungen von Walisern, vor allem von Madoc und seinen Gefährten, errichtet worden waren.

Auf einer französischen Karte des 17. Jahrhunderts ist neben der Inselgruppe der Azoren »Saint Brendan?« und »Matec?« verzeichnet, in einer Ecke steht: »Matec, s. Guillaume, P.-B., und Jacob van Maerlant.« Guillaume steht für Willem, einen Troubadour des 13. Jahrhunderts, der die Geschichte des Madoc ins Flämische übertrug. Heinrich I. hatte die Flamen nach Britannien gebracht und in den Grenzgebieten zwischen Wales und England sowie in Pembrokeshire angesiedelt, wo sie als Söldner gegen die Waliser kämpfen sollten. Viele Flamen liefen zu den Walisern über, schlossen sich Owains Truppen an und kämpften gegen die Armee Heinrichs I. Jacob van Maerlant, ein flämischer Autor, schrieb in seinem *Spiegel Historical* von

»Madocs Traum«, über das Meer im Westen zu neuem Land zu segeln.

Nach der Erfindung des Buchdrucks gab es mehr schriftliche Aufzeichnungen über Madoc. Zum Beispiel *The Historie of Cambria, Now Called Wales* von Caradoc of Llancarfan, auf Englisch von David Powell herausgegeben. Dort ist Madoc als Owains Sohn genannt. »Geliebt von vielen, doch ohne Drang zur Macht ... verließ er sein Land im Zwist mit seinen Brüdern und rüstete mehrere Schiffe mit Mann und Proviant und suchte auf der Fahrt nach Westen das Abenteuer auf See.« Madoc stach am alten Steinkai am Afon Ganol in See und landete in der heutigen Mobile Bay, Alabama, wo er eine walisische Kolonie gründete. Unter Wissenschaftlern wird die Zuverlässigkeit dieser Abhandlung angezweifelt.

Es gibt Hinweise darauf, dass die Spanier beunruhigt waren, nachdem Amerika vor Kolumbus von anderen Europäern, Wikingern, Iren oder Walisern, entdeckt worden sein soll. Im Jahr 1526 wurden drei Expeditionen ausgeschickt – eine, um die Madoc-Sage zu prüfen, zwei, um auf den Kanarischen Inseln der Brendan-Sage nachzuspüren.

Aus dem Briefverkehr zwischen dem König von Spanien und Luis des Rojas, dem Gouverneur von Florida, aus den Jahren 1624 bis 1627 wird deutlich, dass diese Expeditionen das Ziel hatten, Menschen britischen Ursprungs in den Gebieten ausfindig zu machen, wo Madoc gelandet sein soll: heute Florida, Alabama, Georgia und Mexiko. Angeblich wollte Spanien unbedingt verhindern, dass England oder ein anderes Land beanspruchen könnten, vor Kolumbus in der Neuen Welt gelandet zu sein.

Beim Eiksteddfod 1858 im walisischen Llangollen wurde ein Preis ausgeschrieben für die beste Dichtung auf Madocs Entdeckung von Amerika. Sechs Stücke wurden eingereicht, fünf Autoren hielten die Geschichte des Madoc für historisch wahr, der sechste, der Apotheker Thomas Stephens, erklärte die »historischen Fakten« für unbewiesen. Seiner Meinung nach hatten sich die verschollenen Siedler von Roanoke, von denen einige walisischer Herkunft waren, mit den Eingeborenen vermischt, was auch erklärte, warum manche Indianer in North Carolina walisisch sprachen. Da Stephens eine Entdeckung Amerikas durch Madoc für unwahr hielt, wurde sein Beitrag von der Jury zurückgewiesen. Das machte ihn äußerst wütend, er protestierte lautstark, aber das Komitee hielt an seiner Entscheidung fest. Sein Essay, in dem er »die Fakten entlarvt«, erschien posthum im Jahr 1893. Manch ein Historiker stimmte Stephens zu, andere aber waren skeptisch. So lebte die Madoc-Sage weiter.

Durch Zella Armstrongs Werk wurde aus der »Sage« Wahrscheinlichkeit. Als direkte Folge der Veröffentlichung ihres Buchs errichtete das Virginia Cavalier Chapter der Daughters of the American Revolution am 10. November 1953 in Fort Morgan in der Mobile Bay eine Gedenktafel mit folgender Inschrift:

Zum Gedenken an Prinz Madoc, den walisischen Entdecker, der 1170 in der Mobile Bay landete und den Indianern die walisische Sprache brachte.

Im Jahr 1969 überprüfte McCormick die Theorie, nach der Madoc in einem niedrigen, offenen Schiff den Atlantik überquert habe. Er segelte in einem flachbodigen amerikanischen Landungsboot, mit dem er entgegen allen Voraussagen die Überquerung schaffte. Das gab McCormick die Kraft, lächerlichen und entmutigenden Argumenten von Seiten vieler Historiker zu begegnen und die Dokumente über Madoc vollständig zusammenzustellen. »In der Literatur gibt es endlose Kontroversen über die richtige Übersetzung der frühen Oden, die Authentizität der Quellen und die unzähligen ausländischen Verweise auf Madoc, namentlich die fast unbekannten, hochromantischen, aber faktisch fundierten Gesänge des flämischen Troubadours Willem, über dessen Leben nicht viel bekannt ist.« Dies schrieb McCormick unter dem Pseudonym Richard Deacon. Er recherchierte, prüfte und verglich Fakten und fiktive Erwähnungen.

Bernard Knight schrieb seinen berühmten Abenteuerroman *Madoc, Prince of America* auf der Grundlage historischer Fakten. Damit verliehen Armstrong, McCormick und Knight der Madoc-Sage Glaubwürdigkeit.

Gwyn A. Williams, Professor für Geschichte an der Universität Cardiff, setzte alles daran, in seinem Buch *Madoc. The Making of a Myth* die Argumente zu zerschlagen und zu zeigen, wie aus dem Madoc-Mythos Geschichte geschrieben wurde. »Jede Idee, egal, wie phantastisch, utopisch oder gar wahnwitzig sie ist, kann als Grundlage einer Theorie dienen« – eine Erkenntnis, die jeder Historiker, Autor, Leser oder Politiker selbst besitzt.

John D. Fair veröffentlichte in *The Alabama Review* einen Artikel über Hachett Chandler, der 1945 Verwalter von Fort Morgan, später Kurator des dortigen Museums wurde. Chandler, ein Autodidakt, war eine schillernde Persönlichkeit. Er gab 1950 eine Reihe von Geschichten über Mobile Bay heraus, die sich großer Beliebtheit erfreuten. Ein Jahr später ernannte ihn der Gulf Shores Lion's Club zum »Outstanding Citizen of South Baldwin County«. Das State Park Board versuchte 1955, Chandler als Kurator abzusetzen, weil er durch Alabama reiste und Vorträge über die Geschichte der Mobile Bay hielt, anstatt Dienst im Museum zu versehen. Im Jahr 1960 wurde ihm vom Bundesstaat Alabama der Titel »Honorary Historian« verliehen, 1961 veröffentlichte er die Abhandlung

731

Little Gems from Fort Morgan; eine dieser Juwelen war die Geschichte des Madoc, die stark auf Armstrong und McCormick aufbaut. Laut John Fair war Chandler »ein Feind der Verwaltungsbeamten«, er schrieb »gehässige Pamphlete« und »verzerrte die Realität aufs Äußerste«. »Diese emphatische Entwicklung eines Mythos hatte eine ernst zu nehmende und unvermeidliche Konsequenz, dass nämlich eine ganze Generation von Besuchern von Fort Morgan ihn als Wahrheit akzeptierte ... Chandler übersieht, dass einige seiner Informationen historisch niemals als Faktum bestätigt wurden und dass seine eignen Quellen und Überlegungen trügerisch waren.« Chandler starb 1967, er wurde südwestlich von Fort Morgan begraben.

Im März 1988 besuchte ich mit meinem Mann Bill die Mobile Bay, um die Geschichte des Madoc zu untersuchen, der dort seine erste Siedlung gegründet haben soll. Ich war enttäuscht, die Gedenktafel der Daughters of the American Revolution nicht mehr vorzufinden. Der Mann am Informationsschalter des Museums druckste lange herum, bis er schließlich sagte, dass die Tafel 1985 beim Hurrikan Helena abgerissen und nun im Traktorenschuppen verwahrt wurde. »Jeden Monat kommen ein paar Leute nach Fort Morgan und fragen nach der Madoc-Tafel, zurzeit kann sie aber nicht besichtigt werden. Im Februar war ein Waliser da, er hat die Erlaubnis bekommen, die Tafel im Schuppen zu fotografieren.«

Eine walisische Gemeinde im Staat New York stiftete dem Museum von Mobile 1973 eine Bronzestatue von Madoc. Ich fragte im Stadtmuseum und in der Stadtbücherei – niemand hatte je davon gehört. Die Angestellten des Museums, der Bücherei, ja selbst der Buchhandlungen schienen ungern über die Madoc-Sage zu sprechen und scheuten vor jeder Frage zurück.

Vielleicht sind sie verdrossen, fühlen sich als Opfer und Betrogene, denn über viele Jahre hinweg hatte sie ihr Mitbürger Hachett Chandler (»kommen Sie mir doch nicht mit bewiesenen Tatsachen«) dazu verführt, die Madoc-Sage zu glauben wie ein Evangelium. Doch die Menschen von Mobile müssen sich für nichts schämen, Geschichte basiert manchmal auf Mutmaßungen und ist gefärbt durch das Credo der Autoren und die Zeit, in der sie geschrieben wird. »Geschichte ist ein Auswuchs der Tendenz von Historikern, sich mit den Menschen zu identifizieren, über die sie schreiben, sodass sich Wahrheit und Dichtung, Ideologie und historische Wirklichkeit vermischen«, so John Fair, der W. H. McNeill zitiert, einen Historiker aus Alabama.

Die amerikanische Seite der Madoc-Sage ist unzuverlässig, manchmal gar schrullig und wird leider kaum durch historisch verbriefte Substanz untermauert. Es sind romantische und menschlich interessante Abenteuergeschichten, die Erzähler dazu reizen, sie zu nutzen und die Madoc-Sage in der Barden-Tradition der mündlichen Überlieferung weiterleben zu lassen.

Vor Jahren erlag auch ich der Versuchung. Ich verfolgte die Geschichte Schicht für Schicht zurück und fand historische Fetzen, die ich miteinander verband, mit Volkssagen sowie recherchiertem Hintergrundmaterial aus dem 12. Jahrhundert verwob und daraus meine eigene Madoc-Sage schuf. Trotzdem ist meine Recherche über Madoc und seine Familie unvollendet. Dazu müsste ich meine Leser aus dem 12. ins 19. Jahrhundert versetzen und ihnen die Mandan vorstellen, die ungewöhnlichen Indianer mit den blauen Augen aus North Dakota.

Anna Lee Waldo

Danksagung

Ich stehe in der Schuld meines verstorbenen Vaters Lee William Van Artsdale, der mein Interesse an Geschichte weckte, als ich gerade so alt war, mit einem Kanu paddeln zu können. Er war der Erste, der mir die Madoc-Sage nahe brachte: Madoc habe nach den Wikingern und fast dreihundert Jahre, bevor Kolumbus auf den Bahamas gelandet sei, die Küste Nordamerikas erreicht, er habe in der Mobile Bay gesiedelt, bevor de Soto den Mississippi hinauf- und Marquette den Missouri hinuntergefahren sei, und Madocs Gefährten hätten vielleicht durch Mischehen den Stamm der Mandan begründet.

Ich danke meinem Mann Bill, der sich, jedenfalls mir gegenüber, nie über die Papierstapel beklagt hat, die er umrunden muss, wenn er mich an meinem Schreibtisch besuchen will. Auch beklagt er sich nicht zu sehr über die späten Mahlzeiten, wenn ich Zeit brauche, innerlich wieder ins 21. Jahrhundert zurückzukehren. Bill und unsere fünf Kinder haben mich an schwarzen Tagen immer angetrieben weiterzumachen, dafür und für all ihre anderen wundervollen Eigenschaften liebe ich sie.

Großen Dank schulde ich den Menschen in Wales, die immer freundlich und hilfsbereit waren, vor allem der Archivarin Ann Thomas und ihrer Stellvertreterin Catherine Hughes, die mir sehr halfen mit der Beschaffung des »Stammbaums der Könige und Fürsten von Wales« und besonders »Die Sippe des Owen Gwynedd«.

734

Ich danke Blanton Blankenship, dem Kurator von Fort Morgan, Alabama. Er verstand mein Ansuchen, glaubt jedoch, dass die Madoc-Geschichte eine reine Sage ist, die die Briten in die Welt setzten, um die Behauptung zu untermauern, sie seien unter den Ersten gewesen, die Amerika kolonialisierten, nachdem die Spanier Kolumbus' Suche nach einem reichen neuen Land unterstützt und damit großen Ruhm geerntet hatten.

Von Fred Stele weiß ich, dass der Polarstern im Sommer in hohen Breiten nicht zu sehen ist. Er erklärte mir, dass die »Wächter des Bären« (Arcturus) fix sind und hell genug, damit frühe Seefahrer in der Abend- und Morgendämmerung ihre Höhe über dem Horizont messen konnten. Venus hingegen, der dritthellste Stern am Himmel, bewegt sich in großen Bahnen und manchmal sogar scheinbar rückläufig (retrograde Planetenbewegung) und war in der antiken Navigation kein Anhaltspunkt. Ich danke ihm für die *Pilot Charts*, auf denen ich die Strömungen an der Oberfläche des Atlantiks und die unterschiedlichen Klimabedingungen in den einzelnen Monaten des Jahres sehen konnte.

Dank auch an die Bibliothekare der Universitätsbibliothek des Polytechnikums Kalifornien und der Stadtbücherei von San Luis Obispo, die für mich über Fernleihe viele Bücher und Manuskripte besorgten. Ich danke dem verstorbenen Oscar Collier, der ungebrochen an mein Projekt glaubte. Dank schulde ich meiner Agentin Jean Naggar für ihre klugen Ratschläge, ihr Verständnis und ihre unschätzbare Fachkenntnis. Meiner Lektorin Hope Dellon bin ich dankbar, dass sie mich überzeugen konnte, der Madoc-Sage eine starke Frau zu schenken. Durch Hopes Beharrlichkeit bekam die Geschichte einen neuen Charakter, das Calusa-Mädchen Cougar, an dem ich den kulturellen Kontrast zwischen der Alten und der Neuen Welt im 12. Jahrhundert darstellen konnte.

Ich danke allen Autoren und Verlagen, die mir großzügig die Genehmigung erteilten, aus ihren Büchern, Zeitschriften, Artikeln oder anderen Schriften zu zitieren. Die Motti und Zitate beweisen, dass Madoc ein mutiger, furchtloser Führer war. In zehn kleinen Einmastern brachte er tapfere Männer vom walisischen Abergele über den Atlantik zu einem Ort, der heute Mobile Bay heißt. Er gründete eine Siedlung, dann folgte er dem Golfstrom zurück nach Wales, um Frauen und Vieh für seine blühende Kolonie zu holen. Natürlich gibt es unvorhersehbare Notfälle und Abenteuer, wenn Frauen und Kindern übers Meer segeln, und richtig aufregend wird es, als diese Druiden und Druidinnen die ehemalige Siedlung leer vorfinden, dafür aber in dem weiten, fremden Land im Westen verstreute Dörfer entdecken, wo eigenartige Menschen leben.

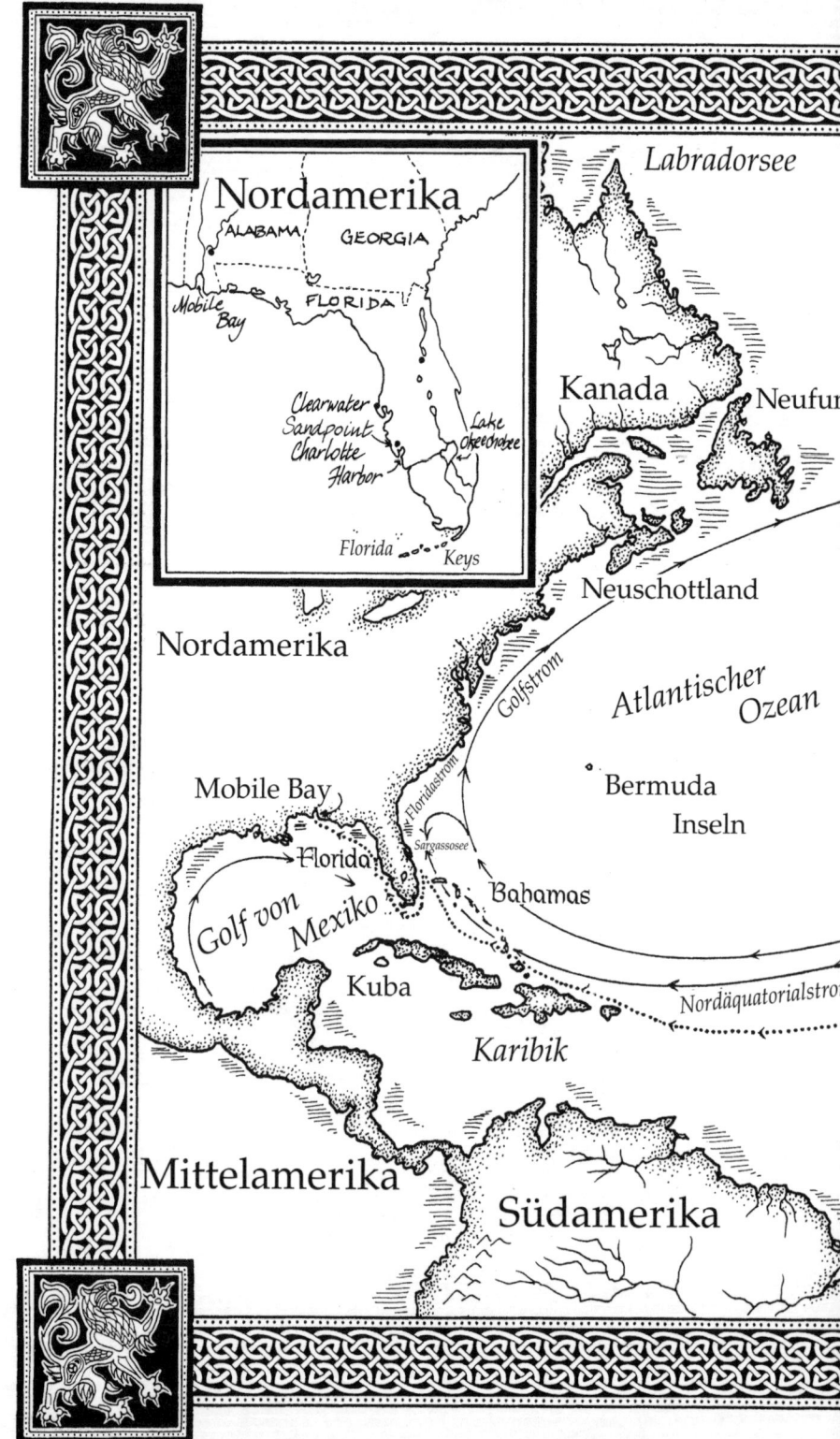

Labradorsee

Nordamerika

ALABAMA GEORGIA

FLORIDA

Mobile Bay

Clearwater
Sandpoint
Charlotte
Harbor

Lake
Okeechobee

Florida — Keys

Kanada

Neufur

Neuschottland

Nordamerika

Golfstrom

Atlantischer Ozean

Mobile Bay

Floridastrom

Sargassosee

Bermuda Inseln

Florida

Golf von Mexiko

Bahamas

Kuba

Nordäquatorialstrom

Karibik

Mittelamerika

Südamerika